青涩年华

曹嵩 著

作家出版社

一

这是一片地势较高的田野，被村里人叫做“岗头上”。烈日炎炎，昆虫在身旁的庄稼丛里、云雀在头顶的天空中鸣叫不已，母亲头裹毛巾，梁月芹头戴草帽，她俩热得脸上汗如雨下，埋头弯腰在锄地。母亲停了下来，直起身，拿毛巾擦了擦脸上的汗，然后手搭凉棚，觑起双眼，往远方的公路张望。梁月芹看了看母亲，说道：“妈，你回去烧饭吧，我都饿了。我来看着，只要看到三哥戴着太阳帽回来了，就是考上大学了，我就跑回去对你讲，一刻钟都不耽搁！”母亲只顾张望，公路上行人、车辆不断，只是不见梁月鹏。母亲专注地望着，突然，一个小伙子映入眼帘，头上戴一顶蓝色太阳帽！母亲兴奋道：“月芹，月芹，你看，月鹏考上大学了！考上了！他戴着太阳帽回来了！”梁月芹惊喜地往公路方向望去。远远地，梁月鹏戴着太阳帽走在回家的公路上！梁月芹高兴道：“妈，太好了！三哥这次考上大学了，我们家就好办了！太好了太好了！妈我们回家做饭吧！”母亲高兴地一拍大腿，说：“我的妈呀，盼星星盼月亮，总算盼来了，月鹏有出息了，有出息了！”说着伸手捂起鼻子，带起了哭腔，“有出息了！”声音陡然高亢了一下，“我家月鹏有出息啦——！”

梁月芹和母亲各自扛着锄头，小跑着，奔回村庄。家门口，脊背略驼的父亲牵着一头牛回来，拴住。母亲气喘吁吁地把大喜事告诉父亲，父亲听后，高兴地撵起鸡来。梁月洲夹着小学五年级语文教科书来到家门口，父亲告知喜讯，梁月洲高兴地放下教科书，帮着父亲撵起鸡来。堂屋内灶膛口，母亲在烧火，梁月芹在一旁择菜。梁月洲抓着一只小公鸡，父亲拿着菜刀来杀鸡。

梁月鹏戴着太阳帽走进家门。刚择完菜的梁月芹向门口看了一眼，说："三哥回来了！"随即迎了上去。在灶膛口烧火的母亲、蹲在冒着热气的盆边拔鸡毛的梁月洲和父亲，纷纷扭头向门口望去。梁月鹏精神一般，看不出有什么喜悦。母亲从灶膛口站起来，看着梁月鹏。梁月鹏也不吭气，搬一只矮凳到大门边坐下，眼望门外。梁月芹站在梁月鹏跟前一直看着他。梁月洲走到梁月鹏跟前，问："超过分数线多少分？"梁月鹏说："没考上。"梁月芹惊诧道："没考上？"梁月洲纳闷道："没考上你戴太阳帽干什么？"梁月鹏脱下太阳帽，拿在手上，说："没考上也没什么，上午在学校一看到分数没达线，我立即就想到，这是生活对我的磨炼和考验，越受磨炼和考验，以后就越能成大器，我觉得我已经考上了没有围墙的大学！以后一定能成大器！这不该戴上太阳帽吗？"母亲失望地坐下身去，也不烧火，只是呆呆地发愣。父亲愣了一下，回头继续拔着鸡毛。梁月洲一时无语，继而不满道："你考不上还讲狡理？"梁月芹也无奈地叹了口气道："唉——这叫什么事？前两次都是光头回来，好不容易盼到这次戴着太阳帽回来了，没想到还是骗人的，害得我们从岗头上跑回来上气接不上下气！"梁月鹏起身出屋。

梁月鹏家土坯墙麦秸顶大屋后面是一座土坯墙麦秸顶小屋，小屋的走向和大屋垂直，小屋的门开在山墙下方，紧对着大屋中间的墙，小屋门正对着的大屋的墙上有一个小窗洞，此时炒菜的声音和油烟从大屋里面通过这个小窗洞冒了出来，部分进入小屋。梁月鹏绕过大屋山墙，来到小屋。小屋一边墙上有两个窗洞，每个窗洞跟前砌着一台土书桌，桌上摆着书本和笔，桌边分别摆着一张木椅子，另一边贴墙摆着一张床，床上支着蚊帐，两头分别有一个枕头，墙上也有一个窗洞，不过临床的这个窗洞要小多了，整个小屋虽粗陋却有一种学习气氛。

梁月鹏到里首的土书桌前坐下，随手翻看桌上一本用钢笔写就的方格纸，首页上写着：

电影文学剧本

伟大的单相思

编剧

梁月鹏

梁月鹏往下翻看着，不由得进入故事的世界：

一片呐喊声传来："杜丛玲！加油！杜丛玲！加油！杜丛玲！加油！……"

某农村中学操场上，正在举行田径比赛，一个漂亮的女学生杜丛玲（14岁）在其中领先奔跑着，胸脯起伏不已……

16岁的梁月鹏站在围观学生中偷偷地、爱慕地看着她……

现实中，梁月鹏饶有兴味地翻看着剧本，桌边放着《写电影剧本的几个问题》《电影剧作基础》《电影剧作家的探索》《中外电影剧作技巧大全》《莎士比亚全集》以及高考的书。

一家人都在堂屋内吃饭，吃鸡肉。母亲坐在土门槛上边吃边说话："月鹏啊，你今年第三次考大学又没考上又不晓得着急，我都替你着急得慌，往下你怎搞？月洲当着民办教师，慢慢干看以后可能转正？"父亲坐在中堂画下、香阁前、大桌边，剥着花生就酒喝，一边往嘴里塞着鸡肉。母亲用筷子指了指旁边的篾席墙，说："你大哥分家另过只顾得上自己的小家，你大姐二姐嫁在别的村子日子也都只能将就着过，现在田里的弯腰活就指望我和月芹了。"梁月芹坐在一边吃饭，听到此话便看了看只顾吃饭的梁月鹏，埋怨道："我们天天在日头底下挨晒，给他左一年右一年复习！不怕丑，年年都叫我们在岗头上望着，只要戴一顶太阳帽回来，意思就是考上了?!"梁月鹏吃着饭，没有吱声。父亲趴在大桌边性急地吃着饭，连扒几口进了嘴里，一下子噎住了，桌边放着酒壶，地下是花生壳和鸡骨头。梁月芹转而笑道："还讲等考上大学了，去登门求亲。天天在想着杜丛玲！"梁月鹏反感地瞥了梁月芹一眼，说："那个事已经了结了。"父亲噎下去了，又扒吃起饭来。梁月芹继续笑道："还讲等考上大学了，杜丛玲肯定会同意这门亲事，然后把她带回家，家户人看到了，那不都跑来看啊！那阵势多带劲！她就像仙女一样好看！我们家多风光啊！"突然，梁月鹏笑喷了饭，大家都看起梁月鹏来。梁月鹏忍俊不禁地用筷子指着大桌边又噎着的父亲，说："爸吃饭太快了，总是急，一吃就噎住了。"父亲翻着白眼瞅着梁月鹏，正专心地噎着。梁月鹏憋住笑，埋头不看父亲，继续吃饭。父亲噎下去了，气急败坏地把筷子往地下一扔，对梁月鹏发怒道：“你看这伢们！一粒米不挣，老子吃饭他还在旁边聒噪！”伸手往自己干瘦的胸脯上猛地一拍，“现在单干老子不行了。老子在‘大跃进’大炼钢铁时候当中队长一呼百应，谁不听我管？我一声吆喝，都同龟孙子一样！你们谁能比得上我？”梁月鹏又笑了。梁月洲郑重地对梁月鹏说：“别笑了月鹏！你下一步怎么办？是继续复习，还是去外面打工？我看你这路不好走，你天马行空，好高骛远……”

土坯小屋内，梁月洲坐在门边自己的土书桌旁，一边批改小学生作业，一边训斥道：“你想入非非，异想天开，一意孤行！”坐在里首自己土书桌边的梁月鹏不乐意地低着头。梁月洲继续斥道：“这不是吗？你比别人更有理想，人家都按部就班考大学，就你能，你比别人本事大，你还要写剧本，要成名成家！”梁月鹏不服气道：“我没成功，你当然这样讲；我要是成功了，你就不这样讲了！”梁月洲一愣，笑道：“你成功？你凭什么成功？你是什么基础？你就凭看那几本书？我倒是希望你能成功，就怕你在自欺欺人！”梁月鹏想了想，申辩道：“我书看得是不多，但我就觉得我有写剧本的感觉，我经常躺在床上都在进行蒙太奇思维，这种思维一般人不会理解！”梁月洲点着头道：“好、好、好，别人都是一般人，就你是不一般的人，你会蒙太奇，我们等着你那一天，好吧！”转而又斥道，“你写的是什么？伟大的单相思。单相思有什么伟大的？只有你认为它是伟大的。”梁月鹏脸臊红了，他一时难耐，竟伸手把手写稿《伟大的单相思》扒拉掉地下。

虽然梁月鹏大哥梁月国分家另过在父母、弟、妹的眼里有些大逆不道，有伤与父母、弟、妹的感情，但毕竟是一家人，再说，迟早也是要分家另过的，所以弟兄仨还经常聚在一起说说话。梁月鹏家土坯大屋一端的梁月国家门口，弟兄仨各自坐着一条长板凳，其中梁月国抚拍着趴在自己膝上的四岁的儿子。梁月国习惯地闭起一只眼，像看破红尘似的对梁月鹏和梁月洲说道：“各人自扫门前雪，爸也没本事给我们每个人盖三间砖瓦结构，我们各人都要靠各人自己闯了。”个子矮小、其貌不扬的梁月国妻拿着刷锅把走出来，嘲笑梁月国道：“不怕丑，还自己闯，就闯出这个家？要不是我帮衬着你，你打光棍去！”梁月国对着妻子笑了笑，听到屋内有婴儿哭声，起身进屋了。原来，梁月国的家连着山墙还造了间矮小的披屋，与正屋相通。

土坯小屋内，梁月洲坐在自己的土书桌边，对梁月鹏激愤道："我每月的工资大部分都给你去复读了，昨天我还在听开化讲你这一年在光明复习，有三个月时间是晚上看电影，白天写剧本，要先有立足点才能写！"坐在自己土书桌边的梁月鹏被刺激得脸涨得通红，说道："我是花了一段时间看电影写剧本的，其他大部分时间我也努力了，吃过早饭头就昏昏沉沉的，不知道怎么搞的，没对上劲。"梁月洲语气和缓了一些，说："我也不是说你花了我多少钱了，你要是能考上大学，就剩我一个了，我们家就好办了。刚才大哥已经挑明了，他是管不到我们了。你可晓得？"梁月鹏说："我晓得。"梁月洲说："你晓得就好。我就一句话，你写剧本也不能绝对讲就是坏事，但你要先能生存。爸、妈年龄都大了，也干不长了；月芹也不小了，迟早要出嫁；你趁现在复习考上大学是最好的，失去这机会以后就难了。"梁月鹏勉强听着。梁月洲又说："我也啰唆了，就是你要想清楚，做事不能光凭愿望，还要看现实，一切从实际出发，这是辩证唯物主义上讲的，你也不是不知道。"这时，传来母亲的喊声："月鹏，月鹏，有你的信，你的信！"梁月鹏惊喜地站起来，奔出小屋。

二

母亲正通过小屋门正对着的大屋墙上的小窗洞递着一封信，梁月鹏来到跟前，伸手接过信，看了一下印着"江汉电影制片厂"字样的封面，惊喜道："江汉电影制片厂，肯定是高子丹写给我的！"然后迫不及待地拆信封，边拆边说，"二哥，高子丹给我回信了！"打开看了起来。

这是一张江汉电影制片厂的信笺，上面是一行行龙飞凤舞的文字：

梁月鹏同志：

你好！来信收悉。你有志于电影创作，并不畏世人的冷嘲热讽，我十分感动，并衷心祝愿你早日取得成绩。

电影创作是一项异常艰苦的劳动，有成千上万人在这个领域里奋斗，但成功者却屈指可数，你要有充分的思想准备。要扎扎实实地学习、创作，一步一个脚印地提高，不要有一鸣惊人的想法。“有志者事竟成”，我相信你会成功，因为我从信中看出，你已醉心于这个事业，并是个很有志气和有一定文字基础的年轻人。

我实在太忙了，做你老师恐怕不能胜任，但需要我帮助的时候，我会尽力的。

高子丹

梁月鹏喜不自禁，拿着信奔进小屋，给梁月洲看，又拿着信奔出小屋，绕过大屋山墙，奔进堂屋，给父母亲看，父母亲不识字，梁月鹏便指着信告诉他们信的内容。梁月鹏觉得自己电影剧作家的理想已经实现了，真想逢人就说，遇人便告：“著名电影剧作家高子丹给我回信了！说我‘很有志气’，还‘有一定文字基础’，这还得了！我成功啦！”同村好友、在省城师范学校读书的梁开化暑假在家，梁月鹏赶快拿着信疾步向梁开化家走去。

梁开化家土质披屋内，个子较矮的梁开化看完信，高兴道：“月鹏，你行！你就找高子丹，一部电影打响就行了！”然后理智道，“你那《伟大的单相思》只是以你为原型，反映你高中时期如何爱上初中的一个漂亮女学生，她也不知道你，你就是一个劲地单相思，而且得知她学习成绩不行就感到难受，想帮助她，这都是心里想的……”梁月鹏微笑得合不拢嘴，说：“开化，你文学书比我看得多，你讲得很好，你在江汉师范学校见识得广。”梁开化二哥、个子更矮的梁开强干活回来，把锄头靠放在披屋一角，然后离去。梁开化只管讲自己的：“你这想反映什么呢？我也搞不清。”梁月鹏较有信心道：“我还想再去找她，就是忘不了她！”梁开化关注道：“你对杜丛玲还不死心？”梁月鹏有点不好意思道：“我总觉得这三四年一直在想着她，现在彻底断了这个念想，觉得空落落的，像是背叛了自己，不太好受。”梁开化鼓励道：“月鹏，我总觉得你还是很有毅力，有情有义，这很难能可贵！”梁月鹏振奋道：“开化，王安石在《游褒禅山记》里说的‘世之奇伟、瑰怪、非常之观，常在于险远，而人之所罕至焉’，我一直要贯彻这句话，一想到她学习成绩不行我就很难过，就想不顾一切障碍去拯救她，这样最后到达的境界就是‘人之所罕至焉’！”梁开化说："但杜丛玲是街上人、非农业，人家已经明确拒绝你了。"梁月鹏不免有点受挫，说："矛盾就在这儿，我又没考上大学。"梁开化用力地抖了抖手中的信，又鼓励道："那么这个电影呢？一部电影成功比上大学还厉害！"梁月鹏又高兴道："对对对，而且这个电影就是反映她的！"梁开化说："就是反映你们的爱情的，我也在里面，到时候让我们一起去演！"俩人一时间畅快地大笑起来。

梁月鹏太激动了，还没给自己大哥看呢，又赶快拿着信来到打谷场上。此时烈日炎炎，梁月国正头戴草帽，脸上滴着汗，在翻晒刚脱粒的稻谷。梁月鹏把信递给梁月国，喜形于色道："大哥，这是高子丹写给我的！"梁月国停下活计，接过信看起来，梁月鹏急切地等待着反应。不一会儿，梁月国却漫不经心地闭起一只眼，把信还给梁月鹏，说道："这封信能怎样呢？高子丹也没向你保证什么，只是凭一时感觉舞了一通，你就把它当作圣旨了？"梁月鹏不以为然道："他不是肯定我了吗？"梁月国说："你要想清楚了，他是什么人，你是什么人，他只是鼓励鼓励你，你就当真了？"梁月鹏说："他信都写来了。"伸手指着信，"他说他会尽力帮助我的，他想帮我，难道我还不成吗？"梁月国有点不可思议地盯着梁月鹏，说："他会尽力帮你？"梁月鹏激动道："我就是要一鸣惊人！他帮我，我不就一鸣惊人了吗？"梁月国淡然道："噢，你想一鸣惊人。"然后转身继续翻晒起稻谷来。梁月鹏手拿着如此重要、珍贵的信件，但见大哥如此反应，不免有些纳闷和失落。

"月鹏，月鹏，"随着喊声，梁月鹏妈，也是梁月国等共同的妈，快步走来，手里拿着一封信，说，"你考上大学了！你考上大学了！他们讲这是大学通知书，大学通知书，大学通知书！"梁月鹏迎了上去，接过信，是江汉联合大学的信封，撕开信封，掏出信笺看了起来。梁月鹏妈急切地望着梁月鹏，梁月国也期待地望着梁月鹏。梁月鹏激动地看完信，说："江汉联合大学补招录取，英语系专科，九月十一号开学，火车站设有新生接待站，太好了！"梁月鹏妈高兴地一拍大腿，说："我的妈呀，盼星星盼月亮，总算盼来了，月鹏有出息了，有出息了！"说着伸手捂起鼻子，带起了哭腔，"有出息了！"声音陡然高亢了一下，"我家月鹏有出息啦——！"梁月国笑吟吟地拿过通知书看了起来，说："这下面还有一张纸。"接着看起来。梁月鹏也伸头看起来，一边说："学费每年两千，学制三年。"抬起头来说道，"妈，还要交学费，学费一年要两千，三年要六千。”梁月鹏妈惊愕道：“什么？还要交学费？大学不都不收学费吗？国家不是全包了吗？到那儿吃住都包了。”梁月鹏妈一时间郁闷起来。梁月国把通知书还给梁月鹏，转身又翻晒起稻谷来，沉默不语。

土坯小屋内，梁月洲和梁月鹏坐在各自的土书桌前耷拉着头，精神不振。梁月洲说：“大姐、二姐、大哥都穷，往哪儿借呢？”梁月鹏忽然来了精神，说：“向乡政府反映反映，看能不能帮助解决？”梁月洲一愣，想了想，差点儿笑了起来，说：“乡政府？你要是考上清华、北大了，我马上就去乡政府。清华、北大也不用自己交学费，你这不是联大嘛。去乡政府，你真能想！”梁月鹏有点不好意思道：“噢，对了，是联大，刚成立的大学，不太正宗。”

过了两日，夜晚，堂屋内大桌上的煤油灯散发着黄晕的光，梁月鹏妈思量道：“月鹏哎，现在这个学你上不起，一年两千，三年要六千，我们就是靠借债，再变卖变卖，硬供你上学，你二哥的亲事就歇火了。现在人家倒愿意给你二哥说媒，三间砖瓦结构一盖好就能结婚。”梁月鹏说：“这学我不上了，无所谓，什么歇火不歇火的。”梁月洲埋着头不吱声。梁月芹刚洗过澡，端着大盆水从里屋出来，走到大门外“哗”地泼掉。梁月鹏爸并不沉重地张口了：“我的乖，六千，我从来也没有见过这么多钱。上这学成仙哪？在家做个二亩田，再养两头猪，喂一窝鸡，有吃有喝的，还能娶不到媳妇儿啊？”梁月鹏“扑哧”一声笑了，说：“我怎么可能在家做田呢？在外面讨饭我也不会在家做田。”梁月洲也笑了，说：“人家心思有多大？叫人家在家做田？”起身出去了。梁月鹏妈说：“你看看我们这个穷家，哪能拿出来这么多钱？”梁月鹏爸扭头环顾屋内，一边说：“我们也想让你上这个学，可这个家实在是……”

次日，梁月鹏便去了县招生办，把录取通知书递给一位工作人员，一边说道：“这是江汉联大的录取通知书，我现在退给你们，以后再参加高考就不会有问题了吧？”工作人员答道：“不会。”接过通知书，“你不上，有人上。”

大学录取通知书就这样因为经济拮据拱手送出去了，那可是一个农村青年求学就业、跳出农门、改变一生命运的难得的机会呀！别忘了，那时候还包分配呢。梁月鹏和他的父母当时哪里知道这些？梁月鹏当时甚至觉得，退了也无所谓，这正好能考查自己面临困难有没有勇气，遇到挫折是否大义凛然。

旭日东升，田野里点缀着劳作的农民。一畦水田里，梁月鹏爸站在耙上，高举着鞭子，吆喝着，驾着一头牛在耙地。梁月芹挑着一担水稻秧苗走来，停下，往刚耙过的地方抛秧把，然后下田，弯腰用手栽插起秧苗来。

梁月鹏妈在家端着一口大锅来到屋外，反扣在地上，用锅铲匀速地铲起锅底的黑灰来，铲完后端走大锅，地上留下一圈黑灰，俨然是在地上画了一个圆。之后，她又拿着草钩子来到一草垛前，娴熟地用它拔起草来。

土坯小屋旁长着树木、杂草和庄稼，其中两棵大树上方之间搭了一根横木，横木往下吊着一对铁环，早晨的阳光正璀璨。小屋内，梁月鹏和梁月洲还在熟睡，阳光已经射了进来。梁月鹏醒了，起身，穿着裤衩出去，来到吊环下，一纵身往上蹿，抓住，拉了几个，又挣扎着拉了一个，落了下来。

此时，梁月国夫妻在围墙残缺的茅厕淘大粪，梁月国妻小声道："你们家这一双花花公子，人家像他们这般大小的，都下田干活，是整劳动力，他们文乎文乎的，才刚起床。"梁月国笑了笑，未置可否。梁月国妻说："我看他们怎搞哟？文不上武不下的。月洲当个民办教师，看以后可能转正？月鹏只是心大，大学考不上，还要写那个叫什么？"梁月国说："剧本。他大学不是考上了吗？就是没钱上。"梁月国妻说："那考的是什么大学？哪个正规大学还要交学费？"梁月国说："他分数要再高几分就是公费了。"

梁月鹏又蹿上去，拉了几下吊环。袅袅炊烟从土坯大屋顶部升起，传来母亲招呼的声音："月鹏，粑粑摊在小锅里，大锅里有粥，我下田了！"

梁月国妻说："高几分，他要不写那个剧本，恐怕就差不多了。"梁月国说："哪个不这样讲呢？他就是不听。他要是考上大学了，再写剧本，我们也不会讲他。他就非要在这个节骨眼写剧本，我们也拦不了他。认命呗。"梁月国妻说："我看月鹏这样子，要漂到哪年才算个头？"

梁月鹏拉完吊环，回到土坯小屋，走到仍在熟睡的梁月洲跟前，推了推梁月洲的胳膊，说："二哥，可有钱？给我五块钱，我去一趟省城，去找高子丹，再到开化那里去玩玩。"梁月洲迷迷糊糊道："语文参考书里夹着有五块钱。你找高子丹干什么？"梁月鹏来到梁月洲的土书桌前，翻开语文参考书，果然有一张"伍圆"币，欣喜地拿起，又看到旁边有一个崭新的上面印有"光明县下马乡教育委员会赠"字样的公文包，欣然启齿道："你这公文包给我用一下。"梁月洲已起来，坐在床沿愣神，不介意道："你拿去。"梁月鹏高兴地拿起公文包，拎了拎，感觉很好，说："这个包拎着，到哪儿也抬人，太好了！"说着拎着公文包来到自己的土书桌前，把手写稿《伟大的单相思》插入公文包里。

田野里，梁月鹏爸仍站在耙上，驾着牛，高举着鞭子，在吆喝着耙地。梁月鹏妈走来，下田，来到在插秧的梁月芹旁边的空地上，娴熟地栽插起秧苗来。

梁月鹏穿着整齐，靸着拖鞋，拎着公文包穿过后园，向不远处的两边是树、行驶着汽车的公路走去。仍在淘大粪的梁月国妻收回看梁月鹏的目光，笑嘻嘻地对梁月国说："月鹏这样子就像十八级大干部一样，怪文屁冲天的。"梁月国笑笑，说："他虚荣心强。要是家里富点给他上联大，他也是非农业了。"梁月国妻马上斥道："你别讲我舍不得花钱帮助他上联大啊！你看他这做派，就不是个扎实的人！"梁月国马上赔笑道："没有这意思，哪有这意思？"梁月国妻不屑地撇着嘴，故作担心道："我看他们怎搞哟？两条汉子，家里穷得叮当响！"

梁月鹏拎着公文包，来到本乡下马汽车站，突然有人喊："月鹏，过来一起吃早饭。"说着走来一个长相标致、留着平头的男青年。梁月鹏惊喜道："哟，老五，你在这干什么？"梁老五拉着梁月鹏走向旁边的一个早餐小卖部。

早餐小卖部里生意兴隆，梁老五拉着梁月鹏进来，熟练地对梁月鹏说："油条、包子你自己拿，吃过你先走。"梁月鹏拿着油条、包子，疑惑地坐下，吃了起来，吃完后看了一眼也将吃完的梁老五，梁老五大方地一摆手，梁月鹏便直接走了。

一辆公共汽车停在站前，乘客蜂拥地往车上挤，梁月鹏挤在外围。梁月鹏看见前面一乘客的胸部口袋里的东西被掏，转眼又看见是梁老五掏的，然后梁老五若无其事地挤出人群。

江汉电影制片厂大门是两扇大铁皮门，关闭着，其中一扇上切割出一扇小门，此时只有这一扇小门开着。梁月鹏拎着公文包走来，往里看了一眼，又徘徊起来，心里在告诫着自己："要鼓足勇气，要真诚，高子丹是剧作家，又是厂长，要喊'高厂长'。"然后走近小门门槛，又犹豫了一下，接着跨了进去。迎面一个高个子、三十几岁男人推着自行车走来，梁月鹏走上去，紧张地问："请问，高厂长在吗？"该男人热情道："我就是，你是……"梁月鹏惊喜道："我是光明的，给你写过一封信，我姓梁。"高子丹已停住，说："噢，你好你好！有事吗？"上下打量了梁月鹏一眼。梁月鹏从公文包里掏出《伟大的单相思》递给高子丹，真挚道："请您、指、教！"高子丹接过，随手翻了一下，鼓励了一句："不容易。"又合上，"我看看吧。"然后看了一眼梁月鹏靸的拖鞋，和蔼地，“要严肃一点，再见。”梁月鹏感到有些意外，说：“再见。”恋恋不舍地望着高子丹把《伟大的单相思》放进自行车前篓，提车出了门，跨上车，转弯驶去……

梁月鹏拎着公文包，来到江汉师范学校大门口，看了看“江汉师范学校”的门牌，走了进去。正是就餐时间，食堂里学生熙来攘往，靓丽女生不时出现。梁开化热情地端着两份饭菜来到坐在餐桌旁的梁月鹏对面，给梁月鹏一份，说：“吃吧，饿了吧？”梁月鹏感激道：“是有点饿了。”说着看了看周围熙攘的学生，“我真有点羡慕你们。”接着吃了起来。梁开化边吃边说话：“明年毕业我们农村来的想留县城恐怕都困难，留省城更是不可能。”梁月鹏瞟了一眼悠然来去的女学生，笑嘻嘻道：“你们学校女学生很漂亮哎，又水灵。”梁开化微笑道：“师范学校女生多，有几个长得很好。”梁月鹏说：“你怎么不谈一个？”梁开化说：“我老土，父母亲又都去世了，家又穷，你又不是不知道，我们一个村子。唉——，我个子矮了一点。我要是有你这个子，我就有自信心了。”梁月鹏说：“个子无所谓吧。”

次日即是星期日，天气晴好，梁开化和梁月鹏，还有梁开化的三个男同学，其中一个同学带着一副羽毛球拍，他们一起说说笑笑地乘公交汽车去郊区爬山。山腰公路上，梁月鹏和梁开化的一个同学兴奋地打羽毛球，其他人站在一旁兴奋地观看，并不断鼓励道：“梁月鹏，好球！梁月鹏，好球！……”梁月鹏很高兴。然后别人快乐地打羽毛球，梁月鹏快乐地旁观。路边有三个漂亮的女兵谈笑风生地走过。

他们来到山下一开阔地带，见有很多排列整齐、形状统一的长方体水泥混凝土坟墓，便走过去，伸头看着一座座墓碑上的文字，有在抗日战争某战斗中殉难的，有在解放战争某战役中牺牲的。他们来到一纪念碑前，上面镌刻着：

毛主席语录

成千成万的先烈，为着人民的利益，在我们的前头英勇地牺牲了，让我们高举起他们的旗帜，踏着他们的血迹前进吧！

他们瞻仰着，情不自禁地齐声朗诵起来！

星期一上午没课，梁开化又领着梁月鹏去动物园观看了各种动物。观看动物之后，他俩或漫步湖畔，或逗留亭子间，或穿行于熙攘的大街上。连晚上刷牙，梁开化都把牙膏挤在牙刷上，递给梁月鹏刷牙。夜里，梁月鹏和梁开化睡在宿舍架子床上层同一张床上，且睡一头，脸对着脸……

梁月鹏感觉很好，有吃有喝有玩的，一分钱不用自己花，又满怀着剧本成功的希望。但他就是不想想，这往下的路该怎么走？不能老是吃人喝人的，这剧本有成功的希望吗？实际上写得很幼稚，一点儿希望都没有。梁月鹏整个儿实际上是一个糊涂虫，自欺欺人，痴心妄想，但他不认为是痴心妄想，而是伟大理想。你如果说他是痴心妄想，他会认为你很庸俗，没有抱负，没有人生目标；你如果执意说他是痴心妄想，他会认为你庸俗得有如行尸走肉一般，只知道动物般地吃喝，没有精神领域的超越和升华。但话也得说回来，正是他对自己剧本的错觉，使得他在业余剧本创作上将会勇往直前，义无反顾。还得补充一下，你如果说他是业余创作，他可不愿意听了，因为他认为自己在搞专业创作，什么业余不业余的，难听。

梁月鹏从省城亢奋地回到家里的土坯小屋，一边把公文包放下，一边精神抖擞地对二哥说话：“五块钱玩了两三天，就花个来回路费钱。”梁月洲坐在自己的土书桌边批改着作业，一边说道：“你不都是花的开化的钱？在他那儿吃在他那儿住。”梁月鹏说：“前天早上我刚到下马，我们村老五就把我拉去吃早饭了，油条、包子尽吃。”梁月洲笑道：“他们的钱也不是辛苦挣来的钱，直接从别人腰包里就像从自己腰包里拿出来的一样，花起来也不心疼。”梁月鹏说：“二哥，我亲眼看到老五从别人口袋里掏东西，掏过东西老五就挤出来了，他不上车。”梁月洲说：“他当然不上车，他就趁着上车挤那一会儿好下手。”梁月鹏说：“车子开了以后，那个被老五偷的人站得离我不远，掏着口袋说身份证和钱都没了，可怜得很。”

梁月鹏又来到大哥家门口，夸夸其谈自己这两三天的所见所遇。梁月国习惯地闭起一只眼，漫不经心道：“老五他们现在在车站坐窝，偷到钱也要给车站一点好处。你把剧本交给高子丹了？”梁月鹏兴致勃勃道：“是的，他说‘不容易’‘我看看吧’。”梁月国说：“哟，这个人还真不错啊。你剧本写的什么内容？”梁月鹏说：“反映中学生活的，很真实。”梁月国说：“这还差不多，像你这个年龄一般不可能写出来社会上的东西，写写学校里的故事还行。”梁月鹏高兴道：“大哥，我很讲究蒙太奇结构，电影剧本与故事会里的故事不一样，电影剧本是一节一节向前走的，节与节之间省略了我们知道的东西。”这时，大嫂抱着婴儿，后面跟着小儿子，从外面走来。梁月鹏上来拉住小侄子，说：“梁韬，怎么不知道喊‘三叔’?”小侄子没有反应，只是看着梁月鹏。大嫂笑道：“做叔子的又不买糖果给侄子吃，侄子怎会叫‘叔’呢?”梁月鹏不好意思道：“哎呀，是我不对，大嫂讲得对，大嫂讲得对。”大嫂不无讥讽道：“什么时候你三叔剧本写成了，你跟着你三叔干。”梁月鹏受宠若惊道：“到那一天的话，梁韬跟我当然没问题，亲侄子嘛。”大嫂进屋，却抛下一句话：“等到胡子白喽——”梁月国一直在赔笑。

三

树叶凋零，杂草变色，季节更替，冬天来临。梁月鹏在家继续复习，趴在土书桌边看高考的书，精神专注。突然有脚步声传来，是梁月芹，她走到小屋门口，伸头往里喊道：“三哥，三哥，三哥……”梁月鹏扭头看去，问：“月芹，什么事?”梁月芹走了进来，说：“整个梁园行政村现在集中起来扒标准塘，一家出一个劳动力，昨天我去过了，今天你去吧!”梁月鹏说：“我没时间，我不正在复习嘛。”梁月芹说：“昨天我抬了半天大土，现在我肩膀还疼。大哥家任务都干完了，大嫂在讲，不能叫月鹏来干半天啊？都惯养着他。”梁月鹏说：“她在逞什么能？我家的也不要她帮忙。”梁月芹说：“她讲得也对，爸妈也叫我来喊你的。”梁月鹏知道磨不过去，答应道：“好，我马上去。”梁月芹高兴地一转身走了，一边说道：“妈答应我到桃源大姨娘家玩!”

田野里，人们纷纷拿着工具向一个插着一杆红旗的地方拥去。一条偌大的塘堤上，梁荣光村长站在红旗下，左手执着无线喇叭在大声讲话，右手大幅度比画着：“昨天大家干得不错，啊，今年冬天，啊，我们梁园行政村坚决响应乡党委乡政府的号召，啊，扒几口标准塘，为明年的水稻丰收打下，啊，什么灌溉基础。我现在站着的这个梁园自然村的大弯塘，啊，有个葫芦嘴，这个葫芦嘴说起来是个葫芦嘴，啊，实际上可不小。”有人笑了一下。梁荣光得意道："经村委会研究，啊，我们决定建一条大堤，把这个葫芦嘴隔开，啊，这样这边就变成了一个方形的标准塘。先干完的可以帮助没干完的，虽然现在是单干，啊，我们也要发扬互帮互助的精神嘛。好，我的话完了，大家开始干吧！"群众纷纷干起来，用铁锹挖土放在箩筐或用旧的塑料编织袋做成的泥兜里，然后两人抬着或一人挑着，送到指定位置堆积成堤。

梁月鹏在前，吃力地和一个胖墩墩的中年妇女抬着土走，中年妇女照顾地把扁担上的泥兜绳往自己跟前抹了抹。梁荣光走来，笑嘻嘻地看着梁月鹏道："这不是大学生吗？来抬大土啦！"梁月鹏脸唰地红了，他难受地看了一眼梁荣光，吞吞吐吐道："是是，来抬大土，边在家复习边抬大土。"梁荣光看着梁月鹏吃力地走去，又得意地把喇叭送到嘴边，说道："我们梁园自然村要带个好头，啊，我梁荣光就是梁园的嘛，啊。这个，知识分子要跟工农群众相结合嘛，啊。这个这个，毛主席他老人家生前讲过嘛，这个，水利是农业的命脉，啊。我们要发扬愚公移山的精神，一不怕苦，二不怕死嘛，哈！哈！哈！"抬着土走着的梁月鹏脸上掠过气愤的神情。梁荣光快乐地看着走远的梁月鹏，继续对着喇叭说道："梁月鹏！梁月鹏请注意，梁月鹏请注意，请你让女同志抬前头……"因为泥兜绳靠近中年妇女，梁月鹏个子又明显高于中年妇女，这样土的重量明显偏在中年妇女一边。梁月鹏听到喇叭声，神经质地回头看了看，赶紧歇下，和中年妇女换过来。梁荣光注视着，对着喇叭说："很好，很好。"这时有一个面相强悍的小伙子走过来，梁荣光放下喇叭，殷勤地对该小伙子说："小李晚上不要走了，今晚菜在我家烧。今晚乡政府是你治安值班？"小李说："是。"梁荣光挽留道："不要紧，喝过酒再走。我家还有两瓶叫什么贡酒？"

傍晚，梁月鹏妈在堂屋里撒谷喂鸡，一边"咿咿"地呼唤着，一群鸡在地上杂沓地啄食。梁月鹏趴在大桌边吃干饭，就着炒青菜和腌菜。梁月鹏爸从外面进来，愤愤道："一个人头缴六块钱，我家要缴三十块钱。"梁月鹏妈停止喂鸡，说："从哪儿搞这三十块钱呢？"梁月鹏爸说："不行再把那几十斤小麦面明天上集给卖掉。"梁月鹏妈说："又要卖小麦面，月洲、月鹏早上光吃粥没劲，就要摊粑粑吃，你又要卖小麦面？"梁月鹏爸说："那搞一袋花生去卖。"梁月鹏妈说："挨都挨不得，那几百斤花生到春天价格涨了再卖，积攒下来钱要给月洲盖砖瓦结构。"梁月鹏吃完了饭，站了起来，说："村子要收这个钱干什么？"梁月鹏妈说："扒塘用的。"梁月鹏疑问道："扒塘我们不是自己扒吗？

也没请人扒。要什么费用？他吹喇叭的费用？”梁月鹏爸恨得咬牙切齿道：“大队那几头货把红旗举到哪个村，就要到哪个村喝，他们不借着扒塘收钱从哪儿弄钱喝猫尿呢？”梁月鹏气愤道：“不缴！”梁月鹏妈说：“你不缴，其他人家缴。”梁月鹏气恼地思索着，突然来了主意，说：“我去叫他们都不要缴！”

天色已黑，梁月鹏发动了梁月洲和梁开强，三人分头挨户去各家做思想工作，建议不能缴这个冤枉钱，大家积极响应，很快在梁月鹏家土坯小屋内聚起会来。自梁月鹏土书桌所临窗户外，可见该蒙着白塑料皮的窗户上泛着灯光，白塑料皮既厚实，又陈旧、泛黄，通过它看不清里面，只依稀可见影子晃动，并听见屋内乱哄哄的声音。

梁月鹏土书桌上点着一盏煤油灯，济济一屋，或坐或站着，还有人在翻梁月鹏土书桌上的书看，大家纷纷议论着。一个中年汉子说：“我们自己的塘自己挖，要缴钱搞甚个？”一个青年妇女说：“想钱想疯掉了也不能这样搞。”其他妇女，其中有和梁月鹏一起抬大土的胖墩墩中年妇女，同声附和道：“对对，就等于是抢人钱。”一个肤白面丰、名叫翠花的年轻孕妇在梁月鹏的土书桌边翻着一本《世界历史》课本，一边说：“我家农业税、提存一样也没少缴，凭什么要缴这个钱？我要把钱黑缴掉了，我家长根打工回来不骂死我？”一个脸皮黝黑、名叫梁黑森的少男佯嗔地插了一句：“长根回来不休了你？”哄堂大笑。另一个长相端正、名叫梁长春的少男俏皮道：“休了你你嫁给俺，我爱你翠花！”做着俏皮的动作。又哄堂大笑。翠花嗔怒道：“这伢们在这插什么嘴？”说着就举手佯装着要来打梁长春，梁长春和梁黑森一溜身跑了。

梁荣光家在喝酒、划拳，除了梁荣光和小李，还有几个人。一个小女孩跑进来，直奔向梁荣光，急切道：“爸、爸、爸，村里人都在梁月鹏家那小屋开会！”梁荣光等人一下子愣住了。

梁月国家，梁月鹏妈往里屋伸着头，喊道：“月国，月国，月国……”梁月鹏爸急得来回直跺脚，一边说着：“这伢们，吃饭吃野掉了，把全村人招到家里来开会，要犯王法的！”梁月鹏妈伸着头继续喊道：“月国，你去叫他们走，别在我家开会！”

梁月鹏家土坯小屋内，一长相漂亮、穿着入时的年轻女子，她是梁老五老婆，骄傲道：“反正我不缴，要缴我叫梁荣光问我家老五去要。”梁月鹏、梁开强、梁月洲兴奋地看着大家，附和着。翠花大方地提议道：“让梁月鹏给我们讲几句话。”大家安静了一些，梁月鹏激动得有些说不出话来：“今晚、今晚……把大家叫过来开会是要、是要……”梁月洲老成一些地插上：“我来讲。今晚我们避开村长和组长来开这个会，是要我们大家统一行动，一律不缴这六块钱……”

梁月鹏土书桌所临窗户外，梁荣光、小李和一个中年男子，他是村民组长，刚才划拳喝酒也在，他们趴在窗户边，鬼鬼祟祟地往里侧耳倾听，一边嘀咕着。村民组长悄声道：“这家伙们在搞什么？怎么不通知我们？”梁荣光悄声道：“这家伙们真开起会来了。”村民组长悄声道：“这家伙们在搞什么名堂？想造反啊？”小李悄声道：“不想好了，敢对抗政府？”

梁月国家里屋内，梁月国妻侧卧在被窝里哄着婴儿睡觉，梁月国蹲在地下，一边给儿子洗脚，一边满不在乎道：“事先我也不晓得这事，他们也没对我讲。”梁月鹏妈站在跟前，说：“你不去管，谁去管？以前你爸当干部的时候梁荣光带头闹，现在梁荣光当干部了他们闹起来了。”梁月国说：“随他们去闹。”梁月鹏妈拉了拉梁月国的胳膊，悄悄道：“你没看到乡政府那小李在他家吗？”梁月国惊奇地抬头望着母亲，母亲加重了语气道：“他一人能打十个！”

梁月鹏家土坯小屋内，梁月鹏对大家激动道：“这次会是我发动的，有什么后果我一个人承担！”梁月鹏爸走进来，对大家以劝说的口气道：“哎，你们走吧，有什么事我们明天再讲，今天就到这儿了。”大家正值兴头上，根本没注意到梁月鹏爸，仍在众说纷纭：“我们都说好了，谁都不准缴啊，谁缴，谁就是叛徒！”“这一分钱都不缴恐怕也讲不过去，要不，少缴一点，从六块降到三块，你们看怎样？”“我家一分钱都不缴，都单干好几年了，又不是以前大呼隆时候。”“大呼隆是集体，也用不着凑我们私人的钱。”“你这大哥也真是，要不缴，就一分钱都不缴，为甚个还要从六块降到三块？”“自己的塘自己扒，要缴钱搞甚个？你给我讲清楚！讲清楚了我就缴，不讲清楚我坚决不缴！”……

梁月鹏土书桌所临窗户外，梁荣光、小李和村民组长仍附在窗边侧耳倾听，并小声议论着。梁荣光说：“这家伙们不是造反是干什么？还得了！”村民组长说：“这是梁月鹏起的头，这家伙考不上大学，在家发动人民起义了。”小李说：“我来把他带走！”小李此言一出，梁荣光和村民组长便扭头鼓励地看着小李。

梁月鹏家土坯小屋内，梁月鹏爸干咳两声，举起双手，抬高声音，对大家以恳求的口气道：“哎！哎！哎！这个事情我们明天再讲，啊，明天再讲，啊，今天就到这儿了……”大家注意到了，纷纷动身，准备出去。突然传来一声断喝：“不许动！”大家一齐向门口望去！小李一个箭步冲进屋，问道：“哪个是梁月鹏?！”梁月鹏惊愕道：“我是！”小李上来就把梁月鹏双手弯到背后，推着就往外走！大家都惊愕地看着。父亲走上来拽着小李道：“哎哎，我儿子不懂事，我已经在埋怨他了，啊。别、别把人带走。”小李说：“先带他到乡政府问问情况！”梁月洲、梁开强和第一个发言的那个中年汉子都拽着梁月鹏不让小李带走，一边说：“哎哎哎哎哎，有话在这儿问，别把人带走……”翠花大声道：“有话好好说，别搞得就像土匪一样！”梁荣光拿眼瞪翠花，斥责道：“你别在这废话！”村民组长站在一边观望着。

梁月鹏被带到乡政府一间砖瓦房里接受审讯，小李劈脸给梁月鹏两记耳光，接着又往他脸上打了两拳，凶狠道：“下次敢不敢私自召集人开会了?”梁月鹏被打了个趔趄，畏缩道：“不开了。”小李发狠道：“我问你敢不敢了?”梁月鹏胆怯道：“不敢了。”小李伸手托住梁月鹏的下巴，冷笑道：“说你墨水喝多了，你还不够格，大学都考不上！你还瞎胡闹！”

梁月鹏妈到村长梁荣光家求情，梁荣光发怒道：“这还得了！没经过我们村委会同意就把全村人招到家里开会，这不是发动人民起义吗?”目光躲闪了一下，“我们收钱……收钱是经过村委会研究的，也不是我梁荣光一个要收……”站在梁荣光面前的梁月鹏妈焦急道：“荣光，去乡政府说说好话，啊，月鹏年轻不懂事，他回来我好好教训他，我们两家也不能因为这个事落下冤仇，还没出五服嘛。”梁荣光说：“这还得了！月鹏你们要管管，念一点书就不知道天高地厚，这样以后会吃大亏的！我村长不干了，让他来干，他能干好吗？这个事没完！”梁月鹏妈说：“荣光，荣光，他回来我好好教训他，你看，以前他有没有做过什么对不起村里的事？没有吧，他这不是不懂事嘛。”梁荣光说：“这还得了！这叫无法无天，无组织无纪律！”梁荣光边说，边来回走动着，并不断用力地干咳着。

梁荣光当然不会总在家里待着，他要去乡政府参与处理呢。次日一早，他便来到光明县下马乡党委政府，和自己的表叔——乡党委书记攀谈。书记严肃道：“荣光，快让小李去把人放了！随随便便就能把人关起来?”梁荣光诧异道：“表叔，就这样放了他?”书记说：“你想怎么样他？还想逮捕法办他?”梁荣光力争道：“他没经过我们组织同意就把群众招到家里开会，这是发动人民起义。”书记不以为然道：“人民起义，这二三十人也算人民起义？小题大做！”梁荣光争辩道：“我们收钱是要买涵子呀，那大埂就光靠缺口过水呀？”书记说：“得了得了，几截涵子能值几个钱？我说荣光，我当书记你们沾了光，但也不要瞎搞，啊，能为群众做点事还是要多做点事！”梁荣光说：“表叔，这样放回去，也太轻了，那他以后不还要闹事？”书记更加严肃道：“荣光，说句实话，当初我是心一热才答应你们当村干部的，现在回想起来觉得不一定是好事。快去放了！”转身不再理会梁荣光。

梁月鹏家土坯小屋旁，草木稀疏、枯黄，吊环依旧挂在空中。小屋内，梁月鹏睡在被窝里瑟瑟发抖。门口传来脚步声，是母亲，她端着一大碗热气腾腾的面条加荷包蛋走进来，一边说道：“月鹏，月鹏，趁热吃，还给你打了两个鸡蛋。”梁月鹏没有反应，仍在发抖。母亲走到床沿坐下，凑近一看，梁月鹏脸上青了一块！母亲心里一酸，落下泪来，然后轻声哭道：“怎搞脸都被打青了？大学不上了就在家闹事，你能搞过他们吗？”起身把盛着面条、鸡蛋的碗放在梁月鹏土书桌上，“想想你们，从小到大，我们饿着肚子也要给你们吃饱呀，我的儿呀！那大学要那么多钱……”泣不成声。梁月鹏也在落泪，同时抽动着鼻腔……

梁月鹏感到很温暖，但并不为自己被抓被打一事感到悲哀和可耻，反而感到光荣和伟大，因为他认为召集群众开会抵制村干部乱收费的动机伟大。那小李就是一个跳梁小丑，你不打我倒没什么，你一打我我就成了英雄了，难道不是吗？

四

梁月国是务实的，娶了老婆，生了孩子，经过苦干攒了钱，现在又在公路边选了一块空地，经过组、村、乡三级批准，盖起水泥混凝土平房来。现在正在用石头砌新房地基，梁月国给瓦匠师傅挨个递香烟，梁月芹在帮着干活。一瓦匠师傅接过一根香烟，熟练地将香烟夹在耳朵上，挥起铁锤敲落一石头尖角，接着把这块石头很好地合上，再伸瓦刀入小塑料桶挖水泥浆，但小塑料桶已空。梁月国见此，扭头便喊："水泥浆快来！"梁月国妻在另一边和着水泥浆，不耐烦道："快来快来！我要回去烧饭了，月鹏不能来做小工啊？吃的时候就来转一转的！"

梁月鹏在光明县城大光明眼镜店里配眼镜，他验完"E"表，配镜师傅说："你这眼睛现在是假性近视，两只眼睛都才一百五十度，可以不戴眼镜，一戴就去不掉了，你是学生，我也不想糊弄你。不过像你这样文质彬彬的，再配个眼镜戴上，要更那个一点。"梁月鹏早就想戴眼镜了，在平时看书的时候别说要注意保护眼睛了，他打心眼里是在诅咒自己的视力，期盼自己的视力下降，下降到可以戴眼镜，那么现在的情况是可以戴，可以不戴，那当然选择戴了，于是，他看着柜台里的秀郎镜架，向往道："配！"

梁月国妻埋怨道："人家小叔子逢到哥哥家干大事都忙前忙后的，哪像你家这些书生，'踢倒油瓶都不扶'！"在梁月鹏家土坯小屋集会时第一个发言的中年汉子一边砌着石头，一边笑嘻嘻地接上茬："人家书生自有书生的作用，这次扒塘收钱人家动动嘴，六块钱就降到了三块钱，你一家四口就减了十二块钱。"梁月国笑了。梁月国妻不屑地一撇嘴道："脸都被打青了，丢人！"中年汉子说："话也不能这样讲。人家书生这样做是吃了亏，作用还是有的。"梁月国妻说："作用作用，把他自己的事做好才是作用，就他会逞能。"

"哟，书生回来了！"随着中年汉子的话声，大家扭头看去。公路上，梁月鹏戴着秀郎架眼镜，拎着公文包走来，走到公路边停住，往这里看看，又径直走了。梁月国妻说："人家开化还在省城读师范，回家来什么事都干！你看他们'文不能安邦，武不能定国'，你穷得叮当响是自己作的！"梁月国拎着一桶水来到妻子跟前放下，拿起水瓢从桶里舀水往有点干燥的水泥浆上泼洒。梁月芹拎着盛满水泥浆的小塑料桶来到中年汉子跟前，小声道："我大嫂讲话也不避人。"中年汉子笑嘻嘻的。

梁月国家盖新房，批量的饭菜烹调及宴客利用了父母这边的锅灶和场地，母亲帮着做饭。此时炒菜的声音和油烟又从那个小窗洞冒了出来，部分进入梁月鹏所在的土坯小屋。梁月鹏戴着眼镜，坐在自己的土书桌边看高考的书，不时用手推推秀郎镜架。门口传来脚步声，是梁月芹，她走进来，到梁月鹏旁边，看了一会儿，然后说："三哥，大哥家盖房子的人都在我们家吃饭，在我们家烧。”梁月鹏应了一声：“噢。”梁月芹说：“今上午我在那儿干活，大嫂就在讲难听话。”梁月鹏停止看书，转过头来，问：“什么难听话？”梁月芹说：“说你不干事，不帮着给她家做小工。”梁月鹏说：“我在复习，哪有时间去帮助她家做什么小工？”说着站了起来，离开座位。梁月芹不情愿道：“她还说你脸被打青了，丢人。”梁月鹏气愤道：“她在废话！就她那矮样子还天天七嘴八舌的，别睬她！”梁月芹换了话题道：“你讲我从小定的那个亲算不算？”梁月鹏说：“当然不算，那是包办！”梁月芹微笑了笑，说：“上次我到桃源大姨娘家去，大姨娘烧的那个肉丁好吃得很。他们家那边妇女就早上搞一点蔬菜上街卖卖然后就没事了，有的蔬菜是自己家兴的，有的是她们家的男人们从外地贩来的，不像我们家一年到头都累死了，特别是割稻、割麦、割油菜的时候，汗都直滴……”梁月鹏听着，然后说：“以后我没事了也到大姨娘家玩玩。”接着问道，“他们家是在桃源县城吧？”梁月芹说：“是，在东门，只有一里路就到县城大街上了，那中大街就像小上海一样。”梁月鹏说：“以后一定去。”梁月芹说：“我们村翠花生了个儿子。”梁月鹏皱了皱眉道：“翠花才二十岁，就当妈妈了。”梁月芹说：“你要不念书，也像长根一样当爸爸了。”梁月鹏不好意思地笑了笑道：“好笑。”梁月芹伸手摘梁月鹏的眼镜，一边说：“我来戴戴你的眼镜，看怎么样？”梁月鹏自己把眼镜摘下，帮助梁月芹戴上。梁月芹戴着眼镜，顿时文气了许多，看了看别处，说：“有点晕。”又把眼镜摘下，递给梁月鹏。梁月鹏戴上眼镜，说：“刚才你戴上眼镜真不错，可惜你早就不念书了。”梁月芹说：“我小学一年级每次考试语文算术都是九十九分一百分，不就是大姐家大丫头没人带，爸就硬让我下来去大姐家带孩子了嘛。”梁月鹏说：“你这一辈子就让爸给毁了，竟然不让念书去带孩子！”梁月芹说：“关键是我那时候学习成绩好，要是不好就算了。是亏了，不然我也考大学，说不定我都考上了，你还没考上。”说到这儿笑了。梁月鹏也笑了。

随着隆冬的到来，春节的脚步声已经能听得见了。梁月鹏生出了一个点子，让父母剥一点花生作为土特产去省城看望高子丹，去撞撞运气，不，肯定是好运！要再不去，说不定那活生生的好素材《伟大的单相思》被高子丹抄了去，改头换面给用了，就亏了。父亲和母亲为了儿子的未来，坐在一起剥花生。梁月鹏从土书桌边站起来，合上书，嘴里还在不停地背诵着：“神经质的，形容词，nervous，nervous，nervous。神经质地，副词，nervously，nervously，nervously，nervously，nervously……”他离开书桌，走出小屋，来到堂屋在剥花生的父母跟前，看了看，母亲用手翻了翻剥好的花生米，问道：“月鹏，你看给高子丹剥的花生米够不够了？”梁月鹏说：“再剥一点吧。”

次日早晨，天气寒冷，梁月鹏家土坯小屋边一个水坑的水面上结着薄冰，父亲赤着双脚在潮湿的牛屎堆上踩和，然后走下来道：“冻脚啊。”双手相互搓了搓，又往手上哈了口热气，然后往为了防止倒塌而斜撑着几根树杠的土坯小屋墙上贴起一块块牛屎饼来，一边唠叨着，“怕冷就行了？这牛屎饼干了以后烧火好烧得很。”母亲站在一旁纳鞋底，一边望着远方，梁月鹏拎着鼓鼓的公文包向公路方向走去。母亲说：“长根家翠花常说我家月鹏像个有出息的样子，你看他拎那包，戴着眼镜，要人样有人样。”父亲扭头看了一看，说：“人家高子丹一句话就行了！人心不是肉做的？你不送点东西，人家凭什么给你拍电影？月鹏这电影要拍成比上大学还强哩。”母亲说：“八个孩子，死了两个，活下来六个，月鹏也是最小的儿子，就看他有没有出息了。”父亲说：“月鹏这孩子心大，要是赶在浪头上，说不定老祖坟还真的显灵，祖宗保佑他能干出一番大事来。”母亲说：“月鹏他们上次招人在小棚子里开会被带到乡政府去，那天晚上我一夜没合眼，第二天要是不把他放回来，我就到乡政府大门口哭去。”父亲说：“第二天要是不放回来，看我不扛着铁锹锄头，打到乡政府去！”父亲说到这儿，正在贴着的一块牛屎饼没粘住，直往下掉，“哟哟哟……”赶忙用手接，没接住，还是掉到地下。

行驶的公共汽车窗外，隆冬的田野逐渐向后退去。梁月鹏踌躇满志地坐在车上，膝上放着鼓鼓的公文包。

梁月鹏拎着鼓鼓的公文包，来到江汉电影制片厂大门口，径直进入传达室。传达室老头一边把水壶里的热水往热水瓶里倒，一边老气横秋道：“电影不好搞哎。”梁月鹏坐在一边听着。传达室老头问道：“你家有什么人？你是什么身份？”梁月鹏说：“我是农村的，父母亲都是农民。”传达室老头说：“人家高子丹父亲当过省文化厅副厅长，你知道吗？不过高子丹本人笔头也好。”梁月鹏吃惊道：“他父亲当过文化厅副厅长？”传达室老头说：“现在写剧本要能找到投资才行，不像前几年被看中了国家就给钱拍。你小伙子能写出来什么？”梁月鹏微笑了笑。传达室老头说：“我讲你别不高兴，快到年关了，大家都忙着准备过年了，这大腊月黄天的，你跑什么跑？”梁月鹏没吱声。传达室老头说："高子丹刚才回家了，你去他家找。也没多远，你出门往北走到头，有一幢宿舍楼，一楼就是。"

梁月鹏听得此言，如获至宝，顺利地找到了高子丹的家。高子丹家是两室一厅，高子丹热情地招呼梁月鹏在一张长沙发上坐下，说："你那个剧本我交给编辑室的吴编辑了。我也翻看了一下。"高子丹妻沏了一杯茶款步端过来，放在茶几上，然后转身走了，梁月鹏欠了欠身。高子丹在梁月鹏坐的沙发上坐下，对梁月鹏侃侃而谈道："我就直说了，你这个本子没戏，缺乏目标，也就缺了戏剧性。"正襟危坐的梁月鹏木讷道："那……那没希望了?"高子丹只管谈自己的："要有生活积累和阅历，要能洞察出生活中的一些微妙却深刻的东西。要有信心!"把茶几上的茶递给梁月鹏，"喝一口吧。"梁月鹏感激地接过，勉强地呷了一口，又放回到茶几上，然后猛地说道："高厂长，我从家带的花生米请您收下，土特产，是点心意。"说着从公文包里拿出来用布袋装着的花生米。高子丹推辞道："不用不用，别客气，你也困难。"梁月鹏坚持给，高子丹干脆道："我说不用就不用嘛。"梁月鹏这才又放回包里，红着脸站起来，讪讪道："高……高厂长，那我……走了。"高子丹关照地扶着梁月鹏的胳膊道："慢走，啊。"高子丹一直送梁月鹏到门口，梁月鹏出来，身后铁栅门关上。

梁月鹏受打击了，希望已落空，只得拎着依旧鼓鼓的公文包，心情萧索地走在省城大街上。刮风了，地面上卷起纸屑和灰尘，梁月鹏怕冷得弓着身缩着头走着。下雪了，梁月鹏向前走去，逐渐消失在雪花飞舞的人流中。

五

树叶发绿，杂草丛生，季节更替，夏天来临。夏日的省城大街上，穿着裙子和没穿着裙子的年轻女子在梁月鹏的眼里都风姿绰约。梁月鹏拎着公文包，走在其间，眼光不时瞟向前面三个白皙丰腴、谈笑风生的年轻女子，他突然意识到什么，收回贼眼，原来已到了江汉电影制片厂大门口。梁月鹏走了进去，传达室老头看见他，便说："你又来了，高厂长这三个月都出差了。"梁月鹏说："我找编辑室的吴编辑。"传达室老头说："吴编辑今天在。"手往里指了一下。梁月鹏即往里走去。

编辑室里，吴编辑趴在桌边，一本正经地在江汉电影制片厂的信笺上潦草地写道：

梁月鹏同志：

来稿《伟大的单相思》已阅。该剧通过对一个中学生单相思历程的细腻描写，反映了中学生青春期初恋的单方面特点，这种心理之恋虽然带有浓厚的幻想色彩，但不失纯真与美好，具有一定的观赏性和艺术性，我们酌予投拍成上、下集电视剧。但囿于资金的限制，希望有关单位或个人能够伸出赞助之手，具体事宜再商。

梁月鹏恭敬地站在对面。吴编辑写完，从抽屉里拿出公章来，郑重地盖在日期上，是"江汉电影制片厂稿件处理专用章"，然后将信笺交给梁月鹏。梁月鹏看了一下，惊喜道："可以拍，就是资金不够，是吗？"吴编辑说："是的。"梁月鹏折起信笺，装进公文包，十分感激道："谢谢吴编辑！"

梁月鹏走在省城大街上，脚步轻快，心花怒放，他觉得风姿绰约的年轻姑娘们都在为他喝彩，对他刮目相看，他真想高声呼喊："我成功啦！我的剧本能拍啦！亲爱的姑娘，我们相爱吧！"梁月鹏兴冲冲地走在人流中。

梁月鹏有一个高中同学在省城工商局工作，梁月鹏值此兴奋之际，便去找他。工商局各办公室里，穿着工商制服的工作人员在办公，梁月鹏拎着公文包，来到一办公室门口，伸头往里张望。里面一个很精神、面色黝黑、名叫余林的小伙子看见梁月鹏，热情道："梁月鹏，老同学，好家伙，欢迎欢迎！"梁月鹏往里走去。余林忙起身，端来一把椅子，说："坐。"接着又沏茶。梁月鹏看了一下其他办公桌，说："今天就你一个人？"余林说："他们开会去了，没事，你坐。"梁月鹏坐下来，以关心的口气道："余林，你去年几月份工作的？"余林说："六月份从工商学校毕业，搞到九月份才上班，我分配算最好的了。"梁月鹏说："高中专毕业能分配到省城工商局工作，这当然不错了。"余林说："你怎么样？是在继续复习，还是在干什么？"梁月鹏说："在家里复习，另外在搞剧本。"余林说："张建军在这儿上联大，李秀云在这儿上工大，他俩都是自费大专。”梁月鹏有所强调道：“我刚从江汉电影制片厂过来，编辑说我这个本子可以拍摄，但是需要赞助。”说着从公文包里掏出江汉电影制片厂的信笺递给余林。余林接过信笺看了一下，反应敏捷道：“梁月鹏，我们是高中同学，我就直说了，搞赞助不可能，高考是我们跳出农门的唯一出路。”说着把信笺还给梁月鹏。梁月鹏不以为然道：“不一定吧。”接过信笺，仍郑重地装进公文包里。余林说：“这样，我来通知我们几个同学，你先出去转转，等我下班了，晚上我请你们到饭店喝酒。”

余林当晚在一家小饭店请客，他端起酒杯站起身，很老到地与各位同学碰杯，热情道：“今天梁月鹏过来，我们高中几个同学难得在此一聚，大家干杯！”梁月鹏、张建军、李秀云等五六个男女同学纷纷起身碰杯，除了余林，大都有些腼腆，不太放得开。

梁月鹏在余林那儿住了一宿，次日去江汉联合大学找张建军。梁月鹏拎着公文包，与个子很矮、长相有点丑陋的张建军在江汉联合大学校园内逛游。张建军说：“梁月鹏，我觉得你应该和我一样上联大，毕业当个中学教师也不错，不至于在农村修地球啊。”梁月鹏说：“那么多钱，不可能上啊，硬是上的话，我二哥的婚事就砸了。张建军，给你看样东西！”说着又从公文包里掏出江汉电影制片厂的信笺递给张建军。张建军接过看了后，高兴道：“哟，要拍电视剧啊！有远大理想，不像我们只顾眼前，只能当个教书匠了！”

梁月鹏在张建军那儿待了一天，接着去李秀云那儿。他拎着公文包，与穿着、长相都有些土气的李秀云在江汉工业大学大门口逛游。梁月鹏从公文包里掏出江汉电影制片厂的信笺给李秀云看，李秀云看完后，兴奋道：“要拍电视剧啊！到时候让我去演一个角色？”梁月鹏受宠若惊得脸都红了，笑嘻嘻、含糊其词道：“嗯，嗯，那当然，那当然。”

令梁月鹏神往的江汉工业大学校园内，大学生如潮涌般匆匆走着去上课，也有骑自行车的。一树丛处，梁月鹏拎着公文包，对夹着书和文具的李秀云说：“李秀云，我没有路费了，还准备到新华书店买一本电影方面的书，你给我拿十块钱，到时候还你。”李秀云从口袋里掏出钱来给梁月鹏，并考虑道：“梁月鹏，我这校徽一般也用不上，送给你做个纪念吧，其他也没什么东西好给你。”说着从文具盒里拿出校徽给梁月鹏。梁月鹏接过钱和校徽，喜爱地把“江汉工业大学”校徽掂量了两下，又看了一下钱，觉得有点过意不去，定定地看着李秀云道："那我走了，你去上课吧，这两天在你们这里吃着喝着，临走还要钱，不好意思，我喜欢这个校徽！"李秀云笑吟吟地看着梁月鹏道："没事没事，高中同学，又是同乡！"向梁月鹏挥手作别，李秀云脸颊泛起一丝红晕。梁月鹏也向李秀云挥了两下手，转身走去，消失在大学生潮流中。

梁月鹏又来到梁开化这儿。夜已深，其他同学都入睡了，梁月鹏与梁开化睡在宿舍架子床上层同一张床上。他俩亲热地拥抱了一下，梁开化笑嘻嘻道："月鹏，李秀云肯定喜欢上你了，快主动出击，你俩还真有可能成。要是成了，和你睡一起的就该是她了。"梁月鹏有点不好意思道："不可能，她不好看，而且土气，我对她一点感觉都没有。"梁开化说："你还挑三拣四的，你现在什么都没有啊，你剧本什么时候能搞成都很难讲啊。"梁月鹏有点难堪，转而言他："我明天回去，在你这又待了一天了。"梁开化说："你在我这没问题，我刚才说的都是实话，李秀云一毕业就有个正式工作，是非农业户口，你可不能看不起铁饭碗噢。"梁月鹏勉强笑了笑。梁开化说："她工作有可能在县城，你要是和她在一起，你也成了城里人。"梁月鹏说："开化，她穿的那褂子和裤子也显不出来腰，身材就像水桶似的，我从来没对她有过感觉。"梁开化说："那不一定，人是衣裳马是鞍，她的玉体都隐藏着呢，一旦谁去开采了她，她就会绽放出美丽的花朵来！"梁月鹏说："哟，你这一讲我的心都有点动了！"梁开化说："我也只是一时发挥一点想象，说说而已。唉——，我俩都二十多岁，正值青春年少，可是连女孩子的手指头都没碰过，悲哀呀！"梁月鹏同感道："是啊，只有自慰了。"

次日早晨，梁开化送梁月鹏走出江汉师范学校校门，梁开化显得有些伤感，说："再过半个月我们就离校了，现在工作还没定，前途未卜啊。"梁月鹏说："进光明实验小学不可以吗？齐振华当校长，你大嫂的亲戚。"梁开化摇摇头道："不一定。"俩人默默走着。梁开化说："我们有几个初中同学没考上中专，却上了重点高中，现在都考上大学了，我后悔当时上中专啊。"梁月鹏附和道："是是，成绩好的上中专，差一点的却上重点高中，后来上大学，结果是中专生比不上大学生，也就是说，成绩好的最后比不上成绩差的，这不是怪事吗？"梁开化无奈地笑道："这就是现实。"

省城大街上，一派繁华景象。一辆行驶的公交汽车内，梁月鹏站在拥挤的人群中扭着头向窗外看着，一家家商店，一个个省、市级政府机关，还有企业，纷纷向车后退去。市酒厂的大门牌子映入梁月鹏的眼帘，梁月鹏突然有了主意，赶快向车后门挤去，准备下车。公交汽车停靠站牌，车门开，梁月鹏兴奋地跳了下来，转身往酒厂走去。

梁月鹏来到市酒厂大门口，问门卫："请问厂长办公室在哪儿?"门卫说："你是哪里?"梁月鹏从公文包里掏出江汉电影制片厂的信笺，指着信笺上落款的公章道："江汉电影制片厂的，拍一部上、下集电视剧。"门卫吃惊道："拍电视剧?"伸手往里指了指，"往里走，向右拐个弯，就看到门牌了。"梁月鹏振奋道："谢谢!"转身向厂里走去，信笺仍自豪地拿在手上。

厂长办公室里，厂长坐在办公桌边认真地看着信笺，梁月鹏站在他对面看着他，等待他答复。厂长看完，抬起头来，把信笺还给梁月鹏，思考道："现在电视剧也倒是个新鲜玩意儿，叫我们赞助，也就是拿钱啊。我们酒厂是国营酒厂，属工业局管，我们没有权力来拿钱拍电视剧。加上现在强调自负盈亏，就是自己对自己的作为负责，我们也不敢轻易把钱拿出来拍电视剧。"梁月鹏拿着信笺，热切道："厂长，电视剧后面可以署名你们厂为赞助单位，这样不是能起到宣传作用吗?我看你们酒厂不也经常做广告来宣传自己吗?"厂长说："那是纯粹的广告，效率高。光把我们酒厂的名字放在电视剧后面，有几个人能看到?我建议你去一些大型企业问问，看看他们有没有这个意向，好不好?"梁月鹏急切道："厂长，这和直接做广告不一样，但是一拍出来，就可以说你们酒厂参与电视剧拍摄，知名度就高了，大家都来买你们的酒了!"厂长厚道道："这对你是好事，你可以多跑跑。"梁月鹏有点无奈道："这对你们也是好事，为文化事业做贡献嘛。"厂长已起身要送梁月鹏，说："你还可以到你们县的文化局宣传部去问问，看他们有什么意向?"梁月鹏只得走了出来，一边应承着："好、好、好。"

梁月鹏走访了光明县委宣传部、县文化局，均无所获。

梁月鹏回到家里的土坯小屋，放下公文包，又拿出江汉电影制片厂的信笺好好地欣赏了一下，然后放在自己的土书桌上，接着又拿出"江汉工业大学"校徽观赏。他想了想，把信笺和校徽拿到二哥的土书桌上一本翻开的书上放着，刚要走开，传来梁月洲的喊声："月鹏，月鹏……"随着这喊声，戴着草帽、穿着劳动衣服、手里拿着两根扁担、扁担梢分别裹着单绳的梁月洲，脚步咚咚地走到门口，说："快换上劳动衣服，去挑菜籽把子!"梁月鹏热切地走上来，说：“二哥，你来看，江汉电影制片厂给我开的信！”梁月洲扫了一眼，说：“现在挑把子去，回来再慢慢看，快换衣服！”梁月鹏不得不走到小屋里首，有点舍不得但又不得不脱下身上的衬衫，从挂衣绳上取下陈旧的劳动衣服穿上，又拿草帽戴上，其间传来二哥的话声：“我们平时不怎么干活，到午收时节再不干，这把子还能指望爸妈挑啊？妈和月芹早上刚把菜籽割完，现在又去割小麦了，接下来这几天我们要大干一场，你要做好思想准备！”

明晃晃的太阳下，田野里一派繁忙景象。有不少人在挑把子，其中有人响亮地叫着“哎哟嗨——哎哟嗨——哎哟嗨——”的劳动号子。这是一畦油菜已割、散布着菜籽把子的油菜田，梁月洲和梁月鹏各自戴着草帽，额上汗涔涔的，在把菜籽把子往插在地上的一根扁担跟前抱，倚着扁担摞放。至菜籽把子摞高了，梁月洲拿起单绳，从中间箍之，生劲地煞将起来，专注、努力得不觉咬着伸出的舌头，梁月鹏在跟前帮忙。两担把子都煞好了，梁月洲和梁月鹏分别挑起来，踏上田埂，一前一后，向前走去。梁月鹏附和别人，也叫起：“哎哟嗨——哎哟嗨——哎哟嗨——哎哟嗨——哎哟嗨……”他两只脚掷地有声却有些踉跄地向前踏去，压在他肩头的扁担随着脚步颤动着……碌碡打场的吱呀声，吆喝牛的声音，母鸡下蛋的咯咯声，犬吠声，孩子的哭喊声，云雀的叫声，与“哎哟嗨——哎哟嗨——”的劳动号子声交织在一起，俨然是一曲农家忙交响乐……

六

梁月国的新家已经落成。正值夕阳晚照，父亲、母亲、梁月洲、梁月芹、梁月国及妻子或坐或站在已启用的三间新平房大门口，一边观赏着一边讲话。大门前面的空场地上有孩子们在玩“跳房子”。梁月国妻伸手指着抱着婴儿的梁月国，兴奋道：“我要不带点紧，这三间平房到现在肯定盖不成！在盖之前，这当家的就说材料还没备齐，等两年再盖；去年冬天墙根基都打好了，这当家的又打退堂鼓，说到今年秋后农闲时再盖……”母亲坐在一只矮凳上，指着新房道："这现在盖好了不好嘛！"梁月国妻说："手头积攒了点，一不小心就花掉了，过两年就是空！"梁月国看着老婆一个劲地赔笑。梁月洲评价道："这房子盖得不错，大嫂讲得有道理！"梁月芹也附和道："确实，没有大嫂这魄力，这房子不会这么快就盖好！"父亲坐着，在闭目养神，不经意地抖着二郎腿。梁月鹏走来，梁月国一见梁月鹏便说："月鹏，你跟我去打工，老常复习我看你也复习不下去了！"梁月鹏欣喜道："你们这次去哪里？"梁月国妻微笑道："那里有山有水，大姑娘都在那里等着你哩。"梁月鹏笑嘻嘻的。母亲说："月鹏，你大哥大嫂都讲了，你就跟你大哥他们出去打打工，老常在家坐吃山空也不是个事。"梁月洲说："他复习到现在不考大学了？"父亲睁开眼睛，来了一句："还考，都考到胡子白了！"大家都被这句话逗笑了。梁月鹏说："我没出过远门，真想出去看看！"梁月芹也来一句："书都念够念伤了，出去打打工吧。"梁月鹏问道："大哥，你们这次是铺路还是造桥？"梁月国说："造个小桥。"梁月鹏决定道："好，我也去！"

两日后，梁月芹挑着旧花被子和装了东西的旧塑料编织袋，后面跟着梁月鹏，向公路方向走去。梁月芹说："三哥你来挑，打工去挑被单还怕丑？"梁月鹏说："马上过了村子我就来挑。"梁月芹说："过了村子再有熟人怎么搞？"梁月鹏说："过了村子我一定挑！有熟人就熟人就是了，我怕他干吗？"梁月芹说："你嘴上这样讲。"

梁月洲和母亲站在土坯小屋旁看着，梁月洲笑了笑道："月鹏在家复习这几个月白复习了，就要高考了他走了。"母亲收回远望的目光，期望道："给他到外面闯闯，在家也待发霉了。"这时，小四子背着旧花被子，从梁月鹏家大门口，朝着后院边的路走来，看见梁月鹏妈，笑嘻嘻道："听讲你家月鹏也去青溪呀？"梁月鹏妈说："是，他刚刚走，没走多远，你们在车站集合。"注意地看着小四子，"你是甘庄甘木匠家的吧？"小四子说："是，我是小四子。"

梁月鹏很积极，在省城汽车站上车时，他一人蹲在一辆公共汽车的车顶货架上，接下面递上来的被子。全部码好，然后拴紧网绳，梁月鹏干完了，又满意地看了看，声音高亢地问下面："好了吧？我下来了！"中年汉子在下面抬头看着，说："好了好了，你下来吧，书生跟我们打工打亏掉了！"梁月鹏走到车尾部，双手抓住车尾梯子，开始一步一步倒退着往下走，踏到最下面一根横杆后，他轻快地跳了下来。中年汉子扶了梁月鹏一下，笑嘻嘻道：

“月鹏心还真细。”

梁月鹏第一次出远门打工，感到很新鲜，虽然知道自己去也是干活，但还是对此次出行充满了无限的憧憬。青山翠岭，绵延不绝，一条公路蜿蜒其间，各种车辆在公路上行驶着。一辆行驶着的公共汽车内，打工仔们惊喜地望着窗外，一片欢声笑语。小四子伸着头看着车下面陡峭的山崖，说：“好陡啊！”头一缩，“我不敢看了。”梁长根说：“胆小鬼！”小四子舌头一伸，笑嘻嘻道：“梁长根，你儿子可会喊你‘爸’了？”梁长根说：“当然会喊‘爸’了，哪像你这样愣头青？”大家笑了一下。小好问梁长根：“梁长根，翠花那么漂亮，怎舍得把她丢在家里的？”梁长根又扭头看着小好，说：“都像你俩没出息，二十七岁老婆都没搞到！”说完和大家一起笑了。梁月国和中年汉子身后坐着笑嘻嘻的梁月鹏，梁月鹏夏日在省城一直穿着的这件较上档次的衬衫的胸部正式别着“江汉工业大学”校徽。装载着他们的汽车向青山深处驶去……

他们这次外出是去本省青溪县公路管理站，其大门前有一条小河，小河上有一座用钢筋和木板临时搭建的木板桥，他们就是要在这里建一座小桥，以代替那座临时木板桥。有技术员，图纸设计也不难，都做好了，就等着他们了。他们开进公路站后，首先在公路站大院内一角用毛竹、篾条和油毡搭建起简易的工棚，又支起简易的锅灶，很快一切就绪。由于正值盛夏，天气炎热，他们就席地而睡，起来后铺盖一卷也倒省事。

肚大腰圆的公路站站长用芭蕉扇挡着烈日的阳光和包工头站在临时木板桥上比画着。

这会儿，包工头拎着一条大鱼，进入公路站大院，伸头看看楼上没人注意，径直奔向一层站长的家。站长指责道：“你这样很不好看啊！又是上班时间。”包工头脸上堆着笑道：“我们准备自己吃的，顺路就带来了，站长。”站长妻已接过鱼，笑盈盈地对包工头说道：“下次别这样了，我家都有，多给你们干活的工人们补一补。”包工头点头哈腰道：“是、是、是。”

公路站大门口工地上，烈日炎炎。水泵在抽水，水被抽的窟窿里，中年汉子和梁长根在挖土，其他人在用篾箕挑土，沿着跳板往上，经过木板桥，把土送到一边暂时堆放着。他们往来穿梭着，脸上汗如雨下。戴着草帽的梁月鹏在挑土，他藏青色上衣的背部都湿透了。

一天干下来，梁月鹏就感到有点犯难：这样要干两个多月，何以支撑？如何耐得？而公路站值班室里的值班少妇成天坐在清凉的房间里，风扇悠悠地吹着，她那白皙丰腴的大腿上的裙幅在随风波动，这是何等的差别！而且从值班室门口经过，总是看到她那白皙丰腴的大腿上的裙幅在随风波动，这是何等地撩人！那也只能饱饱眼福而已。

一日，梁月鹏和小四子把担子放在桥边，到值班室来歇歇。值班少妇指了指旁边的椅子，友好地把风扇的风向转向他们。他俩坐下，吹着风，感慨道："真凉快！真凉快！"梁月鹏伸手拿起桌上电话机旁的《江汉省青溪县电话号码簿》翻看起来，他藏青色上衣的背部结上了白色的盐霜。

夕阳晚照中，打工者们在工棚边或坐或蹲着吃饭。

一个桥墩的土方已完工，他们开始在深深的桥墩窟窿里竖起钢筋、绑扎钢筋网，然后挑灯夜战，集中、人工搅拌、浇筑混凝土。抬石子、抬沙子、抬水泥、和在一起。抡着铁锹搅拌。浇水。再抡着铁锹翻拌成混凝土。两两用毛竹杠子把盛满混凝土的泥兜抬往桥基边，将其中混凝土倒进绑扎着钢筋网的桥墩窟窿，继而用振捣棒振捣。凌晨两三点钟，包工头送来几个大西瓜慰劳大家，梁月鹏吃完西瓜，倒在石子堆上打盹，顺着石子往下滑。当东边的小山上升起红彤彤的朝阳时，他们个个犹如泥人一般，仍在干着。早晨八九点钟，深深的桥基窟窿终于被混凝土填平，只露出钢筋网。打工者们赶紧回工棚休息，不管身上泥迹斑斑，横七竖八地躺倒呼呼大睡，他们太累了。梁月鹏恰恰睡不着了，他搬了只板凳来到工棚外，一个人坐着，直愣愣的，呆了似的，良久不动……

三日后，大家都在大门口工地上干活，梁月鹏却穿着背部结有盐霜的藏青色上衣，坐在值班室里打电话。值班少妇坐在一边无事。梁月鹏说："是青溪县委办公室吗？"电话里的声音："是的，你是谁？"梁月鹏说："我是江汉电影制片厂，请问你们书记在吗？"电话里的声音："在，稍等。"梁月鹏等着。电话里换了一个声音："我是胡建华，请问你是……"梁月鹏说："我是江汉电影制片厂，我在你们县城。是这样子，我们准备来你们县拍一部反映中学生生活的电视剧，希望你们能提供赞助，你们这里景色不是很美吗？"电话里的声音："这样，我来叫县委分管文化宣传的第一副书记和你谈。"电话里的声音变远了："喊一下张书记……什么？不在，噢。"电话里正常的声音："我们第一副书记叫张正彬，你约个时间和地点，我让他届时光临。"梁月鹏充满信心道："那就今天晚上八点半在你们县的公路管理站，今晚八点半，公路管理站，好吗？”对方显然在记录，一边缓慢道：“八点半，公路管理站。”梁月鹏说：“再见！”对方的声音：“再见。”

公路站站长在自己办公室里接到县委办公室的电话，吃惊道：“没有江汉电影制片厂的人啊，这里只有一个从农村来的包工队，我们公路站正在大门口建一座小桥……要拍一部电视剧？今晚八点半在我们公路站见面？我怎么不知道啊？……好好好，我今晚哪里也不去，负责接待张书记！好好好，我注意观察！”

月亮上了黑魆魆的山头。梁月鹏穿着那件较上档次的衬衫，手里拿着一个小东西，走到木板桥上。公路站站长从家里出来，走到大门楼下，捋了捋衣领，看了看木板桥上的梁月鹏。这时，打工仔们亮着电灯泡在工棚外打扑克。梁月鹏转悠着，忽然看见一辆小汽车驶过来，拐弯上了木板桥，直向公路站大门。梁月鹏欲上前招呼，小汽车已从身边驶过，进了大院。梁月鹏赶忙向大院走去。小汽车停住，稍顷，副驾驶座的门打开，从里面下来一个男青年，带上门后，他打开后座的车门，礼貌地让相貌堂堂的张副书记从车里钻出来。张副书记看了看来到近前的梁月鹏，梁月鹏激动道：“您是张书记？我是江汉电影制片厂的。”张副书记说：“噢。”和走过来的公路站站长握了握手。站长看了看梁月鹏，对张副书记说：“张书记，我们去楼上会议室谈吧。”站长领着张副书记，还有男青年、梁月鹏，一起向楼梯口走去。打工仔们仍亮着电灯泡在工棚外打扑克。楼上会议室里宽敞明亮，梁月鹏胸前别着“江汉工业大学”校徽，手里拿着一个红色塑料封面小影集，走到张副书记面前，翻开到其中一处，说：“这是江汉电影制片厂给我的信。”张副书记接过小影集，仔细看了已被裁成两半依次插在小影集里吴编辑写的那封信。张副书记又翻了翻小影集的别处，有高子丹厂长、吴庆华编辑的名片，有高子丹写的那封信的信封正面和同样被裁成两半依次插着的高子丹写的那封信的信笺，还有一枚真的、已不新的、以前解放军战士的帽徽——红色五角星！张副书记把小影集又翻到插着吴编辑的那封信的地方，说：“你们来看看。”公路站站长过来看了看，男青年也过来看了看，然后又回到各自位置坐下。张副书记扫了一眼梁月鹏胸前的校徽，问道：“你是江汉电影制片厂的职工吗？”梁月鹏说：“不是，我是跟我大哥他们一起来打工的。”说着用手指了指下面，“就是造门前这个小桥。”张副书记有了想法，起身来到公路站站长身边耳语了一下，又来到男青年身边耳语了一下，然后回到座位，对梁月鹏说："这样，现在我一个人也做不了主，我们一起去县政府和他们共同商量商量，你看好不好?"梁月鹏高兴道："好!"大家起身出去，来到楼下大院里。张副书记上了副驾驶座位，公路站站长帮他关了车门。梁月鹏和男青年先后上了后座。车门关好，小汽车启动。梁月鹏不禁回头看了看，小四子和小好站在车窗外，感到很意外地看着坐在小汽车内的梁月鹏，梁月鹏向他们摆了摆手，他们亦向梁月鹏摆了摆手。小汽车离去，站长扬着手向小汽车作别。小汽车驶出大门，上了木板桥，拐上马路，驶去。

这是梁月鹏平生第一次乘坐小汽车，小汽车的速度也真快，还没有什么噪音，一眨眼就来到了青溪县人民政府，轻车熟路地就驶了进去。县政府大院内，小汽车停下，张副书记、男青年、梁月鹏分别钻了出来。张副书记对男青年说："你带小梁去楼上值班室等一下，我去一下就过来。"说完转身离去。梁月鹏想对张副书记打声招呼，但见张副书记已走去，只能欲言又止。

楼上值班室里有一老者在看电视，男青年领着梁月鹏推开纱网门进来，在一边坐下。电视里正在播放男女对唱音乐电视《两地书·母子情》。男青年沏了一杯茶，礼貌地放在梁月鹏身边，梁月鹏感激道："谢谢!"老者又友好地把风扇的风向移向梁月鹏和男青年，梁月鹏看到了这一点，脸上升起了幸福的神情。《两地书·母子情》在演唱着，梁月鹏看着电视，是被招待得感动，还是被音乐电视所打动，反正感动得热泪盈眶!《两地书·母子情》在演唱着，文绉绉地欣赏着音乐电视的梁月鹏一时沉浸在这优美动人的母子情怀中!突然，"吱呀"一声，纱网门开，梁月鹏转头看，两个中年警察走了进来，他们佩戴着手枪。梁月鹏不由得站了起来，甲警察对梁月鹏说："跟我们走一趟。"梁月鹏惊诧道："你们……干什么?"梁月鹏不再言语了，知趣地走了出去，两个警察跟着走了出去。

大院里停着一辆绿布篷吉普车。他们来到跟前，甲警察打开后座车门，命令道："上去!"梁月鹏上了车，甲警察也跟着上了车，乙警察上了副驾驶座，吉普车启动，驶出县政府大门。吉普车行驶在大街上，梁月鹏问："你们带我去哪里?"坐在梁月鹏身边的甲警察说："你到了就知道了。"梁月鹏一下子感到了恐慌，说："我没做什么坏事!我是在这打工的!"接着便不言语了。梁月鹏意识到了什么，眼望前方，悄悄地伸手把胸前的"江汉工业大学"校徽摘下。甲警察目不斜视，却注意到了，说："你拿好了!"吉普车驶入青溪县公安局。

公安局审讯室里，甲警察从旁边拿起一根武装皮带，往放着梁月鹏的小影集和“江汉工业大学”校徽的桌边一摔，吓唬道：“你给我老实交代！”乙警察在一边记录。梁月鹏微笑了一下道：“恐怕用不着这样吧，我可以把我的心掏给你们看看。”甲警察开始审问：“这封电视剧拍摄需要赞助的信，你是从哪儿开来的？”梁月鹏说：“江汉电影制片厂开给我的。”甲警察问：“是谁开给你的？”梁月鹏答：“吴庆华编辑开给我的。”伸手指了一下桌上的小影集，“那上面有他的名片。”甲警察翻开小影集，找到吴庆华的名片，拿出来看了看，然后接着审问：“这个‘江汉工业大学’校徽是你的吗？”梁月鹏说：“不是我的，是我一个高中女同学给我的。”甲警察问：“她怎么有这个校徽？”梁月鹏答：“她现在就是江汉工业大学的学生。”甲警察问：“她为什么把校徽给你？”梁月鹏似乎想笑，考虑着回答：“她是想给我做个纪念。”甲警察伸手抓起武装皮带，往桌上磕了磕，继续审问：“那么你为什么要戴她的校徽？”梁月鹏说：“我喜欢大学生校徽，不管是谁的校徽。”甲警察又问：“与你一起来青溪做事的有哪些人？”

此时，公路站大院内一角的工棚里，小四子正裸体躺在地上的席子上，借着由没有门的门口照进来的月光，在悄悄而热烈地手淫，额上汗涔涔的，身旁的工友们都熟睡了。他想象着白日里值班少妇白皙丰腴的大腿上的裙幅在随风波动，禁不住眼睛发饧，正要进入高潮，突然传来一阵脚步声，接着是一声断喝：“不许动！”小四子被吓得一跃坐起，惊愕地看着！一下子进来五六个警察，其中一警察命令道：“打开灯！”小四子光着屁股摸到了开关线，一拉，上下通亮。该警察亮出工作证道：“我们是青溪县公安局城关派出所的民警，都别动，我们奉命来搜查一下梁月鹏的东西！”警察到处搜了起来。梁月国他们都醒了，坐了起来，只有服从地看着。

公安局审讯室里，甲警察递笔给梁月鹏，说：“签个字吧。”指着桌上、案由是“诈骗嫌疑”的《收容审查决定书》的一角。梁月鹏接过笔，在指定位置龙飞凤舞地写下“梁月鹏”三个字，寻思着：“收容审查，容是宽容、容纳的意思，应该像审查干部一样审查我吧，宽容、容纳嘛，把我单独安排在一个房间里，送吃送喝……”梁月鹏的手让警察拿着按了一下红色印泥，然后在自己的名字上摁了一个手印。

签字画押完毕，梁月鹏又被带进吉普车里，不过身边坐的警察已不是原来的警察了。梁月鹏一时感到很风光，净坐小车子，还从来没有这样小车子来小车子去的。但这又去哪儿，心里没底，不禁问道："现在我去哪里?"坐在身边的警察说道："到了你就知道了!"

七

梁月鹏乘坐的吉普车的强烈前灯光刺亮了"青溪县看守所"六个大字，梁月鹏诧异道："来看守所?"司机摁了两下汽笛，铁皮大门开，吉普车驶了进去。一房间里，站着一排犯人，梁月鹏站在边上。一个帅气的年轻警察用拳头挨个打了两下，来到梁月鹏跟前却止住了。帅哥警察回到自己的座位上，说："梁月鹏，把眼镜、皮带和皮凉鞋脱下交上来。"梁月鹏服从地摘下眼镜，抽掉皮带，脱下皮凉鞋。走廊里，梁月鹏提着裤子，赤着脚走着，身后另一名警察押送着。来到一房间铁皮门前，此警察"嚯啷啷"地开了锁，"哗啦"一声拉开门，把梁月鹏推了进去，接着锁上门。梁月鹏进去了，一个一个光头纷纷从靠里首铺着的大而低矮的板铺上抬了起来，大都二十岁左右的年纪。一个说："今晚饶了你了！明早上再给你擦油!"另一个说："噢，来了一个书生，老子先睡!"又一个说："他妈的怎么不送一个大姑娘来，让老子好好享受一把!"再一个说："给我们介绍一下你的罪行!"却有一个个头不高的男子坐在板铺边缘沉思着，他一双大眼睛和善地看着靠墙蹲在一边的梁月鹏。靠外首有一个双腿有好几处疮的老头睡在席子上，他盯眼看着梁月鹏。梁月鹏上上下下打量着，屋顶有一个电灯泡在发光，四壁水泥高墙只有装门的一壁、和门错开的上方有一个窗子，其中竖插着几根钢筋做窗棂。紧闭的铁皮门上还有一个小窗子，此时盖着。铁皮门下面放着一个塑料马桶，此时盖着。和马桶挨着的另一壁墙的下方，用废弃的牙膏袋的嘴子巴在墙上做"挂钩"挂着一只只吃饭用的铝盆。地上放着刷牙洗脸用具。原来这是牢房！我坐牢了！这可如何是好?!梁月鹏突然感到生活的强烈对比和反差，母亲深情的声音似乎就在耳畔响起：

“月鹏，粑粑摊在小锅里，大锅里有粥，我下田了！”那晨曦在屋顶、树丛间闪耀，自己穿着裤衩从土坯小屋里出来，走到吊环下，优哉游哉地拉吊环的情景历历在目，而眼下是什么处境？是牢房！牢房！牢房！！梁月鹏非常焦急，却也非常无奈。沉思男子和善地看着梁月鹏，梁月鹏也看了看沉思男子。已经是后半夜了，梁月鹏也困了，先坐在地上靠墙打一会儿盹，然后悄悄地来到板铺边缘，把衬衫、长裤脱在一边，将就着躺下，扯了一点他们的被子盖着肚子，很快就睡着了。

上方的窗子亮了，屋顶的电灯泡熄灭了，是次日早晨了。一号头醒来，一脚便把将就着歪睡在板铺边缘的梁月鹏蹬了下去。梁月鹏站了起来，愣怔着。二号头上来就是一拳。一中间阶级，又矮又胖，上来双拳连续出击。二中间阶级上来托住梁月鹏的下巴，阴阳怪气道：“老子来的时候，”指了指自己一颗门牙掉了的豁口，“付出了这个代价！”说完便是两记耳光。一号头乜斜了一下一底层阶级，憨厚相、皮肤黝黑的一底层阶级便走到梁月鹏面前，伸拳往梁月鹏胸部轻打了一下。二号头马上过来，劈脸给一底层阶级一巴掌。一底层阶级嘴巴疼得用手捂了捂，然后咬牙猛地伸拳打了梁月鹏胸部两下。长着美丽的大眼睛、皮肤白皙、个子高挑、相貌俊朗的二底层阶级看了看一号头和二号头，主动过来往梁月鹏胸部就是两拳。梁月鹏眼花缭乱中，拳脚不断向自己袭来……梁月鹏双手抱着头蜷缩在墙根下，“哎哟，哎哟”地叫着……一个个施暴者恣肆的面孔在梁月鹏眼前闪过……梁月鹏的叫声停了，他一下子歪倒在地！大家停住了手脚，围拢了过来，吃惊地看着。梁月鹏脸色苍白，双目紧闭！一号头说：“弄被子来给他躺下！”一、二底层阶级赶忙去拿被子，大家手忙脚乱地在地上铺了被子，抬起梁月鹏躺上，又盖了一床被子。大家惊愕地看着。梁月鹏脸色惨白，双目紧闭！二底层阶级伸出手指对着梁月鹏的鼻孔，一号头盯眼瞅着二底层阶级，二底层阶级感觉着，扭头望着一号头，摇了摇头。一号头赶忙来到铁皮门前，推开小窗子的铁皮盖子对外面喊了起来：“报告干部！出人命了！报告干部！有人死了！报告干部！快来医生！……干部来了。”丢下铁皮盖子即合上，回到梁月鹏跟前。大家都看着铁皮门上的小窗子，小窗子上的铁皮盖子被掀开，露出一个警察的脸，注视着躺在地上的梁月鹏的脸，梁月鹏的眼睛慢慢睁开了，大家哄然一笑道：“没死！没死！”警察的脸移去，铁皮盖子合上。一号头伸拳给二底层阶级胸部一下，说：“他妈的不懂还假装医生！”包括二底层阶级，不包括梁月鹏，都笑了。一号头看着一底层阶级，一底层阶级马上收敛笑容。一号头来到梁月鹏跟前，说："老子刚才被你吓坏了！现在怎么样？有什么不舒服？"梁月鹏说："还好。"说着翻了一下身，"哎哟，哎哟，胸口这地方疼……"一号头过来扶着，说："老子来的时候胸口疼了一个月，嘿嘿嘿。"做了个鬼脸。二号头拍了一下二底层阶级的肩，二底层阶级立即跟着二号头来到上方的窗子底下蹲下身子，二号头骑到他的脖子上，他站起身使得二号头脸部够上了窗子，二号头看着外面，说道："所长家又孵了一窝小鸡，在院子里啄食，由老母鸡领着，我来数一下小鸡，一、二、三……"二底层阶级努力撑着。二中间阶级拿起梁月鹏的衬衫，说："这件衬衫我留下了。"拿到手叠起来，然后放到自己的枕边去。一号头眼睛一闪，看了看二中间阶级，拿起梁月鹏的长裤，说："这条裤子我留下了。"二号头骑在二底层阶级的脖子上，一直数着数，说道："……二十五，总共二十五只小鸡，在院子里撵蚂蚱吃。"然后用脚跟蹭了蹭二底层阶级，二底层阶级便蹲下身，二号头跳了下来，但见二号头阴部的裤衩被勃起的阴茎顶得高高的，这是其阴部接触二底层阶级的脖子导致的快感所致。二底层阶级起身，看了看二号头顶得高高的阴部。一号头指着坐在一边的沉思男子，对梁月鹏说："他是杀人犯！杀了两个人！"梁月鹏惊诧地看了看沉思男子。一号头指了指二号头和一中间阶级，对梁月鹏说："我和他俩都是抢劫犯！就是拦路抢劫！"梁月鹏又看了看一号头他们三个抢劫犯。一号头指了指一底层阶级道："四川的，拐卖妇女！"接着又指了指二底层阶级道："福建的，邮票诈骗！"接着又指了指二中间阶级道："他是盗窃犯！"一号头最后指着蹲在墙脚、一直殷切地看着一号头的疮老头，问梁月鹏："你猜他是什么犯？"梁月鹏看着疮老头，疮老头亦看着梁月鹏，疮老头的铺盖已卷起。梁月鹏说："盗窃。"一号头说："不是，销赃！"疮老头立即跃过身边一条线印，来到一号头跟前跪倒，哭丧着脸，带着哭腔道："报告大人，我要小便！"一号头伸拳便擂了一下疮老头的头，又嫌恶地看了一眼他的疮腿，说："谁让你过线的？不准小便！"疮老头便又回到线内，向着一号头跪倒，哭道："报告大人，我要小便，呜呜呜……"此时，一中间阶级正站着往马桶畅快地小便。二号头说："老头，你保证出狱后把女儿嫁给我，就准许你去小便。"一号头快乐地看着疮老头，疮老头看了看一号头，对二号头说："报告大人，我保证出狱后把小女嫁给你。"一号头笑道："还小女，你有几个女儿?”疮老头说：“我有三个，前两个都出嫁了。”二号头说：“你小女儿长得漂不漂亮?”疮老头说：“漂亮，还勤快。”一中间阶级撒完尿，转身插了一句：“干什么勤快?”疮老头看着一中间阶级，觉得此话不善，眨了眨眼道：“干事勤快嘛。”俩号头和俩中间阶级哈哈大笑起来。一号头看到一底层阶级脸上有笑意，马上伸手捏住他阴部，他“哎哟”地叫了一声，一号头明知故问道：“你他妈的笑什么笑?”一底层阶级疼痛得乞怜地看着一号头，一号头说：“出狱后拐卖一个川妞给俺做老婆。”一底层阶级说：“保证做到!”一号头咧嘴一笑，松开了手。

铁皮门上小窗子上的铁皮盖子被掀开，露出一个警察的脸，说：“老头出来晒太阳!”接着开了门。老头遇了救星似的，乖巧道：“噢噢。”起身出去了。老头欣欣然来到门外，一个警察递给老头一只凳子，老头接过，放在廊柱跟前，坐下，晒起太阳来。璀璨的阳光下，老头舒展、自由的脸；璀璨的阳光下，老头自由地舒展着疮腿……

监房内，一号头喊：“吃早饭了!”大家都来拿铝盆子，排成了一个队，梁月鹏看看没有盆子了，只好过来站队。一号头站在最前面，对着小窗子外面一个警察说：“报告干部，新来一个没有饭盆!”警察旁边是推着饭桶和执着勺子的后勤人员。警察递进来一个盆子，一号头把盆子递给梁月鹏。大家都打了早饭，是稀饭就豆腐乳，便贪婪地吃了起来。疮老头在监房外吃着同样的早饭。大家已吃完，外面一声喊：“放风了!”铁皮门被打开，大家迫不及待地拥了出去。

看守所院子里都是犯人，在走廊边的水龙头前刷牙、洗脸、冲澡的，在旁边等候着的，在院子空地上眨巴着被阳光刺着的眼站着、走动着的，还有疮老头坐倚着廊柱在晒太阳。院子一边的厕所里，蹲坑上一字排开蹲满了正在大便的犯人，大部分脸上都因为使劲涨红了，甚至青筋绽出。梁月鹏在一边小便，突然被一个头发已长长、穿着较整齐的人揪了出来。这个人是劳动号子，劳动号子也是犯人，因为罪行较轻，加上蹲监后表现不错，被留在看守所里劳动，刑满会被释放。劳动号子一直把梁月鹏揪到走廊的一端，命令道：“蹲马步!”梁月鹏便叉开双腿。劳动号子用拳头打了打梁月鹏的肩，说：“往下蹲一蹲!”梁月鹏便往下蹲了蹲。劳动号子一脚踢开梁月鹏的一条腿，说：“叉大一点!”梁月鹏踉跄了一下，更加叉开腿。劳动号子左手拖着，单用右手握着人工推子贴着梁月鹏的头皮用力地推起梁月鹏的头发来。梁月鹏疼痛得不禁伸出双手抱住头，站起了身子。劳动号子停止推头，猛踢梁月鹏的腿道："蹲马步！"梁月鹏放下双手，又蹲好。劳动号子又推起来，梁月鹏的头让着推子，推子跟着移动的头推，推子把儿往头上一敲，头不移动了，推子又推起来。梁月鹏咬着牙忍着疼痛，一撮一撮的头发落下，他马步蹲着的双腿颤抖着。劳动号子胡乱地推光了头，用手掌搡了梁月鹏一把，说："滚！"梁月鹏踉跄地跌了个仰面翻。"哈哈哈哈……"旁边的犯人发出快乐的笑声。梁月鹏爬了起来，来到水龙头下冲头，把有划痕的光头上的头发楂子冲刷掉。水哗哗地冲着，梁月鹏短暂地快乐着，不禁寻思："要保住性命，装孬。"突然有人用手捅了捅梁月鹏，梁月鹏抬起光头来，一头一脸的水，见是沉思男子，沉思男子说："开始都是这样。"梁月鹏点了点头，接着继续冲头。自由的、白花花的水冲洗着梁月鹏的头，梁月鹏一边用手挠着头……

看守所院子里阳光灿烂，上百号犯人都是光头，只穿着大裤头，排成几队站在阳光下听扩音器里所长声音高亢的讲话："你们因为种种原因来到了这里，你们要定下心来想一想，好好总结总结自己的过去，从中吸取教训，为明天做一个对社会有用的人做好思想准备。各位，我们国家的改革开放已到了一个崭新的时期，同时面临着机遇和挑战，说句老实话，我们每一个人都有责任为我们国家的政治安定、经济发展和社会进步做出贡献，而首先就要从我做起，从现在做起……你自己的事都做不好，还怎么能谈为国家做贡献呢？我们国家也不容易啊，打了那么多年的仗到解放，到'大跃进'到'文化大革命'，再到改革开放，再进一步深化改革开放，正如小平同志所讲的，是'摸着石头过河'，取得的成就是主要的，是举世瞩目的。我们不要总是抱怨这抱怨那，也要看看自己，检查检查自己，为什么有那么多的同志在自己的岗位上都做出好的成绩来呢？……"犯人一个个怕阳光晒都耷拉着脑袋听着，梁月鹏亦然。

青溪县公安局开具的、梁月鹏因诈骗嫌疑被收容审查的通知书抵达了梁月鹏的家。天边，乌云翻滚，梁月洲骑着自行车疾驰在乡村土路上，他眼含热泪，忍不住抽泣着。母亲拿着草钩子来到草垛旁，抬头看了看天边翻滚的乌云，拔起草来。梁月洲一不小心，车骑到路旁的水沟里，"哟哟哟哟哟"，他惊叫着跌入水中。母亲正拔着草，梁月洲一身湿衣服，推着自行车走来，带着哭腔道："妈，妈，月鹏在青溪被逮起来了！"母亲似乎没听明白，停下手头的活，愣愣地看着月洲。月洲停下自行车，从湿衣服里掏出一封红头信件，说：“月鹏被青溪县公安局关起来了！”这时，一道闪电胡乱地穿过天边翻滚的乌云，炸雷骤响，母亲像是被炸雷击中似的，一下子躺倒在地，顺地打滚，一边号叫起来：“我的三儿子！我的三儿子！我的三儿子！……”大雨滂沱而下，月洲抱起母亲，父亲、月芹、月国妻子都赶了过来。

原来梁月国家与梁月鹏家堂屋之间的篾席夹墙已拆除，梁月国家的房子空了出来，丢给了父母亲。母亲安好却愣愣地坐在堂屋内，眼睛红肿，面容憔悴。月国妻子劝解道：“月鹏进去了，妈你可不能再出差错，再讲月鹏进去也没讲就出不来了，他能犯多大错？我猜就是抓错人了，一查清楚不就放出来？”母亲声音有些异样：“月鹏要是出不来，我就不活了。”月洲疑问道：“说是诈骗嫌疑，月鹏不会诈骗啊？”月国妻子说：“他会诈骗？别人诈骗他差不多。”月芹说：“三哥就是心比天高。”父亲端来一碗热气腾腾的面条加荷包蛋，递给梁月鹏妈道：“都两顿没吃了，趁热吃了。”月国妻子笑了笑道：“还是老两口子亲，饭都递到手上。”父亲递着碗，母亲并没有反应。月国妻子接着劝解道：“妈你就趁热吃，身体要紧，把身体养好了，月鹏不多久回来还能见到你，你要是不吃，把身体弄坏了，月鹏回来也不高兴啊，妈你讲在不在理？”月芹说：“妈你就听大嫂的，端着吃吧。”月国妻子一翻脸嗔怪道：“月国在那怎搞的没看住月鹏？回家来我不凶他？”母亲这才接过碗，开始吃了起来，吃着吃着，眼泪唰唰地流了下来，不禁哽咽道：“月、鹏、在、里、头、有、吃、的、吗？”

犯人们在监房里偷做扑克牌。他们先把法律书的纸张撕下来，折成扑克牌的大小，再用未干的饭粒把开口处粘上，这样一张张纸片就做成。然后，一号头拿着二底层阶级一只手，用手挤压二底层阶级一手指头肚儿，直至被挤压得涨得紫红，一号头便用一根竹签往二底层阶级被挤压得涨得紫红的手指头肚儿上戳下去，即冒出鲜红的血来，然后，一号头便用沾着血的竹签在纸片拐角写上“J”“Q”“K”等。一底层阶级站在铁皮门跟前，掀着铁皮盖子窥视着外面，在望风。一号头拿着竹签来戳梁月鹏的手指，梁月鹏胆怯地一缩手，一号头露出邪恶的面孔，说：“他妈的，你不想好了！”梁月鹏便伸出一个手指，另一只手将伸出来的手指头肚儿挤压得涨得紫红，一号头将竹签戳下去，即冒出鲜红的血来，然后一号头便用沾着血的竹签在纸片拐角写上“J”“Q”“K”等。红色字样用血写，那么黑色字样用什么写呢？梁月鹏也学会了，拿着一只橡胶鞋底，沾水在水泥地上磨，然后用竹签蘸了磨出来的墨，在纸片拐角写上黑色的“J”“Q”“K”等。扑克牌做好，俩号头和俩中间阶级兴奋地打起扑克来。梁月鹏站在门跟前，掀着铁皮盖子在望风。俩底层阶级分别蹲在俩号头身边，用报纸给俩号头扇风。沉思男子坐在一旁沉思。疮老头蹲靠在他的墙角打盹。梁月鹏放下铁皮盖子，发起愣来。母亲深情的声音似乎又在耳畔响起：“月鹏，粑粑摊在小锅里，大锅里有粥，我下田了！”那晨曦在屋顶、树丛间闪耀，自己穿着裤衩从土坯小屋里出来，走到吊环下，优哉游哉地拉吊环的情景历历在目。突然，铁皮盖子被掀开，露出一个警察的脸！梁月鹏慌忙转身报告：“警察来了！”他们立即将“扑克牌”收掉，藏到被子底下。警察只露着脸，说：“放老实点，送来给我！”一号头愣了片刻，无法，只得把“扑克牌”拿出来，送了过来。警察收了“扑克牌”，问道：“谁是梁月鹏？来接被子和两件换洗内衣，这是你大哥梁月国送过来的。”梁月鹏激动地走过去，说：“我是梁月鹏。”警察把薄被子裹成长条从小窗子塞了进来，又把两件换洗内衣递过来，梁月鹏接着。警察走了，小窗子关了，梁月鹏把被子和两件换洗内衣放在地上，不禁蹲靠着墙，低头饮泣起来。一号头骂道：“他妈的你怎样偿还我们的扑克牌？”梁月鹏只顾低头饮泣。一号头过来，一脚踢在梁月鹏背上，梁月鹏抬起头来。二号头说：“你会唱古装戏吗？”梁月鹏说：“不会。”一中间阶级说：“那么来一句台词吧。”一号头说：“再不会就擦油！”梁月鹏寻思一会儿，向着他们双膝跪地，叩头拜道：“罪犯梁月鹏参见吾皇万岁万岁万万岁！”他们笑了。一、二底层阶级面无表情，没敢笑。

晚上，屋顶的电灯泡发着光。铁皮盖子被掀开，露出两个警察的脸，一个说：“排好队报数！”他们立即站成一排，你看看我，我看看你。疮老头与他们离开一截站着。一号头说：“一！”二号头说：“二！”一个一个报了下去，直到“九”。一个警察说：“总共九个。晚上好好休息！”警察的脸移去，铁皮盖子合上。

夜已深，他们都熟睡了，只有沉思男子和梁月鹏靠墙席地而坐，在促膝谈心，但声音很低。沉思男子说：“他们弟兄六个，我弟兄一个，那六个当中有两个凶得很，那四个还可以，但是一打起来，他们也会帮啊。你想想看，住在一个山洼子里，‘抬头不见低头见’，我怎么能受得了？”梁月鹏关切道：“你杀死的就是那两个凶的？”沉思男子不无自豪感地说道：“是的。我老婆经常劝我，‘得忍就忍’，我也在想，等女儿能上幼儿园了，我就带着一家三口进城打工，不回来了，我们夫妻俩能吃苦耐劳，在哪都能待下来。”说着陷入了沉思。梁月鹏眼里盈着泪道：“现在你老婆在家带着一个女儿会想死你的！”沉思男子泪光晶莹地悔恨道：“我怎么就没忍得住他们那一句气话呢？我一顶上去，他们出手就打，我头上一流血，加上积怨，拿着刀就拼过去了！”梁月鹏说：“我为你自豪！”沉思男子说：“我一个抵两个也值了！可就是老婆孩子怎么能放得下呢？你不知道我那老婆，贤惠得很哪，女儿活泼可爱，日子过得真幸福啊！”又陷入了沉思。梁月鹏伸手拉着沉思男子一只手臂，不知如何安慰他才好。沉思男子站起身，走到自己铺位跟前，掀起垫单，拿了一个东西又走回来，把东西递给梁月鹏。梁月鹏接过来看着，好奇道：“什么花？都枯了。”沉思男子说：“你闻闻。”梁月鹏闻出来了，说：“很香，我知道了，是栀子花。”沉思男子说：“是我老婆送衣服来夹在衣服里的，她在信里嘱咐我要好好活着，她一辈子都等着我！她说现在正是栀子花盛开的时候，顺便摘一朵带给我，让我烦闷的时候就闻一闻，她说栀子花就代表了她！”梁月鹏入神地听着，又闻了闻手中枯黄的栀子花。沉思男子精神有些振奋道：“老弟，你是好人，还很年轻，我都要好好活着，你说你呢？”梁月鹏感动道：“我也要好好活着！”沉思男子诚挚道：“对，要好好活着。”说着，扭头看了看熟睡的号头们，“他们，你别和他们犟，别把他们当作人，就当应付，我看你这问题不大，以后做事情要踏实一点。”梁月鹏点头道：“是、是、是。”沉思男子又到自己铺位跟前，从垫单下摸出一小块青砖头，来到梁月鹏跟前，坐地，在墙上书写起来。梁月鹏认真地看着。沉思男子写道：

同是天涯沦落人

沉思男子每写完一个字都扭头看一眼梁月鹏，梁月鹏也认真地、领会地迎视着他。写完后，沉思男子看了梁月鹏良久，梁月鹏也与他对视良久。沉思男子说：“不早了，睡吧。”说完去板铺，在自己的铺位睡下。梁月鹏在地上把被子垫一半盖一半，捂着胸口困难地躺下，望着上空、屋顶、发光的电灯泡……

疮老头一直被禁止在马桶小便。这日午饭前，疮老头尿急得朝一号头一边猛磕头一边哭叫道：“我要小便！我要小便！我要小便！”一号头嬉皮笑脸道：

"等吃过饭的。"这时，铁皮盖子被揭上去，小窗子开，后勤人员说："打饭了！"他们都急切地拿着饭盆去排队打饭。一个警察站在后勤人员旁边数着打过饭的饭盆数量："一、二、三……"一号头把打来的饭倒在一个塑料袋里藏起来，把空饭盆又递了过去。外面在数着："……八、九、十。"小窗子一下子露出警察的脸，问道："谁多打一份？"一号头走到最里面吃了起来。警察又问一遍："谁多打一份？"大家面面相觑了好一会儿。二底层阶级走了上来，铁皮门开，二底层阶级被拉了出去。铁皮门外传来细铁链子打人的声音，"呜——"的一声，又"呜——"的一声……还夹杂着窸窣的声音。大家都默默地吃着饭。铁皮门开，二底层阶级走了进来，大家都吃惊地看着他，他上半身的皮肤上布着好几道细铁链打过留下的紫红色印记！一号头走到跟前，递饭给他，涎着脸道："嘿嘿嘿。"二底层阶级接过饭，停了一会儿，然后吃了起来。

一号头吃完饭，转悠着来到铁皮门跟前，顽皮地把光头钻到了小窗子外，突然被揪住，被巴掌"啪，啪，啪……"地打了起来，一边说道："看你以后钻不钻了？你这个坏种！看你以后钻不钻了？你这个坏种！看你以后钻不钻了？你这个坏种！……"然后，一号头的头被放了进来，他一贯的嚣张气焰这时有所收敛，他来到板铺边缘坐下，丧气地耷拉着头。二号头拍了一下梁月鹏的肩，梁月鹏立即跟着二号头来到上方的窗子底下蹲下身子，二号头骑到梁月鹏的脖子上，梁月鹏站起身使得二号头脸部够上了窗子，二号头看着外面，突然说道："快蹲下来！快蹲下来！所长拿着一串钥匙像是到我们八号监房来了！"梁月鹏赶忙蹲了下来，二号头还没等梁月鹏完全蹲下便跳了下来。开锁的声音，铁皮门开，大大咧咧的所长声音高亢道："梁月鹏，把东西收拾收拾！"梁月鹏一惊，问道："收拾东西干吗？"所长说："释放了，把东西收拾收拾！"梁月鹏转身抱起被子，一号头过来热情地拥抱梁月鹏，说："走好，别忘了我们在一起的日子。"二号头过来拥抱梁月鹏，一个一个过来拥抱梁月鹏，梁月鹏眼里含着泪。最后，沉思男子双手捧着梁月鹏的一只手，凝视着梁月鹏，梁月鹏看着沉思男子。梁月鹏转身向疮老头点了一下头便走了出去。疮老头趁机向所长请求道："所长，我要小便。"所长看看疮老头，手往外面一挥道："快去快回。"疮老头得意地小跑了出去。

梁月鹏走出八号监房，踏进看守所院子的一刹那，久违的自由的阳光在他眼上美妙地一晃！帅哥警察办公室的桌上放着梁月鹏的眼镜、皮带和皮凉鞋，帅哥警察看着梁月鹏只穿着短裤，问："梁月鹏，你衣服呢?"梁月鹏说："给他们拿去了。"帅哥警察说："给谁拿去了？我去给你拿来。走，我们一道。"帅哥警察领着梁月鹏来到八号监房门外。帅哥警察把一号头和二中间阶级叫出来，他俩乖乖地把梁月鹏的长裤和衬衫交给帅哥警察，帅哥警察命令道："跪下!"他俩乖乖地跪在地上，乖乖地低着头。帅哥警察把梁月鹏的长裤和衬衫交给梁月鹏，梁月鹏满足地接过。帅哥警察办公室里，梁月鹏衣服已穿整齐，又把眼镜戴上，抱起被子准备出去，又回转身问帅哥警察："请问，在我刚进来的时候，你一个一个地打他们，为什么单单到我就不打了呢?"帅哥警察说："你斯斯文文的我打你干吗?"梁月鹏满意的神情。

梁月鹏被帅哥警察领着穿过两个房间，来到接待室。看守所长、两个壮壮实实的警察、梁月国、小四子、小好、中年汉子、梁长根等全在。梁月鹏看了一眼他们，来到梁月国跟前蹲下便呜呜地哭起来。这时，小四子接过梁月鹏的被子。梁月国立即制止道："别哭，站起来。"梁月鹏立即止住哭，慢慢站起身来。一警察指着身旁的椅子，说："梁月鹏，来坐。"梁月鹏便过来坐下。该警察说："委屈你了。这两天我们去了省城走访了江汉工业大学和江汉电影制片厂。"说着递过来梁月鹏的剧本手写稿《伟大的单相思》，"这是江汉电影制片厂厂长高子丹让我们转交给你的，你拿着。"梁月鹏接了过来就避讳地折叠起来。该警察又递过来小影集，说："这个还你。"梁月鹏接了过来。该警察说："那个校徽我们还给了李秀云，并对她进行了批评，不应当把校徽送给别人。"梁月鹏翻看了一下小影集，其他都没动，只缺少了那个红色五角星，不由得问该警察："我那个红五星呢?"该警察说："不知道啊，什么红五星?"

八

青溪县城大街上，车来人往，繁华似锦。小四子抱着梁月鹏的被子，小好扶着有些踉跄的梁月鹏，大家谈笑风生地走在街边。一辆卡车从梁月鹏身边"唰"地驶过去，小好惊悚地猛地一拉梁月鹏，没擦到。梁月鹏目光无聚，注意力集中不起来，只是一个劲地跟着他们走。梁月国吩咐道："我们从城外走。"他们掉转方向走去。

城外是一片水田，农民们在弯腰栽插水稻秧苗，水面上泛着粼粼的波光。梁月鹏幸福地被阳光刺得眨巴着眼，惊喜地看着这田地和田地上插秧的人们，和大家一起从田埂上走过。中年汉子和小好说着什么向前跑去。

梁月鹏被簇拥着走过来，还没到公路站，大家就被鞭炮和大炮仗的声音吸引。是中年汉子和小好站在公路站大门口，各自叼着香烟，前者手里拿着一大串鞭炮，后者手里拿着几个大炮仗，正在笑嘻嘻地放呢。但公路站里出来工作人员，不准许到大院里放，他们就在门外放完了事，也算是为梁月鹏的归来光明正大地庆贺了一下。

俗话说："就像从饿牢里出来的一样。"梁月鹏也不例外，要补充营养，梁月国便去买了一斤瘦肉，切成肉丝倒进沸腾的水里，氽了氽，端给梁月鹏吃，并嘱咐道："刚出来身体虚，吃慢点。"又在跟前看着梁月鹏吃了一会儿，才放心地离去。

梁月鹏的身体很快就恢复了，工友们围坐在梁月鹏身边，看着他的只长出来一小截头发的模样，不免问长道短。中年汉子说："月鹏，那里面的日子不好过吧？"梁月鹏感慨道："不好过，真是度日如年，一天都难挨过去，真是一分一秒在数着过！"梁月国将埋着的头抬起来，说："刚好第十四天，派出所来人说要放人了！超过十五天，我就要去找他们！"梁长根笑嘻嘻地看着梁月鹏的胸部，说："现在校徽没了不戴了吧？"梁月鹏不介意道："现在戴什么呢？没了。"小四子说："那天晚上我们突然看见你坐进小轿车里了，我就想，像你们书念得多本事就大，没想到一下子搞进去了。"大家哈哈一笑。小好对着小四子较真道："人家能进去也能出来！"大家又哈哈一笑。这时，包工头走来，对梁月鹏善意地批评道："怎么稀里糊涂啊？都大学生了！"转了一转就出去了。梁月国对梁月鹏说："你在这歇一阵子，然后回去。"

梁月鹏外出打工，却闯了一个大祸。然而，他并不认为这是祸，反而以为这是一个不同寻常的经历，或者说是与众不同的经历，因而自己就是一个与众不同的人，与众不同就是伟大，因而自己就是一个伟大的人。

小桥尚未竣工，工友们依旧循规蹈矩地在干活，梁月鹏真的与众不同，有了一个正当的身体虚的理由，提前回家了。

在青溪汽车站，梁月鹏遇见了看守所所长，所长竟认得梁月鹏，并主动热情地招呼梁月鹏，并关照说“要好好生活啊”，这让梁月鹏着实受宠若惊了一番，并坚定了自己这一次被弄进去并在里面待了十几天具有官方的正当性。

青山翠岭，绵延不绝。梁月鹏临窗坐在公共汽车内，定定地看着窗外。他隐约感到这次回到家里是免不了要挨训的。果然，到家后，梁月洲激愤道：“你还有什么理由可说？你不是一个劲地在做英雄壮举吗？做英雄壮举也不是你这种做法！”母亲坐在土门槛上，语气和缓道：“你怎能去会县委书记呢？你和他也非亲非故的，他不把你抓进去？”梁月芹说：“三哥你不知道，妈一听讲你被抓进去坐班房了，”指着地上，“睡倒就在地上滚，一边喊‘我的三儿子！我的三儿子！……’都哭死掉了！还下着大雨。”大嫂说：“妈因为你连着两顿不吃不喝，我们硬劝才吃了！”父亲坐在一旁，无所谓道：“就在家做两亩地，有吃有喝的，还要到外面跑什么跑？”梁月洲仍激愤道：“还在说理由、理由，你这是无赖你晓得吗？还体验生活？为以后当作家搜集素材？这么多人都陪你去体验生活？这么多人都陪你去搜集素材？你体验出什么结果来了？你搜集到什么素材了？赶快去成名成家啊？地球上缺了你，地球还能转吗？”梁月鹏站在一边，低着头，涨红着脸……

梁黑森和梁长春从梁月鹏家堂屋门前经过，笑嘻嘻地往屋内看了看。梁长春说：“月鹏头发都被剃了，现在刚长出来一小截。”梁黑森说：“人家跟梁老五学，梁老五经常讲什么完整的人？”梁长春说：“没蹲过号子的人不是完整的人！”

母亲说：“你看伢们都在笑话你。”梁月鹏涨红着脸站着，欲辩解又止。

被训了一通后，这事也就算过去了。但梁月鹏并没有把这事轻易地抛到脑后，而是要把这不可多得的素材写成电影剧本。二哥讲得再有道理，他也无法体会本人在牢房里的深刻感受啊，所以梁月鹏又坐到自己的土书桌前，书写了起来：

电影文学剧本

伟大的囚徒

编剧

梁月鹏

梁月鹏想了想，把“伟大的囚徒”杠掉，在旁边写上“还我红五星”，他干脆把这一页纸撕掉，在下一页重新写道：

电影文学剧本

还我红五星

编剧

梁月鹏

梁月鹏满意地欣赏着，然后站了起来，离开桌位。

梁开强在家，正把一个新锄把儿往锄头上装。梁月鹏踱了进来，说：“开强在装锄把啊？”梁开强一抬头，说：“哟！月鹏。”停下活计，盯眼看着梁月鹏的头，“听讲你被搞进去了？”梁月鹏笑嘻嘻道：“是的，县委书记把我抓进去的。”梁开强善良地笑了笑道：“你搞的我也搞不通，老五他们偷抢扒拿被搞进去，你怎搞也被搞进去了？”梁月鹏说：“我一直有一个疑问，我说‘我是江汉电影制片厂’，能不能这样说？我凭着江汉电影制片厂的那封信，信的内容是可以拍但需要赞助，就凭着那封信我可不可以说‘我是江汉电影制片厂’？”梁开强说：“怕不能吧？你也没有江汉电影制片厂的工作证。”梁月鹏受到刺激了，说：“工作证？还非要工作证啊？我说‘我是江汉电影制片厂’意思是……意思是江汉电影制片厂这封信就能证明我有这个剧本可以拍摄但需要资金这回事，你只要有资金，我们江汉电影制片厂就肯定能拍这个片子，你非要要求我本人就是江汉电影制片厂的职工，那又何必呢？”梁开强笑嘻嘻地看着梁月鹏，梁月鹏又说道：“那个校徽我只是戴着好玩，我也不是凭借它去招摇撞骗。我就是有什么不妥当，你也不能把我送到那里面去啊？你县委书记可以当面或者让人批评我一顿，也不能把我送到那里面去啊？”说着眼泪下来了，呜呜地哭了起来，在床沿坐下来，哭诉道，“我总是觉得我有写剧本的感觉，我相信这种感觉不会欺骗我，我为写剧本遭再大的罪我也心甘情愿！”梁开强在旁边安慰道：“不要哭了，上次开化回来还讲你要有空到他那去玩。”梁月鹏抬起头来，擦了泪，说：“开化现在分配在哪？”梁开强以不很满意的口气道：“在光明附近一个乡中，农村的一个初级中学。”梁月鹏疑问道：“乡中？他怎么不找齐振华去光明实验小学？齐振华不是全国劳动模范、光明实小校长吗？”梁开强不无遗憾道：“都想进光明实小，找的人太多了，结果今年一个都不进。”

梁月鹏根据自己伟大的蹲班房的经历，一气呵成了只有一万余言的电影剧本《还我红五星》，便急急地去省城送给高子丹看，心中暗含着一鸣惊人的渴盼。梁月鹏拎着公文包，走进江汉电影制片厂，这次与以往不同的是，发型变了。厂长室里，吊扇在运转，梁月鹏恭敬地坐在高子丹厂长对面，高子丹边写着东西边中肯道：“‘客登主门’，这是礼貌常识嘛。要从中吸取教训。你让县委书记去见你，你如果去找县委书记，大不了他不见，也不至于把你抓起来。”梁月鹏一边听着，一边从公文包里拿出剧本手写稿《还我红五星》，站起来恭敬地递给高子丹。高子丹接了过来，看到了题目便念道：“还我红五星。”迅速地翻阅起来。梁月鹏忐忑地站着，没有坐下，期待着反应。高子丹翻完，合上，还给梁月鹏，说：“你这表现了一个打工仔在特定状态下的一种心态，可以写一个七八千字的短篇小说，写成剧本不合适。”梁月鹏自卑地接过自己的剧本《还我红五星》，愣怔地站着。高子丹说：“电影太难了，现在有人找到我，我也不再鼓励他们了。现在不光要剧本好，还要投资，一段较长的拍摄周期内又存在着不少不确定的因素。”转身从背后的书橱里拿出来一本《电影文学》杂志递给梁月鹏，继续写自己的东西。梁月鹏如获至宝地接过，翻看起来。里面有高子丹编剧的电影文学剧本《红色经典》。梁月鹏惊喜道：“您编剧的《红色经典》?”高子丹说：“有两个厂抢着拍，被列为国家重点影片。”说着笑了笑。梁月鹏说：“我可以拿回去看看吗?”高子丹说：“送给你了，我买了一百本乘飞机带回来的。”

自己的剧本被名人否定了，却带回来名人的剧本，自己因而也算是半个名人了，或者以后定会成为名人。这是盛夏午后歇晌时分，知了在屋外大树上激烈地鸣叫。母亲在堂屋内簸米。从锅灶旁一门入里屋，父亲躺在地上铺的一张旧席子上歇晌。父母亲的床铺设在该屋，床上支着蚊帐。梁月鹏拿着《电影文学》杂志走进里屋，又通过一个方不方圆不圆、没有规则形状的门洞，进里里屋。里里屋内，梁月芹躺在支着蚊帐的凉床上歇晌，一边摇着芭蕉扇。梁月鹏来到跟前，递杂志给梁月芹，高兴道：“月芹，这里有高子丹写的电影剧本《红色经典》，非常感人，拍出来肯定会包场看！高子丹真了不起!”梁月芹接过翻看起来，说：“这上面的字我也识不全。高子丹越红，你不就行了吗?”梁月鹏笑嘻嘻道：“那肯定。我们明天一起去大姨娘家玩玩。”梁月芹高兴起来，说："你进来的时候，我正在这样想哩，怎么这样巧呢？"梁月鹏说："我小的时候去过，都记不清了。你去问妈要路费。"

应该肯定的是，梁月鹏身上有一种不断的动的特质。动，比不动，肯定好吧。次日上午，梁月鹏和梁月芹就乘坐上了驶往桃源的公共汽车。公共汽车在行驶，梁月芹兴奋地指着前方道："前面只要看到一栋楼，桃源就到了，在那儿下车，往里面走，看到路边上有一口井，井栏都被打水绳磨成一道道槽，大姨娘家就住在那附近，从大姨娘家到中大街只有一里路。"公共汽车在行驶，前面果真出现一栋楼房！旁边有围墙，是一个单位的样子。梁月鹏兴奋道："看到楼了！"说着站了起来，走到司机附近，"师傅，请您在前面那栋楼跟前停车。"司机说："快到车门跟前来。"梁月鹏喊妹妹："月芹，快到门跟前来。"俩人急切地来到车门口。车停，俩人下车，梁月鹏往车上喊了一声："谢谢师傅！"

公路边一口老井，突出于地面的石头井栏被打水绳磨成一道道沟槽。梁月鹏和梁月芹走来，梁月芹指着井，说："就是这口井。"又指了指不远处一溜砖瓦房，"拐头那三间就是大姨娘家。"俩人向那一溜房子走去。

大姨娘在家，正在把锅里的一坨熟牛肉捞上来，拿到砧板上切成小块。"大姨娘！"俩人异口同声喊道。大姨娘一抬头，惊喜道："月芹！"盯眼看着梁月鹏，"这是月洲还是月鹏？"梁月芹说："是月鹏。"大姨娘说："来来来，到这吊扇底下吹吹风！"递板凳，"月鹏已经长成大人了。"梁月鹏有点生疏、不好意思道："大姨娘，三个姨哥都分家另住了吧？"大姨娘说："都分开了。你大姨父死得早，我把他们拉扯大，现在又都分开了。"梁月芹说："大姨娘，我三哥现在在家没事干怎么搞呢？反正不想待在农村。我上次来听你说过你们菜园上霞子和凤子都没说婆家，不能给我三哥介绍一个吗？"大姨娘开始炒菜了，一边说："我们这里姑娘们要么嫁到城里头，要么招个男人来，反正不会嫁到乡下去。月鹏长得一长二大的，又是高中生，我来说说看。"梁月芹对梁月鹏高兴道："三哥你这趟没白来，讲一个老婆。我上次来看到霞子和凤子到这里来玩的，漂亮得很，身材都细挑挑的，不像我们乡下那些老土。"梁月鹏脸都羞红了，笑嘻嘻道："我要见见什么样。"梁月芹一下子笑弯了腰，说："一说讲老婆就要见见，你这人真那个。"拿眼瞟梁月鹏。梁月鹏忍俊不禁道："当然要见见了，一面不见就那个了。"梁月芹笑着追问道："一面不见就怎么了？一面不见就怎么了？"大姨娘端上饭菜，说："来吃饭吧。"又拿筷子，一边寻思着，慢条斯理道，"要盖三间砖瓦房哎，一个光人来可不行哎……没有这个例子。”主意已定，“回去对你妈讲，到这里来盖个三间砖瓦房，霞子和凤子任挑一个，就我讲的!”梁月芹和梁月鹏已开吃了，梁月芹说：“那还不是歇火？我家正在给我二哥准备盖砖瓦房哩，又是瓦没钱买，又是砖头赊着账，反正将就得很，要是能盖起三间砖瓦房倒不如去上大学了。”梁月鹏吃着饭，精神已不振。大姨娘说：“那这个事提都不要提。”梁月芹看看梁月鹏，笑道：“倒没精神了，那要是没提这个事你又怎样呢?”梁月鹏干脆道：“不提了不提了。”

县城城郊菜农的生活虽然比不上城里人的生活那么纯粹地脱离了乡下的泥巴，但比乡下却有了根本性的变化，那就是：田地不多，而且主要是种菜，菜长成了大多去市场上卖，而卖菜就那么上午、傍晚一段时间，所以他们要悠闲得多。

大姨娘和梁月鹏、梁月芹坐在屋内讲话。屋外，一皮肤黝黑、长相颟顸、小名叫三狗子的小伙子和另外两个小伙子在闲耍，一小伙子顽皮地捣另一个小伙子一拳，另一个小伙子反击一拳，接着一溜身来到三狗子身后，双手捂住三狗子的双眼。大姨娘指着外面，说：“那被捂住眼睛的叫三狗子，还没讲对象，那两个都有了。”这时，一老妪走来，对着屋内说：“他二婶今儿个没去听戏？今儿个这戏唱得才好哩!”大姨娘站了起来，热情道：“哟，三狗子妈，进来坐。”说着递板凳。三狗子妈进来坐下，看着梁月鹏和梁月芹，说：“这俩孩子可是你光明姨娘家的吧？”大姨娘自豪道：“是啊，昨天来的。”三狗子妈不住地看着兄妹俩，说：“呀，这俩孩子男有男样，女有女样，都标标致致的。”兄妹俩既高兴，又不好意思。三狗子妈拿眼只看着梁月芹。

夜晚，大姨娘、梁月鹏和梁月芹坐在门口纳凉，大姨娘说：“现在我们这一块就三狗子没讲对象了，月芹要看行回去快和你妈讲。嫁到这里来，人有好舒服，菜园上菜种得也不多，就在家浆浆洗洗就行了，早上搞一点菜卖卖也行，不像乡下在田里头一把泥土一把汗的，起早贪黑，累成什么样?”梁月鹏积极道：“大姨娘，这个事包在我身上，回去我来讲，月芹不好讲。”梁月芹心里已愿意嘴上却追究道：“他太黑了点。”大姨娘说：“讲迟了，早一年讲长得漂亮的也有哎。”梁月鹏说：“就这样吧，回去我来讲。”

梁月芹本意是要给哥哥讲对象，哥哥的没讲成，自己的婆家却几乎就要落定了。兄妹俩坐在回家的公共汽车上，感到颇有收获。梁月芹对梁月鹏说：

“要先把我从小定的亲退掉才行哎。”梁月鹏说：“对对，我还没想到这个。”突然有了主意，“干脆写个条子让一个熟人带给他家，不就退了吗?”梁月芹说：“好。”他们一回到家就着手实施，擅自写个条子给熟人带到了对方的家。对方父母也不示弱，当即通知了梁月鹏的父母，解除婚约，也意味着双方父母这么多年的深情厚谊从此一笔勾销了。父亲气急败坏道：“没和我们商量就写个条子把亲退了，这伢们还得了?”说着从门后拿出铁锹，“还养这伢们搞甚个？一锹把她给剁了!”却把铁锹掷在地上。梁月芹“呜”地哭了，离开堂屋，进里屋去了。母亲来到梁月鹏跟前小声道：“你快出去，在这里碍眼，他正在气头上。”梁月鹏便出去了。父亲无奈地坐下，说：“这让我以后怎能见人家？人家两口子十几年来看到我们都问长问短的，见到就拉着要去家里吃饭。”咬牙切齿地，“这伢们养野掉了！背着我们写个条子就把亲退掉了！……”

九

生活仍在继续，又过去了一年。梁月鹏家后院里树木、杂草丛生，母亲从围墙残缺的茅厕出来，系着裤子，向公路方向看着。一辆公共汽车停下，有一对青年男女下了车。母亲伫望着这对青年男女，在分辨着。土坯小屋内，梁月鹏在床上睡觉，睁开眼，醒了。梁月鹏只穿着裤衩从土坯小屋出来，走到树下拉吊环！母亲看着走近的这对青年男女，青年男女并肩携手，向梁月鹏家后院边的路上走来。一身新装的小四子热情道：“伯母好!”母亲辨认了一会儿，恍然大悟道：“哟，是甘庄甘木匠家小四子吧？一身新衣服都认不出来了。”梁月鹏从吊环上落下来，紧张地看着！小四子和女友停下脚步，并没注意到梁月鹏，只顾和梁月鹏母亲搭话。小四子说：“你家月鹏现在还好吧?”梁月鹏害羞得迅速溜进小屋！小四子的女友含羞带笑道：“伯母好。”梁月鹏母亲受宠若惊道：“哎——，你也好!”说着就要来拉小四子和女友，一边说，“小四子，你们别走了，中午在这吃饭，月鹏在家，啊!”梁月鹏紧张地躲在土坯小屋内，闭着门，谛听着。小四子对梁月鹏母亲说：“不了不了，我家里人在等着哩，叫月鹏到我家去玩，啊，我们走了，啊！”小四子和女友向梁月鹏母亲挥着手，告辞而去。梁月鹏母亲说：“那你们真要走，那就走吧，我就不留了，啊，下次走这在这吃饭！”小四子客气道：“好哇好哇，伯母，我们走了，叫月鹏到我家去玩，啊！”梁月鹏母亲撵着走了几步，答应着：“噢噢，那你们快回家吧。”然后驻足，留恋地看着他们离去的背影。梁月鹏听见小四子和女友走了，放下心来，走到自己的土书桌边坐下，不免有所失落，有所沮丧。桌上摆着他的手写稿电影文学剧本《还我红五星》，旁边放着《中外电影剧作技巧大全》《电影剧作家的探索》等书。

父亲、母亲、梁月洲、梁月芹分散在土坯大屋门前空地上，或蹲或坐，一边吃饭，一边说着话。母亲说：“你看人家甘木匠家小四子，不声不响把媳妇儿带来家了。这回甘木匠会笑得合不拢嘴。”梁月芹说：“我三哥出去打工一趟差点回不来了。”梁月洲筷子快速划着碗吃着，发出“嗒嗒嗒”的响声。梁月鹏从土坯小屋出来，绕过大屋山墙，来到大门口。母亲一看见梁月鹏，马上埋怨道：“吃饭还要人喊啊？你看人家甘木匠家小四子，打一趟工打出来一个媳妇儿，你呢？甘木匠这次高兴得嘴都会笑歪掉了。”梁月鹏不服气道：“他嘴笑歪掉就歪掉就是了。”说着进大屋了。母亲说：“反正你不扎实，到哪儿都焐不热窝，‘文不能安邦，武不能定国’，我看你怎搞哟？”父亲吃着干饭就腌菜，冒了一句：“一个人一个人的命！”说到这噎了起来。梁月鹏端着饭碗边吃边走出大屋，来到一旁站着吃。梁月洲吃完饭，站了起来，慷慨陈词：“现在什么都不说了！我们不能干活也是你们从小惯的。现在的问题是下一步月鹏怎么办？就在家吃饭？到外面跑一阵子又回来？又不会技术，又不能吃苦，想当兵眼睛又近视。月鹏今年没怎么复习去考了一下，虽然没考上，但接近分数线，看来考大学是他唯一的出路！现在没有学历谁要你？你写剧本，剧本也充当不了学历。还是继续考大学！老老实实到光明一中去复习一年，电影不要看，剧本不要写，一心一意复习迎考，与高考无关的事一律不沾。大姨娘给人带信来了，三狗子家今年冬天想娶，我的房子马上要盖，盖过结婚，都不要你管，你一心一意复习迎考，可以说这是背水一战，再考不上以后也别再想考大学的事了，要能考上，自费也要上，现在去复习的费用，我解决一部分！”大家听着梁月洲讲话，感到在理。梁月洲走到梁月鹏跟前，面对着梁月鹏，说：“你看怎样？”梁月鹏看了看梁月洲道：“那还有什么说的呢？”

生活真会开玩笑，梁月鹏高中毕业已经四五年了，已经参加过四次高考，又要去复读考大学了。那么，像梁月鹏这样性格和处境的人能考上大学吗？

天际刚泛起鱼肚白，不时有鸡啼、犬吠声。梁月芹挑着旧花被子和大半袋米走在前面，梁月鹏拎着个装了东西的塑料编织袋跟着，他们向村头公路走去。一上了公路，梁月鹏就回头看了一眼村子，说："快点，天要大亮了。"自己加快了脚步。梁月芹说："我走不快，要快你来挑着。还怕人看见。"梁月鹏说："尽量不要给人看见，给人看见有什么意思呢？"梁月芹开玩笑道："马上我把这担子挑到街上去，到杜丛玲家门口歇歇，杜丛玲妈过来问：'这是谁的担子歇在我家门口？'我说：'这是你女婿梁月鹏的担子，来娶你女儿的。'"梁月芹说到这忍不住大笑起来。梁月鹏也笑了，他们笑着沿着公路走去。

梁月鹏到哪儿首先要关注一下环境气氛，好好地感受一下，让自己的情绪永葆活力，然后再做正事。他对光明一中的感觉很好，土丘，花坛，教学楼，到处都是学生，一片欢声笑语。由一长溜铁栅栏隔开，是几幢补习班的砖瓦房，各班门口分别以班主任为中心拥满了补习生。补习七班门口，一百四五十、大都已二十开外的男女学生聚在白净脸、衣着讲究、俨然是城市人的班主任周围。梁月鹏拎着装满书的公文包，腼腆地站在一边。班主任一副吊儿郎当模样，风趣地微笑道："大家为了一个共同的目标来到了一起。"忽然敛住笑容，显得有些才气地，"可谓不负时代的重托！"学生们笑了一下。班主任又恢复了笑容，说："我们班的人很多很多，和其他班一样。交费的已达一百三十九人。"又字斟句酌起来，"我们一律按照今年高考分数的高低排位，高分在前，低分在后，由中间往两边。希望大家服从。"

补习七班内，济济一堂，梁月鹏坐在教室中间靠墙的位置，注意地看着听讲。班主任站在讲台上说话："在座的大都来自农村。有的已经复习了两年、三年、四年、五年，甚至还有打'八年抗战'的！"学生们又笑了一下。梁月鹏脸红，有点不自在，寻思着："我不是'八年抗战'，我是第五次。"班主任并不笑，说："可见，农民是社会的最底层，谁也不愿意当农民，这是严峻的事实。历朝历代，农民是最苦的。革命时期，农民的前途是打倒地主，分得土地；而在革命取得成功后，在改革开放、需要大力发展商品经济的今天，守几亩责任田的农民有什么前途可言呢？"学生们注目倾听。班主任说道："不少文学作品里出现了大段的世外桃源般的田园风光的描写，那只是为了表达一种情绪，一种对工业文明所带来的复杂社会生活的暂时的逃避，而绝不是给‘日出而作，日落而息’的农民提供愚昧落后的观照。”

梁月鹏在租房子。房东拿着钥匙来开门，对梁月鹏、司圣和、卜心放等三个补习生说：“一个月房租二十四块，你们一个人一个月八块钱。”后面跟着穿着健美裤的漂亮的房东妻子和小儿子。梁月鹏说：“好。”司圣和和卜心放也没意见。他们进入自己的租房，各自整理床铺、书籍和什物。梁月鹏的床铺是两个条凳上铺着一张凉床。一个小补习生跑进来，到梁月鹏跟前，说：“梁月鹏，你现在心情凉悠悠的，明年高考你不中谁中啊？”梁月鹏笑嘻嘻道：“每次都差几分，今年又多差了几分，听说你考上一般本科没走，明年你重点大学绝对没问题！”小补习生微笑道：“要我帮忙吗？我那儿多一份垫单。”梁月鹏说：“不用了，谢谢。”司圣和慢腾腾道：“梁月鹏在我们这里算是资深高考专家了。”卜心放“扑哧”一声笑道：“我是第三次，人家问我我说是第二次，在村子里也不好意思和人说话。没想到梁月鹏是第五次，我的乖乖，算老家伙了。”梁月鹏附和地笑了笑。小补习生笑嘻嘻地看着他们。司圣和说：“没办法，通过考试来考核人才，这是一项最有效、最公平的考核人才的办法，虽然有弊病，但也不能因噎废食。”梁月鹏一惊，问：“最后怎么说的？”司圣和得意地重复道：“虽然有弊病，但也不能因噎废食。”梁月鹏说：“‘因噎废食’在这里用得好，今天我学了一个成语‘因噎废食’。”小补习生说：“再有半小时上课了。”说完跑到对门的小租房里去了。

补习七班，就要上课了，一片嘈杂。梁月鹏坐在自己的位置埋头看书。司圣和和卜心放也在该班，司圣和在梁月鹏前一排，卜心放与梁月鹏同排，但靠近司圣和。一个活泼的城市女学生谢红骑自行车而至，停在走廊，神气活现地走进教室。教室后面成绩差的男生们戏谑地鼓起掌来。谢红扬扬自得，不客气地在前排坐下。秃顶、眯缝眼、皮肤粗黑的地理老师步入讲台，显出莫名其妙的神色。掌声渐止。一大光头、胖大个男生进来，引起一些笑声。大光头俏皮道：“有什么可笑的？不就是天生不长毛嘛。”哄堂大笑，有的女生埋头窃笑。大光头走到后面过道坐下。一身材颀长、面色忧伤的女学生王继红捧着装书的小皮包，进来。后排有一个男生盯眼看着，鼓了两下掌，引起一些笑声。王继红到教室中间靠墙的位置端庄地坐下。济济一堂，其中过道也坐满了学生。地理老师眨巴着眯缝眼，说：“你们坐在过道的都没缴学费吧？”有一个非过道学生大声答道："是！他们一分钱不缴，和我们享受同等的教育资源！"大家哄然一笑。地理老师说："听说今年学校查得会严，希望你们把学费缴掉，心安理得地坐着听课，还有两个补习班有空位子。"取出眼镜，"好，现在上课。今天我们复习第一章：地球和地图。"转身在黑板上画了一个大圆。

晚间，补习七班里，上晚自习的学生比白天上课时要少得多，但也满满的。为了自己的前途，大家都认真地看书、做作业。梁月鹏疲劳地放下做作业的笔，扭头搔头发，不经意地发现同排尽头端坐着认真做功课的王继红……

十

这是白天放学时间，校园里一片欢声笑语，夹杂着阵阵自行车铃声。梁月鹏拎着装着书的公文包，走在如潮的人流中，寻思着："这个学期四个月，我生活费哪够啊？……对，把学费退掉。哎呀，这交了又退，学校要真查得严怎么办？……现在只有退了，那是嘴上吓唬人的。"次日，梁月鹏便去班主任家退学费，班主任递给梁月鹏一个纸条，说："你到会计室去领钱。退掉就不能再来听课了啊。"梁月鹏乖巧道："那当然。"接着纸条，到会计室顺利地领到了三张"壹佰圆"币。

梁月鹏退学费得了三百元钱，怎样立即来把它花掉即成为摆在他面前的一个简单不过的问题。他神气活现地走进光明商场，买了一双皮鞋，又买了一件上衣、一条裤子。是的，确实没啥像样的衣服穿的，布鞋穿着也臭脚，容易破。但关键的问题是，穿着寒碜不能凸显自己，连去班里上课都提不起精神，或者说引不起好的注意，这样哪行？趁此机会，买了算了，何况能促进学习，有益于考大学呢？这里要补充说明一下，对于买皮鞋还是买其他便宜但也耐穿的非皮的鞋，梁月鹏着实动了一番脑筋，最后考虑的是，一般的学生，就连县城的学生都很少有穿皮鞋的，鉴于此，决定买皮鞋。

学费退了，梁月鹏照样进班听课，但没有正式桌位了，只能穿着新衣服新皮鞋坐在过道听讲，把练习本放在前面一男生的背上做笔记，该男生不舒服得扭了扭身子，梁月鹏笑了笑，把练习本拿下，托在手掌上记了起来。

九月开学，学生们刚进入学习状态不久，中秋和国庆佳节便伴着秋高气爽，如期而至。在此节假日前夕沸腾的校园内，校广播播放起歌曲《春光美》，没唱两句便被一个女生清丽美好的声音打断："亲爱的老师同学们，下午好！周末又到了，可喜的是，一年一度的中秋节和国庆节又接踵而至，'每逢佳节倍思亲'……"

补习七班下课了，梁月鹏和学生们兴奋地从教室里挤了出来。校广播里女生的声音在继续："在中秋佳节里，人们尽情地享受团圆、重逢的天伦之乐；在祖国生日里，举国欢腾，人民同庆，到处洋溢着一派……"小补习生赶过来，对梁月鹏友好道："梁月鹏，你国庆节不回去吧？"梁月鹏说："不回去，在这里复习，不敢乱跑哎。"小补习生说："适当也要放松放松哎。"梁月鹏一下子郁悒起来，说："一到周末我就看不下去书了，心就飞了，这是怎么回事？"小补习生说："学会调节自己吧。"梁月鹏没主意道："怎么调节呢？"

梁月鹏多愁善感，常常无情无绪的，此时只有呆看着快乐的孩子们在土丘顶上尽情追逐、嬉戏，只有留恋地望着县城的女生悠然地回家……

光明桥倒是一个解闷的好去处，尤其在夜晚，河面树影幢幢，水长月小，桥面上来往穿梭着各种各样的人。梁月鹏惆怅地站在桥头，不料，谢红啃着月饼，偕着高贵的双亲，恬静地散步而来。梁月鹏发现，过敏地扭头回避，紧张地趴在桥栏杆上，一动不敢动。谢红撒娇道："妈妈，端午节是纪念伟大诗人屈原的。嗯——，那中秋节除了在秋天的正中间，还有没有别的来由呢？"桥下，河水在缓缓地流淌。梁月鹏背对着谢红他们，仍趴在桥栏杆上不动。

更大的现实的问题来了，没缴学费的连过道都不给待了。一男生松松身，不耐烦道："太挤了，一张桌子怎能趴四个人？"坐在过道、趴在该男生桌横头的梁月鹏忽地收掉书本，趴在膝上继续做笔记，脸臊红起来。这时，班主任带着两个男生走过来，依次给每个桌位贴名单。过道里的学生纷纷收拾书包逃走了。梁月鹏瞥着已贴到跟前的别人的名单，闷闷地思索了一会儿，忽然收掉书本，走了出去。

梁月鹏握着高子丹给的那本《电影文学》杂志，来找高中同学张建军，他从江汉联合大学毕业后，分配在光明城关中学当老师。城关中学离一中比较近。张建军住在校园内教师宿舍区，是一排砖瓦房。此时门开着，屋内，张建军和女友亲密地坐在一起共读一本书。梁月鹏走来，往里招呼道："张建军！"张建军一抬头，惊喜道："噢——，老同学，梁月鹏，请进！"梁月鹏进屋，张建军和女友站起身。梁月鹏开门见山道："我在一中复习，我们班现在在每个交费学生的桌位上贴名单，这样就严格地限制了我们没交费的。我想了想，我认得县委副书记夏太虎，我想请他给我讲一下。嗯，你有自行车吧？"张建军干脆道："有。你怎么认得夏书记的？"梁月鹏说："我写剧本认得江汉电影制片厂厂长高子丹，我听高子丹说过他和夏书记是朋友，夏书记也写过剧本。"张建军掏钱给女友，说："你去替我买点菜，今晚我要好好招待招待老同学！"女友温顺地接过钱，转身拿了件外衣穿上，出去了。梁月鹏轻声问张建军："谈多久了？"张建军说："刚谈。一个同事家属介绍的，在旁边塑料厂做合同工。"张建军和梁月鹏都坐下，梁月鹏递《电影文学》给张建军，有点激动道："这是高子丹送给我的，上面发表他一个电影剧本《红色经典》，现在正在拍摄！"张建军接过来翻看着，不禁赞扬道："高子丹都把剧本送给你，你俩关系……不一般啊！"梁月鹏很受用的表情。

天黑已经有一两个小时了，梁月鹏在张建军那儿吃过饭，骑着张建军的自行车，到县委县政府附近一问，就问到了夏书记的家。夏书记家是砖瓦房，与一般居民家没什么两样，此时，他家的铁栅门及木门都关闭着。梁月鹏将自行车停在门口，从车前面网兜里拿出高子丹给的那本《电影文学》，便来敲门。梁月鹏伸出手几乎触及木门，又怯怯地缩回，他在门口徘徊起来，然后鼓足勇气，走过来敲门，里面传来浑厚的男声："谁呀？"梁月鹏敲门的手像触电似的缩回。梁月鹏屏住呼吸，说："夏书记在家吗？"木门开，一中年男人——夏书记站在面前，隔着铁栅门，警觉地上下打量着梁月鹏。梁月鹏讪讪道："我是下马乡的，写过……电影剧本，现在……在光明一中复习高考……考大学。"夏书记打开铁栅门，然后转身便到大桌边，指着离自己有一截儿的靠墙的竹椅，说："进来坐。"梁月鹏怯生生地走进来，在指定的竹椅上坐下，扭头看了看墙，脸上掠过像要被审问的恐慌。夏书记给梁月鹏沏了杯茶放在大桌边，自己在大桌旁坐下，看着梁月鹏。梁月鹏还是恐慌得语无伦次道："我没交学费，一门数学我只听……三百块，一学期要交三百块钱——"他涨红的脸上沁出了汗珠，继而伸手胡乱地揩汗。夏书记审视着梁月鹏，说："不要紧张，慢慢讲。"梁月鹏静了下来，说："听一门课就要交三百块钱，有些不合算，我想求求您……"夏书记问：

“学校现在怎么了?”梁月鹏说:“他们现在在桌上贴名单，只要不交费的就……今年夏天我到高子丹家去，高子丹还说到了您……”夏书记这才搞清“来由”，欣喜道:“噢，高子丹你认得，你和他是什么关系?”梁月鹏说:“没什么关系，就是写剧本找他……”说着站起来，递上来《电影文学》，“这是高子丹送给我的，里面有他的电影剧本《红色经典》。”夏书记接过翻看了一下，转而说道:“写剧本和考大学是两码事，你让我怎么和学校说?”把杂志还给了梁月鹏。梁月鹏请求道:“夏书记，这对您是小事，对我们却是大事，您只要写几个字就行了。”夏书记说:“这怎么合适?”说着站了起来，往门口挪动脚步。梁月鹏也站起来，说:“夏书记……”哽了哽。夏书记说:“这个……”往门口扬着手。梁月鹏依依不舍，却不得不走向门外，一边说道:“夏书记，指望您了……”

梁月鹏真的很奇葩!没交学费，竟去找县委副书记给自己说情，他不知道把县委副书记当作什么人了，反正就去找了。很明显，夏书记并没有答应他，但他就是认为夏书记已经答应了，只是答应得不太明显而已。于是，次日，梁月鹏怀着激动的心情，冠冕堂皇地来到光明一中校长办公室，对校长文绉绉道:“我昨天晚上去县委夏书记家对夏书记讲了一下，我学费交了又退了，现在想继续听课，就不补交学费了。”校长爽快道:“噢，夏书记和我是老同学，你先去听吧，我这一阵子忙……”说着起身走了。梁月鹏接着来到班主任家，对班主任说明情况后，班主任热情道:“你对夏书记和王校长都讲过了还有什么说的呢?这样，你还去听课，就坐原来的位置，我马上去安排一下。”梁月鹏觉得还是自己了不起，学费退掉还能照常去听课，就是与众不同啊。

随着放学铃声，光明一中校园内沸腾起来。接着，校广播播放起雄浑的交响曲。补习七班仍在上课，身旁放着一摞资料的地理老师的讲课受到很大干扰，他取下眼镜，眨巴着眯缝眼，说:“明天下午课外活动接着讲。”交响曲渐息，地理老师又戴上眼镜，说:“好，我们接着讲。如果我说，国际日期变更线是一百八十度经线……”交响曲陡然响如潮涌，地理老师又取下眼镜，说:“不讲了。”学生们笑了一下。交响曲又渐息，地理老师略想了想，又戴上眼镜，说:“好，我们接着讲。如果我说，国际日期变更线就是一百八十度经线……”交响曲陡然又响如潮涌，地理老师很不耐烦了，他又取下眼镜，说:“决定不讲了。”学生们又笑了一下。梁月鹏已坐到了原来位置。过道里已没有学生了。

这日黄昏，晚霞溢满西天。补习七班刚打扫过卫生，桌上架满了板凳，覆满了灰尘。梁月鹏拎着装着书的公文包走到门口，伸头往里望，只见中间靠墙的位置，王继红趴在自己清理出的一小块洁净桌面，静静地，在孜孜不倦地做作业。梁月鹏进来，在另一边找个地方，擦了桌凳，坐下看起书来。实际上，梁月鹏已经暗恋上王继红了。暗恋的人常常有一种错觉，觉得对方肯定也喜欢自己，非常肯定。于是，王继红的一举手、一投足、一言、一笑，都会引起梁月鹏的密切关注。

不久，在一次抽样考试后，班主任在班上讲话："这次抽样考试，王继红总分第一！谁是王继红？站起来让大家看看。"说着目光搜寻着下面。男女学生们纷纷扭头望去。王继红站起来，又静静地坐下。忽然，坐在正式位置的大光头带头鼓起掌来，大家也跟着鼓起掌来！梁月鹏涨红着脸，不时地看一眼心爱的王继红。众掌声越来越紧！谢红不服气地噘起小嘴，闻掌声不止，倏地起身，蓦然回首，气鼓鼓地说了两句什么，索性装起书包，赌气地走了。班主任笑了笑道："放学了，下课！"

现在提倡做理性经济人，而梁月鹏与理性经济人相距甚远，甚至可以说是背道而驰。他把退学费得来的三百块钱主要用来买皮鞋和衣服了，于是，时间不长，生活就成问题了，没钱吃饭了。他为什么就不筹划一下呢？为什么就不用一些简单的加减法来算计一下呢？梁月鹏大概比较喜欢借钱，就像他比较喜欢暗恋一样。

晚饭已经没吃了，天色已黑，梁月鹏来找张建军借钱，不巧，门虽开着，灯也亮着，但见屋内床上四条着衣的腿缱绻在一起，人像是睡着了，是张建军和女友在热恋中。梁月鹏只得离去，但想了想，门开着让别人撞进去不太好，还是做个好事吧，便又回去将门轻轻地带上。

肚子在咕咕地响，吃饭的钱尚无着落，对，去找李秀云借。一幢宿舍楼，家家灯火，还有年轻女子出至阳台收衣服，这都会勾起一个在借钱以充饥的游子对家的无限渴望。梁月鹏穿着新皮鞋在吃力地登楼梯，肚子又饥饿地咕了一声。李秀云家在三楼，两室一厅，陈设华丽。灯光红艳的卧室里，婴儿幸福地酣睡在摇篮里。客厅里，戴着变色大眼镜、跷着腿的李秀云和丈夫相倚而坐，共阅一本装帧精美的大影集，李秀云显得洋气十足。传来音乐般的门铃声，李秀云头也不抬道："请推门儿。"门被推开，面无表情的梁月鹏走进来。李秀云一抬头，脸上掠过诧异的神色，转而豪放道："哟，梁月鹏，久违久违，近况如何？请坐。”梁月鹏在一边轻轻坐下，肚子又饥饿地咕了一声。李秀云说：“现在在哪任职?”梁月鹏语塞：“……”李秀云显得洒脱地笑道：“我们高中同学嘛，有什么事?”梁月鹏木木的，嗓子又沙哑了，沙哑道：“我以前……借你十块钱……现在还没有。”顿了顿，“我还在这里复习，我还想问你借一点钱。”李秀云藏在变色镜后的大眼睛狡黠地一闪，看了看丈夫，说：“对不起，我们现在有孩子了。这不，上礼拜一个朋友从日本给我们的贝贝带回一个大影集。”说着递过大影集，“我们的贝贝现在消费很高，营养也得跟得上……”梁月鹏接过影集，漠然地翻看着影集中贝贝各种照法的相片，然后站起身，返还影集给李秀云，看着李秀云及其丈夫，竟结巴道：“你们……你们在、家……”转身走了。梁月鹏走后，李秀云对丈夫轻声道：“我们这个高中同学有点走火入魔，一个劲儿要写剧本，戴着我送给他的校徽去拉赞助，被人家给抓起来了。公安局派人到我们学校来调查，我正在上课，突然警察来找我，全班同学都望着我，我都吓死了，我以为我犯了什么法了呢。”

难道我真的要饿一夜吗？不可能，人间自有真情在嘛。如果我挨饿了，那就说明这个社会有问题，而不是我有问题，这是肯定的。梁月鹏来到光明桥头，看月色朦胧，感世事沧桑，怎么连一顿饭都弄不上嘴呢？桥下，河水在缓缓地流淌；天上，乌云渐渐散去，月亮出来。月光如水般洒在梁月鹏身上，梁月鹏有如雕塑一般，伫立着，一动不动。“月鹏，来给你五块钱。”梁月鹏一惊，扭头看去，只见梁老五撂了一张纸币在地上，转身急急地向在不远处站着的几个痞里痞气的男青年走去。梁月鹏愣了一会儿，向前走了几步，弯腰捡起钱来。梁月鹏得了这五块钱，首先到小饭馆搓一顿，然后用剩余的做路费，次日上午便乘车回家了。

十一

母亲从怀里摸索出一块裹得严严的陈旧的手帕，然后一层一层打开，把包着的旧毛票统统数给了梁月鹏，总共只有二十几元几角，另外还有一些分币。

土坯大屋山墙外，母亲借风扬米，扬完后，梁月鹏撑着口袋，母亲将白花花的大米装进口袋里。为了小心起见，母亲在口袋上缝上一截儿红头绳，一边对梁月鹏说："这红头绳做个记号，别给别的伢们拿错掉拿跑掉了。"又看了看梁月鹏这身衣服，"你这身衣服从哪来的?"梁月鹏不情愿道："你问这干吗呢?"母亲说："月鹏哎，在外头不要瞎搞，花钱要算着花，你在青溪被搞进去了你可记得了?"梁月鹏不耐烦道："你又讲那个干吗?都过去了。"母亲似嗔非嗔道："都过去了，你可晓得你在青溪被搞进去了我日子是怎过的?我眼泪淌了多少?我哪天夜里能睡着觉?"梁月鹏看了看母亲，有所感动。

行驶的公共汽车上，拥挤不堪，不少都是学生，腿边是大袋小袋的东西。青年售票员把梁月鹏腿边的有红头绳记号的一袋米拎走，一边说："这里哪有空子放东西?"拎到前面老年驾驶员座位跟前去了。梁月鹏说："哎哎哎!"想拦却没拦住。

客车来到光明汽车站前停下，其他学校的学生慌乱地下车，下米。梁月鹏欠着身盯了前方半晌，有红头绳记号的一袋米仍在，他又放心地坐下。客车门关闭，客车启动。

透过行驶中的车窗看见光明一中了，客车在剩下的几个学生的叫喊声中停下，学生们下车，下米。梁月鹏倏地跳下车，指着一个小男生拖下的一袋米，急促道："这米是我的。"小男生奇怪地瞅着梁月鹏道："是我的，你认错了。"梁月鹏一看，口袋上没有红头绳，便把口袋移过来看，口袋上还是没有红头绳。小男生友好道："十有八九在车站门口给联中学生下下去了。"梁月鹏额上汗珠滑落!小男生同情道："车前头你有没有找过?我在上车时看见有人把一袋米拎到驾驶室跟前去了。"梁月鹏一脸茫然，寻思着，只有看着小男生和别的学生各自提着米走了，一时不知所措。看到一辆客车驶来，急忙招手，客车停，梁月鹏上了车。行驶的客车上，梁月鹏心急如焚。

客车来到终点站——省城汽车站停车场停下，梁月鹏从车上跳下来，急急走进值班室，一反往日羞怯之态，问一位值班的老者："请问老人家，我在光明念书，我带一袋米乘下午两点半钟从下马出发的班车，下车时却发现下下来的米不是我的。我想，可能是丢在车厢里。请问那辆班车现在在哪?"老者伸手指了指道："还没走。"梁月鹏赶到那辆客车门跟前，车门开着，老年驾驶员和青年售票员正在里面打扫卫生。梁月鹏伸头往里望着，恳切道："我是坐你们的车在光明一中前面下车的，下车时却发现下下来的米不是我的，不知道可丢在车厢里?”老年驾驶员面无表情道：“没发现。”继续打扫卫生。梁月鹏不相信道：“你们要是看到就给我，这米是我妈一粒一粒从地里抠出来的。”眼睛直往车厢里扫视。青年售票员眉头一皱，盯着梁月鹏要嘴道：“大米现在也不值钱，一斤三毛，你一百斤不就只值三十块钱嘛，哪上面不花三十块钱？你一小袋米还没有一百斤。”梁月鹏较真道：“你们要是看到就给我，就像你讲的，也不值多钱，你想一想看放哪儿了?”青年售票员不耐烦道：“哎——，你是说我们把你米偷了，你上来找，好吧?”梁月鹏上车，前后寻找一番，没有，下车走了。没走几步，梁月鹏又回来，恳求老年驾驶员和青年售票员把他带回去，他们同意了，显然是免费的。

不管怎样，是一种了结、一种解脱，梁月鹏异常坦然地坐在行驶的那辆客车上。客车已经驶出省城，行驶在郊外开阔的大地上，此时太阳快要落山，红彤彤的，甚是好看。梁月鹏前面隔了几排坐着一对准新人，显然是从省城置办新衣服返回，身旁的大皮包上放着新买的艳艳的塑料花。准新郎和准新娘歪起头说话，梁月鹏这才看出是即将结婚的张建军和女友，张口便想喊，却止住了，梁月鹏一时有点激动！梁月鹏看着窗外，光明一中跃入视野了，他伸手摸了摸自己衣袋，心里在盘算着。老年驾驶员回头看了梁月鹏一眼。车停，梁月鹏掏出一把毛票，赶紧走到前面，丢在张建军和女友的塑料花上，真挚地对张建军说：“你们结婚我预先也不知道，也不多。”张建军一愣，反应了过来，说：“不要不要，你现在我们……”梁月鹏匆匆跳下车，却绊倒在地，又立即爬了起来。

客车已远去。晚霞染红了西边的天空，落日的余晖斜照大地。梁月鹏丢失了母亲给他备置的大米，空落落地向在就读的光明一中走去，突然，一种对母亲的思念、感恩、愧疚及自己发奋之情在他的心中升起：

每一次回家
家里都有位端详我的妈妈
每一次醒来
床头都有位抚拍我的妈妈
每一次饥饿

灶下都有位烧火的妈妈
每一次病痛
眼前都有位焦灼的妈妈
哦，妈妈
孩儿正在奋斗
灿烂辉煌时回家接妈妈

每一回凝望
星光里都有位朴实的妈妈
每一回思乡
乡情里都有位慈祥的妈妈
每一回哭泣
泪水里都有位模糊的妈妈
每一回失眠
辗转中都有位白鬓的妈妈
哦，妈妈
儿子正在奋斗
灿烂辉煌时回家接妈妈

梁月鹏一觉醒来，天已大亮。司圣和和卜心放都听见梁月鹏刚才说梦话了：“我考上大学了！”卜心放笑道：“乖乖，做梦都考上大学了。”司圣和理论道：“这考大学把人折磨得够呛。”梁月鹏欣慰地笑了笑。

接下来，梁月洲又送钱给梁月鹏，使梁月鹏渡过了又一个经济难关。

隆冬到了，下起了大雪。补习七班里，大多数学生穿得比较单薄，但他们仍在认真地上晚自习，咳嗽声，鼻塞的呼啦声，打喷嚏声，此起彼伏。一个女生打了一个雷鸣般的喷嚏，引起哄堂大笑。梁月鹏在做作业，忽然想起什么，犹犹豫豫地站起身。原来这是元旦前夕，教学楼上的教室里隐约传来庆祝元旦的欢笑声和歌声！

梁月鹏抑制不住内心的激动，披着雪花来到教学楼上初三（1）班教室门口，门紧闭着，他便靠着门注意聆听室内孩子们的嬉笑声。门忽然打开，梁月鹏往里一跄，和开门的男生撞个满怀。室内正在举行元旦晚会，悬灯结彩，披红挂绿。男生亢奋道："我认识你，进来给我们表演个节目吧。"不容分说地拉梁月鹏来到中间一片空地的中央，围桌而坐的学生们鼓掌欢迎！男生大方地向大家介绍："这位是补习班的大哥哥，论知识，他懂得一定比我们多，那么他的歌唱得怎样呢?"学生们齐声喊起来："来一个！来一个！来一个！……"梁月鹏顿了顿，慌乱道："现在我来给大家演唱一首……往日的歌……名字叫《我爱五指山，我爱万泉河》。"紧接着便唱：

我爱五指山，
我爱万泉河，
双手接过红军的钢枪，
海南岛上保卫祖国。
啊五指山，啊万泉河——

卡壳了，梁月鹏接着重来，当再次唱到"啊五指山，啊万泉河——"时，又卡壳了，他头一耷拉，臊红着脸退了下去。

雪花飞舞中，梁月鹏来到补习班区域。教学楼上某教室里传来女声合唱《春光美》，梁月鹏闻声回身，来到铁栅栏前，痛心疾首地仰望楼上，女声合唱《春光美》更加响亮、纯真和抒情……

浓雾弥漫，浓雾中人影憧憧，阳光从浓雾中透射过来，一朵朵挂着露珠的油菜花婀娜娇艳，这是一片黄色的油菜花，田间缀满了晨读的学生，晨雾正在阳光下飞散……

司圣和、卜心放和小补习生都站在院内背书，房东妻在井沿打水洗菜，小儿子在跟前玩。铁门被推开，梁月鹏一脸的雾气，拿着书，兴致勃勃地进来，他来到司圣和跟前，说："我第一轮复习全部结束！还有一轮！"司圣和向梁月鹏伸出一个大拇指！梁月鹏、卜心放和小补习生都笑嘻嘻的。梁月鹏转身来到井边房东妻跟前，看着新鲜的猪肉、蔬菜，说："哇，真新鲜的菜啊！"房东妻热情道："等中午烧好了，我来盛半碗给你们尝尝。"梁月鹏谦让道："你们自己吃吧，我们是房客，怎么能吃房东家的菜呢?"房东妻说："你们现在念书也不容易，也比较清苦。"

一日，春雨蒙蒙，梁月鹏一个人在租房里，很有兴味地趴在桌边写着端正的方块字：

你趴在补习班中间靠墙的一隅。从去年至今日，不曾听你一句话语，不曾见你一朵笑容；唯有一次放学，你走在教室前面，后面一女生喊你，你方回首，嫣然。远望你：苗条，婀娜，肃静；近看你：素雅，端丽，小步轻快，翩然而去。但你汪着泪以至眼睑都腌成棕褐色的眼睛，无不给人留下惆怅和遐想……

你三四小时的晚自习都捉着笔在书写，静静的，长发披在肩头，并不厚实的上衣在暗暗抵抗着喷嚏连天的严冬。你不曾动一动，只见你安详的前额和攥着笔的小拳头。有一次，你矜持地扭转腰肢，和后面的一个女生讨论问题……难细看金口，不曾听玉言！

你和着春天的旋律剪掉长发、扎起独把，你依然捉着笔在书写，静静的，却袒露起洁白的颈项和耳朵，鲜淡的上衣正在编织一个绮丽的梦。突然，你咳嗽一声，金笔从你攥着的小拳头里滑落，你猛然捂起起伏的胸口……

亲爱的姑娘，我在一个细雨蒙蒙的星期六下午想起了你，蓦然想起给你一个由衷的寄语：今年，明年，一定要金榜题名!!

连写带欣赏和修改，花了梁月鹏两三天时间，这两三天梁月鹏处于一种亢奋状态中，他不断地把这篇散文诗拿给室友们看，以赢得他们的赞许。

小补习生很喜欢梁月鹏，有时候还跑过来和梁月鹏同床共褥，但时间不长，出岔子了。一日午后，司圣和和卜心放稍事休息后起来在看书，梁月鹏仍躺在被窝里午睡。小补习生突然跑来，一下子揭开梁月鹏的被子，不料梁月鹏裸体躺着，阴部夹着纸！司圣和、卜心放和小补习生都好奇地看着，梁月鹏难堪道："搞什么搞?"梁月鹏很快把被子盖上。司圣和、卜心放和小补习生哈哈大笑起来。此后有好几天，梁月鹏都不理小补习生。

一日晚间，补习七班里，学生们在抓紧复习，班主任进班，若有所思地在下面转了一圈，然后走向讲台，说道："同学们，请原谅，耽搁你们几分钟时间。"学生们纷纷抬头。班主任说："报告大家一个好消息。今天下午，学校接到一封来自沿海地区一家乡镇企业的信。”学生们纷纷搁笔，注目倾听。班主任说：“这家乡镇企业刚刚兴办，现在需要一批懂文化、有知识的年轻人。我讲简单明了一点，录用办法是：按去年高考成绩，从高分到低分择优录取。”学生们议论开了，一片嘈杂。班主任说：“这也许是一个难得的就业机会。‘机不可失，时不再来’。你们经常看到工地上拎泥桶的农民工，头发乱糟糟的，到人家跟前一股汗腥气，这是什么社会地位大家应该很清楚。我不是看不起他们，我是说不要满足于此，我今天是农民工，但我明天就要有所发展！”他的腔调变得低沉起来。学生们静了下来。班主任说：“四年前，我带一个复习班，还就是这个班。”象征性地打量了一下教室上下，“班里一名成绩上乘的女生，在高考前两个月，母亲去世了……”学生们有的眼睛湿润了。班主任说：“她站着哭，她坐着哭，她走着哭，她饭吃着吃着哭，她课上着上着哭，她觉睡着睡着哭……她怎么能接受母亲死了呢？她从来也没想过母亲会死呀！”大光头睁着泪汪汪的眼睛，梁月鹏的眼泪流了下来，司圣和和卜心放在擦眼睛，王继红已经埋头抽泣起来了……一片抽泣声！班主任没有流泪，继续说：“我在一个阳光和煦的星期六下午把她叫到我家，对她严肃地说：‘你不能再哭了！你现在只有以最优异的成绩来报答你九泉之下的母亲，也只有拿大学通知书到你妈妈的坟头祭奠！’”有几个学生已哭出声来，王继红厉害地抽搐着，大光头抹了一把泪，梁月鹏泪流满面！班主任说：“后来，她终于考上省外一所专业很不错的高中专学校。”“吱呀”一声，门开，走进来一位风姿绰约的姑娘。班主任一看，笑道：“同学们，她来了，来看你们了。”一阵暴雨般的掌声！姑娘一边转悠，一边意味深长道：“刚才我们的班主任老师说了一个招聘的事。不谦虚地说，我就是这家乡镇企业的厂长……”学生们惊羡，班主任微笑着。姑娘略带倦容道：“在‘以质量求生存，以人才闯市场，以责权利抓管理’的治厂宗旨下，我累得有时连觉都睡不成。目前，我国正以沿海为龙头，带动全国各民族、各地区向一个务实的光明的前途大踏步进发。我建议，你们成绩尚可的最好还是继续复习。我给你们算了算，现在离高考整整还有一百天。你们再挥手，再昂头，再奋进，成功就将属于你们！”学生们报以热烈的掌声！姑娘说：“高中毕业生已经具有一定的文化基础。我这次来只招三名，入职后有继续学习的机会，有意者请与班主任老师联系。”

晚自习后，梁月鹏与司圣和、卜心放回到租房和小补习生一起谈论此事。

梁月鹏向往道："我真想去！说实话，我真给考大学考怕了。"司圣和冷不丁道："你去行，说不定她没谈对象，你俩还能谈上。"大家哄然一笑。梁月鹏笑得合不拢嘴。卜心放对司圣和说："你不能对梁月鹏讲这样的话，你讲这样的话梁月鹏晚上肯定睡不着觉，你信不信？"小补习生笑嘻嘻道："我信。"司圣和附和道："我也信。"他们都看着梁月鹏。梁月鹏有点激动道："你们这样讲，我确实高兴！说实话，那也是没影子的事。"继而叹了一声，"还是继续高考吧，不能半途而废。虽然她说有继续学习的机会，那也不能和上大学相比。"

十二

这几日，光明电影院在隆重上映高子丹编剧的电影《红色经典》，门头上贴着标语："党员干部要带头观摩电影《红色经典》。"晚上放映两场，现在第一场散场，是满场。门口排着长队在等着进去看下一场，外面广场上也站满了人，准备入场。梁月鹏走在散场的人流中，很庄重的样子，显然是被电影剧情深深地打动了！他走了出来，到马路边，突然兴奋得跑了起来。

司圣和、卜心放分别坐在床上看书，梁月鹏推门进来，亢奋道："太不得了了！全国包场！我前年看到剧本我就说到时候肯定会包场，果然！"司圣和和卜心放仍看着书，没有反应。梁月鹏走到司圣和跟前，有点喘不过来气，说："编剧高子丹我认识，前年他把剧本就给我了！我之所以没交学费能一直冠冕堂皇地听课，就是因为高子丹和县委夏书记是朋友！"司圣和放下书，慢腾腾道："我们来陪梁作家聊聊，看来梁作家的心跳一时平静不下来，要让我们来抚慰抚慰。"说完和卜心放哈哈大笑起来，梁月鹏也笑了起来。梁月鹏突然来了主意，说："我决定把这首散文诗送给王继红！"司圣和乖巧道："把那个'洁白的颈项''攥着笔的小拳头'送给她？"梁月鹏一怔，转而过来拥抱一下司圣和，说："你说中我心坎了！"与此同时司圣和欲推不能道："哎呀，哎呀，又来了。"卜心放笑嘻嘻道："梁月鹏这样激动我有点害怕。"梁月鹏兴奋地走到卜心放跟前，把卜心放手中的《世界历史》书拿过来，随便翻了一下，说："这本书我看熟透了，几乎能倒背如流！"司圣和说："王继红还没有下自习，你现在去找还能找到。"梁月鹏说："好！"转身来到自己床前，把手写散文诗拿到手上，想了想，又拿起小镜子照了照自己的脸。司圣和说："头发有点翘，蘸水梳一梳。"梁月鹏说："噢，对。"即去拿盆，往盆里舀水。梁月鹏用湿毛巾把头发弄潮了，然后拧干毛巾，擦掉头发上的水，照着小镜子用梳子梳起头发来。司圣和和卜心放相互看了一眼，不禁莞尔微笑。小镜子里，梁月鹏精心地梳着三七开发型……

王继红还没有下自习，她趴在自己的位置静静地做作业。窗玻璃外，梁月鹏张望的脸，很快移去。走廊里，梁月鹏在徘徊。他走到窗前站定，伸头往窗内看。王继红端坐着做作业，目不斜视。窗玻璃外，梁月鹏张望的脸。王继红做完了作业，开始收拾书本。梁月鹏蓦地缩回头，在走廊里徘徊起来，又转身躲在一廊柱后。王继红捧着装书的小皮包出来了，向前面走去。梁月鹏倚着廊柱看着。王继红走远了。梁月鹏走了出来，远远地跟着……

王继红来到自己租房门口，开门进去，开了灯，又关了门。梁月鹏走来，伸手欲敲门，又放下。他从衣袋里抽出"散文诗"，想了想，一时间犹豫起来，有点进退两难。忽然一个小女生过来敲门，梁月鹏吓了一跳道："谁？"王继红开了门，灯光照亮门外，小女生指着梁月鹏对王继红说："继红，门口站着一个人。"王继红注意地看着梁月鹏，梁月鹏脸涨得通红，手里拿着"散文诗"，紧张得结巴道："王……继红，你好……"感到状态不行，一转身跑了，手里仍捏着"散文诗"。哈哈大笑！梁月鹏浑身一颤，惊叫道："我的妈呀！"司圣和、卜心放和小补习生大笑着抓住梁月鹏，他们簇拥着梁月鹏笑谈着走去。卜心放对梁月鹏说："你梳过头走后没几分钟我们就开始跟踪你了，真好玩儿，今晚做了一回特务。"司圣和向梁月鹏伸出一个大拇指，说："你胆子真大，真登门了。"梁月鹏后悔地把"散文诗"一扬，说："没给，我一时就觉得无地自容，话都没讲好就跑了。"小补习生说："就当作一次练习吧。回去好好复习，考上大学什么都会有，别着急，梁月鹏你说可对？"梁月鹏未置可否。不过，从此，梁月鹏没再去找王继红，这首"散文诗"终于没有给她。

转眼已是盛夏。夜已深，小补习生又在梁月鹏、司圣和、卜心放租房和他们聊天。小补习生说："这个天太热了，睡不下去哎。"梁月鹏烦躁地走来走去，蓦地脱掉裤衩，说："这深更半夜的，那么保守干吗？凉快凉快。"他们笑嘻嘻地看着梁月鹏的下身。司圣和说："梁作家就和人不一样，思想比较解放。"梁月鹏笑嘻嘻的。一阵狂风吹过来，他们吓了一跳。小补习生说："刮大风了，快关窗子！"说着跑了。梁月鹏光臀去外面关窗子。院子里，"吧嗒"一声响，窗子被风关上，梁月鹏迅速插上插销，转身看到房东妻在那边关好窗子转身看到了自己，便迅速溜进屋里。梁月鹏对司圣和、卜心放说："完了，房东老婆看到我光屁股了。"司圣和、卜心放笑嘻嘻的。梁月鹏惊疑不定道："应该没事，我也不是白天光屁股跑到院子里，这深更半夜的，房东他们早就……"话还没说完，梁月鹏一下子愣住了，惊诧地看着门口，房东穿着短裤进来了。梁月鹏慌忙拿起自己的裤衩，房东走到梁月鹏跟前，睡眼惺忪道："你坐下。"指了指司圣和、卜心放，"你们都坐下。"自己先坐下来。梁月鹏坐下来，用裤衩盖着阴部，惊恐地望着房东。房东对梁月鹏平静道："这个月房租也不要你交了，你明天收拾收拾东西，走吧。"房东起身走了。梁月鹏起身，背对着他们穿上裤衩，一时间呆呆地发愣，不知如何是好。司圣和、卜心放和小补习生围着梁月鹏，关心地看着他。小补习生说："那你就回家复习吧，也只有这样了。"梁月鹏低着头，一时无语。

次日上午，梁月鹏捆扎好旧花被子和旧塑料编织袋，平静地对司圣和、卜心放和小补习生说："还有一个月就要考试了，我正好也没钱了，回家复习也好。"不料，梁月鹏的话声被在院里井边洗菜、切菜的房东妻听见，她抬头看见梁月鹏还没走，勃然大怒道："快走！快走！我不能看到你！"梁月鹏他们抬头往院里看去，只见井边房东妻举着菜刀吼道："不要脸！和我一样的年龄还在这里复习！我不能再看到你，滚！滚！……"司圣和说："赶快走吧，要不要我们送一截子？"说着拎起梁月鹏的被子，卜心放和小补习生合拎起梁月鹏的旧塑料编织袋，送梁月鹏出门。房东妻仍在唾骂着："二十四岁了还在考大学，不要脸！穷光蛋！一条汉子……"

补习七班门口站着两个年轻保安。班主任站在讲台上恼火地讲话："竟然有人冒充是县委夏书记的亲戚，不交学费在我们班堂而皇之地趴着一个桌位听课，这个人叫梁月鹏，给我站出来！"目光搜寻着下面。学生们很震惊，也扭头搜寻着。班主任说："补习班的纪律向来就难抓，但是也必须抓。梁月鹏，给我站出来！"卜心放伸手捣了捣前面的司圣和，司圣和回头，俩人会意地交换了一下目光，卜心放小声道："梁月鹏要不回家就完了。"指了指外面，"外面有两个保安。"司圣和也小声道："他走得真巧。"班主任疑问道："梁月鹏不在了？"目光仍搜寻着。

梁月鹏一手拎着旧花被子，一手提着装满东西的旧塑料编织袋，吃力地、略显狼狈地走来。到了村头路口，他转弯下了公路。梁月鹏看到附近有村民在向他张望，便一埋头，加快脚步向村里走去。他提着两样很不好看的东西，迅速走着，却迎面走来了携带农具的中年汉子，便不得不打了声招呼："下田啊。"中年汉子停下脚步，关心地问道："怎么现在回来了？大学考过了？月鹏，我们都看着你哩。"梁月鹏没有停下，急促地走了过去。中年汉子有点纳闷，扭头看着走过去的梁月鹏。

在复习迎考关键之际突然返回，梁月鹏不免又挨梁月洲的训："还有一个月就要考试了，你又跑回来了。我问你，他们有谁跑回来了吗？人家都不回来，你为什么要跑回来？"梁月鹏无言以答，涨红着脸，低着头。梁月洲已经结婚，妻子站在他身旁，好奇地看着小叔子梁月鹏。母亲坐在土门槛上，没吱声。

梁月鹏的考场在光明实验小学，其大门上方悬挂着"热烈欢迎同学们来我校参加高考！"的大红横幅。考生和亲友纷纷进入校园。电铃声急骤地响了起来。白石灰线外，站满了脚，一幢教学楼下，围了一圈翘首企盼的考生亲友。考生正在进入考场。楼上一考场内，梁月鹏找到了自己的座位，坐下，环顾一下前后左右。身着艳丽连衣裙的王继红走进该考场，寻找座位。梁月鹏看见了王继红，一下子怔住了！王继红左右巡视着找座位，就要走到梁月鹏跟前。梁月鹏羞红了脸，目光慌乱！王继红走来，与梁月鹏打了个照面，不知道她认出了梁月鹏没有，继而悠然地坐下，准备考试。梁月鹏一时间羞愧难当，涨红着脸，无地自容！考生正在紧张答卷。王继红坐在梁月鹏的紧前面，在神情专注地答卷。梁月鹏脸上汗水涔涔，贼眼不时瞟向王继红，心情难定，面前的试卷一片模糊……

梁月鹏最后一次高考以失败告终。梁月洲恼火道："与最低建档线差了三十分，五次高考中最差的一次！"母亲丧气地坐在土门槛上。梁月鹏站在一边，眼睛望着别处。梁月洲说："这一下无路可走了！我不知道你在那儿是怎么复习的？和你住在一起那两个都考上了，就你考不上！你最后一个月还跑回来复习……”梁月洲妻在一旁打圆场道：“月鹏肯定也想考上，已经考不上了，你讲这个还有甚个用呢?”说着来拉梁月洲，“快回去我俩堆草堆，天看着要下雨。”梁月洲在前，妻子在后，俩人走了。

十三

梁月洲的新家是三间新的砖瓦房，没有粉刷，陈设简单，一道篾席夹墙里面是卧室。卧室里，梁月鹏一个人站着在看电视。堂屋里，梁月洲洗酒杯，拿筷子，梁月洲妻在锅灶旁炒菜。梁月洲热情地喊：“月鹏，来喝酒。”梁月鹏走了出来，在桌旁站了站，梁月洲说：“坐。”梁月鹏坐下。梁月洲妻端上来一碟青椒炒韭菜和一碟油盐花生米。梁月鹏盯着菜，夸赞道：“二嫂这菜炒得好，比妈炒得好，这韭菜绿绿的，花生米红红的。”梁月洲妻笑吟吟道：“居家过日子，炒菜做饭不是最起码的吗?”转身去了锅灶旁，“还有一个菜，啊。”梁月洲先给梁月鹏斟酒，然后给自己斟酒，俩人举杯饮酒。梁月鹏爽快地吃菜，梁月洲说：“这一阵子你别到大哥家去。”梁月鹏说：“我不去。”梁月洲妻说：“大嫂说你钱花掉了光阴耽误了还一事无成。”梁月鹏吃着菜，说：“她就是这样人，我要是考上她就不一样了。”说着起身给二哥斟酒。梁月洲说：“你考大学这条路到此为止，接下来的路你自己走，我们也没办法帮上你。”梁月鹏说：“当然了，路我自己走，反正我不可能在家做田。”梁月洲说：“我也不希望你在家做田。问题是你能干什么，连你自己恐怕都不晓得，我们就更不晓得了。我说得可对?”梁月鹏也确实被说中了，无言以答，转而言他：“明天我去月芹家。”梁月洲说：“你去看看也行，那是县城，大姨娘家也在那儿。反正你的路就只有靠碰了。”

梁月芹嫁给了三狗子，他们住着两间平房，一间是客厅一间是卧室，没有农具，陈设还算齐全。卧室里，梁月鹏一个人站着在看电视。院子里搭建的简易厨房内，梁月芹在挥铲炒菜。三狗子拎着卤菜回来，走到客厅，向卧室招呼道：“三哥来喝酒。”卧室里，梁月鹏拿着架子，显得贵人似的应道：“好，马上就来。”不一会儿，梁月鹏走了出来，在桌旁站了站，三狗子说：“三哥坐。”梁月鹏坐下。三狗子给梁月鹏斟酒，梁月鹏用手礼貌地、象征性地搪着自己的酒杯，说：“少一点，少一点。”梁月芹端菜过来也在桌旁坐下。三狗子站起来向梁月鹏敬酒，说：“三哥，我陪你喝。”梁月鹏也站起来，与三狗子碰杯，“当”的一声，俩人将各自杯中酒喝下。三狗子热情地用筷子指指菜，说：“三哥，吃菜，吃菜。”三人纷纷吃菜。

“外甥在妹妹家喝酒了。”大姨娘高兴地说着话和三狗子妈走进来。梁月芹热情道：“大姨娘没吃在这吃。”大姨娘说：“吃过了，吃过了，你们喝吧。”梁月鹏过来递板凳，大姨娘和三狗子妈坐下，望着他们吃。他们继续喝酒、吃菜，梁月芹也站起来向梁月鹏敬酒。三狗子妈慈祥道：“他二婶，我有一句话不知道当讲不当讲?”大姨娘感兴趣道：“三狗子妈，你有什么话我们之间还有不能说的呢?”三狗子妈伸嘴到大姨娘耳边，小声道：“你外甥把他妹妹说给我做媳妇，我哩，想给他介绍一个媳妇儿。”大姨娘大声道：“那不好吗？是哪家的?”三狗子妈说：“老贾家，下放回城的时候没地方住住在我家的，现在人家个个都在街上开个大服装店。”大姨娘说：“哦——，我知道了，老贾家，老贾我们都认得，那个时候老贾夫妻俩经常吵架，我们还去拉。”三狗子妈说：“他家那第三个丫头叫铁馨哩，和男人离了，在中大街开个服装店，长得也漂亮，就是不能生。”大姨娘兴致陡减，咂了一下嘴，说：“这离了不讲，还不能生。”三狗子妈看了一眼在吃饭的梁月鹏，说：“这‘揭开锅就吃饭’。你外甥又不考大学了，又不能干粗活，到那去看个店，以后抱一个小孩不是一样啊?”大姨娘思忖着，点了点头道：“说得也是。”

饭后，三狗子妈把情况告诉了梁月鹏。梁月鹏听说她是离过婚的，头皮一奓，但转念一想她是不能生育才离婚的，又对她生出几分同情。晚上和妹妹在大姨娘家商量此事，大姨娘说：“千里去做官，为的不就是吃喝穿嘛。这‘揭开锅就能吃饭’。没有孩子后来抱一个是一样。你在街上看个店，回去烧烧锅，也没有重活干，你兄妹俩在这里也有个照应。”梁月鹏从思索的表情转为放松微笑了。梁月芹看着梁月鹏笑道：“你这人一提这事就笑了。”梁月鹏忍俊不禁道：“不笑还能哭啊?”大姨娘合计道：“我来叫三狗子妈去问问她现在有没有讲人，要是讲人了，那就算了，要是没讲人，你们先对个象。”梁月芹说：“对个象看看怎么样，不能就这样把一个纯善的小伙子送过去了!”说完和大姨娘一起笑了。梁月鹏也笑了。

次日，三狗子妈到街上探听消息去了，梁月鹏、梁月芹在大姨娘家与大姨娘急切地等待着。三狗子妈兴冲冲地进来，大姨娘热情地递板凳，说：“三狗子妈坐。”三狗子妈落座，并没立即开口。他们仨看着她等她开口。三狗子妈开口道：“她听我讲这个事都笑嘻嘻的。”头伸向大姨娘，故作诡秘地，“明天去对象！”他们仨如释重负，开心地笑了。

中大街是桃源县城最宽阔、最有人气的街道，街上车来人往，两旁商店生意兴隆。梁月鹏、大姨娘、三狗子妈顺着街边人行道走来。公共厕所旁的磁带店里正响亮地放着叶倩文演唱的歌曲《潇洒走一回》，歌声响彻附近一大片地方。梁月鹏停了停，等待滞后的俩老人。眼前是一爿一爿的服装店，衣服伸展到了外面，占用了不少人行道，形成了“衣篱”。就在这儿，大姨娘拽着梁月鹏的一只胳膊直往一爿服装店里走。柜台里面坐着一个姑娘低着头在弄什么，大姨娘欣欣然张口道：“铁馨！”姑娘抬起头。三狗子妈过来拉着大姨娘就走，说：“认错门了。”梁月鹏脸红，跟着出去。三狗子妈在“衣篱”边伸头探望，回头小声道：“是这一间。”梁月鹏往后退了一步。大姨娘拉了拉梁月鹏，梁月鹏努力镇静地走了进去。

贾铁馨二十五六岁的年纪，长相俊俏，长发披肩，穿着蓝色套裙，手拿着衣叉子，仰着头，在把屋外顶棚上的一件衣服往别处挪。三狗子妈赔笑道：“铁馨！”贾铁馨看见他们，立即变成笑脸，但神态自若，扫了一眼梁月鹏后把目光转向大姨娘。三狗子妈继续赔着笑脸道：“这是梁月鹏大姨娘。”贾铁馨对大姨娘笑吟吟道：“阿姨进来坐，你们都进来坐。”说着把“衣篱”边一条长板凳端到屋内，“铁香倒三杯茶来。”接着继续挪屋外顶棚上的衣服。坐在柜台里，长得还算秀气、文静的贾铁香，贾铁馨妹妹，拿玻璃杯沏了三杯茶放在柜台上，然后让开出去了。三人到屋内长板凳上坐下，里外左右上下打量着服装店。衣服挂到了外面，严严实实的，俨然是延伸了的服装店。店内服装分门别类挂在三壁墙上，四截柜台呈“Z”形放着，里面摆满了鞋袜和衣物。贾铁馨又拿起洒水壶往地下洒起水来。“衣篱”尽头处伸着一个头，模样不丑而显得有心计，近三十岁年纪，是贾铁馨二姐贾铁芳，在往这里望。三狗子妈夸赞道：“这丫头有本事，开了这么大的服装店！”贾铁馨高兴道：“也囚人啊，还要动头脑子怎样去和人竞争。”大姨娘赞不绝口道："你看你看人家出口就是生意经！"贾铁馨停止洒水，说："我们比不得人家娇小姐，上班捧着报纸看，下班回来一身轻，我们从年初四到大年三十，没有哪一天闲着，睡觉都在算计，怎样进货，怎样摆货，今年时兴什么款式了，什么货该撤了……"梁月鹏小心插话道："你讲这货都是指的衣服吧？"贾铁馨一下子斥道："不是衣服是粮食？"同时白了梁月鹏一眼。沉默。有顾客进来了。贾铁芳又在"衣篱"边伸头探望。三狗子妈起身，说："那我们走了，啊？你这还要做生意。"大姨娘和梁月鹏也起身。贾铁馨笑吟吟道："阿姨你们慢走，我就不送了啊。"话音未了，富有挑逗性地看了一眼梁月鹏，梁月鹏同时也看了一眼贾铁馨。

街上仍响亮地放着叶倩文演唱的歌曲《潇洒走一回》！三人走在人行道上，大姨娘问梁月鹏："月鹏你看她怎样？"梁月鹏一时没作答。三狗子妈看着梁月鹏，逗笑道："人家白面书生怎好开口呢？心里喜欢也不能说'我喜欢'哎。"说完和大姨娘一起笑了起来。梁月鹏也笑了。

晚上，梁月鹏和梁月芹在大姨娘家商量此事，梁月芹不满道："我三哥连她也要，又离过婚，又不能生。"大姨娘说："这是事先讲明的，愿打愿挨，现在讲这话没用。"沉默。大姨娘说："现在是这样子，月鹏这边同意，我让三狗子妈明天去问问铁馨，看人家同意不同意。又嫌人家离过婚，又不能生，有不少人都抢着想跟她谈哩。听讲她离婚之后也谈过，不知道现在在不在谈了，要是还在谈没分，这事就难讲了。那就这样讲，看明天人家怎样答复三狗子妈。"

梁月鹏开始着急了，因为他自己同意了，而不知道对方同不同意。他和梁月芹在大姨娘家和大姨娘一起等待着，等待着媒人三狗子妈的到来。梁月鹏急得起身，走出去，往远处看了看，又进来。大姨娘问："还没回来？"梁月鹏说："没有。"梁月芹说："她要是不同意正好，又离过婚，又不能生。"三人沉默着。不多久，三狗子妈进来，三人盯眼看着她的情态。大姨娘热情地递板凳，问道："怎么样？"三狗子妈落座，并没立即开口。他们仨着急地瞅着她等她开口。三狗子妈开口道："她要你外甥在桃源盖三间砖瓦房，她说金戒指金项链高档衣服各色等等都不要了，但不能没有一个藏身的地方，她说房子就是楼她也盖得起，这不是怕人家讲嘛，找一个男人，一分钱都没有，嫁不出去了？"梁月芹说："那又不是歇火？"大姨娘不服气道："我外甥能盖起三间砖瓦房倒去上大学喽，还看上她？小伙子标标致致的，大学一出来就是国家干部，还能看上她？”三狗子妈也无奈道：“那我就去回了她，盖不起。”梁月鹏郁闷地低着头。

梁月鹏在梁月芹家吃饭，梁月芹一边吃饭一边劝慰道：“算了算了，以后去外面打工找一个小姑娘，她又比你大两岁，看那样子你搞不过她。”三狗子边吃边说道：“她一头脑都是生意经，三哥一头脑都是墨水，你两个我看不适合在一起。”梁月鹏只顾吃着饭，没吱声。

早晨八九点钟的光景，桃源汽车站外生意兴隆，人流熙攘。大姨娘指引着，带着梁月鹏走来。大姨娘停住脚步，用手挠了挠头，思忖道：“我记着是在这一带，怎么不见了？”梁月鹏关心道：“大姨娘，别着急，慢慢找。”大姨娘顿悟道：“哦，在这边。”拉着梁月鹏向另一边走去。一个早点露天摊位前，撑了把大伞，伞下、桌旁、凳子上，坐满了吃油条、包子、稀饭、辣糊汤的顾客，一角落，一老妪蹲着在洗刷碗碟。大姨娘热情地拉着梁月鹏来到老妪跟前，说：“哟，大姐，你还认得我吧？这是我外甥子，考上大学没钱上，现在到我这儿来想找点事做，你看他能不能帮你洗洗碗？”老妪抬起头，停止洗刷，愣怔地看着大姨娘和梁月鹏，问道：“你说什么？让他到我这儿来刷碗？”大姨娘说：“对对对，他妹妹也嫁在这儿，兄妹俩在这儿也好有个照应。”老妪豁然开朗，对大姨娘说：“老妹子，他应该坐办公室。”指了指旁边的楼上，“到这儿来刷碗，屈才了，我这儿不能要。”然后埋头继续洗刷，不再理睬大姨娘了。大姨娘拉着梁月鹏离去，大姨娘埋怨道：“不要拉倒。”然后带着梁月鹏走到一家有房间的早点小吃部，大姨娘张口想问，梁月鹏对大姨娘说：“大姨娘，我们走吧。”拉了拉大姨娘，与大姨娘一起走了。

梁月鹏在梁月芹家吃完饭，搁下碗筷，说道：“下午我回家。”梁月芹已吃完饭，坐在桌边，说：“那我带给你看着，看到这附近有什么事情你能做的，我再通知你，那只有这样了。”三狗子扒拉完最后一口饭，笑嘻嘻道：“洗碗这事你不能干，你哪能洗碗呢？你是当干部坐办公室的料。”说完和梁月鹏、梁月芹一起哈哈大笑起来。梁月芹接着开玩笑道：“杜丛玲也不会同意你洗碗，我是杜丛玲，我也不会嫁给个洗碗的。”说着会意地看着梁月鹏，和梁月鹏一起笑了。三狗子不解地看着他俩，问：“什么杜丛玲？”梁月芹对三狗子故作诡秘道：“这，你就不知道了。”梁月芹和梁月鹏快乐地看着不知情的三狗子。

梁月鹏回到家里的土坯小屋。梁月洲的土书桌上早已没有书本了，因为梁月洲已迁出，过上了自己的小家庭生活。一时间，梁月鹏心里空落落的，他和衣往床上一躺，腿脚耷拉在床外，茫然地睁着眼……

十四

傍晚，梁月鹏到村子里转悠，但见梁荣光家门口矗立着的一根毛竹上端拴着一个大喇叭，此时正在播放歌曲《在希望的田野上》。梁荣光清着嗓子，像煞有介事地走到毛竹跟前，抬头看了看大喇叭。梁月鹏转到了梁开强家，梁开强留梁月鹏吃晚饭。梁开强虽住上了三间平房，但空荡荡的，没什么东西。大桌上点着煤油灯，梁开强和梁月鹏坐在桌旁对酌，桌上只有一碟韭菜炒鸡蛋和一碟油盐花生米。梁开强说："我们这个村不正常，有问题。"梁月鹏问："什么问题?"梁开强伸手往一边指了一下，说："梁荣光他们家现在在我们梁园村一手遮天。"梁月鹏气愤道："刚才我看到梁荣光在他家门口转来转去的。"梁开强说："梁园村从村长到计划生育干事，都给他一家子当掉了，成天就想着怎样收钱、罚款，村子哪能发展起来呢?"梁月鹏说："你说得对，你还怪有思想哎。"梁开强说："要给我当村长，我要把村子搞富起来，人常说'无工不富，无商不活'，不办企业，光靠做这几亩田哪行呢?"梁月鹏突然有了主意，说："这样子，我来以你的口气写一篇报道，送到《光明报》上发表，《光明报》是县委机关报，在《光明报》上一发表，梁荣光就会下台，再活动活动，你来当村长。"梁开强意外地笑了，说："我来当村长?"梁月鹏说："你当上村长，老婆就不愁了，关键是梁荣光太腐败了。"

梁月鹏回到自己的土坯小屋，奋笔疾书：

我又瘦又矮，有人笑话我蹲起来打不到人小肚子，但我想当村长。我们村地处省城郊区，傍在省道边上，一到晚上一片漆黑，只有些许的油灯如鬼火般影影绰绰地闪烁和过往车辆的强烈光线刺破夜的黑暗，在睡梦里的窗户皮上一闪而过。水灾连着旱灾，小伙子大姑娘外出打工，就连年近古稀的老头也欣欣然到外地的建筑工地给人看班。看不见一滴水，但见一口大塘里平添了一条大堤，旨在把不小的塘嘴隔开、删除，塘便成了方形的标准的塘，由这方形的标准的塘灌溉的下游的田长出来的稻谷便是方形的标准的像鼻直口方的人脸一样美丽动人的谷粒。没打出一口井，但见一口哺育了好几代人而且继续在哺育着的具有悠远的审美意义的老井被无端活埋。没有电，国家带下来变压器和电线杆；没有企业，国家派专人蹲点、专款扶助。然而，变压器在生锈，外出的大姑娘在思乡；鬼火像死神一般恐怖，外出的小伙子在给家里风烛残年的爷爷奶奶写信：都是人啊，我们，为什么还这样穷?

我说把变压器放搁大桌中央，你也不要争到你们家安装，我也不要从百姓牙齿缝里刮安装费和招待费和小孩买酒跑路费：谁办企业，变压器就归谁!

企业说好办就好办，说不好办就不好办。本地急需要且完全有能力投产的项目很多，本地剩余劳动力且是美丽的劳动力很多，就是要地皮，就是要变压器，就是不要敲竹杠：我好想当村长。

写完后，送给梁开强看，梁开强看完后笑嘻嘻道："写得很好，写得很好，你是作家。"梁月鹏既踌躇满志又不好意思道："哪里哪里。"两日后，梁月鹏便去了县城，来到《光明报》编辑部。总编辑趴在桌边一本正经地审阅梁月鹏的稿子《我好想当村长》，梁月鹏精神饱满地站在他对面。总编辑看完，抬起头来，说："你这稿子我们不能用。"梁月鹏诧异道："怎么啦？为什么不能用?"总编辑有点不高兴道："你人在这里我就和你说两句。现在我问你，你们村的情形就像你写的这样吗?"梁月鹏有些纳闷道："是啊，我写的都是事实。"总编辑说："好，你写的都是事实。那么，有没有别的正面的事实你没有写呢?"梁月鹏说："我这是反映问题，写正面的事实干吗?"总编辑不想与梁月鹏谈了，说："好，到此为止。还有什么事?"梁月鹏说："没了。"转身走了。梁月鹏回到村里，把情况告诉了梁开强，晚上又与梁开强对酌几杯，这事也就不了了之了。

梁月鹏再也不考大学了，到大姐、二姐家串串门吧。因为二姐家近点儿，便先去二姐家。梁月鹏从二哥家推了自行车，骑上，直奔二姐家所在村庄。他来到一户农家门口，停下自行车，见大门锁着，正犹豫间，一老妪走来，看着梁月鹏，梁月鹏张口欲问老妪，老妪先开口了："可是她梁园的弟弟？"梁月鹏高兴道："是的，我二姐他们呢？什么时候能回来？"老妪说："你二姐和你二姐夫下田干活经常不回家吃中饭，有时候让她婆婆带饭给他们吃。"梁月鹏说："噢，那我走了。"转身骑上自行车，离去。

乡村土路上，梁月鹏骑着自行车行驶着，逐渐消失在远处的村庄里。他来到一户农家门口，停下自行车，见大门锁着，一扭头，却看到大姐和穿着发黄的绿军裤、腰杆挺直的大姐夫各自扛着一把锄头回到屋前，便招呼道："哥哥、大姐，你们下田的？"大姐及大姐夫见是月鹏，惊喜道："哦，月鹏今儿个来了。"

大姐在灶下烧火，大姐夫在掌勺炒菜，梁月鹏和十五岁的外甥站在一边看着，说着话，气氛热烈。两个外甥女在大门跟前玩"翻花绳"。大姐夫想当然道："我到他跟前不拍拍他头？我们这是什么人呢？在一起滚过草单的。"外甥接过话茬："他是我战友，现在在省纺织厅办公室当主任。"伸出右手的大拇指和小拇指，连接着耳朵和嘴，学起打电话的样子，"喂，给我安排一个人。"放下手，"一句话就行了。"大姐夫欣赏地看着儿子如此这般，和梁月鹏一起快乐地笑了。大姐一边烧火一边嘀咕着："在这儿左一遍右一遍叽咕有甚个用？"梁月鹏会意地看着外甥，也说道："他不给我安排，他不想混了，忘了本了，在一起滚过草单还能忘吗？"大姐夫又想象道："我不拍拍他头？江汉省纺织厅，下面管好多纺织厂，随便安排一个。"外甥笑道："在一起滚草单的时候就一个劲地放臭屁，现在当了官了就忘了？"说完和舅舅、父亲一起哈哈大笑起来。原来，大姐夫有个战友在省纺织厅办公室当主任，大姐夫合计着和梁月鹏一起去找他，请他给梁月鹏安排个工作。

次日天刚亮，大姐夫便从鸡笼里拽出两只老母鸡，和梁月鹏一起上路了。行驶的公共汽车上，梁月鹏和大姐夫坐在一起，大姐夫腿边放着两只老母鸡，它们各自的腿和翅膀分别被捆在一起，它们惊惶地睁着眼……

梁月鹏和大姐夫从省城汽车站下车后，再转乘市内公交，不费多大麻烦就问到了战友的家。梁月鹏看着大姐夫拎着鸡，不过意，伸手拿过大姐夫手中的鸡，说："哥哥，鸡我来拎。"大姐夫将鸡让梁月鹏拿着，梁月鹏拎着老母鸡跟着大姐夫走进宿舍楼。他们来到一户铁栅门跟前，大姐夫举手准备敲门，却神经质地一颤，又放下了。梁月鹏举手敲了起来，然后问道："有人吗?"里面有脚步声，木门打开，相貌堂堂的战友咀嚼着饭菜站在面前。他漂亮的妻子、两个十多岁的女儿正围坐在小桌旁就餐呢。战友警觉地打量着，说："哟，何国富!"开了铁栅门，"进来。"大姐夫和梁月鹏走了进去。梁月鹏轻轻地把鸡放在地板上，鸡却发出"咯咯"的叫声，战友妻子和两个女儿循声看了看鸡。战友递过两把折叠椅子，大姐夫、梁月鹏各自双手接过来，打开，拘束地坐下。战友又沏了两杯茶来，说："七八年没见了，有什么事?"大姐夫不自然地笑了笑，指了指梁月鹏，说："我小孩舅子考上大学没钱上，现在在家待着也不是个事，我琢磨着你可能给他安排一个合同工什么的。"战友已拖来一把椅子自己坐下，看了看梁月鹏，皱了一下眉头道："哎呀，我们的纺织厂倒很多，都是女工啊。"大姐夫说："插一个进去不行吗?"战友不容分说道："怎么能插呢?"妻子、女儿只管吃自己的。战友说："你们在这儿搞点饭吃?"大姐夫和梁月鹏同时说："不了不了，你吃你的吧。"战友也没回到饭桌吃饭。一时冷场。大姐夫看了看梁月鹏，说："那走吧。"梁月鹏站起身来，看了看地板上的鸡，大姐夫对战友说："这两只老母鸡丢这了。"战友看了看地板上的鸡，明显反感道："不要不要，我们没人宰，你看已经拉了。"老母鸡已经拉了屎。战友妻子、女儿看见，赶忙把饭菜撤走。大姐夫拿起两只鸡硬要塞给战友，一边说："这老远带来的，你不收，这叫我……"战友很反感道："不不，你带回去，乡下过日子也不容易。"大姐夫说："鸡都快热死了，不好带了，你就收……"很难堪地拿着鸡。战友生气道："你何国富你叫我怎么说呢?这样拖泥带水的干什么呀你?"梁月鹏拉了拉大姐夫道："我们走吧。"

这是鸡市，即鸡的买卖市场，因为已是午后，兴隆的生意场面已散去。大姐夫拎着两只鸡和梁月鹏疲惫地走进来，在一个商店门前蹲下身来。两只鸡放在地上，热得张着嘴，有些发蔫。大姐夫说："趁早卖掉，再不卖掉就要热死了。"梁月鹏饥肠辘辘道："我们快搞点吃的吧，要不一个人吃一碗面条。"大姐夫把裤兜里的钱掏出来看看，说："我带了我们两个人的来回路费，先卖鸡吧，鸡要是卖不掉，把钱吃掉了就回不成路了。"大姐夫拎着鸡走到一个鸡贩子跟前，问道："这鸡怎收啊?"鸡贩子看了看鸡，说："要死了，谁要啊?"大姐夫抱怨道："今儿个怎么这样倒霉呢？连鸡都卖不掉。"梁月鹏对另一个鸡贩子劝说道："这鸡刚才坐车受了一点热，活生生的，要不便宜卖给你吧。"大姐夫一惊，说："什么？"拉着梁月鹏便走，"不能便宜卖，赶快回去！"梁月鹏看了一眼大姐夫，无奈地跟着走了。

那两只老母鸡死在地上！梁月鹏、大姐夫、大姐、外甥没精神地坐在一旁。外甥对母亲说："妈，你快烧饭给三舅和爸吃，他们还没吃哩。"梁月鹏大姐起身去锅灶边了。外甥笑嘻嘻地看着父亲说道："我到他跟前不拍拍他头？我们这是什么人呢？在一起滚过草单的。"说完和梁月鹏一起笑了。大姐夫不乐意地看了看儿子道："这伢们还在笑！"

十五

过年期间，时不时有人会放炮仗。梁月鹏家土坯小屋旁，已长成一个标致小伙子的梁长春放了一个炮仗，然后笑嘻嘻地走向梁月鹏，梁月鹏有心事道："长春，你去过江苏的那个什么地方？你说到那里就能进厂？"梁长春说："江中，是长江里的一个岛，是一个县，家家都住楼房，富得很。"梁月鹏神往道："那你可准备再去呢？"梁长春说："当然去。"梁月鹏笑嘻嘻道："那我俩一道去。"梁长春说："好。"梁月鹏一下子精神倍增，来到吊环下，蹿了上去。梁长春来到跟前看着，数着数："一、二、三……"梁月鹏在勇猛地拉吊环。梁长春数着："八、九。"梁月鹏拉不上去了，下来，说："九个。"涨红着脸。梁长春说："江中那边到处都是厂，不少家里都摆着车床做螺丝。"梁月鹏说："去那边有几天找不到事做在哪儿待？"梁长春说："我认得一个老板，我在他家干过，那边人都好得很，在他家住几天肯定行。"梁月鹏欣喜道："那我们明天就去吧。"梁长春说："明天是十二，本来我打算过了元宵节再走的。"梁月鹏说："明天就走吧，过了元宵节打工的人多。"梁长春说："好。"

次日一早，天还黑乎乎的，间或有犬吠声。梁月鹏拎着一个装了东西的塑料编织袋，梁长春拎着一个装了东西的行李包，一起向村头走来。梁月鹏说：

"我就不带被子了，带着被子难看得很。"梁长春说："到时候问人家借一床被子先盖着。"梁月鹏说："你在这里等着，我来问我二哥要二十块钱，不然没路费。"说着把塑料编织袋放在梁长春跟前地上，离去。

梁月鹏来到梁月洲家门前，敲门，声音收敛得有些低："二哥，二哥，还在睡吧?"没有反应。梁月鹏接着喊："二哥，二哥，二哥……"梁月洲妻的声音："月鹏在喊你。"梁月洲迷糊的声音："谁在喊?"梁月鹏说："二哥，给我拿二十块钱，我和长春一起去江中进厂打工，没路费。"梁月洲清醒的声音："我这跟前暂时没有，我起来帮你问长根借。"接着是起床穿衣的声音。门开，梁月洲已穿好衣服，对梁月鹏说："走。去找长根借。"

梁月洲在前，梁月鹏在后，他俩穿过两条田埂，梁月鹏赔笑道："二哥你要不来我借不到。"梁月洲爽快道："你借你什么时候还呢？我到月工资来了就能还掉。"他俩来到一砖瓦房前，贴近一窗边，梁月洲爽气道："长根，长根，给我拿二十块钱。"没有反应。梁月洲接着喊："长根，长根，给我拿二十块钱。"兄弟俩有点着急地等待着回应。梁长根的声音："翠花，起来拿二十块钱。"兄弟俩心里踏实了，等待着。梁长根的声音："翠花，睡得这样死？起来拿二十块钱。"翠花翻身并发出亲昵的呢喃，接着说话了："拿二十块钱搞甚个?"梁月洲说："月鹏去江中没路费，借一下，我发工资了给你。"翠花的声音："月鹏去江中？等一下，就来拿啊。"

天色见亮，梁长春站在村头等着梁月鹏。梁月鹏跑来，说："借钱借迟了，天快亮了，快走!"梁长春笑道："我也是的，我每次出去打工就怕被人看见，家户人厌得很。"梁月鹏和梁长春急急地走上公路，身后传来犬吠声。

梁月鹏坐过小汽车，但没有坐过火车，这次要坐火车了，真是有些按捺不住内心的激动。有激动，比没激动，肯定要好。否则，活着还有啥意思？与一根木头相比，有啥两样？行驶的列车车厢里，梁月鹏和梁长春坐在一起，他俩新奇地望着窗外的世界。梁月鹏说："我就不相信，十个里头没有一个是好的，十个里头只要有一个帮我们一把就行了。"梁长春笑嘻嘻道："我也是这样想的。马上到镇江下火车，再坐汽车，到长江边下车，过轮渡。"梁月鹏一时来了信心，说："街上那么多漂亮丫头，我就不相信一个都撞不上。"梁长春乖巧道："说不定人家心里喜欢我们不好表白哩。"梁月鹏笑嘻嘻道："那是。"梁长春说："先到那边进厂有个稳定的职业。"梁月鹏说："能干的都干。"梁长春很新鲜地问道：“月鹏，你不是喜欢写电影剧本吗？”梁月鹏说：“是，怎么了？”梁长春说：“上次我路过滨江，看到马路边上插着一块滨江电影制片厂的牌子，你可以去投投稿啊？”梁月鹏说：“我也看到过，下次一定去。”梁长春说：“你剧本要是被他们采用了，拍成电影，那多好啊。”梁月鹏笑嘻嘻道：“我也想啊。”梁长春说：“你不是说滨江你有一个朋友是战斗英雄吗？他叫什么？”梁月鹏说：“叫许在然，对越自卫反击战老山作战一等功臣！他是我们光明人，我慕名到他部队找过他，一方面是采访他，一方面是我想当兵。”梁长春说：“那你怎么不当兵呢？”梁月鹏说：“我不是眼睛近视吗？”梁长春伸手要梁月鹏的眼镜，说：“你眼镜我戴一下。”梁月鹏摘下眼镜给梁长春，梁长春戴上，很快摘下，说：“晕。”梁月鹏笑道：“你不能戴。”梁长春端详着梁月鹏戴着眼镜的模样，说：“你们戴上眼镜看起来就不一样哎。”梁月鹏欣慰地笑了笑。车轮滚滚，随着一声汽笛长鸣，列车鸣叫着驶向远方……

梁月鹏和梁长春到镇江下了火车，接着乘汽车到达长江边上汽车渡口，准备过轮渡。江面上，一艘空的渡船驶来。司机回头喊道：“快轮渡了，下车，全部下车。”乘客纷纷下车，梁长春对坐在另一处的梁月鹏招手，说道：“到这儿来，到这儿来。”梁月鹏走到梁长春跟前，梁长春小声道：“躺倒，不下去没事。”乘客几乎下完。梁月鹏和梁长春在车后面的座位上躺下来。还有一个老头在车前方的一个座位上歪下了身子。渡船靠岸，汽车向渡船驶去，上了渡船，其他的汽车也上了渡船，车下的乘客纷纷踏上渡船的甲板。渡船离岸，向江心驶去。江面上，波光粼粼。船尾翻起白色的浪花。汽车内，梁月鹏和梁长春伸出头来，新奇地看着江面。江面上有鸟在飞，远处是其他船舶。汽车内，梁长春看到一个座位上有一大瓶已经喝了一些的雪碧，惊喜道：“月鹏，有喝的了，是好家伙。”拿起雪碧。梁月鹏说：“这是什么？”梁长春说：“我也不晓得，反正我刚才看见那个女的喝的。”梁月鹏干燥的嘴唇动了动，拿过来，看着上面的字，俩人念道：“雪碧。”梁月鹏不放心道：“能喝吗？”梁长春说：“我来喝。”拧开盖子，嘴唇合上瓶嘴，仰脖喝了一口，然后咂了咂嘴，“有好多泡沫，都刺啦刺啦的，还甜，爽得很。”梁月鹏盯着雪碧道：“我也喝一口。”前面那个老头已坐起来，在定定地看着他俩。梁月鹏仰脖喝了一口，梁长春接过来又喝了一口，梁月鹏接过来又喝了一大口，雪碧喝完了。渡船靠岸。汽车驶离渡船，上了岸，径直开去。乘客从渡船的甲板上走下来，跟着汽车追去，梁长春和梁月鹏坐在车里面向在车后面追赶着的乘客欣喜地挥舞着手臂！汽车在适当位置停下，车门开，乘客纷纷进入汽车，在各自位置坐下。汽车行进。那个女的，三十多岁，城市人打扮，伸手拿起雪碧，见是空的，说："怎么了？谁把我的雪碧喝了？"左右前后看了看。前面那个老头回转着头，盯眼望着这个女的，又望望别处的梁月鹏和梁长春，意思是在告诉这个女的：就是那两个人喝的，真的，我亲眼所见。梁月鹏和梁长春装作若无其事地望着窗外。该女的骂了一句："不要脸，当尿喝了！"该老头依然望着该女的，该老头脸上显出一丝满足。

梁月鹏和梁长春乘汽车到达江中后已近傍晚，他俩便抓紧赶往梁长春曾经的老板的家。夕阳西斜，他俩各自拎着行李，风尘仆仆地来到三岔路口。这里地势高亢，一边是一个工厂，一边是一个加油站，后方是县城。他俩唱起了歌曲《走四方》，唱功虽无法与韩磊相比，但也唱得豪迈，唱得阳刚。梁月鹏说："长春，你那个老板能留下我们两个吗？"梁长春说："恐怕不行，他那个小工厂只要一个人，恐怕会留下我，你在我这儿住几天，白天去县城找工作，找到工作了我到你那儿玩，过几天你再到我这儿来玩，这样不好吗？"梁月鹏说："好。多亏你了。"

老板果然只留下了梁长春，但也同意梁月鹏在梁长春这儿住几天。一小房间里只有一张简陋的床铺，梁月鹏坐在床沿，梁长春提着一只热水瓶进来，微笑道："这是我从老板家拿的，用热水泡泡脚。"梁月鹏起身拿塑料盆去墙角接凉水，然后回来，对上热水，俩人坐下脱鞋，一起泡脚。梁月鹏担心道："这工作不好找哎，我一个人都认不得。"梁长春说："你还没找，像你高中毕业都考上大学了，比我初二没上完要强多了。"梁月鹏欣慰地笑了笑。梁长春说："我的老板要是要两个人就好了，我们两个在一起干在一起住，你也用不着去找工作了。"梁月鹏总有点犯难。

梁月鹏在梁长春这儿待了一日，第三日便一个人去县城找工作。经过三岔路口，他看着那个工厂，不觉驻足，在寻思着，然后迈步向那工厂走去。他到了工厂大门口，看见一个朴实、体面的农村妇女从厂里出来。梁月鹏觉得此妇女面善，便走上前去问道："请问，你们厂要不要人？"妇女一愣，看了一眼梁月鹏道："我不知道，你去里面问问。"梁月鹏瞅着妇女，执意道："你肯定也知道一些，我想找个工作。"妇女朴实地一笑道："我们都在这儿干粗活，我还是别人介绍来的。”说完走了。梁月鹏看着妇女向下坡处一个地方走去，无聊地站了一会儿，也向那儿走去。那儿有一私人小诊所，妇女走了进去。梁月鹏跟了上来，无聊地犹豫了一会儿，也蹭了进去。小诊所里，中年矮个儿男医生对妇女耍贫嘴道：“我当你今上午不来了呢！你不来，我想摸也摸不到了。”说着拿针管吸药水。梁月鹏站在一边看着。医生看了看梁月鹏道：“你好，你是看病的吗？”梁月鹏说：“不是。”医生走过来给妇女屁股打针，妇女不好意思地往下褪了一截裤子。医生说：“打针有什么好丑的？谁没长屁股啊？”妇女含羞带笑道：“去死。”梁月鹏被逗笑了。医生看了一眼梁月鹏，说：“你这儿就是一块大理石，我一针下去也让它见红。”注射完毕，医生说：“怎么样？可快活？”妇女系起裤子，羞红了脸，嗔怪道：“油嘴滑舌的。”转身跑了。梁月鹏目送着妇女。医生看着梁月鹏，似笑非笑道：“像她们来打针，你不把她打到位她不快活。”放下针管，“你有什么事？是哪里人？”梁月鹏掏出身份证递给医生，说：“这是我的身份证。”明显带有请求的语气，“家里比较穷，考上大学没钱上，想出来找个工作。”期望地看着医生。医生看过身份证，将它还给梁月鹏，端详着梁月鹏，语重心长道：“考上大学没钱上，家里这么穷啊！我来帮你找个事做。”梁月鹏感激道：“谢谢。”医生说：“我来给你写一封信，我认得江中县五金厂的一个副厂长，你到他那儿去干，把技术学到手，一辈子饭碗。”说着拿纸笔趴在桌子上写起来，“我这人喜欢说两句，没有坏心，我在你们江汉当过兵……”

梁月鹏如获至宝地拿着恩人医生写的信，找到了江中县五金厂，很快被安排到车间工作。车间内，一个个工人站在一台台钻床前操作。梁月鹏也站在一台钻床前，把一个铁块放在钻台上钻孔，操作逐渐熟练起来，然后把一个个钻好孔的铁块整齐地放置在一边。一个干部模样的中年男人来到跟前，看着梁月鹏干活，鼓励道：“小梁，你干得不错，要把你的文化知识和生产技术结合起来，一辈子有饭吃，以后在这里讨一个老婆成个家。”梁月鹏不好意思地笑了笑。然后干部走了。梁月鹏继续用钻床给铁块钻孔，一个个钻好孔的铁块被梁月鹏整齐地放置在一边，堆积越来越多……有人喊了声：“下班了。”梁月鹏把钻床旁已钻好孔的铁块又整理了一下，然后脱下手套放在钻床上，离开钻床……

终于熬到了下班的时候，一天下来梁月鹏就腻了！这种活干起来太机械，几乎全是体力劳动，也就是不断地动手动脚干活，很快梁月鹏就害怕上班时间的来临，上班的时候他又不断地数着时针缓慢地推移，急切地盼望着下班的神圣一刻！下班后，梁月鹏到厂周围和街上转一转，又能转到什么东西呢？可能有什么艳遇和知遇吗？厂里仅有的几个姑娘，漂亮的已各有其主，丑陋的却对他殷勤有加。街上的姑娘更是各行其道，梁月鹏也无法和人搭讪，又怎能无端地找人搭讪呢？勉强去搭讪又有何用呢？倒是有一次，梁月鹏在菜市场帮他的恩人医生的母亲卖蔬菜，却有一个漂亮的姑娘从他面前走过，一直对他妩媚地微笑，梁月鹏一下子心血来潮："她爱上我了！"继而又责怪自己傻乎乎的，把她放走了，没有立即招揽她买菜从而和她搭讪。后来恩人医生的母亲主动告诉梁月鹏，刚才从他们面前走过、一直笑嘻嘻的姑娘是个很不检点的女人，和她的儿子——梁月鹏的恩人医生有婚外性关系。厂里的一位工资很高、德高望重的老师傅谆谆教导梁月鹏，干钳工，要用好三样东西：一把榔头、一把锉刀、一把游标卡尺。说老实话，梁月鹏对这三样东西都毫无兴趣，对老师傅钟情于这三样东西深感奇怪和不可思议。梁月鹏又没有学历，不可能去干文职的事情，那就只有挨一天是一天了。

一日，在另一车间，一台台高大的冲床，其中一台正在工作，一张偌大的铁皮被推移到冲床的冲锤下面，冲锤下压又缩回，"咯噔"一声，铁皮被冲出一副眼子。铁皮向前推移。冲锤又下压并缩回，"咯噔"一声，铁皮又被冲出一副眼子。如此往复。扶着铁皮的小伙子和姑娘们，包括梁月鹏，在向前推铁皮。铁皮却移不动了，被粘在了已缩上去的冲锤上。其中一高个子粗犷小伙子举起木锤，"啪"地落下，敲在冲锤边的铁皮上。扶着铁皮的梁月鹏眼睛一闭，同时身子一颤。铁皮脱落。扶铁皮的小伙子和姑娘们看到梁月鹏这样，便哈哈大笑。继续冲眼，铁皮又被粘上去。粗犷小伙子又举起木锤，"啪"地落下，敲在冲锤边的铁皮上。扶着铁皮的梁月鹏眼睛又一闭，同时身子一颤。铁皮脱落。扶铁皮的小伙子和姑娘们看到梁月鹏这样，又哈哈大笑。继续冲眼，铁皮又被粘上去。粗犷小伙子举起木锤停在空中，逞强地、双目炯炯地看着梁月鹏！扶铁皮的小伙子和姑娘们都出神地盯着微笑着的梁月鹏！木锤突然下落，"啪"的一声，敲在冲锤边的铁皮上。扶着铁皮的梁月鹏眼睛又一闭，同时身子一颤！铁皮脱落。扶铁皮的小伙子和姑娘们哈哈大笑起来，有两个姑娘笑弯了腰……

十六

这一日，梁月鹏从厂区拐角的厕所出来，突然有人喊："梁月鹏，有你的信。"梁月鹏扭头，往持信的人跑去，接过信，迫不及待地看了起来：

月鹏：

这次来信有一要事相告。最近月芹从桃源回家，说中大街有个姓贾的卖服装的女人曾和你对过象，不能生育，离过婚。当时因向你要房子而你没有而告吹。现又来找你，放弃房子、家电和其他一切物质条件，只要你一个人。此事如何定夺，望三思。如果方便的话，请回家一趟共商。

二哥 梁月洲

梁月鹏喜出望外，当日下午他就请好假，次日一早就回去了。从看到信的内容的那一刻起，梁月鹏的脑海里就充满了对贾铁馨形象的美妙想象，也明显意识到自己多年的心愿即将得到实现！列车在行驶！窗外的景物迅速向后退去！梁月鹏坐着，兴奋地看着窗外，按捺不住地想："又是一个新的开始！真是千里姻缘一线牵哪！亲爱的铁馨，你太美了，我爱你！太精彩了！我们之间的'好戏'正在开始，就像一部鲜活的电影……"随着一声汽笛吼叫，列车逶迤穿过一片城镇化的新农村……

梁月鹏先来到桃源大姨娘家和梁月芹家，得知贾铁馨去常熟进货了，不免有些失落，不过两天后就回来，所以他又回到了老家。老家现在正式通电了，在电灯泡的光辉照耀下，"家庭会议"在非正式地举行。梁月洲沉思道："这我们也做不了主。总而言之，住的是人家的，在人家的店里做事，一句话：依附于女人究竟行不行？"母亲停下手里的刷锅把，语重心长道："月鹏哎，你还是先回江苏上班，这事恐怕不一定靠得住，又不能生不能养的。"父亲坐在一边无所谓地闭目养神。梁月鹏较有信心道："我主要的是看人。她不生，离了婚，我还真有点同情。”这个“家庭会议”实际上没必要开，因为在梁月鹏看到梁月洲的来信的时候，这事就已经定了。

正值暑假，在光明县城附近一个农村初级中学任教的梁开化在家，梁月鹏自然与梁开化畅谈自己这桩奇特的婚事。当晚，梁开化睡在梁月鹏的土坯小屋，在电灯泡的光辉照耀下，俩童男睡在一头，在开心地谈话。梁开化说：“我们一个同学在省城长江路小学当教师，他讲他谈对象的条件就两个：漂亮，有钱。正好贾铁馨符合这两条。”梁月鹏笑得合不拢嘴，却提出疑问：“她离过婚是不是很难听？”梁开化说：“这只是观念问题，现在已经是什么时代了？”思考着，“可能正是这种观念的广泛存在才让你有可乘之机，结婚是两个人的事，只要你们两个在一起生活得幸福，还是那句话，‘走自己的路，让人家去说吧！’”梁月鹏信服道：“开化，你真有思想。”梁开化接着说：“现在是‘允许一部分人先富起来’，贾铁馨就先加入了富起来的行列，我们应该向他们看齐。”得到梁开化的支持，梁月鹏很高兴，赶快去桃源吧，心中的美人已回来了！

这一次梁月鹏和贾铁馨的正式会面是在梁月芹家。梁月芹家门口停着一辆崭新的女式自行车，是贾铁馨的，车前网兜里盛着苹果、香蕉。梁月芹高兴地抱着婴儿从卧室出来，顺手把门带上。卧室里，梁月鹏和贾铁馨隔开一截距离坐在一张长沙发上。贾铁馨身着白色休闲西服，手里佯装翻看着一本《罗兰人生小语》，眼睛不时瞟向梁月鹏。梁月鹏一本正经地问贾铁馨：“你和贾宝玉同姓，中间一个字是钢铁的铁，最后一个字是什么‘xīn’呢？”贾铁馨挑了挑媚眼道：“我们就写新旧的‘新’。”放下书，抠起自己的手指头来，显得温顺、服从。梁月鹏显得文绉绉道：“新旧的‘新’，不如馨香的‘馨’，温馨的‘馨’。”贾铁馨显得很老成道：“那个字我不会写，我们姊妹四个最后一个字顺下来叫‘芬’‘芳’‘馨’‘香’，起得都是有意思的。听说你很有文化，在写什么剧本？”梁月鹏说：“是的，我想对你说一下，我高中毕业这六七年一直在写剧本，很难，但我一定要成功。”贾铁馨扭过头来望着梁月鹏，不理解道：“搞那个有什么意思？”接着又以劝说的口气，“我大哥叫贾铁权，我小哥叫贾铁钱，这个社会没有权就要有钱。这我看得清楚。”梁月鹏并不以为然，也没言语。贾铁馨说：“我就是脾气不好，发过就算了，就是不能让人顶撞。”梁月鹏说：“只要品质不坏，脾气倒是次要的。”贾铁馨往梁月鹏跟前挪了挪，明显带有逼问的神气："你要是遇到同学、朋友，会不会把我的真实情况说出来？"梁月鹏稍假思索道："一般地，没有必要就不说，人家真知道，我也无所谓。"贾铁馨紧接着重复道："一般地，没有必要就不说。"只见她的脸部抽搐了一下，噙着泪的眼里发出湿润的光。梁月鹏赶忙解释道："是的，还能逢人就主动和人家说吗？"贾铁馨说："人嘴两溜皮，翻过来这样讲，翻过去又能那样讲。"梁月鹏若有所思道："关键的一条是：只要两个人处得好，就能战胜一切。"

接下来，梁月鹏和贾铁馨在梁月芹家卧室频繁会面，相互已有些缠绵。贾铁馨看着梁月鹏的一张一寸黑白照片，称赞道："你这张照片很英俊！"梁月鹏听了很受用，伸手揽了揽贾铁馨的背，又离开。他俩在屋里走来走去，若即若离，继而来到沙发坐下，梁月鹏把贾铁馨扳到自己膝上坐着，抱着她的背，说："呀，好舒服！"贾铁馨臀部那种柔软让梁月鹏陶醉。"吱呀"一声，门被推开，梁月芹抱着孩子进来拿东西，梁月鹏与贾铁馨霎时分开。梁月芹拿了东西离开并将房门带上之后，梁月鹏又把贾铁馨拉到自己膝上坐着，抱着她的背。贾铁馨受用道："这样，你今晚到我店里去。"梁月鹏说："好。"

夜晚的中大街，两排橘黄色的路灯呈两条就要相交的虚线向前伸展开去！梁月鹏骑着贾铁馨的女式自行车，后座上载着贾铁馨，贾铁馨搂着梁月鹏的腰，驶来，向中大街深处驶去。他们来到贾铁馨服装店的排门前，贾铁馨下了车，梁月鹏也下车。贾铁馨熟练地开了门，走进去，开了灯，吩咐道："把车子推进来。"梁月鹏动作显得有些笨拙地提车进屋。贾铁馨注意地看着梁月鹏，脱口就一句："你看你那笨样子。"又走过来把门闩上，然后补充一句，"也没有什么想法。"梁月鹏把车子放好，很矜持地站在门跟前上上下下看着。贾铁馨到靠里墙摆着的一张小铁床沿坐下，抽起了一支烟，又吩咐道："到这边来。"梁月鹏便去床沿坐下，与贾铁馨保持一截距离。贾铁馨抽了两口烟，又掐灭烟头，装作要拿什么东西，从梁月鹏腿前蹭过去，又蹭回来，便和梁月鹏坐在一起了。贾铁馨伸出右手，食指上缠着胶布，梁月鹏关心道："可好了？"贾铁馨点了点头。梁月鹏问："能拆吗？"贾铁馨又点了点头。梁月鹏精心地拆起来，一层又一层，趁势握了握贾铁馨的手。贾铁馨好像有点透不过气来，身子显出有些不能自支的样子。梁月鹏想了想，把手往贾铁馨肩上一搭，贾铁馨突然一下子搂住了梁月鹏，梁月鹏一动不动，有点震惊。梁月鹏只是感到一个软绵绵、热乎乎的东西，那是贾铁馨的嘴唇，在自己脸上蠕动，却在想着这可如何是好。贾铁馨不满足了，脱离了梁月鹏，双手攥起小拳头，往梁月鹏身上乱捶起来，口里直说："书呆子，书呆子……"梁月鹏突然醒悟，下了决心，一下子把贾铁馨按躺倒在床上，向上扒起她的衬衫，又把胸罩抹上去，露出两坨白生生的乳房来：匀称，姣好。接着又往下扒裙子，扒裤衩。贾铁馨突然伸手握住裤衩，问道："你可后悔?"梁月鹏说："我不后悔。"随着贾铁馨的话声"把灯关掉!"，黑暗中，小铁床被压得"嘎吱、嘎吱"地响起来，响起来……

这是梁月鹏的初夜。他平时虽然渴望满足这多年的心愿，但事到临头，却无所适从，这一切全是在贾铁馨的指导下完成的。经过这一夜，梁月鹏感觉到，贾铁馨是他的人了，因为她把一切都给他了。梁月鹏从未见过这些，这头一遭相见，更使他对贾铁馨恩爱有加。贾铁馨就是脾气不好，嘴上不饶人，那也就是刀子嘴豆腐心吧，没关系。

此后，他俩更是频繁相会。这一晚，梁月鹏站在公路边，往一个方向望着，显然是在等人。贾铁馨骑着自行车驶来了，看着就要驶到梁月鹏跟前了，却一拐弯，到路边一墙边踉跄地停下，下车。梁月鹏立即赶过来，扶住她，她将自行车丢下，车子摔倒在地，自己一下子搂住梁月鹏狂吻起来！梁月鹏与她相拥而吻！然后，他俩分开，梁月鹏把她的自行车扶起来，推着与她沿公路走去。贾铁馨讲着话："我与刘三柱离婚之后谈过一个，这个人今晚到我家去找我了，我没理他，骑着车子就跑来见你了。我爸在应付他……"

他俩来到梁月芹家。贾铁馨坐在客厅大桌边哭得像个泪人，一把鼻涕一把泪的。梁月鹏一会儿坐下来，一会儿又站起来，真诚道："我会待你好的，你太委屈了！"说着也流出泪来。贾铁馨泣不成声，梁月鹏含泪安慰道："我爱你，这不就够了?"一边用毛巾给贾铁馨擦泪。

乡间公路上，一辆公共汽车在行驶。车厢内，梁月鹏与贾铁馨依偎地坐在一起，贾铁馨头扎在梁月鹏怀里，梁月鹏用手爱惜地抚摸着她的头发……

梁月鹏提着香蕉、苹果，贾铁馨挎着皮包，俩人高兴地向梁月鹏家土坯大屋门口走来。梁月鹏指了指土坯大屋，说："这就是我家。"大屋门开着，梁月鹏让贾铁馨先进，俩人高兴地进屋。母亲在家，挎着竹篮，正准备出门。梁月鹏拉着贾铁馨对母亲说："妈，她就是贾铁馨！"贾铁馨笑吟吟道："妈！"母亲愣了愣，放下竹篮，答应道："哎。"然后递过一只板凳，"坐坐。”又招呼道，“月鹏，你到外面撵一只小公鸡杀杀，喊你爸来家搭把手！”梁月鹏说：“好。”便走出屋。贾铁馨从旁边拿起扫帚就要来扫地，母亲过来夺下，热情道：“你坐着，你们城里人不扫这土地。”贾铁馨笑盈盈道：“我家下放也在农村待过不少年，农村我熟悉得很。”母亲执意道：“熟悉你也别扫，你歇着，啊。”贾铁馨笑容可掬道：“妈，你别把我当外人哎。”屋外传来鸡飞和惊叫的声音。

此时，梁月芹在大姨娘家对大姨娘说话：“我三哥带贾铁馨到光明见公婆去了，昨晚上贾铁馨在我家哭得就是个泪人。”大姨娘反应不积极，没吱声。梁月芹只管说自己的：“她和前男人离婚，十拿九稳是因为不能生，我三哥明知道她不能生还和她在一起。唉——，这叫什么事？”

梁月鹏带着贾铁馨在老家住了一宿，次日午饭后便回桃源了。母亲让他俩带两只小公鸡送给大姨娘。他俩高兴地走进大姨娘家，梁月鹏把各自腿被捆着的两只小公鸡放到地上，说：“大姨娘，我妈让我们给你带两只小公鸡杀杀吃，今年现养的。”大姨娘马上过来拿起小公鸡塞给梁月鹏，说：“不要不要，你带回去！”梁月鹏只得拿着小公鸡，央求道：“大姨娘，这两只小公鸡活生生的，马上我们来帮你杀了吧？”大姨娘说：“不要不要，你带回去！”走到一边，缝补起手头的一件外衣来。贾铁馨向梁月鹏使了使眼色，梁月鹏便把小公鸡放在了地上。梁月鹏走到大姨娘跟前，愣怔有顷，搭讪道：“大姨娘一个人过，姨哥他们一个人每月给你多少钱？”大姨娘没有答话，只管低头缝补着衣服。梁月鹏感觉有点不对劲，看了看贾铁馨，又看了看大姨娘。两只小公鸡在地上扑棱棱地“跑”了一截距离。梁月鹏过来要逮住它们，两只小公鸡惊惶地睁着眼睛，没有再“跑”。梁月鹏便不再管它们，转头问贾铁馨：“你喝水吗？”这时，大姨娘说话了：“那水瓶有开水，月鹏你倒。”梁月鹏过去倒开水。大姨娘仍低头缝补着衣服，一边说：“月芹来对我讲了，你们回光明老家了？没有我哪有你们这门亲事？不就想图个鲜吗？你们心里有我这个大姨娘就应当让我领着你们去光明老家。”梁月鹏豁然开朗，如释重负地笑道：“就为这事！哎呀，我们根本就没想到这个！对不起，大姨娘，你打我一巴掌都行，怪我不懂事，怪我不懂事。”贾铁馨赔笑道：“大姨娘不是不讲理的人，怎能为这点小事闹得不开心呢？”大姨娘一抬头，看着贾铁馨道：“哟，就你会讲。”马上站起身，吩咐道，“月鹏、铁馨，你们在我这儿吃了晚饭再走！”

一个穷光蛋进入一个富家庭，一定不会是那么风平浪静的。无论她是离婚的，又不能生育，你是小伙子，又有文化。几日后，第一朵浪花就在贾铁馨的服装店里发生了。这日傍晚，挂在外面的衣服都已收了进来，贾铁香咕嘟着嘴在上排门，梁月鹏动作生硬地在帮忙。贾铁馨忽然从里面走出来，吼道："都给我滚！滚！"门已上好，贾铁香默默地走了。梁月鹏愕然良久，然后走近坐在屋内小铁床沿的贾铁馨，贾铁馨不知为什么哭了起来。梁月鹏掏出手帕递给贾铁馨，贾铁馨却一伸手把手帕打下，说："我们明天就去领结婚证。"梁月鹏连忙答道："好，好。"贾铁馨说："张口就'好'，怎么不会讲再过一段时间考验考验的？"又哭道，"明天领了结婚证，后天我就分一半家产给你！"梁月鹏急切道："我没这个心，我没这个心。"沉默。贾铁馨心情平静了下来，慢条斯理道："我们还是分手吧，贾铁香不同意我和你结合，说你什么事都不能干，'公子驴中看不中骑'。我离了婚这两年，也多亏她帮忙撑着，不然亲姊妹都要把我夹死。南边的店是我大哥的，北边的是我二姐的，我二姐北边是我小哥的。亲姊妹四个在一起做生意，你争我夺的，哪个也不让哪个。你可看到那个高嗓门胖女人，是我大嫂子，以前在一起合伙做生意闹翻掉了，到现在还不讲话。"梁月鹏的心冷了，慢慢地，一阵辛酸涌上来，他呜呜地哭了，哭得很伤心，边哭边诉道："拿一张大学通知书是多么不容易……可是退了……看就看在……当民办教师的二哥当时还没娶人……"贾铁馨怜爱地给梁月鹏擦了泪，笑道："我刚才讲的是骗你的。"梁月鹏欣慰地笑了。

天色擦黑，门紧闭，只听见没开灯的屋内小铁床发出"嘎吱、嘎吱"的声音，然后是贾铁馨放松释然的讲话："我心里也清楚，我谈了几个没哪一个贾铁香同意。我爸不是一般的老头子，我爸要真是不同意，他想一切办法都会把你捣掉。"

梁月鹏已经在帮贾铁馨看店了。这日，贾铁馨坐在小铁床沿，笑吟吟地向外面招手道："梁月鹏，来来来！"梁月鹏马上走过来，看着贾铁馨，问："什么事？"贾铁馨拍拍身边的小铁床沿，梁月鹏坐下。贾铁馨盯着梁月鹏道："你现在三百块钱能拿得出吗？"梁月鹏说："我没有，要三百块钱干什么？"贾铁馨坦白道："我和你结婚，不能一分钱一根纱都不要吧？你回老家搞三百块钱给我，再到你老家办个婚礼，就算你娶我了，你看可行？"梁月鹏理解道："行！"

梁月鹏当日即回老家，问父母亲要三百块钱，母亲为难道："我们现在哪有三百块钱呢？”父亲说：“等等，等花生起上来卖掉才有钱。”梁月鹏觉得很奇怪，说：“三百块钱都搞不到啊？人家也没问我多要，纯粹是个意思！”梁月洲也在，积极道：“这样，我带你去找大哥，我们到现在没花过他一分钱，就我结婚的时候他出了一份礼钱，现在你结婚这大事，他大老板不能一分钱都不拿，以后还还他。”梁月鹏有信心道：“对，找大哥！”母亲说：“你们晚上去，我刚才看到他俩在岗头上挖花生，我看靠不住。”梁月洲说：“靠不住也要去问问，月鹏这结婚是大事，我现在紧巴巴的，也拿不出来。”

晚上，梁月国家屋内的日光灯光照到了门外，梁月国夫妻借着灯光，坐在大门口摘花生，梁月洲和梁月鹏也亲热地帮着摘花生。梁月洲张口了：“大哥大嫂，今晚我们来有个事情。”大嫂一愣，扭头对大哥道：“梁韬又野哪儿玩去了？还不喊他早点儿回家睡觉，明天一早要上学。”大哥站起身，拍拍手上的土，走去。一阵沉默。梁月洲、梁月鹏、大嫂各自摘着花生。梁月洲看了看大嫂，说：“大嫂，月鹏准备结婚了。”大嫂“噢”了一声，然后就不再言语了。又是一阵沉默。梁月鹏看了看梁月洲，意思是催促梁月洲向大嫂借钱。梁月洲勉为其难道：“大嫂，月鹏这次结婚，对方什么都不要，就要三百块意思钱，现在我们没有，可能从你家转一下？肯定还你。”大嫂低着头摘花生，像是没听见。梁月洲接着说道：“结婚是一辈子大事，就这一次。大嫂你看，能不能先从你这儿借一下？肯定还你。”这时，大嫂抬起头来，说道：“第一，我没有。第二，我到你们梁家来，谁帮助过我？我和你大哥起早贪黑，屋前屋后，田里田外，累死掉了支撑这个家，盖这三间平房，养活梁韬和梁丽，谁帮助过我们？”梁月洲无言以对，梁月鹏无奈地低下头。

母亲到大姐家借钱。大姐和母亲面对面坐着，母亲数着手中的钱，说：“刚好三百，你做姐姐的再不帮他一把谁帮他呢？”大姐善良地疑问道：“月鹏天天要搞那个剧本，怕不好搞吧？现在进县城，找一个开服装店的，离了婚不讲，还不能生，可靠吗？”母亲拿着钱，说：“上次铁馨和月鹏一起回来，张口闭口喊我‘妈’，拿扫帚就要扫地，虽说不能生，倒没看出来什么缺陷。再讲现在月鹏已经和她在一起了，还能再说什么呢？”大姐说：“我也希望月鹏能和她过好，这是一辈子的事情啊。”母亲说：“现在月鹏在家等着这三百块钱，我就走了。”说着起身。大姐也起身，挽留道：“妈，你在这儿歇一夜再走吧。”母亲说：“不了不了，月鹏等得急。”

十七

在叶倩文《潇洒走一回》歌声中，贾铁馨领着梁月鹏在中大街一爿一爿的服装店门口停留，跟同行们打招呼。又一爿兼卖皮鞋的服装店，贾铁馨领着梁月鹏走了进去，店主贾豪留着平头，长相英俊、精明，热情地上来招呼。贾铁馨给梁月鹏买了一双皮鞋，贾豪又递过来一双。

一个院子里，一排砖瓦房，女房东笑吟吟地领着贾铁馨和梁月鹏到一樘门跟前开门，把钥匙交给贾铁馨，这是贾铁馨新租的房子。两间，进门的这间算是客厅，里面的一间便是卧室。贾铁香丈夫小杨和一脸横肉的贾铁钱吃力地往此屋里搬旧家具，梁月鹏和贾铁馨赶忙过来扶着。漆匠在漆家具。一切就绪。贾铁芳、身材瘦小的贾铁钱之妻小陈、贾铁香，分别抱着茶具、被套、真空棉被笑嘻嘻地走进来。贾铁馨在卧室陪姊妹们说话，梁月鹏在客厅忙着沏茶。

服装店里，贾铁馨高兴地给梁月鹏试穿新衣服，然后上下打量着一身新装的梁月鹏，称赞道："不错不错，你就穿着吧，别脱了。"梁月鹏左顾右盼身上的新衣服，自我欣赏着。这时，贾铁馨对梁月鹏微笑道："我有个事对你讲，你要答应我。"梁月鹏疑问道："什么事？"贾铁馨说："你先说你答不答应我？"梁月鹏问："什么事？"贾铁馨执意道："你先说你答不答应我？"梁月鹏只好说："答应。"贾铁馨心平气和道："我和刘三柱结婚六年也是有感情的，他现在在人民路开店，没有我这个店大……"梁月鹏插嘴道："也是卖服装？"贾铁馨说："也是卖服装，挂得稀稀落落的，娶的老婆是农村的，给他生了一个儿子……"梁月鹏问："你要干吗？"贾铁馨说："他的店对面是一家美发店，我做头发就到那个店去做，就是让他看到：我要和你结婚了。你同意不同意？"梁月鹏明白了，但不乐意，说："你做头发要给他看干吗？你俩已经离婚了，没必要吧。"贾铁馨突然伸嘴往梁月鹏脸上亲了一口，撒娇道："我就要到那儿去做头发，就是让他看到：我现在的男人是个帅气的小伙子！"梁月鹏咧嘴笑了。

贾铁馨领着梁月鹏来到其前夫刘三柱服装店对面的美发店盘头发，梁月鹏站在跟前看着。贾铁馨兴奋道：“看到了吗？马路对面那个店，你装作顾客进他店里去看看。”此时，马路对面一服装店门口，一个中等个儿的男人在往这边看，他就是刘三柱，长相一般般，甚至有点丑。贾铁馨兴奋道：“去呀，去看看，这有什么呀？”梁月鹏站着没动，闷闷不乐道：“我不去。”贾铁馨说：“你去看看，看他什么样子？”梁月鹏讷讷道：“我不想看到……他是……什么……样子。”贾铁馨盯了梁月鹏一眼，娇嗔道：“你死样！”

小雨中，鞭炮激烈地炸响起来！一群农村孩子向村头跑去，村头公路上，一辆贴着红双喜剪纸的小面包车驶过来，梁开化笑嘻嘻地拎着一长串鞭炮迎头燃放。梁月鹏大姐夫、梁开强在放大炮仗。梁月国、梁月洲也迎了上来。面包车停下，门开，一身新装的梁月鹏伸出头来，梁月国来到跟前，扭头看了一下进村的土路，说：“月鹏，这路已经下烂了，车子不能走了，你们下来走吧。”梁月洲说：“突然下起雨来，也没带伞。”梁月鹏先出来，转身伸手牵出贾铁馨——头发高高盘起，插着花，浓妆艳抹，俊俏美丽！农村孩子们站在一旁愣怔地看着。他们一行人冒着雨，匆匆向村里走去。

梁月鹏老家土坯大屋里开了四桌酒席，一派喜庆气氛。父亲、母亲、大姐夫、大姐、梁月芹、梁月国及妻子、梁月洲及妻子高兴地应酬着。一对新人梁月鹏和贾铁馨站着刚敬完坐着大姨娘和三狗子妈的那一桌的酒，又来到坐着中年汉子、翠花和胖墩墩中年妇女的这一桌，先敬中年汉子，中年汉子干脆地端杯和他俩一一碰杯，然后一饮而尽，然后吃菜，边吃边夸赞道：“月鹏有文化就是不一样，不声不响老婆就带回来了。”胖墩墩中年妇女大口吃着菜，一边说：“我一嫁到梁园来就看到月鹏这孩子面相好。”翠花端杯站起来，说：“梁月鹏、贾铁馨，我敬你们，希望你们……这个……夫妻恩爱，白头到老！”干脆地一仰脖子喝了。中年汉子由衷道：“你看，人家翠花这话讲得多排场，我们怎搞就不会讲呢？”梁月鹏笑嘻嘻地对贾铁馨说：“她叫翠花，我们喝。”俩人把杯中酒喝了。大家都欣赏地看着这漂亮的一对。接下来，梁月鹏、贾铁馨和梁开化、梁月洲、梁开强、梁长根等坐在一桌喝酒。这时，二姐夫背着一袋米和二姐进门，母亲热情地迎上来，二姐说：“带一袋米来。”二姐夫放下米袋。二姐问：“月鹏他们呢？”母亲领着二女儿和二女婿来到梁月鹏所在的酒桌跟前，捣了捣梁月鹏，说：“月鹏，你哥哥又背一袋米来。”梁月鹏扭头看到了二姐、二姐夫，站起身来，招呼道：“二姐、哥哥来了。”指着二姐和二姐夫对贾铁馨，“这是我二姐、二姐夫。”贾铁馨站起身来，笑吟吟地看了看二姐和二姐夫。二姐和二姐夫直愣愣地看着浓妆艳抹、俊俏美丽的贾铁馨。

夜里下起了滂沱大雨，已废弃不用的土坯小屋再也经不住大雨的冲刷，轰然倒塌。它的两个主人梁月洲和梁月鹏先后离开了它，它已经完成了自己的历史使命。挂在小屋旁那两棵树之间的那对吊环早已被人拿走了。

原来梁月国家里屋变成了梁月鹏的临时新房，屋子里简陋得很，只是在不透明的蚊帐前上端挂了一条红布，这才有了一点新房的气象。房顶漏雨，“滴答滴答”地滴在帐顶上，又滴到了赤身搂睡在一起的梁月鹏和贾铁馨之贾铁馨的脸上，枕巾和被面是新的、大红色。贾铁馨惊醒，往上看了看，雨还在滴，又滴到自己脸上，马上推梁月鹏道：“梁月鹏，漏雨了，这什么房子?”梁月鹏醒来，把贾铁馨拉到自己这边来，然后穿衣下床，去拿了一个花瓷盆来，放在床上滴雨的部位，继而脱衣，又钻进被窝。此时贾铁馨头已缩进被窝里，梁月鹏伸手往下抹了抹贾铁馨头部的被子，抹不动，但见贾铁馨脸部的被子在有节奏地抽动，原来贾铁馨在被窝里哭泣！梁月鹏见此情景，神色有些黯然，转眼望着雨打瓷盆：“嗒”的一声，一滴雨点打在瓷盆里，又“嗒”的一声，又一滴雨点打在瓷盆里……瓷盆里的水越积越多。

梁月鹏和贾铁馨回到桃源后，又在饭店办了一桌酒席，公开是新婚夫妻，梁月鹏便正式来到贾铁馨家生活，成了“倒插门”，成了“帮工”。

几日后，梁月鹏奉贾铁馨之命，回老家开婚姻状况证明，来到了梁荣光家。梁荣光躺在一把旧藤椅子里，头靠在椅背上闭目养神。梁月鹏坐在他旁边，梁荣光睁开眼，傲慢道：“你结婚了?”梁月鹏恭敬道：“是是，那天都是我家的亲戚，也没请你过去喝酒。”梁荣光说：“没事。”突然显得惊诧地问道，“你到桃源去做倒插门?”梁月鹏有点难堪，解释道：“我们……和她父母亲不住一起，我们单独租的房子。”梁荣光说：“租房子住?”梁月鹏说：“是，城里不都经常租房子住吗?”梁荣光欠起身来道：“好，我来给你开婚姻状况证明，你未婚吧?”梁月鹏一下子露出笑脸道：“我们一个村子，你什么不知道?我这是第一次结婚啊，以前哪结过婚?谈都没谈过，呵呵。”

梁月鹏和贾铁馨住进了新租的房子，晚上一般在卧室吃饭，可以边吃饭边看电视，一张小方桌用起膳来也方便。梁月鹏吃完饭，放下碗筷，给仍在喝酒的贾铁馨斟了一杯酒，说道："我从老家把婚姻状况证明开来了，明天我们就去办结婚证吗？"贾铁馨显得不经意道："这一阵子生意忙……"梁月鹏疑问道："生意忙？不是你让我回老家开婚姻状况证明的吗？"贾铁馨有点耍赖道："等忙过这一阵子再去办结婚证。"梁月鹏有点迷糊，转而思路清晰道："办证，去领一下，也不费时间，不是你说开了婚姻状况证明后就去办吗？"贾铁馨端杯，一仰脖子喝下，不再回应。梁月鹏说："好好好，领不领结婚证也无所谓。"

街上正响亮地放着叶倩文演唱的歌曲《潇洒走一回》。这是上午，沿街那几爿服装店正在营业中。贾铁权高个子，偏瘦了点，乌青的脸色，瘪嘴和尖下颏相得益彰，头上和足下两头发亮，抽着烟坐在自家门面前人行道上一把椅子上。贾铁芳丈夫张华坐在自家门面前人行道上一只小凳子上，很带劲地、头一低一低地在给一双女式皮鞋擦油。里面传来贾铁芳的咆哮声："'一头驴两根尾巴！'生意都忙不迭，他还在擦皮鞋！"张华赶忙放下手中家伙，向店里跑去。人行道上，贾铁钱端着茶杯抽着烟踱着步，不时往这几家生意兴隆的店里瞥了瞥。文质彬彬、身材瘦小、皮肤黝黑的唐文清，从紧挨着贾铁钱门面的自家门市部里端把椅子来到贾铁权跟前坐下，热情地递烟。贾豪匆匆从这里经过，和贾铁权、贾铁钱打着哈哈。

贾铁馨服装店里，一对即将结婚的农村青年男女在选购衣服，贾铁香在给女青年试穿一件上衣，自然地夸奖道："你这身材就是个衣架子，好看，真好看！"女青年很受用，露出了笑容。贾铁馨动作熟练且亲热地用皮尺给男青年量腰围，边量边说："小伙子有眼光，找了这么漂亮的姑娘！"老实厚道的男青年腰被贾铁馨箍着，脸都羞红了，龇牙咧嘴道："行了行了，我买下，这条裤子你看多少钱？"贾铁馨笑容可掬道："买的想便宜卖的想贵，你讲可对？"梁月鹏很被动地站在一边看，一边照看着挂在屋外竹竿上的衣服不被偷。贾铁馨扭头瞪了梁月鹏一眼，说："还愣着干什么？中午我们都不吃饭了？你看你可活像个呆子?!"梁月鹏的脸陡然涨红，他闷闷地转身就走了。

离这几爿服装店不远就是一个巷口，往里走一截子便是桃源县城最大的菜市场，被称作"大菜市"。此时正是旺市，一派熙熙攘攘、生意兴隆景象。梁月鹏愁眉不展地来到猪肉摊前，口气生硬道："这肉怎卖的?"猪屠户一身的油渍，干脆道："三块五一斤。"梁月鹏说："称一斤。"猪屠户娴熟地称了一斤肉，梁月鹏拿着秤杆望了一下，猪屠户说："你放心，少一两补一斤，有点腥气我来闻。"旁边有哄笑声。梁月鹏羞得脸红，有点不自在，伸手掏钱，却囊空如洗。猪屠户盯着梁月鹏的一举一动，梁月鹏闷闷道："对不起，没带钱。"猪屠户伸手掣出梁月鹏插在上衣胸部口袋里的钢笔，说："一手交钱，一手交货，钢笔还给你晚上打洞。"旁边哄笑声再起。

贾铁馨服装店里，一群农村顾客，其中有一对准新人，刚进屋，在看衣服。准新娘手摸着墙上挂的一套女式西服在端详，贾铁香过来招呼道："拿下来先穿试试吧。"说着伸手就要取下准新娘摸的衣服，准新娘漫不经心道："我先看看，先别拿。"便又看别的衣服去了。贾铁馨跟着准新郎招呼道："你看看这套西装，广州货，最新潮的!"准新郎走马观花似的，很快转了一圈，然后对准新娘和其他人说："走吧。"这群目标客户挪动脚步就要走，这时，贾铁馨笑吟吟地把长板凳端到其中一老头屁股跟前，说："大伯你坐着歇歇，铁香去倒杯茶来。"贾铁香响亮地答应道："哎，马上就倒来!"老头刚坐下，贾铁香就笑吟吟地双手端着一杯茶水，递过来，老头受宠若惊地伸手接过茶水，转头吩咐道："别走，你们就在这儿买，在哪儿不是买?"这时，梁月鹏走到贾铁馨跟前，讷讷道："没钱买菜。"贾铁馨张口便吼道："没吃过猪肉还能没见过猪跑?我正在做生意!"她的脸都气红了，泪水在眼眶里直打转。

为此，梁月鹏于心有愧。晚上在床上，梁月鹏爬到贾铁馨睡的那一头，头抵着贾铁馨的胸怀，依恋地呢喃："嗯、嗯、嗯——"贾铁馨伸手把梁月鹏推过去道："去去去!还到我跟前轻狂，我还不知道到谁跟前轻狂呢!"梁月鹏被推开，无趣地躺在一边。须臾，梁月鹏又靠近贾铁馨，真诚道："我爱你。"贾铁馨很随便道："我不爱你。"梁月鹏无言以对。贾铁馨说："我不爱任何人，我这个人对任何人都没有真情。"梁月鹏竟一把抱住贾铁馨，吻起她的脸来，说："我真的爱你，我真的爱你。"贾铁馨嫌恶地将梁月鹏推开，说："你凭什么爱我?"梁月鹏理直道："我凭心爱你。"贾铁馨说："你心值多少钱?"梁月鹏终于感到话不投机，便不再言语了。

十八

日子继续往下过。一日傍晚，张华和梁月鹏都忙着将挂在外面的衣服往各自店内收，准备关门。张华挑着一长溜衣服进入店内，然后出来，看着梁月鹏收衣服，问："贾铁馨去常熟进货了？"梁月鹏说："走了，二姐也去了吗？"张华说："去了。"梁月鹏欣喜道："张华，今晚我到你家喝酒，行不行？"张华热情道："行啊，我马上回去先把饭煮上，我买点卤菜，再炒一个菜，就等你来。"梁月鹏说："好，我来带点水果，今晚我俩好好叙叙。"张华高兴地推辞道："不用不用，我家水果不断，都有。"

梁月鹏关了门后即骑着自行车到水果摊买了几个苹果，然后直奔贾铁芳家。梁月鹏和张华情投意合，坐在桌旁对酌。张华和贾铁芳的女儿——五岁的张容拿着梁月鹏带来的苹果在吃。梁月鹏说："你是个好人。"张华说："小杨要是在家，我们三个聚聚，那有多好。"又说，"贾铁馨的性格你要摸到，她发脾气的时候，你让她发，等她脾气下去了，你再和她慢慢讲。我家贾铁芳也是这样，男人不究女人过。喝酒喝酒。"俩人亲热地对饮。梁月鹏好奇地问："现在我们这一个服装店能值多少钱？"张华本想回避，但还是说了："至少……"伸出左手后三个手指。梁月鹏说："三万？"张华点点头。梁月鹏说："我还认为只值大几千块钱呢。那贾铁馨有多少钱？"张华不觉对门外望望，伸开左手五指，翻过来又覆过去。此时可见其食指短了一小截儿，秃秃的，没有指甲。梁月鹏惊讶地小声道："十万？"张华又点点头，接着又悄悄道："贾铁权欠账四万。"同时伸出左手四个手指。梁月鹏皱起眉头，说："看不出来，看他那样子，倒像是个大款。"

次日早晨，张容活泼地跑进贾铁权服装店，喊道："大舅妈，大舅妈，梁叔叔昨晚和我爸喝醉了。"贾铁权之妻王世芳一听，不屑地往地上啐了一口。

去常熟进货一般都是傍晚走，次日天亮之前到，大半个白天在批发市场拿货，下午晚些时候回，第三日天没亮就可到家。桃源县城有一辆私人大客车专门跑这个。贾铁馨进货回来了，上午十来点钟，她来了，站在自家店门口“衣篱”边一边捋着挂着的服装，一边骂骂咧咧道：“我十万你看到了？我是卖肚皮子得来的值得你来宣传？手拇指斩掉才几天就忘掉疼了？把自己肠子捋直了才是个人哩!”贾铁芳在隔壁教训张华的声音：“吃饱了饭撑的！我家饭吃不掉了？……”人行道上看客驻足。梁月鹏感到不安，走出来对贾铁馨说：“你不答应我不讲吗？这有什么好说的?”贾铁馨气咻咻地走进店里。梁月鹏主动走到隔壁，对一脸气愤的贾铁芳说：“对不起，都怪我，都怪我。”贾铁芳两只眼睛一眯，双眉都弓成弧状，说：“我家饭给狗吃掉了！”王世芳在自家店靠着“衣篱”坐着，满足地谛听着发生的一切。

日子继续往下过。早晨，贾家这几爿服装店，家家都在门口挂衣服。王世芳边挂衣服边高声道：“他二姑父你讲可对？等我们孩子长大了上大学，一个花两万，两个不就才四万，我卖房子也要供养孩子上大学，免得干这个活受罪!”梁月鹏有所感觉，动作生硬地挂着衣服。张华一下子挑出来一长溜衣服，赶忙赔笑道：“大嫂讲得对，大嫂讲得对。”王世芳含沙射影道：“我们都是小兵，大将们都在家搿胯子。”张华也适时地来一句笑话：“太阳都把屁眼沟晒黑了。”王世芳笑道：“他二婶你讲可对?”在自家店外挂着衣服的小陈生性胆怯，嗓音细弱道：“对对对。”梁月鹏将一件衣服没挂好掉了下来，涨红着脸弯腰去捡……

中午时分，梁月鹏一时无事，无聊地走到贾铁钱服装店门口，见小陈坐在“衣篱”边吃饭，便走到跟前，声音不大道：“小嫂吃什么好菜?”小陈盒饭上盛着青椒肉丝和青菜蘑菇，显得清淡可口。小陈笑嘻嘻道：“尝一口。”便递筷子给梁月鹏。梁月鹏接过筷子，夹了一点肉丝尝了一口，称赞道：“好吃好吃，比我烧得好多了。”小陈说：“你小哥烧的，烧了十几年锅了。”这时，嘴角油乎乎的贾铁钱端着茶杯，踱了进来。梁月鹏走上来亲热地招呼道：“小哥吃过了?”贾铁钱没看梁月鹏一眼，又像是没听见。梁月鹏赶忙递椅子让坐，贾铁钱乜斜起眼，把嘴往外努了努道：“你算老几?”梁月鹏嘟囔了一句什么，一低头，快步走开了。

梁月鹏到处碰壁，回到自家服装店里，正进来一对农村青年男女顾客，便赌气上去接待，见女顾客在摸看一套女式西服，便正儿八经道：“这套女式西服在桃源商场棍打不动二百多，我们私人搞，沾利就走，先穿后买，才知好歹，先试一试。”大姑娘腼腆道：“试过不买可行？”梁月鹏说：“既试就想买，好吧，先试吧。”姑娘脱掉外衣试了起来，然后满意地付款，和男的走了。梁月鹏欣喜地上账。贾铁馨笑吟吟地走进来，后面跟着她父亲贾钢洋。贾铁馨亲昵道：“小伙子，卖多少钱？”梁月鹏兴奋得有些慌乱道：“卖一套女式西服，进价四十五的，卖了一百三。”贾铁馨接过账本看起来，说：“可以可以，赏你一个热屁包子吃！”贾钢洋站在外面往里看了一会儿，然后走了。

晚上，贾铁馨和贾铁香常常带点菜到父亲家里吃晚饭。贾钢洋长着一副紫铜色的面孔，个子高大，端坐在桌边慢慢地嚼着菜。小杨、贾铁香夫妇带着刚会走路的儿子和贾铁馨围坐在桌旁喝酒、吃饭。贾铁馨、贾铁香等姐妹兄弟的母亲，即贾母，坐在一旁看电视。贾钢洋喝了一口酒，一字一顿道：“我就是想不通，梁月鹏为什么愿意到我家？”贾铁馨脱口就一句：“人家说有文化的人想得开。”贾铁香张口斥道：“差差差，我爸讲的什么意思你还没搞清楚就别慌插嘴。”脸喝得通红的小杨理论道：“在我看来，梁月鹏很单纯。”贾铁香立即专横地截住小杨道：“去去……”贾铁馨说：“爸，你也不是没和梁月鹏见过面？这门亲事也是经过你同意的。”贾钢洋说：“我同意？我只是没有强烈反对。你最适合一个人过。我的女儿我能不清楚？”贾铁馨露出笑脸，开玩笑道：“那我现在和他分？”贾钢洋扭头看到小杨带着儿子去门外了，儿子要撒尿，便对贾铁馨和贾铁香说道：“我还是那句老话，钱在谁手上，谁就是老子。”贾铁馨说：“这还用你教？”

一日中午，贾铁馨坐在服装店柜台里面，手拿着筷子，看着柜台上的青椒肉丝和西红柿鸡蛋汤在等着。梁月鹏轻轻递上一瓶酒，轻声道：“买花生米钱不够。”贾铁馨不悦地从身上掏出两块钱给他，说：“再带两袋榨菜。”梁月鹏接过两块钱，转身离去。贾铁馨把酒瓶盖子拔开，往玻璃杯里倒酒，开始喝起酒来。梁月鹏又返回来，轻声道：“买两袋榨菜钱不够。”贾铁馨说：“买两袋不够不能买一袋？猪脑袋。”梁月鹏气闷地转身离去。贾铁馨独酌。不一会儿，梁月鹏扔了一袋花生米和一袋榨菜在柜台上，面带愠色。

傍晚，已关了门，店里货堆如山。梁月鹏怯怯地来到小铁床前，用手碰了碰蒙头大睡的贾铁馨，说：“门已经关了。”不见动静。梁月鹏迟疑片刻，慢慢伸手掀开被头，见贾铁馨睁眼睡在床上，轻声道：“门已经关了。”只见贾铁馨一跃而起，梁月鹏吓了一跳！贾铁馨盘腿坐在床上，翻脸无情道：“把钥匙给我！”梁月鹏愣怔着。贾铁馨说：“给我！”梁月鹏不得已掏出钥匙，还握在手里。贾铁馨说：“四时合不来，五时就滚蛋！给我滚！”梁月鹏看出一点名堂，冷静地在床沿坐下来，说：“钥匙我决定给你，我马上就走，我来把两句话说掉。”说着把钥匙放在贾铁馨枕上，“我问你，我哪方面对不起你？我不就把花生米和榨菜扔在柜台上吗？我生活能力确实差，家务事不熟练，这正说明我是小伙子没成立过家庭，两年一过我什么都会干！”贾铁馨怒色未消，但已不说话了，也没拿钥匙。

日子继续往下过。一日上午，约莫十一点钟了，梁月鹏坐在柜台里面看书。柜台外面，贾铁馨在给一个个子较高、身体较瘦的农村男青年试穿一件西服褂子，褂子明显偏短小，但贾铁馨硬帮助男青年把褂子穿上身，男青年把胳膊抬了抬，紧巴巴的，男青年犹豫道：“有点紧，我恐怕不能穿。”说着就要将褂子脱下。贾铁馨笑吟吟地拍着他的背，同时阻止他脱褂子，怂恿他道：“正好，小伙子这身材当模特一流，穿那么肥大多难看，多少人想要你这身材还想不到哩。”男青年有点上当了，说：“是有人说我身材好。”贾铁馨说：“我说得没错吧，你回去穿，要是小了拿来换，好不好？”男青年看了看贾铁馨，信以为真道：“好吧，那我就买了，要真小了我就拿回来换。我家离这儿三十里呢。”男青年付完钱走了。贾铁馨过来拿笔上账，高兴地对梁月鹏说：“就剩这一件了，小号的，很难卖！”梁月鹏说：“我看他穿确实小，回去怎么穿啊？”贾铁馨白了梁月鹏一眼道：“像你这样去喝西北风！每天上午我们大脑绷得最紧，十点、十一点如果还没开张，你知道我们是什么感觉？”梁月鹏说：“知道，那种感觉就是如坐针毡，想到房租、税、工商费还要从里面扣，很紧张。”贾铁馨说：“根本不止这些，每天吃喝拉撒都靠这个店，还有那么多卖不掉的衣服，都是花的真金白银从外面进来的。”梁月鹏理解道：“可以理解。”

次日，梁月鹏仍坐在柜台里面看书。柜台外面，贾铁馨在给一个城里妇女试穿衣服。昨天买西服褂子的瘦高男青年提着衣服袋子走了进来。外面，贾铁钱端着茶杯，踱着步，往贾铁馨店里瞅了瞅。瘦高男青年来到贾铁馨跟前，把西服褂子从袋子里掏出来，说：“我这褂子太小了，不能穿。”贾铁馨看了瘦高男青年一眼，很冷淡，继续和城里妇女谈生意：“这件褂子在这个季节，你穿，在家里在外面都适合……”贾铁钱踱了进来，上下打量着店内外衣服的摆设，一边听着贾铁馨谈生意。瘦高男青年拿着西服褂子，执意地对贾铁馨说：“你昨天不是说小了拿来换吗？”梁月鹏把书放下，走了出来，伸手把瘦高男青年的西服褂子接过来，说：“你再看看你喜欢哪件？可以换。”城里妇女没买衣服走了，贾铁馨过来伸手夺过梁月鹏手中的西服褂子，剜了梁月鹏一眼，把西服褂子退给瘦高男青年，对瘦高男青年说：“不能换！”瘦高男青年接着西服褂子，倔强起来，说：“这衣服太小，不能穿，我就要换！”梁月鹏对贾铁馨说：“给他换了，给他换了。”贾铁馨对梁月鹏吼道：“你给我滚！”梁月鹏不吭气了，回到柜台内。贾铁钱已站在跟前，观看着生意纠纷，在判断着事态发展。瘦高男青年对贾铁馨说：“你不给我换，今儿个我就不走！”这时，贾铁钱走到瘦高男青年面前，一拳捣在瘦高男青年胸部，凶狠道：“给我滚！”向瘦高男青年瞪着眼！瘦高男青年吓了一跳，受了重创似的“噢”了一声，身体一软，害怕道：“你打我？”赶忙把西服褂子丢到地下，“算了，衣服我不要了……”转身走了。贾铁馨怔了一会儿，把西服褂子捡起来，拿撑子给撑上，又挂了上去，不觉露出笑容，对贾铁钱说：“小哥今天功劳大大的！”贾铁钱满不在乎，转身离去。梁月鹏目睹着这一幕。

十九

又一日下午，两个顾客刚买完，提着衣服袋子，转身走了。梁月鹏把柜台上比试的衣服挂到原来的位置上去，贾铁馨过来拿笔上账。梁月洲拎着一个黑皮公文袋子走进来。梁月鹏看见，惊喜道：“二哥来了。”即迎了上去。贾铁馨看见，笑吟吟地迎了上来，说：“二哥今天有什么贵事到我这来啊？”梁月洲把公文袋子往柜台上一放，在“衣篱”边的长板凳上坐下，说：“考上了！”梁月鹏高兴道：“什么考上了？”梁月洲说：“转正考试我全县第一，然后去市教院培训一年，就是公办教师了。”贾铁馨也高兴道：“那好啊，今晚我陪你多喝两杯。这样吧，我来去喊我小哥晚上去我们那儿喝酒。”说着出去了。梁月洲对梁月鹏说："去培训一年要交一千二百块钱学费，我现在一下子哪能拿出这么多钱呢?"梁月鹏干脆道："问铁馨借，没问题，一千二百块钱对她是小数目。"想了想，"那你先到街上去转转，我来问她借。"说着把梁月洲的公文袋子拿到柜台里面放了起来。梁月洲说："我大专学历也快拿到手了，到时候调到中学去。"梁月鹏说："那太好了。"梁月洲打量了一下服装店，带点陌生感地走了出去。贾铁馨走了进来，等走进屋内，梁月鹏对贾铁馨说："我二哥去市教院培训一年要自己交一千二百块钱……"贾铁馨一听到钱，马上破口道："我就知道没好事！我这钱都是大水淌来的？没本事挣钱都往我这儿跑!"说着眼圈红了。梁月鹏一时愣住了，接着劝说道："他这培训交学费，肯定会还给你。是我二哥，这有什么不放心的?"贾铁馨很快平静了下来，疾步走到柜台内小铁床边，一探身，拿出放在小铁床里首的小皮包，掏出钱，数了数，转身回到梁月鹏跟前，说："给!"把一沓子钱往柜台上重重地一放！梁月鹏看着她，对她的神情举止不怎么理解，但还是把钱拿起来，装进自己裤兜里。梁月洲进来了，兴奋道："这中大街就像小上海一样，繁华得很。"梁月鹏迎上来，把裤兜里的钱掏给二哥，轻声道："这是铁馨给的。"贾铁馨又笑吟吟道："当上公办教师了，我们到你那儿去喝酒。"梁月洲拿着钱，说："那还用说嘛。谢谢啊，到时候手头宽松了还你。"梁月鹏高兴地把二哥的公文袋子拿来，让二哥把钱放了进去。

当晚，贾铁馨租房客厅里，贾铁钱、贾铁馨、梁月洲、梁月鹏围坐在小方桌旁喝酒，贾铁钱和梁月洲明显已经喝多了。贾铁钱歪着头，举酒杯，抵上梁月洲的酒杯，然后端回酒杯，一仰脖子喝下，但剩了小半杯。梁月洲发现贾铁钱剩酒，依然端起自己的酒杯喝干。贾铁馨吩咐梁月鹏："倒酒。"梁月鹏起身，把贾铁钱和梁月洲的酒杯分别斟满。贾铁钱歪着头，又举酒杯，抵上梁月洲的酒杯，然后端回酒杯，一仰脖子喝下，又剩了小半杯。梁月洲发现贾铁钱又剩酒，伸手指着他的酒杯，说："二老板，这个你要喝干。"贾铁钱歪着头，闭着眼，装作不知道，说："什么要喝干？"梁月洲不满道："什么要喝干你自己知道。"贾铁钱仍歪着头，闭着眼，耍无赖道："我不知道。"梁月洲端起贾铁钱的酒杯，递到贾铁钱唇边，说："这个。"贾铁钱一下子怒目圆睁，盯着梁月洲道："你混蛋！我就不喝!"梁月洲亦勃然怒起，说："你混蛋！今天你这个酒必须要喝干!"贾铁馨劝道："小哥，你杯子里的酒你要喝干，梁月鹏二哥的酒他都喝干了。”梁月鹏笑嘻嘻地看着。贾铁钱息了怒，转以缓和的语气道：“你人民教师别欺负我们大老粗……”梁月洲立即接上茬：“你大老板别欺负我们人民教师。嗯？”贾铁钱醉意不轻，说话舌头有些掉不开：“你人民教师有本事，我俩屋外见！”梁月洲也有些醉，说：“屋外见就屋外见，我也不怕你！”说着起身，身子有些踉跄。贾铁钱也起身，却又踉跄坐下了。梁月鹏和贾铁馨笑嘻嘻地看着他俩会弄出什么花样。梁月洲过来拉贾铁钱，俩人拉扯着走到门外。梁月洲问贾铁钱：“到屋外了，你要怎么样？”贾铁钱说：“到屋外了？到屋外摔跤啊。”梁月洲说：“怎么摔法？”贾铁钱伸开双臂抱住梁月洲，梁月洲也抱住贾铁钱，梁月洲身子一晃，贾铁钱就瘫软下来，梁月洲就势压在他身上。贾铁钱在下面翻了几下身，终于翻了上来，把梁月洲压在自己身下。俩人都累得直喘气，贾铁钱在上面，说：“你人民教师又怎样？你人民教师又怎样？”梁月洲在下面，忽地翻了上来，把贾铁钱压在自己身下，梁月洲在上面，说：“你大老板又怎么样？你大老板又怎么样？”贾铁钱在下面，忽地又翻了上来，把梁月洲压在自己身下，贾铁钱在上面，说：“你人民教师又怎样？……”俩人交替着忽上忽下。后来他俩拉扯着一起去附近上公共厕所，倒在厕所边划了一会儿拳，然后被梁月鹏和贾铁馨拉回去休息了。

梁月鹏对这里的生活已经有些适应了。这一日，他悠然地骑着贾铁馨的女式自行车，来到桃源县文化局，把车子停在一边，便上了办公楼。一挂着“创作室”木牌子的办公室里，梁月鹏坐在一中年男人范主任对面，对范主任说：“我是光明的，在你们中大街有一个服装店，是我老婆开的，我喜欢写电影剧本，写了两个，也没有结果……”范主任对梁月鹏说道：“多写，必然会有结果。”梁月鹏主动登门，这也算认识文化局创作室的范主任了。

与范主任认识后第三日，梁月鹏正在店里用洒水壶往地下洒水，贾豪一边和隔壁的王世芳、贾铁芳打着招呼，一边走进来。梁月鹏赶忙丢下洒水壶，热情道：“坐坐。”便递板凳。贾豪大咧咧地直往里走，见贾铁馨正在试穿一件新羊毛衫，便插科打诨道：“老板在搞时装表演，书生在外面洒水服务。”贾铁馨兴奋道：“贾豪来给我长长眼。”贾豪如鱼得水，走上前来帮贾铁馨捋起衣领来，一边说：“看，人漂亮穿什么都好看，人土怎么收拾也不美。”梁月鹏拿着扫帚，很难受地朝里望着。贾豪指梁月鹏给贾铁馨看，说：“你看那书呆子德行。”抽身便往外走。梁月鹏脸唰地红了，他疑惑地看着从身边走过去的贾豪，欲言又止。这时，范主任走来，看着外面的衣服。梁月鹏惊喜地走上去，称呼道：“范主任！”范主任笑呵呵地摸着挂着的一排男式短袖衫，说：“这衣服多少钱一件？”仍在里面试穿羊毛衫的贾铁馨抬头看了他们一眼。梁月鹏说：“是你穿？”说着拿了一件下来，“你试试，给个本钱吧。”范主任脱下旧的，里面还穿着白背心，他试穿起来，挺好，爽快地抽出一张“壹佰圆”币，说：“给。”梁月鹏接过来走到屋内柜台里面找零钱，贾铁馨用手捣了一下梁月鹏的胳膊，向梁月鹏使着眼色，但梁月鹏只管找钱，走过去，递零钱给范主任道：“找你六十。”范主任接过钱，穿着新衣，夹着旧衣，告辞了。贾铁馨一下子勃然大怒道：“给你在这儿站柜台没两天店就会倒闭！进价三十八的，你收四十，两块钱够什么？够进货路费？够房租？够税？够水电？”眼圈又红了，“怪不得人家说你是书呆子！只有受穷的命！不是穷飞掉了也不会到我这儿来，还‘爱、爱’，还想骗老娘……”梁月鹏涨红着脸站在一边……自责？激愤？无奈？

日子继续往下过。一日早晨，天已大亮，贾铁馨租房屋檐上，一对麻雀在欢悦地鸣叫，不时地跳跃，耸动着翘翘的小尾巴。屋内卧室里，贾铁馨趴在床上，梁月鹏攥着双拳在轻轻地给她捶腰。贾铁馨舒展道：“快活快活，进货坐在车上腰就同棍打一样。来，往这边捶捶。”梁月鹏双拳挪动着位置。贾铁馨突然想起了什么，猛地一脚将梁月鹏踹到床下，说：“梁月鹏，我一个黄帆布包丢在车子上了，里面有几十块钱，快起来去拿，车子上面只剩一个老头，车停在三岔路口。”梁月鹏二话没说，站起来摸摸头，穿衣就走。

中大街上，行人、车辆稀少，梁月鹏跑来。那辆大客车在行驶着，里面坐一个老头，后面又来了一辆小面包车。梁月鹏赶忙向小面包车招手，车停。梁月鹏钻进小面包车里，车轮滚动。小面包车里，梁月鹏指着前面的大客车，像警察似的指挥道：“给我追！有一个包给里面一个老头带走了！”驾驶员无动于衷地照常开着。梁月鹏说：“开快我加你点钱！”驾驶员加了挡，小面包一溜烟地向前驶去。快要追到大客车了，小面包却减了速。小面包里，梁月鹏紧张道：“快！快！快！”驾驶员说：“车子有毛病。”梁月鹏焦急道：“有毛病了？不会吧！”驾驶员没有回答。小面包车开到一个镇上停了下来，说要维修，梁月鹏只得下车。这时太阳还没有出，梁月鹏急中生智，跑到镇派出所敲一个房间的门，门开，一个年轻警察出现在面前，问道：“这么早什么事?”梁月鹏喘着气，恳求道：“警察同志，我是县城卖服装的，进货回来一个包丢在车子里，给一个老头带走了。我坐一个小面包追到这里，小面包却坏了。你能不能开警车帮我去追？费用我付!”年轻警察正经道：“车子不在，费用倒无所谓。”说完关上了门。梁月鹏愣怔了一会儿，无奈地转身走了。他又来到马路上，看着大客车开去的方向，自知再乘车去追也无望，只有乘车回县城了。

当晚，贾铁馨、贾铁香、小杨和梁月鹏都在贾钢洋家，围坐在桌旁喝酒、吃饭。贾母嘴里嚼着什么坐在高高的后门槛上看电视。贾铁馨说：“真愚拙，还坐车子去追，要是二万五千里，还把店卖掉去给你追哩。”梁月鹏有点不自在，回应道：“你也没把情况讲清楚，哪知道你给贾铁芳带回来了你还忘了。”贾铁香白了梁月鹏一眼。贾钢洋发表议论道：“用人不当，这事应当叫小杨去做。”指了指小杨。梁月鹏不服气，也没言语，低头喝酒，夹菜，一块瘦肉夹至空中，被贾铁馨半路劫走，送至其父跟前的菜碟边缘，一边说：“这瘦肉我爸吃。”贾钢洋赶忙打圆场道：“我不吃，我不吃。”梁月鹏放下筷子，站起来，离开桌子。贾母适时递了把椅子，梁月鹏便坐在一边看起电视来。贾铁香、小杨扭过头来，说：“还没吃饭？吃点吧。”梁月鹏语气平静道：“我吃饱了，你们吃吧。”贾钢洋指责贾铁馨道：“贾铁馨你这人说话……”梁月鹏镇静地看着电视。忽然传来抽泣声，梁月鹏扭头望去，只见贾铁馨趴在桌边，眼里噙着泪，嘴里衔着筷子，抽泣得上半身子都耸动起来！贾钢洋也不吃了，起身走到一旁，站了站，踱起步来，不觉哼起了小调，像是在安慰梁月鹏的心，又像是在平静自己和女儿的情绪……

当晚回到租房，俩人已上了床，贾铁馨不吭气，梁月鹏也就只是看着她，见她脱去线衣，自己也脱起线衣来，贾铁馨嫌恶地将梁月鹏推得老远，说：“你不配我！你不配我！你什么本事也没有!”梁月鹏沉静片刻，发怒道：“你是母老虎！你是婊子！钱是你丈夫！钱是你儿子！你抱着钱去垫棺材吧!”怒不可遏地用手指着贾铁馨。贾铁馨忽然一跃而起，像一头发怒的狮子向梁月鹏扑过来，梁月鹏的眼镜被打落！梁月鹏下床，往墙角退着，贾铁馨揪住梁月鹏，对梁月鹏拳脚相加！梁月鹏感到不能再让，伸手握住贾铁馨的两手，将她推仰在床上。贾铁馨双脚乱踢，嘴左右乱咬，但还是被牢牢地按在床上，渐渐地，她的力气用尽，便不再反抗了。梁月鹏松开她，她突然又跃身而起，来到大衣橱前，把梁月鹏的一件新羊毛衫拿出来用剪刀剪，剪成一块一块碎片，又把给梁月鹏买的那双皮鞋用剪刀割破，发疯似的说："只有你身上那裤头是你的！两顿饭一吃就忘了本了！还没有哪个敢骂老娘是婊子，滚蛋！滚蛋！你二哥那一千二百块钱不要了！算贴你了！"梁月鹏的后背上被抓了一条血痕。梁月鹏木然地来到写字台前，蹲下身子，拉开柜门，收拾起自己的书、稿来。其中有一沓方格稿纸，首页上赫然写着：

电影文学剧本

还我红五星

编剧

梁月鹏

梁月鹏随便穿了件单衣服，又穿上被贾铁馨割破的皮鞋，提着一大包书、稿，离家出走，来到梁月芹家。已然是深秋时节，加上在晚间，天有点冷，梁月芹找了件男式破棉袄给梁月鹏穿上。梁月鹏穿着破棉袄坐在梁月芹家卧室长沙发上，低头摩挲着带出来的一大包书和稿子。大姨娘坐在一边，关心道："我倒是怕你到外头受罪。"三狗子妈站在一旁，附和道："对哟对哟，你在这和她糊都不要走，外头不好搞。"梁月芹一边晃着睡着婴儿的摇篮，一边气愤道："你现在一分钱都没有，下次搞她三千块钱开路！"梁月鹏抬起头来，不戴眼镜的目光茫然道："我要是生活能力强一点，恐怕要好多了。"梁月芹说："不是生活能力强不强，你下次搞她三千块钱开路！你也没和她领结婚证，才过三个月时间，趁早和她一刀两断！"大姨娘说："我还是那句老话，'千里去做官，为的就是吃喝穿'。你在这里，风吹不到雨打不到，就看个店，烧个锅，洗个衣，有什么做不好的呢？这个事让我们老奶奶去干也能干好。"说到这儿，和三狗子妈、梁月芹一起笑了。梁月鹏也笑了。三狗子妈走近梁月鹏，向梁月鹏传授经验道："她和你要，你也和她要。"说着口气变硬起来，"我小伙子还能搞不过她呀？"梁月鹏迷惘地看了看三狗子妈。梁月芹看着梁月鹏的软弱样，说："不——行——，不是那种人，还是回去求情——"

已接近午夜，大姨娘和三狗子妈相继走了。三狗子不在家，梁月芹也要睡觉了。梁月鹏想了想，还是回去吧。他穿着破棉袄，走了不到两里路，来到自家门前，轻轻敲了敲门，没动静。再轻轻敲了敲，仍没动静。梁月鹏闷闷道："铁馨，铁馨，开门……"仍没动静。梁月鹏疲惫地倚墙蹲下，感到一阵寒意袭来，便将破棉袄拢了拢。又抬头看看天，天上是月亮和星星。梁月鹏忽地站起来，绕过山墙，来到高高的后院墙前，一跃爬了上去，又一纵身跳了下来，来推后门，竟开了。一片漆黑中，梁月鹏幽灵一般摸到了开关线，一拉，"嗒"的一声，上下通亮。他走进卧室，开了灯，地上一片狼藉，贾铁馨蒙头大睡。梁月鹏走过来，摸了摸被头，说："铁馨，原谅我吧，我是一时讲的气话……"又轻轻将被头掀开，哽咽地，"现在，我菜也会烧了……"贾铁馨起床了，洗脸，搽粉，梳了梳头，从大衣橱里拿起钱包挎上，蹬上高跟皮鞋，开了门走了。梁月鹏愣怔地看着，立即追了上去。

黑暗的细巷里，贾铁馨"咯噔""咯噔"地往前走着。梁月鹏跑着跟了上来，认真道："这个巷子不能走，你挎着钱包。"贾铁馨驻足，头歪向梁月鹏，像对陌生人似的说："跟着我干吗?"梁月鹏便停下脚步，无言以对。

梁月鹏一直尾随贾铁馨来到店门前，贾铁馨开门，进去，随后"啪"地将门关上，上了闩，里面灯也亮了。梁月鹏来到门口，透过门缝往里瞅着——贾铁馨放包，脱衣，脱鞋，上床。梁月鹏焦急地瞅着，喊道："开门，开门，怎么搞的？开门……""吧嗒"一声，灯熄灭了。梁月鹏没辙了，只有回去自个儿睡觉，担心着明天该怎么办。

梁月鹏还是有脑子的，在遇到麻烦事的时候还是有办法的。次日一早，他去找贾铁香。走得最近的姊妹嘛，好通融，让贾铁馨不计前嫌，赶快和梁月鹏重归于好吧。贾铁香一边给满地跑的儿子穿衣服，一边慢条斯理道："你不要听她的，你做你的事，她讲的话，你左耳朵进，右耳朵出。不过梁月鹏，有一条，我讲你不要见怪，也是为你们好……"没戴眼镜、站在一边讨教的梁月鹏讪讪道："你讲。"贾铁香说："你二哥一张嘴就借了一千二百块，就是借条板凳坐也要看看人家脸色。"刚穿好裤子的儿子急不可耐地挣脱母亲，端起玩具机枪"嗬嗬嗬"地向梁月鹏开起"火"来。梁月鹏连忙退却，慌忙间碰到了洗脸架哐啷直响。梁月鹏心里有底了，大不了拿着热脸去蹭贾铁馨的冷屁股呗，事情不就结了？

二十

早晨，街上，这几爿服装店外面的衣服都挂到了慢车道，唯有唐文清家短了一大截儿。非常土气而肥胖的唐文清老婆生气地提着衣架子，放在和贾铁钱家接壤的前头，以求得和贾铁钱家一般长。贾铁钱端着茶杯踱了过来，看了看，满不在乎地点点头，把茶杯放到旁边一凳子上。唐文清睡眼惺忪地走来，给贾铁钱递烟。贾铁钱没接烟，却左手攥住唐文清的衣领，歪着头，斜着眼，半真半假道："我一拳把你捣通掉哩！"右手已握成拳状，做着伸拳的准备。唐文清并不惊慌，马上赔笑了，坚持递烟，又扭头吩咐道："来来来，把这衣架子挪开，现在就搞，把架子上的健美裤夹到那边男式裤子跟前。"指手画脚地指使着老婆。唐文清老婆只得隐忍着过来照做。贾铁钱接过了烟，唐文清又给点火。这时，睡眼惺忪的贾铁权踱了过来，走近唐文清，看着两家接壤处的长长短短，放了一句马后炮："有个差不多就算了！"梁月鹏站在附近，目睹了这一幕。

午后时分，顾客稀少，梁月鹏一时无事，转到唐文清服装店，和唐文清坐在"衣篱"边一条长板凳上聊天。唐文清鼻子里冒着香烟，说："大哥为人就不错，我同他相处六七年不分彼此。欠了三四万块钱账，活得也还……"梁月鹏笑着给接了过来："活得也还潇洒。"梁月鹏接着问道："听说你以前在乡下当过小学老师？"唐文清点点头，转而说："铁馨家的人脾气都不太好。"

梁月鹏和贾铁馨已经和好。梁月鹏的眼镜被打坏了，经贾铁馨同意，又花钱配了一副新的。这日下午，贾铁芳家店内的"衣篱"边，一圈人围着在看打扑克，贾铁芳、贾铁权、贾铁钱、唐文清四人在打"跑得快"。在观牌的贾铁馨很兴奋地招呼道："梁月鹏，梁月鹏，泡一杯茶来。"戴着一副新眼镜的梁月鹏端着一杯茶送了过来，然后也站在一边观牌。贾铁权抽出一支"红塔山"香烟，大咧咧地递给梁月鹏，说："老弟，接着。"梁月鹏受宠若惊地接过香烟，说："谢谢大哥，我不会抽。"过了一会儿，贾铁馨不看牌了，拉起梁月鹏的一只胳膊，兴奋地来到自家店里边，从小铁床上拿出一件新男式羊毛衫，说：“这是我刚从贾豪店里拿的，进价四十八，你试试。”梁月鹏一听“贾豪”二字，便不悦道：“我有穿，我不要。”贾铁馨说：“死头脑子，穿衣服你管是哪家的干什么？我同他也没什么，都姓贾，是一次进货在车上认得的。真有什么，呆子也不会在你眼皮底下打情骂俏！”说着已经帮梁月鹏穿起来，见梁月鹏面有喜色，又开玩笑道：“看你美的，看你美的……”伸嘴往梁月鹏脸上亲了一口。梁月鹏一时鼻根发酸，竟歪在床上用被子捂起脸来。贾铁馨看出了究竟，一下子趴在梁月鹏身上笑道：“哭了哭了——”一边用手爱抚地捂了捂梁月鹏蒙着被子的脸。

另一日，贾铁馨像模像样地坐在店里看古典长篇小说《红楼梦》。梁月鹏在“衣篱”边招呼顾客，顾客走了，梁月鹏走过来，看着贾铁馨道：“你好好看，别急，只要能沉到里面去，就会对思想发生作用，真的。”贾铁馨认真看着，显然不太像经常看书的样子。梁月鹏说：“你有时候不是感到像没头苍蝇一样吗？就是因为精神上比较空虚，只要你能坚持读下去，你一定会改变，变得踏实、充实……”突然，贾铁馨把书往梁月鹏怀中一扔道：“脑子都被绕晕了，不看了，看这个有什么用呢？我小学二年级文化照样开服装店，你书呆子照样穷光蛋！”笑看了一眼梁月鹏，起身离开。梁月鹏慌忙接过书，不可思议道：“哎，你刚刚不是看得好好的吗？要坚持，坚持……”惋惜地望着贾铁馨走了出去。

过了隆冬，过了年，不觉到了正月十五元宵节。梁月鹏和贾铁馨提前关了店门，买了元宵回去煮了，然后对坐卧室小方桌旁吃着，一边看着电视，气氛静谧、幸福。屋外鞭炮声声传来，火花闪耀窗户。梁月鹏夹了一个元宵送到贾铁馨嘴边，说：“刚才我放的那个大炮，把房子都震得沙沙响。”贾铁馨无限温柔地张嘴衔住元宵，甜蜜地吃起来，嚼着嚼着，那晶莹的泪珠便扑簌簌地流了下来，她渐渐抽泣得浑身都颤抖起来。梁月鹏将她含在嘴里的筷子拿下，连拉带扶着使她到床沿坐下，又脱掉她的鞋，让她躺下。

又一日早晨，家家都在开门挂衣服。梁月鹏急忙走来开门，但钥匙插不进去，定睛一看，才见锁孔里有土，便把锁往门上磕了磕，却发现门缝里夹着纸条，拿出来，展开看了起来。这是用从横线条格子的练习簿上撕下的一页纸写就的信，字迹虽较工整，但却有别字，显然写信人的文化并不高。信是这样写的：

贾铁馨：你好！

今天给你写这条子，一是向你道歉，我根本就没有爱过你，过去我把你当成了我的发泄工具，真对不起。我是一个有妻子有孩子的人，尽做出这种见不得人的事，对不起我的妻子和孩子，我很后悔。我这后半生愿为她们娘俩当牛做马，来补救我的过失。同时也希望你不要再来找我，把我忘掉。二是祝福你又找到了新丈夫，不过现在有不少人在议论你的丈夫，他不是爱你才取你，而是爱你的钱。你想：你是一个跟不少男人都有过关系，又因不能生育而离过婚的人，他怎么会不计较呢？我想提醒你，也许他是真心爱你，不计较你的过去，那我就是多心了。如果他是真心爱你，那你就不能再做对不起他的事了。把过去跟你有关系的人统统忘掉，共同去创造你们的新生活。不要在像过去那样混下去，让人耻笑。好吗？

忽然，张华从“衣篱”那边伸过头来，笑道：“一早上就在看求爱信哪。”梁月鹏一惊，把字条藏了起来。这时，贾铁馨带着早晨的清新，涂着脂抹着粉，挎着长带子女式皮包，笑吟吟地走来，见梁月鹏精神不振，嗔怪道：“一早上就绷着寡妇脸。”梁月鹏想了想，还是掏出纸条，递给贾铁馨，说：“这张纸条是夹在门缝里的。你看了也不要在意，这是谁有意塞在门缝给我看的，我不在乎。”贾铁馨接过纸条，看了，却笑道：“这是你写的，你写来骗我，你看这笔迹，活像你的笔迹。”说着指给梁月鹏看。梁月鹏感到好笑，说：“笑话，我写这条子干什么？你随便看看，无所谓。”

当日傍晚，门已关好，屋里货堆如山。贾铁馨站在抽屉边数钱，梁月鹏拿着锁站在跟前等着锁门。贾铁馨说：“我爸和贾铁香都讲这条子肯定是你编造的，有文化人都鬼，这样给我看了想教我待你好一点。”梁月鹏笑道：“不讲了，不讲了，你也不要对这讲对那讲。”贾铁馨见梁月鹏笑着说话，便马上蛮有把握似的笑道：“就是你写的！就是你写的！”

一日晚间，梁月鹏趴在卧室写字台边修改自己的剧本《还我红五星》。忽然贾铁馨从背后伸出手来，说道：“梁月鹏，你老实交代，把我那一千块钱交出来！”梁月鹏扭过头来，一时愕然，脸都白了，他站了起来，嗫嚅道：“怎么回事？怎么回事？”贾铁馨眼光锐利逼人道：“你问我？我在问你！”梁月鹏不自然地笑了一下，说：“如果我没拿，又怎讲？”贾铁馨说：“你别同我来这一套，‘坦白从宽，抗拒从严’！”梁月鹏疑惑道：“我偷你钱了？是吗？”说着脸色认真了起来，走到大衣橱前，不觉摸了一下里面放钱包的那扇门，忽然想了起来，一转身对贾铁馨气愤道：“上次临去进货，贾铁芳向你借一千块钱你可记得了？”贾铁馨一时噎住。

次日早晨，贾铁馨挎着皮包，来到自己店门口，习惯地往两边的“衣篱”看了看，过来伸脚踢了踢伸到自家这边来的王世芳家的衣架子两脚，同时出语伤人道：“小腿伸得再长账都够还一辈子的。”那边王世芳搭腔了：“对哟，小腿伸得再长都生不出来哟。”贾铁馨一下子被激怒道：“妈的！你就是我生的，我生一个大丫头！”那边也被激怒道：“把你胀死掉哩！把你胀得眼往上直翻！”贾铁馨改变了话题，不间断地诅咒起来：“浪都浪到县城来了！在乡下浪不够，往县城浪了！”张嘴往手掌上啐了一口，两手搓了搓，然后往脸上揉，像是搽粉，“呸，这气味真难闻！”又皱了皱鼻子，“在乡下跟一个瘸子浪！浪到最后还被瘸子一脚蹬掉了！丑啊，丑啊，没人要了，又来找我大哥……”与此同时，那边王世芳拔高嗓子，声音陡然变粗像牛吼似的：“淌不下来！淌不下来！搞多了！搞多了！一辈子跟几个男人！一辈子跟几个男人！”这时，梁月鹏来到贾铁馨跟前制止，但无效，又认真地想了想，还是走了。张华脸上故作焦急、难堪，却幸灾乐祸地靠着自家的“衣篱”谛听着。贾铁权手拎一条二三十斤重的大鱼，派头十足地走来，看了看，又转身走了。贾铁钱端着茶杯无所谓地看着，转悠着。小陈、唐文清、唐文清老婆等忙于在贾铁馨、王世芳之间敷衍。慢车道上看客如堵！贾铁馨又来了劲：“妈的！缠！缠！不缠他妈的不是人养的！”手拿着衣叉子往地上直打，像是要冲过去的样子！王世芳的声音弱了下去，还逞强道：“缠，哪个怕缠？……”这时，贾铁芳挎着小皮包赶到，说道：“怎搞的？怎搞的？大家不要在这看，哪家不吵不争的？一早上吵什么吵？”贾铁馨一见贾铁芳，说道：“贾铁芳！把那一千块钱还给我！”贾铁芳一愣神，马上嘴硬道：“我什么时候借你一千块钱？什么时候借你一千块钱？”贾铁馨一见如此，一下子火了：“妈的！上次临去进货借的！梁月鹏还在跟前！”上去就要和贾铁芳厮打。小陈、唐文清等赶忙拉开。梁月鹏气愤地对贾铁芳说："这是事实！亲姊妹怎能这样?!"贾铁芳两眼一眯，双眉都弓成弧状，对梁月鹏说："你算什么东西？拿条子来！"说着被唐文清拉走了。梁月鹏语塞，脸红。贾铁馨走向自己店里，一边骂着："贾铁芳你这样我俩歇不掉！卖肚皮子也不能在自家卖！"贾铁芳在那边反咬一口的声音："谁卖肚皮子？你卖肚皮子？夹着门缝日，梁月鹏早上来开门手纸还夹在门缝里。"贾铁馨火上被浇油，双手直拍得震天响，咒骂道："卖肚皮子！卖肚皮子！和野男人鬼混，给自己男人抓到三次，把银行款一提就要跟丈夫离婚！活不要脸！活不要脸！"张华靠在自家的"衣篱"边真的难堪起来，身子软软地滑了下去！慢车道上看客如堵！这时，贾钢洋来到贾铁馨面前，威严道："可打条子的?"贾铁馨无语。贾钢洋说："没打条子就什么都别讲了！"

哇！这些女人吵起架来，她们的男人就要遭殃了，因为男人戴过绿帽子就悄悄地将它藏起来了，而这些女人一吵起架来，就像翻找到陈年的旧衣服似的，抖落个不停，把她们男人的心直抖得够呛。

看客们渐渐散去，有的还不时回头看看，大有意犹未尽之态。

下午贾铁馨上厕所，走在细巷里碰到父亲贾钢洋，贾钢洋告诉她："别老想那一千块钱了。这一千块钱在你身上，在贾铁芳身上，不都是在我们贾家吗?"贾铁馨面无表情，很平静，也没言语。

二十一

约莫又过了一个月，春天来临。一年之计在于春。这日夜晚，贾铁馨挎着皮包走进家门，梁月鹏迎了上去，把贾铁馨的皮包接了过来。贾铁馨说："我爸讲，我这不能生育看能不能再到医院治一治，说不定能治好哩。"梁月鹏一听，兴奋道："好，去哪儿治？在县医院治?"贾铁馨说："到省立医院治。"梁月鹏突然有了主意，说："这样，去滨江军区总医院治，我一个朋友在当院长秘书，是对越自卫反击战老山作战一等功臣，他在部队的时候我去过，他人好得很，是我们光明人！"贾铁馨说："我说吧，你还是想要孩子吧，说到孩子你两眼都放光，还口口声声说有孩子没孩子无所谓，就看中我这个人，狐狸尾巴露出来了吧?”梁月鹏急切道：“哪是的? 不是你讲要去治的吗?”贾铁馨从梁月鹏的急切中看出梁月鹏的真心，于是笑道：“明天就走。说不定能给你生个儿子哩。”梁月鹏笑道：“那我也能当爸爸了!”接着说道，“你不就是长了个子宫肌瘤吗? 把这个肌瘤拿掉不就行了吗?”

乡间公路上，各种车辆在行驶。一辆公共汽车车厢内，梁月鹏与贾铁馨依偎地坐在一起，贾铁馨一头扎进梁月鹏怀里，梁月鹏伸手揽着，爱惜地抚摸着她的头发。贾铁馨不老实，一只手就势伸进梁月鹏的裤腰，摸到了梁月鹏的生殖器，抓着，梁月鹏的阴茎不禁硬了起来。

滨江军区总医院大门口，梁月鹏和贾铁馨各自挎着包，巡视着走来。一个年轻英俊的军官，一身戎装，正往里走，梁月鹏跑过来，喊道：“许在然!”该军官就是许在然，回头，认出了梁月鹏，停下脚步，从容地露出笑意，和蔼道：“梁月鹏，你怎么来这儿? 来看病的?”梁月鹏指了指贾铁馨道：“她来看病的，我老婆，我们在桃源开服装店。”许在然说：“噢，你也经商了。”转而对贾铁馨，“你好。”贾铁馨微笑道：“你好。”许在然对梁月鹏说：“好家伙，娶了一个漂亮老婆!”梁月鹏有点不好意思道：“她长了个子宫肌瘤，不能生育，看能不能治好。”许在然说：“你们先过去挂号，我先到办公室去一下，然后我去找你们。”梁月鹏感激道：“好好。”贾铁馨高兴道：“你先忙吧。”许在然友好地转身走了，刚走两步，又停下，回头嘱咐道：“专家门诊如果不好挂，我来帮你们挂。”梁月鹏、贾铁馨感激道：“好好。”

检查室里，贾铁馨脱了裤子，裸着下身，将裤子递给梁月鹏，然后立在一个仪器上接受检查。一个女医生通过仪器观察着，说道：“输卵管一侧通，一侧不通，一般来说这不影响受孕。”

专家诊室，一女专家把片子娴熟地插在墙壁光亮处，指着片子对坐在一旁的梁月鹏和贾铁馨解说道：“这个阴影是子宫肌瘤，很可能就是它导致不孕。”说完把片子拿下来，递给梁月鹏。梁月鹏与贾铁馨相互看了一眼。女专家拿起一张报告单看了看，对梁月鹏说：“你这精子成活率勉强达到正常值，从这七项标准综合来看，她不孕可能与你有关。”贾铁馨惊诧地问女专家：“他也有毛病?”女专家对贾铁馨说：“是的，从指标上来看不是太乐观。我建议，你先做一个子宫肌瘤切除手术，然后再观察能不能受孕。如果子宫肌瘤切除了还不能受孕，”转而对梁月鹏，“你就是怀疑对象之一。”贾铁馨疑问道：“那我要住院吗？”女专家说：“是，住院部提供炉子，可以自己做点吃的，家属要精心服侍。”

贾铁馨和梁月鹏为了省钱，住在一家破旧小旅社。检查结果出来后，贾铁馨回到旅社坐在床沿哭泣起来。梁月鹏挨着她坐下，劝说道：“别怕，这手术也不是什么大的手术。”贾铁馨泪涟涟道：“这还不大呀？都在下面开刀了还不大呀？你还想让我做多大手术啊？把我动手术动死掉了你就可以分我的家产了。”梁月鹏纳闷道：“你……我为了谋财来害你的命？”贾铁馨说：“你不趁这个机会你哪有机会分我的家产呢？”梁月鹏急切道：“这样好不好？你拿刀把我肚子剖开，看看我的心是不是黑的？”贾铁馨又从梁月鹏的急切中看出梁月鹏的真心，于是笑道：“书呆子，经不住讲！我明天住上院之后你就回去，把我准备动手术的情况对我爸讲一下，然后把贾铁香带来，让你们俩在这儿服侍我，烧好吃的给我吃，从家里把菜刀也带来，砧板就不要带了，在这儿买一个。”梁月鹏释然道：“好，这还差不多。”贾铁馨又疑问道：“贾铁香来了，她晚上睡哪儿？病房也不准睡。”梁月鹏说：“住旅社，这不好办吗？”贾铁馨看着梁月鹏道：“你俩不准住一起。”梁月鹏笑道：“我也没想到和她住一起啊，她是你妹妹，我敢想吗？”转而说道，“我明天顺便去一下滨江电影制片厂，不耽误时间，从那儿直接去车站乘车回桃源。”

次日，贾铁馨住上院后，梁月鹏乘市内公交首先去滨江电影制片厂。滨江电影制片厂不在马路边上，而是在马路边上醒目地插着一块“滨江电影制片厂”的厂牌。梁月鹏来到厂牌跟前，定定地看了一会儿，心中充满向往之情，然后，他顺着箭头指的方向来到滨江电影制片厂大门口。梁月鹏从包里掏出一个档案袋，对门卫说要投稿，门卫说：“已经下班了。你投稿十有八九是石沉大海，这我也不是打击你，是事实。”这时，一个穿着黑色T恤衫、长相敦厚的男青年从厂里出来，朝一边走去。梁月鹏看着这个人，追着他，搭讪道：“同志，我有一个电影剧本，想投稿。”男青年回头，停住脚步，温和道：“你写的什么剧本？”梁月鹏说：“叫《还我红五星》。”说着从档案袋里抽出手写稿电影文学剧本《还我红五星》递给男青年，男青年接过翻看了起来。梁月鹏恭敬地站在跟前等候着，不时看一眼男青年。男青年翻看了几页后，合上，还给梁月鹏，说：“现在是这样，我们厂里也没钱，有资金才可以考虑拍摄，你看你能不能搞到资金？”梁月鹏摇摇头道：“我搞不到。”男青年掏出一张名片给梁月鹏，说：“这是我的名片，我们保持联系，你文字和剧作基础应该有了。”一边和梁月鹏握了一下手，便走了。梁月鹏看着男青年的名片：

滨江电影制片厂

刘艳生编导

然后郑重地装进衣兜里，转身走去，没走几步，又回头盯了一眼大门边富丽的“滨江电影制片厂”厂牌。

梁月鹏投稿不成，但认识了电影厂一个编导，得到他一张名片，这也算是一个重大收获，何况编导肯定他有文字和剧作基础呢？

梁月鹏当晚回到桃源，在贾钢洋家，与贾钢洋、贾铁香、小杨围坐在桌边喝酒、吃饭。贾母坐在高高的后门槛上看电视。贾钢洋对贾铁香说：“明天你和小梁一起去，贾铁馨和你走得最近。”说着看了看梁月鹏。小杨一愣，看了看梁月鹏和贾铁香，对贾钢洋说：“爸，要不我也去。”贾铁香一甩头道：“生意都不做了，要你去干吗？”小杨不吭声了，端杯喝酒。贾铁香说：“梁月鹏，菜刀你就不用带了，我来带我家的，我用惯了。”

行驶的公共汽车上，梁月鹏和贾铁香依偎地坐在一起；滨江大街上，梁月鹏和贾铁香手拉着手走着；滨江军区总医院病房里，夜晚，梁月鹏和贾铁香一起离开，与穿着病号服坐在床头的贾铁馨话别，他俩刚走出医院，便热烈相拥；旅社内，夜晚，梁月鹏和贾铁香睡在一个被窝里……

小杨骑着自行车，一只手握着车把，另一只手握着一把菜刀，神情不安、情绪激动地驶来。桃源汽车站，梁月鹏和贾铁香开始往车上走。原来，那些是小杨的想象。梁月鹏坐下，见身边有一个空位，便扭头喊贾铁香：“贾铁香，这里有一个空位。”只见贾铁香已在后面坐下了，贾铁香说：“我这有位子，不用了。”车上，人已上满，司机扭头看了看车厢已满，开始发动汽车。“贾铁香！贾铁香！贾铁香！”小杨喊着，骑着自行车驶来，举着菜刀。梁月鹏往车外看去。小杨已到汽车下面，递菜刀给贾铁香，说：“你刀忘了带了，害得我跑一趟。”贾铁香接过菜刀。小杨说：“梁月鹏呢？”说着看到了坐在前面的梁月鹏，梁月鹏向小杨挥挥手。小杨对贾铁香小声道：“该讲的我都讲过了。”贾铁香故意气小杨道："马上我就和梁月鹏坐一起，到滨江和他一起逛公园！"小杨涨红了脸，转身骑车而去。

贾铁馨穿着病号服坐在床头，梁月鹏、贾铁香站在床边。许在然走来，说："梁月鹏，来来来，你来代表家属签字。"梁月鹏有点紧张，对贾铁馨和贾铁香说："这字让贾铁香签吧。"许在然笑道："你是她配偶，当然由你来签。"拉着梁月鹏就走。来到过道，梁月鹏停住，偏着脸、小声地对许在然说："我老婆她离过婚，她前夫生育没问题，那是不是我的问题？如果是我的问题，她这个手术是不是就不要做了？"许在然微笑道："那要看她和她前夫有没有生孩子？"梁月鹏脸都涨红了，说："没有。"许在然说："对呀，她前夫生育没问题，她和她前夫又没有生孩子，那不就说明她有问题嘛，她的问题很可能就出在子宫肌瘤上，所以要动手术切除子宫肌瘤。现在你们考虑着，动手术的决定权在你们手里，如果有后顾之忧，或者也不是太坚定非要孩子不可，干脆就不做手术。"梁月鹏犹豫道："如果子宫肌瘤切了还不能怀孕，那不是白切了吗？反正她这个是良性肿瘤。"许在然耐心道："没错，医学上是不会给你作保证的。"一个女大夫走过来，看着梁月鹏对许在然说："我刚才看了一下他爱人，她的发质和一般人不一样，她有可能是雄性激素过高抑制了排卵。"说完就走了。许在然友好地对梁月鹏说："动还是不动手术，决定权在你们。我先过去了，有事随时找我。"梁月鹏感激道："谢谢！"许在然转身走了。梁月鹏转身回病房，来到贾铁馨床位前，对贾铁馨和贾铁香说："我看还是不动手术了，第一，动手术有风险；第二，动了手术还不能保证就把问题解决了。"贾铁馨一跃而起，高兴道："回家！受这个窝囊罪！这几天耽误了我多少生意！"

乡间公路上，各种车辆在行驶。一辆公共汽车车厢内，梁月鹏、贾铁馨、贾铁香轻松快乐地坐在一起，梁月鹏腿旁的包里装着带来的那把菜刀。

二十二

梁月鹏的生活有如这台非自动双缸洗衣机，在不停地运转。洗衣机旁，梁月鹏用搓衣板在一个大红塑料盆里搓洗贾铁馨的花短裤，旁边还有胸罩和袜子。梁月鹏发现了什么，抬头看了看门口，只见贾母伸了一下头。梁月鹏惊喜地站起来，招呼道：“妈。”贾母夹着一个布袋子走了进来，梁月鹏让座，贾母坐了下来。梁月鹏继续搓洗花短裤，有点不好意思。贾母从布袋子里掏出两件男上衣和一条男长裤，说：“这是你爸的，让我拿过来给你洗一洗。”梁月鹏受宠若惊道：“我爸的？”站起来拿过衣服放在洗衣机里洗，然后又坐下来搓洗花短裤。贾母掏出一支香烟，点燃，抽了起来。梁月鹏没有平静下来，反复搓洗着花短裤。贾母看着，叹了一口气道：“我们家儿子儿子当家，丫头丫头当家，都是狠种。你念过些书，让着铁馨一些，她没有坏心，就是那种驴脾气，‘拉着它倒退，赶着它尥蹶子’。”梁月鹏搓洗起胸罩来，一边说：“还行，还行。”贾母吐了一口烟，说：“你在这里，是委屈了点，怎搞呢？碰上了。铁馨再不成器，我们临死的时候也会有个交代，让你有个生活。”梁月鹏一心在搓洗，没注意贾母的讲话内容。

下午衣服就干了，梁月鹏把贾钢洋的衣服郑重地叠好，装进一个方便袋子，蛮有成就感地带到店里来。贾铁馨笑吟吟地迎上来，说：“小伙子把我爸的衣服都洗了，不错不错。”接过鼓鼓的方便袋。梁月鹏高兴道：“做饭洗衣都是小事，主要是我以前没做过，进货开店我学学也会干。”贾铁馨欣赏地看着梁月鹏道：“你要能进货开店我就不干了，我来伺候你，我们开店都开够了。”

一时间，梁月鹏和贾铁馨情投意合，晚上在住房里成功地行了房事之后，俩人赤裸着身子瘫在床上，在谈心呢。贾铁馨喃喃道：“刘三柱和我结婚六年，怎能没有感情呢？他有的时候从我店对过的马路边上走，往这边看，那种感觉就很那个。现在离了就不是夫妻了，听说他马上要去东北做生意，他大哥在东北……”梁月鹏说：“他有一个儿子了吧？”贾铁馨说：“不就是在肚子里装了十个月吗？以后我们抱一个是一样。我有个表嫂在县医院妇产科当医生。我要是能生，和刘三柱也不得离。”

次日中午，梁月鹏骑着自行车来到店门口，停下，从车前网兜里拎出一大一小两个保温饭盒，送了上来，见贾铁香从店里走出来，正准备招呼，贾铁香却一扭头，拐弯走了。贾铁馨拿过饭盒，分别揭开看了看。大饭盒上端的菜碟子里盛着土豆红烧肉，下端是米饭，小饭盒里盛着青菜鸡蛋汤。贾铁馨质问道：“十块钱一顿就烧完了？猪肉只能用掉半斤，土豆、青菜都便宜，一个鸡蛋……”贾铁芳过来站在旁边看着。梁月鹏恼羞成怒道：“现在东西涨价了，还剩一块多钱。”把零钱往地下一洒，走了。

街上正响亮地放着叶倩文演唱的歌曲《潇洒走一回》，梁月鹏一脸怨愤地走在街边上……

梁月鹏一脸怨愤地回到住房门口，开了门，进去，和衣倒在床上，睁着眼。不一会儿，突然传来开锁的声音，梁月鹏一惊，一骨碌爬起来，只见贾铁馨凶神恶煞似的走来，一伸手抓住梁月鹏的衣领，说：“贾铁香说你想篡党夺权！穷光蛋还想进货开店？苍蝇在我眼前飞过我都知道公母！就你还想骗老娘？哼！”梁月鹏感到纳闷，想挣脱却挣脱不了，软中带硬道：“你有话好好讲！我什么时候骗过你？我有没有藏过你一分钱？”贾铁馨说：“还在老娘跟前耍威风！把钱一洒给谁看？”梁月鹏一下子被激怒了，拔高了嗓音：“就是洒给你看的！你是你爸的老娘！”贾铁馨伸手打了梁月鹏一个响亮的嘴巴，接着扑向梁月鹏，俩人跌倒在床上。贾铁馨一口咬住梁月鹏的一只胳膊，梁月鹏挣脱着，大声道：“你发疯了！你发疯了！……”贾铁馨松开口，发疯似的说：“敢同老娘耍，我咬死你！”梁月鹏看着贾铁馨变形的脸，有点害怕道：“你狠，我让你，好吧？”起身到墙角拎出来一个已装满的大旅行包，就要走。贾铁馨起身又扑向梁月鹏，俩人扭着又跌倒在床上。贾铁馨伸着嘴左右乱咬，梁月鹏推挡着，避让着。贾铁馨趁梁月鹏不注意，伸嘴咬住梁月鹏的另一只胳膊不放。梁月鹏挣脱着，情急中伸手拿起床头柜上的一个瓷娃娃，往她头上一敲。贾铁馨松开口，头一歪，伏在床上不动了。梁月鹏站起来，拎起大旅行包便跑。

梁月鹏拎着大旅行包慌张地走在细巷里，不禁回头望了望。他又走到另一条路上，见一辆三轮摩托篷车迎面驶来，便招手，车停，梁月鹏钻了进去。

梁月鹏乘坐的三轮摩托篷车向梁月芹家门口的马路上驶来。梁月鹏坐在车里，回头看了看，急切道：“就在这儿停，我下来拿钱给你。”车停，梁月鹏下来，拎着大旅行包往梁月芹家走去。梁月芹坐在客厅一个大红塑料盆跟前，用搓衣板在盆里搓洗衣服。梁月鹏拎着大旅行包穿过客厅，直往卧室里送。他把大旅行包放在挂满衣服的衣架子后面，然后走了出来。梁月鹏回转身从进门的角度往大旅行包看去——被遮住了大半，还露出来一部分。他又到衣架子跟前，从衣架子上拿一件衣服把大旅行包盖严了，然后才放心地走出来。梁月鹏对梁月芹说：“快拿两块钱来，付马自达车费。”梁月芹起身从衣兜里掏钱给他。梁月鹏说："我的包放在大衣架子后面。"梁月芹看到了梁月鹏的伤胳膊，问道："你这胳膊又怎搞的?"梁月鹏没有来得及回答，拿着钱跑向没有熄火仍在咚咚响的马自达跟前，递钱给车夫，然后转身回到梁月芹家客厅。梁月鹏对梁月芹说："我这次决定走了！"梁月芹说："你往哪儿走呢?"梁月鹏说："海南岛，第二批开放特区！"梁月芹说："这次吵架又为什么呢? 二哥借她的钱已经还了八百了，是不是为了那四百块钱还没还?"梁月鹏说："不是。也不为什么，讲不清楚，反正她头脑不对劲。"梁月芹说："这次你怎想起来带衣服了呢?"梁月鹏微笑道："衣服我早就装在包里了，一吵就走，不然我下不了决心离开她，觉得丢下她一个人怪可怜的。"梁月芹气愤道："还想着她可怜?! 你一分钱没有才可怜！"听到马自达响，梁月鹏起身走到门跟前，探头望去——不远处，一辆马自达停下，贾铁馨下了车。梁月鹏惊惶道："贾铁馨来了！"说着跑向后门，溜了。梁月芹迎了上来，说："三嫂子，来搞甚个?"贾铁馨走进来，强作笑容道："月芹，你三哥刚才可来的?"说着就在屋里寻找起来，又进卧室。梁月芹跟了进来，说："你们又吵架了? 这次他没来。"瞟了一眼衣架子后面，一点都没露出来大旅行包。贾铁馨看了看，没发现什么，转身回到客厅里。她在一条长板凳上坐下，愣愣的，什么也没说。过了一会儿，她站起身就走了。

梁月鹏溜到了三狗子妈的家，三狗子妈招呼梁月鹏坐。梁月鹏仓促地对三狗子妈说明在家与贾铁馨打架之事，三狗子妈教训梁月鹏道："人常说'不识字识事'，你光识字，不识事，也是枉然。"梁月鹏听不进去，站起身告辞了。

梁月鹏在外面转了好一会儿，然后靠近梁月芹家后门，见梁月芹出来，便向梁月芹打着手势，梁月芹大声道："她已经走了！"梁月鹏这才放心大胆地走进梁月芹的家，拿了大旅行包，回老家。

乡间公路上，一辆公共汽车在行驶。窗外的田野向后退去，车厢内，梁月鹏坐着，腿跟前放着大旅行包，两只胳膊上的伤口血肉模糊，已凝结了。

在梁月国家，梁月国拿着梁月鹏的一只伤胳膊看着，又看了看另一只伤胳膊，竟笑道："刻了两个钢印。"梁月鹏笑嘻嘻道："她就像疯狗一样。"梁月国妻在一旁一边忙活一边插了一句："你这么大人怎搞被她咬成这样?"梁月鹏欲言又止。梁月国笑嘻嘻地看着妻子，说："月鹏太善了，她嘴一咬上恐怕还不忍心打她，她不就多咬了一会儿，咬成这样。"妻子咕嘟着嘴道："哎哟，还善！谁让他善的？”

在梁月洲家，梁月洲和抱着一个婴儿的妻子看过梁月鹏的伤胳膊后，梁月洲对梁月鹏说：“你定准和她歇，就此了断，她那头脑子没个准。”妻子笑吟吟道：“你讲得这样轻巧，一日夫妻还百日恩哩，哪能这样容易就歇掉？”梁月洲说：“还有四百块钱没还她，给你做路费，在外头拾破烂都不要回头！”梁月鹏说：“二哥，这次我去海南岛，我一个同学的哥哥在那，重庆建筑工程学院毕业的，电话号码我已经搞到了。”

在老家堂屋，母亲对梁月鹏说：“你又要出去，上次去青溪被搞进去了，你可记得了？”梁月鹏不耐烦道：“动不动就讲那个。这次去海南岛，我有个同学的哥哥在那边，建筑大学毕业的，临时在他那待几天，找到工作不就行了吗？”母亲说：“我看你怎搞哟？‘文不能安邦，武不能定国’。跟长春去江中，干个半年给这个狐狸精迷回来了，不能生不能养的，哪行呢？长根比你就大一岁都两个儿子了，你现在还是一条汉子。”梁月鹏说：“妈，明天我到开化那里去一趟，我想和他一起去海南岛。”母亲说：“开化有正式工作，他跟你去？”梁月鹏说：“他在乡中，也没什么出息，就和我们农村一样，就是不干农活呗。”

次日，梁月鹏去了梁开化任教的乡中。正是放学的时候，梁月鹏和梁开化在校园里情投意合地边转悠边谈话。梁开化大咧咧道：“我正想去！不到外面闯一闯，这一辈子还白活了！”梁月鹏说：“你在市教院进修又拿了个大专学历，比我工作好找多了，海口那边肯定发达得不得了！”梁开化说：“那儿是天堂！市场发达，人员流动性大，生活节奏快，城市建筑恐怕都是一幢幢现代化的大楼……”说着就像自己已经置身其间似的。梁月鹏也神往道：“那湛蓝的大海，还有那椰子树的热带风光，我们初中那地理书上不是有椰子树的插图吗？”梁开化回到了现实，说：“我来搞一个病假条，请一个学期病假，然后我俩就走。”梁月鹏上下看了看梁开化穿着不讲究的样子，说：“我这儿有钱，到县城给你买一套新衣服，你再换一条新牛皮裤带，这样你就像个白领的样子了。”梁开化笑嘻嘻道：“白领？那好，我俩钱搁一块使。”梁月鹏高兴道：“那当然了，我俩还分什么你我？”

梁月鹏和梁开化各自骑着自行车，飞快地行驶在乡间公路上。梁开化穿着一身新衣，衬衫下端勒在新皮带和裤腰里面。梁月鹏说：“第一批开放特区现在应该被占满了，我们去第二批开放特区，开化，你觉得我这想法怎样？”梁开化说：“月鹏，你江汉联大没上亏掉了，不然哪会碰到贾铁馨呢？”梁月鹏说：“无所谓，不上联大正好让我在社会这所大学里锻炼锻炼，大文豪高尔基不是写出了《我的大学》吗？”车轮滚滚，俩人骑车消失在公路尽头……

汽笛长鸣，行驶的列车里，梁月鹏和梁开化坐在一起。梁开化心情沉重道：“月鹏，我们只剩一百五十块钱了，还要转两次火车，最后到广州乘轮船。”梁月鹏异想天开道：“没事，天无绝人之路，人间自有真情在。”

某火车站售票厅，梁月鹏在排队买票，梁开化拎着梁月鹏的大旅行包站在梁月鹏身旁。票贩子们在相互打闹，其中一票贩子看见梁月鹏前面一穿着连衣裙的姑娘，走到她身后，伸脚踩了一下姑娘白亮的小腿，姑娘差点儿摔跤，回头责怪，票贩子嬉皮笑脸地跑了。梁月鹏和梁开化看在眼里，相互看了看。

某公园一角，梁月鹏和梁开化各自躺在一个条凳上睡着了。一个小偷走过来，看了看，来到梁开化跟前，伸手欲取梁开化衬衫胸部口袋里的纸币，手指已碰到纸币了，就要往外抽，梁开化惊醒，小偷缩回手，走了。梁开化坐起来，看着小偷走远了，起身来到梁月鹏身边，推醒梁月鹏，说：“刚才我们的钱差点儿被小偷偷掉了。”梁月鹏惊惧道：“怎么回事？”梁开化小声道：“小声点，赶快走！”说着把钱掏出来，把大旅行包拉开，取出一本《中国文学史》，将钱夹在书页里，然后将书装回包里，拉上拉链，梁月鹏拎起包，俩人匆匆走了。

夜晚，行驶的列车里，拥挤不堪。梁月鹏和梁开化挤在厕所边的车厢接缝处，挥汗如雨，大旅行包挂在壁上。一阵人浪涌来，梁月鹏和梁开化倒在旁边的人身上。一阵人浪涌去，梁月鹏和梁开化向另一个方向倒去。又一阵人浪涌来，他们向这边倒过来。又一阵人浪涌去，他们向那边倒过去。梁月鹏满脸大汗，皱着眉头道：“哎呀，受罪了，明早上九点到广州，这一夜怎过啊？”梁开化往自己脸上擦了一把汗，焦虑道：“从广州到海口乘轮船不知道要多长时间？”梁月鹏说：“最多一两天时间。”转而神往地，“就要看到大海了！”梁开化用手捅了捅梁月鹏，指着前方道：“你看那一男一女！”梁月鹏向前望去，只见一个年轻男子赤裸着上半身和一个长发年轻女子，背对着梁月鹏和梁开化这个方向，高高地坐在椅背上埋头搂在一起。梁开化又惊惧地看了看身边站着的一个留着平头、手执一根扁担的中年男子。梁月鹏站着闭目打盹，脸上汗珠滑落。梁开化瞟着身边手执扁担的平头中年男子，不禁打了个寒噤。车轮滚滚，列车的照明灯刺亮了黑夜，列车鸣叫着在黑夜里穿行！车厢里，梁月鹏坐在地上打盹，头上方的壁上挂着大旅行包。不远处，梁开化神不守舍地蹲靠着，不断地往车门跟前挪动。那一对男女依然搂在一起。那个手执扁担的平头中年男子依然站着。该列车和别的列车交错而过，一道强烈的光线伴着轰鸣声闪过。梁月鹏惊醒，试着躺倒睡，但实在没地方，便站起来，向别处走去。梁月鹏艰难地穿过挤满乘客的过道，来到一正式的乘客车厢，举目望去，只见人满为患，大都在睡觉，姿态各异，上面的行李架上也睡着人，但还有空子。梁月鹏向空着的行李架走去。来到跟前，梁月鹏抓住试了试，爬了上去，躺倒，还行，闭目睡了起来。车轮滚滚，列车在黑夜里穿行，该列车和别的列车交错而过。车厢里，一道强烈的光线伴着轰鸣声闪过。梁月鹏惊醒，睁眼看了看，不远处的行李架上的乘客正被乘警用皮鞭打下来。梁月鹏定了定神，悄然下了行李架。他艰难地穿过布满乘客的过道，来到车厢接缝处，看了看，大旅行包依然挂在壁上。梁月鹏扭头看梁开化，梁开化不在原处，梁月鹏喊了声："开化！"无人应答。梁月鹏走了几步，寻找起来，不见梁开化，寻思着："大概像我一样去别的车厢了，很快会回来的。"

次日早晨，天色微明，行驶的列车里，乘客纷纷从睡梦中醒来。坐在地上打盹的梁月鹏也睁开眼睛，左右远近看看，仍不见梁开化，心想："最后一步那就只有到终点站——广州站出口处把着，梁开化肯定跑不了。"

列车到达广州站，停住，乘客纷纷从列车上下来。梁月鹏拎着大旅行包东张西望了一会儿，不见梁开化，只得随着人流下车。梁月鹏下了车，仍东张西望着附近的几个车门口，仍不见梁开化。车上人几乎下完了，梁月鹏只有拎着大旅行包随人流而去。

出口处，梁月鹏走了出来，回身盯着出来的每一个人，看着出站的人走完，他转身便向车站广场看去，只见广场上到处是人，人声喧哗，一眼看不到头！有一般的讲话声，有孩子走失、家长撕心裂肺的喊声，车站广播里正在重复播送一则寻人启事……梁月鹏一时焦急，思念梁开化，泪水顿时涌出眼眶！他走到广播站窗口，热切地询问道："请问，播一下寻人启事要多少钱？"女广播员说："一次播五六遍需要五块钱。"梁月鹏弯下腰拉开大旅行包掏钱给女广播员，女广播员接过钱，递一张纸条给梁月鹏道："你写一下。"梁月鹏在纸条上迅速地写了起来，然后交给女广播员，女广播员接过纸条就真的播了起来：

“来自江汉省光明县下马乡的梁开化请注意，你的朋友梁月鹏在广播站窗口等你……”梁月鹏趴在窗口，满怀希望地看着广播员广播。广播的声音在车站广场上空飘荡：“来自江汉省光明县下马乡的梁开化请注意，你的朋友梁月鹏在广播站窗口等你，请你听到广播后立即到广播站窗口来，你的朋友梁月鹏在广播站窗口等你……”

已然是黄昏，梁月鹏面容憔悴，孑然一身，仍等候在广播站窗口。他看了看广场，广场上人已渐少。梁月鹏寻思着：“找梁开化已经无望。现在包里面只有八十九块钱，是继续去海口，还是打道回府？回桃源的家？和贾铁馨继续过日子？挨打挨骂但是不挨饿？不行！人不能没有尊严！继续去海口！已经逼近目标了，还能退却？”

华灯齐放，夜幕降临。梁月鹏拎起大旅行包，决然地向广场边的公交汽车走去。

广州大街上，各种车辆行驶着，两旁高楼林立，霓虹闪烁。一辆行驶的公交汽车内，一脸憔悴的梁月鹏看着窗外的花花世界，一幢高楼的外表自上而下镶着两行霓虹大字：

月是故乡明
水是故乡甜

梁月鹏拎着大旅行包，来到广州洲头嘴码头。晚上已经没有驶往海口的客轮了，得找个旅社住一宿，刚好跟前就有一家小旅社，梁月鹏赶快过去办了入住手续，付了十五元住宿费，然后拎着大旅行包住进一间三人客房，直奔一个空床位，把包往床边一放，疲软地倒在床上。梁月鹏很清楚，他现在还剩七十二块钱，去海口的四等舱船票就是九十四块钱，而且已经一整天没正式吃饭了，只是喝白开水和吃了两个不挡饿的软面包。俗话说：“上山擒虎易，开口告人难。”怎么好开口问人要钱呢？梁月鹏偷偷看了看另两个床位，各有一个年轻男子，其中一个个子高大，留着络腮胡子，他们刚吃过饭，脸上红扑扑的，在看报纸。等不及了，必须开口索要，于是，梁月鹏坐起来，看着他们，张口道，声音微弱：“请问两位……”那俩人根本没听见，仍看着报纸。梁月鹏丑得慌，干脆倒下身去，就势躺下。梁月鹏沮丧，惭愧，悔恨自己是窝囊废，要说就说，要不说就不说，说得就像蚊子嗡的一样，没出息。接着鼓足勇气又坐起来，看着他们，突然张口道："请问两位……"大高个络腮胡子转过脸来，问道："什么事？"梁月鹏一下子嗫嚅起来，断续道："没……没什么事。"叹了口气，又倒下身去，丑得无地自容，却急中生智，故作镇静地嘟起嘴，显得无所谓地小声吹起口哨来……

饥饿加上疲劳，梁月鹏这一夜睡得还不错。次日早晨起来，洗漱毕，他便顺手抄起一张那俩人看过、被弃置在一边的报纸，出来问询一下吃早餐的地方，没几步便来到一家整洁的餐厅。那俩人在此吃早餐，快要吃完了。梁月鹏拿着报纸，故作庄重地走了进来，看了看，到一个空桌位坐下，看起了报纸。那俩人站起来走了，剩下两个肉包子在碟子里！梁月鹏窃喜，捧着报纸，眼睛却在瞟那俩人和剩着两个肉包子的餐桌子，判断着那俩人和剩着两个肉包子的餐桌子之间的距离。那俩人已经不在视野了。梁月鹏迅速走到那张餐桌旁坐下，伸手拿起一个肉包子一口吃了下去，一边用报纸遮着脸。临近的一张餐桌旁的一个小姑娘指着梁月鹏，对父母亲说："爸爸妈妈，那个叔叔吃别人剩下的包子。"梁月鹏听见，倏地站起身就走，丢下一句："我们一块的。"伸手拿起另一个包子，嘴里嚼着第一个包子，走了。

梁月鹏嘟着嘴小声地吹着口哨，回到客房，见那俩人在收拾行李，便向他们自然地开口道："请问你们也是去海口？"那俩人抬头看起梁月鹏来，说道："是啊。"梁月鹏觉得大高个儿络腮胡子可能比较豪放，乐于施舍，便对大高个儿络腮胡子说："哎呀，我昨晚上没好开口，海口我有个亲戚，让我去他那儿，没想到钱花冒了，买船票不够，到了海口我让我亲戚过来还钱给你们，不耽误你们。"大高个儿络腮胡子直爽道："缺多少钱？不用还了。"梁月鹏说："二十二块钱。"接着小声补充道，"要不添五块，二十七块。"大高个儿络腮胡子已掏出钱来给梁月鹏，说："二十二块。"梁月鹏接过钱，不满足却又满足道："谢谢。"

正好九十四块钱，买了一张四等舱船票，加上吃了两个肉包子，梁月鹏较有精神地登上了驶往海口、蔚为壮观的"玉兰号"客轮。开始，轮船是在珠江口航行，水较浑浊，不多久，"玉兰号"便驶入青黑色的大海。四等舱里，是一张张双层架子床，住满了乘客。中午又没吃，梁月鹏睡在二层上，不禁难受地呻吟："哎——哟，哎——哟，哎——哟，……哎哟！"爬了起来，踉跄地下床，下层躺着一个不挨饿的漂亮少妇。漂亮少妇随口说了一句：“呀，娇娇公子。”梁月鹏没有回应，却满怀着对漂亮少妇的无限眷恋，踉跄地走了。

梁月鹏踉跄地登船梯、出舱，踉跄地来到船舷边，望着青黑色的大海，实在站立不稳，便蹲下身来。一个不挨饿的肥胖的旅游者拿着相机对着大海在一边拍照，一边嗓音浑厚地说道：“大海啊，一望无际!”梁月鹏扶着栏杆，难受地望着远方，只见群岛呈红褐色断续地点缀在大海里，近处有海鸟在不挨饿地飞翔……梁月鹏站起身来，打了个趔趄，又踉跄地回到四等舱，爬上架子床二层，躺下，迷迷糊糊地睡去……

要在船上过一夜了。真是饿得不行，已经过去的四十个小时里只吃了两个不挡饿的软面包和两个别人剩下来的肉包子，白开水有的是。现在除了这一身和包里的几件衣服之外，真是彻底的无产阶级了，身无分文。无产阶级是伟大的，那么梁月鹏现在就是伟大的，可谓伟大无比。梁月鹏甚至觉得有些陶醉，陶醉在无产阶级这一伟大的光环里。他不憎恨周围吃饱的人们，冥冥中他觉得他们的幸福与他的受难有关，或者说他挨饿受难是为着他们的幸福的。他还为自己挨饿受难感到一丝庆幸，庆幸的理由是先受苦难，后来必得幸福，等等。次日一早，天没亮他就起来了，从舱内转到舱外，他要趁着天没亮光线黯淡向人讨钱吃饭，船上最便宜的早餐是六块钱一大碗牛肉面，他开始向一个中年男人讨钱，这个男人一口的奥语腔，非常精明的样子，听出他的意思后就不睬他了。他要抓紧时间讨钱，天一亮，人一多了，讨起来就很难为情了。他又向一个大学生讨钱，那个大学生善良地从裤兜里掏出五块钱给他，但是最便宜的早餐牛肉面还是吃不上，因为还差一块钱，他便向餐厅工作人员解释，给他盛少一点，最后工作人员同意了，他美餐了一顿。当他吃完牛肉面再次走向船舷的时候，他开始有精力和兴趣欣赏大海了，突然他身边有个少女天真地喊：“妈妈，你看那椰子树，海南岛到了!”而后梁月鹏登上了海口，联系上了他同学的哥哥，一开始他同学的哥哥就友好地给了他两百块钱做零花钱，接着在同学的哥哥那儿吃住了半个月，却因为没有大专或以上学历找不到白领的工作，别的活他又干不来，于是乘大轮乘火车千里迢迢又回来了，回来的路费显然又是他同学的哥哥的，还在那儿把同学的哥哥的一辆自行车给弄丢了。大海依然湛蓝，海南岛椰子树依然，《我爱五指山，我爱万泉河》的歌声依然流传，他回来了，他算是失败而归，还是得胜凯旋呢？他不认为是失败而归，仿佛是得胜凯旋，因为他经历了一些苦难，因为他觉得经历苦难本身就是收获，苦难突出收获就大，这不是凯旋吗？按照这个逻辑，寻求和感受苦难就成为生活的目的和意义了，荒唐吗？

二十三

可是梁开化哪儿去了？很土气的梁开强妻袒胸露乳，安闲地坐倚在大门边给怀中婴儿喂奶。大门外面开阔的地面上，梁开强和梁月鹏在站着讲话。梁开强努力寻思道："开化是到哪去了呢？快到二十天了，一点音信都没有。"梁月鹏真诚道："我在广州火车站广播站播了十五六遍，在那儿等了一个白天，到晚上我只有走了。"梁开强说："这不可能怪你，他这么大人了也不会迷路的。"梁月鹏说："他身上一分钱都没有，我们的钱全在包里面装着，他的身份证和大专毕业证也在包里头。"

母亲为此埋怨梁月鹏道："你这一趟跑掉四百块钱不讲，还把开化跑丢了，我讲话你也不听。"转而说，"铁馨来找过你一趟，在你大嫂家吃了一顿饭，你大哥买的啤酒，你大嫂讲等你回来了，她和我一起送你回去。"梁月鹏巴不得道："好，我正愁一个人不好回去。"母亲说："你正愁一个人不好回去，你这性子能不能收一收？以前去青溪被逮起来了你都不记得了？月鹏啊，你也不小了，已经二十六岁了，也该长长记性了，你这样到处跑，跑到哪年是个头哩？"

梁月鹏一个人回桃源确实有损面子，这不，由大嫂和母亲护送回来了。大嫂和母亲坐在贾铁馨店里，贾铁馨在卖衣服，梁月鹏在帮着拿衣服。生意做成了，顾客走了，贾铁馨高兴道："妈、大嫂子，月鹏要是安心地和我在一起做生意，不搞那个剧本剧本，我这个店挣钱垫棺材底子？还不是为这个家？前两天我爸给我看了一套房子，准备花三万块钱买下来，不能一辈子就租房子住哎。"大嫂欣赏地看着店内店外，赔笑道："那当然了！有这个本事开这么大服装店，还能把钱给外人使？不都是在自己家里头？买新房子还不是自己住，还能给外人住？”母亲教训梁月鹏道：“就在这街上站个店，你大姨娘和月芹都在这了，还有甚个不满足的？”梁月鹏站在一边笑嘻嘻的，贾铁馨故作娇嗔地白了梁月鹏一眼。

当晚，大嫂和母亲理所当然地被留下来喝酒、吃饭，气氛自然热烈。大嫂脸已泛红，酒兴正浓道：“铁馨！我可是你大嫂子？”贾铁馨笑吟吟道：“是啊，你怎不是我大嫂子呢？”大嫂说：“我既是你大嫂子，你就要听我一句话，你先把你那一杯财气酒喝干，我妯娌俩……”说到这儿笑了一声，“再喝两杯酒，今晚就结束，下次你到我家我俩再喝！”梁月鹏和母亲附和地笑了笑，母亲说：“铁馨，你就听你大嫂话，先把这一杯喝干。”贾铁馨端杯一饮而尽。

大嫂这趟送梁月鹏来还有一个目的，就是借钱。晚餐后，大嫂把梁月鹏偷偷拽到山墙外，对梁月鹏悄悄道：“月鹏，从铁馨那儿转个五百块钱，花生干了卖掉就还给她，你看可能讲？”梁月鹏笑嘻嘻道：“不可能，我刚花掉她四百块钱，她心还在疼。”

大嫂和母亲走了。身体丰满、白皙的贾铁馨坐在客厅大红塑料盆里抹完澡，站了起来，脸上红扑扑道：“梁月鹏，来呀！我要你！”梁月鹏赶忙从卧室跑过来，愣愣地看着她的裸体。贾铁馨风情道：“傻瓜！快去把衣服脱掉，把我抱到床上！”梁月鹏回卧室脱了衣服，赤裸着身子走来，搂抱起贾铁馨，贾铁馨尖叫了一声被抱进卧室。俩人赤裸着，梁月鹏趴压在贾铁馨身上，脸对着脸。贾铁馨动情道：“这一个月里你有没有想过我？”梁月鹏说：“想过。”贾铁馨说：“想过我什么？”梁月鹏说：“想过和你在一起的日子。”俩人合欢起来。

经过这一个曲折，梁月鹏和贾铁馨的生活应该有所变化才是。这日午后，梁月鹏坐在服装店柜台内，趴着柜台在看书。店前面慢车道上，王世芳站着在和怀着孕也站着的贾铁芳说话：“他二姑你倒八个月了，怎还没现出来？”贾铁芳把上衣往上一掀，露了一下凸起的白肚子，说：“给褂子遮掉了。”王世芳哈哈大笑，附和道：“再生一个儿子，我两家就一样了。”小陈也凑到跟前，声音细弱道：“还有我家哩。”王世芳笑道：“对了还有你家，都是一男一女，就那个……”指了指别的方向，“哈哈哈哈哈……”梁月鹏分明听到了她们说笑，蓦地想起了什么，不由得往外看了她们一眼，站起来，转身来到小铁床边，捅了捅蒙头大睡的贾铁馨道：“铁馨，铁馨，我想对你讲件事。”贾铁馨掀开被头，睡眼蒙眬道：“什么事？”梁月鹏说：“你可是有个表嫂在县医院妇产科当医生?”贾铁馨迷迷糊糊地点着头，“嗯”了一声。梁月鹏说：“你叫她从妇产科给我们抱一个小孩。”贾铁馨说：“小男孩?”梁月鹏说：“小女孩，我喜欢小女孩。”贾铁馨撒娇道：“我喜欢小男孩，我要儿子。”梁月鹏笑道：“好，抱个小男孩。”贾铁馨又倚姣作媚道：“不，我要小女孩！我要小女孩！”伸臂就将梁月鹏的脖子钩住，拉过来吻了起来，“我要女儿！我要女儿！……”

贾铁馨立即起身去告诉表嫂他们的想法，两个月时间不到，机会来了，叫他们去领孩子。县人民医院，梁月鹏被一个穿白大褂的女医生、贾铁馨的表嫂领着，来到妇产科一房间门口，表嫂热情而又悄悄道：“就在这边贴墙的床位，你去看看。”房间内，一农村少妇身体虚弱地坐在床头，年轻丈夫陪坐在床沿。梁月鹏走过来诚恳地问年轻丈夫：“请问你家孩子想抱出去?”年轻丈夫站了起来，见梁月鹏态度诚恳，便说：“是的。”梁月鹏问：“什么时候生的?”年轻丈夫说：“生下来过了一会儿天才麻麻见亮。”梁月鹏关切道：“为什么送人呢?”年轻丈夫说：“第一胎是女孩，这又生了第二胎，计划生育抓得紧。”梁月鹏点点头道：“是。”年轻丈夫说：“要不是计划生育紧，我十一胎也要。”梁月鹏说：“我来看看。”说着走到床头边，少妇挪了挪婴儿，婴儿很可爱，紫红平正的小脸，眼睛闭着。这时，表嫂走来，悄悄地问梁月鹏：“怎样?”梁月鹏满意道：“好。”说完就走了出去。表嫂动作轻快地抱起婴儿，丢下两张“壹佰圆”币，说：“拿着回去补补身体。”便将婴儿抱走了。只见少妇的床头空了，两颗豆大的泪珠无声地从少妇煞白的脸上滑下。

梁月鹏和贾铁馨有了女儿，贾铁馨又买了一套两室一厅，在一层，还有个小院子，他们的日子可谓蒸蒸日上。梁月鹏用奶瓶挤了点红糖水给睡在摇篮的婴儿喝，婴儿的眼睛忽然睁开了。梁月鹏妈、大姨娘、梁月芹和贾铁馨非常好奇欢快地围在摇篮边看着，纷纷道：“眼睁了！眼睁了！眼睁了！……”梁月鹏妈将婴儿抱了起来，梁月鹏赶忙拦阻道：“不能抱，不能抱，太小了。”梁月鹏妈嗔怪道：“我就抱，我还能没你懂?”大家笑了。梁月鹏妈很自然地逗着孩子道：“噢——，我家千金嘛，噢——，我家小姐嘛，噢——，我家千金嘛……”大姨娘笑道：“月鹏哎，有你妈在这儿了，这小孩你就不要烦神了。”一个月后，贾铁馨买了一辆崭新的“好孩子”童车，将婴儿放在里面，左左右右塞好，欣喜道：“走！上大街喽!”

大街上，梁月鹏和贾铁馨一人一只手推着童车，高兴地走着。街边服装店里有人伸头望他们。梁月鹏和贾铁馨得意扬扬中还有点不好意思。

梁开化出现了。这日中午，梁月鹏提着两个保温饭盒走进店里，往柜台上轻轻一放，就来拿洒水壶往地下洒水。贾铁馨高兴道："你看哪个来了？"梁月鹏一抬头，往里看去，只见梁开化坐在里面，笑嘻嘻的。梁月鹏惊喜地走上前去，端详着梁开化。梁开化虽然笑嘻嘻的，但脸色不好，而且有伤疤。梁月鹏热切道："你这段时间到哪去了？"想了想，"有四个多月了吧？"梁开化平静道："打工去了。"梁月鹏贴近梁开化，注意地看了一下他脸上的伤疤，却言他："你没吃吧？走，去吃饭！"

梁月鹏领着梁开化来到一家小饭店，要了啤酒和菜，首先给梁开化斟了满杯啤酒，热情道："喝！饿了吧？"梁开化说："你也喝一点。"梁月鹏说："我吃过饭实在喝不下去了，晚上我再陪你喝。"梁开化端杯饮酒，梁月鹏热切地看着他喝。梁开化夹菜吃，梁月鹏问道："开化，我们那天晚上从株洲上了火车后，大概在夜里一两点的时候我从别的车厢回来找不到你了，你到哪去了？"梁开化没有直接回答，反而问道："那天晚上火车特别挤，你没发现什么吗？"梁月鹏说："没有啊。"梁开化说："你可看到我们旁边有个拿扁担的留着平头的中年人，还有前面一男一女搂抱在一起，男的光着脊梁？"梁月鹏追忆道："是。"梁开化说："是就行了。"又平静地喝起酒来。梁月鹏着急道："开化，到底怎么回事你说呀！"梁开化说："那是一个犯罪团伙，那个拿扁担的中年人就是杀人犯。"梁月鹏问："你怎么知道他们是犯罪团伙？"梁开化说："那不是明摆着吗？那个拿扁担的中年人眼光有多凶啊！你走了以后火车在一个小站停车，我就下车了，然后讨饭扒炭车到广州，因为没有身份证被广州市收容中心收容了，后来又被解到青州市收容站，在青州市收容站里被逼在毒日头底下干土方活，不干活就没饭吃……"梁月鹏听着，眼里涌出泪水，问："后来呢？"梁开化依然很平静道："我给我二哥写了两封信，没有回音，我又给我大哥写信，结果我大哥去把我赎出来了，回来坐在车子上我整个人都浮肿，差点儿把命丢了。"梁月鹏低头给梁开化斟酒，轻声道："好了，不说了。"

梁开化的这种说法，梁月鹏当时相信不疑。可是梁月鹏那晚在火车上为什么就没有发现那是一个犯罪团伙呢？那些旅客也没有什么明显异常的表现啊。后来回老家听梁开强描述梁开化被收容受折磨回来之后的种种恐惧表现，并说梁开化得了恐惧症，梁月鹏才开始犯疑：梁开化在被收容受折磨之前、他们一起去广州的那晚在火车上是否就已经得上恐惧症了呢？后来梁月鹏在一个电视节目里获悉“旅途恐惧症”“旅途综合症”的知识。答案很可能是：梁开化那晚在火车上就已经得了恐惧症，他突然从一个小站下车就是因为他恐惧他臆想中的、实际上并不存在的那个“犯罪团伙”。

当晚，贾铁馨、梁月鹏陪梁开化在家里喝酒，气氛热烈。贾铁馨笑吟吟道：“今晚你俩睡一块，夫妻感情也不能代替朋友感情哎。”梁开化说：“说得好。”举杯向贾铁馨，“贾铁馨，你是女中魁首，我再敬你一杯！”梁月鹏笑嘻嘻的。晚餐、洗漱后，贾铁馨独自在卧室睡，梁月鹏和梁开化在客厅，把沙发铺开，俩人亲热地睡在一头。梁月鹏抱了抱梁开化，嗅了嗅梁开化的身体，说：“开化，你身上还是那种只有你身上才有的那种气味。”梁开化已有睡意，说：“是不是脏味道？”梁月鹏说：“不是，就是那种特别的味道，只可意会不可言传。”梁开化满意地笑了笑，却睡意已浓，眼皮已经快合上了。梁月鹏说：“我们抱养了一个女孩，给我妈带回家了。”梁开化又睁了一下眼睛，说：“是一样，只要你们待她好，她长大了就不会亏待你们。”梁月鹏感叹道：“哎呀，没想到走到这一步！”梁开化已经睡着了。梁月鹏说：“想当年，我们志存高远，定要超凡脱俗，现在……还好。”看了看梁开化，发现他已睡着，“开化，晚一点睡，再多讲一会儿，怎么睡着了？”梁开化反应微弱道：“你讲，我在听。”却呼呼入眠了。梁月鹏看着已入眠的梁开化，不说话了。

贾铁馨大姐来骚扰梁月鹏了。这日晚上，梁月鹏正趴在写字台边翻阅他的剧本打印稿《还我红五星》，桌面玻璃板下压着江汉电影制片厂高子丹厂长、吴庆华编辑以及滨江电影制片厂刘艳生编导的名片。忽然传来敲铁门声，梁月鹏站起来，走去，穿过客厅，进小院，去开院铁门。是贾铁馨大姐贾铁芬，她衣着讲究，面色白皙，留着运动短发，一副乡镇机关工作人员的打扮。梁月鹏热情道：“大姐，进来坐。”贾铁芬往屋里瞅了瞅，疑问道：“梁佳呢？”梁月鹏说：“不在家。”贾铁芬已进来，吩咐道：“把门关上。”梁月鹏也就把门关上，但没插闩。贾铁芬径直到客厅沙发坐下，问：“贾铁馨呢？”梁月鹏说：“到常熟进货去了。”便忙着沏茶。梁月鹏端来一杯茶，放在贾铁芬身旁的茶儿上，关切道：“大姐像是哭过的？”也在沙发坐下，与贾铁芬保持一截距离。贾铁芬说：“我们天天在家吵你没听到？”梁月鹏不觉看了看隔壁，说："听到了，不知为什么事？"贾铁芬说："你家大外甥子，这个吃枪子的，我停薪留职快要到期了，他小两口子突然对我亲热起来了，你知道为什么？"梁月鹏注意听着。贾铁芬说："我去上班了，把房子丢给他们了，就是他们的天下了。"梁月鹏说："是儿子嘛，你房子还能不想给他们住？"贾铁芬有点着急道："你猜，我在卫生间解手，紧对面就是他们房间。"像是怕梁月鹏弄不清楚，往梁月鹏跟前亲热地挪了挪身子，"乖，都娇滴滴的，有意搞给我看哎。"一边做着手势，"家败，我就蹲在坐便器上，门缝大大的，她不就是有意搞给老娘看的，作弄老娘的？!"梁月鹏认真地听着，说："他们两个亲亲热热不好吗？相亲相爱的。"说到这里不觉笑了一声。贾铁芬不以为然道："什么时候不能相亲相爱？非要赶上老娘蹲在厕所里？"梁月鹏沉思道："大姐你喝茶。"贾铁芬世故地岔开话题道："现在贾铁馨一个月给你多少钱？"梁月鹏见她说话动机不良，面色郑重了些，说："狗屁钱，我还是伙计。"贾铁芬说："这个贾铁馨不是东西，有梯子她都能上天，她一怒之下能把人一脚蹬掉。贾铁芳在外面打麻将鬼混，被张华在野男人店里抓到三次，张华还给野男人跪倒磕头哩。"梁月鹏说："不清楚。"贾铁芬做悄悄状道："后来贾铁芳把银行款一提，跑到我妈那里睡着就要离婚，张华跑到她床下跪着，求她不要离婚。后来贾铁芳讲：'你要是对我真心，就把手指头斩掉一个让我看看。'家败，张华就真斩了……"梁月鹏震惊道："噢，斩手指是这么回事！"贾铁芬目不转睛地看着梁月鹏道："梁月鹏，拿烟来。"已经显出有些难受，眼光都有些迷乱了。梁月鹏找了一会儿，没找到，对贾铁芬说："没有了。"贾铁芬要起花招道："梁月鹏，关掉两个灯，点这么多灯不耗电？"梁月鹏已有所觉察，但还是顺从地过去关掉两个灯。贾铁芬身子已有些不能自支了，说："梁月鹏，来，来……"梁月鹏认真地想了想，说："大姐，你回去睡觉吧，大外甥子在喊你。"贾铁芬幡然醒悟道："哦，天不早了。"起身就走了。

当晚，梁月鹏一个人躺在床上几乎要睡着了，却从隔壁传来摔东西的声音，接着是贾铁芬吵闹的声音："你们不是做给老娘看的给谁看的？你们当老娘眼睛瞎了，老娘眼睛好得很哩！你们肚子里什么花花肠子我都看得清清楚楚的！……"梁月鹏欠身开了灯，听了听，有年轻男人苦苦哀求的声音："妈——，我们结了婚小两口子相亲相爱，这不好吗？!你还能希望我们成天打架骂娘吗?! ……”梁月鹏自语了一句：“贾铁芬明显缺乏爱心!”便关灯睡去。

次日上午，临近中午的时候，梁月鹏正在厨房里洗菜，贾铁芬推开院铁门就进来了，气冲冲道：“梁月鹏呢？梁月鹏呢?”梁月鹏答道：“在厨房。”贾铁芬径直穿过客厅来到厨房，走上来拉起梁月鹏的一只胳膊，质问道：“你对贾铁馨讲什么了？我和你做什么了?”梁月鹏一惊，转而撒谎道：“没讲什么，没做什么。”抽开自己被拉的胳膊，切起菜来。贾铁芬说：“你男子汉讲到哪站到哪，你没讲什么贾铁馨怎么知道我昨晚到你家来的?”梁月鹏一时无言以对。贾铁芬说：“你个王八蛋！老娘错看你了！不识抬举的王八蛋!”梁月鹏一下子被激怒了，突然吼道：“滚！滚！你丈夫才是王八蛋！滚——！滚——!”抖动着手中的菜刀。贾铁芬一时被镇住，转身默默地走了。

二十四

一日午后，梁月鹏一人在店里，他有心事地来到“衣篱”边，拨开一件衣服，把头探向张华那边，喊道：“张华，张华。”趴着柜台打盹的张华惊醒，走了过来，问：“什么事?”梁月鹏悄悄道：“口袋里可有钱？我刚才从书摊上看到两本书急着想买，但没有钱。借三十块钱给我，不久就还你。”张华伸手从衣袋里掏出三张“拾圆”币给梁月鹏，说：“正好三十元。”梁月鹏接住钱，笑道：“是你自己的?”张华说：“你拿去用，这你不要问。”梁月鹏钱拿在手里，欣喜又心怯道：“不要对任何人讲啊。”不觉望了望外面，接着把钱装进裤兜里。张华点点头。这时，贾铁馨骑着自行车带着梁佳来了，还有一截子距离就半真半假地喊起来：“看我不在，又在讲什么悄悄话?”梁月鹏赶忙走上前去将梁佳抱下来，贾铁馨将自行车停放在一边，走上来摸着张华穿着的新式羊毛衫，说：“看你美的，多少钱批的?”张华微笑道：“哪里，哪里，一百五十元批的。”说着不自在地往后退缩着。

张华点头答应梁月鹏“不对任何人讲”，却对夫人贾铁芳讲了。贾铁芳捏到了梁月鹏这个把柄，不会不做出反应的。

过了几日，午后，梁月鹏感觉身子不适，躺到店里面小铁床上蒙头大睡起来。打着小孩线裤的贾铁馨回头望了望梁月鹏，说：“现在越来越傲了，吃过饭还睡一觉！”梁月鹏伸出头来道：“哪个傲了？我有病躺一会儿都不行？讲话总是卡着人，唉——”贾铁馨说：“没有屌本事，又是个孬身体！”梁月鹏说：“我一年有几次病？打一下脾寒就是孬身体了？”贾铁馨不屑道：“哪个跟你讲这些废话！”这时，贾铁香打着毛线走来，笑道：“不错，还一本正经打起毛线了。”贾铁馨说：“给佳佳打的线裤，佳佳现在是我生活的源泉。”讲到这里不觉笑了。贾铁香笑道：“还文屁文屁的。”沉默。贾铁香嘟着嘴道：“现在什么东西都涨价了，单单利息没涨，我爸讲现在存钱一万，十年过后就只值一千了。我看梁佳喝‘大江’奶粉不行啊？每次都买‘三鹿’的。”贾铁馨说：“现在奶粉就早上喝一顿。”贾铁香说：“不是一顿两顿问题，要多中取。梁月鹏他妈上次回家你还给她买鱼呀肉的，张华他妈上次回家贾铁芳连路费都没给。”梁月鹏睁着眼听着，没有言语。

“三姨，三姨，梁佳来了！”张容喊着，拉着刚能走路的梁佳，贾铁芳抱着刚满一周岁的儿子张成文，后面跟着贾母，欢欢喜喜地走来。贾铁馨一下子兴奋道：“佳佳！”贾母坐下，显得很劳累道：“我抱梁佳到这里累得直喘。”贾铁香笑容可掬道：“张成文，四姨抱。”拍着手从贾铁芳怀里接过脸色黑黝黝的张成文。贾铁馨说：“把张成文放下来走。”贾铁香放下张成文，还站不稳，又抱起来，笑道：“还不能走，还不能走。”贾铁馨说：“傻样儿，比我家佳佳大还不会走。”贾铁芳说：“对哟，比你家梁佳大还不会走。”贾铁馨笑道：“看我家梁月鹏没成文，特地把儿子起名叫‘张成文’。”贾铁芳搪塞道：“哪是的！”便不再多言。贾铁馨问贾铁芳：“今晚给张成文抓周在家了还是在饭店？”贾铁芳显得不屑道：“在饭店。”梁月鹏仍在听着，然后病态地睡去。

当晚，贾家兄弟姐妹及配偶都去赴宴了，唯独梁月鹏被撂下，梁月鹏因病索性蜷缩在没开灯的卧室的地板上呻吟，难过得翻过来又覆过去。聘来带梁佳的老妪拉着梁佳在客厅玩，老妪一边说：“妈妈去喝酒了，妈妈去喝酒了……”梁佳到处乱抓，发着音：“妈妈，妈妈……”老妪拉着梁佳来到卧室门口，说：“梁佳，爸爸病了，在里面。”梁佳听到了呻吟声，往卧室里伸了伸头，懵懵懂懂道：“爸爸，爸爸……”梁月鹏在暗黑的卧室里喊：“梁佳，梁佳……”

老妪扶着梁佳，说："梁佳，爸爸在喊你，进去，进去。"梁佳说："爸爸，爸爸……"蹒跚地走了进来，到梁月鹏头前愣怔地站着。梁月鹏欠身，伸出一只手臂挽着梁佳，怜爱地吻了吻她的小身体，一跃身站了起来道："哎呀，好一点了。"伸手把卧室的灯打开。

夜深人静了，梁佳小脸贴着席子神态可掬地酣睡着，梁月鹏脸对着梁佳睁着眼躺着。梁月鹏听到洗澡的水声结束，有脚步声传来，便闭上眼睛。贾铁馨刚洗过澡一脸红晕，过来径自躺下，顺便一句："贾铁芳她两口子不是玩意儿，小杨他们都去了就是没叫你。"贾铁馨背对着梁佳和梁月鹏。梁月鹏睁开眼睛，沉思着，脸上显出了仇恨的神色！贾铁馨很快就呼呼入睡了。

次日上午，梁月鹏怀着恨，也怀着对金钱的迫切需求，开始下手偷钱了。贾铁馨上午一般来得迟，梁月鹏一人在店里操持。进来一个顾客，是个城市妇女，在"衣篱"边摸着健美裤。梁月鹏走上来招呼道："刚进的，看看吧。"妇女拿起两条健美裤，用手拃了拃尺寸，然后对梁月鹏说："这两条我都要了，给你五十块钱。"说着掏出一张"伍拾圆"币给梁月鹏，转身就走了。梁月鹏接着钱，有了主意，回到柜台内，又想了想，往外看了看，然后把钱果断地装进自己裤兜里。贾铁馨挎着皮包进店，习惯地捋了捋"衣篱"上的衣服，当捋到健美裤时，问道："健美裤刚才卖了？"在店里头的梁月鹏一惊，答道："没有。"贾铁馨数了数健美裤，继而到店里数了数库存的健美裤，又来翻看账本，一下子咆哮起来："账本上记着是卖了二十四条健美裤，现在还剩二十四条，我这趟总共进五十条，那两条飞了？这不是死账吗?!"梁月鹏有些难堪地赶忙去"衣篱"边，数剩下的健美裤，又过来看账本。贾铁芳走进来，微笑着乘人之危道："有人'身在曹营心在汉'。"贾铁馨说："一根草棒都没带来！"贾铁芳说："哎——对，你俩本来就是两条心嘛！"梁月鹏一下子火了，发怒道："滚！别在这里废话！大概是我从张华手里借三十块钱买书，张华告密了！对，我承认！我拿了三千！乖乖，都把我当什么看？把我当贼防着?!你们都是人吗？……"骂着便悻悻而去。贾铁馨转身拉开抽屉，从里面抓了一把纸币洒在地上，又从抽屉里拿了两张"拾圆"纸币给撕碎，然后抛在屋内。贾铁芳转身走了。这时，贾母走进来，看见地上散布着钱，又看看在生气的贾铁馨，蹲下身捡起钱来，一边说道："嫌钱多了？钱多了不要，给我。"贾母捡完钱放到柜台上，又看看仍在生气的贾铁馨，走了。

又过了几日，也是午后，张华站在贾铁馨店前慢车道上，扭头往贾铁馨店里望着，梁月鹏手拿一支香烟递得老高，笑道："进来，抽支烟吧。"张华这才进来，接了烟，身子不安地动着。梁月鹏又抽出一支自己含着，先给张华点火，然后给自己点火。梁月鹏微笑道："上次你家张成文抓周怎搞把我忘掉了？"张华不安地走动两步，然后低声、近乎恳求道："你把那三十块钱还掉就没事了。"梁月鹏问："你对贾铁芳讲掉了？"张华迟延片刻，说："我对我家钱是从来不隐瞒的。"梁月鹏笑道："噢，原来如此。"从裤兜里掏出一张"伍拾圆"币，"我早就有了，可有找？"张华接过"伍拾圆"币，兴奋得身子直扭着回自家店去了，一边说："就来找。"然后拿着零钱过来，递给梁月鹏，梁月鹏接过装进裤兜里。突然，张华扭过身，向下一低，背起梁月鹏来。梁月鹏一时发愣，竟让张华背着走过来，又走过去，走过来，又走过去。梁月鹏很不好意思道："不不，哪能让你背啊？快放下，放下……"张华把梁月鹏放下。梁月鹏既感激又不可思议地看着张华，说："你太好了！你太好了！"张华满足地看着梁月鹏。梁月鹏因为借张华三十块钱而闹出的这场风波至此结束。

日子继续往下过。又一日，梁月鹏一人坐在柜台内，埋着头在看书，忽然有人喊："月鹏。"梁月鹏抬头定睛一看，是梁老五，已走到近前，脸上贴着一块白纱布，还浸着血，却笑嘻嘻的。梁月鹏惊诧道："老五，你怎么到这来了？"梁老五老到道："给我拿十块钱，我也知道你在这不当家，就这一次。"梁月鹏无话可说，起身从抽屉里拿一张"拾圆"币给梁老五，梁老五把钱揣进裤兜里，转身走了。梁月鹏喊了一声："老五，再吃个饭。"梁老五头也不回地走了。梁月鹏撵到门口，看了一会儿，见梁老五走远了，才掉转头来。

贾铁香早在梁月鹏和贾铁馨结婚后不久就离开了贾铁馨服装店。一年多来，梁月鹏在帮衬着贾铁馨经营，贾铁馨也该雇个营业员了。一日傍晚，一对农村青年男女和一个农村中年妇女欣喜地提起买好的衣服走了，中年妇女边走边打着招呼："走了，你们在忙。"梁月鹏说："好，下次再来。"新雇来的女营业员小翠笑道："可以，这一笔生意就卖二百六。"说着就要来上账。梁月鹏郑重道："别慌上账，我来上。"说着便过来拿起圆珠笔，含在嘴里，"两套西服，两件衬衫，怎么上呢？"小翠说："反正我不想沾一点点，这是你家店由你做主。"梁月鹏说："西服都是六十块钱进价，我上一套卖八十块钱，衬衫都是十七块钱进价，我上一件卖二十五块钱。"小翠说："反正她临去进货时对我讲，叫我监视你，我也左右为难。”梁月鹏一下子恼羞成怒道：“什么？她真这么讲的？”小翠说：“信不信由你。”梁月鹏涨红着脸沉思道：“乖乖，是这样！”马上发作地，“西服上一套，衬衫上一件，正好西服、衬衫品种多，谅她也记不清！一个月内我坚决要捞一千！”便唰唰地上了起来。接着又拉开抽屉，拿出一百三十元，抽出三十元递给小翠：“这三十给你，也就是贿赂，叫你不要讲！”小翠向后退着，说：“我不要，你不要拉我下水。”说到这儿不觉哭了。

次日早晨，店门已开，梁月鹏打开水回来，带了几个包子往柜台上一放，说：“小翠，这几个包子你吃掉，中午吃饭迟。”小翠说：“我不吃。”梁月鹏有些急了，说：“吃几个包子有什么的？吃吧。”小翠拿起包子吃了起来。梁月鹏过来摸着一排女呢褂，很谨慎地询问道：“我记着昨天好像卖四件呢子褂，账本上只上三件，有一件你恐怕忘了交钱了，就是卖一百块钱的那件？”小翠惊诧，忽然想起来，说：“那一件你不是叫我不要上账的嘛。”梁月鹏说：“对对，我叫你不要上的，但是应该多出来一百块钱才对，我没拿。”小翠再次惊诧，包子也不吃了，纳闷道：“少了一百块钱？……”梁月鹏说：“对，就少了那一百块钱。”小翠泪水出来了，看着看着就要流下来，说：“这是怎搞的？怎会呢？就是讨饭叫街我也不会偷人的。”腔调已经变了。梁月鹏来拉抽屉，忽然抽屉带出来一张“壹佰圆”人民币，掉到了地上。梁月鹏惊喜道：“一百块钱在这儿了！”说着就弯腰捡起来，纸币中间还有一道折印，“对对对，昨天钱多，被塞到抽屉里面夹住了，现在一拉就带出来了。”小翠赶忙过来观看，破涕为笑道：“这一百块钱要是找不到，我就不打算在这儿干了，跳到黄河也洗不清。你快装起来吧！”梁月鹏不言语，坐下来沉思着，眼睛也湿润了，最后说：“你是千里挑一的好人，而且还很能干。”

二十五

梁佳一周岁了。不知道又会闹出什么事儿来。傍晚时分，贾铁香、贾母在贾铁馨家小院子里忙着择菜，洗菜。老妪拉着到处乱抓的梁佳，老妪一边说：

“抓周了，抓周了，抓周了……”贾铁香又在厨房里忙着炒菜，油炸声声，烟雾缭绕。窗外天色已黑。“不下请帖我们也来了！”这是贾铁芳的声音，同时轰隆隆地传来摩托车声。贾铁香兴奋地跑出来看，说：“你们是第一个到！”张华骑着摩托车停在门口，贾铁芳兴奋地从后座上下来。贾铁香问：“张容同张成文呢？”贾铁芳说：“给他小舅妈抱去了。”客厅里，贾母优越地坐在沙发上，咂着嘴对老妪说：“和大儿子大媳妇早就不来往了，隔壁大丫头抠得都……”把五个手指直拢成拳状，“抠得都伤心，也不会来。老头子今晚还好，等人到齐了准备来。”头又直摇，“我家这第三个丫头……”正说着，贾铁钱、抱着张成文的小陈、张容笑嘻嘻地走进来，一阵欢笑声。这时，贾铁馨挎着长带子皮包愁眉不展地走进来，大家见状，觉得有因，惊问：“梁月鹏呢？”贾铁馨不予理睬，径直走到卧室，往床沿一坐，流起眼泪来。客厅里，大家一时沉默，贾铁芳打破沉默道：“梁月鹏不回来就不回来吧，今儿个给梁佳抓周，等菜烧好了我们吃我们的。”贾铁馨独自在卧室抽泣了起来。

梁月鹏负气出走，不过这次没有远走高飞，而是来到大姨哥王守信家。进围墙大铁门有一个不小的院子，院内大铁门边有一间厨房。进正屋一拐就是卧室，卧室里正放着电视，一个身体较胖、形容粗糙、接近四十岁的王守信和梁月鹏、梁月芹坐在长沙发上，大姨娘坐在一边一只矮凳子上。王守信大咧咧道：“你在这里享福，我们也不想沾你光。你在这儿已经两年多了，家门朝哪开我还不知道。但你在这里实际上是保姆，我们也不好多讲，你自己把握着。”梁月芹对梁月鹏说：“三哥你听见了？大姨哥虽然文化不高，但是人家识事。”说到这儿看了看王守信。王守信咧嘴笑了。梁月芹也笑了起来。梁月鹏心情沉重道：“大姨哥，那我现在怎么办呢？”王守信掏出香烟来，梁月鹏看见茶几上有打火机，伸手拿过来，打着，给王守信点火。身体弱小的大姨嫂端来一杯茶放在茶几上，不事张扬道：“月鹏喝茶，月芹你住在这自己倒。”梁月鹏站起身，不胜感激道：“大姨嫂，我自己来我自己来。”大姨娘说话了：“人常说‘千里去做官，为的就是吃喝穿’……”王守信一甩头顶了回去：“人要讲面子！光吃饱饭就行了？”大姨娘不吱声了。须臾，大姨娘愤愤不平道：“噢，梁佳抓周她家人都来了，月鹏家这边怎搞一个人都不通知？看不起乡下人啊？月鹏妈在这里把梁佳从一个大老鼠服侍成个人形，都忘了？”梁月芹说：“对对，就是看不起乡下人，嫌我们穷哎。”梁月鹏看了看王守信，王守信吐了一口烟，说："你现在怎搞呢？回去和她糊啊。"

梁月鹏当晚又回去了，和贾铁馨也没吵。

乡间公路上，一辆公共汽车在行驶。路边的杨树、村庄、田野纷纷向后退去。车厢内，梁月鹏爸坐着，注意地看着前方。前面出现了一幢楼房，旁边有围墙，是一个单位的样子，桃源县城到了。梁月鹏爸站起身，提着一蛇皮袋花生，准备下车。

顾客刚走，贾铁馨在上账，梁月鹏把顾客试穿过的衣服往墙上挂，然后一扭头，惊喜道："爸来了。"只见梁月鹏爸背着一袋花生，走了进来。贾铁馨抬起头，露出笑脸道："爸来了，梁月鹏去把花生接着。"梁月鹏过去接过花生，指了指"衣篙"边的长凳道："爸，你先坐着歇歇。"贾铁馨端了一杯茶过来，放在长凳上，热情道："爸你喝茶。"梁月鹏爸动了一下身，感激道："噢、噢。"

当晚，梁月鹏爸、贾铁馨、梁月鹏围坐在客厅桌旁喝酒，气氛热烈。老妪拉着梁佳来到梁月鹏爸跟前，梁佳懵懂地望着梁月鹏爸。贾铁馨对梁佳说："梁佳，喊爷爷。"梁佳对梁月鹏爸模糊道："吔、吔……"梁月鹏爸伸手握了握梁佳的小手，说："好好。"贾铁馨对梁佳说："梁佳，喊我妈妈。"梁佳对贾铁馨清晰道："妈妈。"贾铁馨高兴地一笑，接着指着梁月鹏问梁佳："梁佳，你喊他什么？"梁佳对梁月鹏也较清晰道："爸爸。"大家都开心地笑了。梁月鹏爸边吃菜边高兴道："就在这儿站个店，有多好！"贾铁馨异常高兴地端起酒杯，敬梁月鹏爸道："爸，我陪你喝。"梁月鹏爸亦端杯，两杯相碰，发出"当"的一声脆响。

把客厅的沙发铺开当床，梁月鹏爸在这儿歇了一宿。老妪是本县城人，晚上回去。次日午饭后，梁月鹏和贾铁馨送梁月鹏爸出店门，贾铁馨给梁月鹏"壹佰圆"钱，嘱咐道："这一百块钱给爸拿着。"又招呼梁月鹏爸，"爸，以后没事了常来啊。"梁月鹏爸感激地点着头道："好好，我走了。"也向贾铁馨嘱咐道，"抽空和月鹏一道回去。"贾铁馨嘱咐梁月鹏道："梁月鹏你把爸送上车。"梁月鹏把"壹佰圆"钱给父亲，送父亲走了。贾铁芳、王世芳、小陈、唐文清老婆都站在各自店门口张望着。

贾铁芳穿过贾铁馨店门口，走进贾铁权店，王世芳赶忙迎上来，贾铁芳对王世芳小声道："梁月鹏父亲来，临走时贾铁馨还给他钱。"王世芳故做为他人考虑状，说："人常说，'不孝有三，无后为大'。梁月鹏父亲看着儿子没有后代也没感觉啊。"贾铁芳说："梁月鹏弟兄三个，梁月鹏没有后代，那弟兄两个有后代。"王世芳杞人忧天似的说："唉——，梁月鹏在这儿当伙计什么时候是个头啊？他糊涂啊。"

时光荏苒，但郁积在梁月鹏心头的不满和愤恨并未随之消逝，而是与日俱增，一点即破。晚上在客厅，摇篮里的梁佳半睁着眼，伸着一只手，发着音："噢，噢，噢……"坐在跟前晃着摇篮的梁月鹏领会其意，伸手握住她的小手，梁佳便渐渐闭目睡去。贾铁馨坐在一旁自斟自饮。梁月鹏清了清嗓子，说："贾铁馨，今晚上我来和你谈谈。"贾铁馨说："我不谈，你吃饱饭撑的。"梁月鹏说："我想问你两个问题：第一个，我是不是看中你的钱来的？第二个，事实上我是不是伙计、奴仆？"贾铁馨一下子发怒道："你讲你是奴仆就是奴仆！我没讲你是奴仆！"梁月鹏说："你看看，一嘴赖皮腔。我们都平静地讲。"贾铁馨兀自喝酒。梁月鹏说："一开始不领结婚证，后来买这房子在房产证上你的名字后面还加了个'一人'，'此房属贾铁馨一人所有'，就生怕我把你活吞掉了。"贾铁馨一扭头，高声道："你有什么资格和我领结婚证？"梁月鹏说："我没资格？因为你是大亨，我是穷光蛋，所以我就没资格和你领结婚证。照你这样讲，衡量一个人有价值没有价值或者价值大小，就是看钱。钱是你的命？"贾铁馨忽然厉声道："你现在想怎样？"梁月鹏说："谈到夫妻感情，你有吗？讲到孩子，我倒把梁佳看得同亲生的一样，可是你家人都把她看作是你抱的，是你的私有财产，甚至你都把我看作是你买来的，是不是？"贾铁馨忽然走过来，凶神恶煞似的伸手抓住梁月鹏的衣领，说："把你这一身衣服脱下来，你就滚！"梁月鹏一时震惊，挣脱着想离开摇篮，一边说："别把梁佳吵醒。"贾铁馨忽然松开梁月鹏，伸手将梁佳抓醒，梁佳哭。梁月鹏发火道："你搞梁佳干什么？"贾铁馨说："我来把梁佳掐死！"扑上去就掐梁佳的颈项，梁佳恐惧得大哭起来。梁月鹏伸手把贾铁馨扳过来，吼道："你疯了！想杀人?!"便把梁佳抱起来。贾铁馨还要来掐梁佳，梁月鹏一掌打过去，贾铁馨跌趴在摇篮上，放声号啕起来。梁月鹏怀里的梁佳亦在号啕。梁月鹏抱着号啕的梁佳转身走了出去，打开院门，出了小院，向夜的深处走去……

此时，贾铁香家也在开战。手里剥着一个橘子的贾铁香对小杨说："你妈那样子我就是看不惯!”小杨眼睛一瞪，说：“你妈的样子我就能看惯了?”贾铁香张口便骂道：“你是野种！你不是你妈养的!”一边弯腰，背对着小杨，往垃圾篓扔橘子皮。小杨一拳打在贾铁香背上，贾铁香跌倒在地，仍口硬地骂道：“你是野种！你不是你妈养的！你是野种！你不是你妈养的！……”小杨一拳一拳地往下打贾铁香的背，一边咬牙切齿道：“你才是野种！你一家子都是野种！我不打死你?！……”

梁月鹏抱着梁佳走在黑魆魆的细巷里，梁佳已经不哭了。梁月鹏吻了吻梁佳的脸蛋，然后对梁佳说话：“佳佳不怕，啊。佳佳，我们去找四姨，让四姨来教训妈妈，不然妈妈打佳佳。”

贾铁香家正打得如火如荼。贾铁香趴在地上，披头散发，口吐白沫道：“你是野种！你不是你妈养的！你是野种！你不是你妈养的！……”小杨看着她不怕死的蛮缠样子，收了拳，不敢再打，就要走。贾铁香一下子蹿上来抱住小杨的双腿，连着说道：“你还打?！你还打?！你不把我打死你就是孬种！你就不是你妈养的！你不把我打死你就是孬种！你就不是你妈养的！……”小杨又打了起来……

梁月鹏抱着梁佳走来，梁佳稚嫩道：“爸爸，有打架的声音。”梁月鹏这才听到贾铁香家里传来打骂的声音，他赶紧走到门跟前，敲门，大声喊：“铁香，开门！小杨，开门!”门闩突然被拔开的声音，门开。梁月鹏惊诧地望着，梁佳也望着。小杨就要冲出去，贾铁香却又一下子蹿上来抱住小杨的双腿，疯狂道：“你还打?！你还打?！你不把我打死你就是孬种！你不把我打死你就是孬种！……”梁月鹏上来劝说：“铁香，有话好好讲，铁香，铁香……”小杨又打了两下，突然用力把贾铁香的双手掰开，冲出去了。贾铁香披头散发趴在地上，口吐着白沫，仍咒骂着：“你还打?！你还打?！你不把我打死你就是孬种！你不把我打死你就是孬种！……”梁月鹏把梁佳放下来，自己也蹲下来，劝说道：“铁香，起来吧，洗洗睡觉吧，明天再讲。”贾铁香没有反应，仍在咒骂着：“你还打?！你还打?！你不把我打死你就是孬种！你不把我打死你就是孬种！……”梁月鹏抱起梁佳，说：“我们去找外公外婆。”梁佳说：“四姨哭了。”梁月鹏抱着梁佳走了。

此时，贾钢洋家正在舌战。贾母拿着一把菜刀站在后门槛上，往里骂着：“一把菜刀都买不起呀？就会算计！惹得老娘又来讨！死老东西!”转身便到隔壁自己的房间去了。贾钢洋站在屋内，对后门外嚷道：“我俩别沾！我俩别沾！死老婆子。”转身进里屋去了。梁月鹏抱着梁佳走来，来到后门槛上，伸头往里望着，说：“我爸呢？”贾钢洋从里屋出来，看到梁月鹏抱着梁佳，绽开笑脸，走上来把梁佳抱过来，对梁佳说：“佳佳，你妈妈呢？佳佳这么晚了还不睡觉？”梁佳说：“妈妈和爸爸打架了。”贾钢洋扭头看了看梁月鹏，梁月鹏不好意思地解释道：“贾铁馨她打佳佳，晚上我们不敢在家睡了。”贾钢洋威严道：“你回去讲我讲的，让她打佳佳好了！”贾母走来，从贾钢洋怀中把梁佳抱过去。梁月鹏对梁佳说：“喊‘外婆’。”梁佳说：“外婆，外公。”贾钢洋笑道：“佳佳能干。”贾母吻了吻梁佳道：“佳佳好，佳佳好，你妈妈是个大坏蛋。”看了一眼梁月鹏，“走，我们一起去找那个大坏蛋。”

贾母抱着梁佳，和梁月鹏一起来到贾铁馨家门口，贾母一边肆无忌惮地敲着院门，一边说：“开门，开门，开门。”有脚步声传来，继而是拔门闩的声音，门开，贾铁馨站在面前。贾母抱着梁佳径直走进去，一边说道：“你这个死样，还敢打我们的小佳佳，不想混了……”贾铁馨就要把梁月鹏关在门外，梁月鹏推着门挤了进来，贾铁馨娇嗔地白了梁月鹏一眼，说道：“死样！”贾母给梁佳洗脸、洗脚，梁月鹏在一边帮忙，贾母说：“你这个死样，还敢打我们的小佳佳，不想混了，马上我再到你四姨家去，前天你大姨家又吵架了，你二姨家这一阵子要好些了，你大舅又在作怪了，把人家大姑娘搞怀孕了……”数落了一通，又坐了一会儿，走了。贾铁馨家里这才又恢复了平静。

贾铁香家里也恢复了平静。几日后，贾铁香骑着自行车从贾铁馨店门口慢车道上驶过，一边喊道：“佳佳，到四姨店里玩！”梁月鹏拉着梁佳，从店里出至店门口，扭头看去，贾铁香已骑走老远了。梁佳挪步要走，梁月鹏说：“佳佳，你想去哪儿？”梁佳说：“我到四姨店里玩。”梁月鹏高兴地转身往店里喊：“铁馨！你出来看看，佳佳要去铁香店里，你看可行？她已经走了。”贾铁馨来到店门口，欣喜地扭头看去，只见梁佳在人行道上已经走了一截，步子不太稳重，有点踉跄，甚是可爱。梁月鹏看着，说道：“我去跟着。”便跟了上去，怜爱地尾随着、观察着、保护着梁佳，只见梁佳漫不经心地走着，看看这儿，看看那儿。

二十六

而生活一平静了，梁月鹏身上的那种不断的动的特质又要显现出来。这不，都晚上八九点了，梁月鹏骑着自行车，来到了水果摊前买苹果，然后驶往文化局范主任的家。范主任在书房接待梁月鹏，旁边放着梁月鹏买的苹果。范主任笑呵呵道："我建议你先发表一个剧本，搞一点知名度出来，不然谁知道你?"梁月鹏谦恭道："去哪儿发表呢?"范主任说："《江汉文学》。"梁月鹏疑问道："好发表吗?"范主任说："两千块钱。"梁月鹏不禁沉吟道："两千块钱就能发表?"范主任说："你找我我才告诉你。省城你可认得什么人?"梁月鹏脱口道："高子丹。"范主任一时感到意外，思忖道："你怎么认得高子丹的?"梁月鹏不无自豪感道："我在光明老家的时候早就找他认识了。"范主任说："他行！你可以找找他。"

梁月鹏如获至宝，飞快地骑着自行车行驶在回家的路上，一边自言自语道："我要发表剧本啦！不过，要先给高子丹写一封信，说明我现在来桃源的情况，然后再向贾铁馨要钱，她很可能会愿意给我钱的，她也希望我能有出息。春节将至，大年初四或者初五就去给高子丹拜年。"

大年初五早晨，梁月鹏在桃源商场买了一个黑皮公文包，把剧本《还我红五星》的打印稿插进去，又买了两个大礼盒，出发了。

高子丹家，门上贴着春联。梁月鹏一手拎着黑皮公文包，一手拎着两个大礼盒走来，腾出一只手敲门。门开，高子丹妻出现在面前，梁月鹏问："请问高厂长在家吗?"高子丹妻面无表情道："在省政府。"梁月鹏惊诧道："省政府?"高子丹妻说："省政府大院，你去问。"便把门关上了。梁月鹏欲言又止，不禁看了看手中的大礼盒。

江汉省人民政府，大门边肃立着一个武警在站岗。梁月鹏一手拎着黑皮公文包，一手拎着两个大礼盒走上来，开口欲问武警，武警指了指身边的值班室窗口，梁月鹏便来到值班室窗口，往里一望，里面坐着一位老者，问道："请问，高子丹在吗？"老者说："什么高子丹？"梁月鹏说："江汉电影制片厂厂长高子丹，写过那个电影《红色经典》全国包场的。"老者说："不知道。"梁月鹏感到纳闷，一时不知所措。老者说："我知道一个姓高的，文化厅副厅长离休的。我来打电话问问看。"看着压在桌面玻璃下的电话号码，拨起电话来，然后听着话筒。梁月鹏紧张地看着听着。老者说："是高厅长家吗？"电话里高子丹的声音："是啊，我是他儿子高子丹，请问哪位？"老者高兴道："省政府大门口值班室，有人找你，你别挂，我来让他和你讲话。"把话筒递给梁月鹏。梁月鹏激动地接过话筒，说："高厂长！"电话里高子丹的声音："你好你好！是哪位？"梁月鹏激动得有些说不出话来："我……我是……姓梁……叫梁月鹏。"电话里高子丹的声音："你好你好你好！你的信我已经收到了，你在那儿等一会儿，我来接你。"梁月鹏受宠若惊道："好好。"把话筒放下，对老者兴奋地，"高子丹要来接我！"然后走开，庄重地站在一边。

梁月鹏踌躇满志地站着，眼前仿佛出现高子丹六七年前给自己的信中那龙飞凤舞的文字：

梁月鹏同志：

你好！来信收悉。你有志于电影创作，并不畏世人的冷嘲热讽，我十分感动，并衷心祝愿你早日取得成绩。

电影创作是一项异常艰苦的劳动，有成千上万人在这个领域里奋斗……

高子丹穿着黑色休闲皮上衣，走过来了。梁月鹏看见，高兴却又紧张起来。高子丹走到跟前，热情大方道："现在在桃源？在给人家做帮工啊？"梁月鹏腼腆道："是……你一语中的。"高子丹拿过梁月鹏的公文包，说："走，去我父母亲家。"高子丹亲切地和梁月鹏一起走着谈着话。高子丹说："我厂长不干了，去珠海了。"梁月鹏说："那么远？"高子丹说："大丈夫四海为家嘛。每年春节都会回来。"梁月鹏考虑着，突然说："高厂长！"高子丹扭头看着梁月鹏，梁月鹏说："我想在《江汉文学》上面发表一个。"高子丹皱了一下眉头道："发表？"梁月鹏声音略低道："花点钱。听说花个两千块钱，本子有一定的质量的话，再有人推荐……我想找您给我推荐。"高子丹明白了，说："《江汉文学》，我来和编辑部主任说一下，然后把情况告诉给你，我没帮别人干过这种事，这是第一次。”

梁月鹏和高子丹走在省政府生活大院内，边走边交谈，梁月鹏说：“从认识你到现在我一支烟都没给你抽过。”高子丹高姿态道：“君子之交嘛。”高子丹领着提着两个大礼盒的梁月鹏来到其父母亲家坐了一会儿，梁月鹏把曾经遭到高子丹拒绝的电影剧本《还我红五星》交给高子丹，高子丹承诺为梁月鹏张罗此事，然后送梁月鹏出门。

梁月鹏踌躇满志，回桃源没几日便来到邮局打电话给高子丹：“高老师，那个情况怎么样？”电话里高子丹热情的声音：“你的剧本我已经拿给他们看了，可以。”梁月鹏说：“两千块钱行吗？”电话里高子丹的声音：“三千，小梁我对你说，他们让我帮你修改修改，我说你们改吧，他们对我说，‘你是干这一行的嘛。’”说完解嘲地笑了笑。梁月鹏说：“好吧，明天我送钱过来，谢谢！”

晚上，梁月鹏向贾铁馨要钱，贾铁馨从大衣橱里拿出钱包，数了一沓子钱放在床头柜上，说：“三千。看在梁佳的分上。”梁月鹏不解道：“什么？看在梁佳……”贾铁馨说：“不看在梁佳分上，看在你分上？”娇嗔地拿眼瞟着梁月鹏，“死样！”

三千块钱拿到手，再带上路费，次日一早，梁月鹏又出发了。

高子丹父母亲家，高子丹热情地拖来一把椅子，和坐在沙发上的梁月鹏面对面促膝坐着。高子丹年迈的父母双亲从旁边走过。高子丹说：“中午在这吃饭吧。”梁月鹏转身从公文包里拿出一沓子钱来，递给高子丹道：“这是三千块钱。”高子丹接过，说：“我来数一下。”数了起来，数完，“没错。”转身从旁边拿一支铅笔和一张纸，“你写一个作者简介。”梁月鹏惊异道：“我写？”高子丹说：“就你写。”梁月鹏接过笔和纸，高子丹指着跟前的一张大方桌子，周到道：“你趴到这来写。”梁月鹏过来，趴在桌上写道：

梁月鹏，男，27岁，江汉光明人……

高子丹看着，说：“哎，你这样写。”于是，高子丹说着，梁月鹏写着：

梁月鹏，男，27岁，江汉省桃源县服装个体户。喜爱影视文学创作，得到我省影视编剧……

梁月鹏停了一下，乖巧道："写成'剧作家'，而且前面加上'著名'两个字。"高子丹说："哎哎，'著名'两个字就不用了。"于是，梁月鹏把"编剧"两个字杠掉，接着写道，高子丹继续说着：

……剧作家高子丹老师的指导。《还我红五星》系处女作。

高子丹又递过来一张纸，说："重新誊写一下。"梁月鹏接过纸，认真地重新写道：

梁月鹏，男，27岁，江汉省桃源县服装个体户。喜爱影视文学创作，得到我省影视剧作家高子丹老师的指导。《还我红五星》系处女作。

写好了，梁月鹏把纸递给高子丹，高子丹接过去，放至别处，一边说："好了，他们会免费给你十本，发表本身有一本，总共十一本。"

漫长等待了一个半月后，梁月鹏迫不及待地来到省城《江汉文学》编辑部，一个接近中年的男编辑热情地捧来一沓子刚印制出来的《江汉文学》，给梁月鹏，说："这是二十一本，送你二十本吧，我们一般只送十本。"梁月鹏惊喜地接过来，说："谢谢。"迫不及待地翻开一本，看到目录上有"还我红五星"和"梁月鹏"的字样，又翻到正文，同样有"还我红五星"和"梁月鹏"的字样，便匆匆合上了。

梁月鹏捧着一沓子《江汉文学》来到路边停下，又翻看起来，从目录翻到正文，翻了几张正文便到了结尾处的作者简介，便犹豫了起来，突然有一种失落感，觉得这几张纸花了三千块钱，是不是被愚弄了？被欺骗了？就凭这几张纸我就能怎样吗？但反过来一想，这是正式出版物，值钱就值在正式出版物上，毕竟可以说我已经发表一个剧本了，可喜可贺！

晚上一到家，便把《江汉文学》递给躺在床上的贾铁馨看，贾铁馨高兴地接过去，翻看起来。梁月鹏风尘仆仆地站在跟前看着，等候着褒扬。贾铁馨翻看完《江汉文学》，却将它往床头柜上一放，说："看你往后就吃这上面的字。"梁月鹏无话可说，闷闷地脱掉外衣，去洗漱了。洗漱毕，只穿着内衣，来到卧室，轻轻地上床，贾铁馨已经闭上了眼睛。梁月鹏轻轻地躺下，伸手要关日光灯，贾铁馨开口说话了，眼睛依然闭着："现在要让你来养活我们娘儿俩了。"梁月鹏缩回手，灯没有关，说道："好啊。"贾铁馨说："好什么好？你自己干，今天我已经把店转让了。"梁月鹏惊诧道："转让了？这么快？"贾铁馨笑吟吟地睁开了眼睛，说："我爸说你剧本一发表就要来分我的服装店。一下子转让了。"注意地看着梁月鹏的反应。梁月鹏纳闷道："分你的服装店？我分你的服装店干什么？"贾铁馨说："什么时候我能享受到做老婆的清闲，也不要进货了，也不要盘算这个盘算那个了，带着佳佳哪里热闹哪里去？"梁月鹏说："那我现在做什么事呢？"贾铁馨说："小杨借钱买了一个马自达，起步价两块钱，一天能挣七八十，生意好的时候能挣到一百多。"梁月鹏笑道："我来开马自达？"贾铁馨说："这样小杨和铁香也不掺和了，小杨开他的马自达，铁香开她的鞋子店，井水不犯河水，做男人要养活老婆孩子，生活开支都是小杨的，你可行？"梁月鹏一时未置可否。贾铁馨把头一扭，轻声骂道："还是没有屌本事！依靠老娘依靠惯了，我是苦命啊！"梁月鹏无言以对。贾铁馨继续轻声骂道："要当作家当作家，你写那东西我看已经过时了，'红五星、红五星'，还你'红五星'管饭吃？"梁月鹏决定道："你拿钱给我买一辆马自达，挣到钱了还你。"这时，床头柜上被手帕盖着的电话机响了。梁月鹏一惊，左右一看，然后盯在床头柜上。贾铁馨伸手揭掉手帕，拿起话筒，接听道："贾铁芳，你在舞厅跳舞？你用别人手机给我打的？现在都玩高档的了。以后没事了我也跟你去学跳舞，打打麻将。"放下话筒，神气地看了看梁月鹏。梁月鹏说："电话也装上了。"贾铁馨说："装掉两千多块钱，不给你打。"倒头睡了。

贾铁馨并未立即给梁月鹏六千块钱去买马自达，而是先花了三百多块钱买礼物和梁月鹏一起去文化局范主任家，请他给梁月鹏介绍工作。范主任拿着梁月鹏刚发表的剧本，很快给梁月鹏介绍了一家全县乃至全市、省里都有名的乡镇企业——红山水泥厂，去搞搞文字材料。梁月鹏迫不及待地要去这个他觉得正因为它著名才值得他去的明星企业大显身手，结果他不仅没有大显身手，反而因为闲着无聊和闹饥荒而跑回来了。说老实话，梁月鹏在红山水泥厂里没什么用处，红山水泥厂也没有多少文字材料可搞。工资勉强够维持梁月鹏一个人吃饭。人倒清闲，但感到没有出路，再者，食堂的饭菜一段时间吃下来实在让人难以下咽，梁月鹏饿得心慌意乱，两个月后就不辞而别，又回到了这个虽不温馨但衣食无忧的家。这之后，才去买马自达。

小杨带着梁月鹏，来到桃源县所属地级市最大的马自达亦即三轮带车厢摩托车市场，选购马自达。店主推出来一辆马自达，梁月鹏欣然骑上，小杨在一边看着。梁月鹏一手握紧离合器，一脚蹬向启动杆，“轰隆隆……”发动响了，梁月鹏高兴地笑了。梁月鹏操作着：握离合器的手一下子松开！油门一把到位！马自达像野马一样，前轮腾空而起——梁月鹏身子往后仰着，惊慌失措道：“哟哟哟哟哟哟！”握油门的手松开，发动机熄火，前轮落了下来。梁月鹏身子往前一栽，然后坐稳了，说：“哎哟我的妈呀，太惊险了！慢慢地松离合器，慢慢地加油门，突然搞忘了。”小杨看着梁月鹏道：“回去我来开？”梁月鹏说：“我来开，这是失误，在家里我开你的马自达已经挣了二十几块钱了。”

回去的公路上，梁月鹏认真地驾驶着新马自达，带着小杨，经过平路、上坡，来到下坡。车轮往下飞滚。梁月鹏小心驾驶着，风呼呼地吹动他的头发。小杨大声道：“空挡！稳住方向！”梁月鹏沉着地驾驶着，车轮飞滚，马自达安全地向下冲去……

二十七

马自达买回来一到桃源县城，梁月鹏就把它开到装潢门市部，让门市部的师傅给车厢焊上铁架子，然后用薄木板和塑料皮等材料装篷。

随着“轰隆隆……”的声音传来，梁佳喊着：“马自达回来了！马自达回来了！”从屋内出至院门口，梁月鹏开着篷已装好的马自达驶来，到门口停下。梁佳惊奇地看着。梁月鹏下了车，蹲下身子把梁佳抱到车厢里，说：“佳佳在这里玩，我来刷油漆，啊。”从车厢里拿出油漆和刷子。梁佳欣喜地在车厢里玩两截子木棍。车厢外，梁月鹏在给板壁刷上一层绿色的油漆。贾铁馨系着围裙从屋内出来，欣喜地看着梁月鹏刷漆。梁月鹏扭头看了一眼贾铁馨，显得很内行地继续刷着油漆。贾铁馨欣赏道："没想到书生又会开车，又会漆工。"梁月鹏喜滋滋的。贾铁馨说："菜都烧好了，过一会儿吃饭吧。"梁月鹏说："好好，等一会儿就刷完了。"

次日早晨，贾铁馨让梁月鹏开马自达先把梁佳捎带到贾铁香鞋店玩，待她洗漱打扮完毕，她去贾铁香鞋店接梁佳。梁佳急着要乘坐马自达，梁月鹏将她抱在自己身前坐着，开着马自达，驶去。

贾铁香鞋店位于大菜市出入口，主要经营一般的布鞋和帆布运动鞋，父亲贾钢洋帮衬着贾铁香。店内，贾钢洋在和一个顾客谈生意，正在捋架子上的鞋的贾铁香看见梁月鹏身前坐着梁佳，开着马自达驶来，喊道："佳佳！"梁佳高兴道："四姨！"梁月鹏在门前的路上停住车，把梁佳抱下来，说："去吧，到四姨那儿玩。"微笑地看着梁佳奔向贾铁香，贾铁香已走到门外，张开怀抱，梁佳奔过去，贾铁香一把抱住，一边说："我的乖乖，佳佳能干！"

中大街上，梁月鹏开着马自达行驶着，一边寻觅着顾客。前方有人招手，梁月鹏开车向那人驶去。到跟前停住，那人从侧面进车厢，一边说："去县政府。"梁月鹏说："好，坐好了。"梁月鹏开着，带着顾客，行驶着。前面十字路口中心有一个圆盘，圆盘上站着一名交警。梁月鹏开着车驶近，交警做着通行的手势，梁月鹏开车驶了过去。

桃源县人民政府大门口，梁月鹏在旁边停车，顾客下车，给梁月鹏车费，梁月鹏满意地接过，装进裤兜，扶了一下眼镜架，继续开车，寻觅着顾客。有顾客在招手，梁月鹏发现，加速行驶。另一辆马自达也在驶向该顾客。梁月鹏发现了另一辆马自达，便加了油门。梁月鹏马自达先赶到，该顾客上了梁月鹏的马自达，另一辆马自达失望地掉头走了。

贾铁馨当起了家庭主妇，但约定了一个"保底条款"。梁月鹏风尘仆仆地进家，从裤兜里掏出一大把钱来，说："今儿一天挣了六十多块钱，除了汽油八块钱，净得五十多。"贾铁馨把饭菜烧好，都摆上桌了，正在给梁佳洗脸，一边说："不错不错，你一天给我四十块钱，剩下的你装着。"梁月鹏说："好。"

寒来暑往，转眼间到了冬日，天空纷纷扬扬地下起了大雪。梁月鹏开着马自达在中大街行驶着。前面十字路口有几个交警在查马自达，无牌照的便被扣留了，马自达被扣的车主失落地站在一边。梁月鹏的马自达没有牌照，他开着，发现前面情况不对，掉头就走。十字路口有交警发现，指着，往对讲机上喊话。梁月鹏开车往前奔着，前面的路口，交警在等候着捉拿。梁月鹏又掉回头，险些和别的车辆碰上，但发现街边有一小巷，便驾驶着马自达拐了进去。

雪花飘舞中，梁月鹏开着马自达在小巷中行驶，但小巷出口处，有几个交警在等候着。梁月鹏发现，又想掉头逃走，但转念一想，还是束手就擒吧，便停了下来等候着捉拿。交警走过来，其中一个叫小王的，说："下来，无牌无照，你这样是开黑车，知道不知道？"梁月鹏下车，小王交警骑了上去，把梁月鹏的马自达开走了。梁月鹏失落地站着，看着。另一交警叫小张的，说："你这无牌无照，也不是个事，现在县政府下文停止给马自达办牌照，是为了防止马自达泛滥。"梁月鹏说："那我的马自达不是白买了吗？"小张交警说："你晚上出来跑应该没事，或者白天在城外围跑。"梁月鹏难受道："那这样也跑不到钱了。"小张交警说："那我们也没办法。"

梁月鹏只得回家，冒着雪，失落地归来，推、敲院门。门没开，里面没动静。外面没锁，分明是里面插闩了，再敲，里面仍没动静。梁月鹏闷闷地喊道："贾铁馨，开门。"传来了脚步声，门开，贾铁馨睡眼惺忪的样子。梁月鹏走进小院，说："车子被交警扣了。"贾铁馨有点不自然道："为什么？"梁月鹏说："没牌照。"梁月鹏进客厅，又进另一室，贾豪从卧室里出来，梁月鹏意外道："贾豪？"贾豪有点不自然，但较镇定地撒了一句谎："我来借锤子的。"说着往外走去。贾铁馨走过来，不自然地拿毛巾、脸盆去小院里的水池洗脸。贾豪走出院门。贾铁馨在洗脸，梁月鹏走过来，问道："这是怎么回事？"贾铁馨不作反应，只管洗着脸。梁月鹏看着贾铁馨，脸上露出气愤的神情，说："你说这是怎么回事？"贾铁馨显得不经意道："他不讲过来借锤子的吗？"梁月鹏不相信道："来借锤子？借锤子你俩把门关起来在卧室里干什么？"贾铁馨却笑看了一眼梁月鹏，说："你说干什么就干什么，该说的我已经说过了。"梁月鹏仇恨道："你脱不掉你的赖皮腔！"转身走了出去。

去哪儿呢？梁月鹏有些迷惘，突然他想起，去贾豪的服装店，向贾豪老婆告密。雪已停了，世界一片雪白。梁月鹏穿街过巷，来到大街上，气呼呼地走进贾豪服装店。贾豪和长相秀气的老婆正在接待顾客，梁月鹏平静着自己，在一边的凳子上坐下，等待着。顾客走了，贾豪笑嘻嘻地过来，说："稀客稀客，什么事？"梁月鹏说："没什么。我来看看。"贾豪说："噢，你看看。"贾豪老婆热情地问梁月鹏："梁月鹏，现在马自达开得怎么样？"梁月鹏想笑却没笑出来，说："还行。今天被扣了。"贾豪老婆以一种关切的口气道："现在小杨、张华你们都还好吧？听讲她大姐夫和她大姐分居多年了就是过不到一块？她们姊妹四个一个赛似一个！"眼睛眨了眨，没再多说。贾豪沏了一杯茶来，说："喝茶喝茶。"梁月鹏一时受感动，竟站起来道："谢谢。"茶放在梁月鹏旁边的凳子上。贾豪老婆捋起挂在墙壁上的服装来。梁月鹏走过来，说："她们要像你就好了。"贾豪老婆不好意思地笑了笑道："她们有本事，我们只能在家里忙忙。"便不再说话了。贾豪在一边使劲地给一件一件服装掸灰。梁月鹏看了看贾豪，又看了看贾豪老婆，又看了看贾豪，欲言又止，突然转身走了。

没走几步，梁月鹏就后悔了，怎么不当着他老婆的面把这事说开呢？让他俩打！让他俩离婚！他老婆挺漂亮的，刚才主动找我讲话，肯定喜欢我，离了给我做老婆，我还不要呢，谁要贾豪的老婆？我只是和她私通，报复贾豪这个狗娘养的！窝囊废！关键要表现出来，光在心里发狠有屁用！别想这个破事，这个破事不值得伤我的脑筋，然而，没一会儿，又想了，在想象中，梁月鹏理直气壮地指着贾豪对贾豪老婆说："贾豪刚才去哪里了你知道吗？我马自达被扣回家敲门敲不开，好一会儿开了，贾豪和贾铁馨在卧室里，你说他俩在干什么？"

梁月鹏满脸愤懑地走在大街上，转念一想，这样可能太小气了，或许他们没干什么，你这样嚷出去反而不好了。不行！门敲了好一会儿才开，这狗杂种，梁月鹏在想象中，劈脸给从卧室里出来的贾豪就是一拳，贾豪脸上顿时流血，然后跪倒在地，向梁月鹏赔礼道歉："对不起，对不起，下次再也不敢了！原谅我吧！"梁月鹏想到这儿，不禁嘿嘿地笑了两下。然后又想，在想象中上来又是一脚，贾豪跌趴在地上，不断求饶。这下子知道乖了吧，知道老子厉害了吧！

可是，门敲了好一会儿才开，梁月鹏满脸愤懑地走在大街上，又转念一想，这样也太狠毒了，或许他们没干什么，只是在一起搂搂抱抱的，也不行。只是谈谈话，你就把他打成这样，也太小题大做了。窝囊废！总是找理由安慰自己！没出息！不像个男子汉！还是算了，丢开不想就了事了，不是吗？现在有什么办法呢？等自己有了出息，来和别的女人厮混，气死这个婊子，都是这个婊子惹的祸！梁月鹏的脸上又露出得意的微笑，可是转而就消失了。

有人喊："梁月鹏！"梁月鹏扭头看去，是一个和自己年纪差不多的男人，梁月鹏的马自达同行，同行笑嘻嘻道：“你马自达可搞出来了？”梁月鹏热切地走上去，说：“没有。你呢？”同行说：“正在找人。这不搞出来，一天停车费就二十块，付不起哎。”这时，一辆车牌号为“江N·40002”的桑塔纳小汽车从旁边驶过去。同行指着小汽车笑嘻嘻道：“要能认得他，一句话牌照就办下来了。”梁月鹏问：“他是谁？”同行说：“四〇〇〇二，二号车是县长赵振邦的，县委书记的车牌号是‘江N·40001’。听说赵振邦把光明老家不少亲戚都搞到桃源来了，在桃源买地皮盖房子。”梁月鹏又问：“赵振邦是光明的？”同行说：“是啊，怎么啦？”梁月鹏说：“我也是光明的。”同行说：“那你们是老乡，找找看，他家住在三招。”梁月鹏一时激动起来，说：“找，不找白不找。”转而犹豫地，“他是县长，我是什么？”同行说：“你是文学青年，都发表剧本了，又是老乡，这个忙不能帮吗？”梁月鹏的脸部表情从犹犹豫豫转为微笑了，梁月鹏不禁感激地看了看同行。

三招，即桃源县委第三招待所，从其大门径直往里，一条水泥路通向一片开阔一些的停车路面，四周是楼房和单层砖瓦房，一边往深处有一户带院门楼的陈旧的砖瓦房。梁月鹏拿着一本刊登自己剧本《还我红五星》的《江汉文学》走来，伸头往门卫室里看。门卫室里住着一对年迈的夫妻，有床，有炊具。老太太慈善地问道：“有什么事？”梁月鹏说：“找赵县长。”老头说：“赵县长上午出去了，快回来了。”梁月鹏感到有了希望，进了门卫室，亲热道：“你们二老就在这里住啊？”老太太递过一只小板凳，说：“是，在这混日子。找赵县长有什么事啊？”梁月鹏坐了下来，说：“想找赵县长办马自达牌照。”老头说：“一句话，一般能办的赵县长都会办。”这时，那辆车牌号为“江N·40002”的桑塔纳小汽车驶了进来。老太太说：“赵县长回来了。”梁月鹏蓦地站起身来。小汽车徐徐地向里面驶去，在停车地面停下，车门开，既高又胖的赵振邦县长从里面钻了出来，然后转身走过来。梁月鹏向前走了几步，又停下，犹豫地看着。赵县长向带院门楼的陈旧的砖瓦房走去。梁月鹏又向前走了几步，因为缺乏勇气又停下。赵县长快要到门楼下了，梁月鹏赶紧走了上去。门楼下，赵县长在敲门，梁月鹏赶上来，说：“赵县长！”赵县长扭过身来，看了看梁月鹏，说：“你是谁？”门开了。梁月鹏涨红着脸，紧张道：“我是光明的，叫梁月鹏，现在在桃源开马自达，马自达因为没牌照被扣了。”赵县长不动声色地听完，转身往里走，梁月鹏跟着。院子里养着几只鸽子，在地上走。赵县长推开纱网门进了堂屋，似乎很随意地说了一声：“进来。”梁月鹏蹑手蹑脚地走了进来。赵县长在大桌旁坐下，指了指旁边的椅子道：“坐。”梁月鹏没有直接坐，而是先将《江汉文学》递给赵县长，轻声道：“这上面发表我一个剧本：《还我红五星》。”赵县长接过来，翻看起来，念道：“还我红五星，梁月鹏。”梁月鹏受宠若惊道：“是我，是我。”赵县长合上《江汉文学》，说：“我有空慢慢看。”梁月鹏乖巧道：“没空就不看了。”赵县长问：“你是光明哪里的？”梁月鹏说：“下马乡的。”赵县长又问：“是高中毕业？”梁月鹏说：“是的，考上了江汉联大没钱上。”赵县长上下打量了一下梁月鹏，说：“现在我们县政府控制马自达入户，是为了防止马自达泛滥，影响交通安全。”梁月鹏悉心听着。赵县长说：“这样，你明天上午九点去我办公室。”梁月鹏一下子感到有了希望，说：“好，好。”站了起来，“赵县长在家。”赵县长亦起身，把梁月鹏送到院门外。梁月鹏情意绵绵而低声道：“赵县长，再见。”赵县长不动声色而厚重道：“走好。”

梁月鹏和门卫室的老头老太太相互摆了摆手，踌躇满志地走出三招大门。

梁月鹏压抑着激动回到家，见院门锁着，掏钥匙开门。“爸爸，爸爸。”传来梁佳的喊声。梁月鹏扭头看去，只见贾铁馨笑吟吟地骑着自行车带着梁佳驶来。梁月鹏继续开门。贾铁馨停下车，把梁佳抱下来，梁佳跑过来，说：“爸爸，我家马自达呢？”梁月鹏说：“被人家搞去了。”梁佳身子直扭，一边说：“我要我家马自达，我要我家马自达。”贾铁馨故作娇嗔地白了梁月鹏一眼，说：“绷着个寡妇脸，就像人家欠你债似的！”梁月鹏心软意活道：“我马自达有救了，刚才我去赵振邦家的，他让我明天上午九点去他办公室。”贾铁馨感到意外地看着梁月鹏，说：“赵振邦？你去赵振邦家的？”梁月鹏不禁笑了笑道：“赵县长，是我们光明人。”贾铁馨笑吟吟道：“死样，还找县长！”梁月鹏胸有成竹道：“不相信？”

次日上午，梁月鹏来到赵县长办公室，赵县长秘书小丁递一张上面写着钢笔字的“桃源县人民政府”红头信笺给梁月鹏，说：“赵县长去市里开会了，这是他让我转交给你的，你拿这封信去找交警大队钟大队长。”梁月鹏接过来，看了起来。赵县长的字写得不咋样，歪歪扭扭的，但这字有分量：

钟大队长：

梁月鹏是开马自达小车的，经济情况不好。但喜爱影视文学创作，在

《江汉文学》上发表剧本《还我红五星》，实属难能可贵。他的马自达尚未入户，请给他办理入户手续，城市增容费贰仟元免缴或者缓缴。

赵振邦

梁月鹏看完，高兴地对小丁说："谢谢！"

那还得了！县长批字了！梁月鹏拿着信，理直气壮地走进桃源县公安局交通警察大队钟大队长办公室。钟大队长看完信，拿笔在上面批示道："请按赵县长的指示办理，同时免收城市增容费。"接着，梁月鹏拿着经过钟大队长批示的赵县长的信，理直气壮地走进桃源县交通警察大队车辆管理所。很快，梁月鹏的马自达牌照就办出来了，是黄色牌照，上面是"江N·40931"黑色字样。

中大街上，梁月鹏驾驶着载满乘客、车前车尾分别镶着一张正式牌照的马自达驶来。前方十字路口，小张交警肃立在圆盘上指挥交通，做着各种手势。梁月鹏开着马自达驶来，小张交警做着通行的手势。梁月鹏微笑地开着马自达驶过去。他正开着车，赵县长的小汽车从身旁驶过，梁月鹏发现，热切地往小汽车里望去，小汽车已驶远，梁月鹏欲言又止。

二十八

中大街有一个舞厅，在二楼，每当夜幕降临，在五颜六色、闪烁不定的灯光和强烈的富有节奏感的音乐中，与陌生异性牵手、对视、互动身姿跳交谊舞，的确令人心潮澎湃、如痴如醉。贾铁馨、贾铁芳都浓妆艳抹，各自和一个男人在跳舞，舞步交错、下流。灯光变暗，他们双双搂在一起，亲起嘴来。

晚上九十点钟，梁月鹏开着马自达回来，到门口停下，开了院门，然后推马自达进入小院子里。梁月鹏洗漱完，只穿着内衣，来到卧室。这时，电话响了。该电话机没有来电显示设置。梁月鹏接电话，电话里是贾铁馨娇滴滴的声音："佳佳在我妈那儿睡了，我在贾铁芳家喝酒喝多了，晚上不回去了。"梁月鹏说："噢，知道了。"挂了电话。这边有人敲门，不是院铁门，而是另外一个通楼道、和邻居对门的门。梁月鹏过来开了门。隔着铁栅门站着只穿着内衣、有所渴盼的贾铁芬。梁月鹏称呼了一声："大姐。"贾铁芬问："铁馨呢？"梁月鹏说："在贾铁芳家，喝酒喝多不回来了。"贾铁芬眼光有些迷离，温柔道："月鹏，过来把我卧室里的灯弄一下，不知道怎么搞的忽明忽暗的。"梁月鹏说："灯我不会弄。"贾铁芬近乎请求道："不难，我教你弄，你把门开开。"梁月鹏心无别念道："算了吧。"把门关上了。梁月鹏回到卧室，睡下，一时没有入眠，而筹划了起来：国庆节快要到了，要给赵振邦送两瓶茅台酒，里面夹一封表达谢意的信，再说明一下自己现在的处境，以博取他的理解和同情，往后在县里面的文化宣传部门谋个职。可是买酒的五百块钱从哪里来？还是要问贾铁馨要，是送给县长，还能白送了？

没想到梁月鹏一张口，贾铁馨竟答应了，很爽快。梁月鹏给人送礼还是很积极的，这不，晚上八九点了，他开着马自达驶来了，到三招大门口停下，从车厢里拎出一个沉甸甸的茅台酒硬纸袋子，径直入大门，拐弯向赵县长家走去。梁月鹏来到院门楼下，想了一会儿，然后决定并伸手敲了起来。里面传来脚步声，门开，一个丰壮的中年妇女赵县长妻出现在面前。梁月鹏说："您是任大姐，赵县长在家吗？"赵县长妻注意地向下看了一眼梁月鹏手中拎的东西，说："不在家，有什么事吗？"梁月鹏说："上次赵县长为我办了马自达牌照，表示感谢。"赵县长妻热情地让梁月鹏进去，经过院子，进堂屋，梁月鹏把茅台酒硬纸袋子往大桌边的地上一放，说："任大姐，我走了。"赵县长妻热情道："他回来我告诉他，啊，你叫什么名字？"梁月鹏说："我写过那个剧本，我姓梁，开马自达的，里面有我的信。"说着便小跑了出来，穿过院子，出了院门。

梁月鹏空手来到门卫室，伸头看了看，见二老都在，便说："还没休息啊？"老太太说："没，要到十二点才能锁门睡觉。"老头说："赵县长今天不在家。"梁月鹏说："他老婆在家。谢谢你们告诉我他老婆姓'任'，我刚才喊她'任大姐'的。"老太太递过小板凳，梁月鹏感激地接过，坐下。老太太说："我看你手中拎着东西的。"梁月鹏顿了一下，然后笑嘻嘻道："买两瓶酒，上次那个马自达牌照办好了，还免了两千块钱，真是县长！"老头说："那当然了。这是小事，他的权大哩，你以后不开马自达了，想叫他给安排个工作都行，他和书记每人手中都握有几个名额。”梁月鹏被说中了心坎，往老头跟前移了移座位，说：“他和书记手中都握有名额？”老太太说：“县长手中怎能没有名额呢？”梁月鹏说：“我要是能找个工作就好了。哎呀，没事到你们这里来坐坐，心里都感到好受多了。”老太太说：“我们这里也没好吃好喝的，来坐坐讲讲，你年轻人都不嫌弃我们老不中用的，我们还能说什么？”梁月鹏叹了一口气道：“哎呀，我在家里没个谈话的人，老婆是个母老虎，太厉害了，不到三句话就翻脸……”老头问：“可有孩子呢？”梁月鹏说：“有一个女孩，两岁了。是抱养的，她不能生，她离过婚，我也不计较。”老太太说：“夫妻两个要有商有议的，不然还叫什么夫妻呢？”梁月鹏说：“说真的，在你们这里坐坐讲讲话，我都不想回去了。”老头说：“没事经常来转转，赵县长人蛮好的，多见见面，不然他会把你搞忘掉了。”梁月鹏说：“是是是。”说着起身，告辞了。

三招大门口，梁月鹏骑上自己的马自达，有顾客来问：“西三十店去不去？”梁月鹏说：“去，你给多少钱？”顾客说：“三十块钱。”梁月鹏说：“行！”伸头望了望天，“哎呀，天要下雨了，快上！”顾客上了梁月鹏的马自达。

果然下起了大雨，荒郊野外，前后都是汽车的强烈光线，梁月鹏开着亮着相对微弱的灯光的马自达夹在其中。迎面是一辆大卡车，光线刺眼，汽笛震耳。梁月鹏被照得睁不开眼睛，情急中只得在路中间停了车。三辆车在错车，大卡车从梁月鹏马自达旁隆隆驶过，一辆小汽车经过梁月鹏马自达的另一旁，一溜烟地驶到前面去了。梁月鹏不免感到有些惊悚，前后望了望，没别的车了，才开动马自达，向前驶去。公路的下坡，马自达的前灯照着前面的路面，梁月鹏沉着地驾驶着向下冲去……

梁月鹏和赵县长套上了近乎，那自然就要经常来走动走动。早晨，赵县长家院门口的枝头上，小鸟啁啾个不停。院门开，赵县长和几个干部模样的人说着话走出来。这边，赵县长的小汽车已发动，敞着车门在等候着赵县长。梁月鹏走来，靠近小汽车，和司机相互熟悉地摆了摆手，然后站在一边等候赵县长。赵县长他们走到车跟前，梁月鹏赶紧走上来，招呼一声：“赵县长！”赵县长扭过头来，认出了梁月鹏，笑微微道：“年底我们要开一个全县群英大会，让你也参加。创作出剧本对社会也是贡献嘛。”梁月鹏受宠若惊道：“好好。”赵县长弯下身子钻进小汽车，另外有两个人也上了赵县长的小汽车，车门关，小汽车徐徐驶出大门，然后拐弯，一溜烟地驶去了。梁月鹏站着看着，恋恋不舍……

出乎意料，赵县长竟要让梁月鹏参加全县群英大会；更出乎意料的是，赵县长没有梁月鹏的联系方式，竟通过交警大队来联系梁月鹏。一路口，一个交警在听着对讲机："钟大队长指示立即通知一个开马自达的叫梁月鹏的到赵振邦县长办公室去一趟，赵县长找他。"另一路口，一个交警也在听着对讲机："钟大队长指示立即通知一个开马自达的叫梁月鹏的到赵振邦县长办公室去一趟，赵县长找他。"十字路口，梁月鹏开着马自达驶来，站在圆盘上的小张交警对梁月鹏做着禁止通行的手势。梁月鹏一时惊慌，拐弯就跑，旁边小王交警开着交警摩托赶上来，拦住了梁月鹏。梁月鹏惊慌道："什么事?"小王交警笑嘻嘻道："你下来。"梁月鹏下了车，说："什么事?"指了指车牌照，"我车子有牌照了。"小王交警说："我们钟大队长通知你到赵振邦县长办公室去一趟，赵振邦找你。"梁月鹏惊喜道："赵振邦找我？马上就去?"小王交警说："马上就去。"梁月鹏过来对车上的乘客说："请你们下车，我有事不能送你们了，对不起啊。"车上的乘客下了车。梁月鹏对小王交警说："我车子在这停一会儿，去了就来。"小王交警说："行。"梁月鹏转身走了，没走几步又折回来问小王交警："你们不是开我玩笑吧？真的是赵振邦找我？"小王交警严肃道："我骗你干吗？一个县城交警的对讲机都在喊，我认得你，就通知你了。"梁月鹏相信了，对小王交警说："谢谢啊。"

梁月鹏得到赵县长召见，那还得了！走在街上，尤其是走进县政府，真有点目不斜视、趾高气扬，你们算什么，这是县长找我，你们都是县长手下的。然而，走进赵县长办公室，才知道赵县长不在，小丁递一张入场券给梁月鹏，说："这是赵县长让我交给你的，参加群英大会的入场票。"梁月鹏接过来，却有些失落道："赵县长呢?"小丁说："你问赵县长干吗?"梁月鹏说："噢噢不问了，谢谢。"见不见赵县长也无所谓，反正是他通知我来领的，这就够了。

全县群英大会如期召开。这日早晨，梁月鹏当然不开马自达了，精心地洗漱完，照着镜子梳起三七开头发来。贾铁馨一边给梁佳穿衣服，梁佳不老实地挣脱着，一边数落梁月鹏道："不要脸还去开群英大会，赵振邦把你当猴子耍你还认为不得了了。人家开马自达赚钱，不要脸今儿个送礼给这个交警，明天请那个交警吃饭，挣两个钱都送掉了。现在四十块钱也不给了……"梁月鹏对此置若罔闻，整装完毕，径自出门了。

哇！远远就看见，桃源影剧院大门上方挂着大红横幅："热烈欢迎参加全县群英大会的代表们！"公安干警在各路口守卫着影剧院。梁月鹏这次感到自己确实不得了，受到了如此热烈的欢迎，都有公安保卫了，那还得了！我们这些参加会议的人都是贵族了。

开会了，里面济济一堂，主席台上，赵振邦县长在讲话："有一个开马自达的叫梁月鹏的，喜爱影视文学创作，在《江汉文学》上发表剧本《还我红五星》，更是难能可贵，我们应该予以表扬……"观众席上，小丁旁边端坐着梁月鹏，梁月鹏受宠若惊地看着听着。可是，大会的最后一道程序是去一招就餐，梁月鹏为此踌躇了：并不都去就餐，那么自己属不属于可以去就餐的那一族？哪些人属于可以去就餐的那一族也没有明确规定，这可咋办？眼看着县委县政府几大班子领导包括赵县长的小轿车都开走了，梁月鹏的脚步仍在犹疑，最后不免有些丧气地径直迈向自家的门。

早上去开会的激情化成了泡影，回家来只得听贾铁馨的数落："不要脸，去开会开来一分钱了吗？你倒算老几，开马自达的还去开会？把老娘的钱送掉了就落个一声表扬，活不要脸！"当晚，贾铁馨背对着梁月鹏，数落后闭眼睡去。梁月鹏脸对着贾铁馨的背，无言以对，无聊中伸手想在贾铁馨的背上画字，没碰上却又缩回来了。少顷，梁月鹏伸头看贾铁馨已入眠，便轻轻地下床，套上两件衣服出去，把门带上。他打开隔壁的灯，来到写字台边坐下，桌面玻璃板下压着江汉电影制片厂高子丹厂长、吴庆华编辑以及滨江电影制片厂刘艳生编导的名片。梁月鹏轻轻地拉开抽屉，拿出一沓子方格稿纸，拿笔在首页上写道：

电影文学剧本

穷光蛋与富姐

编剧

梁月鹏

梁月鹏翻过首页，聚精会神地写作起来……

二十九

梁月鹏依然开着他的马自达，出了两次事故，吃惊不小，赔了些钱也就了事了。后来，随着马自达数量的猛增，交警大队对马自达的运营进行严格控制，先规定单号车跑单日子，双号车跑双日子，后来又规定主干街道在上班时间不准马自达上，一逮到就扣起来，扣起来就罚款。也并不像梁月鹏想象的那样，自己的马自达是赵县长给办的牌照，就可以无视他们的规定，横冲直闯。照样扣，照样罚。梁月鹏终于感到开马自达没有什么头绪了。正巧，贾铁馨在西大街买了一间门面房，要重操旧业，不过换了商品卖皮鞋，梁月鹏适时地把马自达给卖了，做起往常的帮工来。

西大街的门面房已经装潢完毕，门头上装着灯箱横匾："桃源皮鞋店"。店内，张华站在梯子上往墙壁上勤快地挂白色铁丝网，梁月鹏扶着梯子，一边帮着忙。梁月鹏说："我马自达前天四千块钱卖了，折了两千块钱，开了一年半出了两次事故，没赚到什么钱，都花掉了。交警大队现在管得太严了……"张华说："开马自达不是长久的事，还是开个店。这个门面房贾铁馨一把十二万一千块钱买下来是最合算的，一辈子饭碗，不想开了租给人家，租金都够吃的了。""像弟兄俩一样，一遇到一起都说不完的了！"传来贾铁馨的声音。俩人扭头看去，不吱声了。贾铁馨、贾铁芳和一个长相体面、打扮时髦的姑娘站在街上往这边看。这姑娘姓花，被人叫做"花姑娘"。花姑娘说："铁馨，这个门面房就是你儿子，这幢大楼是新楼，一百年不得倒，保你一百年有饭吃。"贾铁芳说："对哟对哟，都够孙子吃的了。""三姨，三姨，我把梁佳接回来了。"传来张容的喊声。她们扭头望去，只见张容拉着背着书包的梁佳走来，梁佳亲昵地喊了一声："妈妈！"奔了过来。贾铁馨张开双臂，一下子抱住梁佳，说："佳佳，在幼儿园想不想妈妈？"亲起了梁佳。梁佳说："想。"花姑娘看着，说："你看亲的，和亲生的有什么不一样？"张容来到贾铁芳跟前，扭捏道："妈，我头昏。"贾铁芳说："一见到我就头昏，滚一边去。"花姑娘说："你看你看，亲生丫头你倒这样！”店内，张华和梁月鹏把一个一个白色铁丝网托扣在墙壁上的大铁丝网上，然后拿来新皮鞋，靠放在小铁丝网托上。

在一项事业开始时，梁月鹏往往表现得很好。现在梁佳上幼儿园了，背着书包像个学生的样子，梁月鹏更加欢喜，希望把梁佳培养成人。晚上在家里，梁月鹏捉着梁佳的小手在练习簿的方格子里写“1”，一边说：“往中间写，从上往下，好。我们再来写一个。”又在下一个方格子里写起“1”来。他们趴在写字台边，梁佳坐在梁月鹏的腿上。梁月鹏教说：“一，一个太阳的一。”梁佳稚声稚气地跟着说：“一，一个太阳的一。”梁月鹏教说：“一，一个太阳的一。”梁佳稚声稚气地跟着说：“一，一个太阳的一。”早晨在生活区里，梁月鹏喜爱地抱着背着书包的梁佳走着，一边教说：“Good morning!”梁佳跟着说：“Good morning!”说完笑了。梁月鹏说：“Good morning, Liang Jia!”梁佳说：“Good morning, Liang Yuepeng!”梁月鹏向梁佳直点头道：“Very good! Very good!”

梁月鹏根据自己在桃源的生活写成了电影剧本《穷光蛋与富姐》。春节将至，他又要盘算着如何送礼了，而送礼，关键是要把买礼品的钱弄到手。梁月鹏回老家，急急地向土坯大屋走来，见门锁着，便东张西望起来，一边喊道：“妈！妈！”见梁开强挑着一担粪桶和老婆从门前经过，便问道：“开强，可看到我妈的？”梁开强一扭头，说：“哟，月鹏回来了，我早上没到这边来，没看到。”梁月鹏往别处找去。中年汉子挑着一担化肥、磷肥袋子走来，看见梁月鹏，笑嘻嘻道：“书生回来了。”梁月鹏问：“你看见我妈的？”中年汉子说：“我看见你爸和你妈拉着一个平板车上集了，恐怕是去卖花生。”梁月鹏说：“上集了？有没有走多远？”中年汉子说：“在路上，你去追能追到。”

乡间公路上，父亲身体孱弱地拉着平板车，母亲在后推着，向前走去。传来梁月鹏的喊声：“爸！妈！爸！妈！……”母亲回头看见了跑过来的梁月鹏，对老伴说：“月鹏回来了。”父亲停下脚步，回过头来，看见了跑过来的梁月鹏。梁月鹏跑到跟前，停下，气喘吁吁道：“快过年了，春节期间我要给高子丹和赵振邦一人送四瓶郎酒，总共四百块钱，铁馨已经被我花了不少钱了，不好再要了，现在只有问你们要了，以后挣到钱了再还你们。”母亲说：“只有把这花生卖掉才有钱哎。”父亲捋了一下套在孱弱的肩上的拉绳，拉着就要走。梁月鹏过来，说：“爸，我来拉。”父亲卸下拉绳，递给梁月鹏，梁月鹏接过来，套上肩，拉起了平板车。梁月鹏欣喜道："不重嘛。"父亲说："才四百多斤花生。"梁月鹏说："爸，妈，你们走不动坐上去吧。"便停下了车。父母亲先后上了车。梁月鹏嘱咐道："别弄掉下来啊。"拉起平板车走了。上集的人们三五成群，络绎不绝。梁长根开着手扶拖拉机载着翠花和两个小儿子跟了上来，翠花大声说道："你们老两口享福了，让月鹏拉着你们。"梁月鹏笑嘻嘻的，却涨红了脸。父母亲坐在平板车上笑微微的，母亲大声说道："翠花，你们要是回去早，看到我家屋后面麦田里有鸡给我嘘一声。"翠花答应："噢！"梁长根笑嘻嘻地和梁月鹏对望了一眼，开着手扶拖拉机，"突突突"地先走了。

集贸市场，熙熙攘攘，交易繁忙。收购花生的人把梁月鹏搬来的花生收购了，算钱给梁月鹏父亲，然后父亲点钱给梁月鹏，说："四百。"父亲手中已所剩无几了。哼，梁月鹏真能干！还好意思回老家问父母亲要钱送礼。

桃源商场烟酒专柜，服务员拿了八瓶郎酒给梁月鹏，梁月鹏付钱。

高子丹父母亲家，门上贴着春联。梁月鹏坐在长沙发上，身旁放着四瓶郎酒，高子丹亲切地和梁月鹏面对面促膝坐着，说："上次花了三千，接下来准备给你拍摄。"梁月鹏入神地看着高子丹。高子丹指了指放在大桌上的一本梁月鹏的手写稿《穷光蛋与富姐》，说："你这一个写得很有生活气息，写了一个有文化没钱的穷书生和一个有钱没文化的富婆之间的纠葛的故事，很有典型性。"

高子丹留梁月鹏吃午饭，梁月鹏自然求之不得。与高子丹及其父母亲、其他亲属围坐在大桌旁吃饭，梁月鹏又很拘束，只是少量地夹着菜吃。高子丹用一个小碗夹满了菜，一下子放到梁月鹏跟前，热情道："吃吧。"梁月鹏感激地捧过小碗，吃了起来。饭后，梁月鹏对高子丹说道："我把发表的那个《江汉文学》送给赵县长，赵县长给我办了马自达牌照，免了两千块钱的城市增容费。"高子丹说："那好。你是怎么认识赵县长的？"梁月鹏说："就是马自达没有牌照被扣了，听说赵县长是光明人，就去找他，就认得了。他还让我参加了全县群英大会，会上点名表扬我在《江汉文学》上发表了《还我红五星》。"高子丹来了兴趣，问道："他电话号码你有吗？"梁月鹏说："没有。"高子丹说："是这样，你这个《穷光蛋与富姐》题材很好，我们可以去桃源拍。"梁月鹏说："要不我回去告诉赵县长，让您和他见个面？"高子丹说："行。"梁月鹏说："有情况我打电话给您。"

梁月鹏回桃源后次日便拿着另外四瓶郎酒去给赵县长拜年。赵县长家堂屋内，赵县长、三四个干部模样的人和梁月鹏围坐在大桌旁剥花生吃。赵县长妻又倒一些花生在桌上。赵县长热情道："吃，这花生很丰满。"自己带头抓了几个。赵县长妻对梁月鹏说："小、小、什么？吃花生。"赵县长说："小梁，抓花生吃。"梁月鹏伸手抓了几个。赵县长指了一下梁月鹏对其他人说："他叫梁月鹏，在《江汉文学》上发表了一个剧本，指导老师是高……"梁月鹏说："高子丹，我昨天在他家，他说准备到桃源来拍摄我的一部反映桃源在改革开放中涌现出来的新人新事的喜剧电影。"有人附和道："那了不起。"赵县长说："那好。"梁月鹏有些激动道："赵县长，您这两天要是有空，我去把他接来，你们先谈谈。"赵县长说："好啊，年初八招待所开火，年初八上午我在办公室等他。"梁月鹏说："好。"

梁月鹏先离开，赵县长起身送他，经过院子里、厨房门口时，梁月鹏一转身进入厨房，把四瓶郎酒从包里拿出来，放好，一边说："一点心意。"站在厨房门口看着的赵县长说："小梁！"梁月鹏拿着空包小跑了出来，说："没什么，一点心意。"赵县长送梁月鹏到院门楼下，梁月鹏说："我马自达卖了，现在我老婆在西大街开了个皮鞋店叫'桃源皮鞋店'，靠近新华书店。"赵县长说："噢，那个《红色经典》的编剧姓……"梁月鹏说："姓'高'。"赵县长说："噢，高编导。那就这样讲，年初八见。"梁月鹏说："好，年初八见，赵县长您忙。"

梁月鹏如鱼得水，高兴异常，很快联系了一辆大半新的"仪征"牌小汽车。年初八清晨，随着"嘟嘟"的汽笛声响，梁月鹏拉开院门跑出来，"仪征"牌小汽车停在门口，梁月鹏拉开前座车门坐了上去，递了一张"壹佰圆"币给司机，关上了车门。小汽车拐弯驶去。

乡间公路上，这辆小汽车行驶着。车内，梁月鹏对司机踌躇满志道："我去省城接著名影视剧作家高子丹来和赵振邦县长见面，赵振邦在办公室等着在。"司机说："那了不起。你是干什么的？"梁月鹏说："我是开马自达的，好玩吧？"司机扭头看了看梁月鹏道："看起来不像开马自达的。"梁月鹏笑了笑。

小汽车驶入省政府生活大院，梁月鹏对司机说："就在这停下。"车停，梁月鹏下车，又对司机说："我很快就来。"梁月鹏向位于一层的高子丹父母亲家走来，伸手敲矮矮的院栅栏门。高子丹从屋内走出来开栅栏门，梁月鹏说："高老师，车子来了！"高子丹从容地进屋拿一个皮包挎上，随即与梁月鹏一起出门，走了一截子路，来到小汽车跟前。高子丹拉开前座车门，对司机热情大方道："师傅辛苦了。"坐了上去，关上车门。梁月鹏拉开后座车门，坐了上去，关上车门。小汽车启动，驶去。

行驶的小汽车内，梁月鹏看见高子丹的皮包放在腿上，便殷勤道："高老师你的包我给你拿着。"高子丹拿起自己的包，梁月鹏拿了过来。车在行驶，梁月鹏仔细地拿着高子丹的皮包，正襟危坐着，正视前方，一边欣赏地看了看高子丹的背影。窗外，林立的楼房向后退去。

窗外，冬日的田野和村庄向后退去，远处出现落叶树的树梢，梁月鹏情不自禁地指着窗外道："高老师，那树梢就是我们村子！"高子丹往外看了一眼，说："噢。"

窗外，破旧的厂房向后退去，高子丹往外看着，说："这些工厂需要兼并、拍卖，管理体制太老化了。"梁月鹏脱口而出道："这不成为资本主义了吗？"高子丹立即反驳道："你现在还在说这个！现在亟须引进资本主义的一套先进的管理机制和经营理念。"梁月鹏很快反应了过来，说："是是，我错了。"

小汽车驶入桃源县人民政府，在一幢办公楼前停下，高子丹和梁月鹏下了车。梁月鹏领着高子丹上楼，走进赵县长办公室，梁月鹏激动地问小丁："赵县长在吗？"小丁说："出去了，你们进来等一会儿。"梁月鹏对小丁介绍道："这是高子丹，《红色经典》的编剧。"小丁满脸笑容道："久仰久仰，《红色经典》当年红透了全中国。"高子丹热情地伸手和小丁握手，说："那是以前的事了。"说着坐下。小丁忙着沏茶，梁月鹏殷勤地端过来，放在高子丹跟前的茶几上。桌上的固定电话响了，小丁拿起话筒，接听道："直接去第一招待所？噢，知道了。"放下话筒，"高老师，赵县长来电话了，我们直接去第一招待所。"

"仪征"牌小汽车和另一辆小汽车徐徐驶进桃源县委第一招待所。

一豪华包间内，高子丹、赵振邦、范主任、梁月鹏、小丁、"仪征"牌小汽车司机、赵县长的司机和别的几个人围坐在摆着丰盛菜肴的大圆桌旁，气氛热烈。赵振邦和高子丹交换名片。梁月鹏伸着头从赵振邦的手上"抢"了一张名片，然后笑嘻嘻地看了看赵振邦。赵振邦看了一眼梁月鹏，首先端杯站起来，说："我们欢迎高编导来桃源做客！来，我们共同敬高编导一杯！"大家看着赵县长，都站了起来。高子丹已经站起来了，说："谢谢！谢谢！谢谢赵县长和在座的各位！"大家举杯共饮。

饭后，赵县长领着高子丹等一群人穿过两栋楼，上楼，走进一套客房的客厅。大家纷纷落座，高子丹和赵县长分别坐在茶几两旁主要的位置上。谈了一会儿后，高子丹说："正如赵县长刚才所说，文化的繁荣对经济发展能起到促进作用……"梁月鹏入神地看着高子丹，又看了看赵县长。高子丹继续说："我们穿越时空影视公司投个一百二十万，赵县长要是能投个六十万，一百八十万这部现实题材电影完全可以拿下来。"赵县长说："好啊，六十万我们到时候让几家企业赞助，把它们名字挂上。"范主任说："要能在桃源拍一部电影，像赵县长所说的，不光能促进经济发展，提高我们桃源的知名度，对我们文化局创作室的工作也是一个推动。"大家笑了笑。高子丹望了望梁月鹏，说："小梁要先付一万块钱定金，开拍过后这一万块钱还给你。"梁月鹏高兴道："好好。"

晚上，赵县长过来再次宴请高子丹。晚宴后，其他人都走了，高子丹坐在卧室床沿随意浏览着报纸，梁月鹏沏了一杯茶端过来，放在床头柜上，说："高老师，茶。"高子丹说："噢噢。"梁月鹏浏览了一下卧室，又殷勤地伸手把高子丹身旁床单上有皱纹的地方抹了抹，然后向高子丹告别："高老师，你睡吧，我走了。"高子丹站起来，说："噢，你回吧。"送梁月鹏到门边，嘱咐道，"那一万块钱定金要准备啊。"梁月鹏说："噢，一定准备。"

梁月鹏总是不断地有希望，而且希望越来越大。以前是发表剧本，这次是拍摄剧本，升级了，也该升了，自己也受了苦了，苦后必有甜嘛，老天爷有眼啊！梁月鹏踌躇满志地走在大街上，激动得心都快要跳出来了！电影梦终于要实现了！那还得了！没想到把高子丹和赵振邦联系在了一起，这还不成功，什么算成功?!

三十

皮鞋店开始营业了。墙壁上挂满了崭新的皮鞋，整洁、有序，一派新气象。梁月鹏正在给一双双新皮鞋擦擦亮，贾铁馨笑吟吟地领着花姑娘走进来，对梁月鹏说："她姓花，从小都喊她'花姑娘'，喊惯了就叫'花姑娘'了。"梁月鹏转过身来，笑嘻嘻道："花姑娘，你好。"花姑娘笑吟吟地看着梁月鹏道："你好。"贾铁馨说："她到我们店来当营业员，她家也是大户人家，不愁吃不愁喝，这一阵子没事，来给我们帮帮忙。"梁月鹏说："那好那好。"贾铁馨说："不要认为店是自己家买的就不好好干，一天赚的钱超过一百块的才算赚的钱。"

梁月鹏成功在望，没忘了把梁开化叫来同喜同喜。梁月鹏在家里厨房炒菜，然后加点水，盖上锅盖，火扭小了一点，转身离开厨房，来到卧室，打起了电话："请给我喊一下梁开化老师。"过了一会儿，梁月鹏说："开化，我把高子丹接到桃源来的，和赵县长在一起，赵县长连着请高子丹吃了三顿饭，决定联合拍摄我这个电影。"电话里梁开化的声音："好啊，'精诚所至，金石为开'啊，你的努力没有白费。"梁月鹏说："你到我这来玩玩，西大街，门头上有'桃源皮鞋店'五个字。"梁开化的声音："噢，马上我就去。"梁月鹏说："加一起一个半小时能到吧？我等你吃饭！"梁开化的声音："好！"

皮鞋店里首，被鲜艳的布帘隔成一个小卧室，里面一张大床占去了大半，旁边有一张桌子，此时桌上摆着卤鹅肉等菜和一瓶白酒。外面，花姑娘在和一个顾客谈生意。梁月鹏站在门口往外瞅着，见梁开化走来，高兴道："快来吃饭，都摆好了，就等你了！"梁开化进店，看了看，说："贾铁馨呢？"梁月鹏说："进货去了。"随即领着梁开化进小卧室坐下，斟酒，和梁开化亲热地碰杯对饮。梁月鹏说："我的心都快要跳出来了，终于要拍电影了！"梁开化较冷静道："我不讲过吗？'精诚所至，金石为开'。你虽然没上大学，但你努力创作，写出来剧本，上大学也不一定能写出来剧本。"梁月鹏微笑得合不拢嘴，说："到时候拍的时候我再叫你来玩。"俩人又亲热地碰杯对饮，相聊甚欢，难舍难分，梁月鹏留梁开化在那儿歇了一宿，次日早饭后梁月鹏把梁开化送到了车站，梁月鹏给买的车票，梁开化就回去了。

又过了两日，是下午，梁月鹏一时无事，站在店门口，突然传来小汽车的汽笛声"嘟嘟，嘟——"，梁月鹏扭头看去，一辆车牌号为"江N·40002"的桑塔纳小汽车在门口停住，还在"吁吁"地"喘着气"。梁月鹏看着，愣住了。车门开，小丁和司机钻了出来。梁月鹏眨了眨眼睛，小丁和司机向梁月鹏走来。梁月鹏激动地迎上去，嘴唇动了动，没说出来话！小丁说："赵县长让你去一趟。"梁月鹏压抑着激动，转身对店里面的花姑娘说："我去一会儿就来。"花姑娘说："噢，你去吧。"梁月鹏平稳地走近小汽车，拉开后座车门，钻了进去。小汽车启动，拐弯，驶去。

小丁领着梁月鹏走进赵县长办公室，小丁说：“赵县长在里面。”梁月鹏走进里间，赵县长一看见梁月鹏，便说：“刚才高子丹用传真传过来了。”说着从桌上拿起一张纸递给梁月鹏，“你拿着，我这里还有一份。”梁月鹏接过来，一看，是协议书。赵县长说：“他紧接着打来电话，要你先付一万块钱定金，你拿不拿?”梁月鹏说：“我说过了，拿。赵县长，县政府拿六十万困难不困难?”赵县长说：“已经说过了，困难也要拿。”梁月鹏感激地看着赵县长，欲言又止。赵县长说：“你去吧。”梁月鹏说：“赵县长在忙。”转身离去。

梁月鹏走在县政府大院里，边走边看着《协议书》：

珠海穿越时空影视文化有限公司（甲方）与江汉省桃源县人民政府（乙方）经友好协商，决定联合摄制一部反映乙方改革开放中涌现出来的新人新事的喜剧电影《穷光蛋与富姐》，达成协议如下：

一、原剧本《穷光蛋与富姐》需修改，由甲方编剧高子丹完成并参与署名……

甲方已签章，乙方空白。

乙方桃源县人民政府没有签字盖章，即意味着合作拍电影这个事情尚未真正成立。梁月鹏骑着自行车，车前篓里盛着刚买的蔬菜，回家做饭，首先来到卧室打电话：“赵县长，这个协议书您什么时候签字盖章?”电话里赵县长的声音：“等下礼拜我来和书记说一声。”梁月鹏说：“噢，再见。”梁月鹏想了想，又给高子丹打电话：“高老师，现在我拿一万块钱有点……我想这样，到拍摄的时候我不要稿费了，拿稿费抵消这一万块钱。”电话里高子丹的声音：“那不行，这是定金嘛。”梁月鹏赶忙道：“噢噢，我拿我拿。”

梁月鹏一门心思在拍电影这个事上，十天内就找了两次赵县长，这是第二次，大约晚上十来点钟了，赵县长的小汽车从外面回来，赵县长从车里钻出来，走到自家院门楼下敲门，梁月鹏赶紧走上来，招呼道：“赵县长!”赵县长扭过头来，见是梁月鹏，说：“还是那个事?”梁月鹏恳切道：“是。”赵县长说：“还没和书记碰头，碰过头了我再签。”梁月鹏说：“好，那我回去准备那一万块钱。”赵县长说：“好。”

梁月鹏来到门卫室，老太太递了一只小板凳，梁月鹏坐下。老头问："赵县长可签了？"梁月鹏说："他说了两遍了要对书记说一声。"老太太说："那当然了，这么大事情他和书记怎能不商量一下呢？"梁月鹏疑惑道："是不是……"看了看外面没人，"我在这里讲我也没把你们看外，是不是要送一些东西给赵县长？"两位老人沉默了。须臾，梁月鹏思虑道："珠海那边我要给一万，那桃源这边我要给多少？"老头说："一万。"梁月鹏惶惑道："珠海那边一万块钱我还没有着落，再搞一万是绝对不可能的。"老太太说："你先把珠海那一万搞到寄过去，赵县长这边再慢慢来，赵县长既然答应了，就会办的。"

现在问题来了，梁月鹏从哪儿搞一万块钱呢？晚上在家里，梁佳已睡了，贾铁馨和梁月鹏都穿着内衣躺在床上看电视。贾铁馨说："把这家全卖掉都不够你败！"梁月鹏涨红着脸，说："这协议书都传过来了，也不会骗我的。到拍的时候一万块钱还还给我。"贾铁馨说："还给你？天下有这等好事？只有你这傻瓜才会想到会还给你！"梁月鹏说："你不借给我我想办法借。"这时，床头柜上的电话响了。贾铁馨白了梁月鹏一眼，说："你出去！"梁月鹏下床出去了，贾铁馨伸手关上门，拿起了话筒。门外，梁月鹏在听着，贾铁馨的声音："睡觉了。"接着是挂电话的声音。梁月鹏推门进来，说："有什么事在隐瞒着我？"贾铁馨说："隐瞒你的多着哩，反正我俩也过不到一块，梁佳是我生命的源泉，你算老几？"梁月鹏惊愕地站着，说："我算老几？那我们分。"贾铁馨不屑道："谁和你分？你有什么资格和我分？"梁月鹏说："因为我是你丈夫。"贾铁馨说："不要脸还好意思说'丈夫'！结婚证呢？你把结婚证拿来你就是我丈夫，我就分一半家产给你。我吃着喝着玩着，你只有当奴隶，想滚蛋你就滚蛋，我给你一千块钱做路费。"梁月鹏一下子被激怒了，忍了忍，穿上外衣，来到大衣橱边，拉了拉大衣橱的门，拉不开，是锁上了。贾铁馨鄙夷道："想要钱？你没屌本事开开。"梁月鹏又拉了拉，没拉开，转身去了厨房，拿来菜刀，把刀伸进大衣橱门的缝隙，一别，"咔嚓"一声开了。里面放着贾铁馨的钱夹。梁月鹏眼睛一亮，伸手抓住钱夹。贾铁馨起身下床。梁月鹏扭头看了一眼要来抓他的贾铁馨，拿着钱夹跑出卧室，急忙换了鞋，跑出客厅！传来贾铁馨的骂声："你是你妈养的就别跑！"梁月鹏迅速地拔开院门门闩，跑了出去。

梁月鹏穿过黑魆魆的细巷，来到中大街，招停一辆马自达，钻了进去。行驶的马自达车厢里，梁月鹏神不守舍地坐着。马自达到一家旅社门口停下，梁月鹏下车，付了钱，惊悚地向周围看了看，走了进去。梁月鹏办了入住手续后，进入客房便把门插好，关了灯，倒头睡了起来。他在睡梦中惊语：“谁？我不是抢劫犯！我是从自家拿的钱!”一骨碌爬起来，打开灯，四下看了看，没人，又倒头睡去。

混混沌沌睡到次日天明，梁月鹏定了定神，决定赶快离开桃源，回老家筹钱。首先来到梁月洲任教的下马中学，问二哥梁月洲借钱，梁月洲说：“我只能给你搞三千，铁馨的钱包里装着三千六百多块钱，你还缺三千三百多块钱。”梁月鹏感激道：“是是，你只要能给我搞到三千块钱，剩下的三千三百多块钱我来搞。”梁月洲说：“那你在这吃过饭再回家。”梁月鹏说：“我现在就回家。”

梁月鹏向老家土坯大屋门口走来，见门锁着，东张西望。这时，传来哭声！梁月鹏循着哭声望去，只见一支个个穿着白孝衣的送葬队伍走来。领头的是一个九岁男孩，捧着一个骨灰盒，悲戚地走着。第二个走着的是一个七岁男孩，眼泪涟涟的。第三个是翠花，号啕大哭着，两旁有人搀扶着，劝解着。翠花悲恸欲绝道：“长根啊，你死得惨啊！你走了叫我怎么过啊？长根啊，你死得惨啊！你走了叫我怎么过啊？长根啊……”梁月鹏怔住了，一幅幅情景立刻闪现了出来：梁长根开着手扶拖拉机载着翠花和两个儿子，笑嘻嘻地望了一眼拉着平板车的梁月鹏，然后“突突突”地先走了；去青溪打工路上梁长根在公共汽车里与小四子、小好神气地斗嘴；梁月鹏被释放来到看守所接待室，梁月国、小四子、小好、中年汉子、梁长根等全在；工棚内，工友们围坐在梁月鹏身边，看着他的只长出来一小截头发的模样，问长道短，其中梁长根笑嘻嘻地看着梁月鹏的胸部，说：“现在校徽没了不戴了吧？”……

我们熟悉的和不熟悉的村民跟在送葬队伍后面，其中有梁月鹏妈、胖墩墩中年妇女、梁开强妻、梁月国妻、梁月洲妻、中年汉子、梁开强，他们无不落泪。梁月鹏眼里一下子涌出泪水！送葬队伍向田野走去，后面跟着不少村民。只见翠花寻死觅活，被人搀扶着……

晚上，月光如水，翠花神情已非正常，失魂落魄一般，走到屋前，喊道：“长根，长根，饭烧好了。”又跑到屋后，喊道，“长根，长根，洗脚水已打好了。”两个儿子站在屋檐下发愣。村民们站在旁边看着。胖墩墩中年妇女上来拉住翠花，劝解道：“翠花，你先洗洗睡吧，长根马上就会回来。”翠花说：“我要等他回来，他叫我等他的，我要等他回来，他叫我等他的。”胖墩墩中年妇女伸手揩了一下自己眼角的泪水，一边将翠花往屋内拉，一边劝说着：“翠花，我的好妹子，你先洗洗睡吧，长根马上就会回来……”这时，中年汉子等村民拥着梁月鹏来到翠花家，在大桌边坐下，在日光灯下，一圈人围着看梁月鹏激愤地写道：

光明县下马乡梁园村大血案

“一家子村干部”作何解释

一、下马乡梁园村领导班子组成情况

梁荣光，老大，村长；

梁荣耀，老二，本村唯一企业——民用电的承包人；

梁荣辉，老三，副支书，主办会计；

梁荣亮，老四，预备民兵营长；

吴明霞，老四之妻，妇女主任；

郑善虎，老大女婿，计生干事。

二、老二梁荣耀率子行凶杀人过程

1997年6月20日晚10时许，本村梁西村民组组长梁长龙听到反映：梁荣耀和长子梁云、次子梁雾违反村民组规定，再次在距村400米远的大弯塘东南角用机引水灌溉塘上游自家承包的旱田。随后，梁长龙手持电筒赶到塘边，劝梁云、梁雾关机。机子关掉后，梁长龙往回走了约30米，遇到肩扛铁锹的梁荣耀。梁长龙告诉梁荣耀：“村民组制度哪个都要执行，现在旱情严重，水不准往旱田打。”梁荣耀火冒冒地说：“我就要打水，你能把我怎么样?”梁长龙说：“我去找你大哥，他是村长，他不能不管。”说着便回村去了。梁长龙去后，梁荣耀父子开机继续打水，还大声扬言要惩罚梁长龙。这时，在50米之外看西瓜的梁长龙堂弟梁长根闻声过来，正直地说：“人家水田有的都没栽上秧，你们旱田还非要栽秧，还非要一而再地打水。”不料，梁荣耀从背后偷偷上来，拦腰给梁长根一家伙，梁长根当即栽倒，梁云、梁雾立即过来助阵，用铁器劈头盖脸往下打，梁长根已蜷缩在地，昏迷、流血，梁荣耀父子再以脚相加……

之后不久，在法庭审理时，公诉人就拿着这个打印稿当庭宣读。半年后，梁荣耀被依法判处死刑，立即执行。因为梁荣耀咬定梁长根是自己一人打死，其子梁云、梁雾不久释放。梁荣光等一家子村干部均被撤职。因为梁长根的一个堂弟生性颟顸而狠毒，在梁长根死后碰到梁荣光小家族的人就打骂，梁荣光小家族觉得在梁园自然村定居，和梁长根小家族的人“抬头不见低头见”，很不保险，便全部迁出，分散到附近的自然村居住了。

人命关天，但梁月鹏现在的任务是筹钱。母亲从外面进屋，掏钱给梁月鹏，说：“你大姐二姐一家拿了五百，给你。”梁月鹏高兴地接过来，说：“总共一千。哎呀，还缺两千多从哪搞呢？”母亲说：“你二哥这次借给你三千，也是念你以前借给他一千二百块钱。你倒这么大人了，遇到事情也不想一想，就一个劲由着性子来。你大哥你别想借他一分钱，他不当家。这几天你就在我这吃，也别到你二哥家去，刚拿三千块钱给你，又去吃……”梁月鹏有点不耐烦道：“知道了知道了，又说这么多。”母亲转而低声道：“你为长根写那东西，长龙他们就拿你那东西到各家各户找人按手印，然后就送到公家去了。”梁月鹏问：“我家也按了？”母亲说：“你爸按的，你大哥也按了。要不是你大哥让你去翠花家写那东西，我根本就不给你去写。你忘了以前被小李带到乡政府，脸都被打青了？”梁月鹏说：“这回和那回不一样了，梁荣光要完蛋了。”母亲说：“在青溪过的日子你也忘了吗？”梁月鹏说：“又说青溪。”转身不听了。

钱还不够，梁月鹏由梁月芹陪着，去找王守信拿高利贷。梁月鹏从衣袋里掏出一盒新买的“红塔山”香烟，抽出一根递给王守信，然后殷勤地点火。王守信吸了一口烟，说：“我家里也没钱。”梁月芹说：“这一阵子老是折本。三狗子去山东进了一车马铃薯，刚到家，其他几车马铃薯也到家了，价格就被压下来了。”王守信吐了一口烟，说：“月鹏，你让月芹担保，我给你找人借三千块钱，利息是三分。”梁月鹏高兴道：“好好，多亏大姨哥。”梁月芹说：“大姨哥中午到我家吃饭，三哥你马上去买酒。”梁月鹏积极响应道：“我来去买酒。”

一万块钱终于凑足了！梁月鹏迫不及待地来到邮局，义无反顾地把一沓子人民币递给工作人员，说：“一万整，汇到珠海！”梁月鹏也真傻，作为编剧，他为什么要付定金呢？钱汇走后，梁月鹏立即给赵县长打电话：“赵县长，我已经把一万块钱汇给高子丹了！”电话里赵县长的声音：“好！就这样干！我来准备召开县长办公会议，集体讨论这个事，然后就签字盖章，把协议书传过去。”

梁月鹏说："好好，谢谢赵县长！"过了三日，梁月鹏又给高子丹打电话："高老师！"电话里高子丹的声音："你好你好你好！我刚从外景地回来，已收到了。你这个戏我们计划九月份开拍。"梁月鹏说："好好，谢谢高老师！"他们讲的话梁月鹏都坚信不疑。就要拍电影了，分头打打招呼吧，届时来看拍电影喽！

在王守信家，梁月鹏喜滋滋道："九月份拍的时候，大姨哥你们到拍摄现场去看看！"王守信抽着烟，说："赵振邦这样做一是为了宣传桃源县，二是为自已升县委书记做准备。"梁月芹笑道："你看人家问题看得好清楚。"梁月鹏说："是是。"王守信笑嘻嘻的。

在梁月洲家，梁月鹏和梁月洲在喝酒，梁月洲妻在锅灶旁做饭。梁月洲兴奋道："到时候你把电影片拎到我们学校放，我说是我弟弟写的！"梁月鹏亢奋道："那红透了！比出版一部长篇小说还强！我把钱一汇走就打电话给赵振邦，赵振邦说：'好！就这样干！'他准备召开县长办公会议，集体讨论这个事，然后就签字盖章，把协议书传过去。"梁月洲说："你给高子丹也打电话了吧？"梁月鹏说："当然打了，他说他刚从外景地回来，钱已经收到了，他讲话水平就是高，只是顺带说'已收到了'，不像我们一般人会说：'你的一万块钱我已经收到了，请你放心！'他还讲我这个戏计划九月份开拍。"梁月洲快乐道："九月份开机？"端起酒杯便和梁月鹏碰杯，俩杯相碰，发出"当"的一声脆响。

在梁月国家，梁月鹏和梁月国在喝酒，梁月国妻在一边欣喜地看着。梁月鹏说："一个是县长，一个是著名的剧作家，说话还能不算数？"梁月国高兴道："你怎想起来把高子丹引到桃源来的呢？"梁月鹏兴奋道："我在高子丹父母亲家和高子丹谈话时发现高子丹对赵振邦感兴趣，就说上了！然后两头联系，到赵振邦跟前说高子丹如何看上我这个剧本，到高子丹跟前说赵振邦如何表扬我坚持影视文学创作！"梁月国说："你这关键是把他们两个人联系到一块了，不然的话不行。"梁月国妻笑吟吟道："什么剧本剧本？可就是拍电影要参考的那个东西？"梁月鹏说："对对对，大嫂说得很对，就是我写好了故事，在什么地点什么时间什么人在做什么事，遇到了什么人说什么话，然后连在一起不就是电影了吗？关键是怎样连。"梁月国妻似懂非懂道："噢。"

在梁月芹家，梁月芹说："你不回家漂来漂去怎搞？正好要拍电影了，等电影拍好了，你再和她分。"梁月鹏说："我一回去，不吵嘴我就不好离开她，还有梁佳。"梁月芹说："你没出息，电影拍了你也没出息。"梁月鹏不高兴道："你怎能这样讲呢？"自卑起来。梁月芹"扑哧"一声笑了，说："你也经不住人家讲一句，我是讲的气话。"梁月鹏转而笑嘻嘻道："现在怎么好回去呢？"梁月芹笑道："你这个人，一讲回去就笑了。"梁月鹏止住笑，说："两个月了，她气恐怕消下去了，把大衣橱门都别坏掉了。"梁月芹说："那是你家，你还能不明不白就这样走了吗？"梁月鹏说："对，那是我家。"梁月芹说："那不是你家，是谁的家？你是一家之主！"梁月鹏不禁疑问道："我是一家之主？"梁月芹说："你没本事当一家之主，我们也没办法。"说完和梁月鹏一起笑了。

三十一

梁月鹏决意回去，但不好直接去见贾铁馨，便先去找梁佳。正值暑期，梁佳被送在幼儿园里，梁佳的教室里正在教唱歌曲《小燕子》，梁佳坐在自己的位置跟着唱。梁月鹏走到后窗外，往里看，看到梁佳了，他一怔。梁佳静静地坐着，在唱歌。梁月鹏收回目光，神色有些黯然，一时发起呆来。

放学了，熙熙攘攘，家长们在热切地领着各自的孩子。梁月鹏站在一角落望着，踌躇不前，突然前进两步，又退回去。他犹豫了一会儿，迈动脚步走到教室门口，往里看去，只剩下两三个孩子，没有梁佳，便急切地问老师："请问梁佳走了吗？"老师说："走了。"梁月鹏问："那是谁接她走的？"老师说："她家皮鞋店的营业员。"梁月鹏转身追去。人丛中，花姑娘拉着梁佳走着。梁月鹏跑上来，看见了她俩，便放慢了脚步。梁月鹏急走了几步，跟在她俩身后，一弯腰用手捅了捅梁佳的背。梁佳回头，看了看梁月鹏，像不认识似的，转回头仍然走她的路。这时，花姑娘回头，看见了梁月鹏，笑道："梁月鹏回来了。"梁月鹏不好意思道："回来了。刚才我碰了碰梁佳，梁佳好像不认识我了。"花姑娘弯腰对梁佳说："佳佳，这是你爸，你爸回来了，喊'爸爸'。"梁佳一时无表情道："爸爸。"梁月鹏没有应声，只见他眼圈发红，眼睛湿润了，抽动了一下鼻孔。花姑娘看着梁月鹏，掏出手帕递给梁月鹏，梁月鹏接过手帕，说："谢谢。"没擦，又还给了花姑娘。梁月鹏拉起梁佳的一只手，花姑娘拉着梁佳的另一只手，他们并排默默地走着。

贾铁馨在店里做生意，梁佳一下子跑过来，说："妈妈，爸爸回来了！"然后又跑出去了。贾铁馨抬头往外看了一眼，脸上掠过一阵笑意，继续做生意。花姑娘和梁月鹏走进来，梁月鹏有些不自在。花姑娘端过来一把椅子，说："佳佳她爸，坐。"梁月鹏缓缓地坐下。顾客买了皮鞋走了。贾铁馨拿着钱送回钱盒子里，然后白了梁月鹏一眼，说："我们中午都不吃饭了，就在这呆坐着！"梁月鹏领会其意，一下子站起身，说："我来回去做饭。"说着走出去了。

梁月鹏骑上自行车，顺路买了菜，回去做好，同时又蒸了饭，便往店里送。做饭时，他听见电话铃响，便走到卧室接电话，但没人应，便挂掉。

梁月鹏骑着自行车，车前篓里装着饭盒，刚到大街上，便听到口号声："血债血还！血债血还！血债血还！……"梁月鹏抬头望去，只见前面走过来一支七八十人的队伍，并不整齐，领头的两个人举着白纸横幅，上面写着字："血债血还！"中间有两个人举着白纸横幅，上面写着："请赵振邦县长处理！"梁月鹏停下车，望着队伍走来。队伍中有两三个女人痛不欲生，被搀扶着。一个中年男人振臂高呼："血债血还！"其他人跟着振臂高呼："血债血还！"中年男人振臂高呼："血债血还！"其他人跟着振臂高呼："血债血还！"中年男人振臂高呼："请赵振邦县长处理！"其他人跟着振臂高呼："请赵振邦县长处理！"梁月鹏惊诧地望着队伍走了过去，然后问身旁一个中年男旁观者："这是怎么回事？"中年男旁观者耐心道："死者叫吴春生，今年二十三岁，我家和他家住一条巷子里。赵振邦妹夫，是城关派出所副所长，为朋友要赌博账，在昨天午后硬要把欠他朋友赌博账的吴春生往警车跟前拉，要带吴春生走，吴春生不愿意，反而说：'你是谁？你出示证件我就跟你走！'赵振邦妹夫恐怕中午喝了些酒，亮出手枪，说：'这就是证件！'硬拉着吴春生走，吴春生双手死抓着窗户上的钢筋不走，三言两语，赵振邦妹夫开枪就把吴春生打死了，吴春生姐姐听到枪声就跑过来，又被他一枪打穿了肩膀，一死一伤。"梁月鹏一时怔住了。

又是人命关天，但梁月鹏真正关心的是拍电影的事会不会受到此事影响，他当晚便来到三招门卫室想探个究竟。老太太指了指一只小板凳，梁月鹏坐下，与老两口低声攀谈起来。老头字斟句酌道："今天《光明日报》头版右上角报道说，江汉省某县县长利用职权把在外县当民办教师、因超计划生育被革职的妹夫，通过伪造证件，弄到本县县城一派出所任副所长，这一句话比较长，我看了几遍才背下来。”说着就把报纸递给梁月鹏看，并指着右上角。梁月鹏看了后，心情沉重道：“那赵县长现在……”老太太说：“这两天那一家人在县政府大门口把着，要求赵县长处理这个事，赵县长这两天没去办公室上班。”梁月鹏问：“那我这个电影不知道搞不搞了？”老头说：“难讲。”梁月鹏说：“我那一万块钱已经汇到珠海那边去了。”老太太说：“真不行再把那一万块钱要回来。”梁月鹏心情更沉重道：“要回来？这不好吧？”老头说：“现在国家的报纸都登了，问题恐怕不得小。”

梁月鹏回到家里，躺在床上发愁，梁佳躺在他身旁，却拍起他的肚子，像父母对待小孩似的说：“小宝宝，睡觉喽；小宝宝，睡觉喽；小宝宝，睡觉喽……”梁月鹏不由得笑道：“梁佳，爸爸不在家的时候你想不想爸爸？”梁佳笑了笑道：“想。”梁月鹏说：“你现在学会写多少字了？”梁佳说：“会写不少了。”梁月鹏喜爱道：“会写不少了，究竟是多少？”梁佳说：“究竟是……我想不起来了。”梁月鹏说：“爸爸教你的英语还记得吗？”梁佳说：“Good night！”转身装睡了。梁月鹏说：“梁佳真聪明！”紧紧地搂起梁佳来，梁佳调皮地笑了。贾铁馨刚洗过澡，穿着短裤，进卧室，见状，立即来到床边，伸手把梁月鹏拉开，注意地观察着梁月鹏的下身。没有任何不轨举动的梁月鹏愣怔着，望着一脸猜忌的贾铁馨。贾铁馨斥道：“你别打佳佳的主意！”梁月鹏震惊道：“什么？打佳佳什么主意？”贾铁馨不理会梁月鹏，把梁佳挪离开梁月鹏一截子，自己在中间躺下，搂着梁佳睡了起来。这时，床头柜上的电话响了，贾铁馨闭着眼不理会，电话铃持续地响着。梁月鹏下床，来接电话：“喂，是谁呀？”电话里只是歌舞的声音。梁月鹏发怒道：“是谁呀？是人就讲话！”仍然没人说话，只是歌舞的声音。梁月鹏气愤地挂掉电话，又上床躺下，刚闭上眼睛，电话又响了。梁佳睁了一下眼睛，说：“妈妈，电话又响了。”贾铁馨闭着眼不理会。梁月鹏又下床，拿起话筒道：“喂，是谁呀？”电话里只是歌舞的声音。梁月鹏耐心道：“说话呀，怎么不说话呢？”仍然没人说话，只是歌舞的声音。梁月鹏突然怒吼道：“他妈的你说话呀！”挂了。贾铁馨睁眼了，说：“有本事还去找人家老婆？贾豪老婆比我姊妹四个都好，有本事去娶一个像贾豪老婆那样子？还是没有屌本事，又回到老娘跟前来了！这下子才好哩，还去找赵振邦拍电影？班都不敢上了还拍电影？”梁月鹏无法，只得隐忍着上床睡觉。贾铁馨抱着梁佳入眠了，隔开一截距离，梁月鹏侧着身，面对墙睡着。

梁月鹏回来第三日晚上，梁佳在酣睡，梁月鹏和衣躺在床上，睁着眼，他看着梁佳酣睡的样子，轻声喊道："梁佳，梁佳。"梁佳眼睁开了，问道："爸爸，什么事?"梁月鹏说："都十点了，妈妈怎么还不回来呀?"梁佳说："我不知道。"梁月鹏说："梁佳，我来帮你穿衣服，我们起来去找吧。"说着梁月鹏把梁佳拉起来，帮梁佳穿起衣服来。梁月鹏一边说："你还没洗就睡着了。"梁佳说："我等妈妈回来给我洗。"

大街上行人稀少，两排橘黄色的路灯给夜晚平添了许多温馨和静谧。梁月鹏背着梁佳走来，明显有点累了，说："梁佳，你下来走一会儿，我再背，好吗？爸爸累了。"便把梁佳放下来。梁佳突然指着前方，惊奇道："爸爸，你看，那是豪叔!"梁月鹏向前看去，只见贾豪和贾铁馨手拉着手在散步。梁月鹏一下子怔住了，停住脚步，呆呆地看着！贾豪和贾铁馨手拉着手在悠闲地散步。梁月鹏难受道："梁佳，你喊'妈妈'。"梁佳张口喊道："妈——妈——"贾豪和"贾铁馨"回头，原来那不是贾铁馨，也不是贾豪老婆，而是另一个年轻女子。贾豪看见了梁月鹏。梁月鹏一下子弯腰把梁佳抱起来就往前走去，很快走到了贾豪跟前，接着超过贾豪他们，稍微一愣，拐进旁边一个单位的大门。贾豪见梁月鹏进大门了，便与年轻女子走到该单位大门口停住不走了。黑暗处，梁月鹏抱着梁佳伸头看了看大门外，只见贾豪和年轻女子站着在聊天，显然在等待梁月鹏出来。梁月鹏感觉心里很不是滋味，站着愣了一会儿，怀抱中的梁佳问梁月鹏道："爸爸，到这里来干吗?"梁月鹏小声制止道："别讲话。"梁佳说："爸爸，我在这里害怕。"梁月鹏再次小声制止道："别讲话，知道吗?"梁佳说："我知道了。"梁月鹏抱着梁佳站了一会儿，又伸头看了看大门外，只见贾豪和年轻女子站在大门口悠闲地聊天。

梁月鹏这下子很被动了，本来他急急地走到贾豪前面，意在让贾豪看到，我看到你在搞婚外恋。没想到贾豪满不在乎，反而不走了，在大门口等着你，贾豪的意思是：你来看吧，我让你看清楚了，我就在搞婚外恋。梁月鹏真是自讨没趣，等是等不过他了，赶快冲出去，一走了之。当他抱着梁佳就要冲出去，却又把梁佳放下来，拉着在院落里走了几步，然后决然地抱起梁佳，急匆匆地走出大门，贾豪主动看着梁月鹏，梁月鹏根本不看贾豪。

梁月鹏拉着梁佳，来到自家皮鞋店门口，蹲下身来开卷闸门，然后进去，里面暗淡无光，走到小卧室看看，没人，又回来，把卷闸门拉下，锁上，抱起梁佳走了。

梁月鹏和梁佳找了一圈没找到人，回到家，都累了。梁月鹏说：“梁佳，我打水给你洗洗，啊？”梁佳说：“我瞌睡了，不洗了。”梁月鹏说：“还是洗洗，哦？”梁月鹏给梁佳洗了脸和手、梁佳先睡了之后，自己洗漱，然后上床睡觉，但日光灯没关，一直亮着。约莫凌晨一两点钟，梁月鹏突然惊醒，爬起来，从五头橱的一个大抽屉里掏出一个手电筒，摁了一下开关，有电，很亮。梁月鹏穿上衣服，拿着手电筒，给梁佳肚子上搭上滑下来的小单被，轻手轻脚地走出卧室，穿过另两个房间，换了鞋，进小院，打开院门走了出去，转身把院门锁上，摁亮手电筒照着路走了。

梁月鹏有所预感，贾铁馨和野男人在一起唱歌、跳舞、喝酒、玩耍到后半夜了，可能会到店里歇夜。于是，他直奔皮鞋店。临近店门口时，他放轻放慢了脚步，到了门跟前，听见里面有说话声，梁月鹏一时愣住了，然后蹲下身来，开锁，迅速把卷闸门推上去，走了进去！里面暗淡无光，贾铁馨穿着裙子出了小卧室。梁月鹏用手电照了照贾铁馨，问道：“里面是什么人？”立即来到小卧室。手电光中，个头并不高大的刘三柱正站在床上系裤子！梁月鹏颤声道：“你是谁？”刘三柱有些紧张道：“我是刘三柱，我们在说话。”梁月鹏一时不知所措，走动几步，对刘三柱说：“这不怪你，都是她……”转身走到有些不自然的贾铁馨跟前，“你还有脸？”气愤地用拳头往贾铁馨背上捣了捣，走了出去，又折回来，把卷闸门拉下来，锁上，走了。

梁月鹏气冲冲地走在西大街上，又突然跑了起来，连跑带走，来到贾钢洋家敲门，气喘吁吁道：“爸！爸！……”屋内传来贾钢洋的声音：“谁呀？”梁月鹏上气不接下气道：“是我……是我……小梁。”贾钢洋的声音：“这么晚了什么事啊？”梁月鹏说：“现在刘三柱和……”实在不好往下说，突然地，“算了吧，我回去了。”转身跑了。

梁月鹏失魂落魄地归来，开院门进小院，随即关上门。他走到亮着日光灯的卧室看了看，只有梁佳一人在酣睡。他又走到别的房间，把灯打开，看了看，没人，又关了灯。他又来到卧室，拨打电话，接听，没人应，又拨号，再接听，通了，是张建军的声音：“喂，这么晚了，是哪位？”梁月鹏情绪激动道：“张建军，我老婆刚才在店里头和她前夫在一起，被我抓到了！她前夫叫刘三柱，正站在床上系裤子！”张建军的声音：“梁月鹏，你不要激动啊，不要有过激行为啊。”梁月鹏突然讪讪道：“张建军，不好意思，我只有你家的电话，我忍不住就打了，你睡觉吧，打扰你了，这事不要对别人讲啊。”说完挂了，魂不守舍地在屋内走了几步，然后往外走，穿过客厅，穿过小院，打开院门出去，锁门。

梁月鹏又直奔皮鞋店，跑到门跟前，蹲下身来开锁，往上拉开卷闸门，往暗淡无光的屋内照着手电，紧张、大声却颤声道：“是我！”却没有动静。梁月鹏走到小卧室门口，往里照了照，没人，便转身往外走，来到门外，拉下卷闸门，锁上，走了。

梁月鹏悔恨自己太软弱了，没有教训刘三柱一下，这手上不正好有家伙吗？应该一手电筒砸到刘三柱头上，要他个狗命！那要坐牢枪毙的，不能砸他狗头，往他身上打，让他求饶。想到这，不由得“嘿”地笑了一下。梁月鹏满脸愤懑地走在大街上，却突然地转过身来，向这边走来。又突然地转过身去，向那头走去。又突然地转过身来，向这边走来。一时间有些精神恍惚，不知所向。在街上游荡了不短的时间，心情也释然了一些，终于回家了。

梁月鹏失魂落魄地回来，开院门进小院，随即关上门。日光灯仍亮着的卧室里，梁佳一人酣睡着。梁月鹏走进来，脱掉衣服，上床躺下。他睡不着，浑身哆嗦个不停，又深深地叹了口气，自言自语道：“算了吧，找机会和她分吧。别存有一丝一毫和她过到底的念头，和她过到底是断断不可能的。不过现在不要分，电影还没拍呢。”

三十二

赵县长妹夫犯事之后，为了赵县长及其家庭的安全，有关部门安排了一个年轻警察住在赵县长家院门外一个房间里，做保安工作。夜里九十点钟了，梁月鹏又来找赵县长，年轻警察从房间里走出来，问梁月鹏：“你找谁？”注意地看了看梁月鹏。梁月鹏说：“找赵县长。”年轻警察见梁月鹏没有可疑迹象，踱回房间，梁月鹏跟着进去，和蔼可亲道：“你在这里值班？”年轻警察说：“刚派来没几天。”赵县长回来了，到了院门楼下，梁月鹏发现，赶忙走出来，喊了一声："赵县长！"赵县长招呼道："梁月鹏。"转身往旁边踱了几步，梁月鹏便跟着。赵县长站定，说："我家出的那个事你知道了？"梁月鹏说："知道了。没事吧？"赵县长叹了一口气，送梁月鹏向大门口走去，没走几步，赵县长停住，说："你那个事我们准备派人去珠海考察考察。"梁月鹏愣了一会儿，说："好好。那赵县长回吧。"

次日上午，梁月鹏在家给高子丹打电话："高老师，赵县长妹夫把人打死了，关于拍电影的事赵县长说准备派人去珠海考察考察。"电话里高子丹的声音："噢，知道了，那等等吧。"梁月鹏说："我有三千块钱是三分利息。"电话里高子丹的声音："什么？"电话挂了。梁月鹏一时愣住了，仍拿着话筒，寻思着："完了，我在电话里说这个干吗？高子丹不高兴了……"犹犹豫豫地放下话筒。

贾铁馨和前夫刘三柱重温旧梦了，贾铁馨二姐贾铁芳格外地高兴。梁月鹏和花姑娘各自正在店里做生意，突然传来贾铁芳的喊声："花姑娘，贾铁馨在不在店里头？"梁月鹏和花姑娘扭头看去，只见贾铁芳站在马路边往这里看着。花姑娘说："还没来。"贾铁芳说："刘三柱在找她，刘三柱要回去了。"花姑娘看了看梁月鹏，梁月鹏涨红了脸，心不在焉地回答顾客的问题。贾铁芳来到花姑娘身边，故作悄悄状却有意让梁月鹏听见，对花姑娘说："刘三柱现在在东北发财了，不像以往和贾铁馨在一起的时候……"梁月鹏突然面对贾铁芳发怒道："别在这废话！先把自己肠子捋直了再说话！"贾铁芳两只眼睛一眯，双眉都弓成弧状，说："婊子养的现在还敢骂人了！"伸手拿一只皮鞋就砸过来。梁月鹏一转身，皮鞋打在他背上。梁月鹏捡起落在地上的这只皮鞋，向贾铁芳砸过去，一边骂道："你是婊子！你一家都是婊子！你有什么资格说三道四的？你一家都是婊子！……"贾铁芳躲过皮鞋。贾铁香突然走进来，梁月鹏一见贾铁香，一时惊愣。贾铁香要来揪梁月鹏，一边说："你婊子养的，你骂谁是婊子？你骂谁是婊子？"梁月鹏抱歉道："你不是！你不是！"一边躲着。花姑娘和别人在拉劝贾铁香和贾铁芳。贾铁馨走来，站在门边看着。贾铁香一只皮鞋砸到梁月鹏头上，一边骂道："还跑别回来？没个屌本事就知道把钱往外送！"贾铁芳不断地拿皮鞋往梁月鹏这边抛，一边骂道："这婊子养的王八蛋！丢人现眼的王八蛋！不要脸的王八蛋！"这时，贾铁馨说话了："贾铁芳你别'王八蛋'长'王八蛋'短的，梁月鹏是王八蛋，张华也是王八蛋！"贾铁芳一愣，要还嘴，被别人拉劝走了。梁月鹏伸手往头上摸了摸，发现被砸流血了，便径直走到柜台跟前，从柜台下面拿出来一把铁锤，举着过来！贾铁香也被人拉劝走了。梁月鹏用铁锤砸了几下挂在墙上的皮鞋，“扑嗒嗒”“扑嗒嗒”，掉下来好几双，然后他走到门口，猛地敲了几下铁门框，对被别人拉走远了的贾铁芳和贾铁香吼道：“有种的你们过来！过来！一个个娼妇！一个个奴才！来呀！老子在桃源不走了，陪你们到底！”贾铁馨在店内默默地收拾掉下来的皮鞋。梁月鹏拿着铁锤在门口转来转去，一边嚷道：“我不走了！就在这里！有吃有喝的！谁敢欺负我？谁再欺负我我要他命！我是大老板，想做事就做事，不想做事就逛街去！我不走了！就在这里！有吃有喝的！谁敢欺负我？谁再欺负我我要他命！我就是大老板……”梁月鹏头上的血流到了脸上，也流到了他的心里。

贾铁馨和刘三柱的旧梦重温，斩断了梁月鹏对贾铁馨的最后一丝牵挂和爱恋，梁月鹏开始为离开贾铁馨做准备了。梁月鹏脸上凝着血，骑着自行车来到桃源律师事务所门口，停下，又骑上走了，没走一截距离，又折回来，停下，他决然走进一个律师办公室。这个男律师姓陈，三十出头年纪，让座，梁月鹏坐下。陈律师问：“你有什么事情吗？”梁月鹏说：“请问，我们没领结婚证，共同生活了一段时间过后，在分手的时候需要不需要办理一下什么手续？”陈律师说：“当然要办了。”说着起身到书架旁找资料，“你这个情况有个文件上有规定，噢，找到了。”看了一会儿，合上，放回书架，坐下来，面对着梁月鹏，“是这样的。没领结婚证分两种情况：九四年二月一号之前同居的属事实婚姻，之后同居的属非法同居。属事实婚姻的共同财产分半，属非法同居的解除关系，散伙。”梁月鹏问：“那散伙能分到钱吗？”陈律师说：“非法同居就难说了，你想想，本身就是非法的，还分什么钱？”梁月鹏说：“那我属于事实婚姻。”突然不自在地一转身走了。

现在牵挂梁月鹏心的只有梁佳。桃源幼儿园正是放学时间，一片喧闹。梁月鹏脸上凝着血站在大门口等着。梁佳背着书包高兴地向梁月鹏跑来，梁月鹏看见了，张开双臂，梁佳一头钻进梁月鹏怀里。梁月鹏把梁佳抱起来，吻了吻，心中有难言之隐。幼儿园外，梁月鹏抱着梁佳走着，又吻了吻梁佳。梁佳用手指头抠起梁月鹏脸上的血迹，一边说：“爸爸，你脸上有血。”梁月鹏心情沉重道：“佳佳，爸爸以后要是出远门了一年都不得回来，你心里难受吗?”梁佳懵懂道:“什么难受?”梁月鹏只得苦笑了笑，说:“爸爸要出远门，好长时间都不能回来，你放学也不能来接你了。”梁佳忽闪着眼睛道:“你不来接我，妈妈来接我，姐姐来接我。”梁月鹏眼睛一下子湿润了，不再言语了。

梁佳上学时间，梁月鹏抱着梁佳送到幼儿园大门口，把梁佳放下，梁佳向梁月鹏摆摆手道:“爸爸再见!”转身往自己的教室跑去。梁月鹏伫立着，望着……

妹夫仰仗着他，并用他给的手枪故意杀了人，赵县长却照样升为县委书记。梁月鹏坐在三招门卫室里，对老两口说:“赵县长总是说派人去珠海考察考察，不知道是什么意思?”老太太笑了笑道:“不能喊‘赵县长’，要喊‘赵书记’了。”梁月鹏说:“对对，当上县委书记了，我喊‘赵县长’喊惯了。”老头说:“六十万块钱不是个小数目，不考察考察，投进去要有个闪失谁负责?”梁月鹏说:“实际上一个县拿六十万不是很大的问题，关键我觉得是想不想拿。”老头说:“赵书记在当县长的时候肯定想搞这个电影，搞出来名堂也为当书记积了一份功劳，现在已经当上书记了，我看搞电影不搞电影对赵书记来讲也无所谓了，何况还有风险呢?”老太太说:“他妹夫的事又挂着他的心，能不搞就不搞了。”梁月鹏挠了挠头发，叹了一口气。

对了，把赵县长升为县委书记的好消息传达给高子丹，上次电话中说自己汇给他的一万块钱中有三千块钱是三分利息很可能冒犯了他，趁此联络一下感情。梁月鹏在家里给高子丹打电话:“高老师，赵县长当上县委书记了!”电话里高子丹的声音:“那好啊，你这个电影有戏了，以后在文化部门谋一个职。”梁月鹏说:“对不起，有一次我一不注意说了……”电话里高子丹的声音:“小梁，代我向赵县长问好，祝贺他当选为县委书记!”梁月鹏荣幸道:“好好，高老师!”

此后，梁月鹏一直盯着赵书记，一有空就往赵书记家跑，赵书记家及其附近的地方都成了梁月鹏心中的一块圣地。

时光荏苒，九个月后，赵书记才从财政拨款六千元，派范主任和梁月鹏去珠海“考察”。实际上是让梁月鹏去讨那一万块钱的。实际上高子丹说拍这个电影指望的全是桃源的六十万，珠海那边根本不会投资。高子丹照样热情地接待了他们，当晚通知梁月鹏去他的住处取了六千元，说剩下的四千元以后汇给他，梁月鹏一时激动，竟说那四千不要了，后来又反悔又要要，结果高子丹花了其中两千元把一直说要拍摄的梁月鹏的《穷光蛋与富姐》在《江汉文学》上发表，剩下的那两千元算是留个尾巴作为和高子丹继续联系的纽带，以免断了后路。实际上，寄希望于某一个名人而不寄希望于自己扎扎实实地学习、创作，依靠投机来走捷径只不过是个狡猾的妄想。可悲的是，梁月鹏这时候还不明白这一点，不过，他逐渐就会明白。

去珠海“考察”回来后没几日，梁月鹏去文化局创作室找范主任。范主任端坐在办公桌后，说：“从珠海一回来我就去找赵书记，一方面向他汇报这次去珠海考察的情况，一方面我向他提了你工作的事，他说现在精简机构，在县直机关安排人比较困难，你要是愿意去西三十店磷矿，他能给你说说。”梁月鹏坐在范主任对面，心情低落道：“磷矿我不去了。”范主任说：“我把你调到我这创作室来也行哎，但是没有编制，你来谁给你发工资？我也觉得你没必要去西三十店磷矿，你现在去西三十店磷矿，还不如三年前你在红山水泥厂不回来哩，它俩都是明星企业。”梁月鹏说：“我知道了，谢谢。”起身走了。

按说，梁月鹏应该和赵书记断了，没有什么可找他的了。但梁月鹏还是藕断丝连，不觉又来到三招大院，此时已是夜里，梁月鹏伫立着，像是在等候着什么。他扭头看了看，只见赵书记家院门楼下亮着一个电灯泡，院门闭着。满天是星星。梁月鹏来回走动了几步，又扭头看了看，只见赵书记家院门楼下仍亮着那个电灯泡，院门闭着。夜深了，梁月鹏立在已关闭的大门外，良久不动，有如雕塑一般……

三十三

乡间公路上，一辆公共汽车在行驶。车厢内，腿跟前放着那次去海南岛用的大旅行包的梁月鹏和大姐夫坐在一起。梁月鹏积极道：“哥哥，这保健鞋你穿上，肯定能治好你的失眠症。”大姐夫笑了笑道：“我在当兵的时候就得上了，好多年了。反正你这样讲了，一百多块钱一双，你也不会诓我。你这次去黄岩没路费吧？”梁月鹏一下子笑道：“哥哥，你说中了，我真是没路费，要一百四，从省城走。”摸了摸腿边的大旅行包，“我们村子黑森在那儿做塑料工，那里家家都摆着机器做塑料产品。”大姐夫说：“一百四我这有，多了我也没有了。你在桃源日子不能过，老是在外跑也不是个事啊。”梁月鹏信誓旦旦道：“我这次出去，不打算回头了！”

挎着大旅行包的梁月鹏领着大姐夫，从省城一家医疗器械商店出来，大姐夫穿着刚买的新保健皮鞋，不断地跺着脚，在感受着。此鞋和一般皮鞋一样，只是在鞋垫上安了个小东西。梁月鹏问：“感觉怎样？”大姐夫感受着，说：“没感觉到什么。”梁月鹏马上解释道：“刚穿上哪能有什么感觉呢？它是通过穴位起作用的，需要一段时间。哥哥，我马上就要走了，那你自己一个人回去了。”大姐夫不断地跺着脚，不放心地看着这刚买的新保健皮鞋。梁月鹏说：“哥哥，那你把那一百四给我吧。”大姐夫看了一眼梁月鹏，仍低着头看鞋，跺着脚，怀疑道：“这鞋别给人骗了。”接着又说，“大不了就当买一双皮鞋穿。”梁月鹏说：“对对对，这是广播上播的，不会骗人的。哥哥，我马上就要走了，傍晚到黄岩。”向大姐夫伸出一只手。大姐夫看着梁月鹏伸着的手，伸手从裤兜里掏钱，数了数，给梁月鹏，说：“你大姐讲不要乱花钱。”梁月鹏接过钱道：“哥哥，我要赶车，就走了，以后这钱还你。”转身走了，一边提了提挎着的大旅行包。

高速公路上，一辆双层客车在行驶，车厢内，梁月鹏躺在上层，好奇地伸头看了看下层。

双层客车到达黄岩长途汽车站时已是傍晚，此时夕阳西斜，霞光万道。梁月鹏提着大旅行包从车上下来后，第一件事就是到旁边一家私人商店，用私人商店的公用电话打电话：“请问有一个叫梁黑森的小伙子在你家打工吗？”对方是地道的黄岩方言女声，梁月鹏根本听不懂。梁月鹏转而耐心地说道：“他叫梁黑森，有这个人吗？请你讲普通话。”对方的声音变了点儿，含了些普通话的成分：“他、已经、不在、我家了。”梁月鹏紧接着问道：“那他去哪家了？”对方的声音：“我、也、不知道。”梁月鹏一下子焦急起来，说：“请你想一想，他去哪家了？”对方的声音：“我、确实、不知道。”然后挂了。梁月鹏愣了一会儿，然后付电话费给店主。完了，身上最后一块钱付了电话费，本指望到这儿就可以找到黑森，可是，事态的变化完全出乎意料。梁月鹏举目四望，漫无目的地走去。

梁月鹏来到一家职业介绍所，就是一间简易的房子，墙上广告栏里贴满了不少工种的招聘信息。老板坐在办公桌边打完电话，看了看梁月鹏，问道："你要找什么工做?"梁月鹏问："你这里的工作包吃包住吗?"老板说："住，提供床铺；吃，自己烧，一般会提供炉子。"梁月鹏说："我们同村的，在这干半年了，我从老家抄了他的电话号码，没想到他不在那家干了，我找不到他了，我也没带钱。"老板较中肯道："你在我这找一份工作应该没问题，但是第一个月的生活费你得自己出，你不能一去一天还没干，就让人家给你钱，那人家要是给了你钱，你跑了不干了呢?"梁月鹏哑口无言，坐了坐，走了出去。

梁月鹏走出职业介绍所，看到前面不远处就是高速公路路口，便往那儿走去，但又犹豫，走走停停。一辆双层客车驶来，指示牌上写着："温州—桃源"。梁月鹏赶紧跑过来，扶了一下眼镜，然后手搭凉棚，注目细看，"温州—桃源"的牌子清晰可见！梁月鹏赶紧向双层客车招手，喊了一声："停车——"双层客车已风驰电掣一般，驶了过去。天已擦黑，一辆又一辆长途客车驶过，梁月鹏觑着眼看，也看不清楚车前面的指示牌，便转身朝人烟稠密、万家灯火处走去。

这里露天摆着很多小吃的摊子，都点着灯，生意兴隆，人来人往。梁月鹏走来，看着一个妇女在煎油饼卖，妇女动作麻利，一块又一块油饼很快煎好。梁月鹏不由得抿了抿嘴，问妇女："请问你们这附近有招工的吗?"妇女爽气道："有一家，昨晚刚走的，两个女孩是江汉的，突然跑了。"梁月鹏高兴道："在哪儿？你指给我，我去干，行吗?"妇女转身指着方向，一边说："走到头，往右拐，你看到墙上有大广告的，就是那家。"接着又说，"那活谁都能干。"梁月鹏转身就走，如获至宝道："谢谢!"

面带饥饿之色的梁月鹏由一个小伙子领着进入一间小屋，里面空荡荡的，只有一张双层架子床。小伙子笑嘻嘻道："两个江汉女孩，昨晚跑了，他妈的连招呼都没打。"梁月鹏说："刚才你爸说了，我今晚就开始干?"小伙子说："晚上十点我喊你，电费比白天便宜，我们都是晚上干，你先休息吧。"说完就走。梁月鹏突然拉住小伙子，说："哎，你先借十块钱给我，我还没吃晚饭。"小伙子伸手从裤兜里掏出一张"拾圆"币给梁月鹏，说："好的，晚上十点我爸来喊你，上半夜我爸和你搭档干活，下半夜我妈和你搭档干活。”说完转身走了。梁月鹏立即去那个妇女摊子买两块煎油饼吃了，回来睡觉，晚上十点钟还没睡着就被老板喊去干活了。

小作坊里正在制造塑料扇子，梁月鹏一边操作机器，一边不断地往机器里贴“孙悟空大闹天宫”的图画，于是，一把把漂亮的贴着“孙悟空大闹天宫”图画的彩色塑料小扇子就生产了出来。流水线下游处，老板一边给刚出来的小塑料扇子刮边角，一边监视着梁月鹏操作。梁月鹏不断重复地操作着，图画换成了“黛玉葬花”；梁月鹏不断重复地操作着，图画换成了“武松打虎”；梁月鹏不断重复地操作着，图画换成了“赤壁之战”……

夜空，繁星满天，星光闪烁。

小作坊内，梁月鹏不断重复地操作着，图画换成了“孙悟空三打白骨精”，梁月鹏已经困意深深，眼皮实在抬不动了，于是闭着眼睛，强忍着操作。流水线下游处，老板已换成了老板娘，她一边给刚出来的小塑料扇子刮边角，一边瞪着梁月鹏。梁月鹏清醒地停了下来，扭头对老板娘说：“我出去方便一下。还有两个小时天就要亮了，我一定干完！”起身出去了。

天亮了，梁月鹏干完了，回到小屋睡觉，但总也睡不着，辗转反侧，不禁寻思：“现在睡不着觉，到晚上又要干通宵，是不可能干下来的。三十六计，走为上计。对，赶快跑！可是身上不能一分钱都没有啊，哪怕有十块，也是个本钱。老板说了，一个月六百块，那么一天就二十，昨晚我已经要来十块，那我现在去问老板再要十块，应该能要到的，然后一走了之。”想到此，梁月鹏一骨碌爬起来，穿了衣服，走了出去。

梁月鹏谨慎地走进老板家的大屋，看老板一个人在整理昨晚生产的塑料扇子，说：“老板，我有个事情。”老板停了下来，问：“什么事？”梁月鹏说：“我马上去买几斤米回来中午做饭吃，身上钱不够，你能先借给我十块钱吗？”老板说：“你能买多少就买多少，何必借呢？”梁月鹏说：“我也不能只买二斤米吧，至少要买十斤吧，昨晚那十块钱两顿饭一吃就不剩多少了。就十块钱，我抓紧去买，回来睡一觉，晚上还要干活呢。”老板将信将疑道：“好，你赶快和你同村的联系上，不到月是不发工资的，这是最后一次借钱了。”从裤兜里掏出一张“拾圆”币给梁月鹏。梁月鹏接过钱，感激道：“谢谢老板！”走了出去。

梁月鹏谨慎地回到小屋，又走了出来，看了看后院，有围墙，但有一个豁口。梁月鹏有主意了，就从那个豁口逃跑，于是，他又走进小屋，提着大旅行包走了出来，刚到门口，不禁打了一个寒噤！老板走了过来，凶神恶煞似的对梁月鹏说："你往哪儿跑?!"梁月鹏定了一下神，原来是另外一个人走了过去。梁月鹏告诫自己，赶紧走，他害怕地拎着大旅行包，蹑手蹑脚地走到围墙豁口，看了看，先把大旅行包放过去，然后自己爬出豁口，到了豁口外，梁月鹏神色更加慌张，左右看了看，没人，提起大旅行包，蹑手蹑脚走去。

梁月鹏挎着大旅行包谨慎地走着，回头看了一眼，已经远离老板的家了，他便迈开双脚，放心大胆地向高速公路路口跑去，跑去！到了路口，一辆标志为"温州—豪州"的长途客车驶来，梁月鹏挥手臂拦车，客车停下，梁月鹏跑到门跟前，门开，梁月鹏跨上车门，问售票员："这车路过桃源吗?"售票员说："路过，快上。"梁月鹏说："我钱不够，只有十块钱，能载我一下吗?"售票员不高兴道："下去！别耽误时间!"把梁月鹏推了下去。梁月鹏下了车，看着客车开走了。又一辆标志为"温州—桃源"的长途客车驶来，梁月鹏看见了，高兴地挥手臂拦车，客车停下，梁月鹏跑到门跟前，门开，梁月鹏跨上车门，对售票员以商量且急切的口气道："我是桃源的，钱不够了，只有十块钱，能载我一下吗?"售票员说："你钱太少了，要缺个三十、二十我就照顾你一下，你这不行。"说着就推梁月鹏下车。梁月鹏赖着不下来，央求道："哎呀，都是一个地方的，就照顾一下吧，下车后我送钱给你，行吧?"售票员说："这话我们听多了，你下吧，不可以，啊?!"硬把梁月鹏推了下去。梁月鹏下了车，看着客车开走了，一时间他感到无望了，在马路边彷徨起来。又一辆标志为"温州—豪州"的长途客车驶来，梁月鹏看见了，照样挥手臂拦车，客车停下，梁月鹏跑到门跟前，门开，梁月鹏跨上车门，径自往车厢里面走。售票员跟着问："你这人怎么啦？先买票啊?"梁月鹏尽管往车厢里走，一边说："你让我先把包往里面放好了，我就来掏钱买票。"梁月鹏来到车厢最里首，把大旅行包放下，干脆一下子歪倒在地板上，并显出很劳累的样子。售票员走来，见此，说道："哎——师傅，你买一下票。"梁月鹏说道："你好，我是桃源的，钱花冒了，现在我身上只有十块钱。"掏出"拾圆"币给售票员，以央求的口气，"我也不占你们座位，就在这夹缝地板上躺一躺，你看行不行？现在车子已经跑老远的了，你把我再赶下去，又何必呢？十块钱也是钱哪!"这时，旁边座位上一个很面善的中年男乘客说了句好话："就让他搭一下吧，谁在外没有个难处?”售票员同意了，却说：“票算了，中午吃饭你望着我们吃啊?”面善男乘客说：“这样，中午的饭钱我给他出，不能不吃饭啊，不就五块钱嘛。”梁月鹏看着面善男乘客，感激道：“谢谢，谢谢!”长途客车风驰电掣一般，向前驶去。

傍晚时分，贾铁馨和梁佳从屋内出至院门口，贾铁馨正要来锁门，梁月鹏风尘仆仆地挎着大旅行包来到家门口。贾铁馨看了看梁月鹏，没有说话。梁佳惊奇地望着梁月鹏。梁月鹏径自走进家门。贾铁馨平静道：“这家就是你的旅店，想来就来，想去就去。”梁月鹏已经进屋，说道：“明天我要去一趟省城，然后回来就不走了。”

江汉教育学院大门，梁月鹏走了进去。正是下课时间，梁月鹏在教学楼过道打听人，然后在一教室门口等着，须臾，梁开化从教室里走出来，一看见梁月鹏，惊喜道：“我认为是谁呢？走，到寝室去。”梁月鹏笑嘻嘻道：“你还有课吧？我在外面转一会儿。”梁开化爽快道：“最后一节经济学原理，我不上可以。”梁开化领着梁月鹏到寝室去，他俩有说不完的话。

晚上，他俩坐在学校大操场绿草坪上，梁月鹏说：“你从师范学校到市教院，现在又到省教院，你到哪我就找到哪。”梁开化说：“我们是一个村子长大的，讲这话就见外了。”梁月鹏认真道：“我这次来想请你给我参考参考，我现在的路该怎么走?”梁开化不假思索道：“考研。我现在就在准备。”梁月鹏说：“我没有学历。”梁开化说：“先参加英语专业自学考试，总共八九门课，凭你的英语基础很快就能过掉。考研关键是英语。”梁月鹏不自信道：“我能考研?”梁开化说：“我马上给你一本书看，那上面讲二十一世纪是研究生的世纪。我们学校不少人都考上了。我就亏在没有你的英语基础。”说着富有人情味地盯着梁月鹏，“月鹏，你轮廓长得不错哎，别人能干成的事，难道我们就干不成吗?”梁月鹏受到了莫大的鼓舞，须臾，梁月鹏说：“你现在小孩子还小，现在来进修也不容易。”从裤兜里掏出钱来，“这两百块钱你拿着。”说着递钱给梁开化。梁开化推辞不要，说：“哎——，你还有账要还。”梁月鹏说：“你爸和你妈去世得太早了，你二哥现在又很困难。”梁开化坚持不要，说：“现在我在这念书心里有些后顾之忧，小孩子要喝奶粉，曹冬梅在村里面开小诊所赊账又多。”梁月鹏说：“你大哥现在在南京就算扎根了，真不容易。你二哥怎搞又生个‘小多多’？负担好重!”梁开化伤感继而责怪道：“那时候我打电话叫他不能再要孩子了，他嘿嘿嘿嘿嘿！”说到最后咬牙切齿起来。梁月鹏伸手把钱塞到梁开化裤兜里，说：“不要再推辞了，再推辞就没意思了。”他们不远处，有一对恋人缱绻在一起。皓月当空。

学员宿舍架子床二层上，梁月鹏和梁开化亲热地睡在一头，梁月鹏说：“去了一趟珠海，拍电影的事和找赵振邦安排工作的事就一下子全了结了。现在我一心一意来搞英语专科自学考试，准备考研。”梁开化说：“对，你就这样干，不会坏的。现在到外头打工没有学历人家不要。”梁月鹏说：“这次我跑了一趟黄岩，真是上演了一出惊险的戏剧！晚上在那私人家打工，上半夜是老板监视着我，下半夜是老板娘，车轮战战我一个，第二天一早我就偷跑掉了，那活不是人干的。”梁开化没有接这个话茬，而是思考着言他：“有一句话叫‘徒坐待他人仁我’，意思就是空坐着等待他人来给自己好处，来帮助自己。你看我们有时候是不是就是这样?”梁月鹏说：“对对对，表面上看好像自己也在努力做事，实际上心里是在依赖着别人，没有完全努力。”梁开化说：“我们国家的社会体制和思想观念八十年代就开始在转型了，我们可不能落伍哎。”梁月鹏说：“当然不能。”梁开化皱了一下眉头道：“你以前高考主要是语文、数学不行，考研根本就不考语文，文科的研究生也不考数学。”梁月鹏惊喜道：“不考语文？我最怕分析段落，归纳大意，我看文章就喜欢看那感情激荡的文字。数学不考太好了！”梁开化较理智道：“要避开自己的弱项，拿自己的强项去干才行。你就考江工大的思想政治教育专业，一门是英语，那四门都是政治，这全部是你的强项。”梁月鹏深受鼓舞道：“对对！你讲得很对！”梁开化又打了一个比方道：“拿自己的弱项和人家比，就好比光着头硬往刺棵子里面钻，那不是戳得一头血?”俩人笑了起来。

三十四

梁月鹏有了新的事业目标，回到桃源后，他一有空就看书。这日黄昏，梁月鹏骑着自行车带着梁佳从幼儿园放学归来，到店门口停下，把梁佳抱下来，从车前篓里拿起《许国璋英语》进店。花姑娘在做生意，梁月鹏问："贾铁馨进货去了？"花姑娘说："刚才车老板来找了，这次他们去杭州进货。"梁佳跑过来，说："爸爸，给我一块钱，我去买练习簿。"梁月鹏来到钱盒子跟前拿钱给梁佳，梁佳快乐地接过钱跑了。钱盒子里有一个户口簿，梁月鹏拿出来，翻开一看，是贾佳的户口簿，母亲是贾铁馨，还有住址和出生年月日。梁月鹏惊诧地看着，心想："贾佳？谁让改姓'贾'的？我作为父亲为什么不写上？简直就是把我一脚踢开了！"梁月鹏越想越不是滋味，一气之下，"咔嚓"一声，把户口簿给撕了，接着将它撕碎。花姑娘跑过来，说："梁月鹏，别慌撕，有什么贾铁馨进货回来再说。"梁月鹏说："我已经决定不准备和她过了，现在只是混一天是一天。"花姑娘看着梁月鹏道："佳佳她爸，我也不好多说，她家的情况我都一清二楚，你别对她讲啊，你俩是两条道上的人，能分就早分，你好好考学，还不迟。"梁月鹏有些感动地看着花姑娘，说："花姑娘，你说得对，没想到你能说出这样的话。"花姑娘笑道："怎么了？我也是初中毕业，也喜欢看看书，看不起我呀？我和什么人都能说上话，但各个人是什么样的人我心里有数。"梁月鹏涨红着脸沉默着……

三日后，也是黄昏，梁月鹏骑着自行车带着梁佳到店门口停下，抱下梁佳，自己拿着书进店，看见了一男人和贾铁馨坐得比较靠近，在亲密地谈话。这男人就是车老板，年纪也不大。花姑娘边做生意边看了看贾铁馨和车老板。梁月鹏径直到一边的板凳上坐下，看起书来。车老板看了看梁月鹏，站起身，向贾铁馨挤了挤眼。梁月鹏看见了这一挤眼。车老板走了，贾铁馨恋恋不舍地望着车老板。梁月鹏站起来，在店里转了转，然后走到贾铁馨面前，质问道："他是谁？"贾铁馨仍坐着，像没听见似的，看了看梁月鹏。梁月鹏压抑着怒火道："我已经看到不止一次他在店里和你亲热得都不想分了。"花姑娘站在旁边看着。贾铁馨说："他是车老板，我就跟他车子去进货的。"梁月鹏说："去杭州玩得快活吧？平常是夜里回来，这次晚了几个小时，和他好好过了一夜……"贾铁馨鄙夷地看了看梁月鹏道："我和他上床是我的权利，关你什么事？没有屌本事就光会嫉妒人！"梁月鹏一时噎住，不禁看了看花姑娘，花姑娘使眼色给梁月鹏——钱盒子里有东西。梁月鹏走到钱盒子跟前，打开盖子，里面有个手机！梁月鹏伸手拿出手机，疑惑地看着贾铁馨，质问道："这手机是谁的？车老板的吧？"贾铁馨站起来要来夺手机，梁月鹏迅速走到门外，猛地将手机摔在地上！手机盖子脱落！梁月鹏返回店里，从柜台下面拿出铁锤，来到马路边，用铁锤狠命地砸手机！一锤，一锤，又一锤……梁月鹏气愤难抑的脸……手机被砸成碎片……梁月鹏丢下铁锤，起身来到自行车跟前，骑上，对一时无可奈何地站在一边的贾铁馨嚷道："我回去了！让野男人到家里面找我！我们晚上再见！"掉头蹬车走了。

梁月鹏骑着自行车回到家门口，开院门进来，又把自行车推进来，然后想了想，还是关上门，插上门闩，但又拔开门闩，打开门，却又关上门，插上门闩。梁月鹏这才转身进屋，进卧室，倒头躺下，但浑身哆嗦个不停。传来敲门的声音，梁月鹏一惊，注意听着。又传来敲门的声音，梁月鹏爬起来，来到院门跟前，拔开门闩，打开门——站在面前的竟是野男人车老板！梁月鹏惊惧得目光不由得一躲闪！车老板进来，拉起梁月鹏一只胳膊就要出去，一边说："我俩到派出所去！你凭什么把我手机砸了？"梁月鹏摆脱着，胆怯道："什么手机？我砸的是贾铁馨的手机，与你有什么关系？"车老板丢开梁月鹏，径直进屋，一边说："你用大彩电还我手机，还有VCD，加在一起还不够。"梁月鹏一时无所适从。车老板在客厅伸手要搬大彩电，喊道："胆小鬼快进来！你他妈的来帮我忙！"梁月鹏突然有了主意，嚷道："你在这搬好了！我去派出所报案！"说着赶紧将自行车推出小院，骑上就走了，心想："快跑！他追来啦！这家伙长着一副凶相！"车老板停止搬东西，在屋内转了转，走到小院里，看看梁月鹏已走了，心想："这个家伙要把警察叫来，说我抢劫财物咋办？虽然手机是我的，但他不是直接从我手上拿去砸的。"车老板出了小院，把铁门带上，走了。

梁月鹏骑车来到西城派出所，把情况反映给民警后，民警说："现在我一个人在值班，抽不开身，况且你这个也不是很要紧，他搬，他人往哪儿跑？你不要和他正面冲突，以免身体受到伤害。"梁月鹏理解道："知道了，有什么要紧情况我再找你！"民警说："好。"

梁月鹏从派出所出来，天已擦黑，那么何去何从？家肯定是不敢回了，好不容易跑出来了，这时候回去再撞上，那多危险！店里也没意思去，那就先到街上转转，等晚一些了再回去看看。梁月鹏骑着自行车顺着大街驶去，不一会儿就驶过大街的大半，他又掉回头来，等驶过半条街，又掉回头去，这样折腾了几个来回，时间也不早了，还饿着呢，还是回去吧。

梁月鹏骑车驶来，停下，院门闭着但没锁，便推、敲，没动静。梁月鹏从门缝往里看，里面有灯光。梁月鹏又敲门，仍没动静。梁月鹏气愤地用脚踹得门“哐——哐——”直响，一边嚷道：“开门！开门！开门！开门！！开门！！……”门突然打开，贾铁馨一扫帚打在梁月鹏头上，梁月鹏的眼镜掉了下来。梁月鹏躲着，进了屋，进厨房操起菜刀，他愤怒地用刀口砍卧室的门！他愤怒地用刀背砸大彩电、VCD！他又跑到卧室，愤怒地用刀背砸电话机！梁佳站在旁边大声说：“爸爸！别砸了！砸坏东西就不是好孩子了！”梁月鹏丢下菜刀，贾铁馨却伸手拿起梁月鹏丢下的菜刀，向梁月鹏挥舞着过来。梁月鹏躲闪着，拿起刚才贾铁馨丢下的扫帚，挡架着。贾铁馨边打边恶辣辣道：“吃的是老娘的！睡的是老娘的！有本事再跑?！有本事再跑?！有本事再跑?！”梁月鹏边打边咬牙切齿道：“泼妇！婊子！母夜叉！神经病！”贾铁馨急中生智地朝梁月鹏啐了一口，唾沫正好落在梁月鹏脸上。贾铁馨“啪”的一脚把脚边的梁月鹏眼镜踩坏，对梁月鹏露出鄙夷的神色，说：“呸！穷光蛋！就落个脸皮子薄！讲话都没有人放屁响！”梁月鹏伸手把唾沫揩掉，又发起了攻势。梁佳站在旁边哭着喊着：“爸爸妈妈别打了！爸爸妈妈别打了！爸爸妈妈别打了！……”菜刀和扫帚在空中挡来架去，菜刀离梁月鹏的头部不远了，菜刀快要挨到梁月鹏头部了，贾铁馨眼明脑快的表情，梁月鹏不戴眼镜有一会儿从而觑着的近视眼睛和痴钝的表情，刀刃较轻地往梁月鹏前额上方一点，顿时，梁月鹏前额上血流如注！于是，梁月鹏咆哮一声，奋力冲向贾铁馨，贾铁馨显出弱势，往小院退去。从梁月鹏的视线看去：血如雨注，血色朦胧一片！贾铁馨往铁门外退去。梁月鹏伸手抹了一把遮住眼睛的血水，呐喊一声：“杀人了！”向铁门外撵去。贾铁馨钻到另一家院内，那家院门“哐”的一声被关上。

梁月鹏又来到西城派出所，那个民警边记录，边说：“你这夫妻打架，也不是重伤，叫我们怎么办？”额上头发和满脸都凝着血的梁月鹏站在一边，说：“你们不能把她逮起来审讯审讯？她太霸道了。”民警“扑哧”一声笑了，说：“把她逮起来审讯审讯？我们不能随意逮人，我们逮人要有法律依据。”

梁月鹏来到一私人小诊所看头伤，一老年男医生仔细地看了后，首先用剪刀剪去梁月鹏头上伤口周围的头发，边剪边语重心长道：“小伙子，真不能过，就不要再勉强了。人活到最后，你想想，不就是活个感情？已经往你头上动刀了，还能说有感情吗？你想想……”梁月鹏思忖着，感激道：“谢谢老人家。”一撮一撮的头发落了下来。然后用碘酒给伤口消毒，再用纱布包扎。

事情闹成这个样子，梁月鹏何去何从呢？王守信家厨房内，王守信一人在洗脚。“嘭嘭嘭”，传来敲门声。王守信洗完脚，拿擦脚布动作舒缓地擦脚，然后靸起拖鞋。“嘭，嘭……”，又轻敲了两声。王守信来到大铁门跟前，开开门。从下颏沿着双颊到头顶裹着一圈白纱布、满脸凝着血的梁月鹏站在门口。王守信一惊。梁月鹏轻声道：“大姨哥还没睡啊？”王守信说：“正在洗脚。”梁月鹏随着王守信来到厨房坐下，王守信看着梁月鹏的头，竟笑道：“上次头被刀敲破了是几号？”梁月鹏认真地思忖道：“是三号吧。”王守信说：“还不到半个月头又被打烂掉了。”梁月鹏说：“大姨哥，我想好了，这次我决定和她了结关系了。”王守信问：“这次又为什么事？”

此时，梁月芹小夫妻和七岁小儿子坐在被窝里看电视，梁月芹突然对丈夫三狗子说：“三狗子，我刚才眼皮子跳，我三哥肯定又和野女人在家打架了。”三狗子说：“你三哥这一辈子，我看……”梁月芹说：“上次眼皮一跳，我三哥敲门了。”

王守信家厨房内，梁月鹏对王守信说：“讲感情，没有。她对我讲过，她对任何人都没有真情。她就是喜欢和别的男人在一起鬼混。讲钱，我只是在帮她挣钱，是帮工。讲孩子，最近梁佳的户口本办好了，被她改名叫‘贾佳’，要是亲生的，跟谁姓我都无所谓，越是抱养的，越是不能改跟她姓‘贾’。”王守信抽着烟，一边说：“她那一家人都是做生意的，你同他们水火不容。”梁月鹏说：“我以前跟人家脸都没红过，现在学会吵嘴打架了，都是被她逼的。”王守信说：“你先回去，准备准备再讲。哪有像你这样的？说离马上就要离，一刻钟都不能等。”

家里院门洞开着，灯光照到了门外。梁月鹏来到光亮处，听见里面有说话声，胆怯得停住了脚，又退到黑暗处。须臾，梁月鹏判若两人似的又走进光亮处，摆起双臂，显得理直气壮地往家里走去。客厅里，贾铁芳和张华在和贾铁馨说话，都站着，张华像抱婴儿似的斜抱着梁佳。梁月鹏进来，见状，没好气道：“你们到这来干吗？”贾铁芳见状，显得不经意道：“我到我妹妹家来，与你有什么关系？”梁月鹏响亮道：“这是我家！”贾铁芳两只眼睛一眯，双眉都弓成弧状，说：“这是你家？你撒泡尿照照你影子！”梁月鹏被激怒了，马上反唇相讥道：“你撒泡尿照照你影子！”贾铁芳说：“你妈的蛋！”上来就要撕梁月鹏，梁月鹏一溜身跑进厨房，拿起菜刀举着出来，一边说："你们过来！你们过来！"贾铁芳被吓得躲到一边，贾铁馨往后挪着脚步，张华怀中的梁佳眼睛不眨地看着，像是没什么感觉。梁月鹏径自来到院门跟前，用刀猛力地敲起铁门来，发出"哐——哐——"的巨大声音。天上月明星稀。持续不断的"哐——哐——"声中夹杂着梁月鹏歇斯底里的吼声："有种的你们过来！过来！一个个娼妇！一个个奴才！再多来几个！有种的一家子全上！怎么不敢来?！还是孬种！！……"屋内，贾铁芳在拨手机，张华抱着梁佳和贾铁馨站在一边。梁月鹏声音突然停了，菜刀也停止敲击，原来，上来两个痞里痞气的男青年，一个上去夺掉菜刀，另一个给梁月鹏胸部就一拳，推着梁月鹏进了屋。梁月鹏穿过客厅，张华把梁佳交给贾铁馨，过来一只手抓住梁月鹏的衣领，另一只手握成拳，发狠道："妈的你不想好了！"梁月鹏惊诧地望着张华，说："你……"也握起拳来，讷讷道，"你、你……"贾铁馨说："张华帮我打他，他说你和小杨都是奴才。"张华更瞪大了眼睛，更加发狠道："妈的你才是奴才！"挥着拳头，重复道，"妈的你才是奴才！"就要打，乙痞子过来拉架，张华放了梁月鹏。梁月鹏径自走进卧室，和衣双腿插进被窝，坐倚着床头靠背，眼睛一闭，头一耷拉，装起孬来。甲痞子进卧室想收拾梁月鹏，贾铁馨拉了拉甲痞子，甲痞子便止步。大家都聚在卧室门口往里看，只见梁月鹏坐在床头，头裹着白纱布、满脸血迹地耷拉着头！贾铁芳逞强道："要不是看你头被打得像尿葫芦一样，今晚饶不掉你！"贾铁馨说："动不动说我们做生意是下放回城没工作碰巧赚钱的，那嘴皮会翻得很。"贾铁芳说："'富从祖上来'，穷命还会嫉妒人！"贾铁馨说："我是老板，你是奴仆，不服？不服你只有忍着。"乙痞子轻松地开了一句玩笑："人家是白道，我们属于黑道，可不能仗势欺人哪。"贾铁芳带头，张华、贾铁馨和甲痞子都附和地笑了笑。贾铁芳转以关怀的口气道："他父母亲也真穷，考中大学了还上不起。"贾铁馨说："不穷飞掉了也不会到我这来。"梁月鹏保持原状，浑身哆嗦个不停，他布满血迹的脸部在做着下决心的意思和意志……

彻底离开贾铁馨的时候终于确定地到了。当夜，贾铁馨和梁佳没在家里睡。次日上午，头裹着白纱布、满脸血迹的梁月鹏一觉醒来，开始收拾东西。客厅里，一片狼藉。梁月鹏在卧室打开床头柜，掏出来一本方格练习簿，封面上，姓名：梁佳；学校：桃源幼儿园；班级：小班。梁月鹏翻开第一页，整个一面都是歪歪斜斜的阿拉伯数字“1”，每个方格一个，开始时根本不像“1”，越到后来笔画越直，位置越靠中，长短粗细越匀称。梁月鹏定定地看着，难过地用手摁了一下额头。

梁月芹在家，正坐在一个大红塑料盆跟前，用搓衣板在盆里搓洗衣服。她听到有脚步声，抬起头，头裹着白纱布、满脸血迹的梁月鹏拎着两个沉重的包走进来。梁月芹看了一眼梁月鹏难看的脸和头，似是自语道：“又打架了。”梁月鹏把包直往卧室里送。梁月芹有些不耐烦道：“马上我来放。一好了又要来讨。”梁月鹏说：“这次是决定了。”梁月芹说：“每次都讲是决定了。”说完又忍不住笑了，笑看着梁月鹏的脸和头，“看你那头就像是伤病员一样，真好笑。”梁月鹏也被引笑了，说：“我这次是肯定决定了。聪明人不在于不走曲折，而是在于走过曲折以后能不能变。”梁月芹说：“变变，变到现在还不在这？”梁月鹏说：“那是时间没到。”梁月芹说：“现在时间到了？”梁月鹏说：“现在时间到了。”

梁月鹏由梁月芹陪着，来到王守信家，梁月鹏动作不自然地从特地买的一盒“红塔山”香烟里抽出一支，递给王守信，一边说：“大姨哥，这次离了，不存在以后怪你，这请你放心。”王守信接过烟，说：“不是放心不放心，我是考虑你这应不应当离，离过以后你怎搞？你来过以后人家也给你花了不少钱，你一身上下春夏秋冬的衣服都是人家的，发表剧本，又要拍电影……”梁月鹏用打火机殷勤地给王守信点火，说：“老虎也有驯顺的时候，不能因为有驯顺的时候就说老虎不吃人。”王守信吸了一口烟，不高兴道：“你这话我听就不顺耳。”转过脸去。梁月鹏赶忙赔笑。坐在一边的梁月芹说：“我三哥专做冒失事，出来一分钱都没有，刚才吃早饭还是我给他一块钱。”王守信又转脸对梁月鹏说：“钱是心窝里的血，做服装、皮鞋生意挣钱也不容易。”梁月鹏放慢了语速说：“我也干了不少事。”沉默。大姨嫂端来一杯茶放在茶几上，不事张扬道：“月鹏喝茶，月芹你住在这自己倒。”梁月鹏站起身，不胜感激道：“大姨嫂，我自己来我自己来。”王守信深思熟虑地吐了一口烟，问道：“这次她二姐他们出面了？”梁月鹏说：“对，还叫了两个人来。”王守信作出决定道：“现在这样，叫月芹担保，我来给你拿五千块钱贷款，没有钱寸步难行。第二条，你去照相馆把你的头和脸拍下来，做证据。上次你拍下来了吧？”梁月鹏说：“拍下来了。”梁月芹看着梁月鹏道：“没有大姨哥，你怎搞不晓得这样做呢？还要当作家哩。”王守信继续说：“第三是找律师。”梁月鹏疑问道：“找律师？”王守信说：“不找律师，你懂法律？”梁月鹏欲辩解又止。梁月芹说：“现在这一切事情都不能给贾铁馨晓得。”梁月鹏说：“对，不能给她知道。”王守信问：“她现在店里面有多少钱皮鞋？”梁月鹏说：“大概有个四五万块钱皮鞋。”王守信随便道：“不如晚上搞个车子拉走削价处理，得个两三万块钱算了。”梁月鹏也没主见道：“正好我有店门钥匙。”梁月芹疑问道：“这样恐怕犯法哟？”沉默片刻。王守信胸有成竹地吐出一口烟，作出决定道：“必须打官司。”

三十五

目标已定，梁月鹏又有了信心，他先到照相馆把头部伤口和脸部血迹照下来，然后去信用社贷款。王守信和附近的一家信用社的主任很熟，王守信领着梁月鹏和梁月芹走进信用社主任办公室。此时，梁月鹏脸上的血迹已洗净，裹着的一圈白纱布也已去掉，现在戴着一顶绿色太阳帽，梁月鹏可能也没在意“绿帽子”的引申义“有夫之妇出轨”。梁月鹏从口袋里掏出几盒“红塔山”香烟，王守信接过来放在主任办公桌上。中等个头、穿着讲究的主任一本正经地趴在桌沿忙着填写单据，一边理所当然地将香烟拿进自己的抽屉里，然后敏捷地合上抽屉，发出“嗒”的一声响。

款贷到了手，梁月鹏首先去配了副眼镜，这次配的不是金属架眼镜，而是黑色大塑料框眼镜，大塑料框接触皮肤感觉比较圆润、宽厚，黑色显得沉稳、沉静。然后，梁月鹏去桃源律师事务所找陈律师，给陈律师一千元代理费，陈律师接过钱，数了一下，放进自己的抽屉，然后敏捷地合上抽屉，发出“嗒”的一声响。梁月鹏热情道：“是一千吧？”陈律师说：“对。”梁月鹏问：“陈律师，我这个案子会不会被判离掉了，我一分钱都得不到呢？”陈律师说：“多少上面讲。”梁月鹏又问：“半年能不能结束？”陈律师说：“先立案，进入程序再说。”随后，陈律师领着梁月鹏走进桃源县人民法院，先立了案。

王守信在梁月鹏这起离婚官司中起了重要作用，梁月鹏也很尊敬他，有事没事都到他跟前转转。王守信说："这个事我也不想承揽，怎搞呢？我怕你以后在这里会出事，一年打半年架，现在打到头上来了，而且动不动就用刀。"梁月芹说："这下你晓得真假了吧？困难的时候，谁来帮你？"王守信说："你现在回老家去，姨娘还能烧给你吃。法院通知你就来，我这里和月芹家你摸到就吃一口。"梁月鹏有所感动道："我知道，多亏大姨哥。"

行驶的公共汽车上，梁月鹏戴着绿色太阳帽，临窗坐着。窗外，田野和村庄缓慢地移动着。

傍晚，夕阳西下，村头旧公路上，梁黑森和梁长春蹲着在抽烟。不远处的新公路上，梁月鹏从停着的公共汽车上下来，手提着东西往这边走来，当走近他们，梁黑森看见，仰起黝黑的脸，说："哟，月鹏回来了。"梁长春站起身，因为有病腰只能弓着，且腿有些瘸，他热情道："从哪旅游回来的？"梁月鹏走到他们跟前，放下东西，是一只拎包和两个鞋盒，也蹲下来，说："离婚了。"梁黑森诧异道："离婚？"梁长春微笑道："贾铁馨那么漂亮，为什么要离婚？"梁黑森附和道："是啊，你不要给我啊。"旁边传来发自肺腑的轻笑声，原来，穿着一套没有领章臂徽的绿军服、留着整齐的平头、脸上有几道疤痕的梁老五加入其中，也蹲着，开心地笑看着梁月鹏。梁月鹏郑重其事道："老五这么笑干吗？离婚对我来说是个重要的经历，也是正常的。"梁长春笑道："月鹏，要喊'村长'了，不能再喊'老五'了。"梁月鹏惊诧道："什么？当村长了？"梁黑森说："昨天刚刚搞过那个叫什么？"扭头看梁长春。梁长春说："民主选举。"梁黑森解开梁月鹏的鞋盒，拿出梁月鹏的新皮鞋看看，又合上。梁老五伸手拿过另一双皮鞋，说："这双鞋给我。"梁月鹏急忙拿过来，难为情道："哎哎，我就这两双鞋了。"梁老五脸上显出不悦道："又是个不懂社会的书呆子。"远远地，梁老五老婆气急地喊道："老五，快回来看猪！猪圈墙被猪拱塌掉了！"梁老五起身走了。梁月鹏疑问道："他坐过四五次牢，本质和名声都那么坏……"扭头看看旁边，没有人，"你们不要对他讲啊。"梁长春说："全家户哪个不恨他？偷抢扒拿。"梁黑森说："人家头脑转得快，现在偷不到了，托人送几千块钱给新来的乡党委书记当村长。"梁月鹏看着梁长春的病态身体，怜恤道："长春你这风湿性关节炎什么时候犯的？"梁长春说："在江中你走了以后又过了两年。"梁月鹏说："哎呀，亏了，你要不是这个病，你那老板的丫头肯定成为你老婆了。”说完，和梁黑森、梁长春一起笑了笑。梁黑森对梁月鹏说：“你要在江中不回来，现在肯定也成一家人了，被这婊子贾铁馨给坑了。”说完，和梁月鹏、梁长春一起笑了笑。梁月鹏对梁黑森说：“你去年把我给害苦了。我从你家把你在黄岩的那家电话号码抄下来了，到那儿给你打电话，那家人说你走了，我问你去哪家了，说不知道。我完蛋了。”梁长春笑嘻嘻地幽默道：“又是身无分文。”三人都笑了起来。

梁园村已有一些简单的两层楼房，其他基本上都是单层砖瓦房和砖墙平顶房，只有村边一家仍是土坯墙麦秸顶房，已经很陈旧了，这是梁月鹏老家土坯大屋。土坯大屋内，虽土气、寒碜，但农具、口粮及什物摆放得倒还整齐。曾充当过梁月鹏临时新房的原梁月国家里屋内，头发白了许多的母亲在给梁月鹏铺床，梁月鹏站在跟前看着。母亲边铺床边说：“我在你那带梁佳就晓得贾铁馨的脾气，她一发起脾气来划根火柴都能把空气点着！”梁月鹏欣然启齿道：“就在这住不错。”母亲嗔怪道：“就在这住不错，你可同你二哥商议了？”梁月鹏说：“没有。”母亲说：“你大哥，你同他讲也没用，不当个家。你二哥以往给你考大学花掉好多钱，你俩住在后头的小棚子里头，他当民办教师每个月拿个二三十块钱工资都给你给掉了，你倒好，在外面待了几年又回来了。”梁月鹏说：“我刚才看到三婶，她扛着锄头正准备去下田，听我说要离婚，笑嘻嘻地把锄头放下来了，又问我这个又问我那个，看她那样子像是很高兴。”母亲说：“你就同喇叭头子一样，半个钟头全家户就能被你喊遍了，这么大人了一点心眼都没有。”父亲进来，转了转，无所谓地出去了。

夜晚，梁园村黑魆魆的，万籁俱寂。梁月鹏老家梁月鹏房间里，一盏电灯泡发着光，屋顶下结着一面大蜘蛛网，梁月鹏一人躺在床上，望着上空，只见蜘蛛网上，一个大蜘蛛正在辛勤地编织。仿佛传来清脆的风铃声，那是在桃源的家里，晚上，卧室里点着小彩灯，梁佳扎着一对羊角辫，穿着一件连衣裙，站在大席梦思床上，载歌载舞《小燕子》，不时碰响挂在床上空的风铃，梁月鹏和贾铁馨幸福地坐在一边欣赏地看着。梁月鹏躺在床上，望着上空，不禁回忆起几天前的情景，时断时续：梁月鹏举着扫帚和挥舞着菜刀的贾铁馨在打架；梁佳站在旁边哭着喊着：“爸爸妈妈别打了！爸爸妈妈别打了！爸爸妈妈别打了！……”贾铁馨手中的菜刀往梁月鹏头上敲了下来；从梁月鹏的视线看去：血如雨注，血色朦胧一片；头裹着白纱布、满脸血迹的梁月鹏用菜刀猛敲着铁门，那巨大的“哐——哐——”的声音和梁月鹏的吼声；被张华斜抱在怀中的梁佳那可怜的表情……梁月鹏躺在床上，不堪回首，长嘘了一口气。

梁月国夫妇和梁月洲夫妇听说梁月鹏要离婚，已回家来住了，都过来看看。梁月洲说：“我现在教书一个月就几百块钱死工资……”梁月洲妻注意地听着。梁月洲不想说，但还是说了：“你到我那里有饭吃，讲到钱……”梁月国妻以戏谑的口气接茬道：“讲到钱就是没有！”梁月国马上附和道：“我家梁韬马上要考高中，我们都急死掉了。”转而笑嘻嘻地看着老婆。梁月鹏却信心十足道：“我决定考江工大研究生，现在正在搞英语专科自学考试。”梁月洲说：“开化给你提的路子前一半对，你搞个英语专科到哪教个书不会成问题。他叫你考研究生，那太渺茫了。”梁月鹏说：“根本不渺茫。我现在避开自己的弱项，不考语文和数学，专考英语和政治。”梁月国习惯地闭起一只眼，睨视着梁月鹏道：“八八年那个联大当时上就好了。”梁月国妻说：“早就毕业工作了，现在成一家人了。”梁月洲妻说：“也不会碰到这孙猴子女人，不讲旁的，把你光阴耽误了是真的。”这一句话弄得满屋大笑。正在喂鸡的母亲也垫上一句：“就一个劲地要写剧本剧本，高子丹高子丹。”父亲发了一句牢骚：“就给那个高子丹害了！”梁月鹏有些不耐烦道：“现在不讲这个。”

没过几日，陈律师通知梁月鹏回桃源一趟，要调解离婚。梁月鹏来到陈律师办公室，恭敬地坐在一旁。陈律师说：“前天魏法官打电话给我，问你要多少钱？”梁月鹏惊喜道：“她主动给我？问我要多少？”陈律师说：“现在问你要多少？”梁月鹏说：“陈律师，你给我参考。”陈律师说：“我看那一套住房给你，再折一点钱给你。”梁月鹏欣喜道：“是吗？那好那好。”陈律师说：“现在你去对魏法官说，她单独在民庭那边的小房间，个子高高的那个女的。”

梁月鹏来到县法院民庭，往一小房间探头，只见里面有一个瘦高个儿的女法官正在接待几个当事人。梁月鹏缩回头，在门口来回走了几步，忽然又探头，走了进去，问瘦高个儿女法官：“请问，您是魏法官吗？”魏法官像是没听见，不断地和那几个当事人说着话。梁月鹏讪讪地站在一边，只听见魏法官说：“……你在胡说！桥归桥，路归路！”不一会儿，其他人都走了，魏法官职业地微笑道：“梁月鹏，我找贾铁馨谈了，问你要多少钱？”梁月鹏说：“那住房给我，再给一点钱就算了。”魏法官微笑顿敛，说：“什么算了不算了，除了住房，你还要多少钱？”梁月鹏嗫嚅道：“再给个万把几千块钱。”魏法官记录着，问：“万把几千？”梁月鹏说：“万把五千。”魏法官气恼道：“什么万把五千？怪不得贾铁馨同你过不到一块！”梁月鹏正色道：“一万五。”

大姨嫂在院子里择菜，然后把择好的菜往身旁的平板车里放，旁边还有一杆小秤，显然准备去卖菜。王守信坐在卧室里看电视，梁月鹏坐在一旁，说：“没想到，这事很快就结束了。”王守信说：“没有这么简单。贾铁馨会轻易就把房子和钱给你？”梁月鹏欲言又止。王守信转而说道：“陈律师年龄虽不大，在我们县里头有点名气，这要能了结，还要归功于他。你今晚去买四五百块钱烟酒送去。”梁月鹏照办，给陈律师送了接近五百块钱烟酒。

两日后，梁月鹏来到陈律师办公室，陈律师说：“她又不干了。”梁月鹏惊诧道：“什么？她又不干了？”陷入了低落情绪之中。陈律师扬起声调说：“还是准备开庭吧！”梁月鹏看着陈律师道：“开庭我有点怕。”陈律师说：“一个大小伙子，开庭怕什么？她咬你？”梁月鹏说：“我不想见到她。”陈律师说：“梁月鹏，我们已经接触了一段时间，你人挺诚实。这样吧，具体的路子我就给你指一指。”盯眼看着梁月鹏的裤子。梁月鹏说：“谢谢。”陈律师说：“民庭那个宋副庭长，你喊他宋法官，可能是你的审判长。你上次说要请他们吃饭，魏法官不同意，你今晚就去送宋法官。”梁月鹏问：“要送多少呢？”陈律师说：“给他个五六百块钱给小孩买东西吃就可以了。”

梁月鹏从陈律师那儿回来，和王守信在梁月芹家吃午饭，有四五个家常菜，三狗子在给他们倒酒。梁月鹏端杯站起身，对王守信说：“大姨哥，我敬你一杯。”王守信满意道：“坐坐。”端杯一仰脖子喝尽。梁月鹏亦一口喝尽。梁月鹏吃着菜，一边说：“给陈律师送这几百块钱烟酒起作用了，他指点我去找审判长。”王守信嚼起偌大一块油亮亮的卤鹅肉，一边说：“那当然。”梁月芹说：“三哥你今晚给五百不就行了，还非要给六百？”王守信郑重道：“剩下的钱不能乱花呀，这钱望着望往下折。”三狗子埋头吃肉。只剩下梁月鹏和梁月芹俩人了，梁月芹笑吟吟道：“今中午买菜花掉二十块钱你要给我，酒就算了。”梁月鹏伸手掏出两张“拾圆”币给梁月芹，说：“守信现在可是生产队长？我看天天有人请他喝酒。”梁月芹说：“大姨哥也不行，天天空口说白话就行了？”梁月鹏说：“要是其他人，这个菜根本就应付不过去。”梁月芹说：“又把你拿贷款，又给你出点子，有时候还给你吃一顿，要是没有守信……”

下午，梁月鹏骑着自行车到有关地段，很快打听到了县法院宋子健法官的确切住址，晚上便登门了。个头不高但虎生生的宋法官打开铁栅门，梁月鹏双手捧着两本不同的《江汉文学》站在门口，讪讪道：“请问、您、是……宋法官？我、叫……梁月鹏。”宋法官盯眼看着梁月鹏手中的《江汉文学》，客气道：“进来，进来。”随即把门关上。宋法官审视着梁月鹏，问道：“什么事？”梁月鹏一时间很不自在，嗫嚅道：“我那个案子……在你们民、庭……我就直说了吧，我来送两个我发表的……剧本给你看看。”一边翻了翻其中一本《江汉文学》里面夹着的几张“壹佰圆”币。宋法官明亮的双眸，一边说：“不不不。”推辞不要。梁月鹏径直走到客厅那边，将两本《江汉文学》放在一把椅子上，便赶忙小跑了过来。宋法官双手抓住梁月鹏的双手，持重道：“你和她我一看就知道了，我告诉你我唱了十年黄梅戏……”梁月鹏挣脱着要走，宋法官不好意思道：“这样吧，我会叫人把它转交给你，我可以告诉你，我是你的审判长。”梁月鹏情意绵绵道：“宋法官，再见。”开门出去。宋法官说：“走好。”接着关上门。

梁月鹏在桃源基本上都在妹妹月芹家吃饭，妹夫三狗子对梁月鹏还不错。一次，三狗子看梁月鹏饭将吃完，站起身道：“三哥我来给你添饭。”梁月鹏说：“不要不要，我自己来。”三狗子还是夺过碗，边去盛饭边说：“在我这了没有什么好吃的，饭要吃饱。”梁月芹开玩笑道：“打官司得来钱要分一点给我们啊。”他们笑了一下。只有梁月鹏和梁月芹俩人了，他俩站在门边，梁月芹说：“三狗子虽讲是个大老粗，这次对你还就不错。不过，也不能天天在这吃。”梁月鹏有点难堪。梁月芹马上解释道：“这我就讲实话，天天有其他人在家里吃饭，哪个人也厌。我讲你不要往心里去。”梁月鹏理解道：“我知道。”梁月芹说：“你回去，大嫂可叫你吃饭的？”梁月鹏说：“没有。”梁月芹说：“她是见利就上，以往你没离婚，你到她家她有好客气！”最后三个字“好客气”被讲得意味深长，“现在……”梁月芹抖动着一条腿，直眨着眼，装出轻蔑的神气，“现在你不行了，我可睬你？”还努起了嘴唇，说完俩人都笑了。

梁月鹏对送礼一向很积极，送了宋法官，还有魏法官呢？梁月鹏向陈律师讨教道：“陈律师，魏法官要不要送？”陈律师沉思道：“魏法官肯定给贾铁馨搞好了，不过，也要送。”梁月鹏问：“送多少呢？”陈律师说：“她是经办人，送一千。”

魏法官家没有宋法官家好找。梁月鹏骑着自行车来到一生活区，停下，问人，之后，走进一栋楼，登上一截楼梯，来到一扇防盗门前，欲敲又止，又仔细听了听，没动静，看来没人，便下楼了。梁月鹏出了楼，推着自行车走了一截，遇到一个怀抱婴儿的漂亮少妇，便问她，少妇指着一个方向，说：“我认得你，听说你写剧本，魏法官不就住你们家那几栋楼吗？”梁月鹏问道：“她……她住在几号楼？”少妇看着梁月鹏，慢条斯理道：“反正就住在这一块，几号楼我也不清楚。”梁月鹏说：“我在和贾铁馨离婚。”少妇从容道：“你俩根本就不是一条道上的人，小伙子长得也漂亮，还怕找不到老婆？”梁月鹏羞涩得红了脸。

为了找魏法官家，必须要通过自己家门口，梁月鹏远远地瞅了瞅，自家的院门开着，断定有人，是等一等，还是现在就冲过去？如果等，人出来了从这里走必定会撞上自己；如果不等，那就冲！这时，不是以前带梁佳的老妪，而是另一个老妪拉着梁佳已走出铁门来。梁月鹏也顾不得了，骑车埋头从自家门口急蹬过去，来到一楼角处，停下车，额头汗涔涔的，伸头张望，只见老妪在锁门，梁佳站在老妪身旁，宁静地在往这边看，似乎看到了自己。梁月鹏猛一缩头，一时间屏住了呼吸，只听见心脏在“嗵嗵嗵……”地跳动。梁月鹏耷拉着头，像犯罪似的！佳佳，请原谅爸爸，我是一个不称职的爸爸，但是我没有办法。佳佳，我爱你，但是我不能让你留在我身边，因为妈妈要你，我也不好带你。佳佳，你知道吗？在离开你之后，我连别的孩子和广播里的儿童节目都不再愿意看到和听到，因为我失去你了，因为这些都让我想起你，想起我亲爱的佳佳……梁月鹏独立楼角处，一时伤感，竟流出泪来！

魏法官家找到了，晚上，梁月鹏敲开了她家的门，将一个装着钱的信封往她家里一扔，不自然地笑道：“没有什么，是点心意。”魏法官微笑着和丈夫站在半开着的门内，魏法官说：“梁月鹏，望你在干吗？我明天交给陈律师。”梁月鹏头也不回地跑下楼梯。

当晚在王守信家卧室，梁月鹏惟妙惟肖道：“我钱往她家里面一扔就同做贼一样跑掉了。魏法官和上次在办公室不一样，笑微微的，她说，‘梁月鹏，望你在干吗？我明天交给陈律师。’”梁月鹏一边做着手势，说得众人都笑了起来，有王守信、梁月芹、三狗子、大姨嫂、大姨娘和三狗子妈。梁月鹏问王守信："大姨哥，她不知道可收？"王守信说："过两天看。现在公检法机关的门槛不好进，他们都很谨慎。"梁月鹏说："她要是收过贾铁馨了，不知道可会再收我的？"三狗子调侃了一句："公检法，大盖帽，吃了被告吃原告。"说得众人又笑了起来。梁月芹扭头看着三狗子，似是欣赏道："就你这粗汉子，现在也出口成章了。"大家再次笑了起来。

三十六

这一年是一九九九年，我国正处于现代化进程中。但梁月鹏老家的村子，作为中国中部地区一个村落，与其附近、周围的村子一样，其实仍处于农耕时期，生产效率不高，生活亦不富裕。梁开强家尤其要穷一些，家里乱糟糟的，三个脏兮兮的小孩并排站在门边发愣，衣衫破旧的梁开强妻坐在卧室沉闷地纳鞋底。梁开强吃力地端着盆猪食踉跄地出门，到猪栏边喂猪。一个人影子过来，蹲着身的梁开强一抬头，现出喜色道："哟，月鹏回来了。"梁月鹏走了过来。猪圈内，几头很瘦的小猪在慢吞吞地吃食。梁开强说："这两天又不怎么吃了。"梁月鹏往里看着，说："那一头小猪好像有病，可要给它吃点药？"一头明显偏小的猪无精打采地站在一边不吃食。梁开强说："买油盐钱都紧张，还顾得上给猪吃药？"梁月鹏问："开化最近可回来的？"梁开强眼里放出一些光，说："没有，听讲他在准备考研啊！"梁月鹏笑嘻嘻道："我也准备考研，也是开化给我出的主意。"梁开强不相信道："你也要考研？你没上过大学怎么考研？"梁月鹏说："我正在参加自学考试，凭大专学历可以考研。"

几日后，梁月鹏和梁黑森、梁长春约定晚上到梁开强家喝酒。梁黑森、梁长春、梁开强围坐在桌边准备喝酒，桌上只有油盐花生米、青菜豆腐和腌菜各一碟，梁月鹏拿着一瓶酒进来，在留着的空位坐下，梁开强不好意思道："要你买什么酒？"举了举手中一壶酒，"我这有酒，我们就在等你了。"

梁开强举杯，说：“月鹏，好一阵子没和你在一块喝酒了，你搞亏掉了！”指指梁黑森和梁长春，“你们两个喝。”便和梁月鹏碰杯，然后一饮而尽。梁月鹏亦一饮而尽。梁月鹏觉得很畅快，说：“这一段时间我一个人睡在东头子，想了不少。一开始听月芹婆婆讲她是离过婚的，我头皮一奓。后来听说她是因为不能生育才离婚的，我就很同情她。所以第二年我就和她抱养了一个小孩，空闲的时候我又叫她看看书，想转变她……”梁黑森一把抱住梁长春，俩人做出男欢女爱的亲昵动作，然后梁黑森一针见血道：“转变她？像她那种女人你不把她底下那东西干好了就是不行！”大家被逗笑了。梁长春看着梁月鹏道：“你不要她我来去要她，贾铁馨好漂亮噢，现在搂在一块有好快活！”边说边做出搂抱的动作来。这时，梁老五走进来，笑嘻嘻地在梁开强身边坐下，端起梁开强的酒杯便喝。梁月鹏有些诧异地看着梁老五。梁老五老婆拿着手电筒站候在梁老五身后。沉默。梁开强乖巧地起身离开了座位，去拿来一双筷子和一个酒杯又来到座位，殷勤地递给梁老五，梁老五理所当然地接过筷子，径自夹了一粒花生米，嚼了起来，然后一个劲地笑看着梁月鹏，心中分明有无限的喜悦。梁月鹏莫名其妙道：“老五这样老看我干吗？”梁老五一下子笑喷了嚼碎了的花生米，喷在青菜豆腐上，梁老五嬉皮笑脸道：“我们梁园村马上要办个再婚介绍所。”

晚饭后，梁月鹏郁闷地回到自己家，洗漱后上床睡觉。躺在床上，望着上空，脑海里不由得浮现出以下情景：信用社主任办公室里，信用社主任理所当然地将香烟拿进自己抽屉里，然后敏捷地合上抽屉，发出“嗒”的一声响；陈律师办公室里，陈律师数了一下钱，放进自己的抽屉，然后敏捷地合上抽屉，发出“嗒”的一声响；高子丹父母亲家里，高子丹接过梁月鹏递给的三千块钱，数了起来，发出“唰唰”的声音……梁月鹏辗转反侧，悔恨交加！我一个劲地相信高子丹，相信他是伟大的艺术家，相信他高洁、光明磊落，相信他看重的是我的人品和才华，是这样吗？是这样吗？他是伟大的艺术家难道就不爱财吗？他高洁、光明磊落难道就不爱财吗？他利用我对他的崇拜来骗我，来骗我的钱……不，不，这一切都正常，只怪我，只怪我傻，只怪我一直活在崇拜和迷信里，包括对赵振邦，只怪我不清楚现在这社会是个经济社会，经济，钱，一切以经济为中心，我却一直傻傻地在做帮工，帮工，浪费了光阴，也难怪梁老五笑话……屋顶上的蜘蛛网上，一个大蜘蛛正在辛勤地编织……

一日，梁月鹏坐在桌边看自学考试书，母亲进来，说："月鹏，贾铁馨带小梁佳来了。"梁月鹏一惊，问道："她现在来干吗？"说着便站起身来。母亲说："现在在你大哥家，哭哭啼啼的，要叫你回去。"梁月鹏说："叫我回去？"他的心情沉重起来，"我不回去。"又坐下看起书来。传来响亮的脚步声，梁月国妻兴冲冲地走进来道："月鹏快到我家去，人家想你！"梁月鹏不知如何是好。大嫂来到跟前，说："我菜都烧好了，你大哥又去买啤酒了，快走！"梁月鹏说："去怎么搞？"大嫂说："千不看万不看要看小梁佳，小丫头长得好神，在跳舞给我们看哩。"梁月鹏心软意活道："就这样回去啊？"又站起身来。大嫂说："我同你大哥在外边商议了，要叫她答应你条件。"母亲说："月鹏你要听你大嫂话。"梁月鹏问："什么条件？"大嫂说："第一办结婚证，第二把户口本上的'贾佳'改成'梁佳'，第三给你两万块钱，把你这次花的钱还上还能剩下不少你拿着。你另外还欠人家钱吧？"梁月鹏咧嘴笑了。大嫂说："就这样讲了，我先走了。"说完转身离去。

梁月国家香阁上放着贾铁馨锃亮的皮包、梁佳的玩具小电话和贾铁馨带来的新鲜的香蕉、苹果。贾铁馨盘腿坐在外间的一张床上，像是刚刚休息过，显得很雍容、很有些女人味。她不时向外张望着，突然一微笑，收回眼光。梁月鹏进屋，显得没看见贾铁馨似的在屋里转了转，又走了出去。贾铁馨下床，到香阁跟前，从自己的皮包里拿出一本杂志，又回到床上，坐着翻看起来。这是刊登着梁月鹏的《还我红五星》的《江汉文学》，贾铁馨显出很专注的神情。梁月鹏绷着脸在门口走来走去，开始往屋里发声了："又在装模作样！你这样把你二姐笑死掉了你知道吗？"突然大声起来，"你知道吗？！……你和车老板那么好，我成全你们！还不行吗？！"咬牙切齿起来，"我本来认为你是不能生育才离婚的，现在我知道了……你有那么多野男人！你来找我干吗？！找我没有用！我知道，你来找我是怕我分你的家产！如果法院判我一分钱没有，你还会来找我吗？！好！我不要家产！！"贾铁馨像是没听见似的，仍似是专注地读着《江汉文学》，当听到最后五个字时，眼睛不免一亮。大哥、大嫂在厨房听着。远处有村民往这边望着。梁月鹏已经不在门口了，但传来他的呐喊声："你叫你二姐，叫你爹娘到我跟前来跪倒，向我磕头，我就回去！！"屋内床上，贾铁馨"啪"地将《江汉文学》摔到地下，愤怒道："啐！"

梁开强家山墙外面，梁佳梳成一个小分头，头发不长，像个小男孩的发型，穿着肩上只是两根带子的崭新连衣裙，在载歌载舞《小燕子》。梁开强的三个孩子和其他几个农村小孩围在跟前看。梁月鹏走来，驻足，聆听。一个小孩喊："梁佳，你爸爸来了。"梁佳看见了梁月鹏，停止歌舞，羞涩地躲到一草垛后。梁月鹏心情沉重地往草垛走去。梁佳看见梁月鹏了，莞尔一笑，一低头，背倚着草垛，说："我还有小电话，妈妈讲在我想你的时候，就用小电话和你通话。"梁月鹏蹲下身子，抚摸着梁佳姣好的、有点毛乎乎的小肩头，哽咽道："佳佳……"梁佳用手摸起梁月鹏新佩戴的黑色大塑料框眼镜，说："你又换眼镜了，这眼镜好大。"梁月鹏泪水欲滴，端详着梁佳的上上下下，轻轻把梁佳揽在怀里。梁月鹏搂着梁佳，头在梁佳的背后，泪珠无声地顺脸颊滑落……

梁佳走进梁月鹏的房间，看看床，说："爸爸现在睡这里了。"梁月鹏妈走进来，佯嗔道："你爸爸不睡这里睡哪里呢?"梁佳说："我家里面的大床他不睡。"梁月鹏妈说："你妈妈不给他睡，他当然不睡喽。"把梁佳拉到膝跟前，自己坐下，"佳佳，你妈妈可坏?"梁佳微笑着不应答。梁月鹏妈说："你妈妈是个大坏蛋。"梁佳扭了扭身子，说："我妈妈买好多东西给我吃。"

大嫂代表梁月鹏向贾铁馨婉转地提出那三个条件，贾铁馨不答应。梁月国家屋内，贾铁馨动作粗重地给梁佳洗脸。山墙外面，大嫂对梁月鹏悄悄道："那条件她不答应。"梁月鹏说："不答应正好。"屋内，贾铁馨生气地用毛巾头子抽了一下梁佳的肩头，说："作怪！作怪我们走着瞧！我放把火把房子烧掉，你也休想得到一分钱家产！"说着，气汹汹地抱着"哇"的一声哭了的梁佳走了。梁佳哭喊着："我要爸爸！我要爸爸！我要爸爸！……"贾铁馨制止了梁佳哭，边走边臭骂起梁月鹏来，以让村民听见从而败坏梁月鹏的名誉："死不要脸！穷光蛋硬赖在我那里不走了！狗屁事不能做，还要分老娘的钱！好吃懒做！穷光蛋！狗屁本事没有，就会把钱往外送，送给高爸爸！送给赵爸爸！自己的爸爸都不要了，就赖上高爸爸赵爸爸了，最后还是被高爸爸赵爸爸一脚蹬掉了！死不要脸！穷光蛋！……"

魏法官说要把梁月鹏送给她的钱交给陈律师，实际却直接交给了梁月鹏，不过是当着陈律师的面。魏法官从资料柜里拿出一沓子人民币数了数，交给梁月鹏，陈律师有意转过身去，装作不知情。梁月鹏难为情道："魏法官……"欲再交给魏法官，但魏法官显然不可能接收，便作罢。

梁月鹏和贾铁馨离婚调解不成，只有开庭。

法庭，法台后上方正中处悬挂着国徽，梁月鹏、陈律师、贾铁馨及其律师、审判长宋子健法官、审判员魏法官，还有一个年轻男审判员赵法官和一个年轻女书记员，各就其位。旁听席上，三狗子和两个胖子坐在一起谈话，隔一截子是贾铁芳和那晚出现的那两个痞子，他们也在谈话。显然，前者是为梁月鹏助阵的，后者是为贾铁馨助阵的，有一种对峙的意思。还有些其他人旁听。宋法官往下看了看，正义凛然道："现在开庭了!"梁月鹏坐在原告处，腿和手都在颤抖。坐在被告处的贾铁馨白了梁月鹏一眼道："现世。"宋法官说："不要讲话了！首先由原告梁月鹏宣读民事诉状。"梁月鹏低头看着手头的诉状，颤声道："民事诉状，原告，梁月鹏，男，三十一岁……"

此时，梁月鹏老家土坯大屋门口，梁月洲骑着自行车驶来，停下，兴冲冲地进屋。母亲站在锅灶旁刷锅碗，梁月洲来到跟前，伸头见饮用水快没了，便提起一只水桶出去，打了井水回来，兴致勃勃道："月鹏今天去开庭了?"母亲停下手头的活，疑虑道："月鹏到庭上话不晓得可会讲?"梁月洲说："他念到今儿个书，几句话还能讲不好吗?"

法庭上，梁月鹏在宣读民事诉状："但是自一九九七年七月份，被告前夫刘三柱回来后，被告经常不回家在外和他厮混，我和被告的矛盾开始尖锐，感情开始恶化，以后被告又经常和别的男人在外鬼混。我们夫妻共同生活期间，购买住房一套和门面房一间……"宋法官郑重的表情。魏法官不以为然的脸神。旁听席上的两个胖子和两个痞子在相互递烟，轻声说笑，显然，双方的场面对峙迹象已消除。梁月鹏宣读着："据上所述，我们夫妻感情因被告在外有私情致破裂。依据中华人民共和国《婚姻法》第二十五条之规定，特起诉要求判决与被告离婚并合理分割财产。"宣读完毕，宋法官说："好，现在由被告宣读答辩状。"贾铁馨清了两下嗓子，以明显没有什么文化的口气读道："尊敬的宋法官、魏法官、赵法官，我叫贾铁馨，女，三十三岁，个体工商户……"带起了哭腔。贾铁芳故作文气地听着。贾铁馨哭腔更重道："原告身无分文，赖在我这里不走，企图分得我的家产……"竟掩面趴桌哭了起来。宋法官严肃道："不准哭闹!"贾铁馨抬起头，瞅到了刚才读到的位置，依然带着哭腔又读起来："一年跑有半年，成天文乎文乎的，我带着一个营业员辛辛苦苦，早开门，晚关门，现在的生意又不比以往好做了……"又掩面哭了起来，而且哭声更大了。

此时，梁月鹏老家土坯大屋锅灶旁，母亲说："那女人会狡讲，月鹏不晓得可能讲过她？"梁月洲没有言语，呈沉思状在屋内走了几步。母亲说："他搞那贷款都花完了，今早上走还从我这挤十块钱去。"

法庭上，陈律师拿着拼贴在一起的照片，说："这是两次原告被被告用刀斩伤头部的照片。"递给身旁的梁月鹏并示意梁月鹏送上去，梁月鹏便拿着上前送给宋法官。三个法官和一个书记员凑在一块看了看，然后宋法官把拼贴在一张白纸上的几张照片反过来正面对着台下，是几幅不同角度的血淋淋的惨相，宋法官说："被告，这是你用刀斩的吗？"贾铁馨说："那不是用刀斩的，是用玻璃杯砸的。"胖子和痞子们哄然一笑。宋法官拿起一张纸条，说："原告，这是被告提交上来的你们的住房产权人周太华出具的文字证明，说该住房是周太华租给你们住的。"梁月鹏上去把纸条拿下来，奇怪地看着。宋法官又拿起一个小本本，说："原告，这是一九九六年购价为十二万一千元的西大街门面房的房产证，产权人是贾佳。"梁月鹏把纸条交上去，把房产证拿下来，奇怪地看着。宋法官又拿起一张纸，说："原告，这是刘三柱出具的他和贾铁馨合伙开现在的皮鞋店的文字证明。"梁月鹏把房产证交上去，把证明书拿下来，愣怔地看着。宋法官又拿起一张纸，说："原告，这是贾铁芳出具的你和贾铁馨一起去贾铁芳家借款八万元的文字证明！"贾铁芳得意地微笑着。梁月鹏欲上去拿看，陈律师制止了他。宋法官又拿起一张纸，以富有洞察力的目光注视着梁月鹏，说："原告，这是中国银行桃源县支行出具的贾铁芳于一九九六年十二月二十八日转账四万一千元的证明。"梁月鹏额上沁出汗珠，头低着，像罪犯似的一声不吭。魏法官幸灾乐祸似的微笑着。贾铁馨及其律师比较兴奋。贾铁馨不屑地扭头向梁月鹏斥责道："想分我家产？再给我一点差不多。"梁月鹏罪犯似的低着头，豆大的汗珠顺额角滑下。

中午，梁月芹家，一桌较丰盛的菜肴。两个胖子、王守信、梁月芹、梁月鹏围坐在桌旁看着菜，三狗子在斟酒。三狗子斟完酒，落座后，大家都不动弹。梁月芹打破沉默道："大姨哥今天怕痞子打开庭都不敢去。"说完笑了。王守信皱了皱眉，瞪了梁月芹一眼道："胡说。"梁月鹏无精打采地坐着。王守信向两个胖子举杯，说："喝。"大家喝起酒来。

三十七

庭审的情况对梁月鹏很不利，有如贾铁馨所说，梁月鹏不光得不到钱，反而可能要贴钱。梁月鹏真是哭笑不得，一头雾水。回到老家，只有和梁黑森、梁长春在一起厮混。溶溶月色下，梁黑森、一瘸一拐的梁长春、梁月鹏在村头旧公路上闲逛着。梁月鹏低沉道："我自学考试不想搞了。"梁黑森说："现在有个万把几千块钱开个美容院！"梁长春附和地笑道："月鹏，你最少最少万把块钱还能搞不到吗？看什么书啊？办个美容院，还能让我们这些困难户解解渴。"做出亲昵的动作来。梁月鹏咧嘴笑了。

除了和梁黑森、梁长春在一起厮混，梁月鹏还常到梁开强家串门。这日，梁开强蹲在猪栏边喂猪，梁月鹏站在跟前看着，梁开强说："你要是有钱借一万给我养食用牛，除了付给你利息，生活我都把你包了。"梁月鹏微笑不语。那头小瘦猪仍然无精打采地站在一边不吃食。

梁黑森和梁长春想让梁月鹏开美容院。而梁开强连猪都养不活，竟想养食用牛，上万元的本钱希望从梁月鹏未来的离婚官司所得中支取。美容院尚可考虑，而梁开强这个借款希望简直可以说是一个不切实际的梦想，猪都养不活，怎么可能养活食用牛呢？再说了，梁开强人虽好，但有些懒惰，打谷场上晒着满场的稻谷，天突然下雨，他在歇晌都懒得起来收。

夕阳西下，梁月鹏、梁长春、梁黑森站在村头旧公路上往西方看着，只见宽阔笔直、两旁松树林立的新公路上，各种车辆川流不息。梁长春蹙着眉道："这大路上轿车倒不少，我们家这农村为什么还这样落后呢？"说着脸色阴沉下来，"我今早上问梁三借钱买药治腿，梁三说好，后来我看到梁三同梁四在一块嘀咕，再看到梁三的时候，梁三就说没有了。"梁黑森说："梁三是典型没长脑子的，你问他借钱？"此时，居住凌乱的梁园村炊烟袅袅，梁老五腋下夹着材料，领着乡村干部模样的人走在其中，鸡被撵飞发出惊叫声。翠花开着手扶拖拉机载着两个儿子，"突突突"地从村头驶过。

梁长春这晚和梁月鹏同床共褥，一人睡一头。梁月鹏咂了一下嘴，顾虑道：“我现在有点矛盾，搞这自学考试……”转而说道，“长春，你有一定的文化基础，我觉得你也可以参加自学考试，拿个大专文凭，为后来规划规划。”梁长春说：“我行吗?”梁月鹏说：“我看你行，你就考政教专业。虽然你初中都没毕业，但你思维好，有一定的社会阅历。”梁长春向往道：“我参加自学考试？拿个大专文凭?”梁月鹏说：“关键是人需要学习，你把这个文凭拿下来，我敢保证你的思想会发生变化。慢慢来。”

第二次开庭。宋法官说：“原告，被告说她与你已经合议将门面房赠送给贾佳，对吗?”梁月鹏一时愣住。书记员唰唰地记录着。宋法官有些着急，但却放慢了语速：“原告，你同意不同意将门面房赠送给贾佳?”梁月鹏有点混乱道：“同……哦不同意不同意。”书记员飞快的笔将“同”字圈掉，接着写上“不同意”。

这很险要，梁月鹏如果说“同意”，那就完了，他在这场官司中将得不到一分钱。亏他还是个高中文化，平时人家说他是高中生，他还很不以为然，总以为自己是大学文化，理性水平还很欠缺呢。

庭审结束后，梁月鹏跟着陈律师一起来到陈律师办公室。陈律师欣慰道：“这次宋子健有点偏向你。”梁月鹏高兴道：“差点我就讲同意了。”陈律师看着梁月鹏道：“魏法官你不要送了，宋子健你还要送。还没判决。”梁月鹏问：“要送多少呢?”陈律师说：“千把块钱给他买一套西服。”梁月鹏热情道：“那赵法官可要送？在提到刘三柱和她合伙经营的证明的时候，赵法官插了一句‘要有工商行政管理部门的合伙经营许可证’，这一句插得好。”陈律师略一沉吟，说：“你以后还不知道能得多少钱呢？赵法官和我有点亲戚关系。”梁月鹏情意绵绵道：“今天你辩得相当成功，一个一个都帮我驳回去了。真是多亏你。”陈律师说：“你回去吧。”

宋子健还要送，可是梁月鹏已经没钱了，应该说早就没钱了，那贷款早就花完了。那么，再贷。上次贷款由王守信领着，只买了几盒香烟给信用社主任，再贷，光送几盒香烟，就显得有些不近人情了。再者，官司已经看到了曙光，大家心情愉快，所以决定到饭店摆一桌，请一下信用社主任，顺带着让大家也尝尝鲜。这一切都在王守信的决策下进行，这一桌酒席的账也由王守信担保，赊着。

款一贷到手，梁月鹏就要花了，王守信说："陈律师讲千把，你给个八百还能不行啊？"梁月鹏说："就给一千吧。"梁月芹说："就好像你是大富翁，人家都是平民老百姓，你来施善心。你可知道你连路费都没有？"梁月鹏愣了一会儿，说："好，那就给八百。"

梁月鹏晚上来到宋法官家，把八百块钱钞票往他家冰箱上的盖布下一插，便小跑了出来，俏丽的宋法官老婆跟了上来，说："他回来我告诉他，啊？"

光明城关中学，正是放学时间，老师、学生纷纷出校园，自行车铃声声。梁月鹏和张建军边走边谈话，张建军关切道："梁月鹏，我还能不了解你吗？我就是认为你不适合开美容院。美容院大部分都是社会上那些'混混'开的，他们就那一堆，和公安部门死皮赖脸地磨，你可行？"梁月鹏低沉道："我看书头容易发昏，好几年了睡眠都不行，我觉得我这辈子好像不能再看书了。"张建军说："我们学校今年又走掉两个，一个去了南通，一个去了温州，月薪都三四千，连关系都不要了。"梁月鹏吃惊道："月薪这么高？"张建军说："现在人富了，为了孩子愿意在教育上投资。"梁月鹏问道："我们高中同学当中现在谁混得最好？"张建军说："余林在省城工商局混得恐怕不错吧？"梁月鹏说："他在高中的时候大部分同学都不喜欢他。"张建军说："他会搞领导关系。梁月鹏，你搞亏掉了，你要是上联大，现在至少和我一样在教书，老婆孩子都有了。"梁月鹏说："我爸不敢背债，实际上当时要真借债上了，我二哥的婚事也不会被耽误，说不定还有促进作用。"

梁月鹏听张建军这么一说，决定放弃开美容院的想法，专心致志搞自学考试。梁月鹏房间小桌上翻开放着自学考试版*English-Speaking Countries：A Survey*一书，梁月鹏和衣斜躺在床上闭目养神，一只手搭在额上，须臾，另一只手打开头边一只小收音机，是儿童节目，立即关掉，他一骨碌爬起身，到桌边坐下，继续看书。

省城某中学大门上挑着大红横幅："热烈欢迎高等教育自学考试考生来我校考试"。人涌如潮，随着急骤的电铃声响，考生纷纷进入一幢教学楼。一考场内，梁月鹏在参加考试，他的头上有一小道不长头发的伤疤。

梁月鹏老家堂屋内，母亲在锅灶旁做饭，梁月洲看着课程合格证，然后还给欣喜的梁月鹏，说："你基础好，这自学考试对你来讲根本就不难，关键看你有没有按照它的要求去做。"梁月鹏说："这样的话，我一年半专科就能毕业了。”梁月洲由衷地高兴的神情。

梁月鹏每过一阵子，就来一趟桃源。在魏法官办公室，魏法官说：“你这是事实婚姻，住房你查不到房产登记，门面房房产证上面的名字又是贾佳，要么从店里面的皮鞋折万把块钱给你，小孩给贾铁馨还要抚养费。”梁月鹏脸色唰地变了，他喑哑不能语。

梁月鹏忧心忡忡地来找陈律师，正在整理一摞卷宗的陈律师一见就烦了，说：“你又来干吗？”梁月鹏讪讪道：“刚才魏法官说我得不到什么钱。”陈律师说：“你刚才不是来说过了吗？”梁月鹏支吾道：“但我想问一问，她说的是真的，还是……”陈律师说：“你先回去。”梁月鹏羞赧地扭转身，走了出去，走出门时又回了一下头，欲言又止，然后才离去。

住房明明是从周太华手里买来的，怎么一下子就变成是租她的呢？她压根儿就没来收过房租嘛！我们从来也没向她交过房租嘛！根本就没有房租这一说！梁月鹏要寻找到周太华，弄个水落石出。

梁月鹏向一个居民小区走来，逢人便问：“请问周太华家住在这里吗？”

梁月鹏来到一派出所值班室，问一民警：“请问你们这辖区内有一个老奶奶叫周太华的吗？”民警说：“这么多人我们怎么知道？”梁月鹏请求道：“你能帮我查一下吗？”民警说：“你到居委会去问。”

梁月鹏走到一居委会楼下，迎面几个刚下班的人，便问其中一个中年男人：“请问，这附近住一个叫周太华的吗？”中年男人爽快道：“有，是我亲家，我带你去。”梁月鹏如获至宝道：“谢谢！谢谢！”中年男人问：“找她有什么事？”梁月鹏说：“为打官司的事。我们住的房子是我们买她的，这次她却出了一个证明，说是她租给我们住的。”中年男人说：“噢——，我知道知道，有一个女同志带一个小孩来找过她。该怎样就怎样。”中年男人告诉了梁月鹏周太华家地址，梁月鹏很快便找到周太华的家。

周太华穿着讲究，戴着老花眼镜，手持一本《赞美诗》，正在教一个幼儿学说：“主，我想问一问您。”幼儿咿咿呀呀道：“主，我想问一问您。”周太华说：“您为什么这样爱我？”幼儿说：“您为什么这样爱我？”周太华说：“您为什么这样抬举我？”幼儿说：“您为什么这样抬举我？”梁月鹏坐在一边，终于开口了：“阿姨，您好好想一想，您有没有写过一个纸条，说您有一套住房租给一个叫贾铁馨住的？”周太华眼睛一亮，立即又暗了下去，语气舒缓道：“我想不起来了。”依旧教幼儿学说：“主，我想问一问您。”幼儿说：“主，我想问一问您。”周太华说：“您为什么这样眷顾我？”幼儿说：“您为什么这样眷顾我？”梁月鹏感到纳闷，思索着，然后以恳求、近乎虔诚的语气说：“阿姨，我很穷。如果我很富有，我就不会来麻烦您了。如果上帝赋予我一个善于变通的脑袋，我就不会落到今天这个地步了。求求您！”周太华头也不抬道：“我真的想不起来了。”

梁月鹏起身走了，感到很沮丧，一片迷茫，真不知道未来是个什么样子。

官司到了这个份儿上，梁月鹏想起了赵振邦，晚上便来到三招门卫室。梁月鹏说：“我这个要是判了，一分钱得不到那就完了。”老太太说：“这个你找赵书记，一句话。”老头说：“这同拍电影不一样，这是他职权范围内的，他讲一句话法院院长能不听吗？”老太太说：“你们还是老乡，你在这里被人欺负了，他不就打一声招呼吗？”梁月鹏点了点头道：“是这样。”

按照梁月鹏的办事习惯，要买两瓶酒，好酒，那就买五粮液吧，以前买的是茅台，换一下。买了后，梁月鹏等到了晚上，拎着两瓶五粮液，敲开了赵书记家院门。开门的是赵书记妻，她认出了梁月鹏，说：“他不在家，有事吗？”看了看梁月鹏手中的东西，梁月鹏说：“那我进来一下吧。”赵书记妻让梁月鹏进去了，于是梁月鹏成功地送了礼。次日早晨，梁月鹏便来找赵书记，因为赵书记回来后，赵书记妻肯定告诉赵书记，梁月鹏其人送了两瓶五粮液，但梁月鹏还没说他要找赵书记干什么事。赵书记家院门楼上的枝头上，几个麻雀跳跃、啁啾个不停，此时院门被打开，梁月鹏和赵书记，还有另外两个中年男人一起走了出来，梁月鹏一边说：“她太霸道了，您要能和法院打一声招呼……”赵书记听着。大院内通往大门的水泥路上，一辆车牌号为“江N·40001”的红旗轿车已发动，在等候着，司机按了一下喇叭。赵书记和梁月鹏等走来，到了车门跟前，赵书记转身看着梁月鹏，说：“你回去吧，我叫他们注意公正。”梁月鹏说：“谢谢赵书记！”赵书记钻进轿车，带上门，轿车驶去。

赵振邦真的为梁月鹏给法院打了招呼。在这里顺便交代一下赵振邦和他妹夫的下场和结局。此前犯了死罪的赵振邦妹夫，毕竟有赵振邦这个大舅子的护佑，结果判了死缓。赵振邦呢，在三年后，在任市政协副主席期间，毕竟因为妹夫的事被媒体和有关党政机关撼动过，又因为来者不拒和索贿，被“双规”，其受贿总额近一千万元，结果被判处无期徒刑，他以后的日子大概就只能在监狱里度过了。桃源县和与其毗邻的光明县一样，都是欠发达地区的普通县啊，甚至可以说是贫困县啊。

三十八

梁月芹家门口停着一辆崭新的女式摩托车，梁佳和梁月芹的儿子嬉戏着从屋内跑了出来。卧室内，贾铁馨拉着梁月芹的手，脸上挂着泪痕，声音还有点异样，对梁月芹说："你现在叫我怎讲呢？佳佳一个人在家把她爸的一沓子去珠海拍的照片摆在桌子上，捋来捋去，我昨晚在床上哭了半夜……"又哭了。梁月芹也流下泪来，说："三嫂子，我们来劝劝他。这一个家都热辣辣的，谁还能有意想把它拆散？"贾铁馨带着哭腔道："本来在一起打打闹闹的没感觉到什么，这一分掉就……"

此时，梁月鹏在王守信家，和王守信坐在卧室长沙发上。梁月芹走进来，说："贾铁馨来了，答应给两万块钱。"梁月鹏吃惊道："她现在在你家？"头偏向了门口，只见贾铁馨领着梁佳进了院子。梁月鹏立即站起身，悄声道："她来了！"便想溜。王守信说："你怕她？"梁月鹏见不能去卧室外，便去大衣柜边一躲，藏起来了。贾铁馨大咧咧地走进来，笑吟吟道："大姨哥，又在商量怎样和我打官司？"王守信抬起头道："哦，坐。"贾铁馨领着梁佳来到王守信跟前，说："喊'大伯'。"便在梁月鹏刚才坐的位置坐下。梁佳神气道："大伯好。"王守信拉过梁佳趴在自己膝上，说："好好。佳佳，你可想你爸？"梁佳说："我想我爸的时候就看他的相片。"大衣柜边，梁月鹏紧张地偷听着。王守信问："你爸和你妈哪个好？"梁佳看了看贾铁馨，说："我爸就是憨了一点。"引得大家大笑起来。贾铁馨却抽抽搭搭地哭泣起来。梁月芹眼里闪着泪光。王守信心情也有些难过，他瞥了瞥大衣柜，说："组成一个家庭也不容易，哪个不希望你们和和美美地过日子呢？"贾铁馨说："我同梁月鹏不一样，我从十岁起就在桃源商场底下摆地摊子，什么人没见过？那个时候，成分不好的下放都回城了，整天是批斗对象。我爸和我妈脾气都不好，在我们小的时候经常相互打死架。”王守信说：“贾铁馨，你先带梁佳回去，等梁月鹏来，我们再劝劝他。他这一阵子也花掉不少钱，你给他个两万块钱，他把账还还剩下的也不多了。你们已经是事实婚姻了，结婚证办不办也无所谓。贾佳的户口本上的姓要改过来，梁月鹏不就是想要这个名吗？不过，贾铁馨，你也有过错，有错也不能不改。关于梁月鹏哩，我们再来讲讲他，不要再山高水远的。这个年头，没有钱一切都是空。”贾铁馨听得比较满意，站起身，拉着梁佳说：“佳佳，跟大伯、小姑说再见。”梁佳向王守信、梁月芹挥了挥手，说：“大伯、小姑再见！”王守信、梁月芹说：“梁佳再见。”贾铁馨拉着梁佳走了，经过院子，向外面走去。王守信说：“月鹏，出来。”梁月鹏从大衣柜边出来，王守信说：“你这样怕她？”梁月芹说：“讲不好。刚才看她那样子也怪可怜的，平时又那么坏。”王守信说：“看她这样也怪可怜的。”扭头对梁月鹏，“月鹏你还是回去，兴许经过这一场官司，她能改变一些。你现在到哪儿去呢？有什么好地方在等着你吗？”梁月鹏犹豫着，拿不定主意。梁月芹说：“三哥，回去不回去还是你做主，日子要你过，我们只能说说，给你当参考。”

梁月鹏心软意活，竟同意了，准备回去继续和贾铁馨过日子。但首先得告诉陈律师，没想到，陈律师听了后，高声道：“什么？你要和她和好？”梁月鹏理亏声弱道：“我大姨哥讲，又不知道能判几个钱，不如她给个两万块钱，以后再不能过就一走了之，不打官司了。”陈律师以一种异样的眼光看着梁月鹏，斥责道：“她，我不好多讲。她二姐贾铁芳我知道，成天打个麻将，输了就跟人家上床睡一觉，我看她姊妹俩有些像！一个人的品质是有一定的稳定性的。你好不容易就要摆脱掉她了，现在又要和好?！你走到这一步，你自己也有责任！你当初就不应当答应这门亲事！”梁月鹏怔住了，良久无言，一时拿不定主意。陈律师说：“我看你人不错，我就多说一句，你进入她的家庭就是人掉进狼窝了！”

梁月鹏和梁月芹到王守信家商量此事，梁月芹说：“我看还是不能回去。”王守信深思熟虑地吐出一口烟，说：“刚才在街上她碰到我，非叫我坐她摩托车后头把我带一截子，都直往我身上贴。”梁月芹开玩笑道：“那你不是走了桃花运了吗？”包括梁月鹏在内，都笑了。王守信收敛住笑容，点着头思量着，最后说：“不行。”

魏法官办公室，贾铁馨把摩托车钥匙“啪”地往魏法官桌上一拍，发疯似的说："不都讲好了吗？又变卦了！一定是月芹在后面捣的鬼！"魏法官无奈地走了出去，站在一边的梁月鹏往门口挪动着脚步想溜，几个法官和法警走了过来。贾铁馨歇斯底里道："月芹和守信早就干上了！"梁月鹏立即反唇相讥："你和你爸早就干上了！"贾铁馨伸脚便踢梁月鹏，一法警过来制止。其他人都不在了，魏法官倒了一杯水递给已息怒的坐在一边的贾铁馨，贾铁馨双手接过。魏法官在自己的办公座位上坐下来，赔小心地看着贾铁馨道："贾铁馨，单单你那门面房现在就值二十万，住房、家具、店里面的货、存款都不讲了，梁月鹏还能分十万。他现在提出来离只要三万，你可同意？小孩还给你。"贾铁馨一下子站起身，说："一分钱都没有！"拿起摩托车钥匙走了。魏法官愣怔地看着离去的贾铁馨。

这场离婚官司已打了近半年，而法定期限是六个月。

判决书下来了：

……

上述查明的事实，有原、被告的陈述、房产证复印件、户口本复印件、梁月鹏被打伤的照片、就诊证明等证据在卷证实。

本院认为，原、被告婚前了解不够，婚后又不能互谅互让，经多次调解无望，夫妻感情确已破裂，应准予离婚。原告称红星小区住房一套系夫妻共同财产，证据不足，不予采信。被告称西大街门面房已赠与女儿贾佳，因该女系未成年人，且赠与未经原告同意，剥夺了原告的权利，其行为系无效的民事行为。依据《中华人民共和国婚姻法》第二十五条、第二十九条、第三十条、第三十一条之规定，判决如下：

一、原告梁月鹏与被告贾铁馨离婚；

二、女儿贾佳由被告贾铁馨抚养，成年后随父随母由其自主；

三、夫妻共同财产均归被告贾铁馨所有，贾铁馨一次性付给梁月鹏西大街门面房折款六万零五百元，其余财产梁月鹏应得的部分折抵女儿贾佳的抚育费。

真是欢欣鼓舞！梁月鹏把判决书给王守信和梁月芹看了以后，便回老家了。紧接着，一件既蹊跷又不蹊跷的事情发生了。贾铁馨浓妆艳抹，骑着摩托车，慢速向王守信家驶来。王守信刚出正屋的门，听见摩托车的嗡嗡声传来，抬头一看，只见贾铁馨骑着摩托车已进入大铁门了，在院中停下，从后座箱里拿出两沓子红“壹佰圆”，经过王守信身旁，径直走进王守信家客厅。王守信一直愣怔地看着。贾铁馨把两沓子红“壹佰圆”往大桌上一放，说：“两万!”然后在桌旁坐下。王守信跟着走了进来，疑问道：“你这是……”贾铁馨低头抠起自己的手指头来，显得温顺，语气柔和道：“不离了。我大哥对我讲，‘你以后再找什么人，待梁佳都没有梁月鹏待她好。’”王守信笑道：“你现在讲这话有什么用呢？我不敢收你这钱，你拿回去。”不觉摇了摇头。

全国劳动模范、著名儿童教育家、光明实验小学原校长齐振华是梁开化大嫂的亲堂哥哥，梁开化和他多年相处，终于得到他相助，被调进光明三中任教，但花了不少钱。当得知梁月鹏官司赢了，判给好几万，梁开化便给人捎信，让梁月鹏来一趟。梁月鹏得信后立即赶往县城，来到光明三中，经打听，走进一个教师办公室，梁开化迎了上来，梁月鹏笑嘻嘻道：“我一得到你二哥信就立即赶过来了。”梁开化亲热道：“走，到我住的地方去，中午我俩好好喝几杯。”

梁开化租房门口，个子很矮、身体干瘦的梁开化妻曹冬梅在择洗蔬菜、鸡、鱼，脸色黝黑、两岁的小儿子在一旁玩玩具。梁开化和梁月鹏在屋内对坐桌边谈话，梁开化向梁月鹏伸了一下头，低声道：“曹冬梅是不是没个人样子？”梁月鹏不免扭头看了一下屋外，顾忌道：“你怎么能这样讲呢？”稍事沉默，梁开化兴致勃勃道：“你英语专科可毕业了？”梁月鹏微笑道：“没有。”梁开化说：“还剩几门？”梁月鹏说：“还剩一门英语听力。”梁开化说：“齐振华准备在省城办一所实验小学，叫我给他找教师，我把你的情况对他讲了，他讲‘学校有女教师，再给他介绍一个喽’，我和曹冬梅在跟前都给他讲笑了。”曹冬梅在外面笑吟吟地插了一句：“六十多岁老头子讲这话真笑人。”梁月鹏笑得合不拢嘴。梁开化说：“嗯——还有一件事，你这钱什么时候能搞到？”梁月鹏说：“时间不得长了。”梁开化说：“我这次调到县城来花了不少钱，还有几千块钱贷款要到期了，你要是能搞到，借五千块拉扯用一下。”梁月鹏说：“没问题。不过这借钱和那个是……两……码……”

梁月鹏官司赢了，判得六万多，这个数目在贫穷的农村几乎可以说不啻一个天文数字，梁园村该知道这个消息的人都知道了。

梁月鹏转悠到大哥家，被留住吃饭，刚一端碗吃，偌大的一块排骨被大嫂夹进碗里。梁月鹏边吃边说话："齐振华是全国劳动模范，著名儿童教育家，写过头十本书。"大哥吃着饭说道："你能到他那教个书，还在省城，你不又从地下升到天上来了？"梁月鹏踌躇满志道："大哥你讲到点子上了，一个是齐振华，他不是一般人，另一个是在省城，都市啊。"大嫂碗筷拿在手上，一时间停止吃饭，无比欣赏地注视着梁月鹏。梁月鹏脱口而出道："春节前恐怕要给我一万五，到时候我来给梁韬梁丽买几斤毛线，这天有点冷。"大嫂、大哥满怀希望地望着梁月鹏。

梁月鹏和梁黑森、梁长春、梁老五在梁开强家闲聊天，梁老五勉强地笑了笑，说："判给你六万多，你当你就真能得到六万多？能得个两三万就不错了，到时候借一点钱给我花花。"大家笑了笑。梁黑森说："借两百块钱给我到美容院潇洒一晚上。"梁长春说："嗯——我的美人……"扭着头，做着亲昵的动作。大家又笑了笑。

梁月鹏很透明，自己的账目别人一清二楚，而且总是不断地向别人流露此时的快乐心情。法院来通知了，让他过去一趟，梁月鹏知道是钱来了，便立马赶了过去，来到执行庭，被招呼在一边的沙发上坐下，等看着一个女工作人员从保险柜里拿出来一沓子红"壹佰圆"币数了起来。这时，一个肥头肥脑的中年男人，是执行庭长，他走进来一边查一些单据，一边似是自语道："年内我们准备叫她给一万五，他妈的她只给一万。"梁月鹏会意，随即露底道："我现在加上来回跑和参加自学考试的费用，欠了接近两万块钱的账。"执行庭长不悦得眉头一皱。

梁月鹏拿到一万块钱，首先去信用社还了部分贷款，接着还了那一桌酒席的钱，又来到王守信家，给王守信的三个孩子一人一百，算是压岁钱，一转眼花了九千八，只剩二百了。可是，梁月鹏忘了，那么多人在等着他的钱呢。首先是，梁开化，说是五千，至少要花四千，他给介绍工作，有抵消的意思，但为了工作大计，必须花；然后是梁韬他们，几斤毛线，这是自己做叔子的逞能主动要奉献的；然后是梁开强，一万，简直是异想天开；然后是梁黑森、梁长春，请吃顿把饭，两打啤酒喝醉死就二十块钱，也不枉这一段时间在一起厮混消遣的好处；至于梁老五，是个坏蛋，一支香烟都没有。

梁月鹏一回到老家，母亲告诉他："开化回来了，你不去看看吗？"梁月鹏惊喜道："开化回来啦？"激动地跑了出去。

梁开强家，梁开化在挥毛笔写春联，已经写了不少晾在地上。梁月鹏进来，兴奋道：“开化！”梁开化一抬头，说：“哟，月鹏。”照常写着春联：

改革歌歌改革功归共产党

梁月鹏走到桌子跟前，说：“曹冬梅他们可回来了？”梁开化表情克制道：“回来了。”继续写着：

神州乐乐神州福在……

梁月鹏说：“这对联不错。”梁开化“嗯”了一声。梁月鹏不好意思地一笑，说：“那学校搞得怎么样了？”梁开化说：“在搞。有两个高中教师和三个师范大学本科毕业生在托人找齐振华想进去。”梁月鹏说：“那我自学考试专科都没毕业怎么办？”梁开化停顿片刻，然后字斟句酌道，并没看梁月鹏：“这学校是齐振华一手办的，不是公办学校。”梁月鹏说：“那我还有希望喽？”梁开化未置可否，把最后“老百姓”三个字写完，梁月鹏殷勤地拿起这张春联，放到地上晾着，梁开化继续写春联。

梁月鹏感到有些蹊跷，今天梁开化的表现和以前不一样，莫不是向我暗示什么？高中教师和师范大学本科毕业生都在托人找齐振华想进去，你想想，你自学考试专科还没毕业，这一大截的差距怎样来弥补？我借你个几千块钱，你挑明作为好处费，那不就抹平了？

除夕到了，这是黄昏时分，梁月鹏老家堂屋大门上贴着春联，大门外地面上满是红色的炮仗纸屑，别人家的炮仗声清晰传来。香阁上点着一炷香和两根红蜡烛。母亲、大哥、大嫂及两个孩子——十六岁的儿子梁韬、十二岁的女儿梁丽、二哥、二嫂及一个八岁的儿子、梁月鹏围桌而坐，气氛热烈，正在喝酒、吃菜。梁月鹏说：“执行庭长聪明得很，轻描淡写地像是表示抱歉的样子，说本来能执行来一万五。他的意思我知道，是暗示我春节再送，他妈的肥头肥脑就像猪一样。”二哥说：“执行庭长你送过一千了吧？”梁月鹏说：“对，执行经办人身上我又花了一千。我一万块钱拿到手高兴得很，但一眨眼就没有了，信用社的贷款还没有还清。”大嫂领会其意，不悦地指了指身边的儿子道：“梁韬，陪你二叔喝酒。”梁韬站起来向梁月鹏二哥敬酒。大嫂又对女儿说：“梁丽，陪你二婶喝酒。”梁丽站起来向梁月鹏二嫂敬酒。梁月鹏看了看大嫂的表情，有所觉察。大嫂站起来，向梁月鹏母亲敬酒。大哥端杯向梁月鹏道：“来，月鹏我俩喝。”大嫂用胳膊肘一拐梁月鹏大哥道：“没喝过酒啊？”大哥把酒杯缩了回去，献媚地向老婆笑了笑。梁月鹏手往额头摁了摁，盯眼看着大嫂。香阁上，香烟袅袅，红蜡烛在流泪。梁月鹏有些嗫嚅道：“大嫂，你的意思是我没给梁韬梁丽买毛线了。”大嫂不屑道：“我的妈啦，指望你做叔子的买毛线，他们早就冻死掉了。”梁月鹏低沉道：“哟，那是我的罪过。”大嫂端杯向梁月鹏二嫂，说：“喝。”还没等二嫂举杯，自己已经一饮而尽了。梁月鹏从裤兜里掏出两张“壹佰圆”币，“啪”地往桌上一拍，亮开了嗓子说：“本来我想给他们一张，表示个心意。”伸手将其中一张撕成几片，丢下，“壹佰圆”币的碎片纷落于地。大家都惊愕地看着。梁月鹏笑了笑道：“这一张我还要用。”装进口袋里，一边说，“我想问大嫂一句，从你来到我们家，我同我二哥，还有月芹，有没有借到过你们一次钱？哪怕十块？”梁月鹏的双手在颤抖。大嫂说：“我的妈，我们从古至今根本就没有过钱。”梁月鹏眼眶里闪着泪光道：“不管我们遇到了什么困难，只要说到钱就拜拜。这叫什么亲兄弟？这是假的！只有你们是困难的！只有你们需要别人的帮助！”大嫂对二嫂佯装道：“他讲什么？我听不懂！”梁月鹏说：“上次二姐被你气得背下到妈跟前哭哭啼啼的，我当时就对她讲，‘你在这儿哭有什么用？你去找大嫂子辩去！她长舌头你还能没长舌头吗？’”大嫂一下子发起怒道：“你看你那样子！你还没发财，你要是发财了那还得了吗?!”梁韬和梁丽趴在桌边泪流满面。母亲过来阻止梁月鹏道：“你要再这样，我就走了。大年三十在家吵嘴，我又这么大年纪了，我又不想活了……”哭了起来。梁月鹏说：“大哥被你欺负成什么样子？一见你就笑！”大嫂说：“你叫你大哥同我离婚？跟你学嘛！”母亲往灶膛口的杂草上一倒就滚了起来，哭道：“我又不想活了……过个年都过不安哪……我又不想活了……过个年都过不安哪……”二哥过来制止梁月鹏道：“月鹏不要吵了，你看妈都在哭了。”梁月鹏往屋外踱去，话音渐远：“还在我跟前撒泼！我见过的比你泼一千倍。”二嫂在敷衍大嫂。

里屋，父亲病躺在床上，欠起身向地下猛吐了一口痰，说：“这伢们，过年都过不安！”

你梁月鹏吃了人家的，主动承诺年前钱过来给梁韬梁丽买毛线，怎么不兑现呢？虽然不是一万五，但一万也不是个小数，不就几斤毛线吗？也没问你要多好的，也花不了你多少钱，怎么就不诚信呢？这就是梁月鹏的不对了。你梁月鹏是个不理性的人，想到哪儿是哪儿，但你这时候可以开诚布公地给个一百块钱，把情况说清楚，大嫂也决不会不高兴的。

这顿大年三十团圆饭吃得不欢而散，之后，梁月鹏来到梁开强家。梁开化和梁开强正在相互斟酒，然后对酌，其他人都吃过了，用过的碗筷还没收，饭桌上一片凌乱。梁月鹏进来，站在旁边看了一会儿，他俩好像没注意到梁月鹏的到来，梁月鹏一时感到无聊，转身去了卧室。卧室内，梁月鹏来到在玩玩具的梁开化儿子跟前，不自然地对在看电视的曹冬梅和梁开强妻笑了笑，说："我这还有一百块钱，一人五十吧。我刚才才把它换开。"便丢了一张"伍拾圆"币在梁开化儿子的玩具上，又到梁开强妻跟前，将另一张"伍拾圆"币丢在梁开强妻纳的鞋底上便出去了。酒桌上，梁开化端杯，醉醺醺道："二哥，来年要好好干，穷掉了人家看不起，来，喝！"俩人碰杯一饮而尽。梁月鹏来到酒桌一边坐下，笑嘻嘻道："还在喝？"梁开化指指梁月鹏跟前的酒杯，梁开强将其斟满，梁开化眼光迷糊地望着梁月鹏，弦外有音道，一边端起已被梁开强斟满的酒杯："我这次调动是齐振华帮的忙，你到他那教书没有问题。喝！"便和梁月鹏碰杯，俩人一饮而尽。梁月鹏拿来酒壶，给梁开化斟满，又给自己斟满，举杯，俩人又一饮而尽。梁月鹏又给梁开强斟满，再给自己斟满，举杯，与梁开强一饮而尽。

次日，梁月鹏对二哥梁月洲说："开化那意思不是向我借钱，是想叫我送给他，作为好处费。"梁月洲说："他现在是债台高筑，是要挪用一下，你非要那么想。"梁月鹏说："是真的，不是我瞎猜的，他那话已经很明显了。"梁月洲说："那你就给他？既不说借的，也不说送的，你们两个就一直往下猜？"

三十九

冬去春来，梁月鹏觉得该给梁开化打电话问问那学校的情况怎么样了，便来到村头一私人小商店，打起公用电话，语气中明显带有恳求的意味："是开化吗？我是月鹏。"电话里梁开化真诚的声音："噢，是月鹏啊，齐振华叫你最近两天来面试一下，要叫你翻译一篇文章。”梁月鹏惊惧道：“叫我翻译一篇文章？是汉翻英，还是英翻汉？”梁开化的声音：“是英翻汉，大概就是齐振华的一篇汉语论文，被译成英文选在外国的一本书上，他也不懂英语，他只要看你翻译出来的和他本来写的差不多就行了。就这样讲，再见。”梁月鹏疑虑道：“噢，再见。”

梁月鹏也真有些无聊，得了这个信还去和梁开强说说。梁开强蹲在猪栏边喂猪，梁月鹏站在一边，心情沉重道：“不知道具体是翻译什么？要翻译不上来就完了。”梁开强没看梁月鹏，说：“怕不要紧不？”

次日，梁月鹏便去了县城，由梁开化领着来到齐振华家。翻译完后，齐振华认真审视着梁月鹏的译文，梁月鹏和梁开化坐在桌子对面谦恭地等候着反馈信息。厨房里，曹冬梅在做菜，小儿子在跟前玩。齐振华看完，满意地看着梁月鹏，说：“不错。这字写得也好。”梁开化立即凑过去看了一下译文的汉字。齐振华一副城府很深的模样，他又转眼看着梁开化，声音柔缓道：“在外国，教师、医生、律师都属于中上层职业。教学是一门艺术，教师也是艺术家。当教师第一要热爱，第二要持之以恒，不能见异思迁。”梁月鹏谦卑地重复着齐振华的话：“第一要热爱，第二要持之以恒……”齐振华说：“除了吃住，一个月不少于四百块钱。到时候学会了，可不能跳……那个叫什么？”梁开化立即补充道：“跳槽。”齐振华微笑道：“对对，跳槽。”梁月鹏脸红了，不好意思道：“哪能谈得上跳槽？”齐振华笑微微道：“九月份正式发工资，九月份之前只给吃住，我们丑话讲在前头。”梁月鹏和梁开化都被说笑了。齐振华说：“就这样，六月一号来报到。”

面试成功，当晚，梁月鹏和梁开化在梁开化租房内对酌，梁月鹏兴奋道：“不是你，那是不行哎。今天去我心里好紧张。”梁开化在思忖着，然后拿到桌面上来说：“月鹏，你我不是兄弟，胜似兄弟！等钱来了转五千块钱给我用一下，什么时候要什么时候还，可行？”盯眼望着梁月鹏。梁月鹏表情不自然地脱口而出道：“行。”

梁月鹏得到通知，去了法院执行庭。执行经办人，一个个子很矮、脸色黝黑、样子很精明的男青年，站在自己办公桌边，扭着头对里首说：“她这次只能给三万五，加上春节前那一万，四万五就不错了。她要是一跑找不到人了，你一分钱都得不到。”坐在里首一张办公桌边办公座位上的梁月鹏考虑道：“算了吧，就四万五，其余的不要了。”执行经办人说：“你在这等着，她马上就送来。”话音刚落，贾铁馨捧着三四捆子红“壹佰圆”钞票进来，往经办人桌上猛地一放，说：“三万五。”经办人被吓得身子往后一动。贾铁馨又声音柔和道：“把房产扣押那个东西给我。”于是，经办人找单据。贾铁馨白了梁月鹏一眼，声音犀利道：“至少送给宋子健五千！上次我对魏法官讲好了去取三万块钱，他判决书下来了！”执行庭长进来看了看。贾铁馨又白了梁月鹏一眼道：“小伙子给我玩了几年我快活！老娘还有一百万！”执行庭长往梁月鹏看了看，梁月鹏兀自坐着。

要拿走这三万五，必须经过执行庭长批准。春节前执行庭长已经暗示过，你却不送，那么现在可就要给你点麻烦了。一本正经地坐在办公桌边、肥头肥脑的执行庭长扭头看了一眼坐在一边的梁月鹏，沉默有顷，然后说：“你先拿三万三去，那两千等几天的。”梁月鹏问：“那为什么呢？”执行庭长不悦得眉头一皱，没有言语。梁月鹏迟疑片刻，说：“好，那两千我不要了！”执行庭长说：“好。”

他妈的他凭啥要扣我两千，老子不要了，认得你狠，你不就是一个执行庭长吗？是啊，人家活得多滋润，你就落个罪受啊。

梁月鹏拿到了三万三，首先来到王守信家，数出五张“壹佰圆”币给王守信，说：“大姨哥，这五百块钱表示感谢。”把成沓的钞票往自己怀里塞。王守信接着钱，明显不满意，但欲言又止。梁月鹏接着来到梁月芹家，数出五张“壹佰圆”币给梁月芹，说：“现在只能给你这么多。”梁月芹欣喜地接过钱，说：“再给我一张。”梁月鹏说：“全部账还掉我只剩两万五了，刚才看大姨哥那样子是嫌少了。你不要了吧，你多要那一张干吗？”就不再给梁月芹钱了。梁月芹笑嘻嘻道：“我多要一张不能买件衣服穿哪？”

工作要紧，更是出于友情，梁月鹏赶快送钱给梁开化。电话亭内，梁月鹏激动地打电话：“开化，我钱拿到了！马上我就过来！”

行驶的客车上，梁月鹏激情地坐着。

梁开化租房，门被推开，梁月鹏近乎是冲了进来。在吃饭的梁开化马上放下碗筷，说：“这么快就来啦！”沉着地考虑着，“现在我去买点卤菜。”梁月鹏激情难抑道：“不用了，我随便吃一点就行了。”在桌旁坐下，“来，我来把钱数给你。因为我还了不少账，剩下的也不多了，你先拿四千。”梁开化说：

“好。”梁月鹏把一沓子崭新的红“壹佰圆”递给梁开化，梁开化接过来数一下，然后离开饭桌，到床头边的箱子跟前，揭开放了进去，又合上。梁开化说：“我去搞点菜?”梁月鹏说：“不用了，我就吃点饭吧。”梁开化边拿酒、杯边说：“我再来陪你喝两杯。”梁开化斟酒，然后俩人一饮而尽，又斟，又一饮而尽，又斟，又一饮而尽。饭后，梁开化和梁月鹏和衣睡在一头，梁月鹏长嘘一口气，说：“这个案子历时十一个月，终于完结了。”梁开化说：“很不容易吧?”梁月鹏说：“通过这件事，我感觉到做一件大一点的事，要订立一个目标，然后按程序、规则去分步实施。”梁开化说：“要先做一下调查研究，预测一下结果，这样才能确立切合实际的目标。”转身面向梁月鹏，梁月鹏却扭转过去。沉默。梁月鹏又扭转过来，梁开化与此同时又扭转过去，俩人总是不能面对。

梁月鹏从梁开化那儿拿了一本齐振华著的《小学生教育心理初探》回家看，正认真阅读着，母亲进来，说：“月鹏，开强刚才又给我带信，叫你到他家去。”梁月鹏一听就笑了，然后冷静道：“我现在不能去。肯定要借一万块钱养食用牛。现在黑森和长春都往我跟前直贴，想要钱。我天把来买点肉、鱼和千张、豆腐什么的到开强家烧，叫他们两个吃一顿饭，再给开强五十块钱表示个意思，也只能这样。”又看起书来，又放下，“老五老婆也向我借钱，简直好笑。”母亲责怪道：“你就像喇叭头子一样，半个钟头全家户都晓得你钱搞到手了，我看你这钱也用不长，等钱花光了，还孤零零一个人，我也烦不到你神了。”

次日傍晚，梁黑森和梁长春合拎一扎啤酒，后面跟着梁月鹏，三人兴冲冲地走进梁开强家。厨房内，油烟缭绕，梁开强在烹调。梁黑森说：“大厨师在下厨子?”梁开强笑呵呵道：“还有最后一个菜，你们先坐。”梁长春说：“不要我们帮忙啦?”梁开强说：“不要了!”堂屋内，梁黑森和梁长春都装作愣怔地看着梁月鹏，须臾，俩人“扑哧”一声笑了。梁黑森指着梁月鹏，笑道：“现在这东西是大款了。”梁月鹏微笑道：“现在这点钱只够在农村盖两层简单的小楼，谈得上什么大款?”梁长春开玩笑地向梁月鹏伸出一只手，做出乞讨的样子，说：“把根把香烟抽抽，老板。”他们都乐了。梁开强从厨房出来，拍着身上的灰尘，说：“月鹏不是讲开美容院的吗?”梁月鹏一怔，掏出一张“伍拾圆”币给梁开强，说：“这五十块钱给你买几斤香油回来吃。”梁开强接着，塞进了裤兜里。

他们喝酒已有一些时候了，天早已黑了下来，大门开着，月光照到了屋内。突然，梁老五走进来，径直来到梁开强身边坐下，说：“去拿一双筷子、一个酒杯。”梁开强很快起身去拿。梁老五先用梁开强的筷子夹吃起已不多的菜来。梁长春开玩笑道：“人家坐倒就吃，因为人家是村长。”他们都笑了，唯独梁月鹏没笑出来。梁老五笑眯眯道：“干村长不就搞一点酒喝喝嘛。比如你长春家盖房子，生孩子，不找我喝酒，我就不给你盖，我就不给你生。你盖，盖过我同土管所一起来把你房子拆掉；你搞，怀上胎了我同计生办一起来把你拉去堕胎。”梁月鹏脸上已经很不对劲了。梁长春说：“那人家是合法的呢？”梁老五执拗道：“你怀上胎，我讲你怀早了，你盖上房子，我讲你超宽，毛病总能找到，你这孩子头脑喝墨水喝多了？”梁月鹏克制道：“我准备也来花个几千块钱买个村干部当。”梁老五一怔，问梁长春，指着梁月鹏的方向，并没看梁月鹏：“他讲什么的？”梁长春笑而不答。梁黑森和梁开强都出神地看着。梁老五一个劲地看着梁长春，说：“比如你长春是大学毕业，分配到我们村来，我叫你给我当秘书：明天我要讲个话，你给我写个讲话稿子。”又指了指梁黑森，“比如你黑森老婆怀孕有几个月了？有没有早怀？你去给我查一下档案。”梁月鹏的右手开始在桌面上轻敲起来。此时，梁开强妻带着三个孩子进屋，梁老五很娴熟地指向最小的一个，对梁长春说：“比如这个小多多，属于超计划生育，罚款两千，你就给我记下来，某年某月某日，小多多罚款两千。”一边做着手势。梁月鹏的右手神经质地抬了起来，“啪”的一声落在桌面上，梁月鹏对梁老五斥道：“别在这废话了！”梁老五不讲话了。梁月鹏又往桌上猛地一拍，站起身来说：“你别认为你干个村长就不得了了！”手往梁老五脸上直指，“我俩就这样打！你给我一巴掌！我给你一巴掌！”梁老五回过神来，竟老奸巨猾地笑了。梁月鹏说：“黑道我们往死里搞！白道打官司我花两万块钱同你搞，你现在家里两千块钱都拿不出来！他妈的简直反了……”接着陡然呐喊起来，“为什么一个三千人口的村去让一个蟊贼当村长？去让一个蟊贼当村长？去让一个蟊贼当村长——？！”梁老五一声断喝：“打！”便一纵身，离开桌子去大门后头找工具，梁月鹏立即吓跑了出去。梁老五双手握着一根扁担，走出大门，往外看着，说：“人呢？孬种跑掉了？”却看见梁月鹏双手握着一把锄头，从一边走来。梁老五和梁月鹏相向着往前进，梁月鹏往后退；梁月鹏和梁老五相向着往前进，梁老五往后退；梁老五和梁月鹏相向着往前进，梁月鹏往后退；梁月鹏和梁老五相向着往前进，梁老五往后退；梁老五扬起扁担，梁月鹏举起锄头；扁担在空中停住，锄头也在空中停住；扁担往下打来，锄头正好挡住，发出“嗒”的声音；扁担打来，锄头架住，发出“嗒”的声音；扁担打来，锄头架住，发出“嗒”的声音；扁担开始横扫，梁月鹏拖着锄头跑了起来；梁月鹏扭过身，用锄头砍去，梁老五扭头跑去；又一锄头砍去，梁老五继续躲跑，然后蓦地扭转身，声音犀利道：“看你还砍?!”俩人相对面停住。梁老五扔掉扁担，梁月鹏也抛开锄头。已围了不少人在看。梁老五突然一拳朝梁月鹏面部打来，梁月鹏应拳倒下，梁老五趁势趴压在梁月鹏身上，俩人都喘着粗气。皓月当空。梁黑森、梁长春、梁开强、中年汉子和翠花等在拉架。地上，梁月鹏努力往上翻，梁老五继续保持压迫，两个人的颈子都被对方的手无力地掐着。结果梁老五被梁黑森拽了起来，梁月鹏在爬起来的当儿，不失时机地给已经被拽离开自己身体的梁老五脸部一拳，发出“啪”的一声。梁老五被梁黑森、梁开强、中年汉子等拉劝走了，梁老五回头逞强一声：“梁月鹏你记着！你打我一拳!”梁月鹏被梁长春、翠花等拉劝着，梁月鹏回应道：“他妈的是个蟊贼！来当村长!”

毕竟，梁老五是个很不正经的人。两年后，梁老五下台。

梁月鹏回到家，仍喘着粗气，走到小桌边，拿起一面小圆镜子照起来，伸手抚摸着颈上的血迹。母亲进来，说：“你在害人！天天烧给你吃，你打起架来了。明天一早我就去找你二哥同开化，赶快把你送到学校去。老五是什么人？你同他打，你能打过他吗?”说着来到近前，“你眼镜子!”把镜架歪了的眼镜放在桌上梁月鹏的一本翻开的书上，转身走出梁月鹏的房间。

梁月鹏抚摸了一会儿颈上的血迹，然后脱掉外衣，灯没关即上床躺下，浑身颤抖个不停，一脸赌气地望着上空，只见屋顶下的蜘蛛网，一个大蜘蛛正在辛勤地编织……

“月鹏，月鹏……”传来翠花轻声的呼唤。梁月鹏一惊，问道：“谁?”扭头看去，只见窗户外伸着翠花的脸。梁月鹏一时发愣。翠花笑吟吟道：“月鹏，我是翠花，你开一下门，我有话跟你说。”梁月鹏爬起来，套上长裤和T恤衫，去开门。传来母亲半入眠中的声音：“这么晚了开门搞甚个?”梁月鹏说：“是翠花。”翠花进门了，径自走向梁月鹏房间，梁月鹏惊诧地跟着。他俩进入梁月鹏房间，梁月鹏说：“不好意思，这里面到处都是土。”翠花看了看，说："这是你大哥他们以前住的房子，是农村人还怕土吗？"在梁月鹏的床沿坐下，拍了拍床沿，"你也在这坐。"梁月鹏有点不自在地坐下。翠花察看着梁月鹏的脸，伸手就要摸梁月鹏颈上的血迹，一边说："呀，流血了！"梁月鹏伸手挡住，说："别，别。"翠花缩回手去。沉默。翠花埋着头，抽抽搭搭地哭了起来。梁月鹏惊异地看着翠花，说："翠花，哭什么？"翠花一下子扑向梁月鹏，说："你就不知道我的心吗？"梁月鹏有点猝不及防，不免伸臂揽着翠花，说："我要到省城去教书了。"翠花搂着梁月鹏，说："你不能和我在一起吗？我什么事都不让你干，我还能给你生孩子。"翠花挂着泪珠的明亮的双眸看着梁月鹏，等待着回答。梁月鹏没有正视翠花，只是冷冷道："你是个很贤惠的人，但是我不可能和你在一起，对不起。"翠花感到无望，离开梁月鹏，默默地走了。

翠花一走，母亲就进来询问端的，梁月鹏笑嘻嘻的，根本不把这当回事。母亲说："人家翠花有多贤惠！你再在外面漂几年跑回来，那个时候你老了，看你怎搞？你这一辈子就完了！"父亲也走过来，说："长根死掉这三年，有多少人上门来提亲，翠花都看不上！你俩年龄正好一样大。"母亲说："人家翠花能文能武，开着手扶拖拉机，田做得边到边拐到拐，家里收拾得清清朗朗的，人家两个儿子怎么了？也不是偷来的，现在都在上学，成绩还好，就同你们小的时候一样。"梁月鹏笑了笑道："怎么可能呢？"

四十

夏天，省城城郊。楼房林立，车辆熙攘。一条小河边，是几幢居民楼，另外还有一幢四层办公楼，该办公楼的一面墙上镶着"西郊居民委员会"几个金色大字。西郊居委会二层走廊上，一满串钥匙挂在梁月鹏屁股后面，他站在凳子上打扫完走廊顶的灰尘后，一头灰尘地从凳子上跳下来，摘掉眼镜，抹了一把满脸大汗，又戴上眼镜，对站在一旁看着的一个老头说："杨师傅，现在牌子能不能摘下来了？"杨师傅赞赏道："梁老师，你能累！我刚问过书记了，可以换了。”梁月鹏兴奋地喊道：“卢建封！把教室（1）的牌子拿来！”小伙子卢建封手里拿着“教室（1）”的牌子，头上也有灰地从隔壁房间走出来，一副沙哑的嗓音：“杨师傅，书记刚刚开车走哎。”梁月鹏把凳子拿到物业办的门跟前，站上去卸掉“物业办”的牌子，接过卢建封递过来的“教室（1）”的牌子。传来由下而上的脚步声，梁月鹏不经意地向本层走廊的楼梯口瞅了一眼，只见齐振华拎着东西踏上走廊，然后向走廊那头走去。

这是一间摆着两张单人床铺的房间，即梁月鹏和卢建封临时宿舍，还有蜂窝煤炉和简单的炊具等。齐振华走了进来，将带来的一小塑料袋咸鸭蛋放在梁月鹏的小铁床上。他看到枕头里首有一盒药，拿起来看，是六味地黄丸，又小心地放回原处。也看到了枕边一本打印的《高等教育自学考试英语听力辅导材料》，有梁月鹏的签名。

西郊居委会二层走廊上，“教室（1）”的牌子上，一把梅花起子在转动，一个螺丝钉被梁月鹏拧了进去。经过梁月鹏和卢建封两三天的打扫、安装、整理，教室（1）（2）（3）（4）（5）（6）和办公室、微机室、图书室的牌子一字排开，走廊一片整洁。齐振华走过来注意地看着，梁月鹏和卢建封来到齐振华跟前，等待着褒奖。梁月鹏兴奋道：“齐校长，这搞得还不错吧？”齐振华微笑地点点头。卢建封沙哑道：“表舅，有学生家长来问，四年级可招收？”齐振华考虑道：“四年级不招，不过你可以叫他上三年级或者五年级，基础好的上五年级，基础差一点的上三年级，我们这是弹性学制嘛。”又和蔼地转眼看着梁月鹏，梁月鹏会意地微笑了。齐振华微笑地对卢建封说：“建封，以后不要喊我‘表舅’，要喊我‘齐校长’。”

梁月鹏和卢建封临时宿舍内，煤炉上钢精锅里的稀饭在沸腾，齐振华、梁月鹏、卢建封、一高个儿女子张宗英和她十一岁的儿子在吃稀饭就咸鸭蛋。齐振华碗中的稀饭就要吃光，梁月鹏边吃边瞥视着，见齐振华吃光，便放下自己的碗筷站了起来，说：“齐校长，我来把你盛。”齐振华不好意思道：“我自己来。”张宗英站起来，说：“伯伯，我来把你盛。”但还是被梁月鹏拿去盛了。张宗英亲昵地喂两口稀饭给儿子吃。齐振华双手接过梁月鹏递过来的稀饭，感激道：“谢谢。”然后对张宗英微笑地，“宗英，以后在这里不要喊我‘伯伯’了，要喊我‘齐校长’。我昨天才对建封讲过。”又看了看卢建封和梁月鹏。大家笑嘻嘻的。

马路两边，一边一个安装工人各自站在梯子上，将一块写着“振华实验小学”六个大字的大横牌子往一边一根电线杆之间架，齐振华、梁月鹏、卢建封在下面抬头望着。梁月鹏兴奋道：“齐校长，那个牌子下面要再写一行英文校名就好了，学校宣传‘成功教育、弹性学制、双语教学、小班授课’中不是有‘双语教学’吗？”齐振华微笑地看着梁月鹏道：“噢，对对，你要是早讲就写上了。”卢建封沙哑道：“这周围大部分是做生意的，不太懂外语，写不写无所谓吧？”

在一项事业开始时，梁月鹏往往表现得很好，他和卢建封开头这几天干得确实比较卖劲。俗话说，先有耕耘，后有收获。这不，好事来了。齐振华坐在梁月鹏的床沿，对恭敬地坐在他对面的梁月鹏和卢建封说：“明天哩，西郊师范学校有两个毕业生来协助梁老师做广告宣传。”梁月鹏和卢建封都注意地看着和听着。齐振华说：“两个女学生都是我们老家的，有一个家住得略微远一点。”梁月鹏和卢建封俩人眼里都放出了光彩：哎呀，有戏了，谈恋爱，接吻，美女，快来吧，我爱你！

明天到了，两个女学生真的来了，用眼一瞧，有一个漂亮，漂亮的叫王芳，二十岁，不漂亮的叫周亚芳，十九岁，但一看便知都是农村出身。梁月鹏和卢建封从第一眼看到她俩的时候，就都把目标锁定在王芳身上。梁月鹏不由得想，你卢建封虽然年龄比我小，但长得俗气，嗓子沙哑，胸部因为刚动过大手术留着难看的大蜻蜓似的刀疤，哪个好姑娘会把自己娇美的身体贴上那个大蜻蜓？王芳可能是我的对象。卢建封觉得自己正好比王芳大两岁，梁月鹏至少比她大十岁，而且离过婚，他俩是不可能的，而这里只有我一个小伙子，齐校长又是我亲戚，她非我莫属。

卢建封因为身体不太好，被安排在学校接待学生家长来访，梁月鹏则劲头十足地带着王芳和周亚芳上街做广告宣传了。他们一开始是每人手中都拿着招生广告材料，沿街挨户散发、游说，后来在大马路边的树上挂着一条横幅“振华实验小学隆重招生，校长：全国劳动模范、国务院津贴专家齐振华”，在树荫下摆一张桌子，桌上除了摆着招生广告材料外，还放着一台大录音机，大录音机不断播放着梁月鹏的录音《振华实验小学教学特色》：“所谓成功教育，即以一个个成功和成功感为台阶来奠定并推动学生学业进步的教育……”梁月鹏和王芳、周亚芳端坐在桌边，向前来问询者散发材料。王芳的媚眼一瞟梁月鹏，说：“你的声音好沉闷。”梁月鹏自信道：“是录音机的问题，不是我声音问题。”王芳说：“就是你声音问题，不是录音机问题。”梁月鹏说：“就是录音机问题。”

夕阳西下，三人的面孔明显晒黑了，梁月鹏欣喜地数着登记表上的人数，说：“王芳，你猜今天登记了几个人？”王芳伸出三个手指头，微笑道：“三个。”梁月鹏欣赏地看了看王芳道：“猜对了！”然后顾虑起来，“这样下去，五十个学生都困难。”王芳说：“齐校长今早上讲，我们尽量宣传，就是只有二十个学生都坚决开学上课。”周亚芳坐着不耐烦了，声音有点稚气道：“梁老师，天气好热，不能去买两瓶汽水给我们喝吗？”梁月鹏微笑道：“为什么买给你们喝？”周亚芳说：“因为你是男人。”梁月鹏吃惊道：“哟，你竟能说出这种话来！”王芳说：“看不起我们哪？我们也念了不少书。”梁月鹏问：“你看过《茶花女》吗？”王芳说：“你为什么不说别的，只说《茶花女》？”梁月鹏说：“因为我喜欢《茶花女》。”

梁月鹏带着两个女的，其中包括自己的所爱王芳，在外活动，很危险，但没办法，这是工作需要。家长来访不多，要求写的《振华实验小学教学特色》已经写好晾在地上，卢建封在办公桌上又铺起一张大白纸，在上面写起大大小小的“爱”字来。

王芳和周亚芳合拎着大录音机，各自的手里还拿着一瓶汽水，说笑着走在前面，梁月鹏掮着宣传桌走在后面，他们回来了。此时，卢建封正在写一个特大的艺术体“爱”字，瞥见她们手中的汽水，装作没看见，继续埋头描写那特大的“爱”字。王芳和周亚芳不禁伸头看，卢建封猛一抬头，沙哑道：“哟，汽水哪个买的？”梁月鹏掮着宣传桌进来，放下。王芳说：“你猜？”卢建封老气横秋道：“猜什么猜？看我写得怎么样？”王芳眼睛一亮，说：“写得不错。”卢建封看到了王芳的亮眼神，快乐道：“写得不错吧？你知道我是写给谁的吗？”王芳脸红，没有言语。梁月鹏在旁边转了转，出去了。

一日，梁月鹏在办公室门口看见一对年轻夫妻领着一个小女孩走来，便招呼道：“是准备上小学吗？”妻子对女儿说：“告诉叔叔，上几年级？”女儿成人似的说：“我上过三年幼儿园，准备读一年级。”梁月鹏弯下腰来，说：“回答得不错，你叫什么名字？”女儿说：“我叫方娜。”梁月鹏端详着方娜，说：“真不错。”又欣赏地看了看夫妻俩，“这是一个教育专家办的，他已经六十多岁了，不愁吃不愁喝的，只是因为热爱教育事业，而不是为了赚钱，所以教学质量上可以保证。”丈夫说：“这房子是租的吧?”梁月鹏说：“对，本来居委会是准备投资盖一幢新教学楼的，现在又有几个人在找我们校长合作，这里是暂时的。”妻子说：“那没有操场什么的怎么办?”梁月鹏进入办公室，指着后面说：“马上我们在这后面平一块地出来，现在玩都有玩，关键是学习。这样吧，进来留个电话号码，到时候我们好通知你们过来参观。”说着把他们让了进来，倒水、招呼坐，然后拿笔登记起来。王芳和周亚芳坐在一张办公桌旁说笑。卢建封仍在埋头描写那特大的艺术体“爱”字。

梁月鹏和卢建封临时宿舍也是学校的临时食堂，这为梁月鹏和卢建封接触王芳提供了方便，但这两个家伙都不是高手，也就只能与王芳搭讪搭讪，至多在吃饭时王芳碰巧坐在哪个小铁床沿，哪个便获得一种心照不宣的满足感，甚至是一种希望和梦想。

齐振华比较重用梁月鹏，把各个房间的门钥匙都让梁月鹏挂在屁股后面，梁月鹏当然也感受到了这份信任和重托。而且，齐振华也知道梁开化拿了梁月鹏四千块钱，并且知道梁开化不打算还了。于是，齐振华找了一个机会向梁月鹏点明这一点，梁月鹏也无所谓。倒是梁开化比较在意，隔一段时间就跑到这里来看看，在话语中一再流露他收了梁月鹏四千块钱的交换价值所在。一次，梁开化、梁月鹏、卢建村、王芳、周亚芳在梁月鹏和卢建封临时宿舍亦即学校临时食堂吃饭，梁开化说：“现在你们在这里觉得无所谓，从长远来看，能和全国劳动模范、著名教育专家在一起共事，对自己以后的影响是巨大的。”梁月鹏高兴道：“讲得不错，你每一次来对我们都有点激励作用!”卢建封沙哑道：“梁开化，吃菜，吃菜。”梁开化对王芳、周亚芳说：“哎，你们也吃菜。等振华小学以后发展起来了，我来搞管理，我们还是同事呢。”大家笑了。这话不是瞎说，齐振华对梁开化说过，以后学校发展起来了，让他来当二把手，梁开化正踌躇满志呢。不过，这没有实现。

一日，齐振华从图书室里伸出头来喊道：“梁老师！把微机室门开一下，有学生家长来看电脑!”梁月鹏从办公室里小跑出来，向微机室小跑过去，屁股后面的一满串钥匙咯啷啷响地抖动着……

振华实验小学正式开学了！第一日九月一号上完课，齐振华召集大家在办公室开会，齐振华、梁月鹏、张宗英、卢建封、王芳、周亚芳、年逾六旬的章老师、接近六旬的许老师（女）在座。齐振华说："梁老师和卢老师是最先来的，后来王芳和周亚芳也来了。办学初期困难重重，简直是辟草开荒，但还是办起来了，并于今天正式开学上课了！招生人数达……"问梁月鹏，"梁老师，在你那交费的有多少人？"梁月鹏说："加上刚才最后一个，三十九个。"齐振华说："本来我们讲二十个人都办，现在远远超过我们的最低估计。"又微笑地看着章老师和许老师，"章老师和许老师都退休了，身体也都不好，但是教学经验丰富，我们年轻的教师要多向他们请教。从现在情况来看，除了吃喝住，我们年轻的教师每月可以保证拿到二百块钱工资。"又微笑地看着梁月鹏，"梁老师喜欢写作，三年后我们要出一本专著，叫做《振华实验小学实验报告——教与学的革命》，每个老师都要撰稿，由梁老师来统稿。"梁月鹏受到了很大的鼓舞，激动道："不敢当，不敢当。"

可是，像梁月鹏这样心理素质和性格特征的能组织好教学吗？小小讲台，可是一个大大的舞台呀！梁月鹏教一年级和六年级的英语，且不说六年级吧，单说一年级。每节课，梁月鹏都指望着手头的这台大录音机，第一节课上课铃还没响完，梁月鹏便像模像样地拎着大录音机走进一年级教室，郑重地把大录音机往讲台上一放，面对大家道："上课！"孩子们一齐站起身，齐声道："老师好！"梁月鹏受到莫大的鼓舞，开始教起"早上好"就是"Good morning"。也许是孩子们对老师、对"Good morning"、对第一节课有一种新鲜感吧，第一节课的课堂纪律还可以。可是从第二节课开始，"小猴子们"就开始不听话了，课堂上乱哄哄的，只有少数几个在听。该班班主任许老师告诉梁月鹏，在黑板上写个"P"，再在"P"的右下角注上页数，孩子们便会翻到那一页了，可是梁月鹏这样做了，孩子们并不听，也就是说，你梁月鹏发出指令，让孩子们翻到哪一页，都贯彻不了，那你的课还能上下去吗？梁月鹏钻进许老师正在上课的一年级课堂：安静，紧张，有序，活泼。梁月鹏又站在齐振华正在上课的六年级课堂外偷听：静极了，教室犹如禅房一般，要么是齐振华在上课讲话，要么是学生们在读书、做功课，学生们在课堂上的一切活动全由老师掌控。上课铃又响了，梁月鹏拎着大录音机又走进一年级教室，这次换个花样，自己迅速地报出前两节课刚教过的表示身体器官的英语单词，让孩子们指，看谁指得准，看谁指得快。一开始，孩子们很踊跃，眼睛鼻子指得很高兴，但很快就不行了。一张课桌趴两个孩子，他们便以课桌为单位，俩俩在一起做小动作：戳呀，捣呀，搂呀，抱呀，歪着头呀，欠着身哪……简直是“军阀割据，各自为政，一派无政府主义”。梁月鹏尝试着一个一个把他们拉坐直了，使不说笑了，但“平息”了这个，却“平息”不了那个，等“平息”了那个，这个又反了。梁月鹏采取果断措施，拉一个孩子上来“罚站”，但另一个全校著名的“多动症患者”干脆离开座位玩起纸飞机来，引起哄堂大笑，不客气，“多动症患者”也被拉上来“罚站”，不料，先被“罚站”的竟嘲笑起“多动症患者”来，“多动症患者”不高兴了，便和他“斗”了起来，又引起哄堂大笑。梁月鹏无法，索性让这两位“老爷”各就各位吧。这样，“中央政府”不力，“军阀割据”便更加蔓延，早已冲破以课桌为单位，竟发展成“片”。梁月鹏赶紧过去把门关上，以免齐校长撞进来。梁月鹏看着这混乱局势，真想摆开双臂，“啪啪啪啪啪啪”地双手开道，以平息乱局，求得统一，建立强有力的“中央政府”，但情急之下，略微一试，便告无效。又是一节课开始了，梁月鹏变得严肃起来，甚至是“凶”了起来，一开始便宣布：“在我要你们回答问题的时候，你们必须先举手，我叫谁回答，谁回答，举了手我没叫回答的，不准回答，谁犯规谁受‘罚站’！”这样秩序马上好了许多。有人犯规了，警告一次，又犯规了，拉上来“罚站”。绝不同时“罚站”两个或更多。或有人不以受“罚站”为耻，便发动舆论，树立受“罚站”是可耻的，遵守纪律是光荣的之风，向不以受“罚站”为耻而正在受“罚站”者猛刮，结果，课堂秩序一时间得以改观。但因为违背了“爱的教育”原则，好景不长，课堂上又乱了起来。梁月鹏很无奈，很自责，暂时只有将就着往下进行，希望以后能好起来。

一日傍晚，夕阳西下，梁月鹏带着几个六年级学生来到小河边转悠。小河的水在缓慢地流淌。梁月鹏思虑道：“你们来看这条小河怎样写一篇作文呢？”甲学生玩笑道：“啊，小河，你从西边流来。”大家笑了。乙学生指着不远处的一座小桥，说：“我写河上的那座桥。”梁月鹏说：“可以，桥。”丙学生指着河对岸的田野，说：“我写那边的田野。”梁月鹏紧接着问：“写田野什么？”丙学生皱眉思考道：“写田野……”

晚上，梁月鹏在办公室一时心血来潮，即兴创作起《振华实验小学之歌》歌词来，其间，高兴地扭头对坐在另一边看书的许老师说：“许老师，我在写我们振华实验小学校歌，写完给你看看，好吗？”许老师抬头看着梁月鹏，微笑道：“好啊，你写的是词还是曲？”梁月鹏说：“我写的是词，我不会作曲。”

许老师说：“那我来作曲。”梁月鹏惊喜道：“许老师你会作曲？那太好了！我来抓紧写，趁现在有灵感。”许老师说：“你快写吧。”梁月鹏激情澎湃，他手中的笔在纸上飞舞着，然后大功告成地把笔一放，说：“许老师，你来谱曲吧。”许老师微笑道：“要不要先送给齐校长看看？”梁月鹏说：“好。”起身拿着歌词走出办公室，来到兼作齐校长寝室的图书室，给齐校长看。齐校长看完后，笑道：“很押韵，是个打油诗。”梁月鹏不以为然道：“打油诗啊？”齐校长缓缓道：“那个‘劳模’那一句能不能改一下？”梁月鹏想了想，还是说：“不好改。”

办公室内，许老师在电子琴上谱曲，梁月鹏坐在跟前热情地看着。许老师笑吟吟地插了一句：“这词写得很不错，我女儿也喜欢文学。”梁月鹏微笑未语。许老师的手指在琴键上跳跃，曲调逐渐形成。张宗英在门口站了站，走了。许老师一边看着歌词，一边自弹自唱起来：

十八里埠河上，有一座桥，
一边是田野，一边是楼高，
田野谷穗黄，高楼歌声嘹；

梁月鹏高兴道：“真没想到，太美了！”许老师像焕发了青春似的，喜悦地看了梁月鹏一眼，接着唱道：

十八里埠河上，有一座桥，
一边是农村，一边是城郊，
农村炊烟袅，城郊落日高；
啊，振华实验小学从此挺起腰！
劳模年已高，辛苦来创校，
小班来授课，单等春来到！

卢建封在门口站了一会儿，走了。梁月鹏认真道：“请接着唱第二段。”许老师的手指在琴键上激情跳跃，接着唱道：

十八里埠河上，有一座桥，
一边是荒芜，一边是繁茂，
荒芜人杂沓，秩序有格调；
十八里埠河上，有一座桥，
一边是懵懂，一边是开窍，
懵懂夜来早，文明霓虹俏；
啊，振华实验小学从此挺起腰！
十八里埠河上，有一座桥，
这桥这桥，便是振华学校！
十八里埠河上，有一座桥，
这桥这桥，便是振华学校！

梁月鹏也渐渐地和上了曲调，引吭高歌起来。门口传来鼓掌声，许老师和梁月鹏扭头看去，只见王芳和周亚芳笑着走进来，她俩说道："你们唱得真好！"便往许老师身上一偎。接着大家一起兴奋地乱唱了一阵。

时候已经不早了，办公室里只剩下梁月鹏和王芳在面对面地谈话，王芳崇拜道："听说你发表过剧本？"梁月鹏笑了一下，说："是的。王芳，我来教你唱我们的校歌吧。"王芳喜爱道："好吧。"于是梁月鹏认真地唱道：

十八里埠河上，有一座桥，

王芳跟着唱道：

十八里埠河上，有一座桥，

梁月鹏唱道：

一边是田野，一边是楼高，

王芳跟着唱道：

一边是田野，一边是楼高，

梁月鹏手执歌词在俩人面前，他俩合唱起来：

田野谷穗黄，高楼歌声嘹。

卢建封突然来到跟前用手捅了一下王芳，说：“梁月鹏离过婚！至少比你大十岁！”一转身便走了。梁月鹏一下子怔住了！王芳一下子怔住了！俩人愣了一会儿，相互看了看，梁月鹏张口道：“王芳……”王芳扭头走了。梁月鹏挪动脚步，就要追上去，却又止步。梁月鹏直愣愣地望着，王芳消失在门口……

除了吃住，一个月只有两百块钱工资，一年才两千四百，两年才四千八百，要接近两年的时间才能挣到那四千块，在这里干值得吗？自己的经历他们了如指掌，一说出来我就完了，所以在这里也别想谈对象了，那你梁开化凭啥收我四千块钱？我为什么只给你四千，就是因为我预计到你不想还了，如果你没有给我介绍这个工作，我一万都愿意借给你，真的。这也不像个学校，在这几个年轻的当中，我学历算最高的了，不是说有高中教师和师范大学本科毕业生都想进吗？怎么一个都没来？梁月鹏越想越窝囊，又想到自己课上得不好，不过，课上得好的也就只有齐校长和许老师，不如趁此一走了之。次日早晨，梁月鹏便让章老师把自己的请假条转交给在校的齐校长，径自去找梁开化了。

来到梁开化租房时，梁开化、曹冬梅和小儿子正在吃饭，梁开化惊奇道：“哟，从哪儿来的？”梁月鹏说：“我不想干了。”梁开化招呼“坐”后，吩咐道：“曹冬梅，给月鹏盛一碗饭来。”梁月鹏说：“我现在不崇拜高子丹，不崇拜赵振邦，只崇拜我自己。”饭已盛来，梁开化招呼“吃饭”后，问：“是为什么事？”梁月鹏说：“工资一个月加一起才三百多块钱，比不上任何一个打工仔的工资，光说等学校办好了涨工资，要等到什么时候呢？”梁开化思维活跃道：“这只是暂时的！这几个人是不可能把这学校办起来的！一个包工老板正在找齐振华联系，意欲通过齐振华找省、市、县领导把一个叫梦圆小区的工程包下来，由齐振华来当小区小学校长！”梁月鹏没有言语，吃起饭来。梁开化说：“我的妈啦！

你没说不干吧？”梁月鹏说：“没有。”梁开化说：“你以前接到联大的录取通知书，一下子就退了。”梁月鹏说：“这同上联大那时候不一样。”梁开化说：“怎搞不一样呢？”梁月鹏说：“那个时候包分配，现在正式搞人才招聘、自由流动了。”梁开化吃着饭，“嗯”了两下。梁月鹏说：“我想考研。”梁开化说：“你考研你研究什么呢？”马上放缓了语气，“我在省教院进修准备考研，为什么不考了？我恐怕没对你讲过。一天晚上一个考研学生跑到我们寝室来，也不讲话，就一个劲地笑。啊？这神经不能搞错乱哎。”一边用筷子捣了捣自己的太阳穴，“你上次在家同老五打什么架呢？”沉闷。只听见碗筷相碰的声音和咀嚼饭菜的声音。曹冬梅说话了：“月鹏哎，齐振华是我们家最高档的亲戚，开化和他相处十多年才把开化调到县城来。他这个学校就是倒掉了，你只要在他那儿好好干，他肯定还能把你介绍到其他的学校。”梁月鹏没有言语。

行驶的小面包客车里，梁月鹏眉头紧锁地思索着……

小面包客车路过江汉省人才市场大门口，停下，门开，梁月鹏从里面钻了出来，门关，小面包客车驶去。梁月鹏举目望了望“江汉省人才市场”几个大字，又看了看身旁纷纷进入、络绎不绝的年轻求职者，才跟着别人的脚步走了进去。人才市场内，熙熙攘攘，人如潮涌，各招聘摊位前，挤满了求职者，纷纷递着简历。梁月鹏思虑着走来，看着。一挂着胸牌的工作人员走过来，梁月鹏见此人面善，便招呼道：“您好！这人才市场开放多久了？”该工作人员停住脚步，说道：“改革开放有多久，人才市场开放就有多久。人才市场从经济特区到内地的普遍建立是我国改革开放的重要成果，它更进一步地或者说是从根本上解放了人，为我们每一个人都不再依附于他人而成为自由的人提供了环境保障，这是一个非常重大的时代的进步！”梁月鹏愣愣地听着。该工作人员越说越兴奋：“这个进步不得了啊！这在为人人平等、人人自由做贡献啊！你是什么情况？要么你有哪一工种的技术，要么你有学历？”梁月鹏说：“我自学考试英语大专刚毕业。”该工作人员顿了顿道：“你这个有点悬。自学考试学历国家是承认的，这没错，但是一般单位在录用人员时都是招的全日制高校毕业生。你这怎么办呢？除非你英语很棒，会翻译，我们这儿有中外合资公司招聘英语、日语翻译人才，你行不行？”梁月鹏摇了摇头，接着在里面转了好一会儿，然后自卑地离开了人才市场。

梁月鹏疑虑重重地来到一邮电所门口，在外面徘徊了一会儿，才走了进去。他站着，趴着柜台写起信来：

开化：

你好！自从你给我帮了忙和我拉扯着给你一些钱以来，我觉得我们的关系发生了异常。你我之间，非同一般。你的喜忧也一直是我的喜忧。我一直想对你说：亲兄弟，明算账，那四千块钱，你要还我三千。

梁月鹏写完后，看了又看，然后决意地把它寄了出去。

四十一

西市区工商行政管理分局，梁月鹏手里拿着一个方便袋走来，看了看门牌上“西市区工商行政管理分局”的字样，走了进去。他来到一个楼梯口，墙上挂着工作人员着制服的半身照及其姓名、职务一栏。第一个是个很有精神的男青年，下面写着：“余林，局长”。梁月鹏惊叹得自语道：“余林，局长！”一下子兴奋起来，转身朝楼上走去。

局长室里，余林坐在老板椅上，抽着中华牌香烟，在看材料。“嘭嘭嘭”，传来敲门声，余林说：“请进。”门被推开，梁月鹏冲了进来，盯着余林，惊诧道：“你当局长了?!”余林非常满足和自信地盯着梁月鹏，然后招呼“坐”，并起身，亲自沏茶。梁月鹏追忆道：“从那一年在你办公室和你见面……”余林说：“我记得你那次拿着江汉电影制片厂给你开的信，要你找赞助。”梁月鹏说：“对对，到现在恐怕不少于十年了。你当局长几年了？”余林说：“两年，你是我高中同学中第一个知道的。”双方就是对视。梁月鹏从方便袋里掏出那两本刊登着自己剧本的《江汉文学》，递给余林。余林接过，翻开看起来，一边说：“好家伙，现在成作家了，你现在在哪儿工作?”梁月鹏说：“余林，我就为这个事来的，你能不能给我介绍个事情做?”余林明白了，少顷，说：“你这么多年在干吗？文学不能当饭吃，你知道吗？”梁月鹏兴致有点受挫，说：

“一言难尽。以后再说吧。”余林问：“你现在什么学历？”梁月鹏说：“自学考试英语专科。你觉得我是应当继续读本科还是直接考研？”余林转了话题道：“梁月鹏，我们是老同学，我就直说了。”梁月鹏说：“你说。”余林说：“我觉得你还是高中时候那个样子。”梁月鹏不愿接受这个说法，说道：“人的样子当然不会变喽。”便转移了视线。余林却一直盯着梁月鹏，说：“我讲的是社会成熟程度，或者说是实事求是的态度，因为人不能在真空中生存。”梁月鹏有些发窘道：“实事求是的态度？不就是毛主席讲的‘实事求是’吗？”余林深深地点了一下头道：“对，就是毛主席讲的‘实事求是’。”却还是盯着梁月鹏，像是在发问和发难。余林问道：“你现在是一个人还是成家了？”梁月鹏说：“刚离婚。”余林惊奇道：“为什么离婚？”梁月鹏不太想说，但还是说了：“她是桃源县城开服装店的，我在那儿就是帮工……”余林说：“夫妻互帮互助，你说这帮工是什么意思？就是你不当家？”梁月鹏说：“主要是她有外遇。”余林一下子笑了，停住，接着问道：“和她搞外遇的是什么人？”梁月鹏说：“她前夫，还有……”余林又问道：“你们有孩子吗？”梁月鹏说：“抱养了一个女儿，她不能生育。”余林惊诧道：“孩子也不是你的？梁月鹏，你这事已经做绝了，我无话可说。”继而摇了摇头。梁月鹏站了起来，说：“余林，你当局长，管的企业比较多，不能给我介绍个工作吗？我离婚得了几万块钱，应该向你表示感谢。”余林也站了起来，热切地看着梁月鹏，说：“我来给你问问。”梁月鹏边走边说：“等你搞好了，我再过来一趟，谢谢！”已经走到门外。余林送到门外，答应着：“好好好！”

江汉工业大学大门口，是个丁字路口，交通车辆、过往行人尤其是大学生、研究生们，熙攘不断。梁月鹏景仰地望着，随着那边的人流走来，来到马路对面站定。红灯转变成绿灯。他又荣幸地和人流一起横穿马路，来到大门跟前，仰慕地看着“江汉工业大学”六个大字入了神，又崇拜地观察了从身边走过的莘莘学子，然后走到一个保安跟前，问道：“请问，这么多人好像去看什么演出吧？”保安说：“天天都是这样。东楼今天有一个考研报告会，报告人是北大的一个教授。”梁月鹏说：“我可以进去听听吗？”保安看了看梁月鹏道：“可以。”

梁月鹏随着人流来到一阶梯大教室门口，门口挤满了人，梁月鹏看了看，往里面挤了起来，逐渐挤了进去，看到了讲台上的报告人。报告人是个中老年男子，花白的长发一卷一卷的，很有风度，正在热情洋溢地作报告：“这是一个经济时代，一个商品经济和市场经济并走向知识市场经济的伟大时代。这样的时代需要人格的独立和个性的张扬，也为人格的独立和个性的张扬提供了历史性的发展机遇和严峻挑战！一切的竞争将取决于知识和信息的获取、应用和分配。正在备战考研或者有点想参加考研的同学们，我给你们提供一个数字：现在在读的研究生中，一半以上是专科考上的。考研的前提是具备专科或本科的基础。那么考研的关键是什么呢？”济济一堂。一张张激动的脸。梁月鹏亢奋的表情。讲台上，报告人昂扬道：“按照马克思主义实践观，关键是跨出考研的第一步！”全场爆发出经久不息的掌声，梁月鹏也在激动地鼓掌……

梁月鹏决意要全日制考研，那么就要离开振华实验小学。如果和齐校长打招呼呢，很不好意思；如果和梁开化打招呼呢，梁开化肯定七个八个地不让离开，至少要干到本学期结束。索性趁着星期日齐校长不在校，把东西收拾收拾，尤其是装好身份证、大专学历证和“壹万玖仟圆”的银行存单，往江汉工业大学出发了。

西郊居委会楼下停着一辆出租小汽车。卢建封和两个大一点的男学生帮助梁月鹏拎着拉杆箱、大塑料编织袋、小包等下楼。梁月鹏和卢建封都心仪的王芳已经离开这里，回老家的乡中心小学当公办教师抱铁饭碗去了，卢建封也没了希望。卢建封看梁月鹏要走，心里很高兴，但表面上不露出来，而是热情相送。他们走出门厅出入口，来到出租车跟前。司机打开后备箱，拉杆箱和大塑料编织袋等被放了进去，司机“啪”地关上后备箱。梁月鹏拿着一个小包钻进小汽车后座，对卢建封等招呼道：“谢谢啊，我走了！”关上车门。小汽车一溜烟地驶去。

行驶的小汽车里，梁月鹏坐着，想起了什么，低头打开小包，翻到其中一本书，翻到其中一页，夹着一张银行存单。梁月鹏认真地偷看了一眼这张金额为“壹万玖仟圆”的珍贵的银行存单，又不由得瞥了一眼司机，然后合上书，拉上小包拉链，抬起头来。

梁月鹏到江汉工业大学附近租房子，被房东领着来到一个简单的小房间，房东对梁月鹏说：“一个月八十块钱，每月月初交。”梁月鹏说：“这样，一个月七十。”掏钱给房东。房东想了想道：“好吧。”边收梁月鹏的钱边说，“我们这一块离工大近，房子紧俏得很，不怕租不出去。”梁月鹏看了看地下的破沙发摊开成的床，以不屑的口气说：“哎呀，就这破沙发做床啊？”房东说：“你可租？你不租我退钱给你。只要能睡就行了，以后考上研究生了，什么床睡不到?”梁月鹏笑了笑道：“行行行。”

梁月鹏在这小屋里安顿下来，确定要考江汉工业大学的马克思主义理论与思想政治教育专业硕士研究生，又买了相关的书籍，然后便去江汉工业大学教学楼不在上课的教室看书。

梁月鹏又成为一个职业学生了，可是看几十分钟的书头就昏了，眼睛就疲劳了，那么一天要看好几个小时的书，而且要成年累月地这样，如何坚持啊?他看到工大的学生有趴在桌上打盹的，他也打一会儿盹，并做一下深呼吸，然后出去转几分钟，头脑、眼睛又清新了，又看几十分钟，然后再趴桌打一会儿盹，不一定要睡着，再做一下深呼吸，再出去转几分钟，头脑、眼睛又清新了，又看几十分钟，这样一天竟坚持了七八个几十分钟，上午、下午、晚上分别看不同科目的书，每天看下来心里感到很踏实，觉得学有成效，很有信心，如果哪一天没有完成学习任务就会非常自责和痛苦不堪，没有星期天，没有节假日，大年三十和大年初一也不回老家，只有学习备考，否则就是痛苦不堪，与其痛苦不堪，不如学习备考，关键是抓住每一天的六七个小时的有效学习时间，之外的时间可以去学跳舞，看看美女，拉拉美女的手，但这六七个小时的有效学习是神圣的，是至高无上的。

梁月鹏适应了这里的生活，自己有效地管理着自己，每每在江汉工业大学教学楼看书时，一种对江汉工业大学的赞美、对自己在此学习的机会之难得和在此学习的重要意义的感叹，以及自我勉励和对美好未来的憧憬之情，不禁在他的心中升起：

大门柱凹凸历史悠
丁字口莘莘学子匆
琵琶湖古人风流犹
东马路浩浩人流涌
啊，江工大之舟正在靠岸
泥沙在被过滤
鹅卵位居筛头
浑浊在被淘汰
清澈正在遨游

啊，快乘上江工大之舟
搏击浩瀚海洋中

大门柱凹凸历史悠
丁字口莘莘学子匆
绿树丛人文气息浓
逸夫楼鸟瞰风云动
啊，江工大之舟又要起锚
浮躁在被过滤
沉静位居心头
必然在被驾驭
自由正在遨游
啊，快乘上江工大之舟
搏击身心海洋中

搏击身心海洋中
练就一副筋骨铮
搏击身心海洋中
不论惊涛与和风
啊，江汉工业大学
我心中之舟

四十二

没想到，江汉工业大学一个大三的女学生闯进了梁月鹏的心坎，然而，这次梁月鹏没有因此影响了考研，而是把这份爱作为考研的动力和平时的一种精神向往和寄托。这是阶梯大教室，闭着的门上贴着“考研英语辅导由著名英语教授张正主讲”的字样，教室内，张教授激情地上完最后一节课，最后说：“That's all for all the lessons！ Thank you！”济济一堂里爆发出热烈的掌声！黑板上写满了英文。梁月鹏在其中，也在鼓掌！掌声息，梁月鹏不由得对身边一个朴素、清纯、留着齐耳短发、戴着近视眼镜的女生刘芳说：“哎呀，课上得真好，真舍不得！”刘芳微笑地看了看梁月鹏道：“你今天的题都做对了吧？”梁月鹏高兴道：“是是，你怎么知道的？”刘芳说：“老师在对答案，你坐在我旁边，凭感觉就知道了。”梁月鹏抑制着兴奋，说：“你也做得不错吧？”刘芳温柔道：“我有好几道题不会做呢。”

学生们纷纷走出教室。梁月鹏和刘芳一起走出教室，梁月鹏显然有些紧张。梁月鹏和刘芳一起走下楼梯。梁月鹏走到前面去了，突然停住，左右看看，没有刘芳，便回头看。跟在梁月鹏身后的刘芳微笑地看了看梁月鹏。

教学楼外，人流中，刘芳从容地向前走去。梁月鹏看着刘芳，疾步跟上去，唤道：“刘芳！”刘芳一回头，梁月鹏走过来，说：“我带你去买一本考研政治的书吧，最权威的，岳华亭编的。”刘芳微笑道：“我听说这本书不错，我等上完数学辅导班再看政治。”梁月鹏说：“先去看看吧。”刘芳在岔路口站定，想了想道：“好吧。”转身和梁月鹏一起走了。梁月鹏荣幸地和刘芳一起走着，不由得瞥了瞥刘芳，刘芳贤淑的姿态和举止……

他们来到江工大书店，梁月鹏把岳华亭编的考研政治大书递给刘芳，说：“你拿着吧，我把它买下。”刘芳没接，矜持道：“你买你的，等我用的时候我再买，谢谢。”梁月鹏脸上掠过一丝难堪，但转而说：“好吧。”把书又放了回去。

校园内另一岔路口，刘芳和梁月鹏走来，刘芳扭头看了看梁月鹏，像是在说“再见”，然后转身走了。梁月鹏一时愣住，看着就这样走去的刘芳，欲言又止……

梁月鹏每天六七个小时的有效学习时间是谁也撼不动的，他紧紧地勒住这个牛鼻子。在此之余，他可以想入非非，表情达意。

这是在他租的小屋里，梁月鹏趴在桌边写着，有时也张嘴说出来：

刚吃过中饭，突然想给你写点什么。酷爱艺术和纯真的我（创作并发表过两部影视文学剧本）终于被磨砺得接近了现实，从而自信获得了一双明辨是非真伪的眼睛。几天前与你邂逅，短暂的言语交流使我突然要求你给我占位子。后来你主动向我解释没占我提出的位置的原因。后又坦陈自己有些题目不会做。你说话的口吻和走路的步态里都流露出了一种自然、纯真和通达情理的东西，使我感到很温暖和幸福。于是，你在我心目中充满了生气，从而美了起来。

你给我的印象是：朴素而清纯，开朗而端庄，恬静而勤勉，淡泊而奋斗。

这是盛夏了，梁月鹏在他租的小屋里，流着汗，吹着电风扇，痛心疾首地趴在桌边写道：

你看我时，
我不敢看你；
那是因为在我的心目中，
你是美的天使。

偶尔在校园里看到背着书包的你，
我便一阵惊喜，真想高声喊你，但还是哽住；
那是因为在我的心目中，
你是美的天使。

那特邀的一截与你同行，
周遭是阳光灿烂，尘世喧嚣，但我却仿佛坠入了云里雾里；
那是因为在我的心目中，
你是美的天使。

有三两次临别离，
你都扭头看了看我，像是在说“再见”，我却径直走开，没有挥手致意；
那是因为在我的心目中，
你是美的天使。

这是秋天了，江汉工业大学图书馆的闭馆铃声响起，阅览室里的学生们或背着书包或夹着书本纷纷走出阅览室。梁月鹏在其中，一个男生走过来，友好地挽着梁月鹏的腰迅速地带着梁月鹏下楼梯，梁月鹏被带得直跄，他俩兴奋地走出图书馆。男生诚恳道："我觉得你行，你学习很有规律。"梁月鹏欣慰道："是吗？我是资深考研专家，是计划经济的产物，你们大脑灵光，是新时代市场经济的产物。"男生高兴地一下子搂住梁月鹏，说："你看你说的，你也不容易啊！"梁月鹏平静道："不能激动，我下午还要照常看书，一激动我就完了，什么事都不想干了。"男生脱离了梁月鹏，好奇道："为什么？你激动时间长吗？"梁月鹏笑微微道："没什么，下午再见。"男生说："再见。"俩人分开走了。

梁月鹏转弯走来，见路旁桂花簇簇，秋色妖娆，对刘芳的思念之情油然而生：

> 我试图抹去对你的想往，
> 但是不能；
> 一旦这试图做起，
> 你那至真至纯的声音便在我的耳畔响起……

这里是考研报名点，窗口外、院子里排着长长的队，旁边还站着不少考生。梁月鹏站在一旁，看着身边一个陌生的男考生，随口问道："请问你准备报考什么专业？"考友干脆道："法律硕士。"梁月鹏说："这个专业好啊！法治社会，法律硕士，考不考数学？"考友说："不考。"梁月鹏问："专业课难不难？"考友伸手从书包里掏出一本大书，说："就这一本，三门专业课都在里面，再考个英语和政治。"梁月鹏接过翻看了起来，眉头微皱地思索着……

时光荏苒，梁月鹏来江汉工业大学学习考研已近两年了，其间考过一次，但没考上，而刘芳却考上了上海大学研究生。纵然时光流逝，梁月鹏对刘芳的暗恋并没有丝毫消减。他只有刘芳的电邮地址，然而，不光自己平时不用电脑，也没有电脑，对电脑亦一窍不通。不能再这样憋下去了，梁月鹏决定给刘芳发E-mail以倾诉衷肠。他先在纸上写好，趁晚间来到网吧一个在上网的小伙子身旁，指着手中的一张纸，请求道："我不会发电子邮件，我现在只有她的电子邮件地址，请帮我发一下，上网费我付。”小伙子一边看着梁月鹏纸上的文字，一边敲起键盘来：

刘芳：

你好！

在上海大学读研愉快吧？已经适应了吗？那边有工大的同学吗？但愿你天天快乐、向上。

时光荏苒，考研又迫近了。就实力而言，全国约三十所高校的法律硕士〇三年我都应当能考上，但由于同等学力报考条件的限制，我很可能会报考滨大。这次我六级也过了。

你走了，七月一号我还不禁往你的宿舍打电话，可那个特定的声音显然已经跟着她的主人一起走了，六号楼永别了一个叫刘芳的女孩。永别了?！那一颦、一笑，那一举手、一投足，那白衬衫，那墨绿的夹克，那初春的季节里为防备晚间上自习受寒而暂时敞襟穿着的中国棉袄，那橘黄的短袖小衫，还有那说话的语气、书写的笔迹……都透着一种自然、纯真、灵巧、灵秀和灵气，都浸着一种面对多元化社会的主观选择，一种质朴高雅的审美情趣和一种对生活的纯正的态度。我相信：那是一个精灵，一个不可多得的精灵。

现在，我不想多说什么，但有一个小小的请求：你愿意像以往那样把你的宿舍电话告诉我吗？或许，偶尔，我可以问候你一声，听一听你的真切的声音。

再见！

梁月鹏复习很顺利，此时在租的小屋里，趴在桌边，很有兴味地默写考研英语单词，不禁哼唱了起来：

窗外小鸟啁啾
我的精神抖擞
考研复习很顺利
美丽姑娘于我心中

窗外小鸟啁啾
姑娘秀发飘悠
等到考研成功
美丽姑娘于我怀中

窗外小鸟啁啾
代表姑娘在对我说
努力学习坚持到最后
我一定是你的配偶

梁月鹏唱到这，自我解嘲地摇了摇头，“嘿嘿”地笑了笑，然后沾沾自喜地自语起来：“努力学习坚持到最后，你就是我的配偶！嘿嘿！”

经过学习和沉淀，梁月鹏思想发展的轨迹不由得流露到他的笔端。这日，他在租的小屋里，趴在桌边看法律硕士联考大书，忽然思绪上来了，他若有所思地合上联考大书，又翻到扉页，在其空白处写道：

在市场经济社会里，人人都是较大程度上的权利主体，所以要注意克服把自己等同于他人或社会的思想倾向，这种思想倾向的存在势必产生对他人或社会的一种依赖心理从而疏于对自己个性的积极发展，以及自觉不自觉地放弃自己的独立自主性从而丧失自己的个性发展所必须具备的物质和精神权益。

终于再次迎来了考研的日子！梁月鹏在江汉工业大学考点参加考试。校园内大道上空悬挂着红色横幅：“2003年全国硕士研究生入学考试江汉工业大学考点”。大道上，考生拿着文具纷纷走着，不少有亲友陪着。梁月鹏正拿着文具走着，突然，身后传来哭声：“呜——，呜——，梁、月、鹏，梁、月、鹏……”梁月鹏回头看，只见一个男生，他曾在图书馆挽着梁月鹏的腰迅速下楼梯，此时他迅速走来，一边带着哭腔说道：“我在吃早饭时把准考证放在桌边，等吃完了一抬头，没了，找不到了。”梁月鹏同情道：“那怎么办？找监考老师把实际情况说说。”男生说：“说过了，不行。”扭头“呜呜”地哭着走了。

考试正在进行。考场警戒线外，考生亲友翘首以盼。随着电铃声响，考试结束，考生纷纷走出考场，考生亲友纷纷迎了上去，梁月鹏走在出场的考生中。

这是梁月鹏第二次考研。考完以后，梁月鹏心里很忐忑，不知道能否考上，但又强烈希望自己能考上。那么，眼下该怎么办？离婚所得的一万九千元考研资金已经花差不多了，得找个事情做做了，不能干等着考试成绩下来。

梁月鹏想起了高中同学余林，便去西市区工商行政管理分局找他。到了门口，梁月鹏径自走入，被一门卫拦着，门卫问：“你找谁？”梁月鹏说：“我找余林局长。”门卫说：“没有这个局长。”梁月鹏一时纳闷了，转而一想，说道：“两年前他在这里当局长。”门卫说：“我想起来了，他调到市局当副局长了。”梁月鹏疑惑道：“到市局当副局长是升了吗？”门卫说：“当然是升了，不是升了还是降了？”

梁月鹏来到市工商行政管理局一楼大厅服务台前，问服务人员：“请帮我联系一下余林副局长，你说我是他高中同学。”服务人员说：“好。”打起电话来，拨通，便说，“余局长，您有个高中同学要找您。”梁月鹏胸有成竹地等候着。服务人员递话筒到梁月鹏嘴边，说：“你和余局长讲话。”梁月鹏对着话筒，激动道：“余局长，我是梁月鹏，你能帮我找个事情做吗？”电话里余林的声音：“上次给你找好了，等你来，不见你人影了，抱歉，现在不好找。”梁月鹏说：“那什么时候好找？”电话挂了，服务人员拿回话筒，放到电话机上。梁月鹏愣愣地站着，看着服务人员，请求道：“你能帮我再拨通一次余局长的电话吗？我有话跟他讲。”服务人员干脆道：“不能。”梁月鹏没辙了，转身离开。

三个月后，江汉工业大学校园内一电话亭下，梁月鹏在打电话：“请查一下梁月鹏有没有被录取？”电话里一个女声：“稍等。”梁月鹏紧张地等待着。电话里女声：“没有被淘汰。”梁月鹏紧张道：“什么叫‘没有被淘汰’？”女声说：“考上了。”梁月鹏将信将疑道：“我问的是梁月鹏，梁、月、鹏、考上了吗？”女声较平静道：“我再对你说一遍，梁月鹏考上了。”梁月鹏颤抖着手放下话筒，颤抖着手拔掉电话卡，转身离开电话亭……仿佛：天在旋转！地在旋转！刘芳在旋转！我考上了，我考上研究生了，我考上滨江大学研究生了，那还得了！赶快去找刘芳，不然她会和别人谈上了。

梁月鹏在租的小屋里，认真地看完自己的滨江大学硕士研究生录取通知书，将它插进那两本《江汉文学》其中一本里，然后把那两本《江汉文学》放进学生包，又把毛巾牙刷包了包放进学生包里，然后背上学生包，走出去，锁门。

梁月鹏坐在公交汽车上，显得自信地看着窗外。

梁月鹏步入火车站候车大厅。

月台上，梁月鹏随人流走向停站的火车。乘务员在月台边紧张地指挥着，旅客全部进车，车门关，火车放气的声音，火车开动。

火车车厢内，梁月鹏坐着，窗外景色急速滑过……

一首一直在梁月鹏心里荡漾的歌曲，此时更加荡漾：

你是我的出发地，你是我的宿归，
你是我的出发地，你是我的宿归。

无论风云变换，无论荣辱升迁，
你都是我的出发地，你都是我的宿归。

只要你对我忠贞不渝，只要你始终如一，
你总是我的出发地，你总是我的宿归。

因为你身心美丽，因为你很有亲和力，
所以你是我的出发地，所以你是我的宿归。

既然我深深地、深深地扎根于肥沃大地，
你就是我的出发地，你就是我的宿归。

我爱你，我独爱你。
I love you. I do only love you.

我渴望（沙哑地说），
你是我的出发地，你是我的宿归。

你是我的出发地，你是我的宿归，
你是我的出发地，你是我的宿归。

无论星移斗转，无论时光荏苒，
你都是我的出发地，你都是我的宿归。

只要你对我眷念如初，就好比杨柳依依，
你总是我的出发地，你总是我的宿归。

因为你的一切情状一切格局总是那么特别牵动我的心扉，
所以你是我的出发地，所以你是我的宿归。

既然我的血液里流淌、流淌着爱情的专一，
你就是我的出发地，你就是我的宿归。

我爱你，我独爱你。
I love you. I do only love you.

我渴望（沙哑地说），
你是我的出发地，你是我的宿归。

梁月鹏来到上海，找到了上海大学延长校区。他斜挎着学生包，风尘仆仆地向一栋女生宿舍楼走来，只见一个个女生出出进进，来去悠然。梁月鹏来到值班室窗口，问里面一个中年妇女管理员：“请问这里住着一个叫刘芳的学生吗？是从江汉工业大学考过来的。”中年妇女张口就喊走过去的一个女生：“刘芳，有人找你。”女生回头，望了望中年妇女和梁月鹏，梁月鹏也望着女生。梁月鹏愣了愣，对中年妇女说：“不是她。”女生走了。梁月鹏说：“是文刀‘刘’，芳草的‘芳’。”中年妇女说：“对呀。”看着登记簿，“她学的什么专业？”梁月鹏说：“她是研究生一年级，学的是管理科学与工程。”中年妇女恍然大悟道："不在这里，在嘉定校区。你可以乘学校班车去。"

梁月鹏乘上"上海大学"班车，直抵嘉定校区。

上海大学嘉定校区的宿舍楼分为A、B、C、D、E号，宿舍楼外，梁月鹏巡视着来到E号宿舍楼值班室窗口，伸头询问："请问这幢楼住一个叫刘芳的学生吗？"女值班员说："有的，专业是管理科学与工程。"梁月鹏惊喜道："是研究生一年级吗？"女值班员说："是，属于国际工商管理学院。"梁月鹏说："你把她的宿舍电话告诉我可以吗？"女值班员说："可以。里面电话可以打。"梁月鹏走进值班室，看了看挂在墙壁上的电话机，问女值班员："这电话怎么打？"女值班员说："投一块钱硬币。"梁月鹏掏了一枚硬币投进去，拿起话筒，打起电话来："喂，请问刘芳在吗？"电话里的女声："我就是，你是谁呀？"梁月鹏高兴道："我是梁月鹏，刚考上滨江大学法律硕士。"电话里对方愣了一下，然后说："你好，你在哪里？"梁月鹏说："我在你们楼下的值班室。"电话里对方又愣了一下，然后说："你等一下，我下午有课，正好下去。"梁月鹏放下电话，兴奋，激动，也比较持重地在值班室内站了站，走了走，又站了站。传来敲玻璃窗的声音，梁月鹏转身一看，玻璃窗外露着刘芳的脸，便立即走出去。

值班室外面，刘芳穿着紧身长裤和短袖衬衫，右臂上挎着一个女人味十足的短带子宽大皮包，不戴眼镜了，她看了看梁月鹏，大方道："刚到啊？"梁月鹏热切道："刚到，从延长校区找过来的。"刘芳从容道："我去上课，我们边走边聊。"梁月鹏说："好。"和她一起走了起来。

梁月鹏问："你眼镜不戴了？"刘芳说："戴隐形眼镜了。"转而说，"滨江大学是名校哎。"梁月鹏说："是是，全国综合排名在前五名之内。"梁月鹏又问："我给你发过一次E-mail你收到了吗？"刘芳说："收到了，你没再发了，我就没回了。"

他们来到一教学楼前，刘芳问道："你剧本还在写吗？"梁月鹏说："暂时没写，等上学以后再说吧。"刘芳轻捷地登上门厅台阶，一转身对着梁月鹏笑盈盈的，伸手指了指一个方向道："那边是学校班车，Bye-bye！"转身走了。梁月鹏说："再见！"一下子愣住了，恋恋不舍地看着，只见刘芳进入门厅，上楼梯，渐渐消失在楼梯的上端。梁月鹏掉转身来，心里犯起了嘀咕："她这样就走了？她难道不知道我的心意吗？她是喜欢我还是不喜欢我呢？她现在有男朋友了吗?”梁月鹏怅然若失地走向学校班车。

四十三

父亲病死了。梁月鹏老家堂屋里，大姐、二姐、月芹跪在地上对着停放着的父亲尸体大哭，一边叫喊着“爸”，一时间哭声阵阵。父亲的头上歪戴着一顶旧单帽，遮了一半的脸，可见下半个脸干瘪、蜡黄。母亲、大哥、二哥、大嫂、二嫂、大姐夫、二姐夫、三狗子等在一旁张罗着，接待着来看望的村民，其中有中年汉子、梁开强、胖墩墩中年妇女、梁老五、梁老五老婆、翠花、梁长春、梁黑森。母亲红着眼对梁月鹏大哥和二哥说：“月鹏自打去年夏天回来走了以后九个月没有音信了，现在不知道是死是活，月鹏要再有个三长两短，我就不活了……”就要往灶膛口的稻草上倒下去，大姐夫、二姐夫赶忙拉着，大姐夫劝慰道：“妈，你也不要多想，月鹏这么大了该不会有什么的。”二姐夫笑了笑道：“他在忙着考学忘了回家了。”二哥说：“他也不知道我家刚装上电话，他也没有BP机、手机，我们到哪儿去找呢？光说住在工大附近，附近大哩。”大哥从外面疾走进来，说：“车子来了，快去火化吧，不等月鹏了。”一辆中型面包车驶到门口，停下。大家就要来抬尸体，有人说：“月鹏回来了！月鹏回来了！”梁月鹏空着手，进屋，愣怔地看着这一切。大姐走上来，说：“月鹏，爸死了，等你回来火化哩。”说着埋头哭泣，走到一边去了。二姐走上来，责怪道：“爸在快咽气的时候还在念叨你，想见你一面，你就是不回来……”埋头哭泣，走到一边去了。月芹走上来，说：“还不来看看妈。”拉着梁月鹏来到在一边哭泣的母亲跟前，梁月鹏说：“妈，我考上滨江大学研究生了。”接着来到大家中间，说，“我考上滨江大学研究生了，我考上滨江大学研究生了。”然后来到穿着一身黑棉寿衣的父亲尸体前，定定地看了一会儿，父亲的头上歪戴着一顶旧单帽，遮了一半的脸，可见下半个脸干瘪、蜡黄。梁月鹏没有哭，倒是二哥梁月洲此前背着人到屋外偷哭过一场。父亲没有文化，脾气不好，他常常气急败坏的样子给子女们留下了不好的印象。他年轻时当村干部，不太会种地，等上了年纪，单干了，才被迫干起农活，显然干得不好。子女们都不太喜欢他，但他一直爱着他们。

随后，父亲尸体被抬入面包车车厢下一个专门装尸体的空间，送往县火葬场火化。在火葬场，梁月鹏和大哥把父亲尸体搬上炉膛口的架子，旁边有工作人员在忙活，当尸体被推入烈火熊熊的炉膛后不一会儿，大烟囱便冒出一股浓烟。一个工作人员端着一簸箕骨灰出来，对梁月鹏大哥和拿着很漂亮的骨灰盒的梁月鹏说："等凉一会儿，敲碎了再装。"说着把骨灰倒在水泥地面上。

父亲安葬之后，梁月鹏回到省城的小屋，拿着新买的手机，躺在床上给刘芳打电话，神情很紧张："刘芳，我想对你说，从认识你到现在我每天都……想到……你……"手机里刘芳的声音："你们什么时候开学呀？"梁月鹏说："九月七号。"手机里刘芳的声音："你这一段时间干什么呢？"梁月鹏说："找一点文学方面的书看看。我现在还住在工大附近我租的房子里，我对你说，我大哥的儿子在工大上大一……"

梁月鹏也真有点多嘴，他说他大哥的儿子干吗？这下子问题来了。另一日，梁月鹏在小屋里，坐在桌边用手机通话，手机里刘芳的声音询问道："你大哥的儿子都上大学了，你多大了？"梁月鹏一时噎住。又一日，梁月鹏在用手机通话，情急道："'非典'快过去了，我决定再去看你一次，可以吗？"手机里刘芳有些气恼的声音："没必要了！你多大了你都不敢跟我讲，我们还有什么好谈的呢？别再给我打电话了！"电话挂了。梁月鹏难堪地放下手机。另一日，梁月鹏在紧张地用手机通话，手机里刘芳的声音："别再给我打电话了好不好啊？非要撕破脸皮吗？"梁月鹏无奈地放下手机。

梁月鹏生病了，是肛门不舒服，便去中医院挂了肛肠科专家门诊的号。由帘子遮着的里间，大夫（男）套上专用手套，走近侧卧在小床上的梁月鹏，说："把裤子褪下去，屁股露出来。"梁月鹏有点不好意思地照做。大夫扒着梁月鹏的肛门，一个中指伸了进去，梁月鹏吃惊继而忍耐的表情。检查后，大夫一边用毛巾擦刚洗过的手，一边走到办公桌边，说："没发现什么，不是痔疮。"梁月鹏惶惑道："肛门边上有一个小疙瘩，是怎么回事？"大夫坐下来，拿起笔来开处方，说："小疙瘩怎么啦？肛门也不是不锈钢。"处方开好，梁月鹏接过处方单，说："大夫，我一睡倒就想解大便，真去解还没有，睡在床上好难受。"大夫注意地看着梁月鹏道："可能是情绪上的原因，郁郁寡欢，比如缺乏性刺激和性生活啦……这样，我上面写了，你先做一下排粪造影，然后把报告单送给我看一下。”梁月鹏定定地看着大夫。

输液室里，一个中年女护士用塑料管子，往侧卧在小床上的梁月鹏肛门内，输送一种白色液体，梁月鹏皱眉、咬牙、强忍的表情。

造影室里，一个大夫（男）通过仪器观察着，只见仪器里呈现出正在排粪时的、动态中的、肛门及其附近的人体组织的图像。梁月鹏坐在大夫对面房间里的坐便器上排泄。大夫说：“使劲地解。”一阵拉稀的声音。梁月鹏汗涔涔的额头和咬着牙、努着力、发白的脸。又一阵拉稀的声音。

之后，梁月鹏把报告单送给那位专家大夫看，大夫看着报告单，说：“没什么。”梁月鹏心情难得一振，说：“滨江大学的研究生录取通知书已经下来了，我想趁开学前把这个病看好。”大夫说：“噢，考的哪个专业？”梁月鹏说：“法律硕士。”大夫问：“你成家了没有？”又看一眼报告单上端：姓名，梁月鹏；年龄，30岁。梁月鹏表情不自然道：“没有。”大夫怀疑地瞅着梁月鹏，问：“你今年三十岁？不止吧？”梁月鹏一下子涨红了脸，目光躲闪道：“是、是，不止，是……三十岁。”大夫看着梁月鹏道：“没谈恋爱吧，你这频繁的便意与心情有关系。我上星期说了，可能是情绪上的原因，郁郁寡欢，比如缺乏爱、性刺激和性生活啦，尤其是在有过一段时间的爱、性刺激和性生活之后。”梁月鹏在听到“尤其”之后的话时不由得一惊。

刘芳啊，刘芳，怎能让我舍下你？梁月鹏决定再去一趟上海找刘芳。汽笛长鸣，行驶的列车车厢里，梁月鹏坐着。车轮滚滚，列车鸣叫着驶向远方……

上海大学嘉定校区大门口，梁月鹏蹲在门外一角，拿着手机在通话。手机里淘气得似是小姑娘的声音：“我干吗要见你呀？我干吗为了你高兴而去痛苦地见你呀？”梁月鹏恳求道：“刘芳，我求求你了，行吗？这一点面子都不给吗？我毕竟是老远跑来的呀！”手机里刘芳的声音：“谁让你跑来的？你跑来还要叫我负责吗？我在大三上考研辅导班认识你，只是觉得你有些文质彬彬的，和你说了几次话，可我没说‘我爱你’呀？”梁月鹏强笑道：“怎么了？昨晚不是说好了来见我的吗？我是来向你辞别的，真的，见你一面我就走，还不行吗？”刘芳的声音：“我不见你。我要是见你，说不定哪一天你还会跑来，不要再骚扰我了好不好呀？我认识你真倒霉。”梁月鹏说：“我认识你感到很荣幸。”刘芳的声音明显老练、恼怒起来：“你比我年龄大得太多了，提到周杰伦你都不知道!”梁月鹏苦笑了一下，不觉沉吟道：“周杰伦我都不知道。”对方电话果断地挂了。梁月鹏一愣，思忖片刻，再打，然后将手机紧贴住耳朵，电话通了，有人接电话，是刘芳：“该说的我都说了。”又挂了。梁月鹏继续拨号，然后贴在耳朵上谛听，无人接听。梁月鹏焦急地在门口走来走去，然后又拨号，贴在耳朵上谛听，电话通了，刘芳的声音非常恼怒了：“我下去!”梁月鹏一下子升起了希望，抑郁的表情里露出了微笑。他在门口自得地走动着，不住地向校园内张望。梁月鹏露出惊喜的表情，远远地，三个女生各自撑着颜色鲜丽的太阳伞并排走来了！刘芳走在中间，临近门口时，另两个女生止住了脚步，只是郑重地朝这边望着。刘芳穿着印满淡雅小花的连衣长裙，气咻咻地来到自动伸缩门路轨上站定！两名身着制服的门卫在一旁看着。梁月鹏走到跟前，刘芳看了一眼梁月鹏，凛然道：“要见我一面就在这见！我不出校门一步!”转身便走了。梁月鹏无言，转身离去。

破旧的旅馆单人客房，梁月鹏已整理好行囊，左看右看又找找有没有丢失东西，突然掏出手机，迟疑有顷，还是拨了起来，然后将手机紧贴住耳朵谛听着，电话通了，刘芳温和的声音：“你讲。”梁月鹏说：“我在旅馆里，马上就走了，临走我想讲两点。第一点，我丝毫都不怨恨你；第二点，我看到你出落成现在这个姣好的模样，又表现出有才干，我很高兴，这也恰恰说明了我当时就是很有眼力的。我清楚地记得前年第一次见到你时的情景，你穿着牛仔裤、白衬衫，很朴素……”刘芳温和的声音继续：“你比我大很多。你有话还说。”梁月鹏明显有些感动，又升起了希望，声音明显壮了起来：“你真的很好，你真的很优秀，你是个天使，我是历经坎坷呀……你能把你的手机号码告诉我吗?”刘芳的仍是温和的声音：“不行。”声音转而变高和明显强调起来，“你又来了。我死都不会嫁给你的!”电话挂了。

梁月鹏失落地回来了，却心有不甘：

你是不是认为我是找不到对象或者找不到好的对象了才去执着地找你从而显示出对你的不真正尊重?

你是不是认为我惯于写一些无聊的表情达意的文字来博取女孩的芳心?

你认为我给你写的《你是美的天使》是我信手拈来的吗?

如果我没有给你写出来那么一些文字，从而没有固定和强化我对你的那份感觉和感情，那么你认为我这次被滨江大学录取后还会去找你吗？

我在五月十三日前后和你通了几次电话，你在答话时是不是觉得不轻松和累？如果“是”从而认为我和你在思维观念方面存在“代沟”，甚至像你所说的三岁就是一代？

你是不是认为空间的间隔是主要的障碍？

你是不是认为没有必要两地相思？

你能不能在适当的时候以普通朋友的身份大驾光临滨大？

梁月鹏回到江汉省城的小屋，放下学生包，站一站，又坐一坐，刚坐下，又站起来，走过来，又走过去，拿起纸、笔坐下奋笔疾书，又放下笔站起来，一时间心绪不宁，手足无措。

深夜了，日光灯仍亮着，枕边是展开的梁月鹏滨江大学研究生录取通知书，睡梦中的梁月鹏突然身体一抽动，醒了，定了定神，说道：“刘芳，你真好。”表情转而痛苦起来，闭上眼睛想睡，但睡不着，辗转反侧，不由得哽咽道：

但愿我对你的爱是错觉，
可是你说不是；
但愿我对你的爱是错觉，
这样我便能聊以自慰；
但愿我对你的爱是错觉，
因为我害怕再在睡梦中因为心痛而惊醒。
我没有握过你的手，
我没有吻过你的发，
你何以如此让我牵肠挂肚、梦萦魂牵？

又过了一会儿，梁月鹏伸手关了灯，翻身睡去。

次日，梁月鹏从小屋里空手出来，锁上门，茫然地向外走去。他走到街边一个花店门口，往里看了看，走了进去。花店老板是一个戴眼镜的中年男人，坐在一边看书。梁月鹏看了看老板，走到跟前搭讪道：“老板我想问你一个问题……”老板抬起头来，眨了眨眼道：“什么问题？”梁月鹏思虑道：“你认为丈夫比妻子最多可以大多少岁？”老板说：“你这问题不好回答，那要看他们结婚时是多大，一个三十岁的男人和一个二十岁的女人结婚，与一个八十岁的男人和一个七十岁的女人结婚，那就不是一个概念，你懂吗？”梁月鹏问：“这有什么区别吗？不都是大十岁？”老板笑了笑道：“他们还能在一起过多少年？你还不懂吗？”梁月鹏低声道：“我好好想想。”臊红了脸，疑虑地走了出去。

附近某中专学校的门卫室是梁月鹏常来闲聊的地方，值此傍晚时分，梁月鹏又来了。他走进门卫室，里面一个胖乎乎的年轻男保安眼睛看着外面，不看梁月鹏。梁月鹏靠近他，想搭讪却又犹豫着。保安不看梁月鹏，只看着外面。梁月鹏还是开口了：“请问一个问题……”保安扭头看着梁月鹏，不耐烦道：“还是男的可以比女的大多少岁的问题吗？我不是讲过了嘛，你去问你想娶的那个女的！”梁月鹏讪讪地笑了笑，转身走了。

附近某公司的门卫室也是梁月鹏常来闲聊的地方，值此夜深人静之际，梁月鹏又来了。门卫是一个老者，戴着老花眼镜，他很善于和人讨论问题。当梁月鹏提出该问题后，老者声音响亮道：“我是中学教师退休的，我告诉你，法律上只要没说不行就行！”站在一边讨教的梁月鹏振奋道：“是吗？！你讲的比别人讲的高明！我是学法律的，法律上只规定了最低结婚年龄，确实没有规定男比女不能大多少，那么就是说，男比女大多少没有限制？”询问地看着老者。老者依然声音响亮道：“是啊，我不是讲了吗？法律上只要没说不行就行！我再重复一遍，法律上只要没说不行就行！”梁月鹏笑了笑，感激道：“谢谢！谢谢！”

四十四

滨江大学研究生开学了！正值天气晴好，阳光灿烂。雄伟富丽的滨江大学正大门上悬着大红横幅：“热烈欢迎新同学”，一杆五星红旗在门楼上空迎风招展。大门口，花团锦簇，两边整齐地停满了小汽车，一大片布满浅褐色斑马线的马路地面上，大学生、研究生们来往如织。大门往里的大路上空悬着条条红幅，其中有："Warm Welcome to the Delegates of 'International Seminar on ...'！""今日你以滨大为骄傲，明日滨大以你为骄傲。""依法治校，自主办学，努力把滨江大学建成世界一流大学！"……

一辆小面包车驶来，在大门口靠边停下。车门被拉开，背着学生包的梁月鹏伸出头来看了看，然后往下运行李：拉杆箱、大塑料编织袋、小塑料编织袋，还有一个大红塑料盆等。司机也过来帮忙。

滨大的宿舍楼大都是老楼，梁月鹏所在班的男生住在陈旧的第九宿舍。梁月鹏手拿一张"拾圆"币从过道那头跑到管理室窗口前，热情地递给室内的管理员，说："十块钱。"管理员接过"拾圆"币，说："毕业的时候把钥匙交回来，凭收据这十块钱还退给你们。"梁月鹏直点头道："好好好。"

第九宿舍一〇七室，墙面有些斑驳，上方一角有一片潮渍。梁月鹏在临窗的一张架子床下铺铺好了床位，此时，他正在擦临自己床位的桌子，一边摆放着什物。随着脚步声响，一中等个儿、精神不振、戴着近视眼镜的男生拎着个塑料编织袋走进来。梁月鹏一抬头，欣喜道："你好，你也是一〇七室的？"男生说："是的。"放下包，也不看梁月鹏，伸手朝和梁月鹏床位连着的另一张架子床的上铺的床板摸了摸，床板上一层灰尘。梁月鹏有点歉意，话语急促道："对不起，我没有来得及打扫。我来的时候三张床胡乱地放着，现在已经摆顺了。你到水房把拖把冲洗一下，拧干了，往床板上拖，这样很干净，灰尘还不到处乱飞。"紧接着又问，"请问，你贵姓？"男生一口不自信的口气，而且舌头有些掉不开的样子，说："我姓阮，阮玲玉的'阮'，叫文忠，文化的'文'，忠诚的'忠'。"梁月鹏说："我叫梁月鹏，是江汉光明的。"阮文忠说："我是江汉青溪的。"梁月鹏兴奋道："青溪？我在那儿待过一段时间，很有意思。"阮文忠像被说中了什么，低沉道："你不是光明梁园的吗？"梁月鹏一惊，连忙道："对对。"梁月鹏情绪低沉了下来，脸也涨红了，他一只手拿着布，不住地擦已经擦好的桌面。阮文忠拿拖把去水房冲洗了一下，拧干了回来，站在地上，踮着脚，不利索地用拖把擦洗床板。"咚，咚，咚……"响亮的脚步声从过道传来，并进入本室，接着发出洪亮的嗓音："两位大哥你们好！"阮文忠一惊，扭头看去。梁月鹏抬头看。一个比阮文忠略高、虽不胖却体格健壮、长相有些丑陋或者说有些恶相的男生，拎着个塑料编织袋走进来，非常自信道："我是张之扬！'张扬’中间插一个之乎者也的‘之’!”浏览了一下房间，径直走到临窗的另一边架子床下，把塑料编织袋放在下铺上。从穿着、举止、什物上明显可以看出他出自穷困农家。这时，插在张之扬脏兮兮的牛仔裤屁股口袋里的手机响了，张之扬老练地抽出手机，说道：“喂，我是张之扬，刚到滨江大学。他妈的，我作为成教院的应届本科毕业生不照样考上滨大吗？什么？中午请我吃饭？挺好挺好，不见不散!”其他人都不在了，只有一个刚到的戴着近视眼镜的男生在阮文忠床位的下铺默默地整理床铺，他叫杜荣保。

校园内新生接待仍在进行中。一长溜宣传栏上挂着各院系招牌，招牌跟前撑着一把把太阳伞，伞下摆着桌子，桌上铺着延展到地面的印有院系名称的方巾，新生上前咨询，老生高兴地答疑。梁月鹏整理好自己的床位，出来溜达溜达，再感受感受做名牌大学研究生的滋味。他不由得来到新生接待处法学院桌位前，弯腰寻找名册上自己的名字，坐在桌后、一个年龄并不大的女老生伸手指着说道：“梁月鹏，在这儿。”梁月鹏看了看，欣慰地笑了笑道：“我还怕我名字不在呢。”女老生心领神会道：“接到通知书到现在，就是不放心、不相信，总觉得是一场梦，对吧?”梁月鹏说：“对对。”顾虑地，“你们学习难不难?”女老生更显得优越道：“没什么，你过一段时间就知道了，法硕就专业的一般教学来说，相当于法学专科生，大班上课。不过讲座比较多，国内外学术交流活动也比较多，别忘了这里是以学术氛围浓郁而著称的滨大哟。”梁月鹏问：“今年我们班实际招了多少人?”女老生说：“七十九名。”转而开玩笑地，“女生二十八名，你们的资源可丰富哟。”梁月鹏不禁脸红，微微笑了笑。

滨江大学一分两半，由一条并不宽阔的马路隔开，一半是教学区，一半是生活区。学校在生活区开设一个心理咨询中心，在一楼，门口常有活动宣传海报。开学上课了，学生们或背着双肩书包，或夹着书本，匆匆从生活区走向教学区。梁月鹏胸前别着“滨江大学”校徽，斜挎着学生包，留心地看着心理咨询中心门面走过。滨江大学正大门是教学区的正大门，与生活区的大门相对，每当上学放学时，这俩大门之间的区域总是人流熙攘。梁月鹏胸前别着“滨江大学”校徽，斜挎着学生包，荣幸、庄重地穿过该区域，走进雄伟富丽的滨江大学正大门。

梁月鹏所在班的第一堂研究生课是刑法学研究，正因为是第一堂课，大家不仅都来了，而且都提前来到了大教室外等候着。男男女女，七八十号人，大都二十几岁，长相各异，气质有别，因为相互之间不怎么熟悉，说笑大都有些放不开。有人喊：“杨伟！”一身材高大，戴着近视眼镜，额头和一边脸颊上留有成片伤疤的男生杨伟转过脸来，嗓音洪大道：“哟，张之扬！我在复试的时候对你印象最深。”张之扬走过来，没有停步就走过去了。杨伟身旁一名身材精瘦矮小、戴着近视眼镜的男生郝俊杰，向杨伟机灵地眨了眨眼，同时眉毛舞动道：“对我的印象就不深了？”杨伟笑道：“哟，郝俊杰，我们一个宿舍，我们班的状元，三百九十分！”郝俊杰乐滋滋地笑了笑。这时，中等个、胡楂较重、浓眉大眼的方自我持重老练地走过来，看着杨伟和郝俊杰说：“开学典礼没开就上课了？”“方自我，你好！我是张之扬！”张之扬又走过来，自豪地自我介绍道。方自我看了看张之扬，说：“噢，我听说了。”接着张之扬又向别人作自我介绍去了。杜荣保、阮文忠、梁月鹏站在一边。杜荣保看着梁月鹏胸前的校徽，说：“现在校徽都不戴了，你还戴着？”梁月鹏笑嘻嘻道：“我没上过大学，再戴两天吧。”不禁看了看阮文忠。阮文忠笑嘻嘻的。

正在上第一堂研究生课，黑板上板书是：

第一讲　刑法的概念和基本原则

身材高大、挺拔的刑法老师正在讲一个案例：“群众集会上，一个一贯性笑眯眯的人也不大可能在群众集会上就不笑眯眯了，这下子坏了，被定为‘反革命眯眯笑罪’。”学生中间发出一阵笑声。刑法老师说：“刑法有一个重要原则，就是罪刑法定原则。随便地乱定罪，随便地起个罪名，随便地处罚，这都是无法无天的表现，也是个人魅力型统治时期往往会出现的怪现象。”一张张专注、听讲的脸。梁月鹏偷瞅了一眼坐在他不远处、和杜荣保坐在一起的阮文忠，郁闷地寻思着：“他怎么知道我是梁园的呢？”

水房，一片白净，外间水池上一溜水龙头，里间是大小便池和洗澡间。洗澡间里，梁月鹏坐在大红塑料盆里抹热水澡，旁边放着一个热水瓶。忽然，阮文忠的头探了进来，笑嘻嘻道：“这大中午天这么热还洗热水澡啊？”梁月鹏一惊，反感道：“洗澡有什么好看的？”阮文忠诡秘道：“结过婚的人习惯洗屁股。”转身便走了。梁月鹏一下子被刺中了，虽然继续抹着澡，但动作已软弱无力，伸手拿热水瓶往坐着的盆里添热水，瓶里没有热水了，便放回原处，继续机械地抹澡，一时间精神恍惚，又伸手拿热水瓶倒热水，显然没有，又放回原处，继续机械地抹澡，又伸手拿热水瓶倒热水，如此反复三四次后，才站起来擦干身体，结束洗澡，提着大红塑料盆、热水瓶和毛巾回宿舍了。

法学院开学典礼于开学后第二周一日晚间在法学院办公楼层的一个装潢讲究的大教室举行。前面黑板上方悬挂着大红横幅“滨江大学法学院新学年硕士博士生开学典礼”，灯火辉煌，莘莘学子济济一堂！首先是个子瘦小却很凝重的赵院长持稿致辞：“你们每个人现在已经成为滨江大学的一员，也已经成为滨大法学院的一员，对此，你们要深信不疑！”全场爆发出热烈的掌声！赵院长继续：“从今以后，你们将成为法律人。大家知道，当今市场经济时代，法律的统治或者说法理的治理已经成为地球上绝大多数国家和地区的共识，我们作为法律人或法律学人为此应该感到自豪和自重！”又一阵热烈的掌声！一张张专注、庄重的脸。赵院长继续：“我们每一个人都要走出自己的路，自己为自己做主，自己对自己负责，责无旁贷……”梁月鹏聚精会神、非常兴奋的表情，阮文忠却精神不振。

参加完开学典礼回到宿舍后，梁月鹏仍很兴奋，拿着大红塑料盆、热水瓶、毛巾和牙刷牙膏，去水房刷了牙、抹了澡回来，舒畅地在床上躺下，说：“滨大就是不一样，赵院长一句‘深信不疑’就讲到我心坎上了……”躺在脏兮兮的床上拨弄手机的张之扬随口肯定道：“是是，鹏哥一看就有作家风度。”梁月鹏更兴奋道：“我就是怀疑。初试过后怀疑初试不达线；初试达线了，怀疑复试被刷下来；复试通过了，怀疑体检不合格，因为抽血化验的报告单没下来……”张之扬听到这，从胸膛里喷发出一声大笑。梁月鹏紧接着补充道：“怀疑血有问题。”张之扬又喷发出一声大笑。阮文忠躺在床上，闭着眼睛，一口不流畅的声音：“哎哎，梁月鹏……”张之扬仍拨弄着手机，别有用心地递上一句：“鹏哥的语言表达就是非同一般。”阮文忠郁闷的表情。这时，传来钥匙转动锁孔的声音，门被推开，杜荣保和一个留着短发、长相英俊、精神抖擞的男生陈权友，合拎着一个很大的塑料编织袋走进来，陈权友笑吟吟道：“大家好，我叫陈权友，耳东‘陈’，权力的‘权’，友谊的‘友’。”阮文忠一骨碌爬起身，殷勤道：“要不要帮忙？”陈权友感激道：“谢谢谢谢！不用了，你们睡吧，我和杜荣保已经够了。”杜荣保友好地帮陈权友整理起衣物来。张之扬仍拨弄着手机，一边说：“陈权友哥，鹏哥大小也是个编剧，你知道吗？”顺手指了一下梁月鹏。陈权友马上丢下手中的衣物，走到梁月鹏床位前，对梁月鹏说：“你好你好！我也喜欢文学，以后跟你学一些文学。”梁月鹏欠起身，兴奋却有点不好意思道：“不敢当不敢当！”竟兴奋得突然偏离了话题，“只要不像赵院长在开学典礼上说的那样，上一届一个宿舍里一个人咬掉了另一个人的耳朵就好……”张之扬带头，紧接着陈权友、杜荣保和梁月鹏开怀大笑起来。阮文忠郁闷中夹杂着气愤，更谈不上笑。张之扬嘴对着手机说话：“挺好！哥们儿一场图个啥呀？我马上就到！行，行，行，Bye-bye！”关掉手机，起身穿衣，“咚咚”地走了。梁月鹏缓和了语气说道：“赵院长说人与人相处要有一种妥协精神，说得很好，我是第一次听人这样说。以前只知道为了社会主义、共产主义积极地干，处处要有一种革命精神……”陈权友笑微微地插了一句：“作家就不一样。”说着便往梁月鹏的、空着的上铺铺褥子。梁月鹏感慨道：“说句心里话，最近我才反思到，主导我整个中小学时期的大公无私教育和爱人教育使得我多少年来没有做到对自身利益的准确把握……”阮文忠气愤道：“我年纪大了！困了！”梁月鹏的面部表情突然僵住，说到“准确把握”时便戛然而止。陈权友似乎有所觉察，看了看表情不自然的梁月鹏。阮文忠看着陈权友。

次日早晨，大家都在安睡，陈权友伸了伸懒腰，发出像小孩子似的轻狂声：“嗯、嗯——嗯，起——来——喽——”阮文忠突然笑道：“昨晚我做了个梦，梦中我和我老婆打离婚，嘿嘿。”陈权友问道：“阮文忠你结过婚了？有小孩了？”阮文忠嬉皮笑脸道：“我儿子已经上小学二年级了，我已经三十三岁了，我是七〇年出生的。”陈权友说：“我二十八岁了，是七五年出生的。”杜荣保说：“我二十三岁了，八〇年出生的。”梁月鹏涨红着脸不吭声。传来钥匙转动锁孔的声音，门被推开，张之扬“咚咚”地走进来，显然一夜未归。阮文忠下床穿衣服，边穿边来到梁月鹏床前看看梁月鹏，声音陡然高亢道：“梁月鹏，你哪一年出生的？”张之扬插嘴道：“我是七九年出生的，二十四岁！”梁月鹏脸上抽搐了一下，嗫嚅，语塞。

法理课在一个多媒体教室上。长相比较帅的法理老师坐在讲台后，讲台上摆着笔记本电脑，背后是法理学内容的屏幕，他对着麦克风在文绉绉地讲课：“随着社会的发展，个人权利要求的范围越来越广，名誉权、隐私权等人格权已经成为当今社会公民个人享有的重要权利。你们是研究生，有的话在宿舍里能讲，在课堂上就不能讲，在私人场合能讲，在公共场合就不适宜讲，这都关系到个人的名誉权和隐私权问题……”法理老师按了两个键，屏幕上的内容消失。

快要下课了，课堂内有点嘈杂，梁月鹏、杜荣保、阮文忠等同学都在座，张之扬趴在桌上打盹。法理老师说：“这篇论文要求五千字，选材不限，我们将从中选择六篇，在一个月后抽出一次课的时间，让这六位同学上台演讲，分成三组，每组两人，一人主讲，一人点评。一个星期后交。”课堂里一下子议论开来。陈权友笑微微地和一个在本班同学中只有她面前摆着笔记本电脑做课堂笔记，身材高挑、长发披肩的女生党九月说话。梁月鹏看了看他俩。

课后回到宿舍，梁月鹏趴在自己桌边写作，陈权友坐在一边发手机短信，其他人不在。阮文忠夹着书进来，放下书，笑嘻嘻地走近陈权友，说：“陈权友，上。”陈权友一愣，反应了过来，微笑道：“我正在和上海财经大学的一个研究生谈哩。随便说说话而已。”阮文忠恭维道：“你小伙子长得也帅，广东的美女，趁早，多选择选择嘛。虽然人家已经二十九岁了。”又来到只顾写作的梁月鹏跟前看了看，似是关照实是不屑地，“又在写，歇一歇吧。”梁月鹏赶忙道：“噢噢，我来把这一段写完。”不禁夸张了一下写作的投入状态。张之扬“咚咚”地走进来，径直来到陈权友跟前，说：“哥们儿自行车让我骑一下。”陈权友很快反应过来，迅速从衣袋里掏出自行车钥匙给张之扬，张之扬接过钥匙道：“谢谢。”陈权友礼貌道：“不用谢。”张之扬又“咚咚”地走了。

四十五

开学不久即是国庆节，而国庆节适逢秋高气爽，一些新同学相约去爬大姆山。一大早，杨伟就在过道里大声喊：“国庆节去爬大姆山的，现在出发喽！”一〇七室只有陈权友、梁月鹏、杜荣保在。梁月鹏已起床，衣服已穿好，陈权友和杜荣保还在熟睡。陈权友听到杨伟喊，一骨碌爬起身，伸着头问杜荣保：

“杜荣保，你知道今天去爬大姆山，女生有哪些？”杜荣保睁开眼睛，老老实实道：“昨天课堂上听党九月她们在讲，党九月去吧？”陈权友兴冲冲道：“杜荣保，快起来，我俩一道去。”梁月鹏听在耳里，拿着洗具开门出去洗漱了。

女生宿舍楼门口，小鸟在枝头欢叫，党九月和几个女生各自挎着小皮包，立在檐下张望着。杨伟、郝俊杰、梁月鹏，还有其他两个男生走来。党九月娇滴滴道：“杨伟，我们已经等候多时了，你们架子真大呀！”杨伟受宠若惊道：“我五点半就起床了，连喊带吆喝才把他们聚齐！很多人都回家了。”郝俊杰笑嘻嘻地看着她们的服饰，说：“哇，你们今天都这么美呀！”党九月略微扭了扭身子，说：“郝俊杰，难道我们平时就不美吗？”其他女生都附和道：“是呀，难道我们平时就不美吗？”郝俊杰眼睛直眨，同时眉毛舞动道：“我是说你们今天……”其他男生一齐附和道：“更美丽！”女生们一齐鼓起了掌。不远处的路口，陈权友和杜荣保溜达着，不时地朝这边望着。党九月打量了一下梁月鹏，说：“梁月鹏的剧作什么时候我能够欣赏一下？”梁月鹏内心一动，却谦虚道：“写得不怎么样。”杨伟附和道：“梁月鹏是我们班的才子。”郝俊杰笑嘻嘻道：“三十而立，才子佳人。”梁月鹏看了看郝俊杰。

行驶的公交汽车上，他们一行或坐或站着，一男生的书包里鼓鼓地装着面包、矿泉水。陈权友潇洒地站在坐着的党九月身旁，身子微微倚向党九月。党九月从小皮包里掏出小镜子和小梳子，对镜自我欣赏地梳起发来。陈权友乐滋滋地瞟了一眼党九月，说：“广东佛山多美女呀。”小镜子里，正在审自己的美的党九月惊诧道：“陈权友，你怎么知道我是佛山的？”陈权友微笑道：“复试的时候你就给我们大家留下了深刻的印象。法学院的分数册上有各人的身份简介啊？”党九月说：“噢——”转眼看了看陈权友的下身。梁月鹏站在他们身后，看到听到了这一切。

前面即是海拔五六百米的大姆山，山峦起伏，清晰可见。他们一行说笑着向山的方向走去。半小时后到了山上，绿树葱茏，鸟语声声，他们向上攀走。陈权友和杜荣保已经远远地站在上面等着。党九月轻手慢脚地走着，抬头看见了他俩，喊道：“陈导，等一等我们啊。”梁月鹏走在党九月身后，只见穿着短袖衫的党九月那丰盈、白皙、摆动着的双臂，以及穿着牛仔裤的党九月那丰满、匀称、向前扭动着的臀……梁月鹏眼光有点乱，还是理智地闪开。党九月回头道：“梁月鹏，回头把剧本拿给我看一下吧。”梁月鹏说：“好。”郝俊杰一跃向前，把挡路的一根长枝条扳开，说：“女士优先，女士优先。”让党九月她们畅行，她们感激道：“谢谢。”郝俊杰笑嘻嘻地看了看跟上来的梁月鹏，也让梁月鹏过去，自己接着过去，松开长枝条。郝俊杰笑嘻嘻道：“杨伟呢？杨伟哪去了？”大家伸头往下面看去，只见远远的下面，山路旁，杨伟独自坐着。大家都笑了，党九月说：“真好玩，他一个人坐在那儿享福了。”大家又一笑。忽然，两个小个子女同学一齐向山下喊：“杨伟，加油！杨伟，加油！”紧接着大家一齐向山下喊：“杨伟，加油！杨伟，加油！杨伟，加油！杨伟……”深深的下面，杨伟站了起来，甩开双臂，动作夸张地向上跑来。“杨伟，加油！……”的喊声在山林间回荡，成片的鸟被惊飞……

他们已来到较陡的石子路上。陈权友走在党九月的前面，梁月鹏在他们身后。随着党九月“哎哟”一声，大家纷纷看去，只见党九月险些顺着石子滑倒，陈权友适时地伸出手，拉住了党九月的一只手，两只手握在了一起！梁月鹏眼里闪过难受的情绪。郝俊杰眨了眨眼睛，移开眼光。杨伟盯眼看着。陈权友拉着党九月来到了平坦地，只得松了手。随着树枝抖动的声音，一女生发出一声：“哇，好厉害呀！”一男生敏捷地爬到一棵树上，另一男生说：“别动，我来拍照。”掏出相机拍了起来。爬树男生骑在树桠间，一道光闪过。

这是山上的一块休憩场所，有商店和一些娱乐设施。杨伟看看流着汗的大家，说：“歇一歇，拍一些照片吧。”拿相机的男生在不断地拍照。党九月坐在一水泥栏杆上，用报纸扇着风。一女生说：“给党九月拍一张吧。”党九月笑吟吟道：“你们拍吧，我不拍。”男生已经把相机镜头对准党九月，党九月却把身子扭过去，用报纸遮了一半的脸。梁月鹏缓步走到党九月身旁，趁她不注意，一把夺去她遮脸的报纸，说：“还‘犹抱琵琶半遮面’。”然后笑了笑。党九月身旁一女生徐小雪心领神会地看了看梁月鹏。

他们到达山顶，蓝天白云，阳光灿烂。一行十多人站在一起照相，有男生挥舞着手臂，有女生翘出手指，一道拍照的光闪过，大家散了开来。

他们在下山。梁月鹏、党九月、陈权友三人走得比较靠近。党九月说：“梁月鹏，你的剧本叫什么名字？”在党九月说“梁月鹏”三个字的时候，陈权友一惊，不禁看了看他俩。梁月鹏说：“我的处女作的题目叫：还我红五星。”党九月脸部闪过被触及的神色，说：“处女作？”不觉扭过脸去。

他们继续下山。党九月走在梁月鹏的身后，看着梁月鹏的背影，紧跟着梁月鹏的脚步。突然梁月鹏一回头，同时驻足，党九月此时向前一迈步，俩人撞了个满怀，党九月急忙闪开，脸都红了。

他们在丛林中向下穿行。杨伟走到党九月跟前，大方道："累了吧，我来替你背包。"党九月说："谢谢。"将包卸下，递给杨伟背上。杨伟偌大的身材背着个女式小皮包，他美滋滋的。郝俊杰走到另一女生跟前，笑嘻嘻道："请卸下你的包。"该女生有些不好意思，但还是卸下，让郝俊杰背起来。手机铃响，大家扭头看了一下，陈权友为避免别人听见，走开一截儿，接听道："我马上回去……你已经从上海回来啦……滨大正大门口见，然后一起吃饭，拜！"

一〇七室，空无一人，一阵急促的跑步声传来，在门口停住，钥匙转动锁孔的声音，门很快被推开，梁月鹏一个箭步跨了进来。他直奔自己的书桌。他打开抽屉，从里面掏出来刊登着《还我红五星》的那本《江汉文学》，又精心地锁上抽屉，然后悄悄地走出房间，带上门。

梁月鹏大步跑过宿舍楼过道。

滨江大学生活区大门，党九月她们几个女生疲惫归来。梁月鹏躲在一棵大树后，喘着气。党九月她们走来。梁月鹏躲在大树后，伸头看了她们一眼。党九月她们走过大树。梁月鹏静了静心，努力平稳地跟上去，说："党九月，这是……"便递了上去。党九月一回头，见是梁月鹏，接过《江汉文学》，说："谢谢。"梁月鹏定定地看着党九月道："不用谢。"

太好了！党九月接收我的剧本了，那么也肯定会接受我的爱情。滨大浴室门口，党九月满脸绯红，头发蓬松水亮，披开半透明塑料门帘出来，胳膊上挎着洗澡袋，双手捧着《江汉文学》边走边看着。陈权友正拿着洗具准备进去，看见党九月，招呼道："党九月！"党九月看了一眼陈权友，像是不认识似的，没有搭腔便径自走了过去。陈权友愣怔地看着走远了的党九月……

梁月鹏爬山累了，晚上抹过澡躺下已睡着，发出均匀的鼾声。陈权友急躁地在房间里来回走动着，一边说："下午我去洗澡，看见党九月，喊她，她不睬我。"杜荣保歪在床上看书。张之扬"咚咚"地走进来，交钥匙给陈权友，附着陈权友耳朵低语道："我刚才在逸夫馆看见党九月在看……"指了指梁月鹏的方向，"他的剧本。"陈权友钥匙拿在手上，立即走到梁月鹏床前，愤恨地看着梁月鹏，停住脚步。梁月鹏在"睡梦"中深深地吸了口气，翻了个身，面对起墙来。陈权友回转身走动起来，又扭头看了一眼梁月鹏道："要不扁他一顿!”这时，梁月鹏的“鼾声”停了一会儿，接着梁月鹏继续打起“鼾”来。张之扬似是鸣不平实是挑拨道：“他妈的哎——，在哥们之间这样干啊!”陈权友却坐了下来，明显有些疲惫道：“我也确实张扬了一些。”忽然，门被“啪”地蹬开，一个小男孩跑了进来。大家惊奇地扭头看了起来。梁月鹏睁开眼，又闭上眼睛装睡。“叔叔们睡觉了，别闹。”阮文忠嘱咐着和漂亮的老婆走了进来，不自信地向大家介绍道：“这是我老婆。”阮文忠老婆笑吟吟的，没有说话。张之扬看似很热情道：“大嫂请坐。”说着递过来一只凳子。陈权友站起来，微笑道：“请坐。”阮文忠老婆正准备落座，阮文忠犹犹豫豫地对老婆说：“我们走吧。”老婆便不坐了。阮文忠过来拉儿子，一边说：“蒸蒸，叔叔们准备睡觉了，快走。”阮文忠夫妻带着儿子出门。

梁月鹏知道阮文忠知道他一些不可告人的情况，便趁阮文忠老婆和儿子国庆来玩之际，向阮文忠献献殷勤。殷勤献在什么地方呢？只能在宣传上。梁月鹏拿着阮文忠刚拍的夫妻带儿子的合影到一〇八室，给方自我、杨伟、郝俊杰等同学看，夸赞阮文忠老婆漂亮，一家三口多甜蜜呀。很快，班上不少同学都知道了阮文忠有一个漂亮的老婆和一个可爱的儿子，阮文忠因此很受用。他老婆和儿子临走时，梁月鹏又要送，又要帮着拿东西，阮文忠都很感激。

梁月鹏很清楚自己读研期间的重要任务是找对象，学习嘛，只要按部就班地进行就可以了。此时，他正在大教室里看书，不时地注意着手机，突然，手机短信提示音响了，他立即翻看短信内容：

> 你的剧本写得不错。因为刚开学不久，学习任务紧，事情多，关于我们见面的事，我看还是等一等吧。党九月

梁月鹏失落了，呆呆地坐着。

一〇七室，张之扬仍在睡觉，杜荣保坐在自己的电脑前上网，阮文忠和陈权友合搬着一台旧电脑进来，阮文忠说：“就摆我桌上吧，我平时也不在宿舍看书。”梁月鹏夹着书准备走，又走回来，踱到张之扬床前，表情不悦道：“张之扬，你在党九月跟前说我什么了？”张之扬没有反应。阮文忠对梁月鹏交代道：“梁月鹏，我和陈权友合买了一台二手电脑。”梁月鹏气愤得声音变大了一些：“说我什么坏话了？啊？天天蹦来蹦去的，满嘴大话，我碍你什么事了？”

大家都注意地看着。梁月鹏继续说：“别装！大丈夫不要两面三刀！党九月向我要剧本看我给她看怎么啦？我也没有在党九月跟前提到你们一个字！还在装睡！”张之扬起床了，像是没发生什么事似的走到墙角，抓起一对哑铃，做起扩胸运动来。张之扬的体格并不直挺但却相当发达，他双臂上突起的肌肉在蠕动着！他突起的胸肌在蠕动着！梁月鹏看着张之扬如此的体格和反应，胆怯了，夹起书，默默地走了。

大雨哗哗而下，著名的滨江大学沉浸在一片湿淋淋的世界里。梁月鹏站在教学楼门厅，发呆地望着檐外的雨。阮文忠打着伞踏上进门厅的台阶。梁月鹏在门厅里溜达着。阮文忠笑嘻嘻地走上来，说：“梁月鹏。”梁月鹏惊喜道：“来得这么快啊，伞呢？”阮文忠说：“没找到伞，我俩伙打一把吧。”梁月鹏便钻到阮文忠伞下，俩人合撑一把伞走进雨中。阮文忠半边身子露在外面被淋湿了，梁月鹏发现，把伞往阮文忠那边推了一些，阮文忠谦让道：“哎哎，没事，一会儿就到宿舍了。”梁月鹏见阮文忠肩上有灰尘，伸手殷勤地拍掉，接着小心道：“阮文忠，我好像觉得我欠了你什么。”阮文忠笑嘻嘻道：“你欠我什么？我俩来滨大之前又不认识，你想得太多了。”俩人合撑着一把伞向雨的深处走去……

梁月鹏从党九月的穿着用度也看出自己和她的差距。这是课间休息时间，梁月鹏趴在桌边打盹，又抬起头看了看，却见隔了几排的前面，两三个男生围在党九月笔记本电脑旁指点着屏幕和笑吟吟的党九月说着什么。

四十六

校园内，IC电话亭下，梁月鹏在打固定电话：“二哥，再刷个两百块钱吧，学费住宿费交掉一万零五百只剩五百块钱到现在……家教我正在找，我讲话口音人家有点听不懂……”电话里梁月洲的声音：“你不能讲普通话吗？”梁月鹏说：“这边高校多，做家教的学生多，文科家教除了外语之外一般很少，反正我正在找。我现在经济上采取的是亦步亦趋战略，走一步是一步……”梁月洲有些激愤的声音："你考研两年把打官司得来的钱花光了！开化借你的四千块钱也还给你花掉了！"然后声音变得和缓了一些，"现在妈已经七十岁了，还有病，她一个人暂时生活还能自理，我们也不要你养活她，你要把你自己养活，学费住宿费我帮你搞，生活费你要自己解决，就这样讲！"电话挂了。梁月鹏只得挂上电话，又抽掉电话卡，表情沉重起来。

一〇七室，梁月鹏趴在自己桌边写作，有搜索枯肠之状，旁边摆着刚开具的一张"肆拾元"的家教中介费收据和一张"叁拾元"的代家长交费收据。杜荣保在上网，张之扬躺在床上拨弄着手机，陈权友在电脑上打"八十分"，阮文忠站在书架旁一边翻找资料，一边说："陈权友，我算过了，从现在起我们参加法律专业本科自学考试，二〇〇五年就能凭借这个本科文凭报名参加司法考试，二〇〇六年毕业拿着司考证工作就好找得多。"陈权友说："是吗？非要手拿着本科文凭才能报司考吗？"阮文忠说："这个信息我敢绝对保证是真实的。参加法律本科自学考试，一方面拿了本科文凭，一方面又学习了法律，这是两全其美的事情。我们宿舍就杜荣保和张之扬是本科毕业。"梁月鹏说："这国家真刻板，在读的法律硕士生难道就比不上一般的本科毕业生吗？"阮文忠对梁月鹏反感道："哎哎，你别老这样讲，这是国家政策！"张之扬对着手机讲话："挺好！挺好！"关掉手机。阮文忠笑嘻嘻道："啥都挺好。"张之扬一下子动了怒容，眼光逼视着阮文忠道："他妈的不啥都挺好还能啥都挺坏吗？"阮文忠一下了失去笑容，一声不吭，但不由得看了一眼梁月鹏，和正快乐得莞尔微笑着的梁月鹏的目光相遇，阮文忠无趣地移开目光，却冒出了这样的话："我们师大那四十名同学就算光明的那个最逗。"梁月鹏的笑容骤然消失，阮文忠露出了笑容。梁月鹏一时精神恍惚，把家教收据拿到抽屉里，在抽屉里瞎找了一会儿东西，又把家教收据拿到桌面上，合上抽屉，往身上拍拍，往衣兜里掏掏，又拉开抽屉，像煞有介事地寻找什么来。

从现在的情况来看，阮文忠尚未把我的不可告人的情况明确告诉室友们，但很危险了，他已经露了好几次了。怎么这么倒霉呢？偏偏一个宿舍里就有一个江汉的，而且对自己了如指掌。一个劲地讨好他，也不是个事，不能不说话吧？稍有冒犯他之处，他就要露把柄。现在最怕的就是他单独和谁接触，背下他就要告密了。果然，他和陈权友一起去报名参加法律本科自学考试。他俩欢笑着回来了，梁月鹏不免怀疑地看了一眼陈权友，陈权友却精神抖擞地迎视着梁月鹏，然后扭过头去不看梁月鹏，却说了一句："哥们也太不容易了！"梁月鹏又怀疑地看了一眼阮文忠，只见阮文忠转过身去，又在书架上找起资料来，一边没话找话说："我的那张卡放哪儿去了？"梁月鹏腾地怒了，走到阮文忠跟前，说："阮文忠，请过来我要和你谈一谈！"阮文忠一惊，害怕得躲闪了一下，说："什么？"梁月鹏拉着阮文忠来到自己的床位前，急促道："我不是离婚，我是解除非法同居关系，你知道解除非法同居关系是怎么分割财产的吗？我告诉你，是按照合伙处理的！"阮文忠脸色发白，哑口无言。梁月鹏说："你光明的同学是哪个？你告诉我！"阮文忠说："我们十年都没有联系了。"梁月鹏振振有词道："你是标准的汉奸形象，这是由你的心理品质决定的。汉奸和小偷不一样，汉奸绝对不认为自己是汉奸，小偷承认自己是小偷。你是汉奸！"在梁月鹏斥责阮文忠的时候，张之扬悄悄地进来，站在一旁如饥似渴地看着听着，接着过来拉走了阮文忠。

夜光中，他们都在熟睡，唯有梁月鹏躺在床上，辗转反侧，怒火中烧，心里在翻滚着："阮文忠他凭啥这样对我？！我和他素昧平生，要不我现在下床去掐死他！这个可恶的魔鬼！"接着心情又平静下来，自爱地掖了掖被子，"还是好自为之吧，这种事情是愈炒愈热，不能把事情闹大。"

次日早晨，大家正在起床，管理员来到门口，对着室内说道："哎，房产处刚才通知，让你们搬到一〇一去。"张之扬首先叫道："好，我网上的帖子起的作用。一〇一在最边上，是老大！"陈权友说："一〇一不漏水吧？"管理员说："当然不漏，而且墙面比这一间要好看一些。滨大是名牌大学，比较古老，住宿条件不怎么好，住得比较拥挤，像你们研究生一间住五个。"说完走了。张之扬说："哥们什么时候搬？"陈权友说："随便。"梁月鹏说："我不想搬，我到哪儿一住倒就不想再动了。"张之扬笑道："你不想动，你一个人留下来吧。"梁月鹏无法，转而长嘘一声道："唉——，还是搬吧。"阮文忠欣喜道："张之扬，我睡你上铺。"张之扬顺水推舟道："行啊，大哥说啥不行啊？"陈权友说："杜荣保，我俩睡上下铺。"

他们已住进一〇一室了，清晨，天已大亮，窗外收、拾垃圾的农民工在大声地讨价还价。睡在一边临窗上铺的陈权友在被窝里伸着懒腰，呢喃道："嗯，嗯——嗯，他妈的一早上就人欢马叫的。"睡在另一边临窗上铺的阮文忠附和道："夜里我还听见猫叫。"睡在阮文忠下铺的张之扬说："他妈的，在一〇七嫌漏水，在一〇一又嫌吵人！”阮文忠谄媚地笑道：“Dear Yang，吵归吵，闹归闹，一〇一比一〇七要好多了。”梁月鹏睡在与张之扬、阮文忠架子床连着的架子床的下铺，头对着门，他已经醒了，并没什么好说的。睡在陈权友下铺的杜荣保快活道：“噢噢噢——，起床喽。”大家纷纷起床，唯独梁月鹏仍躺着没动。只穿着裤衩、已坐起来准备下床的张之扬对阮文忠说：“老大，拖鞋我靸一下。”靸起阮文忠的拖鞋出去了。只穿着裤衩、已伸下来一条腿的阮文忠连忙把腿缩回去，说：“好好。”转而看了一眼还躺在床上的梁月鹏，显得兄长般地，“鹏老弟，还有半小时就要上课了！”梁月鹏惊喜得一骨碌爬起身，说：“噢噢，知道了，阮哥。”陈权友话外有音道：“阮哥，现在你是我们龙头老大了。”张之扬靸着拖鞋进来，插嘴道：“他妈的，我早就喊过‘老大’了！”陈权友顿时勃然怒起，用手指着张之扬道：“张之扬我告诉你，我没和你说话！你别在我跟前‘他妈的’来‘他妈的’去的！”张之扬停住了脚步，脖子一僵道：“怎么了？哥们儿今天健身咱们一道去？”陈权友走到墙角，双手抓起哑铃，敏捷地做起运动来。

大教室内，刑法老师正在上课，在讲一个案件：“违背妇女意志是强奸罪的构成要件之一。某农村的一个光棍对隔壁小两口的作息时间和生活习惯了如指掌，每逢集，隔壁的男人总是很早就出门了，但门只是带上，不锁。这天逢集，一大早天还没亮，隔壁的男人照例出门了，不锁门，光棍光着身子摸进来，上了女人的床，就云呀雨的，事情就做了。”这时，临讲台的门被推开，阮文忠出现在门口，毕恭毕敬道：“对不起，我来迟了。”哄堂大笑。正讲得开心的刑法老师点了一下头，阮文忠走了进来。刑法老师继续讲道：“女人根本就没睁开眼睛，可是事后，感觉不对呀，和丈夫行房他身子从来不抖啊，今天为什么抖得厉害？睁眼一看，不是丈夫，却是隔壁光棍，光棍跳下床就跑了，不一会儿，光棍又光臀跑回来了，磕头求饶。不幸的是，正处于‘严打’时期，结果被枪毙了。”一阵阵哄堂大笑。阮文忠满脸通红，失魂落魄，但强撑着坐着。刑法老师发问道：“值得思考的是，这个以强奸罪论处的光棍有没有违背妇女意志呢？”又一阵哄堂大笑。梁月鹏笑着，不经意间注意到了前排一小女生，她神情率真，举止端庄，在用心听课，她叫吴小花。

梁月鹏一定程度上为了躲避阮文忠，经常不在自己宿舍，而去一〇八室混混。这日晚上，方自我正坐在架子床上铺看中英文对照版的《圣经》，梁月鹏在方自我的床下转了转，看了看方自我。方自我看了一眼梁月鹏，说：“你和党九月不合适。看她那穿着打扮，神情举止，你俩不是一条道上的人。”梁月鹏一时无赖道：“是她找我的，我也没找她。”方自我看着《圣经》。梁月鹏换了一种口气，显得自信道：“在爬大姆山的时候，我无意中提到‘处女作’三个字时她不由得一惊，我就知道她不是处女了。”方自我的目光从《圣经》上移开，审视着梁月鹏道：“你刚才在赞美她身材窈窕，婀娜多姿，现在又说人家不是处女了，你到底想干吗？”梁月鹏自觉没趣道：“随便说说嘛。”方自我说：“不要那么太感性，你知道中国文化就是太感性，所以中国才太落后吗？”梁月鹏一时无语。方自我说：“要自我一点，独立一点，理性一点。现在已经什么时代了，你还在搞什么《还我红五星》？你要和过去决裂，变成一个现代人。”梁月鹏转悠着来到一个整洁的床铺前，只见床边桌上摆着一台新的台式电脑，桌边有一条已动口的“中华”牌香烟，旁边还有一盒已抽掉几根的中华烟和一个满是烟灰的烟灰缸。梁月鹏问道：“方自我，这都是杨伟的？”方自我“嗯”了一声。梁月鹏说：“很有钱嘛，抽中华烟。”又看到床里首放着一瓶已喝了一些的酒，拿起来一看，是广东佛山加饭酒，又放回原处。这时，杨伟说着一口毛主席的腔调从外面进来，看见梁月鹏，仍以毛主席的腔调说道：“哟，梁月鹏，大驾光临，请坐请坐。”梁月鹏乐了，问道：“杨伟你说的是哪一位无产阶级革命家的腔调？”杨伟笑而不答。梁月鹏说：“我想起来了，是毛主席的说话腔调。”不由得看到了杨伟额上和一边脸上的重伤疤。

梁月鹏对刘芳还不死心，趁宿舍里没有别人，用宿舍固定电话拨通刘芳宿舍的固定电话，说：“你好，我找刘芳。”对方电话“啪”地挂了。梁月鹏怅然若失，在宿舍里踱起步来，又停下，仰头长叹了一声：“唉——”然后掏出手机，犹豫了一下，还是发起短信来：

党九月，你好！你收到我的短信了吗？

发送？是。发送成功。梁月鹏拿着手机看着，等着回音。但没有回音。

有一个规律：只要梁月鹏难过了，阮文忠就高兴了。梁月鹏晚上睡前大便难解，而且便意频繁，从厕所回来不由得愁眉不展地告诉在上网的阮文忠：“还没解下来，等一会儿再去。”阮文忠从胸膛里喷发出一声大笑，站起身迎了上来，拥抱了一下苦不堪言的梁月鹏，说：“我爱你。”歪在床上发短信的陈权友看了看他俩。梁月鹏睡下，翻了一个身，说道："等一会儿，再去一趟。"阮文忠心花怒放地过来拍了一下梁月鹏屁股撅起的地方的被子，一边说："Like a pig!"

刘芳遥不可及，是彻底无望了。唯有党九月在他的心里，挥之不去，袅袅娜娜，梁月鹏不禁哼唱了起来：

难以启口我爱你
难以启口我爱你
我拿什么去爱你
我拿什么奉献给你

难以启口我爱你
难以启口我爱你
我忧伤的心灵如何诉说
我颤抖的心灵如何诉说

难以启口我爱你
难以启口我爱你
你美的光辉刺我眼
你生动活泼夺人心魄

难以启口我爱你
难以启口我爱你
你的心地几何清澈
你的胸怀几何温暖

这一首歌曲是忧伤难过的，那么阮文忠又要高兴了。次日清晨，天已大亮，大家仍在安睡，突然，阮文忠钻出被窝，只穿着裤衩，高高地站在架子床上，手舞足蹈地唱道，模仿着梁月鹏的唱腔：

难以启口我爱你

紧接着，阮文忠深情地朗诵道：“亲爱的二十九岁的党九月，我爱你！”张之扬附和地叫道：“好！”梁月鹏高兴地笑了。

那么，反过来说，只要梁月鹏高兴了，阮文忠就难过了。正在多媒体教室上法理课，法理老师坐在讲台后，目光搜寻着下面，说：“第二组的点评人我选了一个文学青年，他叫梁月鹏，梁月鹏来了吧？”全班学生纷纷扭头看去，只见梁月鹏庄重地坐在后面。法理老师说：“你发表的两个电影剧本，一个叫《穷光蛋与富姐》，另一个叫什么来着？我忘了。”梁月鹏说：“《还我红五星》。”法理老师说：“下星期的这个时候，你点评方自我同学的《从中国法律史儒家化和近代化过程看法的本位的演进》。”党九月扭着头欣赏地看着梁月鹏。阮文忠无精打采地坐着。

梁月鹏被定为点评人，要在课堂发言，这可是个荣誉啊。晚上在宿舍，大家刚躺下，大日光灯已关，只有躺在床上看书的杜荣保床头夹着的小台灯还亮着，张之扬响应道：“下星期梁月鹏你讲不好，我拿你是问！”梁月鹏亢奋的表情。陈权友高兴道：“我平时不怎么上课，下星期那堂课，我负责去！”杜荣保目光离开一会儿书，说：“以后别人问我是哪个寝室的，我就说是梁月鹏寝室的。”阮文忠难过的表情。张之扬说：“梁月鹏你是代表我们宿舍的，你的个人问题也不会成问题的。反正不说滨大，就说滨大的法学院，你也没白走一遭！”突然，阮文忠以庄重深沉的语调，像播音似的说道：“光明人民广播电台，光明人民广播电台，现在是《青春旋律》节目，首先播送由梁月鹏作词、梁月鹏作曲、梁月鹏演唱的歌曲《难以启口我爱你》。”大家哄然一笑。

四十七

法理课上，梁月鹏替代了法理老师坐在讲台后，对着麦克风看着稿子庄重地发言：“张文显教授是从世界范围内对法的从义务本位到权利本位的一般发展规律作了权威、详细、深刻的论述。方自我同学是单从中国、单从中国法律史儒家化和近代化过程来阐述法从义务本位向权利本位的演进。我是从鲜活的生活出发、从生动的形象出发，以我的一个剧本里的主人公的命运为切入点，同时对比了新民主主义革命、社会主义革命和社会主义计划经济时代中国民众在思维方式和价值观念上总体上是以义务意识为本位的这一历史事实，来探讨中国当下的商品经济、市场经济时代公民个人在思维观念上应当以权利意识为本位这一论题……”梁月鹏眼睛余光所及是坐在第一排的法理老师、坐在靠前的女生包括党九月的一张张注视着的脸。陈权友、杜荣保、张之扬等同学注视着梁月鹏发言。阮文忠坐在最后排，面色郁闷地收拾起书。随着梁月鹏的“我的发言完了，谢谢大家”，掌声骤然响起！阮文忠一弯腰溜走了。

一日，梁月鹏坐在一个大教室后排看书，忽然思绪飘走了，他掏出手机，却犹豫了起来，又装进衣袋，然后他下定了主意，又掏出手机，发起短信来，他在手机上按键的手指颤抖着：

吴小花，你给我的印象是：朴素而清纯，率真而端庄，恬静而勤勉，淡泊而奋斗。

发送？是。发送成功。很快，短信提示音响了，梁月鹏赶紧收拾起书本，看了看别人，悄悄地走了出去。

梁月鹏来到校园内树丛下，看短信：

你好！你是谁呀？

梁月鹏看完短信，立即回复：

我们是同班同学，我是梁月鹏，你在上自习吗？

学校逸夫馆里，长长的过道，静悄悄的，没有人。一边的一个大教室内，空荡荡的，没有开灯，光线有点暗。大教室一角落里，梁月鹏和吴小花保持一截距离默默地并排坐着。看样子，他们已经待了一会儿了。吴小花矜持地坐着，目光定定地看着桌面，她衣着朴素，扎着个独把，刘海直直地拖着。梁月鹏看着吴小花，说：“吴小花，我向你说出我的爱情观吧，一句话，就是谈恋爱是为了以后在一起的，而且从一而终。”吴小花认可地看了梁月鹏一眼，问：“你多大了？”梁月鹏表情有些不自然，定了定神，然后说：“我七三年生的，才、才三十岁。”吴小花一听，心情有点低落道：“我认为你二十五六岁哩，你倒三十了。我是八二年出生的，今年二十一岁，你比我大九岁。”梁月鹏表情难堪，涨红了脸，额上沁出了汗珠。吴小花从“真真”牌小方块手帕纸里抽出一张递给梁月鹏，梁月鹏接过，胡乱地擦了擦汗。吴小花说：“我是第一次谈恋爱，我妈让我要慎重一些，别给人家骗了。”梁月鹏目光躲闪道：“是的，现在社会上骗子多。”吴小花说：“我就是头脑转不过来弯，一根筋。”梁月鹏没有言语。吴小花说：“你上次法理课上的发言很好。”梁月鹏一下子振作起来，又看起吴小花来，心想：“要趁机吻她一下，抓紧发展关系，不能让他们知道。”然后由衷地说，“我在短信上给你写的那二十个字都是我真实的看法，你也不可能在任何别处看到这二十个字。因为数学上的排列组合你知道，同样的二十个字会排列成很多种结果，两个人正好把这二十个字排列得完全相同，这几乎是不可能的。”把身子向吴小花挪了挪，还想挪近一点，觉得不妥，便停了下来，叹了一口气。须臾，梁月鹏直了直身子，又看起吴小花来，只见吴小花不加修饰却淳朴端正的脸。梁月鹏又把身子往吴小花跟前凑，吴小花仍眼光定定地看着桌面。梁月鹏趁吴小花不注意，伸嘴亲了一下她的脸蛋，很快被吴小花推开。梁月鹏说：“我又不是和你谈着玩的，我是在心里面把你看作能够一起……”突然又伸嘴亲了一下她的脸蛋，又被吴小花推开。吴小花有些恼怒道：“你要再这样我就走了。才谈两天你就这样。”梁月鹏说：“噢噢，不这样了。”转而换成了一张俏皮的脸，聊以自慰地，“你在我的心目中是一个天使，你知道吗？也许你把你自己看得很普通。”语气不觉又沉重起来，“我这个人，就是有点痴，爱一个人，我会去用心地一以贯之地爱着她，除非她背叛我。”吴小花又认可地看了梁月鹏一眼。

至此，可以说，梁月鹏得到了吴小花的初步认可。还得继续往下进行。

夜晚，校园内，树影婆娑，灯光幽幽，梁月鹏和吴小花一起走着。梁月鹏伸手拉了一下吴小花的手，被吴小花甩开。他们继续走着。梁月鹏突然伸手握住吴小花的手，吴小花甩却没甩开，就没再甩了。

吴小花率真地一只手托着梁月鹏的一只胳膊，另一只手攥着他这只胳膊的手，连拖带拽着梁月鹏似的快步走着。吴小花有些惊慌道："快十一点了，回去她们要问我为什么这么晚才回来？"梁月鹏心情沉重地跟在她身边走着，没有搭腔。吴小花扭头看了梁月鹏一眼，问："你怎么啦？"梁月鹏回过神来，勉强道："没什么，没什么。"又强笑道，"你说你们宿舍的人要问你为什么这么晚才回来，对吧？"吴小花看着梁月鹏道："对呀，我应该怎么回答她们呢？"梁月鹏想了想道："你就说'我谈恋爱的'。"吴小花微笑道："臭美。"把梁月鹏的手臂扔下，紧接着又喜爱地托起来，快步向前走去。

梁月鹏回到宿舍时，他们已躺下，灯还没关。梁月鹏径自走到自己的桌边放下书，神情举止轻松自如，和以前相比判若两人。一身体较胖的男生罗阳升打着响嗝儿，从自己所住的、对门的一〇二室走来，微笑着看了看梁月鹏，说："六十年代生人，乖乖隆咚。"梁月鹏脸腾地红了，表情顿时僵住，无力地看了看罗阳升。阮文忠的灿烂笑脸缩进被窝，拼命忍着笑，但还是将被子弄得抖动起来。罗阳升来到阮文忠床头看了看，伸手拍了一下他抖动的被子，接着又转到陈权友和杜荣保床头看了看，他俩都睁着眼看着。这时，张之扬"咚咚"地从外面进来，一边对着手机讲话："噢——，你终于承认是我的小宝宝了！I love you！ See you in my dream！"得意地关掉手机。

夜光中，大家都睡了，唯独梁月鹏辗转反侧，怒火中烧，心里在翻滚着："都是阮文忠捣的鬼！他妈的！要不是怕脏了我的手，他妈的我过去把他给掐死！这个软不溜秋、死不死活不活的东西！……"接着心情又平静下来，自爱地掖了掖被子，"还是好自为之吧，这是万万要不得的。"随后渐渐睡去。在睡梦中，梁月鹏神情恍惚地走进了滨江大学心理咨询中心，端庄贤淑的桑主任亲切地招呼道："同学，里面坐一坐吧。"梁月鹏疑疑惑惑地跟着走了进去。他们进入一间洁净优雅的办公室，桑主任招呼梁月鹏在茶几边的沙发坐下，自己在茶几另一边的沙发坐下，随手从茶几上的小竹篮里拿一个橘子剥了剥，递给梁月鹏，像是自语道："很巧，我以前也学过一段时间法律，也做过作家梦，没想到现在搞起心理咨询来了。现在大家称我是心理学家，很多时候我认为我根本就不是，我只是和朋友们谈谈心，交流交流思想，发表发表对现实的看法……"梁月鹏吃着橘子，精神明显好转。桑主任看了梁月鹏一眼，说："你信赖我把你的痛苦说了出来，也把你的隐私说了出来。在我看来，你隐瞒年龄，按中国法律史上的一个词汇讲，是‘可矜’的。你以前耽误了不少时间，五次高考和一次长达六七年的错误婚姻一下子占去了你多半的青春时光。虽然你现在还年轻，但那时候更年轻啊，那时候你应该做些有意义的事情，做些让自己快乐的事情……”梁月鹏有些矜持道：“是，是。桑主任，我是听过您的讲座才想到来这儿的。”桑主任看着梁月鹏道：“你这位室友抓着你不放，给你带来了痛苦，你的整个心思可以说就活在他的并不流畅的嘴上，而且你俩来滨大之前素昧平生，相距几百里，他只是通过他十年前的、和你同乡的大学同学了解了你的一些情况。他如获至宝，快乐得不行了。你对他稍有不恭，他就要念你头上的这道紧箍咒。如果这样持续下去，我看你将会付出更大的无谓的牺牲。你太善良了……”不觉诡秘地，“从你的叙述中我看出了其中的蹊跷……”梁月鹏认真地听着。桑主任说：“有一个说法叫‘七年之痒’。他结过婚小孩上小学了，夫妻俩都是中学老师经济上也小康，精神却如此憔悴，而且变态地转移——向你头上转移，想必她的爱人给他，”笑了笑，“按照中国的传统说法就是戴了绿帽子。心理学上有一个理论叫平衡理论，意思就是莎士比亚的一个剧本的题目所说的‘一报还一报’，这样才能求得心理上的平衡。我把‘报’分成报答和报复两种，我认为这‘报’正是人类追求公平正义和维持正常社会秩序的心理基础和原动力。”接下来桑主任一句紧逼一句且义愤填膺地，“他一个劲地杀你，你却一个劲地承受，那么现在我要问：他凭什么杀你？因为他有言论自由权？因为他有社会责任感？因为他有正义感？如果你是他亲兄弟他还会这样待你？这能说他有正义感吗？因为我想正义和普遍主义是分不开的。另一个方面，你又凭什么应该默默地忍受？因为你犯了法？因为你有罪过？而且你罪不可赦？而且要由他来组成法庭对你进行无休止地拷问和审判？我的意思你该明白了，我是本校的教授，我也无意于挑起你俩的争端，我是抱不平，我也不会介入你俩之间，明白吗？”梁月鹏备受鼓舞，不禁站起身，感激道：“谢谢，谢谢，我彻底明白了！我这才知道什么叫‘真才实学’！”

梦醒时，天已大亮，窗外小鸟已啁啾个不停。梁月鹏迷迷糊糊地睁开了眼睛，他们都还在安睡。梁月鹏定定地睁着眼，寻思着：“阮文忠老婆给阮文忠戴上绿帽子了？”

早晨，校园内大道上，熙攘、匆匆地走着去上课的学生，一片朝气蓬勃。阮文忠精神不振地走在人丛中，梁月鹏看着前方阮文忠的背影，快速走着，逐渐赶上了他，便紧跟其后。上午在大教室上刑法课，刑法老师笑眯眯道："从这一个通奸案中我们或许可以得到启示：对老婆要加强监督力度，不能监督失职。"哄堂大笑。梁月鹏大笑着扭头看了一眼坐在他旁边不远处的阮文忠，只见阮文忠像个罪犯似的低着头，脸红到耳根！梁月鹏心里有数了。攀大姆山中那个爬树男生插了一句："老师你每节课都给我们讲一个奸案我们受不了！"又哄堂大笑。

张之扬谈了个美女对象，并带回到宿舍，自己坐在床沿，双腿上夹坐着美女对象，俩人趴着桌子在上网，用的是一台笔记本电脑。与张之扬桌子拼在一起的另两张桌子上各摆着一台旧台式电脑，张之扬跟前是陈权友，在电脑上打"八十分"，张之扬对面是杜荣保，在上网。张之扬上铺，被窝鼓鼓的，阮文忠显然睡下了，头缩在被窝里，不见人体。梁月鹏推门进来，惊奇地看了一会儿张之扬那里的一切，同时扫了一眼阮文忠床铺。张之扬知道是梁月鹏回来了，开始向美女解说道："这笔记本还好吧？是我们班党九月的。"扭头说了一句，"鹏哥，这么晚才回来？"梁月鹏自得道："看书的。"接着响亮地，"陈权友，下午有个上海那边的电话找你，我说你上自习去了。"陈权友客气地扭头笑了一下，说："谢谢，知道了，是我女朋友。"梁月鹏又瞥了一眼阮文忠床铺，阮文忠伸出了一只胳膊。梁月鹏下定了主意，迈开脚步，走到陈权友跟前，看了看陈权友电脑屏幕上的扑克牌图像，又看了看张之扬和美女，冷静道："今天上午刑法老师举的例子……不说了，这边有美眉。"张之扬不苟言笑道："没关系。"搂了搂美女。陈权友说："有意思，刑法老师每节课都要讲一个强奸案，或者通奸案。"梁月鹏说："'失职'这个词用到丈夫监督老婆干坏事上，应该说是个创新。"然后装作发问地，"刑法书上说通奸是指一方或双方已婚，如果双方都未婚而乐意干那种事，叫什么呢？"陈权友笑嘻嘻道："不知道。"杜荣保说："叫'婚前性行为'。"梁月鹏补充道："他们本身不是恋爱关系呢？"美女抬头看着梁月鹏，清脆地答道："那叫'无夫奸'！"突然，"吧嗒"一声重响，一条白亮的腿甩了下来。美女尖叫一声："救命啊！"吓得缩成一团。梁月鹏、陈权友、杜荣保惊诧地看着，原来，阮文忠只穿着裤衩下床，踩滑了，一脚踹在张之扬头上。张之扬正抱着头，有顷，回过神来，扭着脖子看着又爬上床的阮文忠，骂道："他妈的你差点把老子给注销了！"紧接着突然伸出手臂指向正在钻被窝的阮文忠，"你他妈的监督失职！"这时，一只猫带着呼声箭一般地跳上架子床上铺，“叽叽叽叽叽”，一只老鼠被准确地咬住！这是隐喻。阮文忠脸色惨白，却对张之扬嬉皮笑脸道：“噢，对不起，我要小便。”之后无事，他们依然在上网、打“八十分”，像什么事都没发生似的。阮文忠也没有马上下来小便。梁月鹏回到自己床位旁，准备去洗漱。

次日一早开始有事了。曙色熹微，大家都在酣睡，阮文忠动了动身子，主动说话了：“我靠，我老婆今天又要给我打电话了。”没有人回应。阮文忠喊道：“杜荣保……”仍没有人回应。阮文忠又喊：“杜荣保……”杜荣保从被窝里伸出头，不耐烦道：“一大早喊什么喊？”阮文忠涎着脸道：“我靠，杜荣保，陈权友、张之扬他们都有老婆了，你一辈子不想娶老婆啦？”杜荣保说：“你有病？我娶老婆与你有什么关系？”阮文忠的表情这时才僵住，却一语双关地嗔怒道：“我叫你一辈子打光棍！”杜荣保看着阮文忠道：“神经病！”

阮文忠恨死梁月鹏了，非要提出来讨论“通奸”“监督失职”，不然我怎么可能会暴露呢？很巧，课前在开水间接开水，党九月也在接，阮文忠突然发现是党九月，一怔，然后笑嘻嘻道：“党九月……”党九月抬头看了阮文忠一眼，说：“你是……”阮文忠说：“我叫阮文忠，和梁月鹏一个宿舍的。嗯，你俩谈得还好吧？”党九月惊诧地看着阮文忠道：“什么？”关掉水龙头，拧上杯盖便走。阮文忠开水还没接满，水龙头也没关，慌忙撵了出来，说：“党九月，我对你说，梁月鹏他……”过道里，党九月回头白了阮文忠一眼，径自走了。阮文忠羞耻地扭过脸去。这时，陈权友走过来，目光炯炯道：“小阮。”阮文忠一惊，说：“陈权友，你干吗？”陈权友说：“我去打球，你去上刑法课？”阮文忠恍然大悟道：“什么？刑法课？我不上了！”像陀螺似的一下子来个大转身便走了。陈权友惊诧地看着。阮文忠没走两步，开始跑了起来，裤脚高高地挽在脚面之上，迎面张之扬偕着美女走来，并没注意到阮文忠。阮文忠边跑边说：“Dear Yang，我不上课了，我去图书馆看书。”张之扬没好气道：“他妈的跑啥呀？”阮文忠跑着，跑着。

夜晚，校园内，灯光幽幽，一弯鹅卵石小径两旁，立着一大丛一大丛的竹子，但蓬松的竹梢还是向路面垂了下来。梁月鹏偕着吴小花散步走来，吴小花说：“我来到这里就不行了。”梁月鹏说：“很美，是吧？”吴小花说：“我就想到林黛玉住的潇湘馆旁边的竹子。”梁月鹏说：“是啊，林黛玉对贾宝玉的多么纯洁的爱情啊。”吴小花问：“你说贾宝玉对林黛玉也专一吗？”梁月鹏说：“应该也是专一的。这都是从秉性里渗透出来的，任何短时的外来的说教以及人云亦云的海誓山盟和信誓旦旦都是无济于事的。”吴小花停住脚步，伸手捏了捏一枚修长的竹叶，然后看着梁月鹏，又问：“你对我也专一吗？你对我会好吗？”梁月鹏看着吴小花，不觉驻足，说：“会的。你和我具有共同的专一的秉性，我和你的血液里流淌着共同的文化因子，在我有生之年，我会好好待你。”吴小花抓住梁月鹏的一只手，说：“你话说得好沉重，你好忧郁。”梁月鹏说：“什么？我忧郁？”转移目光，又转身走动起来。

校园内大道上，吴小花率真地一只手托着梁月鹏的一只胳膊，另一只手攥着他这只胳膊的手，连拖带拽着梁月鹏似的快步向前走去。

四十八

梁月鹏经常听学校的人文社科讲座，并联系实际，孜孜以求中国当下现代化进程中人的现代性等问题。一次在报告厅，本校的一个美学教授滔滔不绝讲了接近三个小时，梁月鹏听得入神，听过后久久不能平静，教授有一句结论性的话不停地在梁月鹏的大脑里萦绕：“中国人作为民族站立起来了，但作为个体没有站立起来。”

次日，在课间休息时间，小教室课桌间的过道上有甲、乙两个三十几岁、面相已不年轻的男生站在站着的梁月鹏面前，在欣赏地听梁月鹏说话。陈权友和别的男生坐在一边说话。梁月鹏振振有词道：“‘中国人作为民族站立起来了，但作为个体没有站立起来。’我的理解就是，中国人作为个体不自我、不具备独立人格。一根筋地算计着别人，还认为自己是在主张正义，是在关心别人。中国传统文化里的那种虚伪的集体主义观念实际上把人给扭曲了。天天宣传要关心他人，实际上这是一种反动的宣传。因为人吃饭总是要往自己嘴里送的，而不是往别人嘴里送，因为人只对自己的荣辱关切深刻，对别人的关照总是微薄而肤浅的，这是人性。结果你中有我，我中有你，相互托付，相互依赖，相互推诿，相互扯皮，相互搜刮，相互揭短，纠缠不清，内耗惨重，社会不发展，或者倒退，这也就是中国人的‘窝里斗’……”陈权友突然上来左手指着甲男生，说：“你之所以没有他……”右手指了指乙，“年轻，就是因为人家天天能见到老婆，小日子过得滋润。”梁月鹏说话戛然而止。乙笑道：“哎，他比我年轻。”拉了拉甲。甲推让道：“哎，你比我年轻。”梁月鹏表情讪讪的，无话可说。

课后回到宿舍，陈权友已在电脑上打“八十分”，背对着门，梁月鹏招呼道：“吃过了？”陈权友像是没听见，兀自打着“八十分”。梁月鹏闷闷地放下书，打开抽屉，拿起饭卡，转身轻手轻脚地出去了。

盒饭打回来，放在桌上，梁月鹏熟练地从书桌柜里拿出“尖庄”牌塑料瓶装酒，直接竖起酒瓶喝了起来，然后吃菜和饭。此时，阮文忠和杜荣保都弯着腰，一人傍在陈权友一边，在热烈地讨论“战局”。郝俊杰走了进来，见梁月鹏喝酒，怪声怪气道：“鹏鹏……”梁月鹏脸色唰地变了，喑哑不能语。郝俊杰笑嘻嘻道：“在独酌？我来陪你喝一杯。”梁月鹏慌乱道：“好好，我没有杯子。”就要找杯子。郝俊杰眼睛眨了眨，眉毛舞动了一下，收回眼光，转身走了。突然，梁月鹏的手机响了，梁月鹏立即掏出手机，走到门外过道上，对着手机轻声道：“喂……”手机里吴小花的声音：“你到礼堂这边来一下，我有事要和你谈一谈。”说完挂了。梁月鹏一下子惊呆了，良久未动。

梁月鹏不吃了，抽身往外忧心忡忡地走去。在宿舍楼过道与杨伟擦肩而过，杨伟顺便招呼道：“梁月鹏，吃了没？”梁月鹏不停步地点了一下头道：“嗯。”又与方自我擦肩而过，方自我顺便招呼道：“阿鹏，最近看不到你了，很忙啊。”梁月鹏略一停步，提不起精神道：“不忙，不忙。”

学校礼堂，灰砖，青瓦，红檐，翘脊。边上一角落，吴小花站着不悦地张望着。梁月鹏走来，吴小花转过身去，背对着走过来的梁月鹏。梁月鹏走到吴小花面前，看了看她。吴小花不想搭理他，但还是审视了他一眼。梁月鹏目光下垂，像罪犯等待审判似的。吴小花还是开了口：“我们还是分手吧。”梁月鹏表情木然道：“为什么？”吴小花顿了顿道：“你比我大九岁，大得太多了。”梁月鹏心里有了底，但表情还是沉重道：“大九岁算什么？……同生就肯定同死吗？”吴小花并不坚定道：“反正我跟你说过了，年龄是一个前提，我走了。”转身就走。梁月鹏一下子急了，赶忙拉住吴小花的胳膊道：“等一等，等一等，我正在吃晚饭被你叫出来了，我们一起去吃个饭吧。”吴小花头低着，还是要走。梁月鹏松开手，说：“你真要走，我拦也拦不住。你也说过年龄不是问题。就算人的生理寿命都一般长，那么心理呢？还有疾病呢？还有意外事故呢？还有离婚呢？那种形式上的和谐、对称、完美往往是一种虚幻的价值观念，是自欺欺人的。我至少还能活四十年，哪怕三十年、二十年，在这些年里我会对你负责。”又拿到了吴小花的手，吴小花把手甩开。吴小花说：“那是理论，理论和现实是不一样的。”梁月鹏一时被堵住，不觉沉吟道：“你讲得对，理论和现实不一样。”忽然思路来了，有点兴奋地，“我讲的都是现实呀，我批判的正是那种和谐、对称的理论。你说是不是？正因为我比你大不少，我才会更加爱护你，你的年轻也会带动我年轻，这很多因素都不是机械地拼凑的，而是要整合地起作用的。你说是不是？”吴小花一时无语。梁月鹏一下子拉住吴小花的胳膊道：“走吧，还去上次我们去的那家饭馆，随便喝一点啤酒，哦？我的妈呀，我刚才魂都丢了，你挺会吓人的。”吴小花笑了。

一小饭馆里首，梁月鹏和吴小花对坐桌边，桌上有三个菜：一盆酸菜鱼、一碟香菜花生米、一碟糖醋里脊。梁月鹏往吴小花碗里夹鱼块，然后端杯举向吴小花，说：“来，喝。”吴小花有些矜持地端杯，两杯相碰，发出“咯噔”的响声。俩人仰脖而饮。梁月鹏说：“吃菜。”吴小花率真地把一块块鱼夹到梁月鹏碗里，梁月鹏感激道：“行了，行了。”

当晚，他们逛游到了滨江农业大学，此时约莫有十一点了，进大门便是宽阔的大路，一溜到头黄晕的路灯光，空无一人。他们顺着大路往校园里走了一截，已经远离了大门口的保安，吴小花不想再往前走，停了下来，梁月鹏拉起吴小花一只胳膊，吴小花满脸绯红道：“现在深夜了，我要回去。”梁月鹏有些醉意地指了指前方道：“就到了，到水杉林里面石凳上坐坐就走。”说着拽着吴小花走，吴小花就是不走。一时间，梁月鹏进退维谷，不自在地四下望了望，他转而一想，走到吴小花身后，一下子抱起她走了几步又放下。吴小花推脱着，还是被梁月鹏连拉带推着向前移动……

偌大的一片水杉林，月光如水，还有如繁星般盏盏地灯，里面弯曲的小径通向石桌和石凳。水杉林梢，皓月当空。梁月鹏背着吴小花走了进来，边走边发狠似的说：“今晚的重大任务就是吻你！”吴小花说：“把我放下来，别这样背着好不好？”梁月鹏一直将吴小花背到了一个石桌上放下来，喘了一口气道：“真不轻。”站在石桌上的吴小花娇滴滴道：“我九十八斤呢。”梁月鹏从正面一把搂住吴小花的腰，抱了起来，自己坐在石凳上，同时将吴小花放骑自己腿上，吴小花不愿意，两腿并拢歪向一边坐在梁月鹏腿上。梁月鹏抱着吴小花，仰脸端详着她，说："你好美呀！正好衬着天上的月亮。"吴小花问："你喜欢我吗?"梁月鹏说："我喜欢。"吴小花又问："你会喜欢我一辈子吗?"梁月鹏说："会的，我会喜欢你一辈子。"吴小花接着又问："你怎么能够保证你喜欢我一辈子?"梁月鹏说："凭我俩的品质和努力。"看着吴小花月光下那张孩童般纯真美丽的脸，梁月鹏由衷道："你真美!"便把嘴伸向吴小花的脸颊，亲了一下，又亲一下，然后亲前额，又亲眼睛，吴小花便闭上眼睛，梁月鹏嘴唇堵住了吴小花的眼睛不动……然后挪开，吴小花的眼睛仍闭着……梁月鹏定定地看着吴小花美丽的脸，伸嘴轻轻地吻上了她的唇，两嘴一动不动……忽然吴小花的唇动了一下，梁月鹏的唇也动了一下。梁月鹏身子一动，使劲地搂了搂吴小花，两唇便使劲地吻起来……参天的水杉树仿佛在旋转……梁月鹏疯狂地吻着吴小花……

杨伟和两个男生站在伸到店门外的水果摊边选购苹果，梁月鹏和吴小花从他们身边走过去，进入店里。不一会儿，一男生发现，伸手捅了捅杨伟，轻声道："杨伟，梁月鹏和吴小花……"指了指里面。杨伟往里面看了起来，只见梁月鹏和吴小花选购好了水果，梁月鹏拎着水果袋子在付款。梁月鹏一转身，看到了他们，镇静地拎着水果袋子和吴小花往外走去。梁月鹏微笑着看了一眼笑嘻嘻地望着他和吴小花的杨伟，偕着吴小花离去。

滨江海关大楼是一幢独立、雄伟的新大楼，铁栅栏围墙里停满了小汽车。梁月鹏巡视着走来，进入大楼，来到一楼大厅服务台前，对服务人员说要找许在然，并报了自己的名字。服务人员打起固定电话："许主任，有个叫梁月鹏的先生找你。"然后放下电话，对梁月鹏，"十三楼办公室，他叫你上去。"梁月鹏高兴道："谢谢!"

十三层，过道里，梁月鹏巡视着，轻手轻脚地走来。一挂着"办公室"三个字的门牌映入眼帘，梁月鹏来到门跟前，敲门，里面发出声音："请进。"梁月鹏推开门，只见许在然穿着海关制服，已站了起来，笑脸相迎。梁月鹏说："你到海关来了?"许在然招呼"坐"后，给梁月鹏沏茶，一边说道："转业到海关已经有十年了。"梁月鹏坐下，说："那不在部队了?"许在然笑道："这不转业了吗？现在是和平年代，在哪儿干都一样。如果国家需要我上前线，我照样和以前一样打好仗!"梁月鹏点了点头道："是的，还能拿个一等功!"许在然说："几等功不重要。"转而问道，"哎，你在电话中说你考上滨江大学研究生了？"梁月鹏高兴道："是的。"许在然疑问道："在我记忆中你不是高中学历吗？"梁月鹏说："后来参加自学考试拿了一个大专文凭，然后凭大专文凭考研的。"许在然又问："你不是在桃源开服装店的吗？"梁月鹏笑了笑道："早就离了，实在过不下去。现在在班上又谈了一个，年龄比较小，她是应届本科毕业考来的。"许在然说："哟！那比你至少小……"梁月鹏说："至少小十岁。"许在然思量道："她就像只小鸟，你可要紧紧地攥在手心里。"右手的五个手指头朝上做着"攥"的动作，然后打量了一下梁月鹏的穿着，"有困难说一声。"说着起身，从一个文件柜里拿出一个裹在一起的东西递给梁月鹏，"你拿着用。"梁月鹏接过来，打开一看，是一只崭新、黑色的海关皮带，其头部镶着由商神手杖与金色钥匙交叉组成的海关标志。梁月鹏高兴道："太好了！"接下来他们聊了好一会儿，然后梁月鹏依依不舍地告辞了。

梁月鹏研究生同班同学杨伟仍是大龄单身青年，不过年龄没有梁月鹏大。他当过兵，素有战争情结、英雄豪情。他以前在部队服役时，在一次军事演习中缺乏理性，差点丧命，留下了连自己都难以接受的累累伤疤。现在非常喜欢党九月，国庆节在大姆山上也曾美滋滋地背过她的小皮包，但这都只能在回忆和想象中。唯有眼前的"广东佛山加饭酒"代表了党九月的生长地，也就代表了党九月，更代表了水一样的党九月。喝了这酒，犹如亲了党九月，猛喝这酒，犹如猛亲党九月，不觉一瓶已干，自己醉倒在床上。门被推开，方自我和梁月鹏走了进来，梁月鹏惊诧道："哎，杨伟怎么了？"方自我竖起右手食指，"嘘——"了一声，示意不要惊动，然后悄悄道："他经常这样。"梁月鹏轻手轻脚走到跟前，定定地看着。杨伟头歪向一边，静静地睡去，其额头、一边脸颊上、脖颈上以至往下的大片伤疤清晰可见。方自我弯腰将杨伟的被子拉开给他盖上，又掖了掖。梁月鹏心情沉重地看着，然后转身离去。

另一日，梁月鹏高兴地拿来一篇打印稿给方自我看，方自我看完后，杨伟接过去看：

市场经济呼唤权利意识

——电影剧本《还我红五星》主题自评

滨江大学法学院二〇〇三级法律硕士研究生 梁月鹏

梁月鹏激动地站在杨伟身边等候着反应。杨伟笑嘻嘻地读了一段："义务感和责任感是一种美德，权利感同样是一种美德，只不过在不同的时代有不同的强调。是的，中国传统文化和社会主义原则里的集体价值取向和个人义务导向使得国难当头、中华民族面临危机时不乏仁人志士赴汤蹈火、奋不顾身，但在和平的市场经济时代，这种'汤、火'之'赴、蹈'和'不顾身'之'奋'是没有普遍的用武之地和普遍的意义的。"梁月鹏满意地听着。杨伟转而扭头看着梁月鹏道："鹏老。"梁月鹏一惊，说："什么？"脸色已经变了。杨伟说："鹏老，你这篇文章写得很有历史深度嘛。"梁月鹏脸已经涨红了，他很难自持地撑着看着杨伟，声音无力道："什么历史深度不历史深度？"杨伟故意盯着梁月鹏，眼光里充满了快意和笑意，说："你怎么这么敏感？不过也是，奔四十的人了。"梁月鹏艰难地撑着，目光无聚，脸上红一阵白一阵。杨伟指了指墙上的镜子道："你对着镜子作个揖吧，人家还是少先队员呢。"

梁月鹏和吴小花的恋爱关系已基本确立，因此他们也敢公开露面了。一日下午，梁月鹏和吴小花在学校运动场跑步。远远地，运动场外，阮文忠夹着书走着，停了下来，往这边看了看，然后继续走去。梁月鹏欣赏地看着吴小花道："你跑步的姿势很好看。"吴小花说："你跑步的姿势也好看啊。"梁月鹏说："我俩赛跑！"便跑快起来。吴小花说："好！"也跑快起来。俩人快速地跑着，梁月鹏跑在了前面，吴小花满脸绯红，胸脯起伏，落了下来，说："我跑不动了。"

梁月鹏和夹着梁月鹏衣服的吴小花走在运动场上，梁月鹏说："上午我给你发短信，你收到了没？"吴小花笑了，转而诡秘道："你联系不上我了。"梁月鹏疑问道："为什么？"吴小花说："你猜？"梁月鹏说："我猜不着。"吴小花说："我换手机号码了，和你的是亲情号码，以后我俩互相打手机一分钟只要两毛钱了。"梁月鹏高兴道："太好了，丫头心真细，还给我一个惊喜！"吴小花骄傲道："哎！"转而说道，"我问过我姐了，她说你比我大九岁没事。"梁月鹏问："你爸和你妈知道我们在谈吗？"吴小花说："不知道，这事只有我姐知道，老三老四都不知道。以后再让他们知道。"

阮文忠回到宿舍，乖巧地来到在电脑上打"八十分"的陈权友和和衣歪在床上拨弄着手机的张之扬中间，说："梁月鹏和吴小花谈上了。"杜荣保在上网。张之扬一跃身坐起来，阮文忠胆怯得身子往后一动，张之扬上来搂了搂阮文忠，故作忸怩道："亲爱的，咱们上床吧。"阮文忠脸色变了，僵立在那儿。张之扬一不做，二不休，径自来到一面墙跟前，伸头观看。墙上贴着全班同学宿舍电话号码、手机号码一览表。一个一个我们熟悉和不熟悉的名字。"吴小花"出现了，宿舍电话号码和手机号码历历在目。张之扬按照表上的宿舍电话号码拨起手机来，然后将手机贴上耳朵。手机里一个女生的声音："你好，找谁呀？"张之扬说："他妈的我找吴小花！"手机里女生气愤的声音："她不在！"紧接着电话"啪"地挂了。张之扬看着一览表拨起吴小花的手机号码来，然后将手机贴上耳朵。阮文忠如饥似渴地看着。张之扬谛听着，却传来提示语音："您拨的号码是空号，请查证后再拨。The number you dialed doesn't exist. ……"梁月鹏走了进来。张之扬笑了笑，对着手机油嘴滑舌地假说道："喂，是吴小花吗？我是张之扬！刚才阮文忠向我汇报，你和梁月鹏谈恋爱了。我们为了对你负责，也为了匡扶正义，向你郑重报告，梁月鹏已经三十几岁了，立即停止和他的恋爱关系！""啪"地合上手机，径自回到自己的床位。梁月鹏愣住了，疑疑惑惑地看着他们。

当夜，大家都钻被窝了，只有杜荣保和衣歪在床上看书。大日光灯还没关，门还开着。突然阮文忠欣喜地喊道："罗阳升！罗阳升！"罗阳升打着响嗝儿从对门走来，直奔阮文忠床下，笑嘻嘻道："喊我干吗？"拍了拍被子上阮文忠屁股顶着的部位。阮文忠笑道："我靠，我喊你我又没叫你来。"大家哄然一笑。罗阳升盯着阮文忠，别有用意道："我来考你一考。你知道'春色满园关不住，一枝红杏出墙来'的作者是谁？"阮文忠脸色唰地变了，却抢答道："杨万里。"大家又哄然一笑。罗阳升说："不对，是叶绍翁。"阮文忠说："我靠，罗阳升，你叫'阳升'，我儿子叫'蒸蒸'，是早上太阳刚出来的时候生的，我老婆说'蒸蒸日上'，就叫'蒸蒸'吧。"大家更是哄然一笑。张之扬笑得身子直抖道："老大，我服了你了！啥名字不起单起'蒸蒸'，现在十一二点了，也该蒸蒸日上了！"陈权友笑得也不行了。杜荣保从书上移开目光，看了看。梁月鹏身上的被子在颤抖，梁月鹏的头一半缩在被窝里，身子在抖动，他抿着嘴拼命忍着笑，"哼哧哼哧"着差点儿就喷出声来。突然，阮文忠的床"哐哐"地响动起来！大家纷纷看去，只见阮文忠身上的被子在大幅度地动荡，头的一半也缩在被窝里、仰卧着的阮文忠猛烈地挺身撞了好几下被子！

四十九

在一〇一宿舍，梁月鹏和阮文忠是被嘲弄的对象，他俩都有心灵创伤，那创伤处都很忌讳被人触及，也都很希望得到呵护。次日晚上，梁月鹏和吴小花在校园内竹丛里疯狂地接吻，然后吴小花问梁月鹏：“你喜欢我吗？”梁月鹏说：“喜欢啊。”接着，“哎，昨晚上有没有人给你打电话？”吴小花说：“没有啊。怎么啦？”梁月鹏表情沉重，却突然不由得“嘿”地笑了一下。吴小花看着梁月鹏，问：“你怎么啦？”梁月鹏回过神来，说：“没什么，没什么。”吴小花独自走到一边，伫立不动。梁月鹏来到她面前，定定地看着她，问：“你怎么了？”只见吴小花脸颊上晶莹的泪珠滑落下来。梁月鹏奇怪道：“你哭了。怎么回事？”吴小花不动，泪珠不住地滑落。梁月鹏愣怔地看着吴小花，不知如何是好，然后从吴小花衣袋里掏出“真真”牌小方块手帕纸，抽出一张，给吴小花拭泪。吴小花拿过梁月鹏手中的纸，自己擦起来，一边哽咽道：“只要你以后对我好，我什么都不在乎，你知道吗？”梁月鹏被触动了，眼眶里涌满了泪水，鼻孔抽动了一下。吴小花带着哭腔道：“我爱你，我不会因为别的就不爱你了。”梁月鹏泪水欲滴，不住地咽着泪水，同时鼻孔抽动着。

校园内大道上，吴小花率真地一只手托着梁月鹏的一只胳膊，另一只手攥着他这只胳膊的手，连拖带拽着梁月鹏似的快步向前走去。

另一日傍晚，杜荣保在宿舍上网，陈权友端坐在电脑前打“八十分”，陈权友一边偎着罗阳升，另一边偎着和罗阳升同宿舍的另两名男生，其中一男生胖乎乎的，咧着大嘴，以下称其为咧嘴男生。眼镜暂时取掉、眼睛显得凹陷的阮文忠穿着短裤和背心在一面墙下做运动，此时正蹲着马步，朝着墙上的穿衣镜迅速地双拳接连出击，与镜子保持一定距离，像是在自己打自己，又像是在打自己的假想敌人。通过镜子，可见阮文忠伸着头连续出拳的可笑动作，他凹陷变态、看似充满愤怒实则没有怒火的眼睛，以及他连续的动作中汗津津的身体。门外，梁月鹏运动归来，又做起了扩胸动作，然后走到门头下，双臂悠然举起，双手抓住门楣拉起“单杠”来。杜荣保说：“赵院长是六四年出生的，滨大法学院教师大部分是六十年代出生的，五十年代和七十年代偏少一些。”陈权友回头快乐地望了一眼吊着门楣放松身体的梁月鹏，梁月鹏已听见杜荣保的讲话，表情不自在地撑着。快乐得嬉皮笑脸的阮文忠弦外有音道：“我靠，像赵院长他们这个年纪，正是泡妞的黄金时期，反正也不要负责任。”此时他弄起哑铃来了。梁月鹏被刺激得表情难堪，他又拉起“单杠”来。陈权友一边的咧嘴男生回头看了看梁月鹏道：“老当益壮！”另一边的罗阳升并没回头，也来一句：“老骥伏枥！”说完打了一个响嗝儿。梁月鹏拉不动了，走到自己床沿坐下，拉开书桌抽屉佯装找起东西来。阮文忠笑嘻嘻地弄着哑铃。随着“咚咚”的脚步声，张之扬走来，一见阮文忠，油嘴滑舌道：“老大，我要谴责你，你多长时间没回家了？”阮文忠一愣，笑容顿失道：“哦，我二十三天没回家了。”大家哄然一笑。梁月鹏又笑容可掬起来。陈权友快乐地垫上一句：“快到一个周期了。”大家又哄然一笑。张之扬说：“你再不回我就去了！”大家又哄然一笑。并在一起的两只凳子上各放着一只哑铃，阮文忠两手分别按着两哑铃，趴在凳子上，两脚着地，在做俯卧撑，脸涨得通红、歇斯底里地叫了一声：“哇——！”

一会儿阮文忠因为梁月鹏难过而乐了，一会儿梁月鹏又因为阮文忠难过而乐了，他俩的喜怒哀乐被别人牵着走，真搞笑啊！这还好，他俩各自的隐秘是他俩相互揭露出来的，在一个场合里，别人随机分别打击，他俩各自承受，相应取乐，相互之间也有个平衡。可是，如果换一种情形，这平衡恐怕就保持不住了。一日晚间，梁月鹏端着小塑料盆和热水瓶走出宿舍，来到水房，进里间，罗阳升正小便完系着裤子出来，又打了一个长长的响嗝儿。梁月鹏无情地笑看着罗阳升，模仿地打了一个长长的响嗝儿，罗阳升面色郁悒地走了。梁月鹏来到洗澡间，在盆里放了凉水对了热水，蹲下来洗下身，郝俊杰也端盆进来，见了梁月鹏，笑嘻嘻道：“同洗同洗。”梁月鹏往里首挪了挪。郝俊杰一面洗着，一面看着有点不好意思的梁月鹏，说：“现在还跑步？”梁月鹏说：“跑。”郝俊杰眨了眨眼，眉毛动了一下道：“现在跑步的都是老年人吧？”梁月鹏一愣道：“不不……还有……小姑娘。”

一脸气愤的梁月鹏拿着盆和热水瓶回到宿舍，看了一眼已躺床的阮文忠，说道：“他妈的郝俊杰在水房说我是老年人，矮得都不成个人样子。”陡然咆哮地，“他妈的！我四十岁了！怎么样?！你去告?！你老婆他妈的还没给别人日好！你个乌龟王八蛋！他妈的变态！就照上我了……”语气缓和了一些。阮文忠突然一跃坐起，伸手指着梁月鹏，很有力度道：“梁月鹏我告诉你！你要再骂我可不客气了！你别没事找事啊！”梁月鹏一时心虚，接着又发狠道：“他妈的！你下来！我俩往死里搞！你拿一个哑铃！我拿一个哑铃！”阮文忠气弱了，倒头又躺了下去。陈权友端坐在电脑前打“八十分”，面部显出了不满，扭头问阮文忠：“他究竟多大了?”梁月鹏惊诧地看了陈权友一眼。

次日傍晚，在宿舍楼过道，梁月鹏走来，迎面是表情孱弱的阮文忠，俩人相互看着，阮文忠招呼道：“吃过了?”梁月鹏忙说：“吃过了。”梁月鹏继续走着，迎面是表情坚毅的陈权友，梁月鹏殷勤地看着陈权友道：“吃过了?”陈权友根本没正眼看梁月鹏便走了过去。

宿舍就是窝里斗，到学校图书馆看书自然是另一种状态。夜晚，图书馆阅览室里坐满了在阅读的男女学生。一个桌位上摆着书本和笔，但人不在，紧邻着这个位子，梁月鹏坐着在看书。吴小花欣喜地走来，把一本书放到梁月鹏跟前，轻声道：“这是你让我给你找的易卜生的剧本。”梁月鹏一看，是《易卜生戏剧四种》，说：“就是这本，谢谢！”吴小花在梁月鹏身边的空位坐下，看起书来。

另一日夜晚，陈权友端坐在宿舍电脑前，一手指着屏幕道：“法学专业就业率最低。”杜荣保亲近地站在陈权友身边，看着屏幕道：“法学法律专业就业不一定非要当法官、检察官、律师不可，像你的话，到大企业的法务部不也行吗?”随着“咚咚”的脚步声，张之扬捧着一摞司考书走来，路经陈权友身边时不由得插了一句：“现在法务部招人司法考试不过根本没门！”陈权友勃然怒起，扭头看着张之扬道：“张之扬！我再告诉你一次！我没和你说话！你没有资格答话！”张之扬毫不示弱道：“我也没和你说话！你根本没资格和我说话！”说着放下司考书，强硬地看着陈权友。陈权友恼火地站起来，向前跨了一步，指了指张之扬道：“这是我最后一次跟你说话。”转身离开张之扬。张之扬脱掉外衣，露出发达的胸肌和臂肌，来到陈权友跟前，晃了晃身子。两相对照，张之扬体格要强健一些，陈权友心里有点虚，但较镇定道：“我和杜荣保每次说话，不分青红皂白到跟前就插。”说完转身走了出去。张之扬并不想打，或许是不敢打，转身来到自己床沿坐下，竟“哇”地号啕大哭起来，又诉说起来：

“本来我认为我们这个宿舍只有鹏哥和我作对，现在我才知道只有你陈权友和我作对！每次我女朋友来，脸总是板着……”这时，张之扬的手机响了，张之扬接听道，还带着哭腔：“大哥，我准备睡了，小弟明天一定把司法考试考好，你放心。”手机里一个男人的声音：“你怎么哭了？”张之扬说：“我女朋友今天和我分手了……”说着提着手机出去说话了。一直在书架上找资料的阮文忠和刚泡完脚的梁月鹏相互慰藉地看了一眼。张之扬又进来，到自己床沿坐下，歪倒便睡。陈权友从对门一〇二室走进来，到张之扬床前，还硬撅撅道：“对不起，明天你要参加司考。”说完又向对门一〇二室走去。阮文忠也走向一〇二室，梁月鹏跟了上来，开玩笑地把阮文忠一只手臂别向背后按住不动，自己右手握成拳，佯装要“重”捶阮文忠的背，笑看着陈权友精神不振的背影，把阮文忠“押”向一〇二室，一边弦外有音道：“打！”

没过几日，张之扬搬出去住了。陈权友端坐在电脑前打“八十分”，一边抽着烟。杜荣保歪在床上看书。梁月鹏躺在床上，恭维地脸朝向陈权友，说：“权友，张之扬搬出去了是我们一〇一宿舍的一件幸事，说句实在话，都不敢和他搞，只有你敢和他搞。”陈权友目不转睛地微笑道：“他搬出去与他女朋友和他分手有关系。”睡在床上的阮文忠听不得梁月鹏和别人讲话，一欠身坐了起来，说：“哎哟，我的脖子歪了。”接着搭讪地，“我靠，下午上什么课？”梁月鹏说：“是劳动法吧。”陈权友吸了一口烟道：“据说是一个很年轻的女老师教。”阮文忠问道：“她多大了？”梁月鹏忙答道：“三十岁左右。”明显不自在了。陈权友高兴道：“和我差不多大！”阮文忠嘿嘿地乐了，说：“比我还要小好几岁！”梁月鹏不吱声了，起身穿衣，动作有些笨拙、反复。

又一日夜晚，陈权友抽着烟，端坐在电脑前打“八十分”，阮文忠躺在床上弦外有音道：“我靠，权友，未来是属于你们的，明早上八九点钟的太阳。”说完嘿嘿地乐了。躺在床上的梁月鹏显然听见了，很不好受，但无法。歪在床上看书的杜荣保说：“像我们应届毕业考来的大多数准备考公务员。”阮文忠笑嘻嘻道：“我儿子这次测验全年级第一名，都是九十九分。”

次日晚间，梁月鹏在图书馆阅览室看《易卜生戏剧四种》，他看到了《人民公敌》一剧的最后一页，其中一句“世界上最有力量的人是最孤立的人！”深深地把他震撼了！

五十

校园内，IC电话亭下，梁月鹏在打固定电话："二哥，我现在总共欠你一万四，你再给我刷个一千块钱，正好一万五，毕业后上班了肯定还你。现在吴小花，我也要买点东西给她吃。"电话里梁月洲干脆道："好！你这次上学你二嫂很支持你，吴小花你要好好待人家！"梁月鹏高兴道："我肯定会好好待她！她家也是农村的，父母亲都很本分，姊妹四个，最后一个男孩是抱养的。"电话里梁月洲笑道："肯定是怕断了香火，封建呗，其实有不少儿子还没有女儿孝顺，儿媳妇往往靠不住。"梁月鹏说："是是，就是想要儿子才生四个女儿的。二哥，我们学校助学贷款开始办了，我和吴小花都申请了，一人一年能贷到六千。现在我们课不多了，论文我早就写完了，我马上准备找个全日制工作做。二哥，还有一个情况，就是我看到一本书叫《易卜生戏剧四种》，正好我写过四个电影剧本，所以我也想出版一本书，名字叫……"电话里梁月洲兴奋地插话："《梁月鹏戏剧四种》。"梁月鹏纠正道："他那是戏剧，我这是影视剧，我想叫做《梁月鹏影视剧作四种》。"电话里梁月洲笑道："你心大，这个我支持！你比你的研究生同学们年龄要大，你再不出本书，也显示不出你的本事，出书这个想法对！"梁月鹏说："二哥，你正好把我的想法说出来了。我先打听打听情况，看现在出版需要什么条件。"电话里梁月洲满意道："有什么消息你给我打电话，就这样讲！"电话挂了。梁月鹏挂上电话，抽掉电话卡，转身高兴地走去。

梁月鹏和吴小花谈笑风生地向滨江人才大厦走来，梁月鹏说："我现在来人才市场和以前比大不一样了，名牌大学研究生，还得了！"吴小花问："你准备找一个什么样的工作？"梁月鹏说："这我还真不知道，到里面看看，只要合适的就干。"吴小花说："卖保险你干不干？"梁月鹏脱口而出道："你讲的好难听，卖保险？"吴小花微笑道："现在人才市场里有不少都是保险公司在招聘，那职位叫理财顾问、理财经理什么的，听起来很了不起，实际上不就是卖保险吗？"

梁月鹏笑道："我不可能卖保险。"

他们走进滨江人才大厦，只见招聘广告琳琅满目，各招聘摊位前求职者甚众，其中就有几家保险公司。"出众教育"摊位前，梁月鹏站着看了一会儿，然后挤过去接受面试。面试人叫蒋芬芳，着正装，是一个接近四十岁的职业女性，她看了看梁月鹏，又低头看一眼梁月鹏的简历，问道："你是滨大研究生在读，你简历上没有显示你本科在哪儿读的，能告诉我一下吗？"吴小花站在梁月鹏身后。梁月鹏自豪道："我是自学考试英语大专，没有读本科。"蒋芬芳在简历上打个√，对梁月鹏干脆道："今天下午去我公司面试。"梁月鹏高兴道："好！"起身离开座位，让给别的求职者坐下。

"出众教育"位于滨江市中心最繁华地段，那里一幢幢高大的写字楼鳞次栉比。梁月鹏穿着一套黑色西装，巡视着走来，进入一幢写字楼的旋转门，乘电梯来到"出众教育"所在楼层，接受蒋芬芳总经理面试，获得通过。接下来蒋芬芳在"出众教育"一小教室给几个新员工培训，梁月鹏坐在下面认真听讲。蒋芬芳指了一下梁月鹏道："你们看梁月鹏，这套西装就很有职业规范，你们应该向梁月鹏看齐。"一个男青年穿得比较随意，看了看自己，不好意思地笑了笑。梁月鹏受到表扬，高兴加上不好意思，脸都红了。蒋芬芳又看了梁月鹏一眼。

短暂的两天培训后就上岗了，一个个员工坐在自己的格子间里上班。蒋芬芳走来，巡视了一番，走到梁月鹏跟前，伸头像煞有介事地看了一眼梁月鹏在干什么，然后就走了。梁月鹏在看员工手册，桌上的固定电话突然响了，梁月鹏高兴地伸手接听。电话里蒋芬芳的声音："梁月鹏，你到我办公室来一下。"梁月鹏放下电话，起身走去。

梁月鹏来到总经理室门口，轻轻敲门，里面传来蒋芬芳的声音："请进。"梁月鹏推开门，看见蒋芬芳坐在办公桌后，面朝着门，正看着自己，便恭敬地称呼一声："蒋总。"蒋芬芳指了指她办公桌前、面向她的座位，说："坐。"梁月鹏有点拘谨地坐下，看着蒋芬芳。蒋芬芳一直在看着梁月鹏，笑了笑道："怎么样？你对出众教育有什么看法？"梁月鹏想了想道："可以。"蒋芬芳说："就可以？应该说'出众'！"梁月鹏不禁露出笑意，说："对对对，不是可以，是出众。"蒋芬芳看了一下自己的笔记本电脑，说："你们现在也使用笔记本电脑了吧？"梁月鹏微笑道："没有，我台式电脑都没有，我们班只有一个同学有笔记本电脑。”蒋芬芳让梁月鹏看她的笔记本电脑屏幕，说：“你看看。”梁月鹏伸过头去看，蒋芬芳将笔记本电脑往梁月鹏这边挪一挪，点起鼠标。随着鼠标的点击声，笔记本电脑屏幕上一张又一张蒋芬芳不同装束、不同姿态、不同表情、在国内外拍的照片显示出来。梁月鹏看着，说：“这都是你的照片？”蒋芬芳一边点击，一边观察着梁月鹏的反应，说：“是啊，你看不出来吗？你觉得哪一张最好看？”梁月鹏抬头看了看蒋芬芳本人，又低头看起屏幕来，认真辨别着，说：“这一张还可以吧？”蒋芬芳说：“又是可以，应该说‘出众’！”梁月鹏觉得自己说错了话，赶紧纠正道：“对对对，不是可以，是出众。”蒋芬芳笑了，然后说：“这样，我准备在你们滨大举办《中国最伟大的推销员》系列讲座，你给我联系一下，从定场地、广告策划包括海报张贴，全部由你负责，我派人配合你。”梁月鹏感受到了重托，认真道：“好。”蒋芬芳说：“主讲人我来请，我们的学员派过去听，你负责把你们学校的学生招揽过来听，这样场面就更壮观，效果会更好。”梁月鹏说：“好。”

梁月鹏和吴小花站在滨江大学正大门门楼下等候着，一边往外瞧着。一辆出租车驶来，停下，门被推开，蒋芬芳穿着一身红色套装，钻了出来。梁月鹏赶紧迎了上去，说道：“蒋总，现在两点，两点半开始，你来得正好。”蒋芬芳低头看了一眼自己这一身红色套装，问梁月鹏：“你觉得我今天这套衣服穿得怎么样？”梁月鹏不经意道：“还行。”和蒋芬芳一起进校园，转身向吴小花招呼道，“我先陪蒋总走了，你马上也去听听。”蒋芬芳惊诧地看了一眼吴小花。吴小花向梁月鹏微笑地点点头。

讲座举办得很成功，报告厅济济一堂，连过道都站满了学生。主讲人报告结束时，全场响起热烈的掌声。

梁月鹏和吴小花走在学校生活区里，突然梁月鹏的手机响了，梁月鹏掏出来接听，是蒋芬芳的声音：“梁月鹏你好，今天下午你有空吗？”梁月鹏说：“蒋总您好，我下午有空。”电话里蒋芬芳的声音：“你过来一下，我有个重要事情，我们商量一下。”梁月鹏激动道：“好的，谢谢蒋总！”梁月鹏放下电话，高兴地对吴小花说：“这次讲座举办得很成功，是我的功劳。蒋总周末让我过去，看来要有重用啊！”吴小花也很高兴道：“那我们早点吃中饭，你吃过饭就过去，你回来我在大门口等你。”梁月鹏高兴道：“好！”

梁月鹏吃过中饭便赶了过去。因为是周末，不上班，写字楼里很静。梁月鹏从过道来到“出众教育”门前敲门，里面传来蒋芬芳有点遥远的声音：“请进。”梁月鹏推开门，见公司内空无一人，便喊道：“蒋总！”只听见“吱呀”一声，蒋芬芳穿着睡衣睡裤，披散着头发，悠闲地从里面一个房间走出来，到沙发边坐下。梁月鹏问：“今天就你一个人？”蒋芬芳指了指对面的椅子道：“你坐。”梁月鹏坐下。蒋芬芳说：“是这样，这次讲座举办得很成功，我们的学员反应很好，你起了重要的作用。”梁月鹏高兴道：“关键是我的海报做对了，我模仿了我们学校每周一次的大型人文讲座海报，连纸张的大小、颜色，毛笔字的书写格式和颜色变化，海报张贴的位置，都一模一样……”蒋芬芳说：“我准备出版一部长篇小说，以我为原型，想请你执笔，出版的事情我来办，你也可以署名，我另外付你稿酬。”梁月鹏一听此言，高兴异常道：“太好了！我也准备出版一本书，正愁着没钱呢。”蒋芬芳盯着梁月鹏道：“你看过美国电影《廊桥遗梦》吗？”梁月鹏说：“没有，听说过。”蒋芬芳说：“那里面的人物情感表现得很细腻动人，家庭主妇弗朗西斯卡对那个摄影师罗伯特·金凯的感情就很让人难以忘怀……”梁月鹏笑了笑道：“听说那是一部著名电影。”蒋芬芳说：“我们就来写这样一部长篇小说，出版后可以拍成电影电视剧，现在你有没有时间？”梁月鹏干脆道：“有，那素材需要你来提供哎。”蒋芬芳说：“当然，我口述，你执笔。”梁月鹏扭头看了看公司内部，问：“那就在这写呀？”蒋芬芳说：“是的，你也可以到我家去，这样更方便。”梁月鹏问：“你家在哪儿？”蒋芬芳说：“在一个高档小区里，就在这附近。我就只有一个女儿，在上初中，我家三室一厅，你可以住一室。”梁月鹏不好意思道：“我到你家住啊？”蒋芬芳说：“是的，可以住，也可以在我口述之后，你回去整理，都行。”梁月鹏说：“那就在这里吧，就不去你家了。”蒋芬芳站起身，走到墙边，打开墙壁的彩灯，又回来坐下。梁月鹏已站起身来，说：“蒋总，我回去准备一下，明天下午我们开始，就在这儿。”蒋芬芳站起身来，笑盈盈道：“好！”梁月鹏打了声招呼：“蒋总再见！”蒋芬芳说：“再见！”梁月鹏态度积极地转身走了。

吴小花背着双肩书包，站在学校正大门门楼下等候着。梁月鹏兴冲冲地走来，见吴小花在发呆，便悄悄走到她身后，伸出双手捂住了她的双眼，吴小花吓了一跳道：“啊——！”梁月鹏笑道：“你知道我是谁。”放开手。吴小花赶忙扭头四下望了望，嗔怪道：“给人看见了！这是什么地方？”拉着梁月鹏便往校园内走，“你吓死我了！你不知道我胆子小嘛，我妈说我没胆，你还吓我。”梁月鹏笑道：“下次不了。我告诉你个好消息。”吴小花问：“什么好消息？”梁月鹏说：“你猜。”吴小花说：“是发工资了？”梁月鹏说：“不是。”吴小花说：“是给你个主管当当？”梁月鹏说：“不是，你猜不到。她要让我给她写一部长篇小说，她口述，我来写。”拉着吴小花往一边走去，“来来来，我来打电话给我二哥，报告一下好消息。”

梁月鹏来到IC电话亭下，插上IC卡打电话，吴小花站在一旁等候着。梁月鹏把蒋芬芳让他写长篇小说的事情详细告诉梁月洲后，本想二哥会称赞的，不料梁月洲却说：“你这个事情靠不住。”梁月鹏不以为然道：“靠不住？是蒋总亲口跟我讲的，她口述我执笔。”梁月洲说：“她口述你执笔？没这么简单。你想想，她为什么让你去她家住，她究竟想干什么，你知道吗？你认为她就是让你给她写写东西？还《廊桥遗梦》，到时候你甩都甩不掉她！”梁月鹏陷入了沉思，说：“二哥你讲的，有道、理……”梁月洲说：“贾铁馨对你就是个教训！这个事情不能干！以后你遇事要多想一想，你幸亏给我打电话。”梁月鹏醒悟道：“我知道了，谢谢二哥提醒！”心情沉重地挂上话筒，掏出手机查找蒋芬芳手机号码，然后继续用IC卡话机打电话，接通，电话里蒋芬芳的声音：“喂，你是哪位？”梁月鹏不客气道：“我明天下午不去了，那个事我不干了。”挂上话筒，抽掉IC卡，走开，来到吴小花跟前。吴小花看着梁月鹏，说：“怎么啦？看你脸色不对劲。”梁月鹏说：“还想耍我，啐！”吴小花疑问道：“谁想耍你？”梁月鹏说：“蒋芬芳！她不怀好心！她想和我勾搭勾搭。”吴小花更加疑问道：“你刚才不是高兴得很，怎么给你二哥打过电话就变了？”梁月鹏说：“她让我到她家住，在她家写。”吴小花诧异道：“让你到她家住，在她家写？”梁月鹏点了点头。这时，梁月鹏的手机响了，梁月鹏掏出来一看，说：“蒋芬芳打来的。”接听。电话里蒋芬芳的声音：“你为什么明天下午不来了？这个写作的事情别人想加入我还不乐意呢。”梁月鹏不高兴道：“我已经讲过了，不来了就是不来了。”挂掉手机。梁月鹏拉着吴小花向前走去，梁月鹏说：“我有时候觉得自己很有社会经验了，没想到这次差点上当了，现在回想起来她的种种细节，让我看她的照片，问我她穿得怎么样，现在断定我拒绝她是对的，我二哥的分析是对的！”这时，梁月鹏手机又响了，梁月鹏掏出来一看，冷笑道：“又是她打来的。”不接，也没关。手机屏幕上来电显示伴着铃声激烈地闪耀着！梁月鹏本不想接，但还是接了，电话里蒋芬芳明显质问的声音："你不是说好明天下午过来的吗？怎么变了？做人要讲诚信你知道吗?!"梁月鹏忍耐着说道："我不去了。你那工作工资我也不要了。"挂掉手机。

五十一

梁月鹏和吴小花走在校园里，梁月鹏说："这样，我回一趟光明，找梁开化借点钱，这两三周时间给蒋芬芳白干了。"吴小花说："我这有钱，我爸是我们任何时候要钱他都给，除非他实在搞不到。"梁月鹏说："你有是你的，我不能靠你的钱过日子。"吴小花说："我爸在我们小的时候就在外面跑销售，现在自己有一辆旧货车给人运运货。"梁月鹏说："我还是回去一趟，多少应该能借到点。助学贷款也快下来了。"

梁月鹏来到光明三中找到梁开化，梁月鹏和梁开化一前一后走在去梁开化租房的路上，俩人保持着几步距离，沉默，尴尬。梁月鹏停了下来，等梁开化走近，张口道："开化，写信寄给你那事我做得不妥……"梁开化没有停下脚步，也没吱声，继续前行，梁月鹏只得跟了上去。

梁开化租房内，梁开化和梁月鹏对坐桌边，桌上摆着两三个菜和一瓶白酒，梁开化先给梁月鹏斟酒，梁月鹏不好意思地伸手搪了搪，梁开化接着给自己斟。稍事沉默。梁开化不看梁月鹏，端起酒杯，不悦得往桌上一磕，然后说："喝。"便喝。梁月鹏见梁开化喝了，才端杯喝酒。俩人吃起菜来，梁开化开始看梁月鹏，说："四千块钱早就一分不少还你了，你那封信我还留着。"梁月鹏不好意思道："我做得确实不妥。"梁开化说："啊？人家都要抱孙子了，你儿子还没有，你这时候念研究生……"梁月鹏说："费用比较大，我这次来想问你借点钱，生活费跟不上。"梁月鹏欠身把酒瓶拿到手，先给梁开化斟，接着给自己斟，然后先端杯敬向梁开化，俩人一饮而尽，接着吃菜。梁月鹏继续斟酒，俩人又一饮而尽，梁开化说："我和曹冬梅是将就着过日子，经常吵架，她也没个人样子，要不是那次跟你去海南岛遭了殃，回来后状态不好，我也不会和她结婚的。”梁月鹏继续斟酒，一边承认道：“我有责任。”梁开化端杯和梁月鹏碰杯，俩人一饮而尽，接着吃菜。梁开化说：“你有责任，我也有责任。当年我鼓励过你和贾铁馨结婚，结果你陷入了泥潭。”梁月鹏说：“这不是你的责任，是我自愿的，牵扯不到你。”梁开化从裤兜里掏出几张红“壹佰圆”币，数了数，递给梁月鹏道：“这四百块钱你拿着先用着。”梁月鹏不满足道：“就四百？我这来回路费都……”梁开化又从另一个裤兜里掏出一张红“壹佰圆”币，他已经有点醉了，讲话有点结舌：“嘞，还、有、一张……”说着递给梁月鹏，“我俩、谁、都不要、怪谁，怪、怪也没用……”梁月鹏伸手接着。梁开化继续说：“以前、的事，一、笔、勾——销！”做了个勾销的动作。梁月鹏拿着钱，笑看着梁开化的醉态。

梁月鹏回学校后找到了一份家教，是给一个初二男学生补英语，从二十六个字母和四十八个音标补起，每周末一天一百元。梁月鹏在学生家长面前信誓旦旦，说一定能补起来。不料两月后期末考试，该学生英语考得一塌糊涂。梁月鹏不解，但这个家教也就到此为止了。

还是在做家教时，梁月鹏做了一天家教，黄昏时回来，买了一小塑料袋苹果，风尘仆仆地回到宿舍，来到在打“八十分”的陈权友跟前，递上两张“壹佰圆”币，说道：“拖得时间长了一点，谢谢！”陈权友说：“没关系。”接过钱放在桌边。梁月鹏接着又将手中拎的苹果放在陈权友桌边，热情道：“这苹果你们吃！”陈权友心里很冷静，但面子上很客气道：“谢谢谢谢。”梁月鹏伸手拿了一个给在上网的杜荣保，说：“荣保，吃。”杜荣保接着，说：“谢谢。”这时，阮文忠夹着书走进来，看见了梁月鹏的殷勤，当晚生出一个主意：请陈权友他们吃饭。

次日晚上，阮文忠在学校附近一个小酒店请陈权友、杜荣保、罗阳升及罗阳升宿舍的另四名男生喝酒，不断地劝吃。有些醉意的阮文忠以兄长般的口气，但底气不足道：“今晚上我请小弟弟们聚一聚，大家热闹热闹。”罗阳升不怀好意道：“今晚大嫂要在，我们好好敬一敬嫂夫人。”大家哄然一笑。阮文忠醉眼迷离，舌头有些掉不开道：“你大嫂要在，我伸手就给她一记耳光。”伸出右手做出打耳光的样子，同时站起身来。大家都故作乖巧地伸头、欠身、聚在阮文忠眼皮底下，聆听着、凝视着他的讲话和动作。陈权友快活地微笑道：“你为什么要打嫂夫人呢？”阮文忠说：“我们男人喝酒，她妇道人家沾什么沾?”大家笑了笑。这时，一个长相俊俏、胸部上衣被乳房顶起的服务小姐过来倒茶，大家眼光都落在服务小姐的胸上。罗阳升捅了捅眼光仍落在服务小姐胸部的阮文忠，阮文忠一愣，这才回过神来，大家又是一笑。服务小姐倒完茶走了。咧嘴男生貌似亲热地问阮文忠：“大哥，我嫂夫人的乳房比刚才这位怎么样?”阮文忠双手攥成双拳放在自己胸前，矜夸道：“她的算什么？比她的要大，大，大……”大家笑得前仰后合。罗阳升问道：“你们学校校长是不是个好色的男人?”阮文忠像是没听见，继续做着那个动作，口齿不大清楚道：“大，大，比小孩屁股还要大……”右手往桌面上一划，一瓶啤酒被扒下桌子，“砰”地爆炸了，又扒下一瓶啤酒，“砰”地又爆炸了。罗阳升和咧嘴男生过来抱住阮文忠，陈权友权威道：“酒喝多了，弟兄们，撤!”大家纷纷起身，离开。

梁月鹏和阮文忠闹成这样，现在他俩基本上已形同陌路了，但阮文忠由咧嘴男生他们调戏着，恐怕比独自一个人落寞着要强。这日黄昏，阮文忠裤脚挽得高高的，嬉皮笑脸地从宿舍楼过道小跑着过来，原来，后面跟着咧嘴男生，咧嘴男生胖歪歪地走着，嬉笑道：“大哥，我嫂夫人来探亲了!”一〇一室内，只有梁月鹏一个人在，此时趴在自己桌边整理书籍。一〇二室门突然打开，罗阳升手拿着一叠光盘急急走出来，伸手抓住要进一〇一室的阮文忠，不容分说道：“来看‘老牛拉破车’!”阮文忠一愣，扭头看着罗阳升道：“还要看‘见花倒’嘞。”罗阳升露出了快乐的笑意，“欣赏地”盯着阮文忠，张口正要说话，却隆重地打了一个嗝儿。咧嘴男生咧着大嘴笑看着阮文忠道：“大哥，我真服了你了!”罗阳升丢开阮文忠的手臂，半真半假道：“我想吃苹果，去买两斤苹果来!”阮文忠反应迅速道：“一骑红尘妃子笑，无人知是苹果来嘞。”罗阳升和咧嘴男生一下子哈哈大笑起来。咧嘴男生止住了笑，向阮文忠竖起一个大拇指，说：“当代阿Q!”阮文忠似笑非笑道：“那你还要喊我‘Q哥’嘞。”罗阳升和咧嘴男生再次哈哈大笑起来，笑得东倒西歪。梁月鹏全听见了，也偶尔看他们一眼，感到可笑，但自己并没笑。

另一日，咧嘴男生吊儿郎当地站在一〇一宿舍打“八十分”的陈权友身旁，说：“友哥，我到三十几岁，目标不大，在一个大城市有一套房子，一辆轿车。”陈权友微笑道：“不是一套房子，而是一座别墅。”趴在自己桌边整理着书稿的梁月鹏听见了，抬头看了他们一眼。在上网的杜荣保说：“说句心里话，国家那个层面我在上大学的时候就丢失了。在上中学的时候，我还经常想到为国争光。现在处理人际关系，能谈一句就谈一句，谈不来就不理。”梁月鹏把刊登着《还我红五星》《穷光蛋与富姐》的两本《江汉文学》与两个剧本打印稿《裂变》《男研究生宿舍》装进一个档案袋里，然后踌躇满志地在档案袋正面写上：

梁月鹏影视剧作四种

一日傍晚，梁月鹏运动归来，又在门口做起舒展动作来。一〇八室门口杨伟看见，以毛主席的腔调喊道：“阿鹏在跳健美舞啊!”梁月鹏精神振奋地应了一声：“是啊，锻炼锻炼!”一〇一室内，阮文忠拿着陈权友的一个偌大的皮鞋包装盒看，谄媚道：“这双鞋不便宜吧?”梁月鹏这时走了进来，陈权友敏捷地走过来拿起皮鞋包装盒，弦外有音地笑道：“这鞋老板都几千万了，三十岁还不到。”阮文忠会意地嘿嘿地乐了，说：“有志不在年高嘛，这不是一句古话吗?”梁月鹏愤怒的表情。

另一日，阮文忠站在陈权友身旁看他打“八十分”，显得自信地伸手抹了一下自己的三七分头发，说：“荣保，社会财富是恒定的!”在上网的杜荣保并没看阮文忠，不想搭理道：“你说恒定就恒定吧。”阮文忠很有心得道：“实际上学习根本没有什么奥妙，就看你有没有在上面花时间!”陈权友突然搞笑道：“我这个牌友说他生活很充实，一边和我打牌，一边搞婚外恋。”阮文忠一下子被“婚外恋”三个字刺中，突然转移话题道：“我靠，权友，下午上什么课?”同时弯腰找起东西来。坐在自己桌旁看着书稿的梁月鹏脸上掠过一阵笑意，桌边摆着写着书名《梁月鹏影视剧作四种》的档案袋。陈权友说：“宪法课，是郑震给我们上。”阮文忠说：“他多大……”“了”字还没讲出来便戛然而止。陈权友欲言又止。阮文忠又嘿嘿地乐了，说：“郑震很有名气哎。”突然，梁月鹏高声地说话了：“阮文忠，你说‘他多大’是不是说给我听的?!”说着走了过来，“你要不是有意说的我就跪下给你磕头!”阮文忠胆怯得脸上抽搐了一下，说：“是。”梁月鹏说：“我说了你几次王八蛋?! 你说我一百次了还是两百次了?!”说着已经走到阮文忠面前，左拳抵上他的下巴颏，“你说，要不要打?!”阮文忠想发狠，但很快颓丧下去，仍狡辩着：“为你这个事我家里人都交代了好多次。梁月鹏，再过五年你就会知道，你现在的做法是多么……”陈权友过来佯做拉架状。杜荣保抬眼看着。梁月鹏说：“人家说‘婚外恋’你受不住了，就来嘲笑我！”右手巴掌往阮文忠畏缩、已变成土色的脸上拍了拍，咬牙切齿地，“我要打你，看你还可怜！我比你大，你因而认为你比我优越，说句老实话，你给我做学生我都不要！”丢手离开了阮文忠。一〇二室的人站在门口往这边看。阮文忠说：“我们刚才讲什么讲起来的？郑震名气确实比较大，我说人家年轻有为与你有什么关系？你现在越来越……”说到这下巴颏被梁月鹏的一只手托起，梁月鹏怒不可遏道：“闭嘴！闭嘴！！”阮文忠闭嘴不言了。梁月鹏丢下手，依然愤怒道：“要打，你想好了再打！随时奉陪！”转身回到自己桌边，冷静地看起书稿来，像什么事都没有发生。

次日，在宿舍楼过道，梁月鹏拿着饱满的档案袋，挺直着身体高傲地走着，迎面是阮文忠，阮文忠看着梁月鹏竟想打招呼，梁月鹏没正眼看他便走了过去。梁月鹏继续高傲地走着，仰头舒展了一下脖子，迎面走来陈权友，陈权友看了梁月鹏一眼准备和梁月鹏打招呼，梁月鹏没正眼看陈权友便走了过去。

梁月鹏拿着饱满的档案袋，从学校心理咨询中心门前走过。其门边摆着一块海报牌子，上面醒目地写着：

在重压下被压扁，还是弹得更高

——马加爵事件引发的再思考

报告人：桑玉函教授

五十二

梁月鹏拿着书稿去了滨江出版社找了在里面当责任编辑的法硕校友，问了出版、只能自费出版的情况，然后回到学校，和吴小花坐在露天大木椅子上，好一会儿没吭声。吴小花问梁月鹏究竟是什么情况，梁月鹏说：“滨江出版社我们那个校友说书号管理费是一万五，然后还有印刷的费用，印得越多越便宜，这样下来要两三万。”吴小花说：“哪有这么多钱？”梁月鹏低着头叹了口气，然后说：“我二哥讲过支持我，书号的一万五我找他借，剩下来的我们来搞。助学贷款我俩不是有一万二吗？再问你爸搞一点。”吴小花说：“好。”说着就掏出手机打起电话来：“爸，梁月鹏要出书，缺点钱，你给我先打三千块钱来。”说完挂掉电话，高兴道，“明天就打来。”梁月鹏高兴道：“你爸真好！”转而说道，“我不打算在滨江出版社出，我想到我们省的江汉文艺出版社出，我们江汉有个作家在那出过书，我想通过他来出版。那是省级的出版社，滨江出版社是市级的。”吴小花说：“那就到江汉文艺出版社出吧！”梁月鹏说：“出版书是一件了不起的事情！都出书了，那还得了！哱！”吴小花说：“我也感到高兴和自豪！”

一〇八室的同学各自在上网，梁月鹏站在方自我跟前看着方自我上网，方自我说：“梁月鹏，我赞成你出书。”郝俊杰扭头看了一眼梁月鹏，机灵地问道：“梁月鹏准备出书啊？”梁月鹏笑笑，又来到郝俊杰跟前站着，看郝俊杰上网。另一名坐在床上用着笔记本电脑的男生敬佩道：“鹏哥好厉害呀！都出版书了！”梁月鹏不好意思道：“还没出，正在准备。”在上网的杨伟笑嘻嘻地问道：“鹏哥，你书里什么内容啊？”梁月鹏又来到杨伟跟前，说道：“四个电影剧本，最后一个叫《男研究生宿舍》。”郝俊杰说：“哟！这个名字好！写的什么？”梁月鹏说：“还写到了你们一〇八宿舍。”还有一名一直没有讲话、在上网的男生兴奋道：“写到我们宿舍！写了我们宿舍什么？”站在杨伟跟前的梁月鹏说：“主要写到了杨伟。”郝俊杰好奇道：“写了杨伟什么？”梁月鹏说：“主要写他的痛苦。”杨伟脸都涨红了，说：“不要写我，我没什么好写的。”梁月鹏说：“必须写你，你身上很有文章。”杨伟很忌讳道：“我身上有什么文章？”这时，杜荣保走来，说：“梁月鹏，有你电话，江汉文艺出版社打来的。”梁月鹏转身走去。

梁月鹏回到宿舍接固定电话，说道：“已经报到总编室了，就等着批书号了，好，谢谢张编辑，那我明天过来一下，感谢！”次日，梁月鹏便回了一趟江汉，晚上请张编辑喝了酒、吃完饭之后，还请他到KTV包厢唱歌。在斑驳陆离的光线和强烈震耳的音乐中，中年男人张编辑腿上坐着一个小姐，一手挽着该小姐，一手举着麦克风引吭高歌。梁月鹏坐在一旁赔笑，在赔笑之余，给吴小花发短信报告情况。在临分别之际，梁月鹏还买了两条香烟送给了张编辑。

当晚，梁月鹏找了一家便宜旅馆住下，次日上午便回到学校。

梁月鹏变卦了，对吴小花说："张编辑这五百块钱香烟我想把它要回来，书暂时不出了。"吴小花吃惊道："怎么了？"梁月鹏说："都三个月了，我跑了三四趟了，看他们编辑那样子我就恶心，每次总要吃点喝点玩点。"吴小花说："你叫他把香烟退给你？你也不抽烟。"梁月鹏说："退钱！我马上给他发个短信，把银行卡号发给他，让他打五百块钱给我，这事就算了了。"吴小花说："他会打给你五百块钱？"梁月鹏说："会！不打我去出版社问他要，告诉他领导，他就傻了。这个利害关系他清楚。"

梁月鹏发了短信后，张编辑果然把钱汇了过来。梁月鹏和吴小花从银行自动取款机房出来，梁月鹏装着银行卡，笑道："整整五百，一分不多……"吴小花高兴道："一分不少。"梁月鹏说："张编辑人不傻，他从我的短信里看出来我是真的，他要是不把五百块钱打给我，我会真的向他们领导汇报，如果那样他就完了。"

半个月后。一〇八室只有杨伟和梁月鹏在，杨伟问梁月鹏："你到底在书里写了我什么？"梁月鹏说："哎呀，我可能不出版了，太麻烦了。"这时，梁月鹏手机来短信了，梁月鹏打开看，是张编辑发来的短信：

> 小梁，书号已批复，如你有意继续做此书，请与我联系。张

梁月鹏惊奇地看着，走了出去。

次日，梁月鹏便奔赴江汉文艺出版社，继续请张编辑，再次送香烟，张编辑执意不要，梁月鹏再三道歉，张编辑也就收了。接下来梁月鹏向印刷公司交了印刷费用，书就出版了。梁月鹏急不可耐，在书即将运送给他之际，他亲自找到了印刷公司车间。一个中年女工人，身体较胖，没什么文化的样子，带着梁月鹏来到已装成包的书跟前，说："这就是你的书。"码得高高的两摞，用牛皮纸包装成的一个个长方体。女工人说："三千本，给出版社送去了一百本。"梁月鹏迫不及待道："有没装成包的吗？"女工人拿来几本散书，梁月鹏伸手接过，书的封面上"梁月鹏影视剧作四种"和"梁月鹏著"字样赫然在目！梁月鹏不禁翻看起来，女工人钦佩地看着梁月鹏，小心地问道："你是作、作、作

家吧？”梁月鹏笑了笑。女工人请求道：“你能送一本书给我吗？”梁月鹏说：“可以，你要书干吗？”女工人笑嘻嘻道：“我不识几个字，不能给孩子看看吗？再讲我今天能认识你这样有文化的，也高兴啊。”这时，又凑上来两个工人。女工人拿着一本书，高兴地对两个工友说：“这书是我的了，是他送给我的。”其中之男工友说道：“王大花，你再让作家给你签个名，这样不就证明是作家送给你的吗？”女工人王大花赶紧把书递给梁月鹏，说：“你给我签个名。”梁月鹏笑笑，拿过来，男工人递上圆珠笔，梁月鹏在扉页上刚要落笔，又问道：“你叫什么名字？”王大花不好意思地看了看男工人，对梁月鹏说：“刚才他不是讲过了嘛。”男工人响亮道：“她叫王大花！”王大花脸都羞红了，扭头对男工人嗔怪道：“死样！越是我名字难听，他越是叫得响亮，生怕别人听不见似的。”梁月鹏写道：

请王大花女士雅正

梁月鹏

他们都伸头看着梁月鹏书写，男工人一边逐字地念道：“请、王、大、花、女、士、雅、正。”王大花伸手往男工人背上打了一巴掌，羞红着脸道：“这死人，你怎么这样讨厌！”男工人躲闪着，嬉皮笑脸道：“王大花女士！王大花女士！”王大花在车间里撵起男工人来，男工人笑个不断。

梁月鹏来到车间外，给辅导员李老师打电话：“李老师，我这本书的后记里还写到了你，写到你在第一次班会上唤起了我的影视文学之梦。”电话里一个女老师的声音：“梁月鹏，谢谢你把我写在后记里。你书运回来可以放到法学院这边的储藏间里放一阵子。我想啊，我们法学院有一个女生得了白血病，就把你这书拿出来义卖，卖出来的钱一半归你，一半捐给她，你说好不好？”梁月鹏高兴道：“好啊，这太好了！”电话里李老师的声音：“那就这么说，你先把书运回来吧。”梁月鹏说：“好的，谢谢李老师！”

真是太好了！书的销路解决了。梁月鹏跟着托运货车回到滨江，把书放在法学院一个储藏间里，自己拎着一摞子散书回宿舍，经过一〇八室门口，方自我正站在门口，看着梁月鹏拎着一摞子书走来，说：“梁月鹏，书已经出来啦，可喜可贺！”梁月鹏一脸笑容，停下脚步，从中抽出两本给方自我，说：

"你拿一本，再给他们一本。"然后就走了。方自我接过翻看了起来。梁月鹏回到宿舍，给了杜荣保一本。

郝俊杰在宿舍，翻看着《梁月鹏影视剧作四种》中的《男研究生宿舍》，眉毛舞动着，不禁念道："现在非常喜欢史倩倩，国庆节在大姆山上也曾美滋滋地背过她的小皮包，但这都只能在回忆和想象中。唯有眼前的'广东佛山加饭酒'代表了史倩倩的生长地，也就代表了史倩倩，更代表了水一样的史倩倩。喝了这酒，犹如亲了史倩倩，猛喝这酒，犹如猛亲史倩倩……"念到这，郝俊杰扭头看了一眼杨伟，笑道，"杨伟，这张伟就是杨伟你吧？这史倩倩是谁呢？对了，史倩倩是党九月，杨伟强烈地暗恋党九月！哇——，猛喝党九月家乡的酒犹如猛亲党九月，哈哈，这想象也太丰富了！可以申请诺贝尔文学奖了。"杨伟涨红着脸走过来，伸手夺过郝俊杰手中的书，郝俊杰笑嘻嘻地看着杨伟，杨伟趴到桌边翻看了起来，表情气愤！这时，陈权友笑嘻嘻地走进来，来到杨伟身边，拍了拍杨伟的肩膀道："杨伟，差点儿我俩成情敌了，后来我撤出了。"杨伟气愤难抑，起身去一〇一室，伸头看室内，梁月鹏不在，只有杜荣保歪在床上看书，杨伟问了一句："梁月鹏呢？"杜荣保没在意杨伟的话，杨伟转身走了。宿舍楼过道上，梁月鹏迎面走来，杨伟迎上去，一掌即把梁月鹏搡倒在地，上去即用脚踹梁月鹏，边踹边骂道："妈的！叫你别写我！非要写我！你写！！写！！写！！……"踹了两脚后，到后面每说一个"写"字，就踹一脚，梁月鹏在地上滚成一团……幸好，杜荣保、方自我等同学赶来，拉开。

滨江人民医院急诊部一个诊室里，医生举着片子在看，一只手捂着腰部、有疼痛状的梁月鹏与杜荣保、方自我坐在一边。医生边看边说："断了三根肋骨。"梁月鹏担心地走到医生跟前，问道："肋骨断了？"医生说："断了三根。"梁月鹏害怕极了，说："那怎么办？骨头都断了……"医生说："还好，没有伤到内脏，否则会有生命危险。"梁月鹏走到一边，不禁流出了眼泪。杜荣保站在一边用手机通话："你赶快喊一下吴小花，叫吴小花到人民医院急诊部来一下。"方自我站在一边用手机通话："李老师，梁月鹏肋骨断了三根，没有伤到内脏，他都哭了。"不到半个小时，吴小花跑来，见此情景，愣住了，问："怎么了？"杜荣保说："杨伟打了梁月鹏，梁月鹏断了三根肋骨。"吴小花即过来搀扶着梁月鹏，端详着梁月鹏道："他为什么打人？"方自我说："杨伟不高兴梁月鹏在书上写到他。”

看完急诊，吴小花搀扶着梁月鹏慢慢走着回学校，梁月鹏一只手捂着腰部，露出疼痛状，每走一步，他断了的肋骨即发出“咯嗒”一声响……

事情就这么发生了！对梁月鹏而言，这属于意料之外。可是对于有见识的人比如我们读者而言，这应该系情理之中的事情。杨伟不让你写他，你非要写他，暴露他的隐私，像他那样性格的人会怎么抗议？比如，武力抗议。

肋骨骨折的人是不能咳嗽的，也不能大声讲话，洗衣服用力也不行，梁月鹏的生活由吴小花来照料。当晚，梁月鹏临睡觉时，吴小花站在他床边，搀着他让他慢慢躺下，梁月鹏捂着腰部，带着疼痛状，发出“哎哟、哎哟”的声音。杜荣保、陈权友、阮文忠都在，或上网或看书。然后，吴小花给梁月鹏掖好被子，说：“明天早上你起来慢点，早上我就不过来了。”梁月鹏说：“就躺下比较疼，起来我慢点，行，我用手撑着。那你回吧，我没事，不是说骨头能长上吗?”这时，梁月鹏的手机响了，吴小花拿给梁月鹏接听，梁月鹏看了一下来电显示，说道：“李老师，我没事，已经睡下了，休养休养就会好的，谢谢你关照。”

法学院派李老师处理此事，李老师首先来到一〇八室，和杨伟、郝俊杰、方自我等同学见面后，在一只凳子上坐下，说道：“梁月鹏做得不妥，未经许可，就把同学写到文学作品里出版出来，一定程度上侵犯了同学的隐私权。虽然说，名字改了，但很明显谁是谁。”郝俊杰告状道：“李老师，梁月鹏也写到了我，把我写成了个机灵鬼。”大家不免一笑。杨伟低着头道：“李老师，我做的是有点过了，不该下手这么狠。”方自我说：“都是同学，过去就算了。”郝俊杰不同意地看向方自我道：“他把你写得这么正派，你当然高兴。”大家又不免一笑。李老师收敛笑容，说道：“这样，大家都是同学，梁月鹏也不是有意和哪个同学过不去，他就是写得太原型化了。马上大家就要毕业各奔东西了，过两年再回头想想这事，都会觉得好笑。啊，我今天在你们一〇八宿舍这么说了啊，”转头看了看大家，“你们任何一个都不准许再在宿舍谈论书里面的影射到某某的情节，杨伟先表个态，你同意不同意我这一条?”杨伟说：“我和梁月鹏也无冤无仇的，李老师都这么说了，我同意。”李老师又看向郝俊杰，说：“郝俊杰，你同意不同意?”郝俊杰伸手挠挠头发，说：“杨伟都同意了，我也同意。”剩下的同学都说：“我同意。”李老师起身道：“那我走了。”同学们纷纷起身相送道："李老师慢走。"

李老师接着来到一〇一室，在梁月鹏桌子旁一只凳子上坐下，梁月鹏坐在自己床沿，和李老师相对。陈权友和杜荣保站在跟前看着，阮文忠坐在里首上网。李老师对梁月鹏说道："你看，都要毕业了，出了这样的事。一〇八室那边我讲过了，杨伟也认错了，梁月鹏你也有过错。"梁月鹏不好意思道："是是是，我也有责任。"李老师看了看大家，说："陈权友、杜荣保、阮文忠，这事往下就别追究了，啊。"陈权友笑嘻嘻道："同学一场，过去就算了。"李老师又对梁月鹏说："杨伟打人是不对的，同学之间出了事情，首先应该通过我们辅导员老师协商调解，调解不成的诉诸法律，你们都是学法律的。武力是法西斯，这是要不得的，啊。"陈权友微笑着插了一句："法治社会，又不是武治社会。"李老师说："陈权友讲得对。"接着起身，看了看梁月鹏简陋的床铺，"梁月鹏有什么困难，可以提。"说着从包里掏出一个信封放在梁月鹏桌上，"这是我从自己卡里取出来的一千块钱，你先用着。"梁月鹏感激地站起身，说："李老师……"李老师说："梁月鹏你别动，好好养一养。"陈权友和杜荣保送李老师出门，阮文忠站起身，说了一句："李老师慢走。"李老师略一停步，扭头看向阮文忠道："听说阮文忠工作定了，是检察院，是吧？"阮文忠高兴道："是，刚定下来，档案还没转。"李老师说："好好。"阮文忠也出来送李老师。梁月鹏也跟着出来了。门口，李老师对各位同学说道："希望你们都能找到好的工作，啊，滨江大学法学院就成了你们的娘家，啊。"各位同学高兴道："李老师慢走！"

五十三

这日，学校体育馆里举行了一场招聘会，摆了不少招聘摊位，学生们纷纷拿着简历，走到摊位前和用人单位洽谈。吴小花搀扶着梁月鹏走来，手里都拿着简历。方自我空着手从一个摊位前走来，对梁月鹏说："这都是一些小企业，你们准备投啊？"梁月鹏微笑道："看看吧。"方自我走了。梁月鹏对吴小花说："你别搀着我，这样给人看到了，谁还会要我啊？"吴小花松开手，不放心地问道："那你行吗？"梁月鹏走了几步，说："行啊，有什么不行的？"吴小花说："我俩一起。"梁月鹏说："你一个人去和人谈谈工作。"伸手向招聘摊位指了指。吴小花说："我不去谈，我从来没和人谈过工作。你怎么不去和人谈？"梁月鹏说："我一个人去谈，你别跟着，你跟着我有点不自在。"说着推着吴小花往前移动，并指着前面一个摊位，"你看，那边没人，你去问问。"吴小花很难为情地赖着不走，她看着梁月鹏的目光分明在向梁月鹏求助，梁月鹏说："你怕什么？这有什么好怕的？光明正大的事情，找工作。"吴小花还是不走，说："我不去，你先去。"梁月鹏径自走到一个摊位前，把简历递了上去。招聘人员是一个中年男人，西装革履，很职业化的样子，他看着简历，然后抬头审视起梁月鹏来，问道："你以前工作过吗？"梁月鹏有点紧张道："没有、没有，只是在外面打打工，都不是正式的。"招聘人员接着问："你对你以后职业有什么规划吗？"梁月鹏一下子被问住了，说："规划？"转而道，"我还真没想过。不过，我不考公务员，我对当公务员好像有点不适应。"招聘人员说："你不当公务员，你想过要当什么吗？"梁月鹏笑笑道："我还真没细想过，走着看吧。"招聘人员说："你这走着看是什么意思？"梁月鹏说："这意思不是很明显吗？就是看情况，不一定。"招聘人员冷静道："看情况、不一定又是什么意思？"梁月鹏动了动脑筋，然后蛮有把握道："看情况、不一定就是跟着自己的感觉走。"招聘人员笑道："噢，我知道了，有首歌曲叫《跟着感觉走》。"扬起手示意梁月鹏道，"你可以走了。"梁月鹏满脸通红地站起身，拿着简历走了。梁月鹏来到吴小花跟前，说："走吧，都是一些小企业。"

梁月鹏和吴小花走出体育馆，谈论起工作来。梁月鹏说："你的工作怎么办呢？"吴小花说："我爸随我们，说滨江是大城市，可以留在滨江，也可以回来。"梁月鹏说："你讲过你大伯是省教育厅的处长，你回去的话，他能把你安排进高校。"吴小花说："我不想回去，我爸他们弟兄姊妹八个，各自的孩子，还有孩子的孩子，整整一个家族，我很不喜欢和那么多人在一起，好像那么多人都在盯着我，很不舒服。我也不想进高校当老师，念这么多年书念够了，对当老师也反感。"梁月鹏说："听说你大伯刚把你一个亲戚研究生毕业安排进了高校。"吴小花说："我大伯本事大，只要是硕士研究生毕业，他肯定能安排进高校。"梁月鹏说："不是说进高校都要博士毕业吗？"吴小花说："我们那儿现在硕士还能进。"梁月鹏说："我就想在滨江。"吴小花说："这样，我们回你老家江汉怎么样？反正我跟着你。”梁月鹏一惊，转而笑笑，说：“江汉？我不想回江汉。”突然想起什么，“哟，你不讲我都忘了，上次张编辑主动提出可以介绍我进《江汉晚报》社，现在关系弄得疙疙瘩瘩的，这也不好再提了。”

他们来到一僻静处，吴小花说：“我们就在滨江吧。”俩人对视着，梁月鹏说：“好，我们就在滨江，工作肯定能找到。”俩人拥吻在一起。

到了毕业离校的时候，滨江大学生活区不止一处传来行李箱拉在路面上所发出的“咕噜噜噜噜”的声音，学生们纷纷拉着行李箱离开学校。路边，停着两辆“宅急送”面包车，学生们在忙着往车里搬运行李。还有一片地方，学生们在地上摆满了使用过的书，在叫卖。梁月鹏和吴小花走来，这时，吴小花的手机响了，吴小花接听道：“爸，我们正在找工作，就打算留在滨江。”梁月鹏站在跟前注意听着。电话里吴小花爸的声音：“要是那边不好找工作，你和梁月鹏一起回来。你大伯安排两个人根本没问题。前天你大伯还在问你工作的事，我说你们打算留在滨江。”吴小花听着电话，求助地看着梁月鹏，梁月鹏向吴小花鼓励地直点头，吴小花得到鼓励后，收回眼光，继续对着手机说道：“爸，你和妈放心，我们肯定能找到好工作的。”电话里吴小花爸的声音：“好，有你这话我和你妈就放心了。你要和梁月鹏好好的，上次他来我们家，我和你妈都觉得他人忠厚可靠。好，那就这样吧，有事情给我打电话。你时时刻刻要记着，你爸一直站在你身后，你只要有难处了，你爸会全力以赴帮助你的。”吴小花很乖巧道：“爸，我知道了。你和妈要多注意身体，你要少抽点烟，少喝点酒，以后我接你们到滨江来玩。”梁月鹏站在跟前也很高兴地看着，听着。吴小花说：“爸，你把电话给我妈。”稍停顿，“妈——”电话里传来吴小花妈哭泣的声音，吴小花说：“妈，你哭啥？”电话里吴小花妈带着哭腔的声音：“我把你养这么大，你飞走了就不回来了，你个没良心的，我和你爸经常说你们姊妹四个就老二你最孝顺哩，没想到你一下子就把我和你爸甩得一干二净的。”吴小花也被带得很伤感，不觉流下了眼泪，带起哭腔道：“妈，工作在哪儿都一样。不是我把你们甩掉，我会经常回去看你们。到你们老了，我们养活你们……”吴小花竟哭了，手机没挂，可以听见吴小花爸劝说吴小花妈的声音：“你这样让孩子怎能安心在那儿工作？你不是也讲过吗？孩子愿意在哪儿就让她在哪儿，我们家孩子也多……”吴小花挂了手机，梁月鹏用手帕纸给吴小花拭泪，吴小花抽噎着，依恋地看了梁月鹏一眼。这时，吴小花的手机又响了，吴小花先看了一下来电显示是“阿姐”，镇静了一下情绪，不抽噎了，然后接听道：“姐——”电话里吴小花姐的声音：“老二，你和梁月鹏一起回来吧，行吗？你不看在爸妈的分儿上，你看在姐的分儿上，回来，好吗？”吴小花看着梁月鹏，梁月鹏摇了摇头，吴小花说：“姐，我们都商量好了，就留在滨江，滨江是大城市，发展空间比较大。”电话里吴小花姐的声音：“你们不是还没找到工作吗？我昨天到大伯家去了，都讲好了，你和梁月鹏都能进高校，进去就能分到一套房子，接下来就可以生孩子了，有多好！你们在那边什么时候能买套房子？什么时候考虑生孩子？”吴小花被说动了，一时无语。电话里吴小花姐的声音：“再过两年想进高校恐怕就难了，现在是好机会，你们俩都是大学老师，还有什么不满足的？”吴小花向梁月鹏投去征询的目光，梁月鹏皱着眉头直摇头，吴小花说：“姐，当上大学老师了还要读博士，我实在不想再念书了，念书念够了。”电话里吴小花姐的声音：“那个时候读书和你现在读书不一样，拿着工资读书，不知不觉就读完了。”吴小花姐带起了哭腔，“老二，你姐只是初中专文化，现在在读函授大专，文化没你高，但是我是真心希望你回来，你是我妹妹，我对你最了解，比爸妈对你了解还多，你虽然学习成绩好，但是你非常自卑，你回来，我们这一大家人都在一块，你会很开心的。”最后哽咽地，“姐……舍不得……你……”吴小花也流出了眼泪，手机没挂，吴小花姐抽噎的声音清晰可闻！梁月鹏看着这情景，心情沉重。电话里吴小花姐又说话了：“老二，老二，老二……”吴小花说道：“姐，我听着呢。”电话里吴小花姐的声音：“我给你一周时间，工作再定不下来你就和梁月鹏一起回来，啊？你好好想一想，姐等你电话。”吴小花说：“好，姐，我听你的。”电话里吴小花姐高兴的声音：“好！我在这头给你们先准备着，你们可以先住在我家。”电话挂了。吴小花看着梁月鹏道：“一周内找不到工作，我们就回去。”梁月鹏说：“我不想去你们家。”吴小花疑问道：“是因为我姐夫？”梁月鹏说：“你姐热心肠是肯定的，可是你姐夫不是这样。上次在你家，你爸带我们去见你大伯给我们安排进高校，你姐夫好像有点不高兴。”吴小花说：“你在意他干吗？我姐在省城工作，我们下面几个三天两头往她家跑，做姐夫的不可能一点感觉都没有。”沉默有顷，梁月鹏犯愁道：“那往下怎么办呢？”吴小花说：“回我老家。只有一周时间。”继而向往地，“我们要是回去，我爸、我姐都会把日用家具、锅碗瓢盆置办不少，我们要是在滨江，一切要从零开始。”

梁月鹏思虑着闭上眼睛，低了一下头，又仰了一下头，就是不想去吴小花家，但看这情势还必须去，梁月鹏一时间一筹莫展。吴小花对梁月鹏说："我在我们县城上高中的时候，我姐刚初中专毕业参加工作，一次骑着自行车把煎好的小草鱼送到学校给我吃，好感人啊！四年本科，每周末我都到我姐那儿去，住在筒子楼里，有时候还把同学带去。我姐夫刚和我姐谈对象时，我很不高兴，就像是他剥夺了我姐对我的爱。"

毕业离校学生所拉的行李箱在路面上发出的"咕噜噜噜噜"的声音更清晰地传来。梁月鹏有主意了，拿出手机，拨号，然后贴在耳朵上紧张地聆听着。吴小花看着梁月鹏问："你给谁打电话？"对方电话接通，梁月鹏紧张地一跺脚，说："许在然你好！"电话里许在然的声音："梁月鹏你好，有事吗？"梁月鹏紧张道："我现在……还没找工作，你能给我……介绍个工作吗？"电话里许在然的声音："我现在北京出差，半个月后回滨江再说，好吗？"梁月鹏失落了，只好说："好，好。"梁月鹏裤腰一直扎着许在然送的海关皮带。

第六日下午，梁月鹏午休醒来，没有马上起床，只听见陈权友兴奋道："没想到我打了两年半'八十分'还考上了苏州市公安局刑侦大队，这个工作我喜欢，对付罪犯我有一套。"杜荣保也高兴道："我本来是想留在滨江当律师的，没想到考上法官了。"阮文忠附和道："我是检察官，你是法官，我代表国家向法院提起公诉……"陈权友说："听说张之扬毕业论文没通过……"梁月鹏躺在床上，睁着眼睛，不免着急！这时，放在枕边的手机来短信了，梁月鹏拿起来一看，是吴小花发来的：

> 只有最后一天了，我们晚上就买票吧，明天就回去，可带的东西也不多。鹏，相信我们的明天是美好的！

梁月鹏看完短信，双手撑着床，坐了起来，下床，穿衣服，拿着手机走了出去，一只手捂着腰部。

梁月鹏走出宿舍楼，来到楼前面的草坪上，缓慢地蹲下身来，打开手机翻盖，按键"114"，然后贴在耳朵上聆听着，对方电话接通，梁月鹏说："请帮我查一下滨江电影制片厂的电话号码。"稍停，"好，你帮我转接过去。"又稍停，"请问是滨江电影制片厂办公室吗？"电话里传来一个女人——滨江电影制片厂办公室主任魏自珍的声音："是，你哪位？"梁月鹏说："请问刘艳生在吗？"电话里魏自珍的声音："我问你是哪位？"梁月鹏说："我是刘艳生的朋友，请问他在吗？"电话里魏自珍的声音："你稍等，我给你接过去。"梁月鹏期待的表情。电话里传来刘艳生较浑厚的声音："喂——，哪位？"梁月鹏高兴道："您是刘艳生吗？"电话里刘艳生的声音："我是，你是哪位？"梁月鹏兴奋道："我是梁月鹏，记得十三年前我在滨江电影厂大门口见到您，给您看我的剧本《还我红五星》，您穿着黑色T恤衫……"电话里刘艳生的声音："噢，我想起来了，你现在在哪儿？"梁月鹏说："我在滨江大学，硕士研究生毕业了，马上就要工作了。"电话里刘艳生的声音："好啊，你有空到我这来坐坐。"梁月鹏惊喜道："嗯——那好，我马上就过来，大概一个小时不到就能到。"电话里刘艳生的声音："好，我在办公室等你。"电话挂了。

滨江电影制片厂大门口，梁月鹏拿着一本《梁月鹏影视剧作四种》走来，对门卫说："我找刘艳生。"门卫说："约过了吗？"梁月鹏说："约过了。"门卫说："刘厂长在二楼那头，有门牌'副厂长室'。"梁月鹏一惊，问道："什么？刘厂长？刘艳生是厂长？"门卫说："副厂长，你去。"梁月鹏高兴地走进去。

梁月鹏轻手轻脚地来到挂着"副厂长室"牌子的房间门口，伸手敲门，里面传来刘艳生的声音："请进。"梁月鹏推开门，看着坐在里首办公桌后面的刘艳生，惊喜道："刘厂长！"刘艳生站起身，走了出来，伸出手和梁月鹏握手，热情道："你叫梁月鹏，欢迎欢迎，我们见过一面，十几年了，哈哈。"走过去把门关上。梁月鹏说："那时候在大马路边显著地插着滨江电影制片厂的厂牌。"刘艳生说："早就拆了。"梁月鹏说："那天我在大门口见到您，您穿着黑色T恤……"说着把《梁月鹏影视剧作四种》给刘艳生。刘艳生接过，看了一下封面，读道："梁月鹏影视剧作四种。"然后翻到扉页，上面写着：

请刘艳生先生批评指正

梁月鹏

刘艳生指着沙发道："坐。"俩人各自在沙发坐下。刘艳生从作者简介中看到梁月鹏是法律硕士研究生，便问道："你是学法律的，你不是喜欢影视文学吗？你为什么不报考影视院校？"梁月鹏笑笑，说："当时想报考，怕考不上，就考了法硕。法硕的专业课是全国联考，统一命题……”刘艳生又问道：“你读的研究生是在职的还是全日制的？”梁月鹏说：“全日制的。”刘艳生肯定道：“滨江大学是名校啊。你打算毕业后往哪儿去？”梁月鹏说：“正在考虑，想留在滨江。”刘艳生说：“我们厂今年招人，你要是有意向，我可以考虑让你进来，但电影厂你知道，工资不高，看你以后能不能发展了。”梁月鹏喜滋滋的，扭头看了看墙上《周恩来的光辉历程》《朱总司令》等剧照，问道：“你们现在拍电影？”刘艳生说：“电影电视剧都拍，我负责纪录片这一块。”梁月鹏满意道：“好，我愿意来。”刘艳生说：“不是你愿意来，你还要见我们曹厂长，看曹厂长同意不同意？”梁月鹏有些失落，咧嘴笑了笑。刘艳生一直盯着梁月鹏，说：“这样，你下周一带一本书来，签上‘敬请曹可厂长批评指正’和你的名字，就是前面加一个‘敬’字。”梁月鹏说：“好，我再带一份简历来。”刘艳生说：“对，再带一份简历。”梁月鹏说：“刘厂长，我十三年前遇到您的时候，您只是一个普通编导，现在当上领导了，我也沾上光了。”刘艳生笑了笑道：“不存在沾光，这是缘分。”梁月鹏微笑着，上下打量一下刘艳生的办公室，说：“这办公室不错啊。”刘艳生微笑未语，少顷，说：“那就这样，下周见。”说着起身。梁月鹏只得起身，向刘艳生打招呼：“谢谢刘厂长！”转身走去，出门时将门轻轻带上。

梁月鹏来到滨江电影制片厂大门外，便拿出手机，边走边给吴小花打电话：“小花，我工作定了！”电话里吴小花惊诧的声音：“什么？你工作定了！什么工作？”梁月鹏说：“滨江电影制片厂！”电话里吴小花的声音：“滨江电影制片厂？我都在收拾东西了，准备明天就回去，我都对我姐讲过了，我姐都高兴死了。”梁月鹏说：“我刚从滨江电影制片厂副厂长刘艳生办公室出来，四十分钟后到学校大门口，你在大门口等我！”电话里吴小花的声音：“好的，我在大门口等你。”电话挂了。梁月鹏接着给二哥打电话：“二哥，我工作定了，在滨江电影制片厂。”电话里梁月洲高兴的声音：“哟，那不正合你的意吗？你一直搞剧本，现在进电影制片厂了，那不是如鱼得水吗？”梁月鹏高兴道：“二哥，我十三年前来过滨江电影制片厂，认识一个编导叫刘艳生，一直没联系，今天我突然联系他，他叫我到他办公室坐坐，我来了才知道他已经是副厂长了。”电话里梁月洲的声音：“那工资是多少？”梁月鹏不太情愿谈工资，说：“他说工资不高，要看以后发展了。”

梁月鹏到滨江大学大门口，吴小花高兴地迎上来，问道："你怎么认识那个副厂长的？"梁月鹏拉住吴小花的手，向校园内走去，一边说："以前认识的，一直没联系，今天突然想起来给他打电话。到他办公室，他蛮客气的，主动提出来问我愿不愿意来电影厂工作。现在来谈谈你的工作。"吴小花说："我的工作，我在网上投了几份简历，也没有一家有回音。"梁月鹏说："现在可以肯定的是，公务员你不能再考了，你已经考过三次都没考上。"吴小花说："我的脑子不会拐弯，行政能力测试常常有些弯弯转我就拐不过来弯。"梁月鹏说："对了，我想起来了，你给徐主任打电话，看进他的律所行不行？"吴小花惊诧道："徐主任？"梁月鹏说："上次法学院在知行楼办了一场律所专场招聘会，你不是递了一份简历和那个徐主任谈了一会儿话吗？"吴小花想起来道："噢，那次。"思虑着从包里拿出手机并找出一张名片，很为难地愣着，考虑着如何打这个电话。梁月鹏催促道："你打呀，招聘会上他跟你谈得不是不错吗？"吴小花仍很为难地愣着，疑虑道："我突然打电话给他，他知道我是谁吗？"梁月鹏说："你说你是吴小花，在那次招聘会上和他见过面的，他不就知道了嘛。"吴小花仍疑虑道："就见那一次面，他能记得我吗？"梁月鹏说："我敢保证他能记得你，他不是和你谈了好一阵子吗？他看到你简历上中学、大学时期获得过全国性英语比赛大奖，还说你应该在涉外法律上发展，你忘了吗？只不过他的律所没有涉外业务。而且时间间隔不长，不就是上月底才招聘的吗？"吴小花开始照着名片拨号，号拨完了，又犹豫地停了下来。梁月鹏催促道："你打呀，打电话怕啥呀？"吴小花说："你打电话不也怕吗？你不是说你上中学时人家都说你像大姑娘一样怕丑吗？"梁月鹏说："我比你总要好一些。打吧，我离远一点。"说着走离开几步。吴小花按键，然后把手机贴在耳边，紧张得很，等电话接通了，吴小花说："喂，是徐主任吗？"稍停，"我是上次滨大法学院律所专场招聘会上向您投简历的吴小花，还记得吗？"又稍停，"我想进你们律所……"梁月鹏在不远处不时朝吴小花看一眼。吴小花打完电话，走来，并不轻松道："他说可以，让我下礼拜去他律所面试一下。"梁月鹏说："这不就行了吗？有什么好怕的？"吴小花担忧道："行什么行？还要面试，不知道面试能不能过关？"梁月鹏说："没问题，他是律所主任，他说了算。你通过司法考试，名牌大学法律硕士毕业，进律所不是理直气壮的吗？我没考司法考试，如果我通过司法考试我也可以进律所当律师。"接着补充道，"大专学历不准考，等研究生学历拿到手，已经毕业了。不过我也不想考司法考试。”吴小花又拿出手机，梁月鹏问：“你又要给谁打电话？”吴小花说：“给我姐呀，就说不回去了。”梁月鹏说：“那你打吧。真的有点对不起你姐。”

下周一到了，梁月鹏带着一本书和一份简历，首先来到刘艳生办公室，然后刘艳生带着梁月鹏敲开厂长室的门，办公桌后坐着曹厂长，他接近中年，中等个，长相标致，状态良好。刘艳生向曹厂长介绍道：“曹厂长，他叫梁月鹏。”紧接着对梁月鹏，“这是我们曹厂长。”梁月鹏对曹厂长恭敬道：“曹厂长您好！”曹厂长指着办公桌前、面朝他的椅子道：“你们坐。”刘艳生和梁月鹏分别坐下。梁月鹏递书和简历给曹厂长，曹厂长接过。刘艳生说：“他滨大研究生刚毕业。”曹厂长看着简历，又翻看了一下书，抬眼向刘艳生眨了眨，刘艳生忙起身道：“曹厂长，那你们谈。”梁月鹏向刘艳生欠了一下身，刘艳生走了，并带上门。曹厂长说：“我也是江汉的，我们是老乡，以后在这儿我会照顾你。你是怎么认识刘厂长的？”梁月鹏说：“十三年前我来投稿认识的，后来一直没联系，上周我才联系他的。”曹厂长说：“现在是这样，没有编制了，你过来的话是签合同，你同意吗？”梁月鹏说：“同意，现在不都是签合同嘛。”曹厂长看了一眼梁月鹏的书，说：“喜欢写剧本，希望你能修成正果。”梁月鹏笑了笑。曹厂长说：“欢迎你来滨影厂！”站起身，“七月初来上班，等办公室电话通知。”梁月鹏亦站起身，高兴道：“谢谢曹厂长！”转身走去，出门时将门轻轻带上。

吴小花去律所面试了，梁月鹏站在学校正大门门楼下等候。不一会儿，吴小花背着双肩书包走来，梁月鹏迎了上去。吴小花到梁月鹏面前站定，不说话，只是看着梁月鹏。梁月鹏疑问道：“你面试没通过？”吴小花抿着嘴，仍只是看着梁月鹏。梁月鹏说：“你怎么了？说话呀。”吴小花移开目光，低了一下头，张口道：“我说了你别在意。我姐夫说我跟着你会受苦的，说你是书呆子。”梁月鹏一下子被戳中了，不觉自问道：“我是书呆子？”转而反问道，“他精明，不就是个副总经理吗？”向校园内走去。吴小花跟着梁月鹏，说：“我姐夫凭自己本事在省城买了一套房子，还经常和我姐一道回老家看我爸妈。”梁月鹏郁闷道：“他不是工作好几年了吗？他没走什么弯路。你姐打电话告诉你的？”吴小花说：“不是。还是上次我回去，他当着我面讲的。”梁月鹏说：“那你怎么没对我讲？”吴小花说：“一时没在意，忘记说了。”梁月鹏说：“他是经商，我是搞文的，不是一条路。你面试是什么情况？”吴小花说：“面试没问题，下周开始上班，给徐主任当助理，第一年是实习，每月给一千块钱工资。”梁月鹏诧异道：“给徐主任当助理？”吴小花说：“听说，进律所开始都是给老律师当助理。”梁月鹏不免有些郁闷，不禁问道：“那你和徐主任在一个办公室上班吗？”吴小花说：“不是，徐主任说实习律师都坐在外面格子间，我从徐主任办公室出来的时候看到外面格子间坐着几个年轻的，有男有女，估计他们都是实习律师。”梁月鹏释然了，但不满意道：“一个月就一千块钱工资？”吴小花说：“进律所第一年都是实习，然后才能正式执业。”梁月鹏说：“听说当律师开始都不赚钱，后来才能挣大钱。是怎么面试你的？”吴小花说：“实际上在招聘会上就算面试了，徐主任没说多少，他喊了一个懂英语的律师来面试我，那个律师英语口语还比不上我。”梁月鹏高兴地笑了笑。

俩人工作已定，接下来，他们便要离开学校，开始新的生活。

五十四

梁月鹏和吴小花高兴地一起来了一趟滨江电影制片厂，不过没进去，只是从其大门外走过。梁月鹏指着厂牌，向吴小花描述其上的“滨江电影制片厂”几个字写得如何之有特点，以及在电影里伴随着画面和音乐而动感地呈现是如何之精彩！梁月鹏不由得感叹道：“没想到我真的要来滨江电影制片厂上班了，哈哈！”吴小花说：“鹏，你太幸运了！那就在你单位附近租房子吧，这样你中午可以回来休息一会儿。”梁月鹏说：“那也行，正好从这儿到你律所也就，几站路？”吴小花算着，说：“七站，再走一截子。”

俩人来到一间简单的房产中介门市部租房子。吴小花看着墙上的房产信息。胖乎乎的老板指着本子上的房产信息，告诉梁月鹏：“这个符合你的要求。一居室，厨房、卫生间都有，还有个小客厅，就是旧了点。月租金七百五，按季度交，中介费是月租金的一半……”梁月鹏和吴小花合计了一下，就要这个房子。

这是一座陈旧的四层居民楼，他们租的一居室在二层，虽简陋、陈旧，但空调、电视机、电冰箱、抽油烟机都有。收拾干净、整齐后，梁月鹏感慨道："又是一个新的开始！终于在滨江立足了！"吴小花说："我妈在电话中说，我爸都想过来帮我们收拾收拾新家，给置办两件家具，也算是他的心意了。"梁月鹏说："你爸真好，和你姐一样，火热的心肠！"吴小花说："我妈也好，每次我来滨江上学临走的时候，我妈都哭，眼泪都直往下流，我的心都很难过。我们只要能在滨江活得好，他们就不担心了。不然的话，他们会很伤心的。"梁月鹏说："那当然，肯定能活得好。我进电影厂，你进律所，这不是很好吗？"吴小花说："但是工资不高，我俩工资加一起一个月不知道能不能达到三千块钱？除了房租，还有助学贷款，从十月份就要开始还了，每月接近六百块，要还四年，再加上水电费、卫生费，一个月首先要刨除一千四百块钱，然后是我们吃的，还有我的公交费用。"梁月鹏说："还要买一台全自动洗衣机。"吴小花说："我们一件衣服都不买了？"梁月鹏说："对对，还有衣服。"吴小花说："我一个月就只有一千，你的工资也不会高。我对我爸妈讲了，他们都担心这点钱怎么够我俩在滨江生活。你还欠你二哥三万块钱，出的书还堆在法学院里没卖掉。你欠你二哥三万块钱我都没对我爸妈讲，怕他们担心。"梁月鹏搂了搂吴小花，吴小花通情达理道："我俩要相依为命。"梁月鹏说："小花，我发现你很会持家。"俩人拥抱在一起，梁月鹏说："现在只能先这样过。我的工作会发展，你一年实习期满后也会有发展。好在现在不用到外面开房了，省了一笔钱。不对吗？要对未来充满信心！"俩人激情拥吻，梁月鹏把吴小花往床上抱，在他们的小家快乐地过了第一次性生活。

清晨，梁月鹏仍在熟睡，吴小花已起床并洗漱完毕，从衣橱里拿出一个女式皮包挎上，说道："我走了，你也可以起床了，今天是你第一天上班，要积极一点。"梁月鹏睁开眼，看着吴小花挎的皮包，问："你这包我怎么没见过？"吴小花说："是我姐给我的，一直没用过，我挎着怎么样？"梁月鹏说："很好看，感觉像上班的样子。"吴小花说："我就去上班嘛。"梁月鹏说："那你快走吧，去迟了不好。"吴小花有点依依不舍，又回到梁月鹏身边，亲了一下梁月鹏的脸蛋，一挥手道："Bye！"转身走了，出门时轻轻将门带上。

吴小花走后，梁月鹏就起床了，洗漱毕，出门，在外面吃了早饭，然后几分钟就走到滨江电影制片厂大门，招呼门卫道："你好！今天我第一天上班。"

门卫微笑道："好啊，欢迎你来滨影厂工作。"梁月鹏亲和道："现在我们成同事了。"门卫不以为然地咧起嘴道："你是坐办公室的，我们是看大门的。"梁月鹏笑笑，说："都一样，都一样。"

滨江电影制片厂会议室是个小型会议室，墙上挂着一幅幅装帧精美但已陈旧变色的相框，上面是滨影厂曾拍摄的、同样陈旧的电影剧照。会议室一端的玻璃橱柜里摆着各种奖杯、奖状和获奖证书。梁月鹏和另外八九名、也来此工作的女学生在欣赏着墙上的剧照和橱柜里的奖品，她们叽叽喳喳、嬉笑个不停。梁月鹏走到她们中间，问道："你们都是本科毕业？"一个女学生说："我们都是，就你一个人是研究生。"梁月鹏笑笑，说："都一样，都一样。"突然，安静了下来，有人说："魏主任来了。"话音刚落，一个年逾五十的女人魏自珍走了进来，说道："来来来，坐好了，开会。"然后又出去了。他们纷纷在长方形会议桌周围落座。魏自珍手拿着材料，引领着曹厂长进来。新员工们注视着曹厂长。曹厂长在桌横头坐下，看了看大家，说："欢迎大家来滨影厂工作！"魏自珍先鼓掌，大家跟着鼓了掌。曹厂长继续说："我没有多说的，你们听魏主任的，我这还有事，我先走了。"起身，"呃，你们先发扬一下精神，把自己办公室和外面的空场地给打扫一下。"然后走到梁月鹏跟前，"你马上到我办公室来一下。"转身走了。梁月鹏站起身就要走，看着魏自珍，魏自珍对梁月鹏说："你等一下。"然后对大家，"哎，大家来把合同签一下。"开始给每个人发合同，"你们只要在最后乙方的空白处签上自己的名字，写上今天的日期，就行了，其他的比如工作岗位、工资多少都不用写。"

合同签了交给魏自珍后，梁月鹏来到厂长室，坐在办公桌后的曹厂长说："把门关上。"梁月鹏把门关上，然后面向曹厂长道："曹厂长……"曹厂长指了指面前的椅子道："坐。"梁月鹏坐下后，曹厂长说："你不是学法律的吗？"梁月鹏说："是。"曹厂长说："厂里出了个案子，已经到法院了，你参与一下。这个项目是厂文学部主任胡劲松经手的，我马上让他找你。"

二楼往里首，新员工们在他们的两间办公室及其门口空场地上打扫卫生：扫地的，用拖把沾水拖地的，把抹布搓洗拧干后擦桌子、窗子的，一派劳动景象。梁月鹏站在窗台上，一只手扶着窗框，身子伸在外面，另一只手用抹布在擦窗玻璃。这群女孩中，甲女孩说："杨倩，你来把窗台擦一下，你在那站着也站着了。"杨倩长得白嫩，小巧玲珑模样，漫不经心道："我在家什么事都不干，叫我到这来干事啊？没门。”乙女孩对甲女孩小声道：“杨倩爸在省委党史办工作，是个官，你喊杨倩擦窗台不是白搭吗？”魏自珍走来，说：“我老远就看到杨倩站着不干事，杨倩，过来，把这桶水拎去倒了，打桶新水来。”杨倩噘起嘴，只好去干。梁月鹏裤兜里的手机响了，他从窗台上跳了下来，掏出手机接听道：“我就在二楼，这边在打扫卫生，你一来就能看到。”挂了，然后登上窗台，继续擦窗子。一个相貌端正的中年男人胡劲松走来，来到窗台前，梁月鹏看见了，跳了下来。

胡劲松和梁月鹏来到会议室门口等着，魏自珍拿着钥匙走过来，开了门，让他们进去，然后她把门关上，离开。胡劲松说：“魏主任是我家属。”梁月鹏一惊，问：“魏主任是你……爱人？”胡劲松点了一下头，然后说：“我是文学部主任，也是制片人。”梁月鹏说：“我知道，那向滨影厂投稿不都是投给你吗？”胡劲松说：“是的，我是北京电影学院文学系肄业。”梁月鹏诧异道：“肄业？为什么？”胡劲松说：“当时有情况。”转而说道，“这样子，厂长让你参与我这个案子。”把手头的材料递给梁月鹏，“你看看。就是我代表厂里和北京两家公司合作做一部电影，按照合同规定，第一批资金各投十万……”梁月鹏插话道：“那三家总共三十万。”胡劲松接着说：“可是我们厂投了十万，那两家公司才各投一万……”梁月鹏又插道：“那剧组专用账户里就是十二万。请问胡主任，这三十万是不是启动资金？”胡劲松说：“对，是启动资金。”梁月鹏开动脑筋思考着，然后又说：“那么就是说，启动资金差了十八万？是不是？”胡劲松有点不耐烦道：“你先听我说完。”梁月鹏说：“好，你先说。”胡劲松说：“我们厂投了十万，那两家公司才各投一万，之后我催他们继续投，他们说他们已经为了这个项目花费了十八万……”梁月鹏看着胡劲松，认真地听着，疑问道：“他们已经花费了十八万？”胡劲松伸手指着材料，说：“你记录一下，就在这材料上写。”梁月鹏说：“噢噢。”拿笔在材料上写起来。胡劲松说：“就这样，他们十八万不投了，还要继续往下走，要我投第二批资金，我说，第一批你们都赖账，第二批我怎么可能还投呢？这个项目就僵住了。”梁月鹏说：“那你可不可以把那十万取出来？这个电影我们不搞了。”胡劲松说：“取不出来，必须由三方一起才能取出来，他们当然不干。这个项目还能继续往下做吗？不能。既不能往下做，也不能僵着不动，那我就只有起诉了，现在到了法院，案件正在审理中。”转而说道，“你先把材料看完。”梁月鹏看起材料来。门被推开，魏自珍伸了一下头看看，又缩回去，关上门。梁月鹏看完，抬起头来，说："感觉基本上没问题。就是这个附加合同，你认可北京那两家公司已为该项目前期花费了十八万，这样的话，正好抵消了。"胡劲松皱起了眉头，说："不是。我前期出差在北京吃住确实在他们那儿，他们就说我花费了他们十八万，我总共最多花他们两万差不多。"梁月鹏疑问道："那为什么你在这上面签字认可这十八万呢?"胡劲松又有点不耐烦道："我认可这十八万只是一个额度，就是额度，额度你懂吗?"梁月鹏指着材料，执拗道："可是你在这上面就是承认了花费他们十八万元。"胡劲松扭了一下头，然后说："我的意思就是超过十八万我不承认，这十八万只是个额度。"梁月鹏说："好好好，额度，我真的不懂。"胡劲松冷笑了一下，说："我犟，你比我还犟。"

梁月鹏正式坐在办公室上班了，因为没什么事干，买了一套《红楼梦》认真地看起来。虽然以前读过，再认真读一遍也很有必要。这是一个小办公室，除了梁月鹏，还有杨倩，此时她穿着连衣裙，跷着腿，斜躺在沙发上睡觉。梁月鹏扭头看了一下杨倩，说："杨倩，你可以找点书看看，不然时间就浪费了。"须臾，杨倩动了一下身，打了个哈欠，说话了："我睡得正香，你把我喊醒了，真讨厌!"梁月鹏不仅没生气，反而笑了。杨倩说："反正电影厂也没事干，我睡觉怎么啦?"起身走到梁月鹏跟前，伸出一只胳膊给梁月鹏看，"你看我这胳膊给虫咬了。"梁月鹏看了一眼杨倩白皙、柔软的胳膊，微笑道："你这样子，我也不好多讲。反正我觉得在文化单位多学习学习是好事。"杨倩收回胳膊，说："好吧，我来学习。"走到梁月鹏对面办公桌边坐下，点了几下鼠标，笔记本电脑上即响起女声独唱爱情歌曲《醉清风》，歌声轻柔、缠绵、动听。梁月鹏停止看书，说："哟，这歌不错，我休息一会儿。"杨倩听到此话，俏皮地一笑。梁月鹏站起来，在房间里来回走动着，欣赏着《醉清风》优美的旋律。这时，摆在梁月鹏桌上的固定电话响了，梁月鹏就要走过来接听，杨倩很快把电话机搬到自己桌上，一边对梁月鹏说："以后电话放我这里。"杨倩接听电话道："魏主任……办社会保险？……好，我马上过来一下。"挂掉电话，一转身活跃地走了出去。梁月鹏听了杨倩的电话，回到自己桌边坐下，纳闷起来。过了一会儿，杨倩回来了，梁月鹏说："把音乐关掉。"杨倩说："我不关，你说听就听，你说关就关啊?"梁月鹏看着杨倩，须臾，问杨倩："刚才魏主任让你去办保险的?"杨倩装作没听见，一边听着《醉清风》，一边在上网。

梁月鹏脸都红了，看着杨倩，声音抬高了一些问道："杨倩，我问你话你没听见吗？"杨倩看了一眼梁月鹏，又收回眼光，不理梁月鹏。梁月鹏无法，霍地站起来，又坐下，想了想，又站起来，走了出去。

梁月鹏经过副厂长室、厂长室门口，门都紧闭着，他来到魏自珍办公室，门开着。梁月鹏站在门边，往里望着。魏自珍在打电话，她电话打完了，拿眼看梁月鹏，问道："有事吗？"梁月鹏向门内走了两步，问道："魏主任，我的社保什么时候办？"魏自珍招呼道："来来来。"梁月鹏随即走到魏自珍跟前站着。魏自珍问："你刚才说什么的？"梁月鹏纳闷道："我社保还没办。"魏自珍说："噢，我知道了。这样，我对你讲，你们要好好配合，知道吗？"梁月鹏问："什么配合？"魏自珍看了看梁月鹏，收回眼光道："好了，没事了。"梁月鹏愣怔有顷，转身走了。

江汉文艺出版社一编辑室里，张编辑正看着书稿，突然手机响了，拿起来接听道："梁月鹏……你肋骨被打断了三根……"哈哈笑了两下，"你怎么搞的？噢，你在书里暴露你同学隐私了……在出版之前我就跟你讲了，我们出版社不包发行，也发不动，我建议你到滨江图书大厦问问，看他们能不能帮你发一部分。"电话挂了。两个年轻同事抬头望着张编辑，张编辑笑道："爆炸性新闻！作者又被书中人打了……"又看起书稿来，心想，"你把五百块香烟钱要回去等于往我脸上打了一拳头，嗯哼——，报应来了，你被打断了三根肋骨。"

梁月鹏想把书卖掉，听了张编辑的建议后，趁周末来到滨江图书大厦。一个个简单装成的不封顶的房间充满大厦，全是一家家文化图书公司，各个门头上题写着公司名称，里面摆放着琳琅满目的图书。公司连着公司，整个三层楼都是，多达数百家。梁月鹏几乎看傻了，询问了好几个书商，最后的结论是：图书公司不和作者个人接洽业务，只和出版社接洽，但放几本可以，肯定卖不动，因为你那不是畅销书。

梁月鹏就是梁月鹏，他无奈之际，竟把电话打进了江汉文艺出版社社长办公室，社长按照三点五折，让发行科把《梁月鹏影视剧作四种》给发一下。

晚上，梁月鹏和吴小花依偎地靠在床头看电视，梁月鹏高兴道："这社长真好，他很有同情心，肯定是张编辑传出去我被打断了三根肋骨，他动了恻隐之心。"吴小花说："这书定价是二十块钱，一块钱一本我们也卖不出去，照七块钱一本能卖出去就算不错了。"梁月鹏说："好，书的事总算有个了结。等卖出钱来了首先买一台全自动洗衣机，天要冷了，到那时候用手洗衣服会被冻得受不了。然后再给你买点秋冬天的衣服。”吴小花伸臂揽着梁月鹏的脖子，亲昵道：“鹏，我有一个要求。”梁月鹏问：“什么要求？开始那个？”吴小花说：“你就知道那个，不是，你猜。”梁月鹏猜想道：“买台笔记本电脑？”吴小花摇摇头道：“不是。”梁月鹏继续猜想道：“准备结婚？我们现在哪有条件？”吴小花摇摇头道：“不是。”梁月鹏继续猜想道：“把你爸妈接到滨江来玩几天？可是现在没钱啊，我的工资才一千五啊。”吴小花说：“我要你给我写一封情书。我一封情书没接到就跟你在一起了，我太亏了。”梁月鹏说：“我现在写不出来啊。”吴小花说：“你怎么给刘芳写那么多情书？又是诗又是歌的。”梁月鹏说：“那是梁加林给刘芳写的，不是我。”吴小花说：“梁加林就是你，你就是梁加林……”梁月鹏脸红了，扭过脸去。吴小花看着梁月鹏道：“你看你看，脸都红了。”吴小花也没往下追究。

杨倩坐在办公桌边上网，笔记本电脑里依然播放着轻柔缠绵的歌曲《醉清风》。梁月鹏在看《奥尼尔文集》。杨倩突然喊梁月鹏：“哎，你工资是多少？”梁月鹏没理睬杨倩。杨倩又问道：“梁月鹏，你工资是多少？”梁月鹏抬起头来，说：“一千五，你多少？”杨倩说：“一千二，她们都是一千二，你研究生比我们多三百。”梁月鹏说：“杨倩，你能不能上班时间别放音乐，这样我怎么看书啊？”杨倩说：“那我戴上耳机。”说着把耳机戴上。梁月鹏看着书，但杨倩的耳机里传来刺啦刺啦的杂音，梁月鹏抬头看了看杨倩，说：“完了，我没办法在这待了。”杨倩自顾自上着网，听着音乐。梁月鹏接着看书，但杨倩耳机发出的刺啦刺啦的杂音刺激着梁月鹏的神经。梁月鹏又抬头看了一眼杨倩，然后埋头继续看书，但杨倩耳机发出的刺啦刺啦的杂音仍刺激着梁月鹏的神经，让他无法集中注意力看书，于是，梁月鹏站起身，看了看房间其他地方，拿定主意，挪开椅子，把办公桌轻轻移到他处，再把椅子搬过来，坐下看起书来。须臾，传来哭声，梁月鹏扭头看去，杨倩趴在桌边哭泣！这时，杨倩桌上的固定电话响了，杨倩伸手拿起话筒接听，带着哭腔道：“爸……我在上班……噢，我早点回去参加小娜姐的婚礼。”杨倩挂掉电话，起身从包里拿了卫生纸攥在手里，走了出去。梁月鹏看着书，这时，杨倩桌上的固定电话又响了，梁月鹏不管，但电话铃声一直响着，梁月鹏还是起身，过去接听道：“喂，哪位？”电话里魏自珍的声音：“你到我办公室来一下。”梁月鹏说：“好。”

梁月鹏经过副厂长室、厂长室门口，门都紧闭着，他来到魏自珍办公室，门开着。魏自珍在打电话，杨倩坐在魏自珍桌前椅子上，在低头抽泣。梁月鹏愣怔地站在门边，往里望着。魏自珍打完电话，拿眼看梁月鹏，说道："进来。"梁月鹏来到杨倩跟前站着，看着魏自珍。魏自珍说："你怎么欺负杨倩？她是小孩子。"杨倩抽泣得更厉害了。梁月鹏看了一眼杨倩，说："她放音乐，我无法看书。"杨倩抬起泪眼婆娑的脸，看着梁月鹏质问道："我不是戴上耳机了吗？你看不惯我，你就明说！"梁月鹏一时无言以对。魏自珍对梁月鹏说："梁月鹏，杨倩爸爸是省委党史办的，与我们滨影厂有合作关系，这我不讲你也会明白。"梁月鹏说："我没想这么多。"魏自珍说："好吧，你回去好好想想。"梁月鹏转身就要走，魏自珍说："哎哎，还有个事。"梁月鹏回转身来，魏自珍说："明天法院开庭，你们好好配合一下。等一会儿胡主任会联系你。"梁月鹏说："好！魏主任您忙。"魏自珍一挥手道："你去吧。"梁月鹏转身离去。

次日上午，胡劲松经手的合同纠纷案在滨江市滨影厂所属区法院开庭。被告处，坐着两个男人，其中一个人振振有词道："胡劲松吃住在我们那儿，对我们说，'我老婆是厂办主任，发票你们照开，反正我回去报销！'"坐在原告处的胡劲松脸都气红了，反唇相讥道："这是对我的污蔑，我要求法院对此无端污蔑给予法律制裁！"梁月鹏坐在胡劲松身旁。陈法官笑笑，说："这法院也无法制裁。法庭辩论讲究的是证据和逻辑。原告要求解除合同，退回十万元，并要求被告赔偿十万元精神损失费，被告有什么意见？"被告处，另一个男人冷笑道："精神损失费，笑话！"然后指着手头的材料，"这个附加合同明确表示了胡劲松认可我们已为该项目前期花费了十八万，这样的话，正好抵消了，第一批资金我们只需投两万就可以了。"梁月鹏注意地看着，听着。被告处，前一个男人说："所以我们要求项目继续往下进行，但胡劲松拒不往下进行，导致该项目停滞接近一年，否则的话，这部电影都上映了。所以，如果原告拒不往下进行，我们要求解除合同，剧组专用账户里的十二万元判给我们，另赔偿我们损失二十万元。"胡劲松气急败坏道："二十万元？少了吧，我赔你们总投资额二百万元，好不好?!"庭审结束后，原被告各自散去，等待判决。

梁月鹏除了这个案子，在厂里无事可做，只有自己找些书看看，总盼着有一天厂领导能安排些什么重要的事情让自己做。尤其在过道里遇上曹厂长、刘厂长，梁月鹏总是特别小心、恭敬、虔诚地看着，然后打招呼，唯恐出差错。曹厂长、刘厂长都不错，和梁月鹏碰面时总会有不错的反应，至少会看梁月鹏一眼，于是，梁月鹏很有把握地把自己未来的发展寄托在他们身上。

五十五

生活是很现实的。一个周六的上午，菜市场猪肉摊前，吴小花在和一个中年男人卖肉者争吵，梁月鹏站在吴小花身旁。吴小花递着用塑料袋装着的一小块猪肉，说："我只要三两，你为什么割三两五给我？"卖肉者手里拿着刀，说："哪有割得正好的？不就多五钱吗？"吴小花说："为什么是多五钱而不是少五钱呢？我要的是三两，多了我不要。"把肉丢到猪肉摊上，转身就走。卖肉者吆喝道："你回来！"抖动着手中的刀。吴小花回转身来，看见了卖肉者的凶相和他手中的刀！梁月鹏过去把肉拿到手中，付钱给卖肉者，然后过来拉着吴小花一起走了。吴小花叫道："看他能怎么样?！他能把我杀了?！"梁月鹏劝解道："你和他计较这五钱肉有意义吗？"旁边不断有人看着他俩。吴小花说："不计较，不计较下一顿饭就别吃了！现在离十号你领工资还有两天时间，但是只有三块钱了，你看怎么办？"梁月鹏不由得往两边望望，靠近吴小花，小声道："回去再说好吗？给人家听见有意思吗？"吴小花说："我姐有钱，我爸有钱，我好意思问他们要吗？说我们离领工资还有两天时间，手头只有三块钱……"梁月鹏介意道："你小声点不行吗？我来想办法。这周末是放松休息的，你和人家动这么大肝火不伤着你了吗？你要是吵架快乐，我宁愿让你吵，我看你吵架很不快乐。"吴小花说："你别和我转移话题，我现在是和你吵，不是和人家吵。"梁月鹏问："你和我吵什么？"吴小花说："你能挣到钱我还和卖肉的算计那五钱肉吗？"梁月鹏一时被堵住，无语。俩人沉默地走着，气氛很僵。梁月鹏凑近吴小花，伸手要夺过吴小花手中拎着的一棵大包菜，被吴小花生气地甩开。梁月鹏说："这包菜重，我来拎着。"吴小花不理睬，继续生气地往前走去。梁月鹏尴尬地看着吴小花，跟了上去。

回家做了饭，吃毕，俩人出去沉闷地转悠了一会儿，然后回来午睡。吴小花很快进入梦乡。梁月鹏睡不着，睁着眼想着办法，突然有了主意，看了一眼吴小花后，悄悄起床，出门。几十分钟后，吴小花仍在熟睡，突然枕边的手机响了，吴小花被惊醒，拿起来接听，她同时坐了起来，扭头看了看屋内，通话道："你怎么不见了？"电话里梁月鹏快乐的声音："今晚我请你吃酸菜鱼！"吴小花惊诧道："你在哪儿？你从哪儿借来的钱？"电话里梁月鹏的声音："我在滨江图书馆。"吴小花说："你告诉我你从哪儿借来的钱？"电话里梁月鹏的声音："吃饭时再告诉你，给你留点悬念。"吴小花问："那我到哪儿去找你？"电话里梁月鹏的声音："到滨大旁边我第一次请你吃酸菜鱼的饭馆。"吴小花说："好，借到钱了别乱花。"电话挂了。

一小饭馆里首，梁月鹏和吴小花对坐桌边，边吃饭边喝啤酒，桌上摆着一盆可口的酸菜鱼，以及青菜烧豆腐、油盐花生米。梁月鹏说："还猜不出来？我滨江图书馆的读者证退了。"吴小花疑问道："是把读者证押金一百块取出来了？"梁月鹏点了一下头道："等工资来了再去办。这样的话，损失了工本费十块钱，工本费不退。"吴小花说："刚拿到一百块钱，今晚就吃掉二十几。"梁月鹏说："也不常出来吃，过两天我就领工资了。"说着举杯，吴小花也举杯，两杯相碰，发出"当"的一声脆响。

饭后，俩人回到家，依偎地靠在床头看电视，一边说着话，脸色都有些微红。吴小花说："上次徐主任问我你在哪儿工作，我说你在滨江电影制片厂，他说滨江电影制片厂还在吗？"梁月鹏笑笑道："他不了解，一般不了解的都会认为滨影厂已经倒闭了。"吴小花说："鹏，你一个月才一千五，就偶尔跟踪一下那个案子，平时上班也没事干，你是不是可以考虑重新找工作？"梁月鹏心情沉重起来，说："重新找工作？找什么工作？"吴小花说："买菜都那么算计着买，两个大研究生，一个月才两千五，我在律所没事干，你在电影厂没事干。我姐说干脆你俩回来吧，别在滨江待了，滨江有啥好的？我们的同学当法官、检查官、律师、高校老师的，都有出息，就我们不行。"梁月鹏说："你不是律师吗？高校老师我们不是当不上，不是不想当吗？"吴小花说："有一句话叫性格决定命运，我姐夫说我俩性格太像了，都是死脑筋。"梁月鹏说："就他活脑筋？"吴小花说："反正他脑筋比你好使。"梁月鹏生气道："你……"沉默。

梁月鹏说：“我们工作还不到三个月，才刚开始，别急。一切会好起来的。”

梁月鹏看完几本名著后，到附近一个光碟店办理了租碟子手续，然后偷偷地在上班时间躲在家里观看中国四大名著中的《红楼梦》《三国演义》《水浒传》电视连续剧，以及美国优秀电影《音乐之声》《罗马假日》《现代启示录》《西线无战事》《人鬼情未了》等。梁月鹏沉浸其中，既获得极大的艺术享受，又深受启发，终于拿起笔，开始把《梁月鹏影视剧作四种》里的四个电影剧本连成一体，由一个主人公贯穿成一部长篇电视连续剧本《青涩年华》。杨倩经常去隔壁办公室玩，梁月鹏一个人便可以更加自在地创作。他是用钢笔在方格稿纸上写作，旁边摆着一瓶墨水，盖子不盖，可以随时蘸一下，以便写起来浓墨重彩、文笔流畅、文思泉涌。这次写作持续三个多月时间。

这一日，梁月鹏正在埋头写作，杨倩桌上的固定电话响了，梁月鹏走过去，拿起话筒接听道：“喂，哪位？”电话里魏自珍的声音：“你社保卡办下来了，你来拿一下。”梁月鹏说：“好，谢谢魏主任！”放下话筒，活跃地走了出去，来到魏自珍办公室拿了社保卡，刚从魏自珍办公室出来，刘艳生从一侧的卫生间出来，与梁月鹏打了个照面，梁月鹏恭敬地招呼道：“刘厂长——”刘艳生说：“你过来一下。”梁月鹏便跟着刘艳生去了副厂长室，进去后关上门。

刘艳生招呼道：“坐。”俩人各自在沙发上坐下。刘艳生看着梁月鹏道：“现在有个好机会，不知道你能不能抓住。就是我电影学院一个同班同学要领头写一部电视剧，缺一个助理，我想让你参与，如果写得好，也可以署名。”梁月鹏高兴道：“那好。”刘艳生说：“他这个项目已经定下来了。他和我在电影学院睡上下铺。你要能谦虚谨慎、竭尽全力参与好这个项目，你就跻身影视圈了，虽然你现在在电影厂上班，但还不能说你在影视圈，谁知道你？你作品呢？”梁月鹏脱口而出：“我现在正在写自己的一个电视剧。”刘艳生说：“你自己的剧很难推出去，现在一般是定制剧，是人家请你写，除非你自己的剧很好。”接着说道，“他这个剧大概元旦后动笔，你要做好准备。大部分时间你在你办公室写，没有人打扰你，工资照拿着。”梁月鹏说：“好，谢谢刘厂长！”刘艳生说：“那就这么说。”说着起身，梁月鹏亦起身，说：“那我走了，刘厂长再见。”转身离去，出门时轻轻将门带上。

这是一个特大喜讯！梁月鹏下班回去后，激动地用手机和二哥通话，一边走动着，吴小花站在跟前高兴地看着，听着。梁月鹏说：“二哥，今天刘艳生叫我去他办公室了，让我参与一部电视剧的写作，写得好给署名！”电话里梁月洲的声音：“好啊，你进滨江电影制片厂进对了！你能参加写一部电视剧，我那三万块钱你也有钱还了。”吴小花也用手机通起话来：“爸，梁月鹏马上要参加写电视剧了，那个介绍他进厂的副厂长刘艳生让他写的，那个领头的北京编剧是刘艳生电影学院的同班同学，以前上学时在宿舍里睡上下铺，他俩最要好了。”梁月鹏在继续通话：“三万块钱是个小数目，肯定能还给你，还要多给你一点。那个领头的北京编剧是刘艳生电影学院的同班同学，以前上学时在宿舍里睡上下铺，他俩最要好了。”吴小花在继续通话：“妈，到时候有钱了，把你和爸接到滨江来好好玩玩，这边风景点可多了，几天都玩不过来！”梁月鹏在继续通话：“二哥，妈现在身体怎么样？”电话里梁月洲的声音：“妈现在还好，血压高早上吃一粒药就行了，主要问题就是关节炎，走路要拄拐棍，生活还能自理。”梁月鹏说：“二哥，下马中学离家也近，你要经常回去看看妈，也能从街上买点蔬菜和水果带回去。”电话里梁月洲的声音：“我经常回去，昨天还回去的。你现在一年也该寄个一千块钱回来，你也工作了，我和大哥、大姐、二姐、月芹，我们给粮食的给粮食，给钱的给钱。”梁月鹏说：“好，这没问题，就这样讲，我从今年开始给，一年两千。”吴小花在继续通话：“爸，老四明年要实习就到滨江来实习，这里的条件要好得多。”俩人电话都打完了，互相看着。梁月鹏说：“电话打完了？”吴小花说：“你电话打完了？”梁月鹏说：“我打完了。”吴小花说：“我也打完了。”梁月鹏伸臂把吴小花揽在怀中，说：“让我们迎接美好的明天吧！前天你还说要离开滨江，离开滨影厂，可不能离开，我多年的影视梦就要……”这时，吴小花的手机响了，俩人分开，吴小花看了一眼来电显示，接听道：“姐！”电话里吴小花姐兴奋的声音：“老二，祝贺你们！梁月鹏要参加创作电视剧了！”吴小花说：“大概在元旦过后，现在还没参加。”电话里吴小花姐的声音：“我刚才对老三、老四讲了，她俩争着要演女一号！”吴小花笑道：“还没写，早着呢。姐，我刚才对爸讲了，老四明年实习就到滨江来实习，这里的医院条件要更好些。”电话里吴小花姐的声音：“好啊，等你们在滨江发展起来了，我带着妞找你们去！”吴小花说：“姐，我就盼着这一天呢，都盼死我了！”电话里吴小花姐的声音：“你们肯定行！都是名牌大学研究生毕业，怎能不行呢？”

一日，梁月鹏趴在办公桌边写作《青涩年华》，突然想起什么，走到杨倩办公桌旁，拿起固定电话话筒，打起电话来："陈法官你好，我是梁月鹏。"电话里陈法官的声音："梁月鹏你好。"梁月鹏说："请问滨影厂那个案子判决书下来了吗？"电话里陈法官的声音："刚下来。"梁月鹏说："怎么判的？现在能透露一下吗？"电话里陈法官的声音："判决解除合同，剧组专用账户里的十二万归北京两家公司所有。"梁月鹏失落道："那我们滨影厂投进去的十万元收不回来啦？"电话里陈法官的声音："对。"梁月鹏说："好的，那我来领一下吧。"

梁月鹏去法院领了判决书回来，经过魏自珍办公室门口，略一停顿，还是径直向前走到厂长室门口，敲门，里面传来曹厂长的声音："请进。"梁月鹏推开门，一愣，胡劲松在这儿！梁月鹏对曹厂长说："曹厂长，判决书下来了。"说着递判决书给曹厂长。胡劲松不高兴道："怎么你去拿了？"伸头就要看判决书，曹厂长说："等我先看完的。"翻看着判决书。胡劲松问梁月鹏："怎么判的？"梁月鹏说："判决解除合同，剧组专用账户里的十二万归北京两家公司所有。"胡劲松吃惊道："怎么是这样？"曹厂长把判决书往桌上一拍，对胡劲松说："滨影厂投进去的十万元怎么办？"胡劲松看着曹厂长，一时无语，表情有些紧张。曹厂长气愤道："这十万元谁来赔？我来赔？"胡劲松转而低声道："厂长，每个环节我都把握得好好的，出了这事，真是人算不如天算。"曹厂长说："什么人算不如天算？厂里制度非常明确，是谁的过错就由谁承担责任！"看向梁月鹏，"梁月鹏，你是滨江大学法律研究生，法律的精神在于公平正义，我让你参与了这个案子，你说，这个项目弄到这个地步，滨影厂打水漂了十万元，原因在哪儿？你直说！"曹厂长盯着梁月鹏！胡劲松盯着梁月鹏！梁月鹏看着曹厂长，又看了一眼胡劲松，然后对曹厂长说："胡主任签的一个附加合同出了问题。"胡劲松立即反诘道："我签的什么附加合同出了问题？"梁月鹏说："我不是对你讲过吗？"曹厂长问："那个附加合同在哪儿？"胡劲松说："哪有什么附加合同？"梁月鹏说："我这有一份，我去拿。"转身走了出去，来到自己办公室办公桌前，拉开抽屉，找到了那份附加合同，回到厂长室，递给曹厂长。曹厂长看完后，指着附加合同落款处"法定代表人"后胡劲松的签名，对胡劲松说："这应该是我签的，你是法定代表人吗？""单位盖章"处盖着鲜红的"滨江电影制片厂"圆形印章，中间有个红色五角星。胡劲松说："我在外面不就代表你吗？"曹厂长说："代表我？反正章在魏主任那儿，你就代表吧，但是你的责任你要承担！"胡劲松说："我在外面辛辛苦苦跑项目，有了好结果大家一起享受，出了事情就要我承担，这是什么理？”曹厂长说：“有了好结果你享受得少吗？你这还有什么好说的？你准备偿还厂里十万块钱吧！”胡劲松霍地站起身，恶狠狠地看了梁月鹏一眼，走了出去，把门“啪”地带上。

五十六

几日后的一个夜晚，睡前，梁月鹏和吴小花在一个盆里泡脚。梁月鹏看着吴小花的脚，说：“小花，你看，你这个脚大拇指指甲怎么变色了？”吴小花低头看，惊诧道：“哟，那是怎么回事？”梁月鹏用手摸着吴小花那个变了色的指甲，说：“疼不疼？”吴小花说：“不疼，这恐怕就是灰指甲，没事，不管它。”梁月鹏说：“好难看，指甲下面是空的。”抬起头来，“我还发现你这脖子后面多长了一块肉。”说着用手摸着吴小花的脖子后面，“我以前在我们老家农村见过，是挑担子压出来的，你也不挑担子。”吴小花说：“恐怕是枕头枕得高造成的，没事。”梁月鹏扭头看了一下床头挨在一起的一双同样的枕头，说：“你看一下我脖子后面，有没有多出来一块肉？”吴小花伸头看梁月鹏脖子后面，说：“没有。”梁月鹏说：“我们俩枕着同样的枕头，为什么我没有，你却多长出来一块肉呢？”吴小花说：“我哪儿知道？”梁月鹏突然想起什么，问吴小花：“哎，你社保卡个人账户上还有多少钱？我社保卡个人账户上，今天我去买滴眼液用社保卡支付，个人账户上没钱了，应该有钱啊，是怎么回事？”吴小花说：“你明天上班打电话问问劳动和社会保障局。”转而说道，“你和胡劲松肯定闹僵了，但你夹在中间也没办法。”梁月鹏说：“是厂长让我参与的，胡劲松不高兴能拿我怎么样？我是站在公平正义的立场上。”

次日上午一上班，梁月鹏便来到杨倩办公桌边，打起固定电话来，先通过“114”问到了劳动和社会保障局的电话号码，然后辗转问到了社保机构的电话号码，拨通后说道：“你好，我叫梁月鹏，栋梁的‘梁’，月亮的‘月’，大鹏展翅的‘鹏’，请帮我查一下我的社保现在是什么状态？”梁月鹏急切地等候着对方回话。对方回话了："梁月鹏的社保，这个月没有缴费了，你快通知你单位，快来续费。"对方电话挂了。梁月鹏放下话筒，犹豫着走了出去。

梁月鹏来到魏自珍办公室，站到魏自珍办公桌前，问魏自珍："我社保为什么停了？"魏自珍面无表情地看了一眼梁月鹏，说："你问我，我问谁呢？"梁月鹏说："社保不是都在你这办吗？"魏自珍不理睬梁月鹏。梁月鹏压抑着气愤，说："我知道了，我得罪胡主任就是得罪你了，你拿手中的职权来报复我了！"魏自珍冷笑了一下，说："你说得很对，你想怎么样？"梁月鹏气愤道："你去给我续上。"魏自珍顿时勃然大怒道："你还在这教训我？！让我给你续上？！你是谁？你去让厂长给你续上！"梁月鹏严厉道："你凭什么停了我的保险？你必须给我续上！"魏自珍变得凶神恶煞一般道："你给我滚！我不认识你！"梁月鹏冷笑了一下，说："你不认识我，我认识你。我去找厂长，我不和你一般见识。"转身急急走去。

梁月鹏急急来到厂长室门口，敲门，没人应，接着推，推不动，接着转身又走向魏自珍办公室，到了门口，觉得不妥，又转身离去。

有四个女孩子在梁月鹏、杨倩办公室隔壁一个较大的办公室办公。杨倩站在坐在办公桌边上网的甲女孩身后，给甲女孩编辫子。乙女孩在涂口红，一边说："到满一年我就辞职不干了，什么事都没有，浪费青春。"丙女孩在看书，一边说："我准备回北京，北京的影视公司很多，我在传媒大学读了四年本科，到这来都浪费了。"丁女孩在用小镜子照脸，一边说："听说厂里准备改制，事业单位要改成企业，把我们招来是留做后续力量的。"这时，丙女孩桌上的固定电话响了，乙、丁女孩同时站起来，跑过去，丙女孩却伸手把话筒拿起来，漫不经心地接听道："喂，哪位？"乙、丁女孩无趣地吐了一下舌头，转身回到各自桌位。电话里魏自珍的声音："让杨倩接一下电话。"丙女孩把话筒递向杨倩，喊道："杨倩，魏主任找你。"杨倩对甲女孩说："我来接一下魏主任的电话，回来接着给你编，哦？"杨倩过来接听电话道："喂，魏主任您找我？"电话里魏自珍的声音："杨倩，你过来一下。"杨倩说："好，我马上过来。"放下话筒，随即走了出去。

杨倩向魏自珍办公室走去，过道中间厂长室门口，梁月鹏在敲厂长室的门，没敲开，转身回来，与杨倩相向，梁月鹏看了一眼杨倩，杨倩没有正眼看梁月鹏，俩人交错而过。

滨影厂工会办公室里，几个年龄较大的老职工或站或坐着，在大声发着牢骚和议论。一个年逾五十的女职工说：“这么早就把我们内退了，每个月领个八百块钱刚刚够糊口。一有戏上了，大家都抢着上，也轮不到我们，这不是让我们等死吗？”一个接近六旬、浓眉大眼的男职工是工会主席，他说：“我这工会主席听起来好听，也就是个空头衔！”另一个接近五十的男职工说：“改制势在必行，但关键是要给我们一点机会呀！”工会主席感叹道：“八十年代有时候一年能拍五部电影，干得多带劲！现在走市场了，把我们都走到边上去喽！”接近五十的男职工说：“我每次从厂长办公室门口走过去，没有哪一次门是开着的！就是不希望我们去找他呗。”工会主席哈哈一笑，接着说道：“孙老倔上次去敲开厂长办公室的门，和厂长大吵了一架！”年逾五十的女职工诡秘道：“哎，魏自珍有接近两周时间都没来上班了，说是回娘家去了，不知道和厂长在较什么劲？”

曹厂长在办公室认真接听固定电话，电话里一个浑厚的男声：“曹可，这次滨影厂改制你正在有序推进，滨影厂在你的带领下影视合作项目一个接一个，这都是值得肯定的！但是，魏自珍和胡劲松的工作，你仍然要支持下去，这是不能动摇的。但有一条，给单位造成了损失，是谁的责任谁就要承担，这也是不能动摇的。”曹厂长说：“台长，我知道了，按照您的指示办！”

晚间，梁月鹏和吴小花靠在床头一边看电视，一边说着话。吴小花说：“元旦都过去半个月了，都快要到春节了，刘艳生同学的那个电视剧怎么还不找你写？”梁月鹏说：“再等两天，要是再不找我，我去问刘艳生。”吴小花说：“该不会有变化吧？”梁月鹏说：“这会有什么变化？不可能有变化。”

两日后，梁月鹏趴在办公桌边奋笔疾书长篇电视连续剧本《青涩年华》，写了一会儿，他放下钢笔，起身来到杨倩办公桌边，打起固定电话来：“刘厂长您好！”电话里刘艳生热情的声音：“你好，什么事啊？”梁月鹏有点紧张道：“刘厂长，您上次说那个电视剧，说元旦过后开始动笔……”电话里刘艳生的声音：“噢，是这样，我没告诉你，情况有变化，那个电视剧项目他们已经开始了，就是说你做你的事吧，下次有机会你再参与。”梁月鹏一下子失落了，说：“噢，是这样……我知道了。”放下话筒，纳闷起来，在屋内不安地来回走动。

这是一个不幸的消息！梁月鹏下班回去后，心情仍处于躁动不安之中。吴小花在用手机通话："姐，刘厂长说情况有变化，不要梁月鹏写了，不知道是怎么回事。"电话里吴小花姐的声音："这个时候你要安慰安慰他，以后会有机会，叫他不要气馁。"梁月鹏也用手机通起话来，一边不安地走动着，电话里梁月洲不满的声音："人家研究生毕业一个月至少两三千，你就才一千五，光说后来发展后来发展，后来到什么时候？"吴小花在继续通话，电话里吴小花姐的声音："老二，我看你们不如回来吧，你一个月一千，梁月鹏一个月一千五，加起来才两千五。你们回来进高校，我敢保证你俩一个月至少五千，以后还能分到房子。"吴小花说："我们都已经在这边了，就不想再动了。"梁月鹏在继续通话："这只是暂时的，我进滨影厂才半年时间。"电话里梁月洲不满的声音："暂时的，我看你进滨影厂就是个错误！现在电影厂都是老事业单位，死不死活不活的，你还把它看得多高、多神圣！"吴小花在继续通话，电话里吴小花姐的声音："老二，你们头脑不能太呆板，这样下去你们会后悔的。好吧，春节前你姐夫出差去滨海，路过滨江，我正好和他一起去看看你们。"吴小花说："好啊，我们租的房子有点旧。"电话里吴小花姐的声音："你姐还嫌你们房子旧吗？"梁月鹏在继续通话，电话里梁月洲不满的声音："我现在不敢相信你了，出书又怎么样？花了三万，只收回来一万，还是人家社长看在你肋骨被打断的分儿上。念研究生又怎么样？花了五万，现在一个月才一千五……你别再拿'失败是成功之母'来安慰自己，你不能再自欺欺人了！"梁月鹏手机贴在耳朵上听着，脸涨得通红。

俩人电话打完后，都靠在床头看电视，吴小花看着梁月鹏心神不定的样子，关心地问道："鹏，《青涩年华》现在写了多少了？"梁月鹏勉强道："写了三分之一了，要写到三月份。"吴小花说："那就把它写完吧，既然你觉得有意义。"少顷，梁月鹏才愣怔地问道："什么？"吴小花伸出一只手臂，把梁月鹏揽到自己怀中，安慰道："鹏，相信未来，我会一直跟着你！"梁月鹏头在吴小花怀中，脸朝上，不安的情绪逐渐平复了下来……

生活在继续。一个周日的早晨，梁月鹏、吴小花租房的阳台已阳光灿烂，两只麻雀飞过来，落在阳台窗台上，抖动着小尾巴，叽叽喳喳叫个不停。手机响了，接着是下床和靸拖鞋的声音，身穿睡衣、头发蓬松的吴小花，拿着响个不停的手机来阳台接听。两只麻雀惊飞而去。电话里吴小花姐的声音："我们已经到滨江了，住在滨江火车站旁的四星级宾馆里，你姐夫说你们过来吧，中午他请客。”吴小花睡眼惺忪道：“好，马上就过来。”挂掉手机回屋，对仍在睡觉的梁月鹏说：“鹏，起来吧，我姐来的电话。”

梁月鹏起床。俩人洗漱毕，出门，在外面吃了早餐，然后乘公交汽车和地铁赶赴火车站。刚从地铁口出来，梁月鹏思虑道：“小花，你一个人去吧。”吴小花惊诧道：“你不去了？”梁月鹏为难道：“我不想去了。去和你姐夫在一起吃饭，吃了他的饭倒没什么，关键是和他在一起没话说，不是有点尴尬吗？”说着停住脚步。吴小花拉着梁月鹏走，一边说：“那不行！人家好不容易来一趟滨江，在一起吃个饭，你不去？你上次去他家，人家还陪你吃饭呢。”梁月鹏被拉走着，一边说：“我真的不想去，可能是因为我现在心情不大好，和人家在一起吃饭，没有心情。”吴小花说：“那你让我怎么向他们交代？”梁月鹏思虑道：“那你就说……”吴小花很为难地想了一会儿，说：“那就说你走到半路上了，你一个同学打电话找你有急事，你就去同学那儿了。”梁月鹏欣慰地笑笑，说：“好，你去对你姐说，叫他们下午到我们那儿去，我们晚上请他们吃饭。”吴小花说：“那就这样吧。”埋怨地“剜”了梁月鹏一眼，转身走了。梁月鹏说：“有情况随时电话联系。”吴小花边走边回头道：“好，你先回去吧，他们来之前我告诉你。”梁月鹏向吴小花挥着手，走了。

梁月鹏直接回去了，中午自个儿在家里做了饭，吃完之后去外面转了一会儿，然后就回去午睡了。正在午睡呢，枕边的手机响了，梁月鹏拿起来接听，是吴小花打来的：“鹏，我们吃过饭了，我出来了。我姐他们吃过饭准备休息一会儿就乘汽车去滨海，这次就不到我们住的地方来了。”梁月鹏释然道：“哎呀，太好了！我的心一直悬着，这下放下了。那你回来吧。”

空气中已飘起了过年的气味。今天是腊月二十三，梁月鹏刚下班，走在滨影厂大门外，一边拿着手机通话，电话里梁月洲说：“你今年过年回来过。”梁月鹏说：“二哥，我这几年在外面一个人过年过惯了，我就不回去了，回去也没地方住。”梁月洲说：“你回来在我这住，过年都不想回来吗？”梁月鹏说：“那好吧。小花爸妈提出来让我和小花一起去她家过年，我不想去。”梁月洲说：“你去，你们工作都这样，还去什么去？”梁月鹏说：“小花一个人回去，我不去。”梁月洲说：“小花这次回去过年，我看她家人不一定会让她回来。人家在老家能进大学当老师，在滨江干什么？当律师，一个人不认得，你当什么律师？我讲的你也不要太往心里去，仅供参考。”梁月鹏说：“二哥，小花肯定会回来的。我也在考虑，等她一年实习期满后律师执业证拿到手，我们再想办法。”梁月洲说：“再想办法？人家进大学办法现成的，你非要让她当律师。律师，我看也不是你想象的那样神圣！其他不多讲了，等你回来过年。既然你高中毕业那么多年后还能起死回生考上研究生，我相信你也能再次起死回生！”梁月鹏被最后一句话深深打动，高兴道：“二哥，我回去过年！”

吴小花腊月二十五就回老家了，梁月鹏二十九才回去。

梁月洲夫妻带儿子现在都住在下马中学，老家的房子早就不住了。

这是一排老式的带走廊的砖瓦房，其中两间是梁月洲的，后面有院落。梁月鹏提着个包走进校园，向梁月洲家走去。梁月洲和妻子看见梁月鹏走来，迎了出来。

大年初一晚，梁月洲有个高中老同学在梁月洲家做客。门上贴着春联，香阁上点着一炷香和两根红蜡烛。梁月洲和老同学，还有梁月鹏坐在桌边喝酒，桌上有鱼、猪肉、鸡肉等菜，气氛热烈。梁月洲老同学高兴地对梁月鹏说：“我和你二哥高中同学，在学校时，下课了，胳膊挽着胳膊去上厕所，关系好得很。毕业二十多年了，我们和原来一样。”梁月洲兴奋道：“那个时候，可以用这个词来形容我们：形影不离！”老同学哈哈大笑道：“对对对，形影不离！”梁月鹏说：“在我印象中，我和我二哥以前在老家住的那个小棚子，令人难忘！外面有一对吊环。虽然那时候很穷。”梁月洲老同学说：“那小屋我也经常去。”这时，梁月鹏母亲拄着一支拐棍，另一只手端着一碟青菜烧豆腐，送上桌来。梁月洲老同学赶忙站起身，接过菜碟，客气道：“大妈你也上来坐！”母亲说：“不了不了，你们吃你们的，我也吃不了什么。”然后走到一旁站着，慈祥地看着他们喝酒。梁月鹏端杯向梁月洲老同学敬酒，俩人一饮而尽。梁月洲老同学说：“你二哥为人，我最佩服！”母亲插话道：“噢，我们这个家谁管事？”梁月鹏说：“二哥。”母亲说：“噢，你知道是你二哥。这么多年，没有你二哥，我们这个家就难了。”梁月鹏又端杯向梁月洲老同学敬酒，俩人一饮而尽。梁月洲自己喝着酒。母亲拄着拐棍走动两步，说：“我这腿，秋天去省立医院治，你大嫂不准去，舍不得花钱，硬是你二哥带我去，不然现在，我恐怕躺在床上也耗死了。”梁月洲吃着菜，眼泪在眼眶里打转。梁月鹏再次端杯向梁月洲老同学敬酒，俩人又一饮而尽。母亲说：“你二嫂嫌你三万块钱不还，过年回来就只带几个苹果，从大年二十九到今天大年初一，天天在这吃喝，下午带着梁天回娘家了，不烧给你们吃了。”突然，传来哭声，大家循声看去，梁月洲趴在桌边哭了！他很快停止哭泣，对梁月鹏带着哭腔说道：“这次是妈让你回来过年的，说你几年都没回家过年了。”梁月鹏一下子热泪盈眶！母亲也带起了哭腔，说：“月鹏在外面一个人过年，我心里能不难受吗？”转而规劝道，“月鹏，我劝你以后能不能不要再搞剧本，那个你没有人，搞不出来，我们是什么人家？你想想。你好好和小花在滨江挣钱，现在没有钱到哪儿都不行。你这么大人了，还没有孩子，房子又是租的，什么时候你才能站得住脚跟？老是这样漂着……”香阁上，香烟袅袅，红蜡烛蹿动着火苗……

五十七

几天年很快就过去，人们的生活又恢复了常态。

滨江电影制片厂财务室，胡劲松站在柜台外，往里面吼道：“你们凭什么扣我的工资?！啊?!”里面有三个女孩在上班，其中一个女孩平静地回复道：“这是厂里的财务制度规定的，厂长一支笔。”胡劲松质问道：“准备扣我多少？扣到什么时候为止?”另一个女孩平静道：“扣十万，扣到十万扣完了为止。”胡劲松“啪”地拍了一下柜台，这时，魏自珍走进来，拉着胡劲松，胡劲松还逞强不愿走，但还是被魏自珍拉走了。

梁月鹏傍晚下班到家一般比吴小花早一段时间。一日傍晚，梁月鹏下班后，来到附近公交汽车站牌接吴小花。没等多久，一辆公交汽车停靠，门开，乘客下车，吴小花挎着皮包下来。梁月鹏来到吴小花跟前，吴小花看了梁月鹏一眼，却面无表情，径自走去。他俩往前走着。梁月鹏看着吴小花愁眉不展的样子，伸手把她挎的皮包取下来，自己拎着，问道：“今天又怎么了?”过了一会儿，吴小花才说：“顾红梅有意孤立我。”梁月鹏问：“她怎么孤立你了?”吴小花说：“她光和别人说话不和我说话。”梁月鹏释然地笑笑，说：“噢，是这样。”吴小花伸手从梁月鹏手上夺走自己的皮包，说：“人家好难受，你还笑。”独自快步向前走去。梁月鹏看着，跟了上去，说：“小花，你听我说，是这样，你成天趴在那儿不吭气，人家没有义务主动找你讲话，是你多心了，这不算什么。”吴小花不理睬梁月鹏，只是朝前走着。梁月鹏说：“你光给徐主任翻译一点东西，你还可以跟别的律师出去跑跑。”这时，吴小花皮包里的手机响了，吴小花站住，拿出来接听。梁月鹏也停住脚步，站在一旁等候着。吴小花说：“妈哎——”电话里吴小花妈的声音：“在干啥?”吴小花说：“刚下班回来，下了公交车，走在路上，梁月鹏来公交站牌接我了。”电话里吴小花妈的声音：“梁月鹏没上班?”吴小花说：“他下班回来早，没事就来接我了，公交站牌就在附近。”说到这看了一眼梁月鹏。梁月鹏悉心地看着吴小花打电话并听着。电话里吴小花妈的声音：“老五谈对象了。”吴小花高兴道：“什么？老五谈对象了?”

晚间，梁月鹏和吴小花坐在床头看电视，一边说着话，吴小花说：“我妈还好点，我爸现在很闹心！老五好不容易跳出农门、考上本科了，却回过头来谈了个农村女孩。”梁月鹏问：“那女孩干什么的?”吴小花说：“隔壁村子的，在家种地，有时候到城里打打工。”梁月鹏又问：“她念书念到什么程度?”吴小花说：“初中毕业。”梁月鹏接着问：“长得怎么样?”吴小花说：“一般。”梁月鹏继续问：“那还有什么长处吗？比如贤惠，善良，能干……”吴小花摇了摇头。梁月鹏说：“那就奇怪了，老五可以谈个本科生啊，至少应该是大专生啊。”吴小花说：“我爸自尊心很强，大力培养我们几个往高处走，没想到老五傻成这样。我爸向老五亮明态度了：反对!”这时，吴小花手机响了，吴小花拿起来，看一下来电显示，接听道：“爸——”电话里吴小花爸的声音：“老四她们明天就到滨江，在滨江人民医院实习。”吴小花高兴道：“好好，我去接她!”电话里吴小花爸的声音：“不用接，她们班一起去实习的有十几个，房子她们老师提前就给她们租好了，到了后，你送一床被子给她盖，临走她还给你。”吴小花说：“好好，明天什么时候到?”电话里吴小花爸的声音：“下午到，那你半下午送去，晚上请她吃个晚饭。哎，你妈跟你讲。”电话里吴小花妈的声音：“二妮，你在那儿要照顾好小彤，她是你们四个当中最小的，不懂事，第一次出远门，千万要多去看看她，不要让她想家，好好实习。”吴小花说：“妈，有她二妮姐在这儿，你放心吧!”说到这儿看了一眼在看、在听她打电话的梁月鹏，“梁月鹏讲，她实习结束后给她在滨江找个护士工作，到时候你们来滨江有两个女儿在这儿!”梁月鹏咧嘴笑了笑。

次日刚好是周六。下午，梁月鹏抱着一床被子和挎着皮包的吴小花一起去给吴小彤接风。吴小彤她们十几个女学生住在一幢旧居民楼的三室一厅里，此时，门开着，室内到处放着行李，一群女学生忙出忙进，在整理床铺和行李。吴小花和梁月鹏走来，吴小花探头问："吴小彤住在这儿吗？"随着一声"姐"，吴小彤从一个房间里神气活现地跑了出来，姐妹俩握手相欢，吴小花问道："刚到?"吴小彤说："有一会儿了。"吴小花指着梁月鹏道："你哥。"吴小彤看梁月鹏，含羞带笑道："哥。"梁月鹏高兴道："住哪一间？我们来看看。"吴小彤领着他俩来到自己所住房间：四张铁架子床，住着八个女学生，她们各忙着各的。吴小彤来到一个上铺跟前，说："这是我的床。"吴小花过来，关爱地抹了抹床单。梁月鹏把被子放上面，看着床沿没有栏杆，说道："这不行，这还敢睡觉吗？滚下来跌不死也差不多了。"旁边两个女生听见都笑了。梁月鹏、吴小花、吴小彤看了看那两个女生，也笑了笑。梁月鹏走到另一张床跟前，问正蹲在上铺整理床单的女生："你这儿没有护栏，你敢睡吗?"女生说："我睡习惯了，没事。"梁月鹏转身过来问吴小彤："没有护栏，你敢不敢睡?"吴小彤说："好像是有点怕。"梁月鹏当即决定道："这样，我去找电焊工，过来焊个护栏，也不复杂。"随即出门找了个电焊工，焊好了护栏。当晚请吴小彤去附近一个小饭馆吃了饭，其乐融融。

次日是周日，吴小彤有事。下周末一到，吴小彤即被接到家里来做客。吴小花领着吴小彤，梁月鹏跟着，欣喜地进屋。吴小彤端详屋内，从小客厅到厨房，到卫生间，再到卧室，吴小花和梁月鹏欣喜地跟随着。吴小花抑制不住内心的喜悦，碰了碰梁月鹏，指了指吴小彤，对梁月鹏悄悄道："我妹子像个大人的样子，她在我的心目中一直是个孩子。"梁月鹏也悄声道："她就是大人，都二十了。"

卧室里，吴小彤坐在床沿看电视。厨房，吴小花在切菜，梁月鹏站在跟前看着。吴小花欣喜道："好高兴啊，我妹子来，我真的好高兴！"梁月鹏说："可以理解，家里来亲人了，当然高兴。"吴小花说："你不知道我爸是多么爱护小彤！她也是最小的女孩嘛。两三年前有一次，小彤几个初中同学开面包车停到我家门口，把小彤带到十里开外的同学家玩去了。我爸一听说，马上开着我家的面包车撵到那里，把小彤硬拽上车，带回来了，小彤很不高兴。"梁月鹏问："她那几个同学中有男有女?"吴小花说："是的，我爸就怕出事啊，都十七八了！你不知道我妈，我们只要洗过头发，头发上有水没干就披散着，我妈只要一看到，就，‘去去去去去！把头发扎上！’”

杨倩仍站在坐在办公桌边上网的甲女孩身后，给甲女孩编辫子。乙女孩在涂口红，一边说：“快到一年了，我要和各位说再见了。”丙女孩在看书，一边说：“你去北京吗？我俩一道。”乙女孩说：“看情况吧，等一等再说。”丁女孩在用小镜子照脸，一边说：“我是不走了，在这儿等机会，厂里不可能老是让我们在这坐着吧。”这时，丙女孩桌上的固定电话响了，丁女孩站起来，跑过去，丙女孩却伸手把话筒拿起来，漫不经心地接听道：“喂，哪位？”丁女孩无趣地吐了一下舌头，转身回到自己桌位。电话里魏自珍的声音：“让杨倩接一下电话。”丙女孩把话筒递向杨倩，喊道：“杨倩，魏主任找你。”杨倩对甲女孩说：“我来接一下魏主任的电话，回来接着给你编，哦？”杨倩过来接听电话道：“喂，魏主任您找我？”电话里魏自珍的声音：“杨倩，你让他们每个人把自己父母亲以及直系亲属的工作单位和职位写出来，你收一下送来给我，包括梁月鹏。”杨倩说：“好的，魏主任。”随即，杨倩向她们传达了魏主任的指令，接着来到隔壁自己的办公室，向梁月鹏传达。梁月鹏当即撕了一张纸条，在上面写了起来，杨倩站在旁边等候着：

父亲梁德民（已去世）、母亲郑翠英，皆系农民，没有工作单位。其他直系亲属如还在世，均在老家务农。只有二哥梁月洲在老家中学任教。

梁月鹏

写完，梁月鹏交给杨倩。杨倩接过纸条，转身走了。梁月鹏疑惑地看着杨倩走去。

次日上午，梁月鹏在厂里过道走着，老远的对面走来曹厂长，曹厂长看见了梁月鹏。梁月鹏紧张地往前走着，等曹厂长走近，看着曹厂长，张口欲招呼，曹厂长却一扭头，走了过去。梁月鹏走着，感到很难受，很纳闷。

晚上，睡前，和吴小花在一个盆里泡脚，梁月鹏仍郁郁不乐。吴小花感觉到了，看着梁月鹏，说道：“你今天遇到什么事了？”过了一会儿，梁月鹏才说：“没什么。”吴小花说：“没什么就是有什么，你对我说说。”梁月鹏仍愁眉不展，郁郁不乐。吴小花说：“你肯定遇到不开心的事了。”梁月鹏结束泡脚，拿毛巾擦脚，回避道：“真的没什么。”其实，梁月鹏心里在纠结和盘算着，曹厂长向来不是这样的，他今天的态度有点反常，莫不是不打算和我续签劳动合同了？要让我滚蛋？还有两天就满一年了，我该主动去找一下曹厂长。

次日上午上班已经有一会儿了，梁月鹏走出办公室，去曹厂长办公室，在过道上走过，看到前面会议室门开着，里面在开会。梁月鹏来到厂长室门口，敲门，里面传来曹厂长的声音："请进。"梁月鹏推开门，曹厂长正拿着材料准备出门，问道："有事？"梁月鹏难为情道："我合同到期了，是接着续签吗？"曹厂长一愣，说："噢，这样，我去开会，马上的，你先回办公室。"梁月鹏说："好。"转身离去。曹厂长出了门，门也不关，向会议室走去。

今天有点奇特，杨倩不去隔壁办公室玩了，坐在自己办公桌边上网，比较沉着。梁月鹏回到办公室，翻看着打印稿：长篇电视连续剧本《青涩年华》。杨倩办公桌上的固定电话响了，杨倩接听道："魏主任……我马上过来。"放下话筒，走出办公室。梁月鹏感到有些不妙，不免扭头看了看杨倩走去的背影。过了好一会儿，梁月鹏正在翻看着《青涩年华》，突然，有人进门，梁月鹏扭头看去，是工会主席。工会主席来到梁月鹏跟前站着，梁月鹏也站起身。工会主席对梁月鹏说："我们认识。刚才厂工会作出了一个决定，决定终止你与滨影厂的劳动合同，厂里有几个月没给你交保险，厂里补偿你。"梁月鹏顿时脸色发白，有气无力道："为什么……终止合同？"工会主席说："原因是多方面的，其中一条是杨倩说你调戏她，当然这只是背下说说。"梁月鹏一时间蒙了，吞吐道："我……"工会主席说："你准备准备，不着急。"梁月鹏有点慌乱道："我马上就走，我来拿一下东西。"说着拉开抽屉，把东西往外拿。工会主席走了。梁月鹏把《青涩年华》和一些书籍装在一个塑料袋里，提着，打量了一下房间，转身离去。这时，杨倩办公桌上的笔记本电脑里又响起《醉清风》那轻柔缠绵的歌声……

梁月鹏提着塑料袋子，走到副厂长室门口，伸手敲门，里面传来刘艳生的声音："请进。"梁月鹏推开门，刘艳生从办公桌后走出来，一边说："梁月鹏，来来来，临走了我陪你坐一坐。"刘艳生和梁月鹏各自在沙发坐下。刘艳生看着梁月鹏道："你的事情我知道了，我也不多说了。你准备去哪里？"梁月鹏无精打采道："去人才市场找工作。"刘艳生啧了一下嘴道："现在正是高校毕业的时候，找工作的学生多啊。"梁月鹏殷切地看着刘艳生，说："等你以后当上……厂长了，我再来。"刘艳生看着梁月鹏，未置可否，接着起身道："哎——那就这样。”梁月鹏只得站起身来，勉强咧嘴笑了一下，说：“刘厂长，谢谢您……去年介绍我来滨影厂……我走了。”刘艳生送梁月鹏出办公室。

梁月鹏提着塑料袋子，来到门卫跟前，面无表情道：“我走了。”门卫眨着眼睛道：“你不干了？”梁月鹏说：“被开了。”门卫咧嘴笑了，说：“被开了，你研究生，为什么开你？”梁月鹏也咧嘴一笑，说：“调戏妇女。”门卫眼睛睁大了，问：“你调戏谁？”梁月鹏转身走了。门卫看着梁月鹏的背影，喊道：“哎哎，你还没告诉我……”梁月鹏提着塑料袋子，已走远了。

梁月鹏提着塑料袋子，走到自己所住的居民区，这时，衣袋里的手机响了，他拿出来接听，是二哥打来的：“月鹏，你现在有没有一万块钱？我需要钱。三万块钱你还不起，你先还个一万吧。”梁月鹏说：“我现在一万也没有。上次书卖出来的钱给小花买了笔记本电脑，又买了洗衣机和其他东西。二哥，我从滨影厂出来了。”电话里梁月洲的声音：“怎么出来了？”梁月鹏说：“一年合同期满，他们不让我继续干了。”电话里梁月洲愤愤不平的声音：“曹可和刘艳生不让你干了？他们不是坏蛋吗？”梁月鹏说：“可能还是我和魏自珍矛盾造成的。”电话里梁月洲的声音：“她丈夫那个案子？你也不会做人，到处得罪人。那你接下来怎么搞？找工作？”梁月鹏一抬头，到楼下了，说：“二哥，今天就到这了，现在我不想多讲，等等我给你电话。”

梁月鹏上楼，来到门前，拿钥匙开门，推开门，吴小花在家。梁月鹏惊诧道：“你怎么在家？”吴小花说：“我帮两个律师来收代理费的，群体业主状告房产公司房子漏水，我收了一上午的钱，数钱手都数酸了，那两个律师给了我两千块钱，算劳务费。”看着梁月鹏的表情，“你怎么回来了？”梁月鹏把塑料袋子给吴小花，持重道：“不好的消息，你要挺住啊——”吴小花接过塑料袋子，信任、鼓励、包容地看着梁月鹏。梁月鹏说：“我被滨影厂开了。”吴小花顺势抱住梁月鹏，用心道：“鹏，没关系，只要我俩在一起，困难都会被克服的！”梁月鹏被吴小花抱着，头伏在吴小花背后，无语，亦无泪。

当夜，夜光中，依稀可见睡在一头的梁月鹏和吴小花都闭着眼，都在不住地咽唾沫，他俩都睡不着……

次日清晨，晨光熹微，突然传来哭泣声，一夜无眠的梁月鹏扭头看吴小花，只见睡梦中的吴小花在哭泣，一抽一抽的，泪水直往下流。梁月鹏推了推吴小花道：“哎，你醒醒。”吴小花睁开了眼睛，迷迷糊糊道：“我在哭，是吗?”梁月鹏伸手揩掉吴小花脸颊上的泪，说：“是啊，你哭得很伤心，在做什么梦?”吴小花清醒地回忆道：“胡劲松把你打倒在地上，然后他把你压在他身下，你往上翻翻不上来，就喊我帮你，我往你跟前跑却跑不动，就张着嘴在那哭。”梁月鹏笑笑，说：“我一夜没睡着。”吴小花说：“上半夜我也没睡着，下半夜才迷迷糊糊睡着了，却做了这样一个梦。”梁月鹏说：“我知道我俩上半夜都没睡着，都闭着眼在咽唾沫。”吴小花伸手抚摸了一下梁月鹏的脸，说：“鹏，你辛苦了，现在接着睡吧!”

五十八

过了两日，梁月鹏去文印门市部打印了一沓子个人简历，装在一个透明的塑料文件袋里，开始去滨江人才大厦找工作。人才大厦内，人山人海，多媒体屏幕墙上，“招聘单位、职位及要求”的文字一排排向上推移，屏幕墙下，挤满了求职者，伸着脖子，睁大了眼在观看，梁月鹏在其中。各招聘摊位前，熙熙攘攘，人如潮涌，挤满了求职者，纷纷递着简历。梁月鹏拿着装着简历的塑料文件袋，挤了进来，伸着头问一招聘人员，同时指着海报上的“文员”职位：“请问那个文员职位有没有招满?”该招聘人员是个男青年，西装革履，很职业化的样子，他惊奇地看着梁月鹏，问道：“什么?你想当文员?”梁月鹏抽出一张简历递给招聘人员，笑道：“我们学文科的当文员不正常嘛。”招聘人员看了一眼梁月鹏的简历，奇怪地看着梁月鹏道：“你去吧，你好好想想。”把简历还给了梁月鹏。另一招聘摊位前，梁月鹏坐在洽谈座位上，看着海报上的招聘信息，问面前穿着正装的女招聘人员：“请问那个大区经理我可以做吗?”女招聘人员问：“你做过销售吗?”梁月鹏一愣，然后说：“我好像做过……我卖过服装。”女招聘人员说：“就是说你站过柜台当过营业员，可是我们这大区经理是管理岗，不是营业员。下一位。”梁月鹏起身，离开座位，等候在梁月鹏身旁的另一个求职者赶快落入座位。梁月鹏有点不甘心，看了看女招聘人员面带微笑地和坐在座位上的求职者洽谈，只得离开。另一招聘摊位前，梁月鹏坐在洽谈座位上，指着“福特汽车”海报上的招聘信息，对穿着正装、年轻秀气的女招聘人员说：“你们法务总监职位，要求名牌高校法学院硕士研究生学历，这个我符合。”女招聘人员说：“但需要有八年以上法务工作经验。”梁月鹏说：“我在滨江电影制片厂做的就是法务，我处理了一起重大合同纠纷。”女招聘人员问：“你做了多久？”梁月鹏说：“一年。”女招聘人员说：“那不行，时间太短了。”低头看了一下梁月鹏的简历，“你司法考试过了吗？如果你过了司法考试，可以做法务专员。”梁月鹏说：“没有考，在校期间我是大专学历，不准参加司法考试。”女招聘人员说：“不好意思，下一位。”梁月鹏起身，离开座位，等候在梁月鹏身旁的另一个求职者赶快落入座位。梁月鹏落寞地在各招聘摊位前转悠，然后愁闷地走到旁边一僻静处，不由得拿出手机，拨号，然后贴在耳朵上紧张地聆听着。对方电话接通，梁月鹏紧张地一跺脚道：“刘厂长你好！”电话里刘艳生的声音：“你好，你在哪里？”梁月鹏伤感道：“我在滨江人才大厦找工作，工作很难找……找不到合适的，法律我没有过司法考试，别的我又……”电话里刘艳生的声音：“有没有招文案策划的？”梁月鹏说：“有，我也觉得不合适。”电话里刘艳生的声音：“我这儿还有事情，改日再聊，啊。”电话挂了。梁月鹏放下手机，一时不知所措。过了一会儿，他翻看手机通讯录，一个一个人名，“许在然”出现了，梁月鹏想了想，开始拨号，然后贴在耳朵上紧张地聆听着。对方电话接通，梁月鹏紧张地一跺脚道：“许在然你好！”电话里许在然的声音：“你讲。”梁月鹏伤感道：“我在滨江人才大厦找工作。”电话里许在然的声音：“你不是在滨江电影制片厂的吗？”梁月鹏说：“刚刚下来，闹矛盾，出来了。”电话里许在然的声音：“滨江人才大厦离滨江海关不远，你中午过来吃个便饭吧，我们聊聊。”梁月鹏激动道：“好好，我马上过去！”梁月鹏放下手机，精神来了，转身穿过熙攘的求职人群，踏入扶梯，扶梯载着梁月鹏向下滑行而去……

梁月鹏来到滨江海关一楼服务台前，经过许可，进里面，入电梯间，站在往上滑行的电梯间里，指示灯闪亮，十三层到了，电梯门开，梁月鹏走了出去，来到许在然办公室。许在然招呼“坐”后，离开办公桌，给梁月鹏沏奶茶，然后端给梁月鹏，和蔼道：“这是奶茶，你喝。”梁月鹏双手接着，一下子“呜——”地哭了起来！许在然回到办公桌边坐下，冷静地看着梁月鹏道：“你喝茶，哎。”梁月鹏裤腰一直扎着许在然送的海关皮带。梁月鹏停止哭泣，勉强笑了笑，声音明显有点异样："不好意思。"用手揩了揩泪。许在然说："我觉得你比较适合待在文化单位，就像滨江电影制片厂这样的单位。"梁月鹏说："准备要改制了。"许在然说："这你不用管，你把你自己的事情做好。"转而说道，"那你接下来怎么办呢？海关是政府机关，想进来要参加公务员考试。今年我们有一个稽查岗位，报考人数和录取人数比率是两千比一，这是什么概念？竞争太激烈了。"到吃午饭的时候了，许在然领着梁月鹏去海关食堂吃了自助餐，饭后走在过道里，许在然说："你的工作还是你自己想办法，你看呢？"

梁月鹏下午又去人才市场转了转，对找工作、对职业规划，梁月鹏没有概念，不知道自己以后究竟从事什么，最后空落落地回来了。已是傍晚时分，梁月鹏拿着装着简历的塑料文件袋，上楼，来到门前，门开着！梁月鹏进屋，餐桌上摆着一碟烤鸭肉、一碟卤花生米和一瓶啤酒！这时，吴小花系着围裙，端着刚烹饪好的红烧鱼，高兴地从厨房出来。梁月鹏问："你怎么在家？"吴小花反问："我怎么不能在家？"说着把红烧鱼放到餐桌上。梁月鹏说："今晚很丰盛啊，我俩又要对酌了。"吴小花从梁月鹏手中拿走塑料文件袋，放到一边，对梁月鹏说："你去洗洗手，准备就餐，有重大消息要宣布！"梁月鹏莫名其妙地看着吴小花，问："有什么重大消息？"吴小花说："你去洗手，吃饭时宣布！"梁月鹏便去洗手。然后，俩人入座，吴小花给梁月鹏斟啤酒，然后给自己斟，接着端杯，梁月鹏亦端杯，碰杯，发出"当"的一声脆响。梁月鹏说："你怎么不问我有没有找到工作？"吴小花说："那个不重要。"梁月鹏问："那什么重要？"吴小花说："明天我们去领结婚证！"伸出右手小拇指，"我们拉个钩。"梁月鹏也伸出右手小拇指，他俩的小拇指紧紧地勾在一起。吴小花起头说道："拉钩上吊——"梁月鹏和吴小花一起说道："一百年不许变！"

次日，梁月鹏和吴小花一起去民政局婚姻登记部门办理了结婚登记手续，于是，他俩成了合法夫妻。在梁月鹏失业、失意、一贫如洗的时候，吴小花主动提出和他领了结婚证，梁月鹏很感动！梁月鹏在心里面暗暗发誓："这一辈子，我一定要对吴小花好，一定要给她幸福！"

梁月鹏的当务之急是找工作。滨江人才大厦内，熙熙攘攘，人如潮涌。各招聘摊位前，挤满了求职者，纷纷递着简历。梁月鹏拿着装着简历的塑料文件袋挤到一个摊位跟前。招聘人员是个老头，穿着很家常，旁边是他土气的老婆，面对纷纷递过来的简历，老头说道："哎，我是董事长，自主创业成功的，资产两个亿，今天我要招聘一个总经理，年薪五十万，简历我不看，你们一个一个说说，你凭什么能做我的总经理？我从中择优录取。每个人两个字，多了我不听。”大家伙儿，有男有女，纷纷踊跃道：“敬业！”“专业！”“忠诚！”“魄力！”“胆识！”“帅气！”“美丽！”“风度！”……老头目光炯炯！梁月鹏说：“实干！”梁月鹏身旁一个长得结实、长相厚道的男青年说道，声音并不高：“实在。”老头目光停留在这个男青年身上！老头看着“实在”男青年，说：“我可以考虑你。”大家的目光一齐投向“实在”男青年！“实在”男青年面红耳赤。梁月鹏冲着老头说：“我说的‘实干’为什么不行，而‘实在’行？”老头看了看梁月鹏道：“不好意思，你太文气了。”梁月鹏无奈地退了出来，旁边一个小个子小伙子对梁月鹏说：“大哥，别在意，老头在这作秀，他可能一个都不要。”梁月鹏看着小个子小伙子，问：“你刚毕业？”小个子小伙子说：“我大专毕业，学市场营销的，找工作就应该找市场营销，能锻炼人，下周一有个营销招聘专场，你可以过来看看。”

吴小花去看望吴小彤，吴小彤生气地坐在床上，眼角挂着泪。吴小花手搭在新焊的护栏上，劝说道：“你下来，我请你去吃酸菜鱼。”吴小彤不吭气，姿势和表情保持不变。过了一会儿，吴小彤发声了：“要不是你，我根本就不会来这鬼地方，住得这么挤，小区环境这么破旧。”这时，吴小花手机响了，吴小花拿出来，看一下来电显示，接听道：“妈哎——”电话里吴小花妈的声音：“小彤在滨江想家，你有空就去看看她，对她讲讲，不要想家，好好实习。”吴小花说：“我现在就在小彤这里，她不理我，怪我把她引到滨江来实习。”电话里吴小花妈的声音：“你把手机给她，我来跟她讲。”吴小花把手机给吴小彤，说：“妈跟你讲话。”吴小彤接听道：“妈——”哭了起来，而且泣不成声。电话里吴小花妈的声音：“小彤，小彤，小彤，我的孩儿……”吴小花无奈的表情。

吴小花从吴小彤那儿回来，把情况告诉梁月鹏，梁月鹏说：“你完了，小彤在这儿，你日子不能过了。”吴小花愁闷道：“她告诉我妈，说你不干事，做饭都是我做，我妈对你有点不高兴。”梁月鹏吃惊道：“什么？她向你妈打小报告，说我不干事，都是你干？”吴小花说：“她看到了，我在做菜，你在旁边站着，哪怕就看到一次，她就会认为你天天都是这样。”梁月鹏很不高兴道：“你看看，不能做好人吧，听说她要来，我还高兴呢！她一来，我发现她睡的架子床没有护栏很危险，当即找电焊工给她焊个护栏，花了七八十。接着又叫她到我们这来，把她服侍得就像公主一样。这样，你现在对小彤的态度就是别理她，她是被你爸妈宠成这样的。”吴小花说：“我一到周末就难过了，不知道去看她还是不去。去，她不理我；不去，做姐的好像失职了。”梁月鹏苦笑了笑道：“这看起来不是问题，其实问题很严重，你现在就是别想到她，过一阵子再说。她都二十了，钱也不缺，有那么多同学在那儿，还想怎么样？我看你爸妈的教育有问题。”吴小花说：“我家就是这样，大的就要照顾小的。我们在老家，什么事情，我爸就找我姐，我们有什么事情，也找我姐。我大学四年，每周末都去我姐那儿，我毕业论文的八千字都是我姐帮我打的。”梁月鹏说：“我觉得，你大学四年，要是没有你姐在那儿，你会成长得更好一些，换句话说，你姐阻碍了你的成长。她过分地帮助了你，该是你干的她帮你干了，让你总是回归子宫，待在温暖的怀抱里。你还记得吗？我记得很清楚，在学校体育馆那次招聘，你都不敢到招聘摊位跟前去，更不敢跟人家谈工作，我硬把你向前推。”吴小花说：“不应该回归桃源，应该走向荒原，这我知道。”梁月鹏说：“光知道，没用，要化为行动。我在电影厂那个杨倩也是，和你一般大，她说过她长这么大自己的衣服一次都没洗过。我临走她肯定是受魏自珍指使，说我调戏她……”说到这儿不禁笑了一下，“当然小彤和她不一样。现在就是要让小彤独立生活。你不要认为你不去看她就是你的不对，就有负罪感，你没有错，你要每天去看她，把她捧在手心里，你就是在害她，知道了吧？”吴小花说：“道理我都懂，就是做起来有点难。”梁月鹏说：“不难，就是个习惯问题，习惯就是文化，行为习惯就是品质，你养成了不去无端照顾她的习惯，你就成长了。我也要成长，我马上可能要干销售，这是市场经济的要求。”吴小花说：“今天徐主任找我谈话，说得很模糊，反正讲到做律师不一定一下子就在律所待下去，也可以到企业里干干，熟悉熟悉企业的运作。”说到这儿，从自己挎包里取出一个小本本，给梁月鹏，“给你。”梁月鹏接过来，一看，是吴小花的律师执业证，惊喜道：“哟，你的律师执业证！”吴小花说：“我爸今天给我打了八千块钱。”梁月鹏说：“给你打这么多钱干什么？”吴小花说：“他听说你从电影厂下来了还没找到工作，我实习结束了，每个月的一千块钱也没有了，就打来了。”梁月鹏感动道：“你爸真好！”吴小花说：“我爸也很难过，他说我们两个研究生工作一年，每个月两千五，一年后都失业了。”梁月鹏一时间也认识到处境的严峻，痛心道：“我俩是怎么搞的？”吴小花说：“你想想你是怎么搞的？我都是听你的。”梁月鹏说：“我喜欢写剧本，碰到了刘艳生，让我进电影厂，没错啊。不过，曹可让我搞法律，参与一个案件。”吴小花说：“滨影厂是个烂摊子，不该进。”梁月鹏说：“那我现在该干什么呢？我要是通过司法考试，我可以进律所当律师。”吴小花说：“我俩是不是两个废物啊？什么都想干，什么都干不了。”梁月鹏低下了头。吴小花说：“我都想用炸药把滨影厂给炸了，尤其要把曹可、刘艳生炸死，给他们害了。”梁月鹏说：“还要把魏自珍和胡劲松炸死。”吴小花说：“还要把杨倩炸死，不是这个小妖精在作怪，或许你下不来。”梁月鹏说：“现在我俩回你老家还能进高校吗？”吴小花说：“你问我我问谁？现在我们也没脸再提这个事了。”梁月鹏伸手臂要抱吴小花，吴小花伸手给推过去。时候已经不早，吴小花洗了澡，上床躺下，说：“我睡了，你还没洗澡，早点洗洗睡觉。”

梁月鹏去洗了澡回来，穿上短裤，上床，伸手就要关灯，却停住了，只见睡梦中吴小花幼稚可爱的脸。梁月鹏怜惜地看着，心想：“小花，我对不起你，是我让你受苦了。我比你大许多，我有愧呀！不过，我会努力，让你过上好日子，我们一起过上好日子，我相信Tomorrow is another day！”梁月鹏凑近看着，吴小花脸上长有痤疮，两颊泛红！

五十九

“营销招聘专场”的大红横幅悬挂在滨江人才大厦大门上。今天，求职者较之以往，少了很多，招聘摊位前根本不拥挤。梁月鹏拿着装着简历的塑料文件袋走来，坐到一个洽谈座位上。招聘人员是个没着正装的男青年，梁月鹏看着“糖尿病患者的福音”海报，试探着问道：“你们这是专治……”男青年干脆道：“你明天上午到我们公司，我们详谈一下。”梁月鹏高兴道：“好，明天上午见！”起身离开。

次日上午，梁月鹏来到该糖尿病公司，没着正装的男青年在办公室接待梁月鹏道：“我们是糖尿病食用品的研发、生产、销售及售后服务全产业链专业公司，老板是空军医院的大夫，长期从事糖尿病的诊断、治疗和研究工作。现在他发明、组织生产魔芋面条来治疗糖尿病，经过大量临床实践，效果很好。现在扩大生产，扩大销售。”梁月鹏问道：“那老板现在还在空军医院当大夫吗？”男青年说：“停薪留职，下来专门负责经营公司。”说到这儿，拿起桌上一张报纸递给梁月鹏，“这上面有一篇报道，专门报道了我们老板，题目是《会营销的医生》，你看看。”梁月鹏接过报纸翻看起来，说：“噢，在这儿。”看了一会儿，抬头问道，“现在我来就是销售魔芋面条，对吗？”男青年说：“你这样讲不妥当，但也是大实话。我们的宗旨是给糖尿病患者带去福音，不是逢人就给他销售魔芋面条。”梁月鹏问：“那我的工作应该怎么开展呢？”男青年说：“这需要培训一下，不妨我现在就跟你讲一讲。”梁月鹏拿出本子和笔要记录，男青年说：“不用，你干我们这个有点大材小用，我一讲你就会明白。糖尿病患者主要是老年人，那么首先要找到糖尿病患者，你说说，去哪儿找糖尿病患者？”梁月鹏踊跃道：“去治疗糖尿病的医院。”男青年不以为然道：“那人家已经在医院治了，你去找人家有什么用？”梁月鹏虚心道：“那去哪儿？”男青年说：“我们营销总监发明了‘公园晨练找患者’。”梁月鹏认真道：“‘公园晨练找患者’，这是什么意思？”男青年说：“糖尿病患者主要是老年人，老年人一般都晨练，而晨练主要在公园，早上去公园门口把着，肯定能找到不少糖尿病患者。”梁月鹏豁然开朗道：“对对对！”男青年说：“我们现在分片承包，把滨江几十个公园揽下，这样，明天早上六点你去红石公园后门，我给你派的师傅明天早上在那儿，他会教你怎么做，他姓常。”梁月鹏问：“明天早上六点到达是吧？”男青年说：“不能迟到啊，老年人睡不着觉，起得早。”梁月鹏起身，微笑道：“谢谢你讲解，你讲得很清楚！”男青年亦起身道：“哪里哪里，我们同舟共济。”

次日清晨，晨光熹微，梁月鹏和吴小花在熟睡中。突然，梁月鹏枕边的手机闹铃响了，梁月鹏醒来，关掉闹铃，起床。梁月鹏洗漱毕，挎着个包，急匆匆地出门，把门带上，下楼。

梁月鹏向附近的公交站牌小跑而去。一辆公交汽车停靠，门开，乘客下车，别的乘客又上车，门关，车开走。梁月鹏跑到跟前，招着手，但已枉然。一辆电动自行车驶来，看着就要撞上梁月鹏，车上男人一掌将梁月鹏搡开，同时说道：“你不要命了！”梁月鹏踉跄，跌倒，趴在地上，抬头看，电动自行车已驶远……

红石公园大门，梁月鹏走来，有点跛。一对持剑的老头老太走过，梁月鹏跟上来，问道："老人家，请问红石公园后门在哪儿？"老头指了指方向，梁月鹏说："谢谢！"转身走去。手机响了，梁月鹏掏出来，接听道："喂，哪位？"电话里男声："你是梁月鹏吧，我姓常。"梁月鹏说："噢，常老师您好，您在哪里？"电话里男声："我在红石公园后门。"梁月鹏说："我到大门了，马上就到。"

红石公园后门外，一个小个子、样子普通、有点像农民的男青年拎着个黑皮包等候着。梁月鹏小跑着过来，热情道："您是常老师？"常师傅有点不好意思道："你就喊我小常吧，我今年三十二，高中学历。"梁月鹏又问："你是哪里人？"常师傅说："四川人。"从黑皮包里掏出一沓子传单给梁月鹏。梁月鹏接过来，看着，题目是《糖尿病患者的福音》，下面是说明性的文字。常师傅说："公司让我俩负责红石公园。这是传单，发给来公园晨练的老年人。"梁月鹏问："发过以后怎么办呢？"常师傅说："在发的时候，打听消息，注意三点：一是有病，二是有钱，三是有决策权。懂了吗？"梁月鹏有点迷惑，自语道："一是有病，二是有钱……"常师傅解释道："就是你问的人第一要有糖尿病，第二要有钱治，第三要有花钱治糖尿病的决定权。"梁月鹏懂了，说："你们概括得简明扼要。"这时，有几个老年人背着剑走来，常师傅和梁月鹏上前搭讪，有理睬的也有不理睬的，有接传单的也有不接传单的，有交谈的也有不愿交谈的。陆续地有老年人走来。常师傅和梁月鹏各自上前，如此搭讪道："大伯您好！""大妈好！"一边把传单递给人家，他俩如此解说着传单上的内容："这是空军医院的大夫根据多年临床经验研制出的保健品，可以有效治疗糖尿病……""这是糖尿病患者的福音，真的，在滨江已经有很多人因为食用我们的保健品而从痛苦中摆脱了出来。我们每周都有一次糖尿病患者座谈会，到时候我约请您参会，病友们相互交流，相互切磋……"常师傅和梁月鹏各自用笔在本子上记录下对方的情况和联系方式。最后，常师傅把黑皮包递给梁月鹏，说："你帮我带到公司去，今早上就到这儿，上午去公司开会。"梁月鹏接过来道："好的，那我们上午见。我想问一下干这个一个月能挣多少钱？"常师傅说："两三千块钱没问题，再多就有点难了。我们还要上门给老人按摩，有的老人脾气很不好。"

吴小花已经起床，穿着内衣，躺在床上，像骑自行车一样，在空蹬脚，一边数着数："……一百九十三，一百九十四，一百九十五，一百九十六，一百九十七，一百九十八，一百九十九，两百。"停了下来。梁月鹏回到家，看到了，问道："你这在干吗？"吴小花满脸绯红，坐了起来，说："这是我在电视上看到的，一个老头的长寿秘诀，每天都蹬，对身体很好。"梁月鹏说："你早上吃了吗？我来下魔芋面条给你吃。"说着从常师傅的黑皮包里拿出一筒面条递给吴小花，"你看看。"吴小花接过来端详着，说："这是什么面条？颜色发黑。"梁月鹏说："魔芋做的，能治糖尿病，我们先尝尝。"转身去厨房做了两碗面条端过来，其中一碗给吴小花，吴小花接着，吹了吹，吃了一口，龇牙咧嘴道："好难吃啊，这面条能卖掉吗？"梁月鹏也吃了一口，感受道："这个吃不下去。"把碗放下。吴小花问道："你工作怎么样？"梁月鹏笑笑道："那不叫工作，就是去散传单。小花，这个活我不想干了，你想想，这个能干吗？就是卖魔芋面条，还要到人家家去给老头老太按摩，也挣不了多少钱。"吴小花说："这个不行，再重新找。"梁月鹏说："那我上午就不到那个公司开会了，马上打电话给他来把包取走。"笑了笑，"他是我的小主管，马上就把主管架子摆上了，让我把他的包带到公司。"吴小花问："他面条少了半筒怎么办？"梁月鹏说："那没事，大不了给他两块钱，我估计他不会要钱的，就当作我早上的劳务费了。"

梁月鹏继续找工作。他有心事地拿着手机，走出住房的门，并轻轻将门带上，来到楼道一角落，心情沉重地站定，看了看手机，想拨号，又放弃，走动了起来。他思想在激烈地斗争，他终于豁出去了，打开手机，拨号，然后把手机贴在耳朵上谛听。电话接通，梁月鹏说："请帮我转一下余林副局长，我是他高中同学。"电话里平静的男声："他不是副局长了，是局长兼党委书记。我现在就给你接过去。"梁月鹏激动道："好！他当局长几年了？"电话已转接过去，少顷，电话里传来余林的声音："喂——"梁月鹏紧张地一跺脚，说："余林你好！我是梁月鹏。"电话里余林的声音："你在哪里？"梁月鹏说："我在滨江。"电话里余林的声音："听说你考上滨江大学研究生了。"梁月鹏说："是的，你明天上午在不在？我过来一下。"电话里余林的声音："在。"

次日上午，梁月鹏赶赴老家江汉省城，来到市工商行政管理局局长室，坐在余林办公桌对面的椅子上。余林说："你研究生毕业一年多了，在滨江电影制片厂工作了一年，现在没事干了。”梁月鹏说：“你看你能不能给我推荐个工作？”余林搔了搔头发，想笑却没笑，说：“梁月鹏，你还是高中时候那样子。我觉得你半辈子都在找工作啊。高中毕业有二十年了吧？你还在找工作！我儿子已经上大一了。”梁月鹏脸都红了，说：“现在研究生毕业也不包分配，都要靠自己找了。”余林瞅着梁月鹏道：“说实话，我很佩服你这种精神！你没上大学，竟然能考上名牌大学研究生。但是，你记得不记得，你找我给你找工作至少有五次吧？”梁月鹏勉强笑了笑道：“给你带来麻烦了。”余林说：“现在是这样，你的工作应该由你自己找，现在人才市场已经比较成熟了，你愿意回到江汉吗？我看你还不一定。”梁月鹏突然释然道：“对对对，我还是回到滨江。来看到你现在当局长了，我也高兴。”余林说：“你中午在这吃饭，下午回去。”说着用桌上固定电话打电话，“我中午有几位客人，你安排一个包间。”

梁月鹏中午在局长同学那儿吃了不错的饭，下午便回来了。吴小花正系着围裙在厨房切菜，传来敲门声，吴小花问：“谁呀？”梁月鹏的声音：“我。”吴小花过来开了门，看着梁月鹏道：“我一听到你声音就知道你没找到工作。路费还花掉一百。”然后转身去厨房。梁月鹏无聊地走到卧室，把电视打开，电视正在播放电视剧《乡村爱情》。传来吴小花的声音：“把电视关掉，听到声音很烦。”梁月鹏又把电视关掉。

次日午后，梁月鹏和吴小花在午睡。梁月鹏先醒了，睁开眼睛，看见挂在衣架上的自己长裤上的皮带上的由商神手杖与金色钥匙交叉组成的海关标志在熠熠发光，便说：“小花，我来问问许在然，看他能不能给你介绍个工作？”吴小花睁开眼睛，说：“你都不行，我怎么行？”梁月鹏说：“你是律师，比我有优势。你不是想进企业吗？你英语基础好，可以进外企。他们海关和外企打交道多，他介绍你进外企肯定没问题。南郊不是有个开发区吗？国家级的，那里有很多外企，有不少都是世界五百强，你要是能进世界五百强外企，那有多好！”吴小花来了精神，说：“你给我问问，我真的很想进外企！”梁月鹏思考道：“我是打电话给他，还是发短信？”吴小花说：“你发短信吧，这样人家能想一想再回答你。”梁月鹏坐起身来，给许在然发了短信，然后紧张地等待着回音。突然，短信提示音响了，梁月鹏就要看，却被吴小花夺了过去。吴小花念道：“梁月鹏你好，你这个事情我不太好办，因为我在机关工作，不和企业打交道。请谅。许在然。”梁月鹏一下子无望了，吴小花却笑道：“我是骗你

的!”把手机递给梁月鹏看:

可以,我来联系一下南郊开发区海关办事处的张主任,他是我们光明老乡,有消息及时通知你。许在然

梁月鹏高兴道:“柳暗花明又一村!”吴小花在床上高兴地站了起来,把梁月鹏也拉站起来,俩人手拉着手,手舞足蹈。这时,吴小花的手机响了,吴小花拿起来,看了一下来电显示,说:“我爸的电话。”接听。电话里吴小花爸命令的声音:“你马上买火车票回来!”吴小花愕然道:“爸,怎么啦?”电话里吴小花爸严厉的声音:“怎么啦?要再这样下去,我看你以后会饿死!”吴小花说:“爸,刚才梁月鹏联系他一个老乡,是滨江海关的领导,让他介绍我进外企,他都答应了。”电话里吴小花爸依然严厉的声音:“梁月鹏梁月鹏!你再听他话,你去喝西北风!刚才我见到你大伯了,今年想进高校已经不可能了!去年是多好的机会,你俩都可以进,现在、现在、现在,已经丧失机会了!!!”吴小花爸近乎吼了起来!吴小花“哇——”的一声哭了!梁月鹏一直在旁看着、听着,神情凝重,见吴小花哭了,一时慌了神,不知所措。吴小花的手机已结束通话。梁月鹏下床,去拽了两张抽纸,过来给吴小花擦泪,吴小花伸手打掉,梁月鹏愣愣地看着她。吴小花仍在哭泣,一抽一抽的,然后带着哭腔对梁月鹏说:“都怪你没本事!我这次肯定要回去了,回来不回来都难说了。一切都听你的,到头来饭都吃不上嘴,做父母的怎能不生气不伤心?刚才我爸都气疯了,看他那样子都想去死!”梁月鹏无语,一脸的凝重和悲哀。

当夜,夜光中,依稀可见睡在一头的梁月鹏和吴小花都闭着眼,都在不住地咽唾沫,他俩都睡不着……

次日早晨,吴小花眼泡发肿,收拾好一个行李包,提着,走了。梁月鹏跟上来,把吴小花的行李包拿过来拎着,送吴小花出门。

街边,公交站牌旁,一辆公交汽车停靠着,乘客在上车,吴小花先上车,梁月鹏拎着吴小花的行李包紧跟着上车。车门关,开走。

滨江火车站候车大厅,人流在向前移动。检票口,吴小花检票,通过。梁月鹏提着吴小花的行李包,对工作人员说:“我送她的,让我进去吧。”工作人员放行,梁月鹏进入。

站台，一列火车停靠着，乘客在上车，吴小花上车，梁月鹏把行李包递给她，吴小花接过包，看了梁月鹏一眼，转身进车厢。吴小花在车厢里走动着，寻找座位。梁月鹏在站台上通过窗户往里看着，一边跟随着吴小花走动。火车门关闭，一阵放气的声音，火车启动。通过车窗玻璃，可见吴小花面朝外向梁月鹏挥手。梁月鹏站在站台上向吴小花挥着手。火车开走，不一会儿，便风驰电掣一般驶去。梁月鹏在站台伫望着……

六十

梁月鹏送走了吴小花，回来，一时间感到很空虚，很悲凉，不禁寻思，自己为什么总是不幸呢？以前，是因为没有学历，现在有学历了，为什么还如此？他走到厨房看看，又走到阳台看看，然后来到桌前，把笔记本电脑打开，打开长篇电视连续剧本《青涩年华》文档，看了起来。不觉间，梁月鹏进入了故事的世界，他悲凉的心情也沉静下来。读着读着，梁月鹏觉得有话要说，觉得主人公的所作所为往往有些荒唐，应该对如此一系列的荒唐行为作出剖析和调侃，而不只是客观地再现，于是，他在上面“写”了起来，从头开始来梳理一遍主人公即“梁月鹏”的心路历程，增加了反思、反讽、自我解剖、自我审判的成分。这大概就是创作中的二度循环吧。

次日傍晚，梁月鹏正在笔记本电脑上聚精会神地写作，身旁的手机响了，梁月鹏拿起来接听。电话里吴小花的声音：“鹏，今天我爸带我到汴州市法学会考试的，那是事业单位，招考研究人员。我不想去，我爸硬要我去，我也不好推辞。我如果推辞不去的话，我怕气着我爸，他也是为了我好。”梁月鹏说：“考得怎么样？”电话里吴小花的声音：“难说，该答的都答了。我这样想，我先在这边找着，许在然那边如果有消息在先，我就回来。如果我这边先找到，我就在这上班，然后再考虑你。”梁月鹏说：“好的。我正在重写我的剧本，很投入，这是难得的机会。”电话里吴小花的声音：“鹏，我发现我爸脑子里有计谋，他嘴上说把我工作先找到然后再把你搞过来，但我感觉我爸好像另有想法。不过，鹏，你放心，我自己有脑子，每晚睡前我都会给你发短信道晚安的，我在这边找工作的情况我都会告诉你。”梁月鹏说：“好，等我这个写完了，我就找工作，不管什么工作，先干着。”电话里吴小花的声音：“那好，你写吧，睡觉前我会给你发短信的。Bye!”梁月鹏说：“Bye!”

梁月鹏这次写作持续二十天时间，一天大约阅读、写作五个小时。这二十天，梁月鹏悲凉、沉静而有力。他感到，文学艺术是社会和人性的一面镜子，我们都需要这面镜子。

大雨滂沱，求职者仍络绎不绝，撑着伞，前往滨江人才大厦应聘求职。梁月鹏撑着伞，拿着装着简历的塑料文件袋，走来。人才大厦内，梁月鹏坐在“银铃集团”的应聘座位上，指着海报上“人力资源经理”的职位，对穿着正装的男青年招聘人员说：“我学法律的可以应聘人力资源经理这个职位吗?”男青年说：“可以。不过，我们银铃集团人力资源经理的工作基本上都在外地，在滨江总部的可能性很小。你能不能接受?”梁月鹏想了想，答道：“可以!”男青年问：“人力资源管理的六大模块你知道吗?”梁月鹏疑问道：“六大模块?”男青年说：“你回去找一本人力资源管理的书看看，就知道了。”梁月鹏说：“好的，谢谢!”男青年说：“我们电话联系。”梁月鹏起身，向男青年挥挥手道：“再见!”转身离去。

梁月鹏很高兴，回去即从一个大学的旧书店买了一本《人力资源管理》的书看。正好是六章，那就是六大模块：

第一章　人力资源规划
第二章　招聘与配置
第三章　培训与开发
第四章　绩效管理
第五章　薪酬福利管理
第六章　劳动关系管理

梁月鹏认真地读完了该书，又去银铃集团面试了两次，即被正式录用。

银铃集团总部有一幢气派的办公大楼，旁边是偌大的一片绿色草坪，五星红旗和其他多面旗帜在高高的旗杆上端迎风招展。办公大楼旋转大门口，在人才大厦招聘梁月鹏的那个男青年送梁月鹏出旋转大门，他俩脚上都套着蓝色塑料鞋套，男青年对梁月鹏说：“那就这样，下周你正式入职上班，银铃集团滨海分公司，从滨江到滨海乘汽车五个小时路程。”梁月鹏高兴道：“好的，谢谢你！”男青年伸手与梁月鹏握手，互道“再见”，然后男青年回办公楼，梁月鹏脱下塑料鞋套，放进门边的大塑料桶里。

梁月鹏走在银铃集团总部大院内，拿出手机，给吴小花打电话。电话里吴小花的声音：“那好啊，银铃集团全国有名！”梁月鹏高兴道：“董事长是我们江汉人，中央电视台《新闻联播》一结束就有银铃集团火腿肠和生鲜肉的广告，我去的滨海分公司就是生产火腿肠的！没想到吧，我的工作先定了！工资一个月三千。”电话里吴小花的声音：“鹏，要不我也去滨海找个工作，我俩在一起，不是挺好的吗？”梁月鹏迟疑有顷，干脆道：“滨海，只是一个县级市，怎么可能在那小地方待下去？好了好了，我来给我二哥打个电话。”说完放下手机，拨号，然后贴在耳朵上听着。电话接通，梁月鹏说：“二哥，我又找了一个工作，是银铃集团！”电话里梁月洲的声音：“那好啊，什么事你先干着，也比待着强。你是去做什么？”梁月鹏走到一棵树下，停住脚步，说：“当人力资源经理，就是人事科长，不过不在滨江总部，在滨海分公司，先去见习半年，然后正式调任某分公司当人力资源经理。”电话里梁月洲的声音：“你能当经理吗？”梁月鹏说：“不是总经理，就是人力资源这一块的经理，就六大模块，不难。”电话里梁月洲的声音：“你讲这几大模块我也不懂，但是有一个问题，你和小花分居怎么办？”梁月鹏说：“二哥，小花现在已经回老家了，她爸硬让她回去找工作。”电话里梁月洲的声音：“你看你看，你这很危险！她父亲把她叫回去，意味着什么？你们两个研究生毕业，都没工作，这不是天大笑话吗？！”说到这儿明显气恼起来，“你二嫂经常在我跟前叽咕，三万块钱，你什么时候能还？你真还不起，我们也不能拿你怎么样！兄弟一场，就算给你三万块！但是你想想，你做的都是什么事？我看你这一辈子就给写剧本害了，到头来就是做一场梦！你就是喜欢做梦！”梁月鹏被刺激得脸都涨红了，但只得听着。电话里梁月洲依然气恼的声音：“你考上研究生，我们为你高兴得不得了！也想着你能为我们这个家庭做点什么，你能做什么？妈，你照顾不到，你说给钱，钱呢？我也不多说了，你好自为之，今天我话讲得重了一点。就这样。”梁月鹏沉重地放下手机，然后，走出银铃集团。

梁月鹏有点疲惫地回到住房，走到床前，和衣躺下，望着石灰粉刷的、已斑驳变色的天花板。这时，手机响了，梁月鹏拿起来，看了一下来电显示，是“许在然”，便陡然兴奋地起身，接通，紧张地一跺脚道：“许在然你好！”电话里许在然和蔼的声音：“你让你爱人明天下午两点到我办公室，我带她去南郊开发区海关办事处和张主任见一面。”梁月鹏兴奋道：“好好！她现在在老家，我马上叫她回来。谢谢！”梁月鹏赶紧给吴小花打电话，接通，梁月鹏说道：“你赶快去买火车票，明天下午两点到达滨江海关许在然办公室，他带你去南郊开发区海关办事处和张主任见一面！许在然刚才打电话给我的！”电话里吴小花的声音：“好好，那坐明天上午的火车，下午一点钟到滨江火车站，那我就直接去滨江海关吗？”梁月鹏说：“那当然了。”电话里吴小花的声音：“那我没有衣服穿，我身上这衣服脏了，还没洗。”梁月鹏说：“这样，我把你那件粉红色的衬衫送给你，你下火车后乘公交车到后花园下车，我把衣服送给你，你穿上，接着再乘车过去，也就只耽误十分钟八分钟时间。”电话里吴小花的声音：“那你衣服送给我了，我在哪儿换啊？大白天的。”梁月鹏说：“后花园那地方不是有树丛吗？我再给你挡一下，很快就换了，没事！”电话里吴小花的声音：“好好，那就这样，我马上去买火车票。”

次日午后，后花园公交站牌，梁月鹏拿着吴小花的粉红色衬衫走来。一辆公交汽车靠站，车门开，吴小花跳了下来，看到了梁月鹏。梁月鹏拉着吴小花就去路边一树丛处，说：“快，快，现在一点二十了，还有四十分钟。”他俩来到一树丛背后，吴小花惊惧道：“这大白天，哪能在这脱上衣啊？”梁月鹏看了看周围，没人，便说：“你不是戴着胸罩吗？没事。现在人家在大街上都露着半个奶头。”吴小花嗔怪道：“去死。”转而说，“你给我挡着点。”梁月鹏护着，吴小花很快脱了上衣，梁月鹏吓唬道：“来人了！”吴小花吓了一跳，双手抱着胸部，不禁看了看四周。梁月鹏笑道：“骗你的。”接过吴小花脱掉的上衣，把粉红色衬衫递给吴小花穿上。吴小花生气道：“我妈说我没胆你不知道啊？向我道歉！”梁月鹏说：“快走，快到两点了。”吴小花说：“你知道时间紧你还吓我？你不向我道歉我就不走。”梁月鹏笑道：“Sorry sorry。”吴小花笑了，说：“这还差不多。”一辆公交汽车停靠着，乘客正在上车。梁月鹏和吴小花走来，梁月鹏说：“快！”吴小花跑过去，上了车。

六十一

吴小花回来后，晚上和梁月鹏靠在床头看电视，一边说着话。吴小花高兴道：“就等通知了，张主任说应该能找个世界五百强外企。”梁月鹏也高兴道：“好！小花，你有没有觉得我们的生活富有戏剧性啊？”吴小花说：“都被你折腾死了还戏剧性呢？”梁月鹏说：“我以前就希望自己的生活富有戏剧性。”吴小花说：“现在还希望吗？”梁月鹏笑笑道：“现在不希望了，吃不了兜着走，日子太不好过了。”吴小花说：“昨晚我在我姐家，我姐对我说，人活着不就是一个‘情’字吗？她非常真心地希望我们回去，实现家庭团圆。我姐夫表示不赞成，说现在的最高价值是各自奋斗，而不是家庭团圆。”梁月鹏说：“嗯，你姐夫说得对。要说家庭团圆，那为什么就只实现你家的家庭团圆？那你姐夫离开他的老家，他不是做不到家庭团圆了吗？那你姐是自私的。所以我一直认为，任何人归根结底都是自私的，你承认不承认？这也是正常的，否则就是不正常的。你姐心真好，她巴不得我们回去住在她家里，这太天真烂漫了。”吴小花说：“反正我姐对我非常好，比对老三老四老五都要好。”这时，吴小花的手机响了，吴小花拿起来，看了一下来电显示，是“阿爸”，便惊惧地对梁月鹏说：“是我爸。”为难地，“要是汴州法学会录取我了，那怎么办？”手机铃声在持续响着，梁月鹏说：“不去，你想去一个地级市的法学会搞研究吗？那还不如去年回去进高校。不去。”吴小花接通手机，说：“爸。”电话里吴小花爸的声音：“二妮，汴州法学会下午往家里打电话了，你妈接的电话，你被录取了。”吴小花说：“爸，我正打算告诉你呢，这边南郊开发区海关办事处张主任能让我进一家世界五百强外企，工资会高得很，汴州法学会工资才一千七，那有什么出息？那个工作你就给我推了吧。离家也不近，是个地级市，姐都还在省城呢。”电话里吴小花爸的声音：“好吧。”挂了电话。吴小花高兴道：“我爸这次没跟我吵，很温和。”梁月鹏说：“他上次肯定是听你大伯说进高校的机会已经丧失了，加上我俩都在家待着，一时气的。”吴小花说：“只要我们过得好，我爸就高兴，真不回去，他也能接受。我对你讲过吧，〇三年我爸送我到滨大来复试，走在滨大校园里，他这边望望，那边望望，走到礼堂跟前，他趴到礼堂的窗子边往里瞅，他可喜欢滨大了，因为他觉得这地方将是他女儿学习的地方。”梁月鹏说：“你爸盼着你们好。哎，他们都怎么样？”吴小花说：“老三大专毕业在省城一家公司做市场营销。老四实习结束回去后，我大伯把她安排在省城一家医院当护士，是正式的。老五……”梁月鹏问：“你看到老五女朋友了吗？”吴小花说：“看到了，老五带到我家来的。”梁月鹏说：“怎么样？”吴小花说：“很一般。一看就没什么文化，也没什么别的长处，就在堂屋那儿坐着，比一般的农村女孩还要差一点。”梁月鹏问：“老五对她怎么样？”吴小花说：“老五把她看得就像宝一样。”梁月鹏说：“老五长得也不错，本科大学生，你家经济条件也不算太差，又不是找不到好的了，怎么碰到谁就是谁呢？”不禁笑了笑。吴小花说：“我爸就气他这个，说他上辈子没见过女人！我爸现在最闹心的就是老五找这样的女朋友，第二闹心的是我们，两个研究生没有工作，你比我大那么多都不讲了。”梁月鹏说：“我俩这不找到工作了吗？一个是银铃集团，一个是世界五百强外企。”

滨江南郊开发区是国家级经济技术开发区，这里是一片崭新的天地，有整洁的街道、优美的绿化、起伏的小山等。梁月鹏和吴小花坐在公交汽车里，神往地往外看着，只见一家家布局讲究的外企从眼前闪过，它们是摩托罗拉、福特、西门子、百事可乐、伟创力、飞利浦、霍尼韦尔等。吴小花兴奋道：“鹏，这里太美了，就像仙境一样，不像是人待的地方！”梁月鹏也兴奋道：“这是我们的福气，来到这里了！”吴小花说：“我要是能在这其中一家外企上班，死了也值了。你看，他们下班了！”是西门子公司大门前，青年男女下班出来了。吴小花说：“鹏，你还没给我写情书呢，你是个骗子。”梁月鹏笑笑，说：“哎呀，现在真写不出来。”吴小花说：“那你什么时候能写出来？要等我死了才能写出来？”梁月鹏说：“别乱说，别乱说，我想办法给你写。”公交汽车靠站，梁月鹏和吴小花下车，跟前是摩托罗拉公司。他俩来到摩托罗拉公司大门口，不禁往里望着，整洁的厂区井然有序。吴小花突然怀疑道：“鹏，要是进不了这里的企业，在这附近租房子不是租错了吗？”梁月鹏说：“肯定不会错，许在然和张主任都讲过了，不就进一个企业吗？名牌大学研究生学历，又有律师资质。走，我们去租房子，要先把你安排好，然后我去滨海上班就放心了。如果不搬家，还住在滨影厂那边，你从那儿到南郊开发区来上班，那就等于从北京到滨江来上班!”吴小花被梁月鹏这最后一句话逗乐了，笑道：“鹏，你太可爱了！这个比喻太牛了，从北京到滨江!”梁月鹏也高兴地笑着。

一个朴实的姑娘小崔推着一辆电动自行车，与梁月鹏、吴小花一起走在一个崭新的住宅小区里。小崔说：“这里有个一居室，是女儿买给母亲住的。现在她母亲住在她弟弟家，给她弟弟看孩子，所以空着。没人住过，很新，一个月房租是九百，我估计你们跟她还还价，八百差不多。”吴小花问：“这附近有没有两居室的？房租在一千以内?”小崔说：“有点危险，两居室基本上在一千二以上。”梁月鹏说：“小花，一居室就够了，就我俩住，我现在还在外地。”吴小花说：“我爸妈来了怎么住?”梁月鹏说：“你爸妈就是来了能待多久？租房子就为了他们要来特地多租一间，这不是太浪费了吗?”吴小花说：“不浪费，‘行孝须尽早，莫待父母老’。”梁月鹏看了看小崔，笑道：“小崔，我们争论，不见笑吧。”小崔微笑道：“我也是农村出身的。租房子肯定要考虑房租价格，这没什么。”吴小花对梁月鹏埋怨道：“跟了你，我爸妈来看看都来不了。”梁月鹏不好意思地看了看小崔，说：“你看你看，专门在人家跟前讲这种话。”吴小花说：“我就在人家跟前讲，人家不在跟前我还不讲。”小崔厚道地看着他俩，不禁笑了。梁月鹏和吴小花也都笑了。梁月鹏说：“小崔，她心好得很，就是有时候专讲点难听话给我听。”吴小花说：“你能挣到钱，我就不会讲了，谁让你没本事挣钱的?”梁月鹏难为情道：“又来了又来了。”吴小花“扑哧”一声笑道：“这叫‘死要脸，活受罪’。”小崔说：“你们俩都是研究生学历，以后发展前景比我要大。我大专毕业找不到工作，就干房产中介了。”

开始搬家。梁月鹏、吴小花所住楼下停着一辆专业搬家汽车。梁月鹏、吴小花住房里，东西被装在多个编织袋里，三个搬家工人正在往外运东西，吴小花在扫地，梁月鹏在用手机通话：“我们马上就走了，地上我们给你收拾干净……门开着可以吗？……好的好的，那门就开着。”楼下，大件东西已全部搬入搬家汽车，此时车厢后门开着，两个搬家工人站在地上守候着。驾驶室里，司机鸣了一下汽笛。住房里，梁月鹏挎着笔记本电脑包，手里还拿着一个包，他拽着挎着皮包的吴小花的胳膊说：“走吧，下面都在催了。”吴小花留恋地看着在此生活过的家，有些伤感道：“鹏，我有点舍不得离开这里。”楼下又传来一声汽笛。梁月鹏说：“这破房子有啥留恋的？那边那个房子多新多好看，走吧。”吴小花嗔怪道：“你就喜欢新的，你去滨海可不准拈花惹草。”梁月鹏笑道：“快走吧。”拉着吴小花走。吴小花盯着梁月鹏道：“怎么不回答我？被我说中了吧？你到外地上班就是为了喜新厌旧，是不是？”楼下又连着传来三声汽笛。梁月鹏有点急了，说：“快走吧，下面都催了几次了。”吴小花执拗道：“你不回答我我就不走。”梁月鹏微笑地看着吴小花，说：“我去滨海是迫于无奈，不是去喜新厌旧的，我永远爱吴小花。”吴小花笑道：“这还差不多。”俩人一起走出门，来到楼下，一个搬家工人说：“你们来看看，东西都在里面了。”梁月鹏和吴小花伸头往车厢里看看，梁月鹏说：“好，关门吧。”搬家工人关闭车厢后门，梁月鹏对吴小花说：“上车，我们坐驾驶室。”他俩走到驾驶室跟前，吴小花先上，梁月鹏扶着她，然后自己上去，梁月鹏说：“师傅，走吧！”搬家汽车启动，开走。驾驶室内，吴小花依依不舍地流下了眼泪，梁月鹏递了一张手帕纸给吴小花。搬家汽车拐弯驶去，上了马路，进入茫茫车流中。

梁月鹏和吴小花新租的房子是崭新的一居室，新家刚收拾完毕，梁月鹏摸摸这个，又顺顺那个。吴小花兴奋地走过来，拉着梁月鹏来到没有封闭的阳台，说：“你往那边看看！”梁月鹏抬头望去，只见一条大堤，一条河，河滩上有几头牛在吃草。梁月鹏问：“什么？不就一条河吗？”吴小花说：“你再看看，还能看到什么？”梁月鹏看着，说：“还有一条大堤。”吴小花着急道：“你眼睛近视也不至于看不见吧？”梁月鹏看着，说：“噢，河滩上还有几头牛在吃草，这我看到了，觉得没什么好说的。”吴小花高兴道：“没想到这里还有牛吃草！这里太美了！你不觉得那就是一幅画吗？”梁月鹏说：“确实漂亮。”吴小花说：“你有没有觉得我们住在十三层就像住在琼楼玉宇啊？”梁月鹏说：“确实有这种感觉，可是我要走了。”吴小花说：“是啊，你要走了，我一个人怎么办？”梁月鹏说：“先去干一阵子，然后再说，我肯定不会在那待多久的。”吴小花轻轻搂起梁月鹏的脖子，说：“后天你走，我送你吧，我送你到长途汽车站。”梁月鹏说：“不用，把我送到下面公交站牌就可以。”梁月鹏说着，一边新鲜地摇起升降晾衣架，随着顺时针、反时针摇动，晾衣架上升，又下降……

梁月鹏要去滨海上班了，把东西一起装在用了多年的一只拉杆箱里，吴小花拿一个床单过来，说：“这是我上本科时用的床单，你带去垫。”梁月鹏接过来，装进去。箱子已装满，梁月鹏对吴小花说：“再拿几个衣服撑子来，免得到那儿要去买。”吴小花拿了几个塑料撑子过来，放进箱子里。梁月鹏在想着，一边说：“还有没有什么忘记带了？”吴小花说：“行了，快走吧，五个小时路程，从这到长途汽车站就要一个小时，你到滨海要到晚上了。”这时，放在桌边的梁月鹏手机响了，梁月鹏身子一动要起来去拿，吴小花已经走过去，拿了过来，说：“滨江的固定电话。”递给梁月鹏，梁月鹏接听。电话里是女声：“你好，我是滨江电视台电视剧制作中心的文学责编，你送来的稿件《青涩年华》回复意见已经发到你的邮箱，你方便时查收一下。”梁月鹏激动道：“好的，谢谢！我想先问一下，你们采用吗？”电话里女声：“对不起，不建议立项跟进。你以后如果有好的作品，我们可以再联系。”电话挂了。梁月鹏对吴小花说：“你帮我把箱子整理好，我来上一下邮箱，很快。”说着转身去了笔记本电脑旁。吴小花说：“鹏，你装得多乱。”吴小花把拉杆箱里的衣物拿出来，重新装了起来。梁月鹏走过来，心情沉重道：“这几天没上邮箱，有三个公司给我回信了。有的说我写的有点灰暗，还有的说只有一条线索，太单一了，还有的说故事不符合电视剧的结构，在题材的选择上也存在冷僻的问题。”吴小花看着梁月鹏道：“鹏，先工作吧，以后有机会再搞。”梁月鹏抛开烦恼道：“走吧！”

新小区里，梁月鹏拉着拉杆箱走着，发出“咕噜噜噜噜”的声音，吴小花提着一只装着几个橘子和苹果的塑料袋，跟随着。梁月鹏突然止步，说道：“我想起来了！忘记带一样东西了！”吴小花微笑道：“我也想起来了！”梁月鹏说：“什么？”吴小花说：“司法考试大书！我去帮你拿。”把水果袋给梁月鹏，转身离去。梁月鹏等待着。吴小花拿着一本司法考试大书走来，梁月鹏把拉杆箱放平，打开，把司法考试大书放进去，一边说：“准备司法考试，给自己留条后路。”吴小花说：“你先要把工作做好，业余时间看书，明年考一下。如果能考上，你就可以在滨江当律师了。你当律师比我肯定要强，你有社会经验。”

街边，公交站牌，一辆公交汽车停靠着，乘客在上车，梁月鹏把拉杆压下去，提着拉杆箱上车，吴小花把水果递给梁月鹏。乘客上完，车门关，车启动。梁月鹏向外望着，对吴小花挥手。吴小花往车上看着，对梁月鹏挥着手。车开走。吴小花转身，一个人走去。

梁月鹏走了，就吴小花一个人了，缺乏独立精神的吴小花一下子陷入空虚、无助的痛苦之中。傍晚，她走出家门，走出新小区，来到大堤上，又折身进入大堤下面，来到石头砌成的河滩小径上。此时，夕阳西下，河面波光粼粼，还有鸟在河面上展翅飞翔。吴小花触景生情，“哇——”地大哭起来，身旁在吃草的一头老牛停了停，看了看吴小花，然后继续吃草。吴小花哭道："鹏，你走了我一个人怎么办？……"

高速公路上，各种车辆行驶着。一辆大巴内，梁月鹏坐靠着，闭着眼睡着了。他又睁开眼，抬头看了看行李架上自己的拉杆箱，然后又放心地睡去。

晚上，梁月鹏才赶到银铃集团滨海分公司，他拉着拉杆箱走来，发出"咕噜噜噜噜"的声音。到了大门口，梁月鹏看着"银铃集团滨海分公司"几个大字，走到门卫室。保安问梁月鹏："先生，你干什么的？"梁月鹏出示报到证，保安扫了一眼后，放行。梁月鹏拉着拉杆箱进入厂区，向深处走去，拉杆箱轱辘在地上滚动，发着"咕噜噜噜噜"的声音……

六十二

入住、报到手续就绪后，梁月鹏先在办公室待了两天，熟悉熟悉环境，看了看银铃集团的有关材料，接下来就到车间实习了。他先被安排在火腿肠包装车间实习。宽阔高大的车间里，一长溜一长溜的工作台上散布着刚出锅的火腿肠。男女工人们头戴白帽子，身穿白大褂，脚穿白色高筒水鞋，站在工作台边，将火腿肠十个、八个地往彩色塑料小袋里装。头戴白帽子、身穿白大褂、脚穿白色高筒水鞋的梁月鹏在其中，认真地装着火腿肠。

梁月鹏住在干部楼。干部楼是一栋陈旧的小宿舍楼，梁月鹏住在二层一个房间里，暂时就他一个人住。白天干体力活，晚上在宿舍认真阅读司法考试大书，梁月鹏把作息时间安排得紧紧的。

几日后的一个晚上，梁月鹏正在看司法考试大书，放在旁边的手机响了，他拿起来，看了一下来电显示，接听。电话里吴小花高兴的声音："今天通知我去伟创力公司面试了，没有法律职位，分配我做生产计划，级别是Clerk，Clerk好像是文员。"梁月鹏说："这个公司是哪个国家的？"电话里吴小花的声音："是美国的。"梁月鹏说："它是做什么的？"电话里吴小花的声音："做电子的，属于代加工，客户都是外国客户。"梁月鹏说："有没有说工资是多少？"

电话里吴小花的声音："没说。"梁月鹏说："那没事，世界五百强，你研究生进去工资不可能低。"电话里吴小花的声音："我也是这样想的。鹏，我想你怎么办啊？你刚走，我一个人到河边就大哭了一场，我好可怜啊，就一个人，没有人说话。我妈都为我愁得慌。"梁月鹏说："我只能一个月回去一趟，你马上上班就会好多了，白天在公司里，好多人，晚上你看看电视就睡觉了，好吧？"电话里吴小花的声音："可是我就是想你。你还在装火腿肠吗？"梁月鹏说："还在，和工人们在一起干。"电话里吴小花的声音："你累不累啊？你和工人们在一起干活好让我心疼啊。"梁月鹏说："还行，每天实打实能干到六七个小时，有点累，不算太累，上午下午各上一次厕所，正好歇歇。公司要求我们半年内把各车间走一遍，熟悉整个火腿肠生产流程，包括仓储。好吧，我来看书了，争取明年通过司法考试。"电话里吴小花的声音："那好吧，你看书吧，我睡前还给你发短信。Bye！"梁月鹏说："Bye！"放下手机，接着看起书来。

一日白天，梁月鹏和工人们一起站在工作台边装火腿肠，一个领导走过来，指着梁月鹏他们吩咐道："你们去几个装车！"梁月鹏和几个男工人放下手头的活，去仓库，各自搬运装着火腿肠的纸箱子，从仓库到车厢里，然后空手回仓库，来往穿梭，络绎不绝……

一日晚间，梁月鹏正趴在桌边看司法考试大书，放在旁边的手机响了，他拿起来，看了一下来电显示，接听。电话里吴小花的声音："鹏，这生产计划我不想干了，成天盯着电脑，下单子，都是数字，一个都不能错，速度还要求快。"梁月鹏说："你一定不能不干啊，这是刚开始，会有变化的。"电话里吴小花的声音："外国公司干什么就是什么，不可能轻易变化，他们干了几年了还是Planner，我今天发工资了，我到自助机上查了一下，你猜多少？"梁月鹏说："五千以上。"电话里吴小花的声音："鹏，你就在做梦吧，是七百八十九，应该是扣掉了五险一金之后。"梁月鹏惊诧道："七百八十九？是美元吧？"电话里吴小花的声音："是人民币，不是美元。"梁月鹏愣了一会儿，无语，非常失落。电话里吴小花的声音："这个还能干吗？七百八十九是滨江市最低工资标准啊！我现在就和看厕所的一样啊！Clerk是最低级别，我太傻了！"梁月鹏说："我来问一下许在然，然后我再打电话给你。"放下手机，摁掉，重新拨号，然后放在耳朵上听着。电话接通，梁月鹏紧张地一跺脚道："许在然你好！不好意思晚上给你打电话。"电话里许在然温和的声音："有事吗？"梁月鹏不好意思道："今天吴小花领工资了，才七百八十九。"电话里许在然的声音："不可能吧，一个月才七百八十九？"梁月鹏说："是的，满一个月的工资，是人民币，不是美元。"电话里许在然的声音："这个我就不清楚了，我只知道那个公司没有法律岗位，她去做别的，工资也不可能这么低啊。要不就是因为是一开始，她不熟悉这个工种，需要一步一步来。你说呢？这个我也不好再问张主任。"梁月鹏说："打扰你了，你休息吧。"放下手机，接着给吴小花打电话道："许在然也不知道，他也不好再问张主任。"电话里吴小花的声音："那我就不干了，回老家算了，你也不在滨江。"梁月鹏急切道："这个你要坚持干着，世界五百强，不是一般企业，我估计这是一开始，很快会长上来的。"电话里吴小花的声音："不光工资低，而且我对做生产计划盯着电脑下单子没有兴趣，一天下来我眼睛疼啊。"梁月鹏问："你眼睛怎么又疼？"电话里吴小花的声音："眼睛就是疼，我也不是想让它疼的。"梁月鹏认真道："不管怎么说，这个工作你不能丢，找许在然找了几个月才得到这份工作。你要想一想，第一次我们去南郊开发区，看到那么漂亮的环境和那么多好的世界五百强外企，我们是多么欣喜若狂，千万不能一得到手，就不珍惜了！这是教训，你知道吗？没得到时，想得不得了；得到了，马上就看不上了！这是不好的心理，千万要克服这种心理倾向！"电话里吴小花不耐烦的声音："不用你再说了，你再说，我就要跳楼了！"梁月鹏愕然道："什么？你要跳楼？你胡说！"电话里吴小花的声音："你没本事，我跟着你就是受罪！我姐夫说我回去他能给我介绍个律所，跟一个大律师当助理，保证每月收入在六千元以上，我真的要回去了！"梁月鹏一下子愣住了，无语！当他回过神来，再看一下手机，手机已结束通话。正犹豫间，手机响了，梁月鹏看了一下，是陌生电话，接听。电话里吴小花姐的声音："梁月鹏，我是吴小青。"梁月鹏惊诧道："噢，吴小青……"电话里吴小青的声音："我想和你商量一下二妮的工作问题，你是什么想法？"梁月鹏考虑道："我觉得她先干着，会好起来的。"电话里吴小青的声音："会好起来的，你难道没想过吗？你们滨江大学研究生毕业的同学他们现在都怎么样了？"梁月鹏说："我没想过。"电话里吴小青的声音："二妮想回去，你是什么看法？"梁月鹏沉重道："我觉得暂时不要回去，要回去不如早回去了。"电话里吴小青生气的声音："梁月鹏，你不能一错再错了！我妹当初和你谈，征求我意见，我十分同意，但你现在不能把她往火坑里带呀！"梁月鹏勃然大怒道：“我怎么把她往火坑里带了？她的工作是我和她的事情，不用别人管！”电话里吴小青气愤的声音：“我是别人？这次她的工作我就管定了！我不能眼睁睁看着我妹子好日子不过，在滨江活受罪！”梁月鹏说：“你管！你有本事你去管?!”电话里吴小青吼道：“你看着！我明天就让她回去！你们俩能不能在一起，还是个未知数!!”电话挂了。梁月鹏放下手机，浑身颤抖，在房间里走来走去，不一会儿，又拿起手机，给吴小花打电话，但手机语音提示道：“您好，您拨打的电话已关机……”梁月鹏只得摁掉手机，不安地在房间里走走，停停，思索着，恼怒着。过了一会儿，梁月鹏又拿起手机，给吴小花打电话，手机语音仍提示道：“您好，您拨打的电话已关机……”梁月鹏只得摁掉手机，不安地在房间里走走，停停，思索着，恼怒着……

这又是一个难以入眠的夜晚！虽然基本断定吴小花不会跳楼，但毕竟说出口了，那也比较吓人！倘若发生一念之差呢？十三层，真高啊，真是不敢想象！另外，吴小青要把吴小花搞回去，甚至还要让吴小花离开自己，这可咋办？把人家骗到手，让人家跟着自己受罪，你梁月鹏是什么人啊？动辄以名牌大学研究生自居，可是你怎么混成这样啊？这么多年来写剧本，写出个什么头绪？写出个穷困潦倒，写出个自欺欺人，写出个孔乙己，写出个家破人亡，梁月鹏如此反反复复思虑着、气恼着、自责着、悔恨着，辗转反侧，不住地咽着唾沫，直到下半夜才睡着。

次日上午，梁月鹏开始到成品库实习。一箱箱包装好的火腿肠，品种、规格繁多，分门别类被摞在一起，一垛一垛的，琳琅满目，难以胜数。头戴白帽子、身穿白大褂、脚穿白色高筒水鞋、面带倦容的梁月鹏，被一个同样服饰的矮个子男青年领着，走在其间，矮个子男青年对梁月鹏说：“高温散热包装车间你实习过了吧？”梁月鹏说：“实习过了，上游的车间还没有。”矮个子男青年指着一箱箱包装好的火腿肠，对梁月鹏介绍道：“我们这是成品库，成品库就是最终产品火腿肠的仓库。这里要防止火灾、鼠灾，注意保持室内空气在一定的温度和湿度范围内……”梁月鹏看着琳琅满目的火腿肠箱子，考虑道：“这么多火腿肠箱子存放在仓库里，要按照顺序来存放吧？不然会乱的。”矮个子男青年说：“我正要对你讲四个字，就是：先进先出。意思是批次越新的越往里面放，这样批次越早的就越靠外面，越靠外面就更容易出库装车，那就达到了早生产的早拉出去卖掉，就不会过保质期。”这时，梁月鹏手机来短信了，梁月鹏迅速地掏出来观看，是吴小花发来的：

鹏，对不起，我昨晚发神经了。我现在在上班，我想先干个半年，看看是什么情况。我姐你不要生她的气，她也是为了我好。

梁月鹏心里悬着的石头终于落了下来。

一日，大办公室内，梁月鹏坐在办公桌边认真阅读《银铃集团人力资源管理制度体系汇编》，旁边放着小册子《银铃精神与文化》《银铃集团员工手册》。一个男青年倪科长来到梁月鹏跟前，碰了碰梁月鹏的胳膊，梁月鹏抬头道："倪科长。"倪科长吩咐道："下周一晚上，你给大学生们作一个讲座。"梁月鹏一惊，问道："我给大学生作讲座？"站了起来。倪科长说："是的，你随便讲什么都行。下周一晚上。"转身走了。梁月鹏兴奋又紧张地抿着嘴，有点坐立不安。

下班后，梁月鹏走在厂区里，朝小宿舍楼走去，一边举着手机通话道："二哥，这边的人事科长给我安排个任务，让我给公司里今年刚招聘来的十几名大学生作个讲座。"电话里梁月洲的声音："你现在别说那个，我现在就要看你一个月能拿多少工资？"梁月鹏说："本来说是三千，结果打到卡里只有两千五，说是因为公司一个月一般停产几天，不过正好停产那几天我可以多看些司法考试书。"电话里梁月洲的声音："讲座你也要准备准备，要讲好，说讲什么了吗？"梁月鹏说："随便讲什么都行，我想了一下……"电话里梁月洲的声音："你可不能讲怎么写剧本啊，那就闹笑话了。"梁月鹏笑了，说："我不会的，我准备讲法律，从劳动合同法的法条开始讲。"电话里梁月洲的声音："那还差不多，刚毕业的大学生对劳动合同法都很关注，你讲这个就切合了他们的实际需要。"梁月鹏兴奋道："我要好好准备，把这个讲座讲好，也是表现自己的机会。"电话里梁月洲的声音："我回去妈常在我跟前嘀咕到你。现在你的现实问题是房子和孩子，不可能一辈子租房子住，你也不可能不要孩子吧，小花也不会同意，即使现在不要，以后也会要的。"梁月鹏说："二哥，这两个现在都还顾不上，小花对要不要孩子也无所谓。"

晚上，在宿舍，梁月鹏草拟起讲稿，在草稿纸上认真地写上题目：

法是什么？

接着写道：

大家晚上好！

梁月鹏思路上来了，一边查看司法考试大书，一边在草稿纸上写了起来。

下周一晚上到了，会议室里，十几名男大学毕业生围坐在长桌旁，注意地看着，听着。有点紧张的梁月鹏站在桌横头处，指着白板上写的字，读道，大学生们也跟着读了起来：

第十条 建立劳动关系，应当订立书面劳动合同。

已建立劳动关系，未同时订立书面劳动合同的，应当自用工之日起一个月内订立书面劳动合同。

用人单位与劳动者在用工前订立劳动合同的，劳动关系自用工之日起建立。

读完了，梁月鹏看着大学生们，大学生们也看着梁月鹏。梁月鹏说："首先我们来看一个词：法条。"接着在白板上把"法条"写出来，接着闪过身，让大学生们看清楚他刚才写的"法条"俩字，然后指着白板上的"第十条"及接下来的文字，说道："这是中华人民共和国劳动合同法的一个完整的法条，第十条。"接着问道，"你们都和银铃集团签劳动合同了吧？"大学生们答道："签了。"梁月鹏问："如果银铃集团不和你们签劳动合同，可不可以？"大学生们答道："不可以。"梁月鹏接着问道："法律上规定不可以了吗？"大学生们答得不一样，有的说"规定了"，有的说"好像没有规定"。梁月鹏指着白板上法条里的两处"应当"二字，说道："法条上只要出现'应当'或者'必须'，就要注意了，这是义务性的规定，主体是必须要做的，不做就要承担法律责任。这里的主体是用人单位，我们是劳动者，用人单位与劳动者建立劳动关系，应当订立书面劳动合同。明白了吗？"大学生们答道："明白了。"其中一个大学生感叹道："啊，原来如此！"大家哄然一笑。

又经过一番演绎，梁月鹏自信而有力地在白板上端空白处写道：

法是什么？

梁月鹏闪过身，说道：“这就是我们今天晚上谈的话题。那么，从以上我们自然可以得出结论——”转而在白板上写道：

法是国家对社会各主体权利义务的分配。

梁月鹏掏出手机看了看，对大学生们说：“整整两个小时，内容还算丰富吧。”说“原来如此”的那个大学生说道：“梁科长您给我们普了一下法很有必要！”大家又哄然一笑。梁月鹏激动地看着大家，说：“今晚占用各位时间了，谢谢！”大学生们报以热烈的掌声！

讲座后，梁月鹏走在电灯光明亮的厂区里，朝小宿舍楼走去，一边举着手机通话。电话里吴小花高兴的声音：“鹏，祝贺你今晚讲座成功！我正在泡脚，等一会儿我就睡觉了。”梁月鹏说：“小花，我发现我们每个人都是有能量的，能量是被激发出来的！”电话里吴小花的声音：“那不就是潜能嘛，潜在的能量嘛。”梁月鹏说：“对对，潜能，我们每个人都有潜能，刚开始倪科长让我给大学生们作个讲座，我心里真没底。结果呢，很好！关键在于我认真做了准备！”电话里吴小花的声音：“鹏，不早了，你也可以洗洗睡了，我看你今晚恐怕激动得睡不着觉了。”梁月鹏说：“我的意思就是你也有潜能，你现在在伟创力不是也能干吗？”电话里吴小花的声音：“你别讲到我，我不一定，我现在是将就着，说不定哪一天就不干了。”

梁月鹏来银铃集团滨海分公司有半年了。大办公室内，梁月鹏正坐在办公桌边认真阅读《银铃集团人力资源管理制度体系汇编》，旁边放着小册子《银铃精神与文化》《银铃集团员工手册》。倪科长来到梁月鹏跟前，碰了碰梁月鹏的胳膊，梁月鹏抬头道：“倪科长。”倪科长说：“刚才总部来电话了，你转正了，是银铃集团一名正式的人事科长了。”梁月鹏站了起来，脸上泛起了笑容，说：“那接下来……”倪科长说：“要给你下调令了，总部问你是愿意去新疆银铃，还是愿意去甘肃银铃？”梁月鹏踌躇了，说：“去那么……远？”倪科长说：“银铃集团子分公司遍布全国，有一百多家，哪里都有。在你之前来的一个已经去了甘肃银铃。一开始总部招聘你的时候情况都说清楚了吧？工作地点都在外地，不可能在滨江总部。”梁月鹏无语了，陷入了沉思……

下班后，梁月鹏走在厂区里，朝小宿舍楼走去，一边举着手机通话。电话里梁月洲的声音：“你看你看，给大学生作个讲座你就高兴得不得了了！你现在怎么办？新疆、甘肃根本就去不得！你想想，你去了新疆、甘肃，你多长时间能回滨江一趟？至少要三个月或者半年，那你还要不要你滨江的家了？现在你只有和领导商量商量，看能不能回滨江总部，如果不能回总部，辞职回滨江重新找工作！”电话挂了。梁月鹏心情沉重地放下手机，停住了脚步。偌大的厂区里，梁月鹏踌躇不前，向前方看了看，又扭头往后方看了看……

这又是一个难以入眠的夜晚！梁月鹏虽在床上睡着，且闭着眼，但不由得不住地咽唾沫，如鲠在喉，他思虑重重，不知道何去何从？

次日，梁月鹏主动去高温散热包装车间装起了火腿肠，正装着呢，他白大褂口袋里的手机响了，梁月鹏没在意，一直十支十支地往彩色塑料小袋里装火腿肠。一个年轻的女工人伸手指着梁月鹏道：“哎，你手机响了。”梁月鹏这才知道，伸手掏出手机，看一下来电显示，接听。电话里倪科长的声音：“梁月鹏，你到底是当人事科长，还是在车间里干生产？你要是真愿意在车间干生产，也行，我们车间也缺工人，但是我估计你干不下来。”

面对问题，躲是躲不了了，梁月鹏思来想去，最终决定辞职回滨江。

辞职手续很快就办完，再收拾收拾东西，梁月鹏拉着拉了多年的拉杆箱走了。走在银铃集团滨海分公司偌大的厂区里，拉杆箱轱辘在地上滚动所发出的“咕噜噜噜噜”的声音更加响亮动人！

六十三

今晚吴小花加班。随着“咕噜噜噜噜”的声音，梁月鹏拉着拉杆箱，来到伟创力科技（滨江）有限公司大门外停住，掏出手机打电话：“小花，我到伟创力大门口了，你还在加班吗?”电话里吴小花的声音：“你等一会儿，这里纪律严格，流水线作业，我必须干完。”梁月鹏说：“那好，我不急，我在门口转转。”梁月鹏随即来到伟创力大门边，欣赏着其装饰讲究的英文名Flextronics，然后转身看去，只见两排橘黄色的路灯以及路两边葱绿、蓬勃的香樟树，向前伸展开去。不多久，吴小花挎着皮包出来了。梁月鹏看见了，身子一动，即迎了过去，吴小花小跑了过来。梁月鹏笑了笑，吴小花一下子抱着梁月鹏，竟“呜呜”地哭了起来。梁月鹏一边拉着拉杆箱，一边搀着吴小花走，一边说：“别哭别哭，在这里哭多那个……”吴小花停止哭泣，说：“我眼睛疼！”梁月鹏关心道：“你眼睛疼已经有两年了吧？隔三岔五就疼。”吴小花说：“现在疼得更厉害了。”梁月鹏问：“到底是怎么回事？要不要去医院看看？”吴小花说：“还有我这只小腿，一到夏天就痒！去年夏天不是去皮研所看的嘛，说是荨麻疹，吃了药好了一些，现在又犯了。”俩人并肩走着，吴小花突然说：“你自私，我都这样了，你一点反应都没有！”梁月鹏一愣，反应道：“我不是说要不要去医院看看嘛，我有什么办法？”吴小花生气道：“反正你自私，就想让我挣钱养活你，我成天盯着电脑，眼睛都要瞎了！”一下子离开梁月鹏，径自快速往前走去！梁月鹏沉重地看着吴小花的背影，小跑着、有点狼狈地跟了上去，沉思有顷，然后说：“要不明天你再来一趟把工作辞了算了，不光工资低，关键是不对口啊。我结的工资够我们维持一阵子。”吴小花没有言语。俩人向公路尽头走去，梁月鹏拉着的拉杆箱的轱辘着地发出的“咕噜噜噜噜”的声音随之远去……

次日，吴小花去一趟伟创力公司把工作辞了，于是他俩都没有工作了。

几日后的一个下午，梁月鹏和吴小花午睡醒来，双双穿着短裤，躺在床上，像骑自行车一样，在空蹬脚。吴小花快速地蹬着，并数着数：“……一百九十三，一百九十四，一百九十五，一百九十六，一百九十七，一百九十八，一百九十九，两百。”停了下来。梁月鹏蹬得慢了一些，也数着数：“……九十三，九十四，九十五，九十六，九十七，九十八，九十九，一百。”停了下来。吴小花优越地看着梁月鹏道：“我比你多蹬一百个！”梁月鹏笑笑，说：“这个我蹬不过你。”俩人起床，来到阳台，眺望了一下大堤、河流和河滩上几头在吃草的牛。梁月鹏笑道：“我们住在琼楼玉宇，都辞了工作，真的成仙了。”吴小花忧虑道：“我俩都不擅长利用网络资源，人家在网上都能找到工作。”梁月鹏问：“在网上投简历呀？”吴小花说：“是啊，我们班有几个不都是在网上找的工作？月薪好几千，现在恐怕都涨到上万了。”梁月鹏说：“在网上投简历基本上都是石沉大海。”吴小花说：“你马上准备司法考试，我干什么？我不能不工作啊。两个大研究生在外面绕了半年又在家待着了，鹏，我俩是不是有问题啊？我们班那七八十个同学有几个像我俩这样？我们班的女学生有好几个都生孩子了。”梁月鹏沉默良久，然后抬起头来，眼里发出倔强的光，说：“不管别人怎样，就我来说，我能考上滨江大学研究生，我就一定能有所作为！”吴小花一时被梁月鹏镇住了，捉摸不透地、围绕着梁月鹏、看着他，说：“哟！你不就是考司法考试吗？我早都过啦！”梁月鹏突然忍不住笑了，吴小花笑道：“你又在装模作样骗谁呀？你的本事我能不清楚？写剧本没人要，学法律用不上，你还能干吗？去楼下摆地摊卖菜？鹏，说真的，我俩就去卖菜吧，说不定还能卖出个名堂。”梁月鹏苦笑了笑道：“卖菜？你还真要卖菜？”吴小花说：“是啊。”梁月鹏说：“你玩笑开大了，我们是卖菜的人吗？我们卖菜能卖过别人吗？”转而说道，“现在离司法考试还有九十九天，我背水一战吧。你的工作……”这时，屋内吴小花的手机响了，吴小花赶忙进屋接听道：“老三，你在哪儿？”梁月鹏进来看着，听着。电话里吴小丹的声音：“我半小时后到滨江。”吴小花看了一眼梁月鹏，说：“什么？你半小时后到滨江？你一个人？”电话里吴小丹的声音：“我和我那个人。”吴小花笑道：“你哪个人？”电话里吴小丹的声音：“哎呀，我男朋友！你把地址发给我，我们导航过来。”吴小花说：“你们开车的？”电话里吴小丹的声音：“是啊，他的，宝马。”吴小花说：“好好，我马上发给你，那先挂了，啊。”吴小花结束通话，开始发短信。梁月鹏有点紧张了，问吴小花：“小丹和她男朋友准备来呀？”吴小花一边发着短信，一边头也不抬道：“是啊，你不欢迎吗？”梁月鹏有点纠结道：“没有理由不欢迎啊，可是，我总觉得……”吴小花发完短信，看着梁月鹏道：“你是什么意思？”梁月鹏为难得搔了搔头道：“主要是我现在……不想见人。”吴小花不高兴道：“我亲妹子来了，我能不让她来吗？”梁月鹏说：“不是不让她来，主要是我现在……”吴小花说：“你不想见人，我妹子来了你都不想见？”生气地一转身，走到阳台去了。梁月鹏跟着来到阳台。吴小花脑筋转过弯来了，对梁月鹏说：“要不你去大堤那边躲一躲，等他们走了，我打电话给你，你把手机带着。”梁月鹏说：“好好。”吴小花说：“快！他们马上就要到了。”穿着短裤的梁月鹏说：“我来把

T恤衫穿上。”说着就进屋到衣架子跟前，拿T恤衫穿。吴小花跟着过来。梁月鹏穿上T恤衫，把手机拿到手，又紧张地看看别处，说：“没有别的要拿的吧？”吴小花着急道：“你在磨蹭什么磨蹭？他们马上就要到了！”梁月鹏神色恐慌道：“好好，就走！”转身来了个一百八十度大转弯，穿过客厅，换上皮鞋，打开铁门，出去，临走时还吩咐道，“他们走了你就打电话给我，天阴起来了。”“啪”地带上铁门，走了。

梁月鹏拿着手机，急急地向新小区大门走去。“嘟嘟——”，传来汽笛声，梁月鹏循声抬头向前面大门口看去，一辆小汽车正在进入。梁月鹏一愣，停住脚步，想了想，只得继续往前走。宝马牌小汽车已徐徐驶入。梁月鹏豁出去了，头偏向路边，向前走去。宝马汽车与梁月鹏交错而过，里面吴小丹向梁月鹏喊道：“哥，我们在这儿。”梁月鹏佯装没听见，头仍偏向路边，径自走去。宝马汽车加速向小区内驶去。

梁月鹏小跑着来到大堤上，不由得回头看了看，一折身进入大堤下面。石头砌成的河滩小径上，梁月鹏拿着手机走来。身旁，有两头牛在吃草。天空，乌云翻滚。梁月鹏揌开手机通讯录，给“阿花”打电话，手机语音提示道：“您好，您拨打的电话正在通话中，请稍后再拨。”梁月鹏只得结束通话。传来马达的轰鸣声，梁月鹏循声望去，只见一艘满载黄沙的机动船驶来。梁月鹏新奇地看着，装沙船驶近，继续前行，渐行渐远，梁月鹏目送着装沙船远去。梁月鹏沿着河滩小径走来走去，心绪不定地游荡了不短的时间，忽然，一颗豆大的雨点打在他的一只眼镜片上，梁月鹏不觉抬头看天，又一颗雨点打在脸上，他转回身走去，继而小跑了起来。雨下起来了，梁月鹏用手遮着眼镜，狂奔在大堤上……

梁月鹏跑来，踏进一座屋檐下，身上已潮湿。他站在屋檐下，看了看屋檐外的雨，把眼镜摘下，抹了一把额上的湿发，又戴上眼镜，呆呆地发愣。他用T恤衫的反面擦了一下手机，然后给“阿花”打电话，手机语音提示道：“您好，您拨打的电话正在通话中，请稍后再拨。”梁月鹏只得结束通话，在屋檐下不安地走来走去。突然，手机来电话了，梁月鹏一看是“阿花”，接听。电话里吴小花的声音：“鹏，我坐他们的车去外面一个酒店了，在那儿吃晚饭，他们住那儿。我现在在酒店的卫生间给你打电话，你刚才给我打了两次电话吧？我正在和我妈通话。”梁月鹏说：“那我晚饭怎么办？我也没带钱。”电话里吴小花的声音："那怎么办？你过来呀。"梁月鹏说："我不过去，身上都淋湿了。我也没带家里的钥匙。"电话里吴小花的声音："小丹说她看到你了，我说你马上就回来。好吧，那你就等着我回来吧。"电话挂了。梁月鹏有点发冷，便蹲下身来，双手抱在胸前，蜷缩成一团……

还是到家门口等吧。梁月鹏回到所住楼层1305室门口，很不耐烦地在过道走来走去，不时朝电梯口看看，上来人了，却不是吴小花。天色已黑。梁月鹏双手抱在胸前，来到1305室铁门跟前立定，无奈地低下了头。过了好一会儿，吴小花挎着皮包走来，梁月鹏让开，吴小花开门。梁月鹏生气道："你回来干吗？你还回来呀？"吴小花开了门，进去，顺手把门关上了。梁月鹏敲着门道："开门，开门，我又饿又冷。"吴小花没有开门。梁月鹏很生气了，猛力敲着门道："怎么搞的？开门！开门！！"门开了，梁月鹏进去，换了鞋，对吴小花呵斥道："你怎么搞的?！小丹他们没事到这来干吗?！"吴小花被梁月鹏的态度激怒了，转身面对梁月鹏，命令道："向我道歉！"梁月鹏毫不示弱道："向你道歉？你向我道歉差不多。"吴小花盯着梁月鹏道："你向不向我道歉?"梁月鹏说："不向你道歉。"吴小花走过去，重新挎上皮包，转身来到铁门跟前，把拖鞋换成皮鞋，开门出去了，并重重地带上铁门。梁月鹏气呼呼地在沙发坐下，不一会儿，他回过神来，赶快起身，拿起手机和钥匙，拖鞋也不换就出门了。

新小区的夜晚，灯光幽幽，树影婆娑，雨后漆黑的柏油路面湿漉漉的。梁月鹏靸着拖鞋，慌张地走来，东张西望着，一边喊道："小花，小花，小花……"没有吴小花的踪影。梁月鹏径直向小区大门跑去，到了大门跟前，问一保安："请问刚才你看到有人出门的吗?"保安回答："我刚来换班，不知道。"梁月鹏踌躇不前，突然迈出大门几步，巡视着，又停住脚步，最后决定回来，朝小区内走来。梁月鹏有了主意，径直朝一个地方走去。前方是一露天健身处，有好几种体育器材，有一个人坐在一个器材的椅子上，趴在前面的栏杆上不动。梁月鹏轻手轻脚地走过去，等靠近了，才看清楚是吴小花！梁月鹏走到跟前，伸头看了看吴小花。吴小花眼睛睁着，什么都不在看。梁月鹏拍了拍吴小花的背，说："走吧，在这里冷。"说着搀起吴小花，扶着她走了。

回去后，吴小花先洗洗睡了。随着冲澡的水声结束，卫生间门开，梁月鹏洗完了澡出来，擦干身体，穿上短裤，去卧室，上床，伸手就要关灯，却停住了，怜惜地看着睡梦中吴小花幼稚可爱的脸，寻思着："小花，我对不起你，是我让你受委屈了……"梁月鹏凑近看着，吴小花脸上长有痤疮，两颊泛红！

梁月鹏在家准备司法考试。

几日后，梁月鹏正坐在阳台看司法考试大书，随着开锁的声音，铁门被推开，吴小花拎着满满一手的菜，走进来，换了鞋后，把菜放到厨房里，一边说道："鹏，我工作定了。"梁月鹏听见了，兴奋道："什么工作？"赶紧放下书，跑了过来，到厨房门口，问吴小花，"什么工作？"吴小花说："我给徐主任打电话了，徐主任说所里一个女律师张金兰在做公益，缺人，如果我愿意，可以跟她干。他让我给张金兰打电话，我就打了……"梁月鹏迫不及待道："快说，什么情况？"吴小花说："张金兰说，工资两千，另外办案有补贴。"梁月鹏说："也能干，先干着吧。我以前听你说过张金兰，她一直在做公益吧，什么未成年人保护啊、农民工啊，反正是弱势群体。那你什么时候上班？"吴小花说："张金兰让我明天就去上班。"梁月鹏高兴道："好啊，你去上班，我就安心学习，备战司法考试！"

另一日，随着开锁的声音，铁门被推开，吴小花拎着一小纸箱苹果，走进来。正趴在客厅桌边看司法考试大书的梁月鹏一扭头，起身走了过来，说："我在家，你敲门我来开，就免得你拿钥匙开门了。"接过吴小花手中的苹果。吴小花换鞋，一边说道："我敲门怕打扰你看书。鹏，早上上班高峰期乘公交车挤得很，以前在伟创力上班步行真舒服。"梁月鹏看着自己手中拎的苹果，说："今天很奢侈嘛，买一箱子苹果。"吴小花平静道："今天我去一个石头加工厂帮农民工要拖欠的工资，当场老板就付给他们了，他们不好意思，就买了一箱苹果给我，我也不想要，他们非要给。"梁月鹏说："当然要了，我们这生活也需要啊。"吴小花高兴道："那老板梳着大背头，很酷，我把律师证一亮，说如果不把拖欠的工资付给他们，我们劳动仲裁委员会见！"梁月鹏说："你这次干得不错，像个律师的样子！谁说你不能当律师，那是胡扯！"吴小花说："现在想想都有点后怕，全是陌生人，老板那样子也不像个正经人，现在回过头想想，我当时胆子蛮大的。"梁月鹏说："你关键缺的就是实践，多实践就行。那一帮农民工也不用仲裁、诉讼，拖欠的工资就拿到手了，这不体现了你律师的价值吗？"吴小花说："他们被拖欠的工资加一起好几万呢，当场就付了。一个女的，四十多岁吧，一看就是农村的，非要给我几百块钱，我没要，我看她太可怜了，那石头加工厂干起活来，石粉到处飞，吸到肺里面对身体很不好的。”

三个月后，梁月鹏参加司法考试，结果考了三百五十分，没通过，还差十分。吴小花安慰梁月鹏道：“鹏，就当学习一场法律吧，没过就没过，再找工作吧。”梁月鹏经过短时间的郁闷，决定再次走进人才市场。

六十四

文印门市部里，一张张梁月鹏的个人简历从机器里打印出来，工作经历“滨江电影制片厂”之后多了一条“银铃集团”。

清晨的公交汽车站牌下，聚集了二三十名乘客，大家伸着头看着公路那头来了一辆公交汽车，驶到近前，停靠，门开，没有乘客下车，且车上乘客已满，于是大家蜂拥而上，拥挤不堪。拿着装着简历的塑料文件袋的梁月鹏推着挎着皮包的吴小花往车上挤。

地铁站旁，公交汽车到站，吴小花和梁月鹏下车，向地铁站走去。

行驶的地铁内，梁月鹏和吴小花站在拥挤的人群中。地铁停站，梁月鹏向吴小花道别：“我下车了，再联系。”吴小花说：“下一站我就下，下了后到我们律所只要走几分钟。”

梁月鹏接着又乘几站公交汽车，一路辗转，终于到达滨江人才大厦。

人才大厦内，人山人海。多媒体屏幕墙上，“招聘单位、职位及要求”的文字一排排向上推移。屏幕墙下，挤满了求职者，伸着脖子，睁大了眼在观看，梁月鹏在其中。多数招聘摊位前，熙熙攘攘，人如潮涌，纷纷递着简历。梁月鹏从人群中挤了出来，往另一边走去。那边竖着一个牌子：保险专场。梁月鹏走来，经过“中国人寿保险”摊位前，被一个着正装的男青年招聘人员拉住，男青年指着“中国人寿保险”摊位道：“先生，请到我们这来看看，世界五百强企业……”这时，同属“中国人寿保险”摊位，一个中年、着正装的女招聘人员从衣袋里掏出一张纸给梁月鹏看，说：“这是我上个月的收入，两万多，个人所得税都交了……”与此同时，同属“中国人寿保险”摊位，一个中年、着正装的男招聘人员向梁月鹏问道：“先生，你想不受别人的束缚自己当老板吗?”梁月鹏看着这一位，微笑道：“当然不想受别人束缚自己当老板，但是当老板需要资金成本。”中年男招聘人员高兴道：“那正好，到保险公司来，不需要资金成本。”梁月鹏说着就要走，不相信道：“怎么能不要资金成本就当老板呢?”中年男招聘人员拉着梁月鹏，急切道：“保险公司已经为我们搭建好了平台，我们不需要一分钱就可以经营了。”梁月鹏笑笑，说：“不就是卖保险吗？保险公司当然希望保险卖得越多越好。”中年女招聘人员对梁月鹏说道：“不对，我们是经营自己的客户群，所以我们就是老板，保险公司是为我们服务的。”梁月鹏对中年女招聘人员说：“保险也不是人人时时都需要的，保险不好做。”中年女招聘人员对梁月鹏说：“风险无处不在，无时不有，无人能幸免……”青年男招聘人员这时也插了一句：“保险体现了爱和责任……”但是梁月鹏还是走了。“平安保险”摊位前，梁月鹏看着其摊位走过，一招聘人员招呼梁月鹏道：“先生，过来看一看。”梁月鹏摇摇头，径自走去，一边浏览着两边的招聘摊位：太平洋保险、新华人寿保险、泰康人寿保险、阳光保险、中华联合保险、天安保险、合众人寿保险、中意人寿保险、中英人寿保险等。梁月鹏似乎听到了什么，伸手从衣袋里掏出手机，接听。电话里是一个男声：“是梁月鹏先生吗?”梁月鹏说：“是，你是哪位?”电话里男声：“我是一家美国公司的，你被我们录取了，现在有时间来面试吗?”梁月鹏兴奋道：“是美国什么公司?”电话里男声：“是很大的跨国公司，你到了就知道了。”梁月鹏说：“请问你是从哪儿得到我手机号码的？而且知道我在找工作。”电话里男声：“人才大厦啊。我们公司离人才大厦就两站路，红石公园正大门对面，我等你。”梁月鹏说：“好的，我马上过来，谢谢!”挂了电话，赶紧走去。

梁月鹏拿着装着简历的塑料文件袋，急匆匆走出人才大厦，到街边乘公交汽车，行了两站便下车，下车即是红石公园正大门。梁月鹏往对面看去，是一家安利店铺，门头上有醒目的“Amway安利”字样。

“是梁月鹏吗?”梁月鹏一惊，扭头看去，一个拎着一只黑皮包、农民模样的中年男人向梁月鹏走过来，像是认识梁月鹏似的招呼道：“过来啦?”梁月鹏不相信道：“你是刚才打电话给我的？美国公司的?”中年男人说：“是是。我们到公司去坐坐。”梁月鹏跟着中年男人往对过安利店走去。梁月鹏边跟着走边问道："你们公司是做什么的？"中年男人没有回答。梁月鹏跟着他走进安利店。

中年男人带着梁月鹏来到顾客座位跟前，对梁月鹏说："你坐。"梁月鹏坐下，中年男人也坐下。梁月鹏怀疑地问中年男人："这是你的公司？"中年男人看了看梁月鹏，欲言又止。梁月鹏看着中年男人道："你到底让我应聘哪个公司？"中年男人为难道："就……就……这公司。"梁月鹏明白了，不高兴道："你让我来做安利，给你做下线……"中年男人站起身，张口喊从跟前走过去的一个西装革履的年轻人："常经理！"年轻人回头、驻足，中年男人指着梁月鹏，对年轻人说："他是我刚招来的，你和他谈一谈吧。"梁月鹏已站起身，年轻人看向梁月鹏，梁月鹏看着年轻人，原来，年轻人就是曾在红石公园后门带着梁月鹏搭讪糖尿病老年患者的常师傅。常师傅咧开了嘴，微笑道："我们认识。"对中年男人，"二舅，他跟我在糖尿病公司干过。"走上来和梁月鹏握手。梁月鹏伸了一下手，没握，很难为情道："常、常师傅……"中年男人指着常师傅，对梁月鹏说："我外甥现在一个月一两万，你别看不起做安利，安利产品在美国都受欢迎，中国很多白领都使用安利产品。"梁月鹏又看了一眼常师傅，一转身走了。中年男人对梁月鹏喊道："哎哎，梁先生，梁先生……"梁月鹏头也不回地走了。

梁月鹏从红石公园正大门坐公交回到人才大厦时，求职者已渐少。梁月鹏看了看，走进保险专场，边走边浏览着。这里，是美国友邦保险有限公司的招聘摊位，海报并不大，一个身材略瘦小、接近三十岁的女招聘人员李平神态自若地坐在桌位里面。梁月鹏走过来，浏览着海报，一边念道："美国友邦保险有限公司。"李平微笑地一伸手指着面前的座位，说："请坐。"梁月鹏坐下，随意道："这个公司我没听说过。"李平从桌上拿一本彩色小册子给梁月鹏，说："美国友邦保险有限公司是中国唯一的一家外资保险公司，是在一九一九年一个叫史带的美国人在上海创立的。"梁月鹏惊奇道："是美国人在上海创立的？"李平说："后来由于战乱迁到了香港，一九九二年又重回上海，是第一家将保险营销员制度引进国内的保险公司。"说着递一张自己的名片给梁月鹏，梁月鹏接过来看着：

美国友邦保险有限公司授权保险营销员

李平业务主任

梁月鹏手里拿着名片，思虑道："从今天的保险专场来看，现在保险行业好像很兴旺。"李平说："保险现在是朝阳行业。"梁月鹏问："那企业交的社会保险和你们这个保险有什么区别?"李平说："我们这是商业保险，是社会保险的重要补充。商业保险是保险公司在做，社会保险是国家在做，企业必须为职工缴纳社会保险。"梁月鹏疑虑地站起身，又看了一下手中李平的名片，说："你们地点在省广播电视大厦二十三层，有空我去看看。"李平也站起身，抓紧道："今天下午一点新人入职，你过来，我在。培训七天，拿到了保险代理从业人员资格证书，然后就可以展业了。友邦保险经营理念先进，制度设计严密，非常人性化，是个人创业的良好平台。"梁月鹏问道："你们这客户从哪儿找呢?"说到这儿笑笑，"不可能到大街上逢人就拉吧?"李平说："我们有一整套科学的培训体系，只要按照我们的要求去做，客户资源丰富得很。"梁月鹏问："下午一点，是吧?"李平热情道："是的，我们下午见。"笑脸相送梁月鹏。

梁月鹏又经过"中国人寿保险"摊位前，停住脚步看了看，中年女招聘人员对梁月鹏说："想好了吗？我对你讲，像你学历高的进保险公司做的都是大单子，很有发展前景，真的。要理性规划自己的职业，感性的话，生活道路会很崎岖，这是我的人生感受，我是本科学历，学中文的。"梁月鹏说："你说得对，不能太感性，要理性规划自己。"中年女招聘人员递一张名片给梁月鹏，说："下午一点新人入职，你过来，我在。培训七天，拿到了保险代理从业人员资格证书，然后就可以展业了。中国人寿是国字号……"梁月鹏皱起眉头考虑道："我考虑考虑，我去之前给你电话，好吧？"中年女招聘人员热情道："好的，我们下午见。"笑脸相送梁月鹏。

人才大厦内，求职者基本上都走了，各招聘单位都在收摊子。梁月鹏踌躇满志地走着，举着手机在通话。电话里吴小花惊诧的声音："什么？你决定卖保险?"梁月鹏满怀信心道："不是卖保险，是经营自己的客户群，做老板，市场无极限!"电话里吴小花的声音："鹏，我发现你一开始做什么事情的时候，都满怀信心，做了一段时间了，就这个理由那个理由都出来了，就不干了。"梁月鹏说："我是有这种倾向，但不尽然。这次做的是市场无极限！市场无极限你知道吗？当你签了一百份保单，拥有一百个客户的时候，这一百个客户会为你转介绍，一个客户给你转介绍一个，那么就是一百个，总共就两百个客户了，这样发展下去，还得了吗?！我很庆幸我今天作出这个非常的决定，以往看到保险公司招聘、吆喝，我都不屑一顾，今天我突然灵机一动，就是做保险，怎么了?！做保险怎么了?！”电话里吴小花的声音：“鹏，你冷静冷静，别这么激动。”梁月鹏说：“小花，还有一个特别的情况，就是我在人才大厦突然接到电话，称呼我‘梁月鹏先生’，说我被录取了，是家美国公司，我问是美国什么公司，他说是很大的跨国公司，到了后才知道是做安利的，想让我做安利，做他的下线。而且我在安利店看到了以前带我卖糖尿病魔芋面条的常师傅，他现在做安利已经做到经理了。”电话里吴小花的声音：“鹏，你现在别跟我讲这么多细节，你现在是确定做保险还是做安利?”梁月鹏说：“做保险。”电话里吴小花的声音：“那你为什么不跟那个常师傅做安利呢?”梁月鹏说：“我不做安利，我决定做保险。现在你给我参考一下，我是去中国人寿做保险，还是去美国友邦做保险?”电话里吴小花的声音：“这个无所谓吧，看你喜欢哪个公司?”梁月鹏说：“好吧，我来定，我先去吃个便饭，下午一点就要入职。”

梁月鹏去街边一家简易的快餐店吃了午饭，然后拿起装着简历的塑料文件袋，匆匆走去。他来到十字路口，犹豫起来，迈步向一个方向，没走几步，停下，又迈步向另外一个方向，走了几步，又停下，这时，衣袋里手机响了，梁月鹏掏出来，接听。电话里那个中年女招聘人员的声音：“你好，是梁月鹏吗?”梁月鹏问：“你是?”电话里那个中年女招聘人员的声音：“我是中国人寿的业务经理白娟，上午我们在人才大厦见了不止一次面……”梁月鹏说：“白经理你好，我听出你的声音了。”电话里白娟的声音：“你在路上吗？下午一点欢迎你加入我的团队。”梁月鹏说：“现在我想问你，中国人寿和美国友邦，哪个在制度设计上要更好些？你对我说实话。”电话里白娟的声音：“都差不多，要说在制度设计上，美国友邦是外资公司，虽然在大陆都是中国人在经营，但毕竟是外资公司。”梁月鹏有主意了，说：“好的，我知道了，谢谢!”电话里白娟的声音：“那你来我这里吗?”梁月鹏说：“不一定，你先忙吧，不好意思。”梁月鹏挂了电话，决定地自语道：“去美国友邦!”便向其中一个方向走去。

这是一幢崭新的高层现代化大楼，“省广播电视大厦”几个金色大字镶嵌在大楼的外表，大厦的不锈钢栅栏围墙内停满了小汽车。梁月鹏拿着装着简历的塑料文件袋，匆匆走来，进入围墙大门，走入大厦旋转玻璃门，进入一楼大厅，然后乘电梯上楼。正站在向上运行的电梯间、拥挤人群中，衣袋里手机响了，梁月鹏掏出来，一看，是“阿花”，接听道：“现在说话不方便，我马上打给你。”

美国友邦保险有限公司滨江分公司在二十三层，前台里面坐着两个着正装的女孩，背景是偌大的友邦保险AIA标志，前台两旁各矗立着一盆绿树，前台边放着两盆小花，环境整洁，优雅。梁月鹏从电梯口走来，注意地看着前台及公司标志。前台一女孩问道：“先生您好，是来应聘的吗？主管是谁？”梁月鹏说：“主管是李平。”另一女孩拿着两张表格出来，对梁月鹏说：“请到这边来填一下。”梁月鹏即跟随这个女孩到一个小教室里，女孩说：“您请坐。”梁月鹏即坐下，女孩把表格放在梁月鹏面前，这时，梁月鹏手机响了，梁月鹏掏出来，一看，是“阿花”，接听。电话里吴小花的声音：“鹏，我觉得你不能做保险，我们班没有一个同学是做保险的，我刚才打电话对我姐说，我姐说她听人家讲，‘一人卖保险，全家不要脸。’鹏，你不要脸，我还要脸，以后人家问我老公是干什么的，我怎么回答人家呀？”梁月鹏郁闷地听着。电话里吴小花的声音：“鹏，你想想，你卖保险，你卖给谁？你到大街上去拉人散传单？……”这时，李平进来了，微笑地对梁月鹏说：“梁大哥来了。”女孩端着一纸杯水放在梁月鹏面前。梁月鹏看到了李平，对着手机说：“我现在有事，回头再说。”挂了电话。李平在梁月鹏身旁坐下，说：“梁大哥，表格填完了吗？”梁月鹏脸色有些犹豫，看了一下表格，说：“还没填。”转而问李平，“你们这客户从哪儿找？我在滨江没有现成的客户，我是外地人。”李平有点紧张道：“我们主要是通过陌拜，我的客户中熟人也很少，我开始做保险的时候，我亲表姐生了孩子，在别的保险公司买了保险都没在我这里买，对我打击很大。我现在不照样做得很好吗？”然后站起身来，对梁月鹏，“梁大哥，你把表格填完送到前台就可以了，明天早上八点半晨会见，你能见到很多成功的伙伴！”梁月鹏比较满意道：“好。”李平走了。这时，放在桌边的手机响了，梁月鹏看一下来电显示，是陌生手机号码，接听。电话里白娟的声音：“梁月鹏你好，我是白娟，你现在考虑好了吗？”梁月鹏说：“不好意思，我现在已经在友邦入职了。”挂了电话。

当晚，月色溶溶，梁月鹏和吴小花走在大堤上，散步的人不断。河面，波光闪闪。吴小花说：“鹏，你真要干保险，我也不拦着你。我主要是考虑，做保险需要脸皮子厚，你和人讲话都怕丑，给人打电话都紧张得要命，你能做保险吗？今天我和我爸通电话了，我爸说，明年五一劳动节春暖花开的时候，他要和我妈一起来滨江给我们举行婚礼。”梁月鹏惊异道：“举行婚礼？”吴小花说："这个他们很看中，把女儿养大，就这样不声不响嫁人了，他们不甘心，要补个婚礼，这是必须要做的。"梁月鹏问："怎么举行婚礼？"吴小花说："让我们在滨江参加一个集体婚礼，他们在其中就行了，这个心愿他们就能了了。"梁月鹏说："那参加集体婚礼要花钱啊。"吴小花说："我打电话问了，分几个等级，一般的等级也在五千块钱以上，还有几个月时间，我们要做好准备。"梁月鹏感到有点为难，反应不积极。吴小花说："你要理解，我嫁给你，就领一个证，婚纱照都没照，我很想和你照婚纱照。"梁月鹏说："好吧，明年五一，加在一起，七八千块钱够了吧？"吴小花说："我每次从婚纱摄影店门口经过，我都想到要和你照婚纱照，多美呀！还有情书，你也没给我写。"梁月鹏一下子笑了。吴小花看着梁月鹏道："你现在要好好挣钱，不然到时候没钱，我是不可能让我爸掏钱来给我们举行婚礼的。我们都工作两三年了，哪有这个脸呢？"梁月鹏说："自己挣钱，我也没想到问你爸要钱举行婚礼。好吧，早点回去洗洗睡觉，明天早上六点一刻起床，八点半能赶到广电大厦吧？"吴小花算着，一边说："六点一刻起床，洗漱加一起四十分钟够了吧，六点五十五，就算七点从家出发，然后乘公交车，这边的地铁南延线要建好就好了，就不用挤公交车了。七点到八点半九十分钟，公交车四十分钟，地铁三十分钟，走路吃早饭二十分钟。可以，六点一刻起床可以。"梁月鹏说："下地铁后吃早饭，拿在手里走着吃。"俩人说着已回转身走去。

六十五

次日清晨，随着床头手机闹铃声响，梁月鹏和吴小花在睡梦中醒来，俩人跃身起床。吴小花弯着腰，就着水池快速地刷牙。梁月鹏站在一旁快速地刷牙，一边用左手接着牙膏沫。刷牙完毕，吴小花说："你先洗脸！"梁月鹏说："你先洗，你洗得快！"俩人洗漱完毕，穿好衣服，各自挎上皮包，出门。

俩人匆匆从楼里出来，梁月鹏问："公交车多长时间一班？"吴小花说："二十分钟吧，走快点！"梁月鹏说："跑！走恐怕来不及！"俩人跑了起来。

路边，公交站牌下，聚集了二三十名乘客，包括梁月鹏和吴小花，大家伸着头看着公路那头，不见有公交汽车驶来。梁月鹏着急道："已经等了十分钟了！怎么还不来？"吴小花说："这里环境很新，但是交通没有电影厂那边发达。"总算来了一辆公交汽车，停靠，门开，没有乘客下车，且车上乘客已满，大家蜂拥而上。梁月鹏对吴小花说："你先上，贴着门边，不然挤不上。"吴小花贴着门边，梁月鹏随后，推着她，往车上挤了起来。上了公交汽车，车内，拥挤不堪。关门，关不上，司机回头喊道："站在车门跟前的，让一下，别挡着门！"门关上，车启动。梁月鹏和吴小花站在一起，梁月鹏一只手抓着扶手，吴小花一只手扶着梁月鹏的腰。梁月鹏说："哎呀，这乘车就像打仗一样！"吴小花盯着梁月鹏道："鹏，你闭上眼睛，再睡一会儿。"梁月鹏闭上双眼，"睡"了起来。

梁月鹏匆匆赶到省广播电视大厦，进入不锈钢栅栏围墙大门，走入大厦旋转玻璃门，进入一楼大厅，然后乘电梯上楼。正站在向上运行的电梯间、拥挤人群中，突然看见李平站在自己身旁，李平同时也看到了梁月鹏，微笑地招呼道："梁大哥！"梁月鹏点点头。旁边的人都看着他俩。电梯停，23键在闪烁着。

李平、梁月鹏等众人从电梯口走来，这时，传来杨培安演唱的青春励志歌曲《我相信》！李平等人纷纷到前台按手纹签到，梁月鹏在旁边站着，等待李平。李平按完后赶快过来，对梁月鹏说："我带你参观一下。"梁月鹏跟着李平往里走去，李平不断地、高兴地跟人打招呼。李平领着梁月鹏来到一个大房间门口，指着门上的"PM特训班"字样，介绍道："这是PM特训班，PM是两个英文单词的第一个字母，Potential Manager，就是潜在的经理人。"梁月鹏领会道："噢，我知道。"伸头浏览一下室内：整齐地摆着乳白色的桌椅，部分桌位上摆着固定电话。李平领着梁月鹏来到一个更大的房间门口，指着门上的"营销二部"字样，介绍道："这是营销二部。"梁月鹏伸头浏览一下室内：整齐地摆着乳白色的桌椅，多数桌位上摆着固定电话及文件材料。李平指了一下另外一个方向，对梁月鹏说："那边是办公区域、团体保险部和电话营销部。"接着，李平领着梁月鹏来到一个与营销二部同样格局和大小的房间门口，指着门上的"营销一部"字样，介绍道："这是营销一部，我就在营销一部，等你正式展业了，你也在这里。"梁月鹏跟着李平进来，《我相信》音乐电视正在这里播放，歌声高亢清亮，激励人心！梁月鹏浏览着室内：整齐地摆着乳白色的桌椅，多数桌位上摆着固定电话及文件材料。李平到自己的桌位坐下，梁月鹏跟随着，李平指了指旁边的空位子道："梁大哥你在这儿坐，等一会儿晨会就开始。"

从李平和梁月鹏出电梯口以来，来营销一部参加晨会的保险营销人员，络绎不绝，男男女女，多数挎着皮包，各人脸上都带着早晨的清新。

营销一部讲台后的多媒体屏幕上，《我相信》在反复歌唱！梁月鹏明显很受鼓舞！

济济一堂。《我相信》已停止播放。英文名叫Sophie的女青年张红拿着麦克风走上讲台，面对大家说道："亲爱的伙伴们，大家早上好！"下面齐声有力地答应："好！"Sophie说："好，首先照例请大家把手机调至静音或振动状态。"稍停顿，"今天的晨会，我们首先请美国友邦保险有限公司滨江分公司寿险部负责人周劲松经理给大家讲一讲市场和保险，大家欢迎！"全场爆发出热烈的掌声！第一排座位上站起来一个微笑着的西装革履的接近四十岁的男人，他走到讲台，接过Sophie的麦克风，对Sophie说："谢谢Sophie。"Sophie走下讲台，在一边站着。周劲松站在讲台上，拿着麦克风，口对着麦克风大声道："大家早上好！"下面齐声有力地答应："好！"梁月鹏也轻声跟着说"好"。周劲松说："改革开放三十年来中国发生的举世瞩目、翻天覆地的变化，得益于开放了市场，是市场让我们每个人成为独立自主的人，成为自由的人，你们说要不要感谢市场？"大家齐声答道："要！"周劲松说："这是邓小平的功劳。市场有一个重要作用就是配置资源，我们都是人力资源，那么，请问，今天我们在美国友邦保险有限公司滨江分公司当寿险理财顾问，是谁让我们来的？哪位回答一下？"目光搜寻着下面。没人回答。周劲松提示道："是父母亲让我们来的？还是政府官员让我们来的？"仍没人回答。周劲松说："我再提示一下。"稍停顿，"我们大概可以说，目前中国社会的各种市场基本上是自由竞争和有序发展的，包括人才市场。"又笑了一下，"我这个话题好像与保险无关啊。"突然，人群中一个女孩说道："找不到工作了，没办法，结果被你们拉来了。"稍事沉默后，一阵哄堂大笑。周劲松笑道："不是我们把你拉来的，是市场把你配置来的。"女孩噘着嘴道："不是市场把我配置来的，我就是被你们拉来的。"又一阵哄堂大笑。周劲松仍笑道："就是市场把你配置来的。原因是这样，因为其他行业的职位往往供不应求，所以很多应聘者就被淘汰，没有机会进入那些行业，而保险行业正处于大发展时期，需要更多的人来从事保险营销这个职业，所以你就来了。”女孩认真道：“我乐意从事这个行业，因为它能给人带去保障，这是它的价值所在。”周劲松肯定道：“讲得好！你把我接下来要讲的讲出来了，大家要不要给她掌声？”全场爆发出热烈的掌声！女孩不好意思得脸都红了。梁月鹏也在鼓掌。周劲松说：“在当下市场经济社会里，商品交换普遍存在，可以说，谁拒绝销售就意味着谁拒绝活着，你们说对不对？”大家齐声答道：“对！”周劲松说：“随着社会的发展和人们物质、精神生活水平的提高，商业保险必将得到普及和发展，那么，商业保险营销就是光明正大的职业，你们说对不对？”大家齐声答道：“对！”周劲松笑道：“可以给我一个掌声吗？”大家热烈鼓掌！梁月鹏也在鼓掌！周劲松说：“下面我们把时间留给我们的职场精英们。”扭头看了一下台下的Sophie，Sophie走上讲台，从周劲松手中接过麦克风。Sophie面对大家说：“周经理从市场对人力资源的配置到保险营销的价值，鞭辟入里，发人深思，我们再给周经理一个掌声！”大家再次热烈鼓掌！Sophie说：“昨天晚上八点，营销二部的李玉凤襄理签了一个大保单，保费是十万八千四百二十六元。双喜临门，就在昨天，李玉凤襄理增员三名。大家欢迎李玉凤襄理和我们分享这背后的酸甜苦辣！”大家一齐向人群中看去，一个矮个子、微胖、齐耳短发、接近四十岁的女人李玉凤，从人群中走了出来，走到讲台，接过Sophie的麦克风，对Sophie说：“谢谢Sophie。”Sophie走下讲台，在一边站着。李玉凤站在讲台上，拿着麦克风，口对着麦克风，已经泪如雨下，哽咽道：“大、家……早、上……好……”全场爆发出热烈的掌声！梁月鹏也在鼓掌！有人被感动得流出了眼泪，梁月鹏热泪盈眶！

小教室里正在培训。Sophie是培训师，站在讲台上课，她说道：“李嘉诚先生的富有尽人皆知，但是，他把这一切都看作身外之物，他说：‘人们都说我很富有，其实真正属于我个人的财富，就是为自己和家人买了充足的人寿保险。’”下面，坐着梁月鹏等五六个男女学员，只有梁月鹏年龄大些，其他都比较年轻。Sophie说道：“形象地说，保险是我们生活中的灭火器，是我们远行时的备用胎，是我们乘坐飞机时的降落伞，宁肯没用上却不可不准备。好，今天的课就到这里，下课！”大家报以掌声，Sophie向他们深深地点了一下头，然后，拿着书走了出去。这时，周劲松走进来，到梁月鹏面前，说：“梁月鹏，你马上到我办公间来一下。”梁月鹏看着周劲松道：“好。”

稍等片刻，梁月鹏来到办公区，看了看，走到周劲松的格子间，对处于工作状态的周劲松小声道：“周经理。”周劲松一抬头，见是梁月鹏，热情地从旁边拖来一把椅子，说：“坐。”梁月鹏坐下，说：“谢谢。”周劲松从桌上拿一份表格给梁月鹏，说：“你把这张表格填一下。”说着指着表格，“关键是这个问题，你认真地答一下，简明扼要就行。”梁月鹏伸头看着，周劲松边指着边念道：“就是：你认为你人生中最值得自豪的三件事情是什么？”梁月鹏认真地考虑起来。周劲松说：“你拿回去填，明天早上交来给我。”梁月鹏站起身，拿着表格就要走，却问周劲松：“周经理，我们这客户从哪儿找？”周劲松没有直接回答梁月鹏的问题，却说：“第一周的培训是掌握保险基本知识，把保监局的证考到手。第二周是营销实战培训，第二周之后，你们就要走出去奔赴战场，不能成天坐在公司里了。”梁月鹏有点担心道：“你这么讲，我有点害怕。”周劲松站起来，鼓励道：“不用怕，都是从这过来的，我相信你！”伸手拍了一下梁月鹏的脊背。梁月鹏受到了鼓舞，说：“周经理，那我走了。”周劲松说：“好，明天早上见。”梁月鹏离开办公区。

晚上在家，梁月鹏趴在桌边填表格，一边说着：“我认为我人生中最值得自豪的第一件事情就是没有上大学却考上了名牌大学研究生……”旁边，刚洗过头、头发湿漉漉的吴小花在用电吹风吹头发。梁月鹏继续填着，说道：“我认为我人生中最值得自豪的第二件事情就是娶了善良、可爱、高学历的吴小花为妻……”吴小花突然嗔怪道：“你去死！”关了电吹风，凑到梁月鹏跟前，看着表格，“你把我名字写上去干吗？都让别人知道了。多难听，为妻，还为夫呢？”梁月鹏为难道：“周劲松让我写三件事情，这第三件事情写什么呢？”吴小花说：“第三件写你剧本成功，《青涩年华》投入拍摄，播出后反响强烈！”梁月鹏笑笑，说：“这只是梦，我现在对《青涩年华》是一头雾水，有时候觉得不错，有时候又很讨厌。”吴小花说：“那第三件事情就不写呗。”

次日早晨，在杨培安《我相信》的励志歌声中，从电梯口到营销一部，来参加晨会的保险营销员络绎不绝，梁月鹏在其中。PM特训班门口，周劲松正准备进入，梁月鹏走来，喊道：“周经理。”周劲松回转身，梁月鹏把表格递给周劲松，周劲松接过来看着，梁月鹏抱歉道：“那第三件事情不知道怎么写。”周劲松看完，说：“好！第三件先空着，等你用实际行动去写，比如说参加国际寿险百万圆桌会议。”梁月鹏不敢奢望，说：“那太高了，我不敢想象。我老婆倒是说我第三件事情是剧本成功。”周劲松说：“走，去参加晨会吧。”说着走去，梁月鹏也跟着走去。

梁月鹏等五六个学员参加的第一周培训结束了，他们刚考完保监局的代理人资格证，又来到课堂上。Sophie站在讲台上高兴道：“这次保险代理从业人员资格考试，大家全部通过，我们给自己鼓个掌！”全体鼓掌！Sophie说：“梁月鹏考分最高，七十九分，请梁月鹏上来领奖品。”大家都看向梁月鹏，梁月鹏既高兴又不好意思地起身，走上讲台，从Sophie手中接过一只盒子。下面有人说：“打开我们看看是什么？”Sophie帮助梁月鹏打开盒子，Sophie拿出来，展示一下，是一只黄色的布满AIA的领带！大家报以掌声！Sophie把领带裹好，重新放回盒子里，交给梁月鹏，梁月鹏拿着走下台去。Sophie说：“好，下面我们开始第二周的营销实战培训，第一次课由我来带大家进行话术演练。”说着，从下面搬了一把椅子到讲台上，自己坐下，指派道，“梁月鹏是潜在客户，在室内，王佳是友邦保险营销员，去室外，然后敲门进来。”王佳是个二十岁的女孩，长得有点丑，穿得有点寒碜，她不好意思地走了出去，并带上门。梁月鹏坐直了。大家都看着门，“嘭嘭嘭”，传来敲门声。大家都看向梁月鹏，梁月鹏说：“请进。”门被推开，王佳走了进来，却一下子笑了起来，引得哄堂大笑。Sophie停止笑，认真道：“重来，下次不许笑了。”王佳走了出去，并带上门。梁月鹏坐直了。大家都看着门，“嘭嘭嘭”，传来敲门声。大家都看向梁月鹏，梁月鹏说：“请进。”门被推开，王佳走了进来，想笑，却没笑，看着梁月鹏道：“请问您是梁月鹏先生吗？”梁月鹏说：“是的，你是哪位？你怎么知道我名字的？”王佳说：“我是从您的朋友张三那里知道您的，您事业成功，家庭美满，不知道您有没有孩子……”一个男学员憋着没有笑出声。梁月鹏一本正经道：“我事业不成功。”王佳说：“那您家庭美满，孩子多大了？我们友邦保险专为孩子设计了一款集意外、医疗、教育、养老于一身的综合保险……”那个憋着没有笑出声的男学员终于笑出声来。梁月鹏说：“我没有孩子。”王佳说：“那梁先生您多大了？也该生孩子了。”哄堂大笑。梁月鹏也在笑。王佳更是满脸通红地笑。Sophie说：“好，停。现在我们来分析一下王佳和梁月鹏演练的不当之处。我补充说一下，是这样，王佳你是先约好了梁先生，再去拜访的，而且是在梁月鹏的家里。下面我们每个人讲一点刚才他们演练的不当之处，以供王佳和梁月鹏参考。”甲说：“王佳进门后首先应该自我介绍，说我是友邦保险滨江分公司的业务员，这样好让潜在客户梁月鹏知道来者是谁。”Sophie说：“很正确。”乙说：“如果是约好了再去的，而且王佳进门后就先作了自我介绍，那么梁月鹏就不该再问，‘你是哪位？你怎么知道我名字的？’”梁月鹏说：“那当然。”丙说：“王佳直截了当地问梁先生您多大了，不妥当，很不礼貌，这一问梁先生可能以后就再也不理王佳了。”王佳不好意思地咧嘴微笑着。先憋着、终于笑出声的男学员说：“王佳不要一进门就谈保险，先可以自然地赞美一下梁先生的家，宽敞整洁呀什么的。”说着看了看王佳。王佳突然说：“张海波你来演练一下，给我们看看，怎么样？”Sophie说：“对对对，张海波扮演一下友邦保险营销员，去室外，梁月鹏还是潜在客户，在室内。”张海波走了出去，并带上门。梁月鹏坐直了。大家都看着门，“嘭嘭嘭”，传来敲门声。大家都看向梁月鹏，梁月鹏说：“请进。”门被推开，张海波走了进来，老练道：“请问您是梁月鹏先生吗？我是友邦保险滨江分公司的小张，上午和您预约的。”梁月鹏说：“噢，你好你好，请坐。”站起身来，让坐。张海波演练得很好。

一日下午下课后，Sophie拿着书，走在从前台到营销一部之间较长的过道上。梁月鹏跟了过去，喊道：“Sophie!”Sophie回转身，驻足，看着梁月鹏。梁月鹏请教道：“什么叫mò bài？”Sophie很快作答道：“就是陌生拜访。”梁月鹏诧异道：“就是陌生拜访？”Sophie拿出笔，并拿着梁月鹏一只手，在其掌心写道：

陌拜

梁月鹏领悟道：“噢，我知道了，就是去拜访陌生人。”为难地，“这个很难吧？”Sophie看着梁月鹏道：“这个因人而异，说难就难，说不难就不难。还有什么问题？”梁月鹏说：“没有了，谢谢Sophie。”转身走去。梁月鹏走着，突然又想起什么，回转身，撵上Sophie，说道：“Sophie，我还有个问题。”Sophie回转身，驻足，看着梁月鹏，梁月鹏说：“十万块钱保费，保险营销员能拿多少佣金？”Sophie说：“不等，要看险种，储蓄性的有的高达百分之三十五，那么十万保费，佣金就是三万五。”梁月鹏吃惊道：“那很高啊。那不是都给营销员拿去了吗？”Sophie说：“没有，一般要缴二十年，只是第一年能拿这么多，接下来就只能拿到百分之十、百分之五了，五年后就没有佣金可拿，纯粹就是服务了。”梁月鹏领悟道：“噢，我知道了，谢谢

Sophie。”转身走去。

两周培训圆满结束，梁月鹏被安排进PM特训班，而且在明天的晨会上要作为新人代表发言，梁月鹏很高兴，深有初战告捷之感。次日早晨来临，吴小花高兴地给梁月鹏系AIA的领带，一边说道：“我还是跟我姐学打领带的。不错，系上领带好看多了！”梁月鹏也高兴道：“好，赶快走，快到七点了！把我西服拿来，就那黑色的。”吴小花把梁月鹏的那套黑色西服拿过来，梁月鹏穿上。吴小花称赞道：“鹏，相当地不错！”梁月鹏乐滋滋地到卫生间镜子前，自我欣赏着，一边说道：“把我皮包拿来。”吴小花把梁月鹏的皮包拿来，递给梁月鹏道：“走吧，别照了，迟到了！”吴小花和梁月鹏各自挎上皮包，换鞋，出门。

PM特训班，讲台后的白板上写着：

PM特训班——保险培训中的黄埔军校

讲台上，周劲松在讲话：“今天，我们PM特训班迎来一名新学员，他的名字叫梁月鹏，大家欢迎！”下面十几名学员热情鼓掌，都扭头看了看梁月鹏，梁月鹏在其中，受宠若惊地坐着，也在鼓掌。一面墙的表格内醒目地写着各人的名字，最后一个是“梁月鹏”。周劲松说：“下面，请梁月鹏上台接受我们PM特训班徽章。”掌声响起！梁月鹏高兴却又不好意思地起身，走上讲台，周劲松拿出一枚红色的有“PM”字样的徽章，别在梁月鹏的胸前。掌声又响起！周劲松及下面各人胸前都别着PM徽章。周劲松说：“马上去参加晨会，晨会后你们出去展业，下午三点回来，我和你们逐一碰头，商讨实战中遇到的问题。”

营销一部，济济一堂，晨会正在举行中。第一排坐着周劲松等公司主管和李玉凤等销售精英。Sophie在主持，说道：“下面我们请新人代表梁月鹏上台发言，大家欢迎！”全场爆发出热烈的掌声！梁月鹏一身黑色西装，系着AIA领带，胸前佩戴着PM徽章，从后面人群中走出来，走上讲台，接过Sophie的麦克风，对Sophie说：“谢谢Sophie。”众人一齐看着梁月鹏，梁月鹏站在讲台上，拿着麦克风，口对着麦克风，有点紧张道：“大家早上好！”众人回应：“好！”梁月鹏说道：“我叫梁月鹏，上世纪八十年代末我接到了一封大专录取通知书，学制三年，学费一年两千。对于贫困的农村家庭而言，六千元几乎可以说是个天文数字，所以这个学我没上成。但十几年后我凭着自学考试大专学历考上了滨江大学法律硕士研究生，但毕业后在滨江电影制片厂工作一年后被开除。然后去银铃集团滨海分公司，半年后辞职，再然后，我在人才市场被配置进了友邦保险……”哄堂大笑！周劲松、李玉凤、李平、Sophie、王佳、张海波等一个个我们熟悉的面孔。梁月鹏说道：“多年来，我在写一部影视长剧《青涩年华》，与其说是用笔、用电脑在写，倒不如说是用实际行动在写。陌生拜访，出发，去寻找客户吧！……”掌声响起！

晨会后，梁月鹏挎着皮包，走出省广播电视大厦，来到一个十字路口。行人、车辆川流不息。梁月鹏站在街边，给行人发名片。行人接过名片就走了，有的看了一眼就扔到路边垃圾箱里。突然从背后传来女声：“梁先生，我来买你一份保险。”梁月鹏一回头，是笑嘻嘻的王佳和张海波。梁月鹏不好意思道：“随便散两张。”这时，一个中年妇女拉着一个小学女生走来，梁月鹏边递名片给中年妇女边说道：“您好，我们这有一款保险对她很适合。”说着指了指女孩。王佳插了上来：“是一款集意外、医疗、教育、养老于一身的综合保险……”中年妇女看了看梁月鹏和王佳，拉着女孩走了。张海波笑了起来，王佳嗔怪地伸拳捶张海波的脊背，说：“你死东西，老笑什么？”张海波笑得更欢，说：“我就笑你只会这一句，集意外、医疗、教育、养老于一身的综合保险……”梁月鹏也笑道：“她这一句真不错，是个好句型。”王佳发愁道：“这个月不出单，公司就要淘汰我们了。”转眼看着张海波，“我看你也干不长。”张海波仍笑着，说：“王佳，我预言，你也干不长，真的，我看你这样子，你哪能卖出去保险？保险卖你差不多……”王佳愁闷道：“一星期之内，我一张保单不签，我就重新找工作，或者回老家，不在滨江待了。”梁月鹏对他俩说：“我走了，我去展业了。”说着转身走去。

六十六

梁月鹏陌生拜访的首站是滨江儿童医院。滨江儿童医院离省广播电视大厦不远，走个十几分钟就到了。滨江儿童医院内，人很多，全是家长带着小孩来看病的，小孩哭的哭，闹的闹，很不安静。梁月鹏挎着皮包走进来，看着，往候诊区走去。座位上坐满了家长和小孩，梁月鹏来到近前，看着这么多目标客户，从皮包里掏出几张打印的、有红色AIA标志的调查问卷，并拿出笔，做着记录的准备。梁月鹏低头问一个接近四十岁的男家长："您好，我是美国友邦保险有限公司滨江分公司的，毕业于滨江大学，您能配合一下做个问卷调查吗？"男家长爽快道："你是滨江大学毕业的，好好，你说！"梁月鹏问："您觉得生活中什么最重要？"男家长说："人生在世，吃喝二字，吃喝最重要。"梁月鹏笑了，然后停住笑，说："我们这儿有选项，第一是事业，第二是家庭，第三是健康，第四是子女。"说着把问卷递到男家长眼前。男家长看着问卷，扭头看看身边生病的男孩，说："对于我现在来说，子女最重要，都生病了。"说着慈爱地抚摸了一下儿子的额头，"高烧，昨晚烧到四十度，很吓人吧？"梁月鹏也伸手抚摸一下男孩的额头，说："现在还在发烧，挂上号了吗？"男家长说："挂上了，在等着呢。"梁月鹏在"子女"那一项打了个√，接着问道："您参加社会保险了吗？"男家长说："我是农村的，在滨江开出租车，老婆孩子都来了，什么都没有。"这时，广播喊道："请四号患者到七诊室就诊，请四号患者到七诊室就诊，请四号患者到七诊室就诊。"男家长突然站起来，拉着孩子就走，说："到我们了！"对梁月鹏，"差点儿被你耽误了，兄弟！"梁月鹏急切道："您留个电话，我好联系您！"男家长拉着孩子已离去，梁月鹏失落地看着他们走进七诊室并关上门。

梁月鹏挎着皮包，拿着问卷和笔，在候诊区巡视着，走到一城市人打扮的中年女子跟前，看着她身边一女孩，问道："这孩子怎么了？"中年女子看了看梁月鹏，没理睬梁月鹏。梁月鹏对中年女子说："您好，我是美国友邦保险有限公司滨江分公司的，毕业于滨江大学研究生院，您能配合一下做个问卷调查吗？"中年女子反问道："您是要卖保险给我吗？"梁月鹏说："我是想给您做个财务规划。"中年女子冷冰冰道："不用你规划。"然后把头扭向一边，不再理睬梁月鹏了。梁月鹏无趣地走了。

梁月鹏挎着皮包，拿着问卷和笔，在候诊区巡视着，走到一小两口跟前，年轻妻子半敞着怀，正在给婴儿喂奶，梁月鹏对年轻丈夫说："您好，我是美国友邦保险有限公司滨江分公司的，毕业于滨江大学研究生院，您能配合一下做个问卷调查吗？"年轻丈夫对梁月鹏瞪眼斥道："孩子有病，别在这儿废话！"

梁月鹏一愣，转身无趣地走了。

在候诊区另一处，梁月鹏遇到一个态度友好的男家长，男家长把手机号码报给了梁月鹏，梁月鹏如获至宝地记录下来。男家长说：“保险我今年不大可能会买，明年差不多能买。”梁月鹏微笑道：“好的，没关系，我们保持联系。”

梁月鹏中午在街边一个露天快餐服务点吃了一份快餐，下午去滨江人民医院陌拜。滨江人民医院门诊部里，看病的人很多，各挂号收费窗口前排满了长队。梁月鹏挎着皮包走进来，看着，来到队列前，和一位白发老者照上面，便说：“大爷您好，我是美国友邦保险有限公司滨江分公司的，毕业于滨江大学研究生院，您能配合一下做个问卷调查吗？”侯大爷颤巍巍道：“好、好，你等、一会儿，我给、你个、号码，我们、再、联系。”梁月鹏说：“好的，您先挂号吧。”说着走到一边去了。等侯大爷挂完号，梁月鹏上来和他搭讪、攀谈，记录下大爷的姓名和手机号码。

梁月鹏下午三点前回到公司，周劲松和李平都告诉梁月鹏，要把当天陌生拜访来的目标客户归档，晚上之前可以逐一给他们发个问候短信，先加深一下印象，然后往下跟踪。不管怎么说，梁月鹏展业第一天就记录下七八个目标客户，按照主管的指示，梁月鹏逐一给他们发了问候短信。

次日下午，梁月鹏便给他们打起电话来。PM特训班，梁月鹏坐在一个桌位打固定电话：“是侯大爷吗？”电话里侯大爷颤巍巍的声音：“是、是，你、是、哪位？”李玉凤来到梁月鹏旁边，与自己一个女组员小声说事情，不由得注意听着梁月鹏打电话。梁月鹏说：“我是昨天午后在人民医院见到您的，我是美国友邦保险公司的，我叫梁月鹏。”电话里侯大爷颤巍巍的声音：“噢、噢，我、知、道了，你有、什么、事情吗？”梁月鹏说：“您在哪儿？我想和您见一面，好吗？”电话里侯大爷颤巍巍的声音：“我、住、在、后花园、附近、一个、小区里，你要、来吗？”梁月鹏说：“我马上就来，那就在后花园公交站下车，是吗？”电话里侯大爷颤巍巍的声音：“是、是，你在、后花园、公、交站、下车，我就在、站、牌等你，我手上、拿着、一、张、报纸，你看到、拿报纸的，就是我。”梁月鹏说：“我认识您，您不用拿着报纸了。”李玉凤和她的组员听到这，开心地笑了起来。梁月鹏说：“好的，我马上就来，大概要五十分钟能到后花园，好的，不见不散。”梁月鹏放下话筒，微笑地问李玉凤和她的组员："你们刚才笑什么？"李玉凤憋住笑，说："老头拿着报纸在公交站牌等你，不见不散，你快去吧。"说完和组员大笑起来。梁月鹏挎上皮包，兴冲冲地走了。

后花园公交站牌下，侯大爷举着报纸在等候着。一辆公交汽车驶来，停靠，门开，梁月鹏走了下来，看到了侯大爷。侯大爷只顾举着报纸，却没注意来人。梁月鹏走到侯大爷面前，招呼道："侯大爷，我到了。"侯大爷辨认着梁月鹏，颤巍巍道："你、名字、叫、什么？你是、干什么的？"梁月鹏说："我是和你约好的。"侯大爷说："我家、就、住、在、这儿。"指了指附近。梁月鹏说："我有一个同学也住在这附近。"侯大爷问："你是、在、医院、工作的吗？"梁月鹏说："我是保险公司的，你需要办保险吗？"侯大爷说："你、是、保险、公司的，哦哦，你找、我、有什么、事情？"梁月鹏说："你需要办保险吗？"侯大爷说："我对、儿子、讲了，我、死了、就去化了、算了，不要、弄、棺材、什么的，也没、地方放。"

"爷爷！爷爷！"随着喊声，一个十四五岁男孩跑来，到侯大爷跟前，说："爷爷，爸妈找你找不到，都急死了！"拉着侯大爷就走。侯大爷不愿走，指着梁月鹏对孙子说："他要、给我、弄、棺、材……"孙子拉着爷爷离去，梁月鹏愣愣地看着。白跑了一趟，已是傍晚时分，还是回家吧。

梁月鹏开始向写字楼进军。这是几幢连在一起的崭新高层写字楼，梁月鹏挎着皮包走进其中一幢。向上运行的电梯间里，就梁月鹏一个人，他看着墙上的广告相框，生出个主意，从皮包里掏出自己的名片盒，抽出一张，插在广告相框的边缘缝隙处。电梯停靠，门开，梁月鹏走了出去，临出电梯时还扭头看了一眼插在那儿的自己的名片：

美国友邦保险有限公司授权保险营销员

梁月鹏寿险理财顾问

梁月鹏挎着皮包走在写字楼过道里，扭头看着旁边的公司，走进其中一家。前台处，梁月鹏拿着名片盒，抽出一张名片给前台文员——一个时髦女青年，说："您好，我是美国友邦保险有限公司滨江分公司的，毕业于滨江大学研究生院。"时髦女青年接过名片看了看，说："名片放这儿，我看他们谁需要就联系你，好吧?”说着把梁月鹏的名片放在一边。梁月鹏不走，时髦女青年问道：“你还有事情吗?”梁月鹏说：“我可不可以进去给他们一人发一张?”里面一个个方格间里坐着上班族，一盆盆绿色植物点缀其间。时髦女青年说：“这不可以，现在是上班时间，你进去会影响他们工作。”梁月鹏请求道：“我进去很快就出来，好吗?”时髦女青年不看梁月鹏，平静道：“不可以。”梁月鹏看了一会儿时髦女青年，说了一声：“谢谢!”转身走了。

过道里，梁月鹏边走边看着，又走进一家公司，不一会儿，又走了出来。另一过道里，梁月鹏边走边看着，又走进一家公司，不一会儿，又走了出来。又一过道里，梁月鹏边走边看着，又走进一家公司，不一会儿，又走了出来。

一个十字路口，梁月鹏挎着皮包站着，发名片给来往行人。

某地铁口，梁月鹏挎着皮包站着，发名片给来往乘客。

滨江大学正大门，梁月鹏挎着皮包走了进去，正思虑着往前走着，忽然有人喊他：“梁月鹏!”梁月鹏一扭头，是法理老师，梁月鹏惊诧地称呼道：“张、老、师!”法理老师已走到梁月鹏面前，看着梁月鹏道：“今天来学校有事情吗?”梁月鹏讷讷道：“没、有，我来、看看。”法理老师说：“看看？听说你在滨江电影制片厂，怎么样?”梁月鹏被触及到了不开心的事情，只得说：“我现在、已经、不在了。”法理老师反应灵敏道：“噢，我还有事，有什么事电话联系，啊。”说着，看着梁月鹏转身离去。梁月鹏讷讷道：“张、老、师，再见。”

梁月鹏在校园内转悠着，突然想起什么，转身走去。他来到商学院大门口，看了看，走了进去。一楼大厅，梁月鹏来到各楼层分布图前观看。一个保安来到梁月鹏跟前，看了看梁月鹏，梁月鹏对保安自信道：“我是法学院的。”保安转身离去。梁月鹏看着楼层分布图上有EDP办公室、EMBA办公室，如获至宝，转身朝电梯口走去，进了电梯。EDP办公室门口，梁月鹏走来，看着门牌“EDP办公室”，走了进去。室内，一女青年坐在电脑前，扭头问梁月鹏：“您是?”梁月鹏递一张名片给女青年，说：“我是法学院毕业的，现在在省广播电视大厦内美国友邦保险有限公司工作……”女青年说：“我们这是企业高管培训，你来有什么事情?”梁月鹏有点不好意思道：“我的来意、是、您能把他们的名单和联系方式给我吗？要不你给我，我来复印一下。”女青年说：“这不行，这是保密的。”看起电脑屏幕来。梁月鹏仍说道：“你们培训班不是经常组织外出嘛，要不要办理团体意外保险？我来为你们服务。”女青年看着电脑屏幕，没有理睬。梁月鹏不走，仍看着女青年，欲言又止，须臾，转身离开，说了声："打扰了。"女青年只顾看着电脑屏幕。

梁月鹏在商学院过道里转悠，巡视着各办公室的门牌。门闭着的EMBA办公室，梁月鹏走来，看着门牌"EMBA办公室"，敲门，没有反应，梁月鹏想了想，走了。EDP教室，梁月鹏走来，看着门牌"EDP教室"，又通过闭着的门上的玻璃窗看见里面正在上课。梁月鹏在门外站了一会儿，想了想，走了。一楼大厅，电梯口，梁月鹏从电梯里出来，巡视了一下，往大厅一边走去。大厅一边是两个大教室，都挂着"EMBA教室"的门牌，门都开着。梁月鹏走到一个大教室门口，伸头往里看了看，有一个身材瘦小、穿着鲜绿色制服的女保洁员在打扫卫生。梁月鹏走到教室里，来到瘦小女保洁员跟前，问道："请问今天不上课?"瘦小女保洁员看了看梁月鹏，说："今天不上。"梁月鹏又问道："他们一般什么时候上课?"瘦小女保洁员说："周四开始上到周日。"梁月鹏说："噢。他们大部分都是董事长总经理吧?"瘦小女保洁员说："那当然，都是来镀金的。老板对老板在一起交流。你是干啥的?他们这儿不准外人进。"梁月鹏说："我是本校法学院毕业的，来看看。"转身走了。梁月鹏经过大厅，到大厅一边的一排塑料椅子上坐下，掏出自己的名片盒，抽出一张，看了看：

美国友邦保险有限公司授权保险营销员

梁月鹏寿险理财顾问

再有十天，梁月鹏要是不开单，公司就要淘汰他了。梁月鹏想到此，比较着急，放回名片，掏出手机，查找通讯录，拨号，然后把手机贴在耳朵上，紧张地谛听着，并干咳一声，清了一下嗓子，准备对话。对方电话接通，梁月鹏说："刘厂长您好，我是梁月鹏。"电话里刘艳生的声音："你好，你现在在干什么?"梁月鹏说："我在银铃集团干了半年，在滨海分公司，后来辞职了，现在在美国友邦保险，地点在省广播电视大厦二十三层。"电话里刘艳生的声音："你在友邦保险干什么?做管理?"梁月鹏说："不是管理，是搞销售。"电话里刘艳生的声音："噢，你现在在卖保险了。"梁月鹏说："刘厂长，您能考虑一下办一份储蓄性保险吗?既有保障功能，又有储蓄功能。"电话里刘艳生平静的声音："什么功能我都不要，我现在没有闲钱，我现在有事，我先挂了啊。”电话挂了。

梁月鹏拿着手机，继续查找通讯录，拨号，然后把手机贴在耳朵上，紧张地谛听着，并干咳一声，清了一下嗓子，准备对话。对方电话接通，梁月鹏说：“许在然你好，我是梁月鹏。”电话里许在然的声音：“你讲。”梁月鹏说：“上一次你介绍她进伟创力的事不好意思，好不容易进去了又出来了。”电话里许在然的声音：“你不是对我打过招呼了吗？没事。”梁月鹏说：“我现在在美国友邦保险有限公司滨江分公司，地点在省广播电视大厦二十三层。”电话里许在然的声音：“你在友邦保险干什么？做管理？”梁月鹏说：“不是管理，是搞销售。”电话里许在然的声音：“你在卖保险？”梁月鹏说：“你能不能考虑一下办一份储蓄性保险？既有保障功能，又有储蓄功能。美国友邦保险是我国唯一一家外资独资保险公司，历史悠久，早在一九一九年是一个美国人在上海创立的。”电话里许在然平静的声音：“我们海关什么保障都有，你这保险就不需要了。我这里有事。”电话挂了。

梁月鹏拿着手机，继续查找通讯录，拨号，然后把手机贴在耳朵上，紧张地谛听着，并干咳一声，清了一下嗓子，准备对话。对方电话接通，梁月鹏说：“小崔你好，我是梁月鹏。”电话里小崔兴奋的声音：“梁大哥！怎么想起来给我打电话？是不是要把我带去呀？”梁月鹏说：“呵呵，我现在在美国友邦保险有限公司滨江分公司，地点在省广播电视大厦二十三层，你还在做房产中介吗？”电话里小崔的声音：“是啊，你在保险公司当高管还能想到我，谢谢梁大哥！”梁月鹏说：“小崔，是这样，你有同事需要办理人寿保险的，你可以把他们带到我这里来办。嗯，你现在房产中介做得怎么样？你也可以到我们保险公司来干。”电话里小崔的声音：“房产中介不好做，天天骑着电动车去见客户看房子，你也不是不知道。梁大哥，我去你们保险公司可以干什么？”梁月鹏说：“嗯……也是做销售、就是……”电话里小崔的声音：“你是让我去卖保险啊？我不干那个。梁大哥，我要去见客户了，我挂了啊。”电话挂了。

梁月鹏拿着手机，继续查找通讯录，拨号，然后把手机贴在耳朵上，紧张地谛听着，并干咳一声，清了一下嗓子，准备对话。对方电话接通，梁月鹏说：“赵院长您好，我是〇三级法硕研究生梁月鹏，请问您现在接电话方便吗？”电话里赵院长深沉的声音：“有什么事情？”梁月鹏说：“我现在在美国友邦保险有限公司滨江分公司工作，地点在省广播电视大厦二十三层，您在保险理财方面需要……”电话里赵院长恼火地打断梁月鹏：“我不是法学院院长了，我是省检察院的检察长，作为以前的学生你不该在上班时间向我推销保险，再见！”电话挂了。

梁月鹏涨红着脸，拿着手机，继续查找通讯录，拨号，然后把手机贴在耳朵上，谛听着。对方电话接通，梁月鹏说：“方自我你好，我是梁月鹏。”电话里方自我的声音：“梁月鹏你好，你现在在干什么？”梁月鹏说：“我现在在美国友邦保险有限公司滨江分公司，地点在省广播电视大厦二十三层。上次我听说你在后花园那儿买了房子，也有孩子了。”电话里方自我的声音：“房子按揭的，总共接近一百万。你在友邦保险干什么？做管理？”梁月鹏说：“不是管理，是搞销售。方自我，你能不能给你小孩在我这里办一份保险？说实话，还有十天我要是不开单，就完蛋了。”电话里方自我的声音：“梁月鹏，我现在负担很重，不可能买保险，你问问我们班其他同学，看他们买不买？”梁月鹏着急道：“我们班大部分同学都在外地，在滨江的不多。”电话里方自我的声音：“徐小雪不是在中院当法官吗？她最近生孩子了，你问问她，看她办不办？”梁月鹏惊喜道：“徐小雪生孩子了？你不是给她写过情书吗？”电话里方自我的声音：“哎呀，你去问问，我就不多说了啊。”电话挂了。

梁月鹏立即给徐小雪打电话，约好了可以见，便站起身，挎上皮包，走出商学院大楼。走了十几分钟，来到滨江市中级人民法院大门口，掏出手机，打起电话来：“徐小雪，我已经到中院大门口了。”电话里徐小雪的声音：“好的，我马上就下来。”梁月鹏放下手机，站在大门边，看着“滨江市中级人民法院”的门牌和中院大楼上镶嵌的国徽。有女声喊：“梁月鹏！”梁月鹏惊喜地看去，徐小雪穿着法官制服，微笑着从里面走来。梁月鹏往里走去，徐小雪迎面走来，一边说：“现在在保险公司啊？吴小花现在还好吗？”梁月鹏微笑道：“对，在美国友邦保险，吴小花在律所做公益。”徐小雪问：“做公益？”梁月鹏说：“就是为未成年人、农民工、老人、妇女等弱势群体免费提供法律服务。”他俩站在大门口。梁月鹏说：“中院离滨大很近，你是不是经常去学校转转？”徐小雪说：“我刚开过庭，马上要讨论案件，你找我有什么事情吗？”梁月鹏不好意思道：“听说你有孩子了，现在孩子大都办一些商业保险，你要是办的话，可以在我这办。”徐小雪说：“我自从住进医院妇产科，到生孩子，到现在，卖保险的就没断过，我都烦死了。我们是同学，我就直说了，我现在不买保险，不到三十五岁以后，我是不会买保险的。”梁月鹏说：“保险买得越早越好。”徐小雪说：“梁月鹏，我觉得你不应当做保险，你应该搞写作，我相信你能写出来东西的，但保险，你……”梁月鹏有点难堪地看着徐小雪，说：“哎呀，我们有任务，还有十天了，再不开单……”徐小雪向梁月鹏挥挥手道：“拜拜！”转身离去。梁月鹏失落了，一筹莫展，不由得掏出自己的名片盒，抽出一张，看了看：

美国友邦保险有限公司授权保险营销员

梁月鹏寿险理财顾问

又把名片放回去，再愣了一会儿，梁月鹏迈开脚步，向一边走去。没走几步，他有去向了，因为已到吃饭之时，滨大就在附近，当然去母校把肚子问题先解决掉。

梁月鹏走进滨江大学生活区，来到滨大食堂。此时正是就餐高峰时间，学生很多。一窗口前，梁月鹏挤在学生们中间，打了饭菜，里面执勺的服务人员说：“刷卡，六块整。”梁月鹏掏出一张“拾圆”币，扭头对身边一学生说：“同学，请帮我刷一下，我付你钱。”学生回应道：“不好意思，我卡上钱不够了。”梁月鹏又对另一学生说：“同学，请帮我刷一下，我付你钱。”里面执勺的服务人员把梁月鹏的饭菜放在一边，对梁月鹏说：“你去那边买餐券！下一个！”另一学生指着菜肴，说：“红烧肉一份，韭菜炒鸡蛋一份……”梁月鹏挤出人群，急急走去。餐券服务台前，梁月鹏走来，递着“拾圆”币给中年售券妇女，说：“六块。”中年售券妇女接过钱，在机上打出餐券，找钱给梁月鹏。梁月鹏接过零钱，纳闷道：“应该找我四块，怎么只找我一块六？”中年售券妇女指了一下旁边竖着的写着“校外人员就餐加付40%”的牌子，说：“加了百分之四十，不是八块四吗？”不由分说地，“下一个！”梁月鹏不走，说：“我是本校的，为什么加百分之四十？”中年售券妇女说：“你本校的，你怎么不刷卡呢？”梁月鹏撒谎道：“我卡丢了。”中年售券妇女说：“你卡丢了你学生证呢？”梁月鹏说：“我有学生证。”说着就从皮包里掏出学生证来，递给中年售券妇女。中年售券妇女接过，翻开看了一下，说：“你已经毕业了。别挡着别人！”把学生证还给梁月鹏。梁月鹏接过学生证，说：“这样，我不买了，退钱给我。”中年售券妇女对梁月鹏翻着白眼道：“你这人！你们大家看看这人！”梁月鹏拿起餐券，难堪地一转身走了。

窗口前，梁月鹏递餐券给里面执勺的服务人员，服务人员接过餐券看了一下，把放在一边的梁月鹏的饭菜端给梁月鹏。梁月鹏端着饭菜，走到一个空桌位坐下，把皮包放在身边，狼吞虎咽地吃了起来。梁月鹏大口咀嚼着，咀嚼着生活的艰辛和不易……

六十七

晚上回到家，梁月鹏把做保险的不易向吴小花说了。刚洗过头、头发湿漉漉的吴小花一边用电吹风吹头发，一边说道：“我说你做保险不合适吧，你不听我的，我对你还能不了解吗？还有十天，你再不开单，保险公司也不要你了，看你怎么办？在这个社会，你成为多余的人了。”梁月鹏愁闷地站在一边。这时，吴小花的手机响了，吴小花关掉电吹风，放下，过来拿起手机，看了一下来电显示，接听。电话里吴小花妈的声音：“二妮，在干啥呢？”吴小花高兴道：“在家，洗了头，在吹头发，准备吹完头发泡脚，你电话打来了。”电话里吴小花妈的声音：“老五进大学教书了！”吴小花诧异道：“他自己大学毕业证都没拿到，还是爸去他学校找老师说情送礼才拿到，怎么去大学教书了？是我大伯给他找的？”电话里吴小花妈的声音：“你大伯到大学当一把手了，老五就进他的学校了。”梁月鹏站在旁边听着。吴小花说：“怪不得呢，这还差不多，是哪个大学？”电话里吴小花妈的声音：“是那个、那个……什么、职业技术学院。”吴小花说：“噢，我当是什么大学呢，职业学院。”电话里吴小花妈的声音：“那也是大学，你爸都高兴得很！老五和农村那女朋友也散了，你爸高兴得都唱歌！”吴小花说：“是老五找她散的？”电话里吴小花妈的声音：“那妮子不懂事，老五和她过了两三年，也看出来了。”吴小花说：“老五不都和她订婚了吗？爸不都已经花了好几千了吗？馒头都蒸了几百个送到她家去了。”说到这儿看了一眼梁月鹏。梁月鹏注意听着吴小花电话的内容。电话里吴小花妈的声音：“都大学老师了，还和这个土妮子在一块？老五也转过弯来了。”吴小花说：“妈，那这是老五不对，刚到职业学院教书就把人家给蹬了。”电话里吴小花妈的声音：“老五也不过意，花五千块钱买了个新手机送给她了，原来在一块的东西也都不要，给她了。”

通完电话之后，吴小花和梁月鹏在一个盆里泡脚，一边说着话。梁月鹏说：“老五高中毕业一年不复习就考上本科，这很好，可是碰到个农村女孩就昏了头了，学都不好好上了，毕业证都不要了，真傻！”吴小花说：“老五连本科毕业证差点拿不到都进职业学院了，我们那时候要是回去，进的都是正规的本科院校，你也不用这个工作换到那个工作了，也不至于到现在成为这个社会多余的人。”梁月鹏说：“老五会不会教书？不会教书在那快活几年，等你大伯退休，他也会下来。”吴小花不高兴道：“我现在说的是你，你老说老五干吗？”梁月鹏说：“你不是说老五本科差点毕不了业都进职业学院教书了吗？我觉得这样对老五不一定是好事，他如果会教书，可以，如果不会教书，在学校有你大伯一把手挡着，也没谁讲他，他就这样混着，快活得很，等你大伯一退休，老五就下岗了，老五愣头青一个，也不会混关系。”吴小花说：“老五是愣头青，你也是愣头青，贾铁馨那么坏，你还和她过那么长时间。”梁月鹏回避道：“那是没办法。”吴小花泡完脚，用毛巾擦脚，一边说：“没办法，不是在你头上动刀，你还赖在那儿不走。”转而说道，“照这样下去，明年五一劳动节我爸妈也来不了了。我一个月就两千块钱工资，办案补贴不知道什么时候能发。”擦完脚站起身，靸起拖鞋，去别处了。梁月鹏低头搓脚，一边说道：“你爸妈要是只有你姐和你两个女儿，他们早就享福了，也不至于累到现在还在累。生了四个女儿，还非要抱养一个儿子续香火……”这时，梁月鹏的手机响了，梁月鹏伸手拿过来，看了一下来电显示，接听道：“二哥。”电话里梁月洲的声音：“月鹏你明天上午回来一趟，来县医院，妈住院了。”梁月鹏吃惊道：“怎么回事？妈生的什么病？”电话里梁月洲的声音：“没有大问题，就是摔了一跤，左大腿骨折，现在躺在床上不能动，我和大哥都在这。”吴小花过来听着。梁月鹏问：“那要带多少钱？”电话里梁月洲的声音：“带个几百块钱就行了。”梁月鹏说：“好，我明天上午回来，坐动车也快。”吴小花转身去了别处，很快，就走过来，手中拿着一小沓红“壹佰圆”币，说：“这是一千块钱，够了吧？”梁月鹏一愣，接过钱，拿出两张给吴小花，说：“八百就够了。”

吴小花推辞道："你都拿着！要是动手术钱不够，你打电话给我，我来问我爸要，这是母亲生病，再多的钱都要花！"梁月鹏有所感动道："你真好！"吴小花说："你现在才知道我好啊？"梁月鹏说："早就知道了！在滨大的时候方自我就对我说过，说我家上辈子敲碎了多少个木鱼才敲出来这么个好媳妇。"吴小花高兴道："那是！你要向我保证，以后你要对我好。"梁月鹏马上说道："我保证这一辈子对吴小花好！"吴小花喜悦的表情。

次日一早，梁月鹏就起床，洗漱完就出发了。

光明县人民医院大门口，梁月鹏挎着皮包走来，在水果摊买了些香蕉、苹果，然后转身朝医院里走去。病房里，梁月鹏买的香蕉、苹果放在床头柜上，大哥和二哥坐在一边。母亲躺在床上，盖着被子，床单和被子都是白色的，梁月鹏坐在床沿，一只手握着母亲一只手，说："妈，现在还疼吗？"母亲闭着双眼，头发稀疏、花白，满脸皱纹，说道："现在好些了，刚摔倒那一会儿把我疼得哇哇叫，你们一个人也不在我跟前，还是你大嫂从门口听到进来把我抱起来的。"梁月鹏握了握母亲苍老的手，然后起身看到床下盛小便的痰盂已满并溢了出来，便说："这小便我来给倒掉吧。"说着就要来端。母亲制止道："不要你搞，马上有人来搞，你坐着，坐着。"梁月鹏并没坐下，而是打量了一下病房，问大哥、二哥："妈这骨折怎么办？是就这样休养，还是要动手术？"大哥说："我看不能动手术，都这么大年纪了，还经得起开刀啊？"二哥说："情况是这样，医生讲了，如果不动手术，那就只能在床上躺着，永远起不了床，那就是等死。如果动手术，安上钢板，等恢复了，就可以下床走动了。"母亲赶紧说道："我不动手术！我不动手术！这么大年纪还动什么手术？动手术安钢板不要花钱啊？"梁月鹏考虑道："这个问题很简单，肯定动手术！"大哥疑问地看着梁月鹏道："妈不都讲不要动嘛。"二哥在考虑着。梁月鹏从皮包里拿出钱来，问大哥、二哥："这手术大概要花多少钱？"二哥说："我们三个一个人七百块钱肯定够了。出院回家后，叫大姐、二姐、月芹轮流来伺候。"梁月鹏拿着钱，说："我给九百吧。"看着大哥，"大哥，这钱你拿着。"大哥努嘴向二哥道："给你二哥拿着，他管。"梁月鹏把钱给二哥，说："那我下午就回去了，手术你们在这儿。"母亲喊道："月鹏，你过来，你过来。"梁月鹏听见母亲喊，走过去，到母亲床沿坐下，看着母亲。母亲睁开双眼，看着梁月鹏道："我在生你的时候浑身发抖，硬是把你抖下来的，没想到你长大后没走过顺路，都是颠颠簸簸的。我睡到半夜都想到你，你四十多岁的人了，没有孩子，没有房子，你对我讲，你现在又在做甚个工作？”梁月鹏说：“在保险公司。”二哥走过来，问道：“月鹏你现在在保险公司？怎么没对我讲？在保险公司干什么？搞管理？”梁月鹏说：“在做销售。”二哥一下子生起气来，斥道：“你现在在卖保险？！”接着语气缓和下来，“我现在也不多讲了。”梁月鹏站起来，走动几步，看看大哥和二哥，说：“中午我来去外面端两个菜，再带一份汤给妈喝。”母亲说：“月鹏，你可听我话？你在外面要好好搞，人家小花对你多好，你也要对得起人家。”梁月鹏出门了。

梁月鹏晚上回到家门口，敲门，门很快就开了，吴小花举着一本蓝色封面的《滨江大学法律硕士通讯录（1998—2008）》到梁月鹏眼前。梁月鹏眼睛一亮！吴小花拿着通讯录，微笑道：“这个是我在伟创力上班的时候，法学院开法律硕士十周年庆典大会我去拿的，还是你让我去参加那个会的，说要多参加活动，现在这个社会是个开放的社会，不能封闭，封闭会死掉。”梁月鹏接过通讯录，翻开看起来，高兴道：“太好了，这么多人，不光是校友、系友，还是同一个专业的，学号、姓名、工作单位、办公电话、联系电话、在职的、全日制的都在，明天我就去公司打电话，市内电话尽打！”吴小花问道：“明天周末你们保险公司开门吗？”梁月鹏说：“开门！”

次日，PM特训班，只有两三个人散坐在不同的桌位打固定电话。梁月鹏坐在自己的桌位打固定电话，眼睛看着翻开摆在桌上的《滨江大学法律硕士通讯录（1998—2008）》，紧张道：“您好，请问是滨江地豪律师事务所王永义主任吗？”电话里男声：“你是哪位？”梁月鹏说：“我是滨江大学二〇〇三级法律硕士研究生梁月鹏，我是在滨江大学法律硕士通讯录上看到您的名字。”电话里男声热情道：“你好你好！校友、系友，我是九八级在职的，你找我有什么事情吗？”梁月鹏说：“我现在在美国友邦保险有限公司滨江分公司工作，不知道在金融保险理财方面能不能为您提供服务？”电话里男声：“这样，今天是周末，下周五下午我在办公室，你可以过来，我们聊聊。我出生日期是六九年二月一号，你给我做一份重大疾病保险的计划带来。”梁月鹏高兴道：“好的，那下周五下午见。”电话里男声：“再见。”梁月鹏说：“再见，谢谢！”梁月鹏放下话筒，很兴奋，在通讯录上“王永义”那一栏的空白处写上：

下周五下午见　1969年2月1日　重大疾病计划书

梁月鹏看着通讯录，又拿起话筒，贴在耳朵上，拨号，接通，说道："您好，请问是滨江市中级人民法院于晓东院长吗？"电话里很低沉的男声："哪位？"梁月鹏有点紧张道："我是滨江大学二〇〇三级法律硕士研究生梁月鹏，我是在滨江大学法律硕士通讯录上看到您的名字。"电话里男声："有事吗？"梁月鹏说："我现在在美国友邦保险有限公司滨江分公司工作，不知道在金融保险理财方面能不能为您提供服务？"对方电话挂了。梁月鹏放下话筒，愣了一会儿，在通讯录上"于晓东"那一栏的空白处写上：

不理

梁月鹏看着通讯录，又拿起话筒，贴在耳朵上，拨号，接通，说道："您好，请问是红石区人民检察院顾正宏检察长吗？"电话里男声："你是哪位？"梁月鹏说："我是滨江大学二〇〇三级法律硕士研究生梁月鹏，我是在滨江大学法律硕士通讯录上看到您的名字。"电话里男声热情道："你好你好！你找我有事吗？"梁月鹏说："我现在在美国友邦保险有限公司滨江分公司工作，不知道在金融保险理财方面能不能为您提供服务？"电话里男声："这样，我对保险不感兴趣，也不相信保险。今天就这样，好吗？"梁月鹏低落道："那好，打扰您了。"梁月鹏放下话筒，郁闷地在通讯录上"顾正宏"那一栏的空白处写上：

不感兴趣

梁月鹏继续往下打电话，分别在"薛仁贵""曹琼""陈玲"那一栏的空白处写上：

下周一下午再联系

很客气　下周三再联系

小孩已在平安保了　大人还没保　很有希望

早晨，美国友邦保险有限公司滨江分公司，在杨培安《我相信》的励志歌声中，从电梯口到营销一部，来参加晨会的保险营销员络绎不绝，梁月鹏在其中……

上午，PM特训班，梁月鹏坐在自己的桌位上，看着那本蓝色封面的通讯录，在专注地打固定电话。这时，周劲松、李平、Sophie陆续来到梁月鹏跟前站着，着急地看着梁月鹏打电话。梁月鹏一个电话打完，李平凑到跟前，说："梁大哥，今天是最后一天了，再不开单……"梁月鹏脸涨得通红，无语。周劲松和Sophie注意看着。梁月鹏也看了看他俩。李平说："还有没有能约见的客户？今天是周五……"梁月鹏突然想起来了，说："下午有一个……"旋即起身，没走两步又折回头，拿起那本蓝色封面的通讯录，去PM特训班后面一角，在液晶显示器台式电脑前坐下，做起王永义的计划书来。

下午，梁月鹏仔细检查一下材料，都带齐了，便奔赴滨江地豪律师事务所。其前台，一个女孩在值班，梁月鹏挎着皮包走来，问道："请问王永义主任在吗?"女孩说："在，您怎么称呼?"梁月鹏说："我叫梁月鹏，是你们王主任滨江大学的校友。"女孩说："好的，我来和他联系一下。"拿起话筒，"王主任，你有个校友叫梁月鹏要找你。"放下话筒，对梁月鹏说，"你跟我来。"梁月鹏跟着女孩往里面走去。上端钉着门牌"主任办公室"的门前，女孩走来，敲门，里面传来男声："请进。"女孩推开门，扭头对梁月鹏说："王主任在里面，您请进。"梁月鹏对女孩说："谢谢。"然后走了进去。坐在老板桌后的王永义看着梁月鹏，站了起来，说道："你叫梁月鹏?"梁月鹏微笑道："是，王主任您好!"王永义离开老板桌，指着沙发道："请坐。"自己在梁月鹏对面沙发坐下。王永义说："你发的《青涩年华》我看了，你是个才子!"梁月鹏不好意思道："王主任过奖了！我还有待进步。"女孩端了一杯茶过来，放在梁月鹏面前的茶几上，梁月鹏欠了欠身道："谢谢。"王永义问梁月鹏："计划你做了吗?"梁月鹏说："噢，做了。"说着就从皮包里掏出计划书双手递给王永义。王永义接过，翻看着计划书，一边说道："每年的保费是四千九百二十六元人民币，付费二十年，保额是十万元人民币。"梁月鹏恭敬道："对对对。"王永义仍看着计划书，一边说道："就是说，保额高于我二十年的保费总额。"梁月鹏恭敬道："对对，年纪越轻保费越低保障时间越长。"王永义放下计划书，看着梁月鹏问道："从什么时候开始赔付?"梁月鹏答道："从保险合同生效日算起一百八十天之后开始赔付。”王永义又问道：“这一百八十天怎么称呼？”梁月鹏答道：“叫观察期。”王永义又问道：“如果我投保并获得通过，你把保单送给我签收了，那么之后多长时间内我可以无条件解除合同？”梁月鹏答道：“十天。”王永义问道：“这十天怎么称呼？”梁月鹏答道：“叫犹豫期，也叫冷静期。”王永义又问道：“比如这份保险我今天办了付了保费了，第二期的保费应该是明年的今天缴付，但是到了明年的今天我忘记继续付费，那么最长时间我可以忘记付费多少天保险合同继续有效，保险公司仍承担保险责任？”梁月鹏犹豫了一下，回答道：“六十天。”王永义问道：“这六十天怎么称呼？”梁月鹏答道：“叫宽限期。”王永义紧接着快速问道：“在此期间，如果发生了保险责任规定的事故，保险公司如何赔付？”梁月鹏快速答道：“在扣除欠缴保费之后予以赔付。”梁月鹏的额上沁出了汗珠。王永义满意的神情。王永义起身到老板桌边，拿起话筒道：“给我拿四千九百二十六块钱来。”放下话筒，对梁月鹏说，“需要我签字的拿过来。”王永义回到老板桌座位坐下，梁月鹏站在桌边，翻着计划书的页面，递过来，王永义在指定地方逐个签上自己的名字：

王永义　王永义　王永义……

六十八

梁月鹏走出大楼，举着手机兴奋地打着电话：“李主任，我马上就回来交单！你让他们等我一下，我手续已经办全了，保费也收来了，我马上就上公交车，半个小时就能到公司！”电话里李平兴奋的声音：“太好了！没问题，我马上告诉周经理，这几天我的心一直悬着，这下子能放下了，梁大哥，祝贺你！”梁月鹏说：“谢谢李主任！”

晚上回到家，吴小花上来接过梁月鹏的皮包，梁月鹏兴奋道：“这次是起死回生！差点儿被保险公司刷下去了。接下去我还有单子要开，第一枪打响，下面就不怕它了！”吴小花高兴道：“我刚才跟我妈说了，说你今天开单了，我妈高兴得很！我也跟我姐说了，我姐说那就先干着吧。”梁月鹏换了鞋，进来，一边说：“没想到我还能卖保险，真没想到。今天这单子不大，只是开个头。”吴小花说：“任何人都是有潜能的，就看有没有开发它。鹏，老五又谈对象了。”梁月鹏问：“是什么情况？”吴小花说：“也是别人介绍的。女孩是城里人，大专学历，在一个公司当会计，长得漂亮。”梁月鹏说：“老五第一次那个也是别人介绍的吧？”吴小花说：“一个从小玩到大的伙伴介绍的。这次是哪个介绍的我没在意。”梁月鹏说：“那这下你爸妈称心如意了。”吴小花说：“他们比较高兴。”

次日清晨，梁月鹏和吴小花在睡眠中。梁月鹏睁开眼睛，说道：“今天周末，多赖一会儿床。”吴小花也睁开眼睛，说：“你昨天开单了，昨晚是不是激动得没睡着觉？”梁月鹏说：“相反，我睡得很好。我现在有个想法。”吴小花问：“什么想法？”梁月鹏说：“是关于老五的。”吴小花说：“你别总是讲老五坏话。”梁月鹏说：“不是讲老五坏话，再过一个多月你就回去过年了，我给你个任务。”吴小花说：“还早呢，什么任务？”梁月鹏说：“就是你让老五主动向你爸表白，不让你爸给他在省城买房子，自己的路自己走，都已经供养到大学毕业了，又给找了工作。”吴小花说：“这事不存在啊，我没听说我爸要给他在省城买房子啊。”梁月鹏说：“你爸为子女几乎到了两肋插刀在所不辞的地步，现在父母亲给儿子买房子结婚成风，我预感到你爸会给老五买房子，或者老五这个城里的女朋友会提出来买房子。”吴小花说：“今天周末一早你就让我不省心。”梁月鹏说：“真的，这是个关键问题，你想不想为你爸着想，减轻你爸的负担？”吴小花说：“当然了，谁让我爸借债去给他买房子，我就跟谁急！我家从我姐到我到老三再到老四，没有一个让我爸买房子的。”梁月鹏说：“你们都是女孩，老五是男孩，女孩是嫁出去的，男孩是自家的种。”吴小花说：“你多想了，没有买房子这个事。”梁月鹏说：“现在关键问题是你家没有万贯家财，你爸把你们五个养活大，又一个个供养你们上学，就你姐是中专，其他都是大专、本科，你是研究生，很不容易。你爸干过多少事？除了种几亩地之外，栽过果树、卖过老鼠药、过节卖鞭炮被公安逮去关过、开车子跑运输、家里卖化肥农药五金，等等，一心挣钱为了你们啊！我真的很佩服你爸！”吴小花说：“我爸不可能在省城给老五买房子，我家就是两层楼，老五结婚家里房子多得是，想住哪儿随便挑。”梁月鹏说：“但是你大伯、二伯、大姑、二姑都给儿子在省城买了房子，你爸会跟他们学的！”吴小花说：“这不可能，他们都住在城里，我家还是农村。”

梁月鹏已经习惯一个人过年，这一年也不例外。自己做饭，自己吃，自己一个人去大堤转悠转悠。这是傍晚时分，远处不时传来炮竹声，梁月鹏走在大堤上，举着手机打电话：“今天已经年初三了，你向老五说了吗？”电话里吴小花的声音：“没有，不好跟他说这个事，大过年的，跟他说这个有点不适合。”梁月鹏说：“有什么不适合？是你弟弟，什么话不能说？”电话里吴小花的声音：“要说你和他说，我不说。”梁月鹏笑了笑，叹了口气道：“那算了，是你家的事情我管那么多干吗？”放下手机，转身走下大堤，进入河滩。梁月鹏走在河滩小径上，一边看着波光粼粼的河面，河面上还有鸟在飞。这时，衣袋里手机响了，梁月鹏掏出来，看一下来电显示，接听。电话里吴小花的声音：“鹏，你说对了，老五主动提出要在省城买房子。”梁月鹏问：“那你爸什么反应？”电话里吴小花的声音：“我爸没有明确答应，但好像说考虑考虑。”梁月鹏说：“那完了。房子都几十万，就是按揭首付也得二十万，你爸从哪儿搞这个钱？”电话里吴小花的声音：“我刚才听到我爸给我姐打电话了，他有什么事情一般都和我姐说。”梁月鹏说：“你姐他们有一定的财力，你爸想问你姐借钱，借多少？”电话里吴小花的声音：“五万吧。”梁月鹏说：“你姐五万，你爸再借借，首付倒不是大问题。关键是做这个事情没有意义啊。”电话里吴小花的声音：“给儿子买房子结婚为什么没有意义？”梁月鹏激动道：“一个接受过高等教育的儿子在毕业两年后要求在农村、经济并不宽裕的父母到省城给自己买房子结婚，这个儿子就是个饭桶！十足的饭桶！就我说的！”电话里吴小花的声音：“我姐肯定会支持我爸的，我姐也很传统。”梁月鹏说：“现在是这样，这是两种观念、两种势力在博弈！我们代表的是先进的、更人性的观念和势力，你爸你姐他们代表的是传统的、更加害人的观念和势力！”电话里吴小花的声音：“为什么我爸我姐代表的是传统的、更加害人的观念和势力？”梁月鹏说：“路要让他自己走，都多大了，不要代替孩子走路，这是不行的。你爸能养活他一辈子？你把他养到三十五岁，你死了，他下岗了，什么都不会干，你这不是在害他吗？我们的父母亲我真的想不通，自己千辛万苦，却要豢养自己的孩子！”电话里吴小花的声音：“也没你讲得那么严重。”梁月鹏说：“很严重，真的很严重。你爸把他房子搞好了，他就带干带不干的了，就可以睡大觉了，你知道吗？你爸是罪魁祸首，在培养懒汉和傻瓜，不光培养懒汉，还在培养傻瓜，你知道为什么吗？因为他可以不怎么实践了，实践出真知，不怎么实践了，这不就变得脑袋空空了吗？”电话里吴小花的声音：“鹏，你怎么一沾到这个事情就讲个没完没了啊？是不是你自己当初上大学父母亲都供养不起，后来又受了那么多罪，现在是逆反心理了？”梁月鹏说：“不是逆反心理，我是正常心理。我只是觉得人活着的价值在于创造价值，然后你才能换回你的生活福祉，你才能赢得他人和社会对你的尊重，你自己才有尊严感。我问你，不劳而获的人有尊严感吗？没有。你姐夫也是通过自己奋斗才走到今天这个地步的，他怎么看？”电话里吴小花的声音：“他怎么看？他听我姐的呗，就最后一个弟弟，帮一帮呗。”梁月鹏说：“现代化，用着电脑，上着网，二十一世纪的新人，一脑子还是封建意识，做家长的孩子。这就是老五他们，这样的社会绝对不是先进的社会，当然我们也承认是发展中国家，但是，你不改，不朝前迈进，什么时候才能成为发达国家？先进、发达主要是大脑的先进、发达，一句话，个人的独立、自由和强大肯定是社会发展的方向、社会进步的方向！”电话里吴小花的声音：“鹏，你是不是担心我爸因为给老五买房子要向我们摊派任务？”梁月鹏说：“这个不存在，我们现在没有钱，就是有一百万，一分钱都不会拿，因为这是助纣为虐！我也讲累了。你在家好好过年吧，能跟你爸讲讲，就讲讲，让他们安度晚年，别做这样伤筋动骨的事情。房子按揭到手了，装修是谁的，肯定是你爸的。对了，我顺便再说一下，就是要注意房产证上的名字不要轻易就把老五女朋友名字给加上了，到时候过不到一块，离婚，一半房产，那时候，你爸就开怀大笑吧！哈哈！开怀大笑吧！！”电话里吴小花的声音：“鹏，你怎么了？神经还好吧？”梁月鹏说：“还好，很正常，真的很正常，只是买房子的事我实在是如鲠在喉，不吐不行啊！这是件愚蠢的事！好心办的坏事！对了，城市化了，都往城市跑了，农村给儿子盖房子结婚的老传统也带到城市去了，可悲呀，发展，发展个什么？只是换汤不换药，没有发展前进，还是老样子。关键是以前社会很封闭，都是一个一个家族住在一起，传宗接代，上为下盖房子，结婚生子，再往下传。现在这个社会基础已经变动了，社会已经广泛流动了，人们更自由了，这是一大进步，可是，可是……”河上的鸟贴着水面在飞翔。附近接一连二传来炮竹声。电话里吴小花的声音：“鹏，你多想想我们自己的事情，你的工作我的工作都不怎么行，回来我姐夫又问我工作的事情，他说要是回来还行，我婉言拒绝了。我爸问我，怎么梁月鹏过年叫他到我家来，不来，他也不回家过年，老母亲还在，就一个人在滨江，这是怎么回事？”梁月鹏笑笑，说：“过年这几天我一个人心静，又看了一段《青涩年华》，觉得……”电话里吴小花接上话茬：“真的不错！”梁月鹏高兴道：“我正要说这四个字。”电话里吴小花的声音：“我知道你就要这么说。”电话里传来吴小花妈喊“二妮”的声音，吴小花说：“鹏，我妈在喊我了，你一个人在那边要吃饱啊，我挂了啊，晚上睡前给你发短信。”梁月鹏说：“好的，你挂吧，我在这边没事，你放心。”等吴小花挂了电话，梁月鹏才放下手机。天色已黑，新小区上空传来震耳的炮竹声，并闪着耀眼的火花！梁月鹏扭头望去，美丽的烟花在空中绽放，绽放！梁月鹏回转身，沿着小径走去。在美丽烟花的映衬下，梁月鹏走上大堤，向新小区走去……

营销一部，济济一堂，晨会正在举行中。第一排坐着周劲松等公司主管和李玉凤等销售精英。Sophie在主持，看着手中的纸念道：“下面播报昨天业绩。梁月鹏昨天开了三单，保费合计两万四千二百一十九元，祝贺梁月鹏伙伴！”Sophie带头鼓掌，大家一齐鼓掌！李平在高兴地鼓掌！梁月鹏既快乐又害羞地鼓着掌。

晨会后，梁月鹏挎着皮包，手中拿着材料，来到营销一部。李平从自己的桌位微笑地走过来，说：“梁大哥，恭喜你从PM班出来到营销一部。”指着附近一个空位，“你就坐这儿，以后你只要看到我在，需要的话，我可以陪访，我们从现在起在一起上班喽！”梁月鹏微笑地在空桌位坐下，放下材料。

滨江地豪律师事务所主任办公室，王永义从老板桌后站起来，走出来，招呼道：“梁月鹏。”梁月鹏挎着皮包走进来，恭敬地看着王永义。王永义指着沙发道：“坐。”自己在梁月鹏对面沙发坐下。女孩端来一杯茶放在梁月鹏面前的茶几上，梁月鹏欠了欠身道：“谢谢。”王永义说：“现在是市场经济，市场对资源配置起基础性作用，但我们希望市场的作用再大些，再大些，这样会促进社会公平。”梁月鹏看着王永义，专注地听着。王永义说：“因为市场之外还有一只手，就是公权力。那些掌握公权力的人就会以权谋私，现在已经形成利益集团了。”梁月鹏疑问道：“利益集团？”王永义说：“既得利益集团。这些既得利益集团垄断了一些重要资源，形成不合理的社会结构，让我们平民百姓和普通个人丧失了一些权利和机会。比如说，你梁月鹏的剧本写得不错，改一改可以拍摄，你把剧本送到电视台台长手里，但他手里还有他侄子的剧本，他侄子的剧本很烂，而这一次决策只能从你们两个中选一个，那么他选谁?”梁月鹏说：“选他侄子。”王永义说：“对了，他肯定不会选你，除非他脑子进水了。”梁月鹏听到这儿笑了一下。王永义看着梁月鹏，说：“我们缺乏一种机制来约束公权力的使用，好在现在有很多民营公司在做电视剧了……”这时，老板桌上的固定电话响了，王永义问梁月鹏：“你今天来有什么事情?”梁月鹏有点难为情道：“王主任，您这所里还有人、办保险吗?”王永义说：“我留意，有人办我通知你。那今天就到这儿，不送了。”转身去接电话。梁月鹏说：“王主任再见。”转身走去。

王永义喜欢谈论国家大事，但人家是律所主任，也算是成功人士。而梁月鹏呢，虽然开了几单，但业绩不稳定，尚处于糊口挣扎层面，全部心思都用在找客户上。见客户，见客户，客户在哪里？梁月鹏挎着皮包，不由得走进母校滨江大学校园，正思虑着往前走着，忽然有人喊他：“梁月鹏!”梁月鹏一扭头，又是法理老师，梁月鹏惊诧地称呼道：“张老师!”法理老师已走到梁月鹏面前，看着梁月鹏道：“听说你在做保险。哎呀，怎么能做保险呢？我们滨大毕业生我还没听说有做保险的，你这和一般家庭妇女有什么区别？你做保险能挣多少钱？我看到你不止一次在这儿转悠，上周你往法学院每个老师信箱投了广告卡片，有的老师就问我梁月鹏为什么做保险，因为我是你导师嘛。”梁月鹏难为情得涨红了脸，支吾着：“噢、噢……”法理老师说：“红石那边一所民办大学法律系缺老师，你要想去，我可以介绍你过去。”梁月鹏只是看着法理老师，茫然无语。法理老师伸手腕看了一下手表，灵敏道：“梁月鹏，我上课时间到了，我走了啊。”说着，看着梁月鹏转身离去。梁月鹏解脱道：“张老师再见。”

梁月鹏在校园内转悠着，突然看到前方，报告厅前，鼓着巨大的红色气模拱门，显然那儿在举行重大活动！梁月鹏立即向那里走去。来到近前，只见红色气模拱门上书写着“第二届影视与传媒发展高端论坛”。梁月鹏直接进入红色气模拱门，走向报告厅。

报告厅内济济一堂，梁月鹏进来，在后面墙根前站着。前方讲台上、讲桌边站着一个留着马尾巴长发、身材较高、接近六旬的男人高之巅在作报告，双手撑着桌面，说道：“……由此可以看出，导演的文学把握能力决定了一部剧品质的高下。我的话完了，谢谢大家！”大家热烈鼓掌！高之巅离开讲桌两步，向大家鞠躬，掌声更加热烈！梁月鹏兴奋地鼓掌！

报告会结束，正在散场，梁月鹏往前边挤去。讲台上，高之巅被几个人围着，在给人签名。梁月鹏过来，伸着笔记本和笔，说：“高导您好，请签个名。”高之巅刚签完，看了一眼梁月鹏，接过笔记本和笔，在空白处写上自己的名字。梁月鹏说：“联系方式也请您……”高之巅又写上手机号码和邮箱地址。

傍晚回到家，吴小花上来接过梁月鹏的皮包，梁月鹏疑问道：“嗯——，这两天你都比我先回来。”吴小花说：“我下午在南郊劳动局处理了一个农民工工伤案子，结束就回来了。”梁月鹏换了鞋，走到桌边，看着吴小花，面带喜色道：“我今天碰到一个著名导演！”吴小花问：“什么著名导演？”梁月鹏说：“电视剧著名导演高之巅，导演了近二十部电视剧，还得了?!”吴小花说：“你准备让他导演你的《青涩年华》?”梁月鹏说：“当然了，他手机号码和邮箱地址都给我了，我马上把《青涩年华》发给他。”说着走到笔记本电脑前，坐下上网。吴小花跟着过来，说：“鹏，我觉得你可以找这样的人，但是你现在的主要工作是做保险，赚钱为主，知道吗?”梁月鹏说：“知道知道，赚钱谁不知道?”吴小花说：“我姐夫升为总经理了，一年不少于三十万。你这保险很不稳定，一会儿开了单，又很长时间不开单，我不知道你有什么规划?”梁月鹏盯着电脑屏幕道：“发送成功。”起身离开电脑，“规划？真拿不准，摸着石头过河呗。”吴小花说：“你已经摸过多少石头了？还摸?”梁月鹏说：“不摸怎么搞？只有摸。”疑虑地，“那个法硕通讯录我已经打差不多了，只开了四五单。”咂了一下嘴，“现在还要继续开拓客户……”

六十九

一日，梁月鹏挎着皮包，思虑着走在滨江大学校园内，有点踌躇不前，忽然有人喊他：“梁月鹏！”梁月鹏一扭头，是穿着法官制服的徐小雪，她身边还有三个穿着法官制服的青年男女同事。梁月鹏看了看他们，不免有点自惭形秽，于是欲言又止。徐小雪带着同事向别处走去。梁月鹏站了一会儿，突然想起了商学院，转身走去。

当梁月鹏这次走进商学院大楼时，一楼大厅里有很多人，坐的坐，站的站，男男女女，抽烟的，谈话的，也有在EMBA大教室门前茶点桌边吃喝的，他们大都年龄偏大，原来今天两个EMBA班都在上课，现在是课间休息时间。梁月鹏觉得机会来了，走到他们中间，看着他们，问身边一个胖乎乎的接近四十岁的男人："您是EMBA?"男人伸手从裤兜里掏出一张名片给梁月鹏，说："刚下课。"梁月鹏接过名片看了看，对他刮目相看道："华夏银行滨江城西支行行长，李行长!"李行长问梁月鹏："你是干什么的?"梁月鹏从皮包里掏出名片盒，抽出一张名片给李行长，说："美国友邦保险滨江分公司，我是滨大法学院硕士毕业的。"李行长看了梁月鹏的名片后，问梁月鹏："你们这养老保险怎么办的?"梁月鹏惊喜道："可以办，好几种，改日我去找你。"李行长转身去了别处。梁月鹏把李行长的名片收好，又找别人搭讪去了。要上课了，学员们纷纷走向各自教室。梁月鹏犹豫着，跟着学员走进其中一个教室，在边角处坐下。中年男教授走上讲台，豪放道："我听说这个班有个女高音歌唱家叫吴云，请她给我们唱一曲，然后上课，好不好?"大家答道："好!"学员中一个四十多岁、风韵犹存的女人吴云站起身，说："唱什么呢?"中年男教授说："你随便。"吴云想了想道："好吧，我就唱《绒花》。"接着清唱了起来：

世上有朵美丽的花
那是青春吐芳华
铮铮硬骨绽花开
漓漓鲜血染红它
啊……绒花绒花
啊……一路芬芳满山崖

大家热烈鼓掌！梁月鹏也兴奋地鼓掌！

下课后，学员们自由活动。梁月鹏站在教室外、厅柱一侧，看着吴云从教室出来走向卫生间，便在此等候。这时，那个瘦小女保洁员从此经过，见到梁月鹏，便问："你又来了?"梁月鹏向她微笑点头。吴云从卫生间回来了。梁月鹏看着吴云，有点紧张，等她靠近，走了上去，说："您好!"吴云一惊，看着梁月鹏，梁月鹏问："您带名片了吗?"吴云说："哦，我来拿给你，你等着。"便回教室了。梁月鹏等待着，吴云过来，递名片给梁月鹏，梁月鹏接过，看了后说道："您是滨江艺术学院声乐老师，还办了佼佼音乐中心!"吴云说："我上课了，以后再联系吧。"转身走去。

还是EMBA厉害，一下子就从中物色了两个目标客户，而且李行长已经明确问了养老保险，有戏！三日后，梁月鹏坐在营销一部打固定电话："李行长您好!"对方电话挂了。梁月鹏纳闷了一会儿，继续给李行长打电话，对方接通，梁月鹏有点紧张道："李行长您好!"对方电话又挂了。梁月鹏有点失落，接着给高之巅打电话："高导您好!"电话里高之巅的声音："我在开会。"电话挂了。梁月鹏接着给吴云打电话："吴老师您好!"电话里吴云热情的声音："你好，哪位?"梁月鹏说："我叫梁月鹏，在滨大EMBA班碰到您的，您下午有空吗?"电话里吴云的声音："有的有的，你过来吧。"梁月鹏高兴道："好的，那下午见，谢谢吴老师!"

约见成功！下午梁月鹏便奔赴佼佼音乐中心。佼佼音乐中心在一幢老写字楼的第七层，梁月鹏乘电梯上来，巡视着走来，看到了"佼佼音乐"字样及图标。里面传来钢琴声。梁月鹏走进去，然后循声向一个小型音乐厅走去。音乐厅舞台一边，吴云坐在钢琴旁弹钢琴，对面舞台上一个小伙子在练习演唱新疆哈萨克族民歌《可爱的一朵玫瑰花》，歌声深情动人！梁月鹏悄悄地在后排坐下，他已经被歌声深深吸引。吴云投入地弹着，小伙子引吭高歌，吴云说："停。"小伙子停止演唱。吴云停止弹琴，对小伙子说道："注意，'今天晚上请你过河到我家，喂饱你的马儿带上你的冬不拉，等那月儿升上来，拨动你的琴弦'，这里要有陶醉状，懂吗？再来一遍!"吴云又弹起钢琴，小伙子和着旋律，深情地演唱起来，唱着唱着便自然地陶醉其中。一曲终了，吴云高兴道："好，很有长进!"小伙子满意地笑了笑。吴云扭头看了一下坐在后排的梁月鹏，说："梁老师，到前面来。"梁月鹏起身走到前面，吴云站了起来，说："你发的《青涩年华》我看了，不错啊。你现在在友邦做寿险啊，我在上海音乐学院读硕士的时候，就在上音的老师家里听他们说买友邦保险的产品，我肯定在你这买一份，也是对你《青涩年华》的支持，好吗?"梁月鹏高兴道："好好，谢谢吴老师！”转而说道，“刚才这首歌真好听，它让我再次想到了音乐是多么美好。影视剧是综合艺术，里面也有音乐。”接着吴云领着梁月鹏参观了整个音乐中心，然后又坐下，喝了杯茶，聊了聊，梁月鹏便起身告辞了。

梁月鹏来到十字路口，犹豫起来，迈步向一个方向，没走几步，停下，又迈步向另外一个方向，走了几步，又停下，想了想，决定从而迈步向第一个方向走去。

梁月鹏来到华夏银行滨江城西支行大门口，看了看，走了进去。一楼营业厅各个窗口都在办理业务，一排排的座位上坐满了在等待叫到自己号头的顾客。保安和大堂经理在忙着回答顾客咨询。梁月鹏向保安插话道：“请问李行长在吗？”保安反问道：“你是哪位？”梁月鹏说：“我是李行长校友，他今天在吗？”保安说：“你问大堂经理，她可以告诉你。”梁月鹏走到前台处，等大堂经理回答完别人的问题，便说：“你好，我是李行长的校友，我想见他。”大堂经理热情道：“你叫什么？”梁月鹏说：“我叫梁月鹏。”大堂经理打固定电话：“李行，你有个校友叫梁月鹏的要见你。”稍停顿，放下话筒，对梁月鹏，“你过去，从那边上二楼。”并指了一下那边的楼梯。梁月鹏高兴道：“谢谢！”转身走去。二楼，行长办公室，门开着，李行长站在门内迎接着。梁月鹏走来，到了跟前，称呼道：“李行长。”李行长客气道：“进来。”梁月鹏跟着李行长到沙发边，李行长指了一下沙发道：“坐。”李行长和梁月鹏相继落座。这时，一个女孩端来一杯茶放在梁月鹏面前的茶几上，梁月鹏欠了欠身道：“谢谢。”李行长问：“你是滨大法学院毕业的？”梁月鹏说：“我硕士毕业证和学位证随身带着，我拿给你看看。”说着从皮包里拿出两个皮封面的本子双手递给李行长。李行长接过去看着，梁月鹏说：“我没上大学，直接考研的。”李行长抬头问道：“那高中毕业可以考研吗？”梁月鹏自信道：“我是自学考试英语专业大专，然后考研的。”李行长说：“这样，养老保险我在你这办一份，这一阵子有点忙。”想了想，“现在是中旬，下月初吧。”梁月鹏惊喜道：“好，谢谢李行长！”

傍晚回到家，精神不振的吴小花上来接过皮包，看了一眼满脸兴奋的梁月鹏，问道：“今天开单了？”梁月鹏说：“今天两个单子很有希望，都是从商学院搞来的！”吴小花说：“那你以后经常去那儿转转。”梁月鹏说：“那个李行长，打电话给他他总是不接，我闯过去他客气得很。”梁月鹏换了鞋，进来，看着吴小花，问道：“你今天有什么不开心的事？”吴小花不吱声。梁月鹏说：

“说啊，你说出来我给你分析分析。”停了一会儿，吴小花张口了：“公益我不想干了。”梁月鹏惊奇道：“为什么？”吴小花说：“我发现张金兰……没有公益心，全是为自己。”梁月鹏说：“就为这个？”吴小花说：“她工作日志一天不落，每次写得都比较多，被人看起来工作好像很努力似的，其实就那几分钟写工作日志很努力。我们公益的款项时来时不来的，来了相当一部分都被张金兰领去了。”梁月鹏说：“那人家是领导，领导工资肯定比你们高。”吴小花说：“我发现她文化水平不高，她还习惯无偿使用实习律师，美其名曰给他们锻炼机会。”梁月鹏问：“你案源没问题吧？”吴小花说：“案源没问题，劳动监察大队和劳动仲裁委，我去基本上都能搞到案子，那里咨询和投诉的农民工比较多。”梁月鹏说：“这个公益你先干着，这肯定不是长久之计。”吴小花说：“还有，我只要干得一出色，张金兰内心好像不高兴，我能看得出来。”梁月鹏说：“这正常。她那儿也不是个正经公益机构，她是在跟别人后面做，她也不容易。”吴小花说：“还有。”梁月鹏问：“还有什么？”吴小花反问：“你忘了现在是什么时候了？”梁月鹏说：“五月中旬，怎么了？”吴小花说：“五一劳动节干什么你忘了？”梁月鹏恍然大悟道：“噢，参加集体婚礼！都过了半个月了。”他笑了笑。吴小花说：“我妈今天才和我说，我才想起来。他们没忘，他们考虑我们可能有困难，等着以后吧。”梁月鹏说：“再说吧。”吴小花说：“还有。”梁月鹏笑道：“还有？什么？”吴小花说：“老五女朋友提出来要买房子。”梁月鹏考虑了一下，说：“上次老五提出来不就是他女朋友提的吗？”吴小花说：“这次是要真买了，肯定是那狐狸精天天在他跟前撺掇的。”梁月鹏说：“那就歇吧。老五又不是找不到对象，房子以后再挣钱买，这么急买房子干吗？”吴小花说：“刚才我和我妈打电话，我妈说老五对我家很不高兴，说女朋友父亲都看了好几处楼盘了，还说他女朋友父亲认识房产公司老板，一平方米能少好几百块钱呢，说我家不管不问的。”梁月鹏说：“老五老五，买房子买房子，你家有事干了，现在有很多小伙子离开父母在外面干得有声有色的，非要绑在一起干什么呢？现在正确的做法就是把老五踢出家门，让他去市场经济的风浪中接受锻炼，去成长，然后他回来会孝敬你爸妈。非要窝在一起，你看着我我看着你，彼此埋怨，我真是想不通！”这时，吴小花的手机响了，吴小花拿起来，看一下来电显示，接听道：“妈——”电话里吴小花妈的声音：“老五女朋友提出来要把自己名字加到房产证上。”梁月鹏听着，显出冷笑的神情。吴小花说："婚都没订，倒买起房子来了。反正我不同意把他女朋友名字加到房产证上，现在买房也过早。"电话里吴小花妈的声音："她已经怀孕了，去照了，是个男孩，你爸高兴地等着要抱孙子呢。"吴小花说："怀了又怎么样？反正我不同意。"

梁月鹏在商学院捞到了好处，所以接下来他常去那里。这一日，两个EMBA班都不上课，教室门都闭着。一楼大厅里空空的，只有大厅边的一排塑料椅子上寥落地坐着几个人。梁月鹏挎着皮包走来，看着，来到椅子前，坐在一男青年旁边，欲言又止。须臾，梁月鹏张口问男青年："您在等人？"男青年说："我们老总在三楼上课。"那个瘦小女保洁员从他们跟前经过，注意地看了看梁月鹏。梁月鹏惊喜道："在三楼上课？什么课？"男青年说："那个叫什么EDP。"梁月鹏说："我知道，您是他秘书？"男青年笑了笑道："哪是秘书？我是司机。"梁月鹏站了起来，说："我来上去有点事，那你先坐着歇歇啊。"男青年欠了欠身道："噢，那你先上去办事。"梁月鹏转身往电梯口走去，进了电梯间。

三楼EDP教室门前，学员们正陆续往教室里进，梁月鹏小跑着过来，也跟着进了教室，最后进入的学员把教室门关上了。上课了，梁月鹏坐在后排一角，也在听课，不时地拿眼扫视别人，物色目标客户。

保卫科办公室内，瘦小女保洁员对科长告密道："进三楼左边的EDP教室了。"保卫科长对另一个保安说："走，去把他逮出来！"说着起身与另一保安走了出去。瘦小女保洁员笑了笑。

正在上课的EDP教室内，梁月鹏递着笔记本让旁边一个学员签名，签完后推给梁月鹏，梁月鹏又推回去，小声道："再写个联系方式，谢谢。"该学员说："给你个手机号码吧。"梁月鹏说："好好。"教室门被推开，保卫科长和另一保安进来，径直走向梁月鹏。梁月鹏看到了，脸色一变，却勉强装作若无其事的样子，继续听课。保卫科长来到梁月鹏跟前，伸手拉起梁月鹏道："出去。"梁月鹏拿起笔记本、笔和皮包，只得被拉着，难堪地走了出去。学员们都看着这一幕。EDP教室门外，保卫科长对梁月鹏说："下次不许进教室听课了，包括EMBA教室和其他一切教室。"梁月鹏很难堪，几乎还没回过神来，只是看着保卫科长。保卫科长和另一保安走了。不远处，瘦小女保洁员往这里看着。梁月鹏站了一会儿，走去。

保卫科办公室，梁月鹏走来，进去。保卫科长一个人在，他看见梁月鹏进来，指了一下沙发，说：“坐，你还有什么事？”梁月鹏坐下，从皮包里掏出来自己的滨江大学法律硕士毕业证和学位证，站起来走两步双手递给保卫科长，说：“科长，这是我滨大的毕业证和学位证。”保卫科长接过看了看，又还给梁月鹏，说：“这是我们的职责，不准外人进教室听课，也不准人进这幢楼搞营销活动，你是本校的毕业生也不行。”梁月鹏说：“科长，我也不影响他们学习，他们本身都是外面的人。”保卫科长说：“你进这幢楼我们可以让你进，但不准在里面搞营销，也不准进去听课，我就不再重复了。”梁月鹏恳求道：“那我在一楼大厅和人讲讲话，该没事吧？”保卫科长说：“说没事就没事，说有事就有事，你讲讲话是为什么的？无非是接触人想销售保险给他们，对不对？你是本校的毕业生，我才和你多讲几句。”梁月鹏眼光移向别处，叹了口气，又对保卫科长说：“那大厅人杂得很，我在那儿坐坐都不行啊，你们也太……”显出生气的样子。

梁月鹏挎着皮包走出商学院大楼，向前走去。前边，法理老师和一名教师边走边高谈阔论。梁月鹏听见法理老师的声音，一愣，正犹豫间，法理老师回头，与梁月鹏打了个照面，梁月鹏一下子扭过头去，停住脚步，踌躇不前。等法理老师走远了，梁月鹏才继续往前走去。

七十

法律硕士通讯录已经打完了，被寄予莫大希望的商学院一下子被堵死了，梁月鹏往下再到哪儿开拓客户？当夜，他和吴小花睡在床上，都睁着眼，难以入眠。吴小花说话了：“鹏，我们到底是怎么搞的？怎么就是不行呢？”梁月鹏说：“法硕通讯录上成交五六单，从商学院EMBA搞了两单，EDP搞了一单。”叹了口气，“商学院EMBA和EDP资源丰富啊，可是被揪出来了。他妈的！我明天还去，就坐一楼大厅，看能把我怎么样？”转而说道，“进去听课确实不像话，人家办学你免费进去听课，你是谁呀？”吴小花说：“我是梁月鹏。”说完俩人竟都笑了。梁月鹏说：“睡吧，你明天还要上班。”吴小花转过身来搂着梁月鹏道：“鹏，你太可怜了！有时候，我真想哭！”说着真的哭了起来，继而哭诉道，“老天爷为什么就是惩罚我们俩？让我们不得安生？我们作了什么孽吗？……”梁月鹏难过道：“你别哭，别哭，哭了以后明天上班眼睛肿会被人看出来。”吴小花继续哭诉道：“我有时候真想离开你！你什么都好，就是没本事挣钱！但是一想到我离开你以后，你一个人那样子，就不忍心了……当初要是不听你的话，一毕业就回老家，进高校，现在房子孩子什么都有了，而我们现在还在为糊口挣扎……”梁月鹏欠起身，打开灯，下床，去拿抽纸过来给吴小花擦泪，一边说：“都怪我，都怪我……”吴小花说：“你看看我俩现在做的都是什么工作？我俩往后的路在哪儿？”梁月鹏站着，自责的表情，无语。吴小花说：“你喜欢搞剧本，可是在电影厂被赶出来了。”梁月鹏说：“他妈的胡劲松和魏自珍不得好死。”吴小花说：“曹可和刘艳生也不得好死。”这时，吴小花的手机响了，吴小花一惊，拿起来，看一下来电显示，接听道：“妈，这么晚了还给我打电话？我正好手机忘记关了，不然你就打不通了。”电话里吴小花妈的声音：“房子买了，老五和他女朋友两个人的名字。”梁月鹏站着，看着、听着。吴小花说：“都没结婚，倒把她名字加上了，我没见过像你们这样做事的。姐和姐夫也同意把她名字加上？”电话里吴小花妈的声音：“老五天天催，这是你爸办的，你爸看那女孩也遭罪了。”吴小花问：“她遭什么罪了？”电话里吴小花妈的声音：“她怀的是葡萄胎，打掉了。”吴小花说：“妈，我也管不了那么多，不早了，我睡了，你们也睡吧，啊，我挂了。”吴小花结束通话，接着关掉手机。梁月鹏说：“睡吧睡吧，管不了那么多。”梁月鹏伸手关了灯，上床。

次日，梁月鹏又去了商学院。一楼大厅里空空的，但两个EMBA大教室门前都摆着茶点。梁月鹏挎着皮包走来，通过闭着的教室门上的玻璃窗看见里面在上课，便转到大厅边的一排塑料椅子前，选择中间一个座位坐下。他坐着，巡视着大厅，物色目标客户。这时，两个EMBA大教室门开了，学员们走了出来。梁月鹏见此，一下子站起身来，想了想，又坐下。有一个男学员在梁月鹏附近塑料椅子上坐下打电话，梁月鹏看着这个目标客户，正想挪身过去与其搭讪，突然，瘦小女保洁员走过来，在他们之间坐下。梁月鹏惊愕地看着瘦小女保洁员！瘦小女保洁员眼光移向别处，一副若无其事的样子。梁月鹏感到被动和局促！梁月鹏只好干坐着，不时瞅一眼若无其事的瘦小女保洁员。学员们在茶点边吃喝的，单个在打电话的，互相说笑的，不一而足。塑料椅子上坐下好几个学员，梁月鹏看着这几个目标客户，起身，到塑料椅子另一个座位坐下，刚坐下，瘦小女保洁员也过来在他旁边坐下。梁月鹏嫌恶地看了看瘦小女保洁员，伸头问旁边一学员："今天你们上的什么课？"这时，瘦小女保洁员在该学员那边坐下，找该学员说话："你需要保险吗？他是卖保险的。"梁月鹏起身，悻悻地走了。

滨江地豪律师事务所主任办公室，王永义从老板桌后站起来，走出来，招呼道："梁作家。"梁月鹏挎着皮包走进来。王永义指着沙发道："坐。"自己在梁月鹏对面沙发坐下。女孩端来一杯茶放在梁月鹏面前的茶几上，梁月鹏欠了欠身道："谢谢。"梁月鹏不好意思地对王永义说："我经常来找您，打扰您了。"王永义说："你是大作家大编剧，咱们聊聊。"转而沉思道，"我一直对市场对资源配置的问题很感兴趣，因为这个问题关乎我们平民百姓的生计和发展……"梁月鹏微笑地插话："王主任您现在算是上层社会的人了。"王永义说："哎，哪是？我和你一样，都是普通百姓。"转而说道，"党的十四大提出了我国经济体制改革的目标是建立社会主义市场经济体制，党的十五大提出'使市场在国家宏观调控下对资源配置起基础性作用'，党的十六大提出'在更大程度上发挥市场在资源配置中的基础性作用'，党的十七大提出'从制度上更好发挥市场在资源配置中的基础性作用'，从这个趋势来看，市场对资源配置的作用在逐渐增大，这样的话，我们平民百姓的很多想法，或者说是理想、梦想，就更有可能通过自己的努力获得实现，不是吗？如果没有这样一个自由的广大的市场环境，那怎么行？"盯眼看着梁月鹏。梁月鹏由衷道："王主任关心国家大事。"王永义说："国家大事就是我们平民百姓的事。"梁月鹏领会道："是，是。"这时，老板桌上的固定电话响了，王永义问梁月鹏："你今天来有什么吩咐？"梁月鹏说："不敢当不敢当。"接着有点难为情地，"王主任，您所里面有人、办保险吗？"王永义一愣，说："我留意，有人办我通知你。那今天就到这儿，不送了。"转身去接电话。梁月鹏说："王主任再见。"转身走去。

梁月鹏来到十字路口，犹豫起来，迈步向一个方向，没走几步，停下，又迈步向另外一个方向，走了几步，又停下，想了想，决定从而迈步向第三个方向走去。

行驶的地铁内，梁月鹏坐着，一脸的愁闷，他拿着手机查找其通讯录，“高之巅”的名字跃入眼帘。梁月鹏认真地想了想，编起短信来：

高导您好：我是梁月鹏，请问您觉得《青涩年华》怎样？谢谢！

梁月鹏编完，看着，考虑着，决定并按了发送键！发送成功！紧接着，手机来电话了，梁月鹏看来电显示，是“高之巅”，立即接听，激动得嘴唇哆嗦道：“高、导、您好！”电话里是杂音，听不清楚。梁月鹏站了起来，紧张道：“高导，我是梁月鹏！高导！高导！高导……”纳闷地放下手机，一头雾水。

梁月鹏急急地走出地铁站，站住，拿出手机，拨号，然后贴在耳朵上紧张地聆听着。对方电话接通，梁月鹏紧张地一跺脚道：“高导您好！刚才……我在地铁里信号不好……”电话里高之巅的声音：“梁月鹏，我往你邮箱发了《最美乡村医生》分集大纲，你看看，然后给我个书面东西，第一，好，好在哪儿？第二，不好，不好在哪儿？第三，你怎么修改？”梁月鹏激动道：“好！好！谢谢高导！我回去就看！”对方电话挂了。梁月鹏放下手机，向前走去。

梁月鹏傍晚回到家，坐到笔记本电脑前，打开邮箱，看高之巅发来的二十四集电视连续剧《最美乡村医生》分集大纲。这时，放在身旁的手机响了，梁月鹏拿起来，看一下来电显示，是“阿花”，接听。电话里吴小花的声音：“鹏，我在文鼎广场这边一个美容院里，我脸上的痤疮他们要给我处理一下，保证做完后完好无损、漂亮美观，你给我参考一下做不做？”梁月鹏问：“多少钱？”电话里吴小花的声音：“六十八块钱，也不是很贵，做不做啊？”梁月鹏说：“不做，钱不是主要原因，我觉得那个是骗人的，他们就抓住人爱美的天性赚钱，你想想，脸上长东西是内部有问题，外部处理能解决根本问题吗？我看不能，真的，不可能，我不是心疼几十块钱。”电话里吴小花的声音：“你就是心疼几十块钱才不让我做，我还不知道你呀。”梁月鹏笑了笑道：“小花，快回来吧，你要是做的话，不光治不了根本，很可能还会把你脸做坏了你就完蛋了，跳楼都来不及了。”电话里吴小花的声音：“那好吧，我就不做了。”电话挂了。

半个月后，夜晚，刚洗过头、头发湿漉漉的吴小花在用电吹风吹头发，梁月鹏高兴地来到她身边，说：“高之巅通知我明天去省广播电视台世纪长风影视集团他的工作室开会，讨论《最美乡村医生》分集大纲。”吴小花高兴道：

"那你去呀，你保险暂时别放弃，看看高之巅那边什么情况再说。"梁月鹏说："小花，我保险不想干了，真的，友邦保险真的不错，但是我不太适合干保险，我骨子里羞于启齿卖保险，我的特长还是在剧本上。"吴小花说："你不管怎么样总是有理由，当初干保险我就说你不适合干保险，你不承认。现在又要回头搞剧本。高之巅说拍你的《青涩年华》了吗？"梁月鹏说："没有。但我觉得跟着高之巅干就更靠近一步了。"

次日，梁月鹏挎着皮包，通过省广播电视大厦旋转玻璃门，刚进入一楼大厅，手机响了，梁月鹏掏出来，看一下来电显示，是"高之巅"，紧张地接听，一跺脚道："高导您好！"电话里高之巅的声音："梁月鹏，我工作室在二十六层，到了吗？"梁月鹏紧张道："到一楼大厅了，马上就上去，谢谢高导！"放下手机。"梁大哥！"随着李平的喊声，梁月鹏扭头看去，李平挎着皮包急促地走来，到梁月鹏面前，看着梁月鹏道："梁大哥，最近不怎么能看到你了，你在干什么？"梁月鹏说："我马上到二十六层开会，我在搞剧本。"李平恳求道："梁大哥，你可不能不干了，你要是不干，我这业务主任就当不长了。"说着眼睛都红了，泪水在眼眶里直打转。梁月鹏同情地看着李平道："李主任，我先上去了，你好好干吧，我还不一定。"转身走去。

墙壁上一个圆圈里偌大的"26"字样。电梯停靠，门开，梁月鹏走出来，巡视着走去。"世纪长风影视集团"及其标志镌刻在墙壁上，附近的墙壁上挂满了世纪长风影视集团参与出品或摄制的影视剧的海报和剧照，装帧精美华丽。挂着"高之巅工作室"门牌的办公室门开着，梁月鹏走来，伸手轻敲了两下门，里面传来高之巅快乐的声音："肯定是梁月鹏来了。"随之，高之巅走了出来。梁月鹏站着不动，恭敬地招呼道："高导！"高之巅微笑道："进来。"转身进了里面。梁月鹏小心地走进去。里面已坐着几个人，高之巅向他们介绍道："梁月鹏，写的《青涩年华》我看了，不错。"梁月鹏不好意思地向他们点了点头。高之巅介绍他们给梁月鹏，先指着一个光头男青年道："我亲侄子，我哥哥的儿子，我叫高之巅，他叫高峰，跟我干了十年，做了两年副导演。"大家笑了笑。高之巅指着一个漂亮的披肩发女青年道："石岚，世纪长风影视集团策划室副主任，剧本评估小组五成员之一。"高之巅指着另一女青年道："王红，滨江师范大学中文系研究生毕业。"高之巅最后指着一男青年道："刘力，跟我干了六年，现在当编剧。"

梁月鹏已经坐下，高之巅在开会，说道："我在北京待了十三年，台长让我回来成立工作室，为世纪长风影视集团作出贡献。最近这两年总局很重视医疗卫生题材，所以我们策划了一个剧目，叫《最美乡村医生》，大家都看了。"

不久，梁月鹏就放弃了保险营销工作，在高之巅工作室当了一年多的文学编辑。不坐班，定期开会，讨论电视剧大纲、分集或剧本。平时基本上就是在家里阅读、写意见，其中一篇评估意见写得竟像散文诗：

本剧是凌空虚蹈出来的故事，其人物形象、人物关系都只存在于一种"虚拟"的情境中，在此情境中上演的一些"戏"因为细节烦琐、枝蔓芜杂而遭到破坏和肢解，所谓捍卫"国宝民魂"的主题意识也就难以附着其上。

其戏剧性的缺失，根源于其头绪纷繁，没有结构成明确的、有序的、环环相扣的、相互交织的由动机、意图、目标组成的链条和系统，而只是呈现出时而明确、时而模糊、时而交织、时而疏离的混乱、无序状态，以致众多事件搅和成一团，敌我不明、好坏难分，于是，受众如何去关注剧情？关注的点应该是什么？谁最值得关注？不清楚，很模糊，让人很茫然。

如果以主人公内心的纠结为关注的点，而A显得根本就不纠结。

如果以外在的核心线索——破解藏宝图从而夺得国宝文物为关注的点，但这个线索却是时断时续、若有若无，难以持续地扣人心弦。

如果以B与C因为主人公A而争风吃醋为关注的点，同样，这个线索也是时断时续，若有若无……

如果以A、B的各自卧底身份被怀疑、被发现、被误解时所引起的内心紧张、惊悸、惶恐和愤怒为关注的点，同样，这个线索也是时断时续，若有若无……

如果说本剧剧情是以罗布泊的国宝文物为中心展开的，那是因为本剧中几乎所有人的行动都在围绕着罗布泊的国宝文物打转，但这只是中心，辐射得太散乱、太笼统，而不能成为关注的点、受众审美的点。

如果说可以不需要关注的点、受众审美的点，那至少应该有自然主义的、实实在在的点点滴滴和细节，但本剧冗长的场景中充斥着的却是随心所欲的、虚妄的言论和行为。

总之，是富于戏剧性的内容的缺失导致本剧难以成立。

本剧属于“戏说”“传奇”之类，不是不可以，问题出在没有构成一个有机的、富有逻辑性的循环系统。

综上所述，本剧基本上没有好的看点、明确的优势，甚至没有存在的必要。

这一年多的时间里，梁月鹏看了不少电视剧大纲、分集和剧本，从中受益匪浅，算是开始真正接触影视剧行业。一年多后，梁月鹏干不下去了，他的路似乎走到了绝境，只能在家里待着，靠吴小花养活！

梁月鹏不禁自问：我到底是怎么了？难道现实中就没有我的立足之地了吗？我还能做什么？我已经很危险了，年龄越来越大，找工作对我来说越来越成为不现实的事情。欠二哥的三万块钱，说毕业工作了就能还，时至今日，糊口都困难，还能谈得上还钱吗？多年来我写的、为之激动、为之伤情、为之着迷、为之彷徨、与之难舍难分的剧本，到底是个什么东西？梁月鹏常常觉得自己很愚拙，只会写自己，不会写主旋律作品。谁来拍你的自传体作品啊？呵呵，我这不是一厢情愿、自我陶醉、自欺欺人、做白日梦吗？梁月鹏无数次地怀着这种郁闷的感觉和批判的态度，读起自己的剧本，然而，读着读着，他便进入了故事的世界，那鲜活的人物，那深刻的剖析，那跌宕起伏的人物命运，那一言一语、一举手一投足的真切，又让他一次次地在心灰意懒之后重获对生活的信心、对自己的信心和对自己剧本的信心！

一日傍晚，梁月鹏一个人穿着短裤，躺在床上，像骑自行车一样，在空蹬脚。传来敲门声，梁月鹏听见了，停止空蹬脚，问道：“谁呀？”吴小花的声音：“我。”梁月鹏赶紧下床，过去开门。吴小花挎着皮包进门，面无表情。梁月鹏伸手要接吴小花的皮包，吴小花不让，反而从皮包里掏出一张纸给梁月鹏，梁月鹏接了过来，看——

离婚协议书

甲方（男方）：梁月鹏

乙方（女方）：吴小花

甲乙双方于2007年7月8日登记结婚，现双方就离婚事宜自愿达成如下一致意见：

一、甲乙双方感情已完全破裂，无任何和好的可能，自愿解除婚姻关系；

二、所有家电、共同拥有的什物归甲方所有；

三、双方各自衣服、日用品归各自所有；

四、双方无住房，无子女，无其他共同债务；

五、双方从此分道扬镳，再无任何瓜葛；

六、此协议一式三份，双方各执一份，民政部门留存一份，双方签字后生效。

甲方：（签字）　　　　　　　　乙方：（签字）

年　月　日　　　　　　　　　　年　月　日

梁月鹏念道："离婚协议书，甲方梁月鹏，乙方吴小花……"扭头看了看吴小花，吴小花夹着皮包在默默地换鞋。梁月鹏继续念下去，见吴小花已经去卧室了，便拿着协议书去卧室，看着吴小花道："真的假的？"吴小花淡定道："房产中介那个小崔好像还没结婚，我来把她介绍给你，然后我就净身出户。"梁月鹏说："小崔哪能比得上你呀？我不要小崔，我就要你。"吴小花笑了。梁月鹏释然道："你演得真像。"又开玩笑道，"你敢跟我离婚，想死差不多！"吴小花说："你想死！"

七十一

一日上午，梁月鹏一手拿着一个白馒头在啃，一手拎着少量的蔬菜即一根长长的茄子和一根长长的辣椒，走出菜市场。这时，裤兜里手机响了，响了一会儿，梁月鹏才听到，他停下脚步，掏出手机，看一下来电显示，是"阿花"，接听。电话里吴小花的声音："鹏，我在人民医院，先在皮肤科看的，皮肤科的医生建议我去内分泌科看，说我这可能是慢性病……"梁月鹏不耐烦道："你脸上不就长痘吗？看什么看啊？还去人民医院？"电话里吴小花的声音："你听我说完。我已经在内分泌科看了，医生让我住院，我已经住进来了。医生说我这不是一般的病！"梁月鹏惊诧道："不是一般的病？"电话里吴小花的声音："我对你说，你马上过来，把我的牙刷、洗面奶、护肤霜、换洗衣服这些东西都带上，还有脚盆也带一只，在滨江人民医院住院部内分泌科。"梁月鹏说："好，我知道了，我马上就过来！"

梁月鹏赶紧回去收拾一下东西，便奔赴人民医院。

吴小花所在病房有三张床位，还住着另外两个妇女，都穿着病号服。梁月鹏定定地看着吴小花及她身上穿的病号服，问道："你是什么情况？"吴小花摸了摸自己的脸，说："你没发现我最近脸上长了很多肉吗？这叫满月脸。"转过身把脖子露给梁月鹏看，"你摸摸我脖子上的那个肉包。"梁月鹏伸手摸了摸，说："这有好几年了吧？我一直认为是你枕头枕高了造成的，在我们老家农村就是挑担子压的，你也不挑担子。"吴小花说："医生说不是枕头问题，也不是别的问题，都是内分泌问题。你知道这个肉包叫什么？"梁月鹏问："叫什么？"吴小花说："叫水牛背。我脸发红是多血质。"又指了指自己的锁骨处，"能看到锁骨吗？"梁月鹏注意看着，说："肉嘟嘟的，看不到锁骨。"吴小花说："这是脂肪垫，把锁骨盖住了。锁骨能显示出女性的美，我都不露锁骨了。"梁月鹏问："现在知道是什么病吗？"吴小花说："还不知道，住院检查。"梁月鹏问："要住多久？"吴小花说："医生说大概要半个月。"梁月鹏纳闷道："怎么得病了我们还不知道？"思虑地，"住院看病的费用社保能报销多少？"吴小花说："百分之七八十。"梁月鹏说："那费用问题不大，你安心检查，看到底是什么病，然后该怎么治就怎么治。"这时，吴小花手机响了，吴小花拿起手机，看一下来电显示，接听道："姐！"电话里吴小青的声音："赶快买火车票回来！爸被送到急诊室了，快要不行了。"吴小花惊叫道："怎么啦？爸怎么啦？"电话里吴小青的声音："老五女朋友现在提出来和老五分手，房子得一半，总价六十多万，她得三十多万，爸气昏过去了！"梁月鹏气愤道："我早就说别管老五的事！他已经二十几岁了，还把他当孩子一样惯着，自找的。"吴小花伸手把自己手机扔到地下，气愤地指着梁月鹏道："你出去！出去！我爸都进急诊室了，还不知道能不能活过来，你怎么能这样讲?！你还是人吗?！"两个病友不由得看着他俩。梁月鹏愣怔有顷，转过身去，走了几步，弯腰捡起吴小花的手机，把掉了的手机壳子装上，开机，手机没坏，发出了开机的声音。梁月鹏赔小心道：“我只是说说，这不是事实吗？子女养大了，让他自己去干，别老是豢养着。”吴小花大声哭道：“爸——爸——”伏在床上，恸哭不已，浑身颤抖着。梁月鹏站在跟前看着，无能为力。一个病友下床，走到跟前看着。梁月鹏递手帕纸到吴小花脸边，说：“小花，别哭了，这样，你马上出院，我和你一道回去看你爸，然后回来你接着住院检查。”吴小花慢慢地停止了哭泣……

一列白色“和谐号”动车在茫茫田野飞驰而过。车厢内，梁月鹏和眼泡红肿的吴小花坐在一起，吴小花在用手机通话，焦灼地问：“爸醒过来了？”电话里吴小青的声音：“还没有。”吴小花说：“我在火车上，还有两个多小时才能到。”电话里吴小青的声音：“爸吸着氧、挂着水。等你回来。”吴小花有气无力道：“好。”结束通话，放下手机。梁月鹏伸手揽了揽吴小花的背。

梁月鹏和吴小花下火车后，急匆匆赶往吴小花父亲就诊的医院。急诊部病房，吴小花和拎着香蕉、苹果的梁月鹏走来。吴小花伸着头，通过闭着的门上的玻璃窗往里看，见母亲、吴小青、吴小丹、吴小东在，他们都红着眼圈，父亲穿着病号服躺在病床上，吸着氧、挂着水。梁月鹏也通过玻璃窗往里看了看。吴小花推开门，梁月鹏跟着一起进去。吴小青发现吴小花进来，走上来，吴小花一把抱住姐姐就哭。他们都迎了上来。梁月鹏看着吴小花母亲，喊了声：“妈。”把香蕉、苹果放在一边。吴小丹招呼梁月鹏：“哥。”梁月鹏向吴小丹点了一下头。梁月鹏看着吴小东，招呼一声：“老五。”老五没吱声，转过头去。老五戴着近视眼镜，胖乎乎、文乎乎的。梁月鹏站到病床前，看着昏迷中的吴小花父亲。母亲拉着仍在抽泣的吴小花，与吴小青、吴小丹一起来到病床前。吴小花看着昏迷中的父亲，禁不住潸然泪下，正要失声痛哭，白衣护士吴小彤走来，说道：“二姐，病房里不准哭。”过来扶住吴小花。吴小花止住哭，打量了一下吴小彤，吴小彤镇静道：“爸问题不大，一般不会有生命危险。现在就是希望他早点醒过来。”吴小花靠近父亲的脸，眼泪汪汪道：“爸，爸，我是二妮，我回来了。”哽咽得说不下去了，缓和了一会儿，又说道，“爸为我们操碎了心……”扭头看着老五，“没出息！这几年你干的都是什么事？又让爸为你背债到城里买房子，房子呢？”老五转身走了出去。这时，吴小花姐夫匆匆走来，看见了梁月鹏，招呼道：“梁月鹏来了。”梁月鹏向他点了点头道：

"你好。"吴小花姐夫对着大家说道："现在情况是这样，法院可以解除老五他俩的非法同居关系，但是房产采用的是登记制度，两个人的名字，一人一半，刚才法官问我，问我们这边要不要房子，如果我们要房子，就要付三十一万五千给对方，反过来，我们不要房子，对方就要付三十一万五千给我们，总之一句话，白白送掉了三十一万五千。"吴小花说："我爸几年的劳动打水漂了。"吴小青和丈夫小声说话。吴小花端来一只凳子放在父亲床头边，自己坐下，抚摸着父亲一只手，对继续昏迷不醒的父亲说话："爸，爸，我是二妮，你醒醒，爸，你醒醒，我是二妮……"父亲声音微弱道："你是、二妮？"他们惊喜道："爸醒过来了。"吴小花说："爸，是，我是二妮，你说得对。"父亲双眼仍紧闭着，声音微弱道："就你一个、在外头了……还是、回来吧……你在外面、过得、也不好……"吴小花看了一眼梁月鹏，梁月鹏低了一下头。吴小花流着泪道："爸，我回来，我一定回来。"使劲地抚摸着父亲的这只手。父亲睁开了眼睛，声音稍大一点道："噢，那我就、放心了。"深深地吐了口气。他们高兴道："爸睁眼了。"吴小花破涕为笑道："爸，你太吓人了！"扭头对梁月鹏，"喊我爸一声。"大家都看着梁月鹏，梁月鹏看着吴小花父亲，有点不好意思地张了张口，然后说道："爸。"吴小花父亲看向梁月鹏，声音仍轻微地："哎。"大家笑了笑。

在病房门口，吴小花对梁月鹏小声道："我住院检查这事不能让我爸妈知道。"梁月鹏说："不能。那你姐可以让她知道吗？"吴小花说："我姐可以，并且让我姐不要告诉我爸妈。鹏，我先回去检查病，看样子我不能再在滨江待了，不能再死头脑子了，滨江有什么好的？"梁月鹏沉重的表情。吴小花说："我不能让他们知道你现在没工作在家待着让我养活，这往下的路……"梁月鹏说："先看你的病，然后再说，我们到底去哪儿？干什么？你的工作也该调整了，都不能这样混下去了。"吴小花说："先要对我爸妈编一个理由，说先回去干一阵子，不能说回来就回来，那边工作还要交接。"梁月鹏说："对对。"吴小花说："明天我爸出院，然后我们一起到我姐家吃顿饭，再到我大妹家看一下，沈浩出差了，最迟后天我们就可以回滨江了。"梁月鹏说："好。"

一列白色"和谐号"动车在茫茫田野飞驰而过。车厢内，梁月鹏和吴小花坐在一起。梁月鹏忽然想起了什么，说："哎呀，忘了！"吴小花扭头看梁月鹏，问："忘了什么了？"梁月鹏说："忘了去听老五上一课，看他课上得怎么样？”吴小花说：“不可能，他不会让你去听他上课的。”梁月鹏说：“怎么不可能？”吴小花说：“你硬要去他教室啊？”梁月鹏叹了口气道：“算了，算我多虑了。”转而说道，“三十一万五千买一个教训，值吗？可悲呀！差点把你爸搭进去了。”吴小花说：“我姐真好！一听我说我得病住院了，她眼水就下来了。”梁月鹏说：“你姐是好人。”吴小花说：“我姐要跟我一起来，还要给我两万块钱治病。”梁月鹏说：“这么多？”吴小花说：“要住院检查半个月，这病能轻吗？我让她等我检查结果出来再来，她明天就把钱打到我卡上。”梁月鹏深受感动，没有再说话。

十多名大夫在查房，聚在吴小花的床位前，吴小花穿着病号服站在床边。为首的一名大夫对吴小花说：“从已检查结果来看，你患有肿瘤，要么在肾上，要么在脑袋里。”站在一旁的梁月鹏紧张的表情。吴小花恐惧道：“那还能活命吗？”大夫们都笑了。吴小花意识到自己太敏感了，也笑了笑。为首的大夫扭头问道：“病人家属呢？”梁月鹏答道：“我是。”为首的大夫对梁月鹏说：“病人不能受刺激，要让她好好配合检查和治疗，好吧？”梁月鹏点了点头道：“好的，谢谢大夫！”为首的大夫又和蔼地对吴小花说：“下面的检查就是要确定这个肿瘤究竟在哪儿，然后才好治它。怎么治？还要转到别的科室，我们滨江的医院可能还不行。”吴小花说：“大夫，现在确定我患有肿瘤，那么我想问一下，这个肿瘤是良性的还是恶性的？”为首的大夫说：“一般是良性的。别多想，你的任务就是好好配合检查、配合治疗。”吴小花担心道：“那能治好吗？”为首的大夫说：“一步步往下走吧，好吗？”带着大夫们出去了。

夜晚，医院露台上的白色塑料椅子上坐满了身穿病号服的病人及其家属。其中，梁月鹏和身穿病号服的吴小花相拥而坐，俩人抬头看着天空，天上，一轮圆月。吴小花说：“今晚的月亮好圆。”转而说道，“鹏，我现在是满月脸、水牛背，你还喜欢我吗？”梁月鹏说：“喜欢，不就多点肉吗？”吴小花又说：“这病要是治不好，你还要我吗？”梁月鹏伸嘴要吻吴小花的脸颊，吴小花不好意思道：“被别人看到了。”梁月鹏说：“没事。”吻起吴小花的脸颊。吴小花说：“行了行了，还吻不够了！你还没有回答我的问题呢。”梁月鹏说：“无论怎么样我都要你，和你厮守一辈子！”吴小花露出了笑容，接着又说：“我要是不能走路，只能坐轮椅了，你愿意推着我吗？”瞅着梁月鹏的反应。梁月鹏毫不犹豫道：“推，推到最后。”吴小花伸嘴亲了一下梁月鹏的脸蛋，说：“鹏，昨晚我睡在病床上想，如果我死了，我俩还没照婚纱照呢，我多想穿着婚纱和你照婚纱照啊！那白色的婚纱多美呀！我还没收到你的情书。”梁月鹏说：“婚纱照我一定和你照，情书我一定为你写。”吴小花说：“那我等着那一天，鹏。”梁月鹏说：“好。地铁南延线昨天通车了，真好！我可以在这儿多陪你一会儿再回去。”

还是那一群大夫在查房，他们聚在吴小花的床位前，吴小花穿着病号服站在床边。那位为首的大夫对吴小花和梁月鹏说：“基本确定肿瘤在脑部，手术治疗是第一选择。”梁月鹏沉重地问道：“大夫，除了手术治疗，还有别的治疗方法吗?”为首的大夫对梁月鹏说：“还有放射治疗和药物治疗，但首选是手术，这是确定的。”吴小花恐惧地问道：“要在脑子里做手术?”为首的大夫对他俩说：“滨江的神经外科做不了这个手术，得去北京或者上海。”吴小花担心道：“滨江都做不了这手术，那这手术很难做吗?”为首的大夫对梁月鹏说：“你们商量商量，是去北京还是上海? 北京的协和医院、天坛医院，上海的华山医院都可以做。”又看了看吴小花，“好吧，明天出院。”带着大夫们出去了。

大夫们走后，吴小花便给姐姐打电话：“姐，我检查结果出来了，脑子里有瘤，要去北京或者上海动手术。”梁月鹏站在跟前思虑着。电话里吴小青的声音：“那滨江我还来吗?”吴小花说：“滨江你就不用来了，等我到北京或者上海动手术的时候，你再来。姐，我好害怕动手术。”

夜晚，医院露台上的白色塑料椅子上坐满了身穿病号服的病人及其家属。其中，梁月鹏和身穿病号服的吴小花坐在一起，吴小花担心道：“鹏，我好害怕，怕脑子里动手术。”梁月鹏伸出一只手臂揽着吴小花道：“没事，不要害怕，现在医学比较发达了。”吴小花说：“鹏，我俩毕业几年了，钱没挣到，工作没着落，我又摊上这么个大病，我的命怎么这么苦啊……”梁月鹏说：“我打算还是在剧本上寻找出路。”思虑地，“现在的问题是我那个《青涩年华》只有二十集，现在市场上都是三十集以上，我后面有十年没写。”吴小花说：“你搞剧本搞那么多年了，能搞出名堂吗?”稍停顿，“我倒是希望你能搞出来名堂，因为这是你多年来喜欢的，你为此付出了心血，但是眼下要吃饭啊，没饭吃怎么搞剧本啊? 我要是没这个病，一直在工作，养活你没问题。”梁月鹏把揽着吴小花的手臂缩回来，说：“我不用你养活，我哪能让你养活?”说着陷入沉重的思虑之中。吴小花说：“现在的电视剧大多是打打杀杀、轻松搞笑的，你那个《青涩年华》和它们不一样，属于另类，你人也属于另类，成为这个社会多余的人。”梁月鹏无语，仍处于沉重的思虑之中。吴小花伸出一只手臂揽着梁月鹏，说：“鹏，我不是打击你，我也没那么高尚，我们都是现实中的人，我们的出路到底在哪儿？”梁月鹏无语，仍处于沉重的思虑之中。这时，不远处的上空传来震耳的炮竹声，并闪着耀眼的火花。梁月鹏和吴小花抬头望去，只见美丽的烟花在空中绽放，绽放！接着，一个一个美丽的大字伴着响亮的炮竹声依次绽放，它们是：

中国梦是民族的梦也是每个中国人的梦

梁月鹏和吴小花站起身，出神地看着，跟着念完每一个字。烟花放完，梁月鹏对吴小花信心十足道：“天生我材必有用！我能考上名牌大学研究生，我就能写出经典！因为我已经发自内心地写了那么多年。小花，我们去北京，北京不光是全国政治中心，还是全国文化、国际交往和科技创新中心，先把你病看好，然后我们就在那儿谋求发展！”吴小花定定地看着梁月鹏，问：“行吗？”梁月鹏说：“行！”

一列白色“滨江—北京”高速列车在茫茫田野飞驰而过……

图书在版编目（CIP）数据

青涩年华 / 曹嵩著. -- 北京 : 作家出版社，2019. 11
ISBN 978-7-5212-0692-0

Ⅰ. ①青… Ⅱ. ①曹… Ⅲ. ①长篇小说 - 中国 - 当代 Ⅳ. ①I247.5

中国版本图书馆CIP数据核字（2019）第185758号

青涩年华

作　　者： 曹　嵩
责任编辑： 杨兵兵
装帧设计： 意匠文化 · 丁奔亮
出版发行： 作家出版社有限公司
社　　址： 北京农展馆南里10号　　**邮　　编：** 100125
电话传真： 86-10-65067186（发行中心及邮购部）
86-10-65004079（总编室）
E-mail:zuojia@zuojia.net.cn
http://www.zuojiachubanshe.com
印　　刷： 三河市兴博印务有限公司
成品尺寸： 170×240
字　　数： 448千
印　　张： 27
版　　次： 2019年11月第1版
印　　次： 2019年11月第1次印刷
ISBN　978-7-5212-0692-0
定　　价： 42. 00元